アメリカ古典大衆小説コレクション 5

ジャングル

The Jungle

亀井俊介／巽 孝之 監修

★★★★★

アプトン・シンクレア

Upton Sinclair

大井浩二 訳・解説

松柏社

目次

アメリカの労働者たちに捧げる

第一章

結婚式が終わって、馬車が到着しはじめたのは四時だった。マリヤ・ベルチンスカスが派手に騒ぎ立てるせいで、たくさんの野次馬がぞろぞろとついてきた。このたびの慶事はマリヤの幅広い肩に重くのしかかっていた――万事が故国の最良の伝統に従って、型どおりに行われるように仕切る大役を仰せつかっていたからだ。あちらこちらを狂ったように飛び回ったり、邪魔者は相手かまわず追っ払ったり、朝からずっとばかでかい声で怒鳴り散らしたりして、他人に礼儀作法を守らせるのに熱心なあまり、マリヤ自身は礼儀作法をおろそかにしていた。教会を出たのは誰よりも遅かったのに、誰よりも早く宴会場に着こうとした彼女は、もっとスピードを上げるように御者に言いつけた。御者が自分の考えをかたくなに押し通そうとすると、マリヤは馬車の窓を乱暴に開けて身を乗り出し、まずは相手にわからないリトアニア語で、つぎには相手にもわかるポーランド語で、悪口雑言を浴びせかけはじめた。一段高い御者席に座っている当の相手は、彼女を尻目に断固として譲らないばかりか、売り言葉に買い言葉を返そうとさえした。その結果は両者の口汚いののしり合いとなり、これがアッシュランド・アベニューでもずっとつづいたために、半マイルもの間の路地という路地で、悪童たちの新しい群れが馬車の供まわりどもに合流することになってしまった。

これはまずい事態だった。すでに宴会場の入り口には、黒山の人だかりができていたからだ。音楽も始まっていた。半ブロック手前からでも、チェロのブーンブーンという低音や、精妙な高音を発する弓の動きを競い合うようにして、二挺のバイオリンが奏でるキーキーいう音が聞こえていた。その人だかりを見たマリヤは、御者の先祖たちを罵倒するのを大慌てで切り上げて、まだ走っている馬車から飛び降りると、人込みに身を躍らせて、宴会場へ突進した。そして、会場内に入ると、今度は回れ右をして、人込みを反対方向に押しもどしながら、「どいた！　どいた！　ドアを閉めろ！」とリトアニア語でがなり立てた。オーケストラのやかましい音でさえも妖精の音楽に聞こえるような口調だった。

「Z・グライチューナス経営。歓楽の花園。ワイン。火酒。組合本部」――これが入り口の看板に書かれたリトアニア語の意味だった。[1] 遠く離れたリトアニアのお国言葉など耳にしたこともない読者は、この宴会場がシカゴの「ストックヤードの裏手」と呼ばれる地区の、とある酒場の奥まった一室である、という説明に満足することだろう。この情報はたしかに正確で、事実に合致している。だが、それが神の造りたもうた優美この上ないひとりの女性の人生における至福と恍惚の時間、可憐なオーナ・ルコシャイテの悦ばしい変身を披露する祝宴の場所でもあることを知っている者には、嘆かわしいほどに不十分な説明に思われたにちがいない！

彼女はいとこのマリヤに付き添われて、入り口に立っていた。人込みを押し分けてきたので息を弾ませ、見る者の胸を打つような幸福感に包まれていた。目には感激の光があふれ、瞼は打ちふるえ、いつもの蒼白い小さな顔は紅潮していた。際立って白いモスリンのドレスをまとい、ごわごわしたベールが肩まで垂れていた。そのベールに飾りつけた五個の淡紅色のバラの造花と、十一個の鮮やかなバラの緑色の葉。手にはめた真新しい木綿の白い手袋。その手を彼女はあたりを見回しながら、熱に浮かされたようにねじっていた。その場の空気は彼女には耐えられないほどだった――彼女の顔に浮かんだ極度の感激による苦痛と、全身の激しいふるえを見て取ることができた。彼女はとても若かった――十六歳にもなっていなかった。それに年齢のわりには小柄で、まだほんの子どもだった。その彼女が結婚式を挙げたばかりというのだ。しかも、その相手がユルギス、よりによってユルギス・ルドクスだったとは――新調の黒い背広のボタンホールに白い飾り花を挿した男、逞しい肩と巨人のような手をした男だったとは。

青い目をした金髪のオーナと、黒い目と突き出した眉毛と耳のあたりでウエーブしている濃い黒髪のユルギス。要するに、ふたりはあらゆる預言者たちを困惑させるために、母なる自然がしばしばお決めになる不釣り合いで、想定不可能な組み合わせのカップル、空前絶後のカップルだった。ユルギスは二百五十ポンドもある牛肉の四半身をよろめきもせず、無造作に持ち上げて、貨車に積みこむことができた。その男がいま、追い詰められて怯えている動物のように、会場のはるか片隅で立ちすくみ、友人の祝辞に答えようとするたびごとに舌で唇を湿さなければならなかった。

しだいに見物人と招待客との色分けがはっきりしてきた――せいぜいで順調に事を運ぶに十分な程度の色分けだったとしても。やがて始まった祝宴の間じゅう、会場の入り口や片隅にたむろする見物人の姿が見えないときはなかった。この見物人の誰かがすぐそばまで近づいて、腹を空かした様子を見せたりすると、いすが用意され、ご馳走が振る舞われた。ひとりとしてひもじい人間がいてはならない、というのが結婚披露宴《ヴェセリヤ》の約束のひとつだった。リトアニアの森で生まれたしきたりを、人口二十五万のシカゴのストックヤード地区に持ち込もうというのは、どだい無理な話だが、精一杯がんばったので、通りから駆けこんできた子どもたち、いや、野良イヌたちまでもが、いい気分になって会場から出ていった。魅力たっぷりの無礼講というのが、この祝宴の特徴のひとつだった。男たちは帽子をかぶっていてもいいし、気が向けば帽子だけでなく、上着を脱いでもよかった。好きなときに好きな場所で食べ、好きなだけ動き回った。スピーチや歌も予定されていたが、聞きたくない者は聞かなくてもよかった。逆にスピーチをしたり歌ったりしたい者がいれば、まったく自由にそうすることができた。そのために沸き上がる雑多な騒音を気にする者など、誰ひとりとしていなかったが、もしかしたら赤ん坊だけは別だったかもしれない。会場には招待客のすべてが授かっている赤ん坊たちの総数に匹敵する数の赤ん坊がいたのだから。その赤ん坊のための場所などほかにはなかったので、会場の片隅にベビーベッドや乳母車を集める準備が、この夜のパーティには欠かせなかった。赤ん坊たちはそこで三人か四人でいっしょに眠ったり、いっしょに目を覚ましたり、いろいろしていた。料理のテーブルに手が届くほどの年長組は、肉のついた骨やボローニャソーセージを満足げにかじりながら、歩き回っていた。

　会場は三十フィート四方くらいの広さで、白塗りの壁にはカレンダーと競走馬の写真と金ピカの額縁に入った家系図がかかっているだけ。右手には酒場からのドアがあって、戸口には浮浪者が三、四人たむろしている。そのむこうの隅には、薄汚れた白いシャツ、ワックスで固めた黒い口髭、丁寧に油を塗ったカールが額の片側にはりついたバーテンが守護神よろしく控えているカウンター。その反対側の隅には、会場の三分の一を占めるテーブルがふたつ。その上には取り皿と冷たい料理が載っていて、腹を空かせた客の何人かはすでにむしゃむしゃやっている。新婦が座っている上席に置かれた純白のウエディングケーキ。エッフェル塔のデコレーションには、砂糖でできたバラの花とふたりの天使、それにピンク色と緑色と黄色のキャンディがふんだんにちりばめられている。そのむこうにはキッチンに通じるドアがあって、湯気がもうもうと立ちこめている料理用レンジと多数の女性が老いも若きも右往左往している姿がかいま見られる。左手の隅では、小さな演壇で三人の楽士たちが周りの騒音に負けてなるものかと必死になって演奏し、赤ん坊たちも同じようにして泣きわめいている。開け放たれた窓際では、野次馬連中が目と耳と鼻を存分に楽しませている。

突然、台所の湯気の一部が近づいてくる。それを透かし見ると、皆からリトアニア語で叔母《テータ》エルズビエタと呼ばれている、オーナの義母のエリザベス叔母さんが鴨肉のシチューの大皿を高く掲げた姿が浮かび上がる。その後ろに、同じように重い大皿の下でよろめきながら、用心深く歩を進めているコトリーナがつづく。三十秒遅れて、マヤウシュキエーネ婆さんが本人と大きさが変わらないほどの黄色い大皿に、湯気の立っているジャガイモを盛って現れる。こうして、少しずつ祝宴は形を取りはじめる——ハム、ザウアークラウト、ボイルドライス、マカロニ、ボローニャソーセージ、山盛りの安価なパン、牛乳のボウル、泡立つビールのピッチャー。それに背後の、六フィートも離れていないあたりに酒場のカウンターがあって、飲みたい酒を好きなだけ注文しても、代金を払わなくてもよい。マリヤ・ベルチンスカスは「こちらへおいで！　もっと急いで！」とリトアニア語で叫びながら、自分でも食べはじめる——台所のレンジにはまだまだ料理が残っていて、食べないといたんでしまうからだ。

こうして、哄笑と、叫声と、とめどない軽口や冗談とともに、招待客たちはそれぞれの席に着く。大半が入り口近くにたむろしていた若者たちは、勇気を奮って前に進み出る。小さくなっていたユルギスも、老人連中に突っつかれたり叱られたりして、やっと新婦の右側に座ることに同意する。その後ろに新婦の付き添い役のしるしである紙製の花輪をつけたふたりの若い女性、さらに老若男女の招待客がつづく。謹厳実直そうなバーテンダー氏も、この場の雰囲気に支配されて、鴨肉のシチューの皿に手を伸ばす気になる。太っちょの警官さえも——夜が更けてからのけんかの仲裁をするのが職務の警官さえも、テーブルの末席にいすを引き寄せる。子どもたちは歓声を上げ、赤ん坊は泣きわめき、誰も彼もが笑い、歌い、しゃべる——この耳を聾するばかりの喧噪にも負けない大声で、いとこのマリヤは楽士たちに演奏を命じる。

楽士たちは——この連中は一体どう形容すればいいのだろうか？　これまでもずっと連中はそこにいて、熱狂的に演奏している——この宴会場の場面のすべては、音楽に合わせて読まれ、語られ、歌われなければならない。この場面の現在を現在たらしめているのは、この音楽だ。「ストックヤードの裏手」の奥の酒場の一室を妖精の国に、ワンダーランドに、空中高楼の一隅に変貌させているのは、この音楽なのだ。

この楽士トリオのリーダー格を務めるのは、小柄ながらもインスピレーションの塊のような男だった。バイオリンはチューニングをしていないし、弓には松脂を塗ってもいないが、それでもインスピレーションの塊にはちがいない——詩神《ミューズ》たちが手を触れた男とでも言おうか。悪鬼に、それも悪鬼の大群に取り憑かれたかのように演奏する彼。その周りの空中で、悪鬼どもが踊り狂っているのが感じられる。悪鬼どもは目に見えない足で拍子を取り、それに調子を合わせようとして、バンドマスターの頭髪は逆立ち、目玉は眼窩から飛び出さんばかりなのだ。

この男の名はタモシュウス・クシュレイカ。昼間はずっと屠畜場で働いてから、夜通し練習を重ねて、バイオリンを独修したのだった。上着を脱いだ彼は、色あせた金色の蹄鉄の模様がついたチョッキとペパーミントキャンディを思わせるピンク色のストライプのシャツだけになっている。黄色いストライプの入ったライトブルーの軍隊用のズボンは、バンドマスターにふさわしい威厳を暗示するのに役立っている。身長はわずか五フィートだが、それでもズボンの裾はフロアから八インチばかりも上にある。そんなズボンを一体どこで手に入れたのか、と不思議に思う者もいるだろう——彼の姿を目の当たりにして興奮しきっている人間に、そんなことを考える余裕があれば、の話だけれども。

それというのも彼がインスピレーションの塊のような男だからだ。全身が隈なくインスピレーションを受けている——体のひとつひとつの部位が、個別的にインスピレーションを受けていると言ってもいい。足を踏み鳴らす、頭を振る、体を前後左右に揺さぶる。顔はしわくちゃで、思わず吹き出してしまいそうなほどに滑稽だ。ターンだのフラーリシュだのといった装飾音を奏でるときは、眉をしかめ、唇をもぐもぐさせ、目をしばたたく——ネクタイの先端までもが逆立っている。ときたま仲間のほうに向き直って、うなずいて見せたり、合図を送ったり、熱烈に手招きしたりする——詩神たちの呼び声に応えて、全身全霊で哀訴や嘆願をしているとでもいうように。

それというのも彼らが、バンドのほかのふたりのメンバーが、タモシュウスにはるかに及ばない連中だからだ。第二バイオリンは黒縁の眼鏡をかけた背の高い、痩せこけたスロヴァキア人で、黙りこくった、辛抱強そうな表情は、酷使されたラバを思わせる。鞭を加えられても、わずかな反応を示すだけで、またぞろもとの轍にもどってしまうラバだ。第三の楽士はすごい太っちょで、丸くて赤くて涙もろいような鼻をしていて、目を空に向けたまま、無限の憧れのこもった表情で演奏する。彼はチェロで低音部を受け持っているだけで、この場の興奮などは何の意味も持たない。彼の仕事といえば、高音部で何が起ころうともお構いなしに、午後の四時から翌朝のほぼ同じ時刻まで、時給一ドルの総収入の三分の一の取り分のために、間延びした、物悲しげな音をノコギリでもひくようにかき立てることなのだ。

祝宴が始まってから五分も経たないうちに、タモシュウス・クシュレイカは興奮しきって立ち上がっている。一分か二分もすれば、並んだテーブルのほうににじり寄っていく姿が見られることだろう。鼻孔は大きく広がり、息遣いも荒い——悪鬼どもに追い立てられているのだ。仲間のふたりに向かって首を前後左右に振り、バイオリンをぐいと突きつけるので、長身の第二バイオリンの男までもが立ち上がる。やがて三人全員が一歩また一歩と宴会客のほうに近づきはじめ、チェロ弾きのヴァレンチナヴィーシャなどは、音符と音符の合間に楽器を抱えてドタドタと移動する始末。挙句の果てには、三人がテーブルの下座に寄り添い、そこでタモシュウスは踏み台の上によじ登る。

こうして、一座の注目を集めた彼は、いまや得意の絶頂だ。客のなかには食べるのに忙しい者もいれば、談笑している者もいる——だが、彼の演奏に耳を傾けていない者がいると思ったりすれば、とんでもない大まちがいだ。たしかに彼の音階は狂っていて、バイオリンは低音部では熊蜂のようにブンブンうなり、高音部ではキーキーと引っかくような音を出す。だが、そんな音を気にする者は誰もいない。周りの塵埃や騒音やむさ苦しさを気にする者が誰もいないのと同じように——この音楽という素材から、出席者一同は自分たちの生活を築き上げ、自分たちの魂を表現しなければならない。これは彼らの表現手段なのだ。陽気で騒々しく、悲しげに泣きわめき、情熱的で荒れ狂うような音楽。これが彼らの音楽、故郷の音楽なのだ。この音楽が彼らのほうに腕を差し伸ばし、彼らはそれに身を委ねさえすればいい。シカゴも酒場もスラムも消え失せる――そこにあるのはただ緑の牧場と陽光の輝く川、広やかな森と雪を頂く山だけだ。眼前に故郷の風景や子ども時代の場面がよみがえる。遠い昔の恋愛や友情が目覚め、遠い昔の喜びや悲しみが笑ったり泣いたりしはじめる。身をふと後ろに引いて目を閉じる者、テーブルを叩く者。ときたま誰かが大声を上げて跳び上がり、あの歌をやれ、この歌をやれと言い出す。やがてタモシュウスが目をらんらんと輝かせ、バイオリンを振りかざして、ふたりの仲間を怒鳴りつけ、三人揃って死に物狂いに弾きまくる。曲の合唱部では全員が歌声を上げ、男も女もものに憑かれたように絶叫する。パッと跳び上がって、床を踏み鳴らし、グラスを高く掲げて乾杯をし合う者もいる。やがて誰かが、新婦の美しさと愛の喜びを讃える古い婚礼の祝歌を注文することを思いつく。このすばらしい祝歌に興奮しきったタモシュウス・クシュレイカは、テーブルとテーブルの間に身を割りこませ、新婦が座っている上席のほうへと近づく。招待客のいすの間隔は一フィートもないので、背の低いタモシュウスが低音を弾くために手を伸ばすと、そのたびに弓で客をこづくことになるが、それでも彼は強引に押し進み、仲間のふたりにも後につづけと頑固に言い張る。彼らが移動している間、チェロの音がほとんどかき消されていることは言うまでもない。三人はやっとテーブルの上座にたどり着き、新婦の右手に陣取ったタモシュウスは、甘やかな調べのなかに情感を吐露しはじめる。

可憐なオーナは興奮のあまり食べ物に手をつけることもできない。ときたま、いとこのマリヤにひじをつねられて、何かをちょっと口に入れることを思い出すが、たいていは感激に目を見開いたまま不安げに座っている。テータ・エルズビエタは蜂鳥のように落ち着かない様子だ。その妹たちも、小声でささやき交わしながら、姉の後ろを息せき切って追いかけている。だが、オーナにはそれさえも聞こえていないらしい——音楽がずっと彼女に語りかけ、遠くを見るような表情がもどってきて、両手を胸のあたりに押し当てて座っている。やがて目に涙がにじみはじめる。それを拭い去るのも恥ずかしく、頬を伝うがままにしておくのも恥ずかしいので、顔をそむけて、少し首を振るが、ユルギスに見られているのに気づいて、顔が赤くなる。いよいよタモシュウス・クシュレイカが隣までやってきて、頭の上あたりで魔法の杖を振りはじめるころになると、オーナの両頬は深紅色に染まり、立ち上がって逃げ出しかねないような表情になる。

　しかし、この気まずい状況から、詩神たちの突然の訪れを受けたマリヤ・ベルチンスカスが彼女を救い出してくれる。マリヤは歌が、それも恋人たちの別離の歌が大好きだ。それが聞きたくてたまらないが、バンドの連中が知らないので、自分から立ち上がって、それを教えようとする。マリヤは背が低いが、骨格はがっちりしている。缶詰工場で働いていて、朝から晩まで十四ポンドもある牛肉の缶詰を扱っている。スラヴ風の幅広の顔に、骨のとがった赤い両頬。口を開けた姿は悲劇的で、馬を連想せずにはいられない。青いフランネルのシャツブラウスを着ているが、袖をたくし上げているので、筋金入りの腕はむき出しだ。片手に切り盛り用の大ナイフを握り、それでテーブルを叩いて拍子を取っている。会場のどこにも届かない箇所がない、と言えば十分と思われる大声を張り上げて、得意の歌を吠えるように熱唱する彼女。三人の楽士たちは音符をひとつずつ拾うようにして、必死に伴奏するのだが、平均一音符は遅れてしまっている。こうして彼らは恋に身を焦がす若者の嘆きを語るリトアニア語のフォークソングを延々と弾きつづける。

さらば、きみ、小さき花よ、愛しき者よ。
さらば、きみ、さきくあれ。悲しき我よ、
大いなる神意のままに
独り浮世で悩む定めに！

この歌が終わると、スピーチの時間になり、叔父《デーデ》アンタナスが立ち上がる。この英語でアントニー爺さんと呼ばれるユルギスの父親は、六十歳を過ぎてはいないが、八十歳と思う人もいるだろう。アメリカにきてから、わずか半年だが、移住は健康によくなかったと見える。男盛りのころは紡績工場で働いていたが、咳が出るようになったために退職を余儀なくされた。リトアニアの田舎で暮らしているうちに、その症状は消えたが、ダラム社の漬物工場で、冷たい湿った空気を一日中吸うようになってから、ぶり返してしまった。スピーチのために立ち上がった途端に、咳の発作に襲われ、いすでやっと身を支えながら、咳がおさまるまで、生活に疲れて蒼ざめた顔をそむけている。

結婚披露宴のスピーチは物の本から借りてきて、暗記するものと相場が決まっている。だが、若いころのデーデ・アンタナスはいっぱしの学者気取りで、友人たちのラブレターなどは全部代筆してやったこともあった。今回もまた、彼が借り物でない慶賀と祝福のスピーチを用意していることが周囲に知れ渡っていて、これが本日のメインイベントのひとつになっている。会場を跳ね回っていた男の子たちさえも、近寄ってきて耳を澄まし、女性たちのなかには鼻をぐずつかせて、エプロンを目に当てる者もいる。それが実に重苦しいスピーチになったのは、自分の子どもたちと暮らすのも、そう長くはあるまい、という思いにアンタナス・ルドクスが取り憑かれているからだ。このスピーチのせいで、一座が湿っぽくなったのを見て、出席者のひとりで、ヨクバス・シェドヴィラスという、ハルステッド通りでデリカテッセンを経営している太った陽気な男が、思い余って立ち上がり、アントニー爺さんが思いこんでいるほど悲観的な事態ではあるまい、と述べたついでに、結婚おめでとう、いつまでもお幸せに、という言葉を新郎新婦に浴びせかけるスピーチを自分でもやってのけ、さらに彼が微に入り細にわたって説明しはじめた話題は、若い者たちには大受けするが、オーナはこれまで以上にひどく赤面することになってしまう。ヨクバスは彼の妻がいかにも自慢げに「詩的想像力」と名づける代物を身につけているのだ。

招待客の大半のスピーチが終わると、儀式張ったところがなくなり、祝宴の座も乱れはじめる。男たちのなかには酒場に集う者もいれば、笑ったり歌ったりしながら歩き回る者もいる。ここかしこに小さなグループができて、他人のこともバンドのことも一向にお構いなしに、陽気に歌っている。誰も彼もなんとなく落ち着きがない――何か気にかかることがあるように見える。そして、それが見当違いでないことがやがて判明する。最後までぐずぐず食事をしていた連中が食べ終わる間もなく、テーブルと食べ残りの料理は会場の片隅へ運び去られる。いすや赤ん坊も邪魔にならないところに追いやられると、いよいよ今宵の祝賀パーティの本番の幕開きだ。やがて元気づけにジョッキ一杯のビールを引っかけたタモシュウス・クシュレイカが演壇にもどってくる。すっくと立ち上がって、会場を見渡す。バイオリンの横腹を厳しい表情で叩く。バイオリンを顎の下に注意深くあてがう。弓をゆっくりと派手なジェスチャーで振り回す。最後に絃を激しくかき鳴らして、両目を閉じると、彼の魂は夢見るようなワルツの翼に乗って浮遊する。第二バイオリンも後につづくが、弾き手は自分の足元を見守るとでもいうように、両目をしっかり開けている。最後に、チェロ弾きのヴァレンチナヴィーシャも一瞬、間を置いてから、足でリズムを取りながら、目を天井に向けたまま、ブーン！　ブーン！　ブーン！　とノコギリをひきはじめる。

出席者たちは早速ペアを組み、やがて会場全体が動きはじめる。ワルツの踊り方など誰も知らないらしいが、そんなことはどうでもいいことだ——そこに音楽があれば、それぞれが好きなように踊る、さっき歌っていたときと同じように。大半の出席者のお好みは「ツーステップ」で、とくに若者に好まれるのは、今それがはやっているからだ。年長者たちには故国から持ってきたダンスがあって、複雑怪奇なステップを真面目くさった表情で踏んでいる。なかには全然踊らないで、互いの手を握ったまま、不慣れな運動の喜びを足で表現しているだけという連中もいる。デリカテッセンを夫婦で経営しているヨクバス・シェドヴィラスと妻のルツィヤも、この部類に属するが、店で売る食料品とほとんど同じくらいの量を食べつくすふたりは、太りすぎていて踊れないため、フロアの真ん中で棒立ちになったまま、しっかりと抱き合い、ゆっくりと体を左右に揺すりながら、天使のようににっこりと微笑んでいる。歯の抜けた人間が汗をかきながら恍惚感に浸っている図そのものだった。

この年長者たちの多くは、どこかの部分で故郷を思い出させるような衣服を身に着けている——刺繍飾りのついたチョッキとか胴衣、派手な色合いのハンカチ、大きなカフスや飾りボタンのついた上着など。この種の衣装はすべて若者たちによって敬遠されているが、その若者たちのほとんどは、英語を話したり、流行の服を着たりするようになっている。若い女性たちは、レディーメイドのドレスやブラウスを身に着けていて、お世辞抜きにきれいな者もいないではない。若い男性のなかには、屋内で帽子をかぶっているという点を除けば、会社員タイプのアメリカ人と見まがうような者もいる。そうした若いカップルはそれぞれが自己流の踊り方をしている。しっかり抱き合っている者、しかるべき距離を置いている者。両腕をぎごちなく突き出している者、脇にだらりと垂らしている者。軽快に踊る者、そっと滑るように踊る者、ニコリともせずに硬い表情で足を運ぶ者。邪魔者は相手かまわず跳ね飛ばすようにして、所狭しとばかりに踊り狂う騒々しいカップル。このカップルに圧倒されて、すれ違いざまに「もうよせ！　どういうつもりなんだ？」とリトアニア語で叫んでいる弱気なカップル。どのカップルも一晩中ペアを組んだままだ――相手を代える様子は一向に見られない。たとえばアレナ・ヤサイティーテは婚約者のユオザス・ラシュウスと何時間も果てしなく踊りつづけている。アレナは今宵の最高の美女だが、高慢でなければ文句なしの美女と呼べるだろう。缶詰の缶にペンキを塗る仕事で稼いだ週給の半分に相当する値段と思われる白いブラウスを着た彼女。貴婦人《グランドダム》の物腰をまねて、堂々とした正確なステップで踊りながら、片手でスカートをつまんでいる。ダラム社の御者の仕事で、高給を稼いでいる相手のユオザス。帽子を斜めにかぶり、一晩中煙草を口にくわえて、やくざを気取っている。それにヤドヴィーガ・マリツィンクスもいる。こちらも美人だが、身なりはみすぼらしい。ヤドヴィーガも缶にペンキを塗る仕事をしているが、病身な母親を抱え、三人の妹たちを養わねばならないので、ブラウス代に使えるような給料はない。小柄で、ほっそりとしたヤドヴィーガ。目と髪は漆黒で、髪は小さくまとめて、頭の上で結んでいる。古ぼけた白いドレスを着ているが、これはお手製で、この五年間というもの、ずっとパーティに着ていっている代物だ。ハイウエストのドレスで――ウエストラインが腋の下あたりにあって、あまり似合ってはいないが、恋人のミコラスと踊っているヤドヴィーガには、そんなことはちっとも気にならない。小柄な彼女とは対照的に、大柄で、逞しいミコラス。体をすっぽり隠すようにして、彼の腕のなかで寄り添い、肩に顔を埋めている彼女。その彼女を運び去るかのようにして、両腕をしっかり彼女に巻きつけている彼。こうして、無上の喜びにうっとりとなって踊っている彼女は、一晩中、いや、永久に踊りつづけることだろう。このふたりの姿を見て、あるいは読者は微笑を浮かべるかもしれない――だが、事の次第がわかってしまうと、微笑してばかりもいられまい。ヤドヴィーガがミコラスと婚約して、今年で五年目。彼女の心は暗い。ふたりはいきなり結婚することもできたのだが、ミコラスの父親は朝から晩まで飲んだくれていて、子だくさんの一家に男手と言えば、父親以外は彼しかいない。それでもふたりを意気消沈させかねない残酷な事故さえ起こらなかったならば、ふたりは何とか結婚に漕ぎつけることができたかもしれない（ミコラスは熟練工なのだから）。彼ミコラスは牛肉の骨切りを担当する「ビーフボーナー」だが、出来高払いの上に、嫁取りを目指しているとなると、この仕事はとりわけ危険だ。両手はぬるぬる、包丁もぬるぬる。大車輪で働いているときに、誰かが声をかけてきたり、骨に打ちつけたりすると、つい手が滑って、包丁の刃に当たり、傷口がぱっくり開く。それは、ひどい感染症にかかりさえしなければ、大事には至らない。だが、傷口は癒えても、その後どうなるか、わかったものではない。過去三年間に二回、ミコラスは敗血症にかかって自宅で寝こんでしまったことがある――最初は三カ月、二回目は七カ月近くも。二回目のときに彼は失業してしまったが、それは雪が一フィートも降り積もり、空からまだ降りつづけている、刺すように寒い冬の朝の六時から、屠畜場の入り口で六週間以上も立ちんぼをすることを意味している。「ビーフボーナー」は時給四十セントも稼いでいるなどと、統計の数字を示しながら説明なさる学者先生もおられるが、「ビーフボーナー」の手をご覧になったことなど一度もあるまい。

タモシュウスのバンドがときどき、必要に迫られて休憩を取るようなことがあると、ダンスをしている連中は、その場で立ちつくしたまま、辛抱強く待っている。どうやら疲れを知らないらしい様子だが、かりに疲れを覚えていても、腰を下ろせる場所はどこにもない。いずれにしても、休憩は一分間程度で、バンドマスターは、メンバーふたりの不平不満を一切無視して、演奏を再開する。今度は前と違ったダンス曲、リトアニアのダンス曲だ。ツーステップで踊りつづけたい者はそうするが、たいていの者はダンスというよりもむしろ曲技スケートにも似た一連の複雑な動作を繰り広げる。クライマックスは目くるめくばかりのプレスティッシモで、手を取り合ったカップルが狂ったように旋回しはじめる。こうなるとじっとしていられない。全員が踊りの輪に加わって、会場は跳ね踊るスカートと肉体が交錯する渦巻きとなり、見ているだけでめまいを起こしそうだ。だが、この瞬間の最大の圧巻は、タモシュウス・クシュレイカその人だ。古ぼけたバイオリンは嫌がってキーキーと悲鳴を上げるが、タモシュウスは容赦しない。額に汗を浮かべて、ラストストレッチに差しかかった自転車競技の選手みたいに、前に身を乗り出している。体は暴走する蒸気機関車のように激しく躍動し、雨あられと飛び交う音符に耳は追いつくことができない――弓を使う右腕の動きを見ようと目を凝らしても、青白い霧にしか見えない。すばらしい勢いで曲を弾き終えると、彼は両手を高く投げ上げ、疲れ果てて後ろによろめく。踊っていた連中はわっと最後の歓声を上げて相手から離れ、そこここでよたよたしている者もいるが、なんとか会場の壁際までたどり着く。

この後で、一同にビールが振る舞われる。楽士たちも例外ではない。宴会の出席者たちは、今夜の最大のイベントであるアチアヴィマスに備えて、一息入れる。アチアヴィマスとは、始まったら最後、三時間から四時間は終わらないセレモニーで、間断なくつづくダンスがつきものだ。出席者たちは手をつないで大きな輪になり、音楽が始まると、ぐるぐると円を描いて動きはじめる。中央には新婦が立っていて、輪から抜け出した男性軍はひとりずつ新婦を相手に踊る。それぞれが数分程度踊るのだが、好きなだけ踊ることもできる。このやり取りは笑いあり、歌ありで、実に陽気だ。男たちは踊り終えると、帽子を手にしたテータ・エルズビエタと向き合う格好になる。その帽子のなかに、なにがしかの金を落とし入れる——当人の懐具合や、新婦と踊るという特権に対する評価次第で、一ドルのこともあり、場合によっては五ドルのこともある。出席者たちは今夜の披露宴の費用を負担することを期待されている。気の利いた出席者なら、新郎新婦が新生活のスタートを切るための金が相当残るように配慮するのだ。

この披露宴の費用ときたら、考えるだけでも恐ろしい。優に二百ドルは超すだろうし、もしかしたら三百ドルになるかもしれない。三百ドルといえば、会場にいる多くの連中の年収をはるかに超えている。ここにいる屈強の男たちが、床が四分の一インチも水浸しになった氷のように冷たい地下室で、朝早くから夜遅くまで働いても——年間六カ月から七カ月、日曜の午後から次の日曜の午前まで、お天道様を見ることもなしに働いても、一年に三百ドルも稼ぐことはできない。ここにいる十歳になるかならないかの、仕事台の天板もろくに見ることができないほど小さな子どもたち——親が年齢をごまかしたお陰で、やっと仕事にありつけた子どもたちは、年間三百ドルの半分も、いや、もしかしたら三分の一も稼ぐことができない。そのような大金を人生のたった一日、しかも結婚披露宴で使ってしまうとは！（自分の結婚式でいっぺんに使ってしまうのも、たくさんの友人の結婚式で長い時間をかけて使ってしまうのも、結局は同じことだろうから。）

何たる無分別、何たる悲劇――だが、ああ、何と美しいことか！ ここにいる貧しい者たちは、ほかのすべてを少しずつあきらめてきたが、これには命がけでしがみつく――このヴェセリヤだけはあきらめることができないのだ！ ヴェセリヤをあきらめることは、敗北することだけでなく、その敗北を認めることを意味している――この両者の違いなのだ、世の中を動かしているのは。ヴェセリヤは遠い過去から先祖代々伝えられているが、その意味するところは、生涯にたった一度だけでも、鎖を断ち切り、自由の翼を感じ、太陽を拝むことができさえすれば、洞窟のなかでずっと物陰を見つめて暮らすことになってもいいではないか、ということだった。さまざまの苦労や恐怖に満ちた人生も、所詮は大した代物ではなく、川面に浮かぶあぶくか、マジシャンが投げ上げる黄金色のボールのような遊び道具か、ゴブレットに注がれた珍しい赤ワインのように、一気に飲み干すことができるものにすぎない、という事実を、生涯にたった一度だけでも立証することができさえすればいいではないか、ということだった。こうして人生を達観した人間は、つらい労働にもどっていっても、死ぬまでの日々を、その思い出のなかで生きつづけことができるのだ。

踊っている連中はぐるぐると果てしなく回りつづけた――めまいがしはじめると、回る向きを変えた。

これが何時間もつづいた――宵闇が迫り、二個のすすけたオイルランプで照らされた会場は薄暗かった。楽士たちはすでに熱狂的なエネルギーを使い果たして、同じ曲を大儀そうに、だらだらと弾いているだけだった。この曲には二十小節ばかりしかなかったので、弾き終わるとまた最初から弾きはじめるのだった。だが、十分間に一回くらいは、弾きはじめることができなくなって、ぐったりとしたまま座りこんでしまう。こうした事態が起こると、きまって痛ましくも恐ろしい光景が繰り広げられ、入り口の後ろでうつらうつらしている太っちょの警官が不安そうに身じろぐのだった。

すべての原因はマリヤ・ベルチンスカスにあった。マリヤは遠ざかりゆく詩神のスカートに必死になってすがりつく、例の飢えた魂の持ち主だった。彼女は一日中、わくわくするような高揚状態にあったが、それが今、消え去ろうとしている――だが、彼女はそれを手放したくない。彼女の魂は「時間よ、止まれ、汝は美しい！」[2] とファウストもどきの言葉で叫んでいた。ビールであれ、大声であれ、音楽であれ、行動であれ、何の力を借りてでも、この高揚状態を取り逃がすつもりはなかった。そして、彼女は何回となくその状態の追跡に取りかかった――だが、たとえて言えば、彼女の乗った馬車が走りはじめた途端に、この呪われた楽士どもが間抜けなせいで、目指す相手にまかれてしまう。そのたびごとに、怒りで前後を失い、顔を真っ赤にしたマリヤは、わめき声とともに楽士たちにつかみかかり、鼻の先で拳骨を振りかざしたり、床を踏み鳴らしたりした。怯え切ったタモシュウス・クシュレイカがしゃべろうとしても、肉体の限界を訴えようとしても、無駄だった。息を切らせてあえいでいる店主ヨクバスが言って聞かせても無駄。テータ・エルズビエタが哀願しても無駄だった。

「むこうへいってて！」とマリヤはリトアニア語でがなり立てるのだった。「待って！　邪魔しないで！　何のために金をもらっているんだ、この地獄の亡者どもめ！」

　そこで、あまりの恐ろしさに、バンドはまたぞろ演奏を再開し、マリヤはもとの場所にもどって、自分の仕事に取りかかるのだった。

　いまや彼女は祝宴の重荷を一身に背負っていた。オーナは興奮しているせいで、何とか持ちこたえていたが、女性軍全員と男性軍のほとんどは疲れ果てていた――だが、マリヤの魂だけは不死身だった。マリヤは踊っている連中をけしかけた――最初は丸かった踊りの輪が崩れて、今ではヒョウタン型になっていたが、その輪のくびれたあたりで、こちらに引いたり、あちらに押したりしながら、叫んだり、足を踏み鳴らしたり、歌ったりしているマリヤは、エネルギーの活火山さながらだった。ときたま、出たり入ったりする誰かがドアを閉め忘れると、夜風が冷たかった。そこを通りかかったマリヤが片方の足を伸ばして、ノブを蹴りつけると、ドアはバタンと音を立てて閉まるのだった！　一度だけ、このやり方が大惨事を引き起こし、セバスティヨナス・シェドヴィラスがあわれな犠牲者となった。三歳になるセバスティヨナス坊やは、ピンク色の、氷のように冷たくて、おいしい「ポップ」という飲み物のボトルを口の上から逆さに持ったまま、そこらを歩き回っていた。問題の入り口を通り抜けようとしたとき、ドアがいきなりもろにぶつかって、ダンスが中断してしまうほどの大声を上げて泣き出した。マリヤは一日に百回は「ぶっ殺してやる」とわめき立てる癖に、ハエを一匹傷つけても大泣きするような人間だったので、セバスティヨナス坊やをしっかりと抱きしめて、窒息しかねないほどのキスの雨を降らせた。さらにマリヤは痛い目に遭った坊やを酒場のカウンターに座らせ、その隣に陣取ると、泡立つビールのジョッキを坊やの口元にあてがったりして、ご機嫌を取り結んでいたので、バンドの連中は、その間にたっぷり休息を取り、飲み物もたっぷり振る舞われた。

その間にも、会場の別の一角では、テータ・エルズビエタとデーデ・アンタナスが一家の近しい友人数名と真剣に話し合っていた。厄介な問題が持ち上がったのだ。ヴェセリヤはひとつの約束事、明文化されてはいないが、それだけにかえって強い拘束力を全員に対して持っている約束事だ。出席者各人が負担する金額は違っていた――だが、それぞれに自分が負担すべき金額がいくらであるかは百も承知していたし、それを少しでも上回る金額を出そうとがんばったものだった。ところが、アメリカという新しい国にやってきてから、一切が変わりはじめていた。この国では、人間が吸いこむ空気のなかに、知らないうちに効いてくる毒物が潜んでいるように思われて仕方がなかった――その毒物があっという間に若い世代全員に悪影響を及ぼしていた。この連中は、群れをなしてやってきて、素敵なご馳走を腹一杯詰めこむと、こっそりずらかってしまう。ひとりが仲間の帽子を窓から投げ捨て、それをふたりで拾いに出たまま、どちらもドロンを決めこむ。ときには、五、六人が一団となって、主催者をじろりとにらみつけたり、面と向かってからかったりしながら、堂々と出ていくケースもある。さらに悪質なケースでは、わっと酒場に押しかけ、主催者の振る舞い酒をぐでんぐでんになるまで飲みながら、誰に対しても知らぬ顔を決めこみ、新婦とのダンスにしても、すでに済ませてしまったか、後で済ませるつもりであるかのようなふりをするのだ。

今回はこのすべてのケースが実行に移されていて、一家の者たちは当惑しきっていた。何と長い間、がんばり、何と莫大な経費をつぎこんだことか！　オーナは不安で目を大きく見開いたまま、傍らに立ちつくしていた。あの何枚もの法外な請求書――それはずっと彼女に取り憑き、その一枚一枚が昼は彼女の魂を苛み、夜ともなれば休息を台無しにしてきたのだった。工場に出かける途中、どんなに繰り返しひとつひとつの項目を数え上げ、計算してきたことか！　会場費に十五ドル、家鴨に二十二ドル二十五セント、バンドに十二ドル、教会に五ドル、それに聖母の祝福のための献金、といった具合に際限がなかった。何よりも困ったことに、客が飲んだかもしれないビールその他の酒類に対するグライチューナスの法外な請求書がまだ手元に届いていなかった。アルコール代について、酒場の主人からあらかじめ聞き出せるのは、せいぜいで見積もり額程度にすぎない――だが、やがて支払う段になると、頭をかきかきやってきて、「どうも低く見積もりすぎていましたようで、こちらとしましては随分と勉強させてもらいましたが、何せお客さんがしこたまお飲みになりましたからね」などと言い出す始末。結局、人でなしの主人にふんだくられてしまうが、何百人といる酒場の常連のなかで、我こそは主人と一番親しい人間だと自負している場合でも、事情は変わらない。半分しか残っていない樽から招待客にビールを注ぎはじめ、お開きのときのビール樽は半分しか空になっていないのに、請求されるのは二樽分のビール代だ。しかじかの値段でしかじかの品質の酒を出すと約束しておきながら、当日になってみると、招いた側も招かれた側も正体不明のとんでもない安酒を飲まされる破目になる。文句を言っても骨折り損で、せっかくの一夜を台無しにされるのが関の山だ。裁判沙汰にするくらいなら、いっそそのまま天国へ直行することをお薦めしたい。酒場の主人というやつは、界隈の大物の政治ボスとつるんでいるので、この手合いと面倒を起こすとどうなるか、一度でも思い知ったことのある人間なら、払えと言われた金額を払って、口をつぐむのが賢明というものだ。

事態を一層深刻にしているのは、精一杯の寄付をしてくれた少数の人たちが大変な苦労をしているという事実だった。たとえば、あわれな店主のヨクバス。彼はすでに五ドルを寄付していたが、ヨクバス・シェドヴィラスが滞っている数カ月分の家賃を払うため、デリカテッセンの店舗を抵当に二百ドルの借金をしていることを知らない者はいないのではないか？　それから、すっかり老けこんでいる下宿屋のアニエーレ・ユクニエーネ。三人の子持ちの上に、リウマチまで抱えた未亡人で、その額を耳にしただけで胸が張り裂けそうになるほどの手間賃で、ハルステッド通りの商家の洗濯物を引き受けている。アニエーレはニワトリで得た数カ月分の儲けを全部吐き出したのだった。ニワトリは八羽いたが、彼女はそれを柵で囲った、裏階段の狭い場所で飼っていた。アニエーレの子どもたちは一日中、ゴミ捨て場でニワトリの餌を漁っていた。ゴミ漁りの競争が烈しいときなどには、見つけた餌を横取りされはしないかと心配した母親が、ハルステッド通りの排水溝沿いを歩いている子どもたちの後をつけているのを見かけることもある。ユクニエーネ老夫人にとって、このニワトリの価値は金銭で計ることができなかった――彼女は金銭とは別の基準でニワトリを評価していた。ニワトリによって何かをただで手に入れているという気持ちを――さまざまなやり方で彼女を食い物にしている世間を、ニワトリという手段によって逆に食い物にしてやっているという気持ちを、彼女は抱いていた。そのために彼女は明けても暮れてもニワトリの監視をつづけ、夜でもフクロウみたいに目が利くようになっていた。ずっと以前にニワトリが一羽、盗まれたことがあったが、誰かがまた一羽盗もうと計画していない月は一カ月としてなかった。この一回だけの盗みを防止するために、何十回となく空耳を立てねばならなかったとすれば、ユクニエーネ老夫人の寄付がどんなものであったか、おわかり願えるだろう。前に一度、テータ・エルズビエタから数日間、金を貸してもらったお陰で、借家から追い立てを食わなくて済んだという理由しかなかったのだから。

こうしたことをあれこれ嘆いているうちに、取り囲む友人たちの数も増えてきた。話の中身を盗み聞きしようとして、すり寄ってくる者もいたが、この連中こそ今回のごたごたを引き起こした張本人たちだった——これにはいかなる聖人君子でも、堪忍袋の緒が切れてしまうにちがいない。そのうちに誰かに促されて、ユルギスがやってきて、一部始終の説明がもう一度繰り返された。ユルギスは黒くて濃い眉をひそめて、黙って聞いていた。ときどき眉の下あたりをキラリと光らせて、会場を見回した。おそらく、そこいらにいる連中の何人かに、大きな拳骨で殴りかかりたかったのだろうが、そんなことをしても大したプラスにならないことがわかっていたにちがいない。今ここで誰かを叩き出したところで、勘定が安くなるわけでもない。それに悪いうわさだって立ちかねない——ユルギスとしては、オーナといっしょにずらかりたいだけで、世間様は好きなようにやればいい、という気分だった。そこで彼は拳をゆるめて、「テータ・エルズビエタ、済んだことだから、泣いても仕方がないさ」と穏やかな声で言うだけだった。それから、すぐそばに立っていたオーナに目をやった彼は、大きく見開いた目に恐怖の色を見て取った。「なあ、おまえ」と彼は小声で言った。「心配いらん——問題じゃない。何とか全部払うさ。もっとがんばるからな」

この「もっとがんばるからな」というのは、ユルギスの口癖だった。あらゆる問題の解決策としてのこの言葉に、オーナは慣れっこになっていた。リトアニアで役人にパスポートを取り上げられ、パスポートを持っていないという理由で、別の役人に検束された上に、そのふたりの役人が彼の所持品の三分の一を山分けにしたときにも、彼はこの言葉を口にした。ニューヨークで一同の面倒を見てくれた口達者な旅行代理業者に、べらぼうに高い料金を払わされたばかりか、ちゃんと払ったにもかかわらず、足止めを食いそうになったときにもまた、彼はこの言葉を口にした。それを口にするのは、これが三度目だった。オーナは大きく息を吸い込んだ。夫がいるっていうことは、大人の女になったみたいで、とても素敵なことなのだわ――どんな問題でも片づけることができる、こんな大きくて力強い夫がいるなんて！

セバスティヨナス坊やの泣き声もやっとおさまり、バンドはまたしても仕事のことを思い出させられる。儀式のダンスが再開されるが、今となっては踊る相手の数も少なくなり、やがて間もなく寄付集めも終わると、種々雑多なダンスがまた始まる。だが、すでに真夜中を回っていて、これまでとは様子も違っている。踊っている連中の足取りも重く元気がない――ほとんどの者は酒をしこたま飲んでいて、はしゃぎ回る段階はとっくの昔に過ぎている。何時間もぐるぐる回るダンスのステップは単調だ。深まる一方の昏睡状態で、意識も半分しか働いていないのか、目は中空を見据えたままだ。男は女をきつく抱きしめているが、半時間抱き合っていても、どちらかが相手の顔をながめることもない。踊りたくなくなって、会場の片隅に引き上げ、腕を絡ませたまま座っているカップル。まだやめずに酒を飲んでいて、会場を歩き回っては、片っ端からぶつかっているカップル。ふたりか三人のグループを作って、それぞれのグループで好きな歌を歌っている者たち。時間が経つにつれ、とりわけ若い連中の間で、さまざまな酔態が見られるようになる。お互いに腕を組み合って、センチメンタルな言葉をささやきながら、千鳥足で歩く者。些細な理由で口論になり、殴り合いのけんかをおっぱじめて、引き離される者。例の太った警官も今ではすっかり目が覚めて、いざというときに役に立つかどうか、警棒に触って確かめている。迅速に行動しなくてはならない――午前二時に始まる類いのけんかは、手に負えなくなったが最後、山火事と同じで、署員全員が出動することになりかねないからだ。まず打つべき手は、けんかしている人間を見つけたら、その頭を手当たり次第にかち割ることだ。ぐずぐずしていると、けんかしている人間の数がやたらと多くなって、どの頭もかち割ることができなくなってしまう。この「ストックヤードの裏手」では、かち割られた頭の正確な数は記録されていない。日がな一日、ウシの頭をかち割るのを生業としている男たちは、それがいつもの癖になってしまって、仕事の合間にも友達や、家族の者さえも相手にして、練習に励んでいるらしい。その結果、文明世界全体のために、ウシの頭をかち割るという痛ましい、それでいて必要不可欠な仕事を、ほんの一握りの男たちが近代的な方法で引き受けているという事実は慶賀すべき事柄になるのだ。

今夜は乱闘騒ぎは起こらない――例の警官の監視もさることながら、ユルギスもまた、おそらく警官以上に目を配っているせいだろう。ユルギスは相当飲んでいたが、飲んでも飲まなくても、支払いをしなければならないような席では、そうするのが人情の常というものなのだ。だが、彼はひどく冷静な男で、簡単にキレたりはしない。たった一度だけ、あわやという険悪な事態が持ち上がる――しかも、その原因はマリヤ・ベルチンスカスだ。マリヤは二時間ほど前に、例の薄汚れた白いシャツを着た守護神《バーテン》が鎮座している、会場の片隅の祭壇《カウンター》は、彼女の敬慕する詩神たちの真の棲み処ではないとしても、少なくとも、それに代わる場所を地上で求めようとすれば、ここ以外にはあり得ない、という結論に達していたらしい。その祭壇でかなり聞こし召して、けんかっ早くなっているところへ、今夜の寄付金を出していない悪党どもの話がマリヤの耳に入ってきたからたまらない。いきなり、思いっきり毒づくといった前触れさえもなしに、マリヤは乱闘状態に突入し、誰かが割って入ったときには、悪党ふたりの上着の襟は彼女の両手に握られている。幸い、太った警官は事を荒立てるのを好まない男なので、会場から放り出されるのはマリヤではない。

この騒ぎのために音楽が中断するのは、せいぜいで一分か二分。またしても残酷無比な曲が始まる――半時間も前から、のべつ幕なしに演奏されている曲だ。今回はアメリカの曲で、街で覚えた流行歌。全員、歌詞は知っているらしい――というか、少なくとも、出だしの一行は知っているようで、「昔懐かしい夏の日に――昔懐かしい夏の日に！　昔懐かしい夏の日に――昔懐かしい夏の日に！」と繰り返し繰り返し、休みなしに、口ずさんでいる。この属音《ドミナント》が際限なく反復される調べには、どうやら催眠効果があるらしい。[3] それを弾いている連中はもちろん、聞いている者たち全員が昏睡状態に陥る。誰もそこから逃れることができないし、逃れようとさえ思わない。時刻は朝の三時。思いっきり踊って、踊る楽しみは消え失せ、踊る気力も消え失せている。際限なく飲める酒が貸してくれる気力さえも――それでも、誰ひとりとして、踊りやめることを考えつく力を持ち合わせていない。まさにこの月曜日の朝七時きっかりに、ひとり残らず、それぞれの作業服を身につけて、ダラム社なり、ブラウン社なり、ジョーンズ社[4]なりの所定の位置についていなければならない。一分でも遅刻しようものなら、一時間分の給料が差し引かれる。それが一分に留まらないときには、壁にかかっている真鍮製の名札がひっくり返されているのを目撃することになりかねない。そうなれば毎朝六時から八時半近くまで、屠畜場の入り口で立ちん坊をしている腹を空かせた大勢の連中の仲間入りをする羽目になってしまうのだ。この規則に例外はない、新婦のオーナに対してさえも――結婚式の翌日には休日を、それも無給でいいから休日を取らせて欲しいと願い出たのだが、断られたのだった。会社の思いどおりに働きたがっている人間がいくらでもいるご時世に、自分勝手な働き方をしたいなどと言い出す連中に足を引っ張られる理由はさらさらないというのだ。

可憐なオーナは今にも失神しそうになっている――会場に充満している悪臭のせいで、半ば昏睡状態に陥っているのだ。彼女は一滴も口にしていない。だが、その場にいるほかの者たちは全員、石油ランプが石油を燃やすように、文字どおりアルコールを燃やしている。男たちのなかにはいすや床でぐっすり寝込んだまま、近くへ寄れないほどにアルコールを発散している者もいる。ときたま、ユルギスは彼女のほうに飢えたような視線を投げかけている――とっくの昔に、気恥ずかしさは消え失せてしまったのだ。だが、大勢の客がまだ残っているので、彼としては、馬車がくることになっている戸口のほうを見やりながら待つしかない。その馬車が来ないので、痺れを切らせた彼は、オーナに近づいていく。オーナは顔面蒼白で、わなないている。彼はショール、それに自分の上着をかけてやる。ふたりの家は二ブロックしか離れていないので、ユルギスとしては馬車などどうでもいいような気分だ。

別れの挨拶などないも同然だ――踊っている連中はふたりに気づかないし、子どもたちは全員、高齢者たちも大半は疲れ果てて眠りこけている。デーデ・アンタナスも眠っている。それにシェドヴィラス夫妻も。旦那のほうはいろいろな音階のいびきをかきながら。テータ・エルズビエタとマリヤは大声を上げて泣いている。それ以外は、東の空の星の光が少しずつ薄らいでいく夜の静寂だけだ。ユルギスは無言のまま、オーナを両腕で抱き上げると、大股で外に出る。オーナは悲しげな声を上げて彼の肩に顔を埋める。家にたどり着いたとき、オーナが気を失っているのか、眠っているのか、彼には判然としないが、ドアの錠を開けるために片手で抱かねばならないときになって、目を開けていることに気づく。

「今日は可愛いおまえをブラウンの工場へいかせたりしないぞ」階段を上りながら、彼はささやく。腕をつかんだまま、彼女はあえぎながら言う。「駄目！ 駄目！ そんなことはできない！ 破産してしまうわよ！」

だが、彼はこう答える。「おれにまかしとけって。おれにまかしとけって。もっと稼ぐからな――もっとがんばるからな」

第二章

ユルギスが仕事の話を気楽にするのは若いからだった。シカゴのストックヤードでは、健康を害してしまった男たちが、その後どんな目に遭うことになるか、という話を彼はさんざん聞かされていた——身の毛もよだつような話だったが、ユルギスは笑い飛ばすだけだった。この土地にきてからまだ四カ月。若いうえに、巨人のような大男だった。健康を持て余していた。打ちのめされたときの気分を想像することさえできなかった。「おまえさんたちには仕方がないことだろうな」と彼は言うのだった。「腰抜け《シルプナス》なんだから——だが、おれ様の背中は幅が広いんだぞ」

ユルギスは少年、それもぽっと出の少年みたいだった。ストックヤードの監督《ボス》たちが確保したいタイプ、確保し損なうと泣いて悔しがるようなタイプの男だった。どこそこへいけと命令されたら、そこへひとっ走りで飛んでいく。差し当たって何もすることがないと、あり余るエネルギーのせいで、そわそわしたり、踊ったりしながら、そこいらをうろついている。ほかの男たちと一列になって仕事をしているときなど、列の動きは彼にはいつもまだるっこしく、じりじり、いらいらした態度を見せるために、人目に立ってしまう。一回きりの貴重なチャンスにユルギスが選ばれた理由は、それだった。シカゴに着いてから二日目、ブラウン社の従業員の出退勤を管理する中央タイム・ステーションの外に立ちはじめて三十分もしないうちに、監督のひとりから手招きされたのだ。これが彼の自慢の種で、以前にもまして悲観主義者たちをあざ笑うようになった。彼は職探しをしている数多くの連中のなかから選び出されたのだが、一カ月、いや、数カ月そこに立っていても、まだ選ばれない仲間がいることを、いくらみんなが言って聞かせても無駄だった。「そうだろうよ」と彼は言うのだった。「だが、そいつらはどんな野郎なんだ？　ぶっ壊れた浮浪者の役立たずなんだろ。酒で金を使い果たし、もっと飲み代を稼ぎたいという連中さ。こんな腕のあるおれ様をさ」――彼は握り拳をこしらえると、隆々たる筋肉が見えるように、それを空高く突き上げるのだった――「こんな腕のあるおれ様をさ、世間が飢え死にさせるなんてことを、おれに信じさせようと言うのか」

「どうやら、あんたは」と相手の連中は答えるのだった。「田舎生まれのようだな、とんでもないド田舎のな」

たしかに、そのとおりだった。ユルギスは一儲けして、オーナと結婚する資格を得ようと思い立つまでは、都会はおろか、ほどほどの町さえも見たことがなかった。父親も、父親の父親も、伝説になっているほど昔の先祖たちもみんな、リトアニアの「ブレロヴィッチ」、つまり御料林と呼ばれる地域に住んでいた。これは十万エーカーにも及ぶ広大な土地で、遠い昔から貴族の狩場だった。そこには古くから所有権を持った若干の農民が定住していた。そのひとりがアンタナス・ルドクスだったが、荒野の真っ只中の六エーカーの開墾地で、彼自身が育てられ、子どもたちを育てたのだった。ユルギスのほかに、息子と娘がひとりずついた。その息子は十年以上も前に軍隊に取られ、その後ずっと消息が絶えたままだった。娘は結婚していて、アンタナス老人が息子のユルギスといっしょにアメリカへ移住する決心をしたとき、その土地を娘婿が買い取ったのだった。

ユルギスが実家から百マイルも離れた馬市でオーナと出会ったのは、一年半ばかり前のことだった。ユルギスには結婚する気などさらさらなかった——結婚なんか、男がむざむざ引っかかる愚かな罠だ、と一笑に付していた。だが、その馬市で、オーナに一言も話しかけることもなく、せいぜいで五回か六回、微笑み交わしただけなのに、気後れと不安とで顔を紫色にしながら、彼女を妻として売ってくれるよう、その両親に頼みこむ始末。しかも市で売るのが目的であった父親の馬二頭を差し出したのだった。だが、オーナの父親は岩のように頑固だった。娘はまだ子どもだ、わしは金持ちだ、こんな形でわしの娘を嫁にやるわけにはいかない、と言うのだった。ユルギスはがっくりして村に帰り、その年の春と夏は働きに働いて、必死に忘れようとした。秋になって、取り入れが終わると、こんなことでは駄目だと悟って、オーナとの間に横たわるたっぷり二週間の行程を歩き通したのだった。

彼を待ち受けていたのは思いがけない事態だった。娘の父親は死に、財産は債権者に差し押さえられていた。憧れの女性が手の届くところにいるとわかって、ユルギスの心は躍った。オーナには叔母《テータ》と呼ばれている継母のエルズビエタ・ルコシャイテと、いろいろな年齢の弟や妹が六人もいた。それにテータ・エルズビエタの弟ヨナスもいたが、これは農場で働いていた、しなびた小男だった。一家の人たちは、森の奥から出てきたばかりのユルギスの目には、すごくりっぱに思われた。オーナは文字が読め、彼の知らないことをいくらでも知っていた。だが、今では農場は売り払われ、一家は路頭に迷っていた——全財産は七百ルーブルばかりで、ドルに換算すると半額の三百五十ドル程度だった。その三倍の財産があってもよかったのだが、裁判につぎこんだうえに、敗訴となってしまい、判事に判決を変えてもらうための費用に、残りの金を当てたのだった。

オーナは家族の者たちと別れて、結婚することもできたのだったが、そうしなかったのは、テータ・エルズビエタを愛していたからだった。アメリカへ渡ろうと言い出したのは、ヨナスだった。アメリカでは友人のひとりが金持ちになっていた。わしもわしなりに働く、女どもも働けばいい。子どもたちの何人かは働けるにちがいない——何とか生きていけるのではないか。ユルギスもアメリカのことを耳にしたことがあった。男が一日に三ルーブルは稼ぐことができる国だという話だった。ユルギスは住んでいる土地の物価から、一日三ルーブルの値打ちをはじき出し、アメリカへいって結婚しよう、ついでに金持ちにもなってやろう、とたちどころに決心した。うわさに聞くと、この国では、金持ちでも貧乏人でも、自由だ。軍隊に入らなくてもいい。悪党みたいな役人に金を払わなくてもいい。自分の好きなことができて、誰とでも対等に接することができる。だからアメリカという国は恋人や若者たちが夢見る土地なのだ。渡航費を何とか工面することができさえすれば、苦労は一切消え失せることになる。

翌年の春に出発する相談がまとまった。それまでの一時期、請負業者に身売りしたユルギスは、ほかの連中といっしょに村から四百マイルばかりも歩いていって、スモレンスクで鉄道工事に従事した。これはひどい経験だった。不潔、まずい食事、虐待、重労働。だが、ユルギスはこれに耐えて、村に帰ってきたときはぴんぴんしていたばかりか、八十ルーブルもの金を上着に縫いこんでいた。酒も飲まず、けんかもしなかったのは、明けても暮れてもオーナのことを考えていたからだった。その他の点について言えば、彼は穏やかで、真面目な男で、命じられて仕事をこなし、かんしゃくを起こすことはめったになかったが、いったんかんしゃくを起こすと、二度とそんなことにならないように、相手が用心するのだった。給料の支払いを受けて解雇されたとき、会社のギャンブル好きの連中や飲み屋に近寄ろうとしなかったので、殺されそうになったが、うまく逃れ、半端仕事をしたり、片目は開けたままで眠るようにしたりしながら、てくてく歩いて村に帰ってきた。

こうして、夏になると、一行はアメリカへ向けて出発した。間際になって、オーナのいとこのマリヤ・ベルチンスカスが同道することになった。マリヤは孤児で、子どものときからウィルナの裕福な農家で働いていたが、日課のように主人に殴られていた。二十歳になってやっと、マリヤは自分の力を試してみる気になった。主人に反抗して立ち上がり、半殺しにしてから逃げ出したのだった。

一行は全部で十二人だった。大人五人、子ども六人、それに半分大人で半分子どものようなオーナ。一行は渡航の段階から、ひどい目に遭った。世話をしてくれる旅行代理店の男がいたが、これがとんでもない悪党で、役人たちと組んで一行を罠にかけ、小心翼々としてしがみついていた大事な持ち金の大半を騙し取ってしまった。同じことはニューヨークでも起こった――アメリカのことはもちろん何も知らず、教えてくれる人間もいなかったので、紺色の制服を着た男が一行を案内してホテルに連れていき、そこに留め置いた挙げ句、引き払う段になって、べらぼうな料金を払わせることぐらい、苦もなくできることだった。ホテルの玄関に宿泊料の表を掲示することは法律で定められているが、リトアニア語で書けとは定められていないのだ。

ヨナスの友人が金持ちになったのがストックヤードだったので、一行十二名はシカゴを目指した。知っているのはシカゴという言葉だけだった――少なくとも、シカゴにたどり着くまでは、それさえ知っていれば十分だった。やがて、列車から乱暴に投げ出されると、彼らはそれまでに劣らず困り果ててしまった。目的地に到着したこともわからず、「シカゴ」という言葉を口にしても、誰も行き先を教えてくれない。ただ迷惑そうな顔をしたり、笑ったり、素知らぬ顔で通り過ぎてしまったりするだけ。その理由もわからないまま、遠くに大きな黒い建物がそびえているディアボーン・ストリートを見通しながら、立ちすくんでいた。行き暮れた様子は痛ましいほどだった。とりわけ、制服を着た人間に対しては、誰彼の区別なしに恐怖心を抱いていたので、警官の姿を見かけると、通りを横切って、そそくさと立ち去るのだった。シカゴに着いた最初の日は一日中、耳をつんざくような雑踏のなかを、行き先も知らないまま、さまよい歩いた。夜になってやっと、とある民家の玄関先にうずくまっているところを、警官に発見され、警察署に連れていかれた。翌朝、通訳が見つかり、市街電車に乗せられ、「ストックヤード」という新しい単語を教えられた。今度の冒険では、何ひとつ持ち物を失わずにすんだ、ということがわかったときの喜びようは、とても口では言い表わすことができなかった。

一行は電車の座席に座って、窓から外を見つめていた。電車は何マイルも何マイルも果てしなくつづくように思われる街路を走っていた――彼らは知らなかったが、それは全長三十四マイルもあった。街路の両側には、みすぼらしい二階建ての木造家屋が切れ目なく立ち並んでいた。目につくどの横町も同様だった――坂道や凹地はひとつとしてなく、同じように醜い、汚れた木造家屋がどこまでも延びていた。そこここにある濁った運河に架かった橋。泥が固く乾いた岸、薄汚れた小屋、船溜まり。そこここにある鉄道の踏切。入り組んだ転轍機、煙を吐く機関車、ガタゴトと通り過ぎる貨車。そこここにある大工場。無数の窓のあるすすけた建物、煙突から立ちのぼって、空を曇らせ、地上を汚す大量の煙。だが、こうした邪魔もののひとつひとつが消えた後には、またもとのうらぶれた行列が始まる——貧寒とした木造家屋の行列が。

シカゴに到着するたっぷり一時間も前から、すでに一行は周囲に生じた異常な変化に気づきはじめていた。時間とともに暗さが増し、地面の草は緑色が薄くなるようだった。列車が疾走するにつれて、万物の色が刻一刻とくすみ、畑は乾いて黄ばみ、風景はおぞましく醜悪になった。煙が濃くなってくるとともに、彼らは別の事態にも気づきはじめた。鼻をつく異臭。それが不快なにおいであるとは言いきれなかった。気分が悪くなるようなにおい、と言う者もいたかもしれないが、この者たちの嗅覚は発達していなかったので、異様なにおいということしかわからなかった。そして今、市街電車に座っているうちに、そのにおいの源に近づいているということがわかってきた——そこに向かって、はるばるリトアニアから旅してきたということが。それはもはや、何か遠くにある、風に乗って漂ってくるようなかすかなにおいではなかった。それは嗅ぐことができるだけでなく、文字どおり味わうことができた——それは手につかんで、ゆっくりと調べることができるほどだった。このにおいに関しては、連中の意見はわかれていた。人の手が加えられていない、がさつな、原始的なにおい、という意見もあれば、こってりした、腐ったような、肉感的な、強烈なにおい、という意見もあった。アルコール飲料か何かのように飲みこむ者もいれば、ハンカチを鼻に当てる者もいた。この新しい移民たちが我を忘れてにおいを味見していたとき、突然、電車が停まって、ドアがパッと開き、「ストックヤード!」と叫ぶ声が聞こえた。

街角に取り残された一行は、あたりを見回しながら立ちつくしていた。とある横町には、両側に煉瓦造りの家が立ち並び、その間からひとつの風景が見えた。一番高い建物と同じ高さの、まさに天に届くばかりの六本の煙突と、その煙突から跳ね上がる濃い、油性の、夜の闇のように黒い六本の煙。この煙は永遠の劫火がくすぶりつづけている地底から立ちのぼってきたかのようだった。やむにやまれぬ勢いで、何もかもを押しのける、終わりなき爆発。それは果てることがなかった。やむのを待って、ながめつづけても、いくつもの長大な煙の流れは途絶えることがなかった。それはのたうち、もがきながら、頭上に巨大な雲となって広がり、やがて一本の大河になって天空を流れると、見渡す限り一面の黒い帷《とばり》に包まれていた。

やがて一行は別の奇妙なものに気づきはじめた。これもまた、例のにおい同様、原始的なものだった。それは音——何千もの小さな音が集まった音だった。最初はほとんど気づかない——ぼんやりとした不快、苦痛といった感じで、ゆっくりと意識のなかに入りこむ。春の日のミツバチのざわめき、森のささやきとでも言おうか。果てしない活動、動きつづける世界の低い轟きを暗示する音だった。それが動物の立てる音、何千頭のウシが遠くでうなる声、何千頭のブタが遠くでうめく声であることは、じっと耳を澄まして聞かなければわからなかった。

一行はその音を追いかけていきたかったが、残念ながら、今は冒険をする余裕はなかった。街角にいる警官がこちらに目を向けはじめていたので、例によって例のごとく、通りを先へ先へと歩いていった。だが、一ブロックも行かないうちに、ヨナスは叫び声を上げ、通りの反対側を勢いよく指さしはじめた。その息せき切った叫び声の意味が誰にもわからないうちに、彼はいきなり走り出し、一軒の店に入っていくのが見えた。その店には「J・シェドヴィラス食品店」という看板がかかっていた。やがて彼が姿を現したときは、エプロンにシャツ姿のひどく太った男といっしょで、この男はヨナスに両手で抱きつき、大声で笑っていた。それを見た途端に、テータ・エルズビエタはアメリカでひと財産築いた神話的な人物の名前がシェドヴィラスだったことを思い出した。この人物が食品店の仕事で成功していることが判明したのは、この時点ではとても幸運なことだった。朝もかなり遅くなっていたというのに、彼らは朝食もまだで、子どもたちがぐずりはじめていたからだった。

こうして苦難の旅路もハッピーエンドを迎えることになった。ふたつの家族は文字どおり互いの首に抱きついた――ヨクバス・シェドヴィラスがリトアニアの同郷からやってきた人間に出会ったのは、数年ぶりのことだったからだ。半日もしないうちに、彼らは終生の友になっていた。ヨクバスはこの新世界アメリカの落とし穴を知りつくし、その神秘のすべてを説明することができた。これまでのさまざまな危機的な状況で一行が取るべきであった処置について話してくれることができたし、さらに一層好都合なことに、これから何をすべきかを教えてくれることができた。ストックヤードの反対側で下宿屋をやっているマダム・アニエーレの所へ案内してやろう、とヨクバスは言った。彼の説明するところでは、このユクニエーネ老夫人の下宿は一流の宿泊設備ではないにしても、当座の間に合わせにはなるだろう、ということだった。それを聞いて、テータ・エルズビエタは、今の自分たちにはできるだけ安いに越したことはない、と大急ぎで答えたが、これまで払わされてきた金額にぶったまげていたからだった。この高賃金の国での実際的な経験はほんの数日間にすぎなかったが、その数日間は、この国はまた高物価の国でもあり、そこでの貧乏人は地球上のどの国の貧乏人にも負けず劣らず貧乏である、という残酷な事実を指し示すのに十分だった。こうして、ユルギスが取り憑かれていた大金持ちになるというすばらしい夢はすべて、一夜にして消え失せてしまった。この発見をとりわけにがにがしく思わせたのは、本国での賃金率で稼いだ金を、アメリカの物価水準で使っているという事実だった——こうして彼らはまちがいなく現実世界によって欺かれていたのだ！　この二日間というもの、彼らは餓死寸前だった——鉄道会社が請求する食事代を支払うのは、胸くそが悪くなることだったからだ。

　だが、ユクニエーネ未亡人の家を見た途端、さすがの彼らも二の足を踏まざるを得なかった。これまでの長旅の間にも、これほどひどい所は見たことがなかった。マダム・アニエーレは「ストックヤードの裏手」一帯にごたごたと並んでいる一軒の二階建ての木造家屋で、四部屋のアパートを経営していた。どの家屋にもこの手の四部屋のアパートがあって、その四部屋のひとつひとつがリトアニア人、ポーランド人、スロヴァキア人、ボヘミア人といった外国人が住むための下宿になっていた。このアパートは個人経営の場合もあれば、共同経営の場合もあった。それぞれの部屋には平均して五、六人の下宿人がいた——ときには一部屋に十三人から十四人というケースもあって、四部屋のアパートに五十人から六十人が住んでいるという計算になる。下宿人はそれぞれが自分のための宿泊用具、つまりマットレス、敷布、枕、毛布の類いを用意する。マットレスは床に直接並べられる——ストーブ以外、部屋には何もないのだ。男ふたりが同じマットレスを共用することもけっして珍しくない——昼間働く者がそれを夜使い、夜働く者がそれを昼間に使うといった具合に。下宿屋の経営者が同じベッドを二交替制で働く労働者に貸すのは日常茶飯のことだった。

　ユクニエーネ夫人はしなびたような老婆で、顔にも深いしわが刻まれていた。その家は想像を絶するほどに汚かった。ずらりと並んだマットレスのために玄関からは入れない。裏の階段を上がろうとすると、ニワトリを飼う場所を確保するために、ポーチの大部分が古ぼけた板で囲われていることに気づく。アニエーレはニワトリを放し飼いにすることで、部屋の掃除をしているというのが、下宿人たちのおきまりの冗談になっていた。このやり方だと、ノミ、シラミ、南京虫の類いが抑えられることは確かだったが、周囲の事情をあれこれ勘案すると、老夫人は部屋の掃除よりもニワトリに餌をやることを目的にしているようだった。実を言うと、リウマチを抱えこんでいるために、掃除をするなどといったことは完全にあきらめていたのだった。いつだったたか、リウマチの激痛で体を折り曲げたまま、一週間以上も自室の片隅に転がっていたことがあったが、その隙に、家賃を溜めっぱなしの十一人の下宿人たちは、カンザスシティへいって職探しをする手はずを整えたのだった。七月のことで、野原は緑にあふれていた。パッキングタウンでは野原を見ることはできないし、緑色のものなど、どこを探してもない。だが、放浪の旅に出て、連中の言葉でいう「ルンペン暮らし」をやれば、田舎の風景を楽しんで、長い休養を取って、貨車の無賃乗車をしながら気楽な暮らしができるのだった。

新来の一行を歓迎してくれたのは、このような家だった。これよりいい家は見つかるはずもなかったし、ほかを当たってみたところで、うまくいくはずもなかった。ユクニエーネ夫人は自分と三人の子どもたちのために、少なくとも一部屋を確保してあったので、一行の女性と子どもたちと同居してもよい、と申し出てくれた。夫人の言うのには、寝具の類いは中古の店で手に入れることができるし、こんなに暑い時期には寝具などいらない。たいていの下宿人がやっているように、こんな夜はみんなで歩道で寝ればいい、とのことだった。「明日になったら」とユルギスは自分たちだけになったときに言った。「仕事を見つけるさ。ヨナスも見つけるかもしれない。そうなればおれたちの家が手に入るさ」

その日の午後遅く、ホームグラウンドとなるはずのこの地区をもっとよく知るために、彼とオーナは散歩に出かけて、あたりを見て回った。ストックヤードの裏手には、わびしい二階建ての木造家屋が間遠に点在していた。殺風景な広い空き地だらけで、大草原の上を蔓延していった大きな腫れ物のような都市からも見過ごされたかのようだった。この殺風景な空き地には薄汚れた、黄色の雑草が生い茂っていて、無数のトマトの空き缶が隠されていたが、そこでは、これまた無数の子どもたちが遊んでいて、追い駆けっこをしたり、大声を上げたり、けんかをしたりしていた。この界隈の何とも不気味な点は、子どもの数が多いことだった。学校が放課後になったばかりにちがいない、と思うかもしれないが、長く住んでいると、学校などはどこにもなくて、全部がこの界隈の子どもたちだということがわかってくる。パッキングタウンの街区には子どもの数がやたらと多いので、一頭立ての馬車が並足以上の速さで走れる道路はどこにもないほどだ、ということも。

いずれにせよ、道路の状態のせいで、馬車はそれ以上の速度で走ることはできなかった。ユルギスとオーナが歩いている道路は、道路というよりもミニチュアの地形図に似ていた。路面は家屋のレベルよりも数フィート低いのが普通で、その家屋には高い板張りの歩道がつながっている。舗装道路などはない。あるのはただ山と谷と川、溝と堀、悪臭を放つ緑色の水があふれている大きな凹地だけ。この水溜まりのなかで子どもたちは遊び、道路の泥のなかで転がり回っている。たまたま見つけた獲物を取り出そうと、泥を掘り返している子どもの姿をそこここで見かける。これにはびっくりする。そこいらに密集して、周りの空気を文字どおり真っ黒にしているハエの大群、それに鼻をつく奇妙な汚臭、おぞましい、宇宙の死物すべてのような悪臭にも。よそ者はあれこれ質問をしたくなるが、住民は落ち着きすまして、ここは「埋立地」だ、市のゴミ捨て場として利用することで「埋め立てた」土地だ、と答えてくれる。二、三年もすれば不快感は消えてしまう、とのこと。だが、それまでは、暑い天気の日や、とりわけ雨降りのときには、ハエはうるさいかもしれない。「不衛生なのでは?」というよそ者の質問に、住民は「たぶんね。何とも言えんよ」と答えてくれる。

目を大きく見開いたまま、周りをながめたり、感心したりしながら、もう少しむこうへいくと、ユルギスとオーナは土地が「埋め立て」られている現場に出た。二ブロック四方ぐらいの巨大な穴があいていて、ゴミ収集車の長い列がいくつも滑りこんでいる。この穴には上品な言葉では言い表わせないような臭気が漂っていて、一面にまき散らされたような子どもたちが明け方から日暮れまで掘り返している。ときどき、この「ゴミ捨て場」を見学しにきた食品加工会社の連中が、その様子を見やりながら、子どもたちは食べ物を漁っているのか、それとも家で飼っているニワトリのための餌を集めているのか、議論している。どうやら、それを確かめに下へ降りていく者はひとりもいないらしい。

このゴミ捨て場のむこうには、煙突から煙を吐いている大きな煉瓦工場があった。まず煉瓦をつくるための土を掘り出し、その穴をゴミで埋め立てているのだが、これはアメリカのような進取的な国にいかにもふさわしい絶妙な仕組みのようにユルギスとオーナには思われた。もう少しむこうには、また別の巨大な穴がひとつあったが、これは穴のままで、まだ埋め立てられていなかった。そこには水が溜まっているが、夏の間はずっと溜まったままで、周囲の土が流れ込み、太陽の熱で腐敗して、シチュー状になっている。やがて冬になると、誰かが穴に張った氷を切り取って、市中で売りさばいている。これもまた新来のふたりには経済的な仕組みに思われた。新聞を読むことのないふたりの頭は、「病原菌」などといった厄介な考えで思い悩むことがなかったからだ。

この風景のむこうに太陽が沈んでいく間、ふたりは立ちつくしていた。西の空は血のように赤く染まり、家々の屋根は火のように輝いていた。だが、ユルギスとオーナが考えていたのは、日没のことではなかった。ふたりはそれに背を向けて、遠くにくっきりと見えるパッキングタウンのことばかりを考えていた。大空を背景にした建物の黒く、はっきりとした輪郭。いくつもの建物のそこかしこにそびえ立つ巨大な煙突の群れ。世界の果てまで流れていく煙の川。この煙はいまや色彩の習作《スケッチ》とでも呼ぶべきだった。夕日に照らされた煙の黒色と褐色と薄墨色と紫色。この場所のむさ苦しい印象はすべて消えていた——黄昏の薄明のなかにあるのは力のヴィジョンだった。暗闇がそれをのみこんでいく様子を見守っているふたりには、それは驚異に満ちた夢のように思われた。人間のエネルギー、生産されているモノ、何千何万という人間のための仕事、機会と自由、生命と愛情と歓喜を語りつづける夢のように。腕を組んで、その場を立ち去りながら、ユルギスは言った、「明日になったら、あそこへいって、仕事を見つけるぞ！」

第三章

デリカテッセンの店主としての立場上、ヨクバス・シェドヴィラスは知人が多かった。そのなかにダラム社に雇われている警備員がいて、就職斡旋の仕事をしょっちゅうしていた。ヨクバスは一度も依頼したことはなかったが、この男の力を借りれば、友人のひとりやふたりをまちがいなく就職させることができる、と言った。相談の結果、アンタナス老人とヨナスのために運動することが決まった。ユルギスは誰の助けを借りなくても、自分で就職する自信があった。

前にも述べたように、彼のこの考えはまちがっていなかった。ブラウン社に出かけて、半時間も立ちん坊をしないうちに、群を抜いて背の高い彼の姿に目をつけた監督のひとりが、手招きをした。ふたりの間の会話は簡潔だが要を得ていた。

「英語、話せるか?」

「イイエ。リトアニア人」(この単語をユルギスは入念に勉強してあった)

「仕事?」

「ハイ」(首をうなずかせる)

「前にここで働いたことは？」
「ワカリマセン」
（監督は合図をしたり手まねをしたりする。ユルギスは首を強く横に振る）
「内臓をシャベルですくったことは？」
「ワカリマセン」（もっと首を横に振る）
「内臓。熊手。箒！」（手まねをしながら、リトアニア語で）
「ハイ」
「入り口が見えるな。ドゥリース？」（指さしながら、リトアニア語を交えて）
「ハイ」
「明日の朝。七時だぞ。わかったな？」（同じことをリトアニア語でも繰り返す）
「アリガトウゴザイマス」（リトアニア語で）
たったこれだけだった。ユルギスは立ち去った。突然、勝利の実感に全身が襲われた。大声を上げて躍り上がると、一目散に駆け出した。仕事にありつけたぞ！　仕事にありつけたぞ！　羽根でも生えたかのように一気に駆けもどると、つむじ風のように家に飛びこんで、夜勤から帰って寝ついたばかりのたくさんの下宿人たちを激怒させてしまった。
他方、友人の警備員に会いにいったヨクバスが、色好い返事をもらってきていたので、一家の者は誰も彼も大喜びだった。その日は何もすることがなかったため、店は妻のルツィヤにまかせて、ヨクバスは友人たちを引き連れてパッキングタウンの見学に出発した。その彼には、客人の一行に自慢の家屋敷を案内して回る田舎紳士といった風情が漂っていた。ここの古くからの住民で、一帯の驚くべき発展をずっと目の当たりにしてきたので、彼は個人的なプライドを覚えていた。土地を所有しているのは屠畜業者かもしれないが、ここの風景は彼のものだった。それに異を唱える者は誰もいなかった。

一同はストックヤードへつづく人通りの多い道路を歩いていった。まだ早朝だったので、すべての動きが最高潮にあった。従業員たちの流れが絶え間なく正門をくぐっていた。この時間帯は事務員や速記者などの上級社員だ。女性社員のためには二頭立ての大型馬車が何台も待っていて、満席になり次第、駆け足で出発した。遠くのほうから、またしてもウシの鳴き声が聞こえてきた。遠い海鳴りのような鳴き声。前回とは違い、一同はサーカスの動物園を見つけた子どものように夢中になって、それを追いかけた──事実、周りの光景は動物園にそっくりだった。鉄道線路を横切ると、道路の両側にウシがひしめいている係留所の囲いがあった。立ち止まって見物したかったが、ヨクバスにせき立てられて、階段と、一段と高い観覧席のある所までいった。そこからすべてを見通すことができた。一同は固唾を呑んで立ちすくんだまま、目を見張っていた。

ストックヤードは一平方マイルを超す広さがあり、その半分以上はウシの囲いで埋まっている。北から南へ、目の届く限り、囲いの海。その囲いにはウシがぎっしり。世界中にこんなにもいるとは夢にも思わなかったほどの数のウシ。赤いウシ、黒いウシ、白いウシ、黄色いウシ。年とったウシ、若いウシ。うなり声を上げている大きな雄ウシ、生まれて一時間も経っていないような子ウシ。穏やかな目をした乳牛、長い角を生やした獰猛なテキサス産の去勢牛。ここのウシの発する鳴き声は、まさに宇宙のすべての納屋の前庭から聞こえてくる鳴き声のようだった。ウシの数を数えるなどということは――囲いの数を数えるだけでも一日がかりになるだろう。長い通路が縦横に走っていて、ところどころゲートで仕切られている。ヨクバスの説明では、ゲートの数は二万五千とのことだった。ヨクバスは、この種の統計を満載した新聞記事を読んだばかりなので、受け売りの数字を繰り返しては、案内している連中が驚嘆の声を上げるのを聞いて、得意満面だった。ユルギスも少しばかり得意顔だった。ここに仕事を見つけたのではないか？　この躍動する世界の一員、この驚嘆すべき機械の歯車のひとつになったのではないか？

通路の至るところを、長靴をはいて、長い鞭を持った男たちが馬で駆け巡っていた。互いに声をかけ合ったり、ウシを追っている連中に呼びかけたりして、ひどく忙しそうにしていた。遠く離れた州からやってきたカウボーイや畜産業者、ブローカーや委託売買人、大手食肉加工会社すべてのバイヤーたちだった。ここかしこでウシの群れを検査するために立ち止まる。短い、てきぱきした商談が行われる。バイヤーがうなずいたり、鞭を落としたりすると、取引が成立したことを意味している。バイヤーはそれを手帳に記入するが、そこにはこの日の朝に、成立した何百という取引が書きこまれている。やがてヨクバスはウシが体重測定のために追いこまれる場所を指さした。それは十万ポンドの重量を同時に測定し、それを自動的に記録する巨大な体重計だった。一同が立っていたのは、ストックヤードの東側入り口近くだったが、この東側沿いには鉄道線路が通っていて、ウシを満載した貨車が滑りこんでくる。これが夜を徹してつづいた結果、囲いはウシで一杯になっているが、今夜までには、それもすべて空っぽになってしまう。こうして同じことがまたぞろ繰り返されることになるのだ。

「このウシは、みんなどうなるの？」とテータ・エルズビエタが大声で聞いた。

「今夜までには」とヨクバスが答えた。「殺されて解体されるのですよ。食肉加工会社の反対側にも鉄道線路があって、そこから貨車で搬出されます」

ストックヤードの内部には、二百五十マイルの鉄道線路が敷かれている、とガイド役のヨクバスは説明をつづけた。毎日、一万頭のウシ、それと同数のブタ、その半数のヒツジが搬入される——つまり、毎年、八百万頭から一千万頭の家畜が食品となる勘定だ。立ち止まって観察している者には、食肉加工会社の方角へ向かっていくウシの流れが少しずつわかってくる。囲いの上方に仕組まれた、幅十五フィートばかりのシュートと呼ばれる通路へと追い立てられているウシの群れ。このシュートをウシの流れは絶え間なくつづく。何も知らずに、押し合いへし合いしながら、待ち受けている運命へと急いでいるウシを見るのは不気味というほかない。まさに死の川だ。われわれの一行には詩心を持ち合わせた者などいなかったので、この光景が人間の運命に関するメタファーを暗示することはなかった。何もかもが驚くほどに能率的に処理されていることを考えているだけだった。ブタが送りこまれたシュートは高くまで伸びていて、遠くの建物の屋根にまで達している。ブタは自分の足の力で上まであがるが、その後は自分の体重を利用する形で、ポークになるために必要な全工程を通り抜けることになる、とヨクバスが説明してくれた。

「ここでは無駄は何ひとつないのですよ」と一同の案内役は言ってから、「ブタの使えない所といえば、悲鳴だけですからね」と笑いながら付け加えた。この気の利いたせりふを、無知な友人たちが彼の自作のせりふと思ってくれたので、ヨクバスは上機嫌だった。ブラウン社の管理センターの前にはちっぽけな草地があって、それがパッキングタウンの唯一の緑地帯であることが判明するが、それと同様に、案内人たちの常套句とも言うべきこのブタと悲鳴に関する冗談は、ここで見出される唯一のユーモアのひらめきなのだ。

係留所の囲いを嫌と言うほど見学してから、一同はストックヤードの中心部に密集している建物までの道路を歩いていった。このパッキングタウンの吐き出す何層もの煙で汚れた、煉瓦造りの建物は、一面が広告の文句で塗りつぶされていた。この広告を見た途端に、来観者は思いもかけずに、日ごろの悩みの種の多くが生み出される場所にきていることを実感させられる。旅行先の風景を台無しにしている看板、新聞雑誌のどぎつい広告文句、頭から追い払うことのできない愚劣なコマーシャル・ソング、至るところの街角で待ち伏せしているあくどい写真広告などなどで、腹が立つほどしつこく宣伝されている驚異の製品が作られているのは、ここなのだ。ここでブラウン社製の高級ハムと高級ベーコン、ブラウン社製の精選ビーフ、ブラウン社製の極上ソーセージが作られているのだ！　ここにあるのがダラム社製の純正リーフラード、ダラム社製のブレックファースト・ベーコン、ダラム社製の缶詰ビーフ、ダラム社製の缶詰ハム、ダラム社製の味付けチキン、ダラム社製の最高肥料の本部なのだ！

一同がダラム社の建物のひとつに入ると、ほかに何人かの来観者たちが待機していた。ほどなく来観者に内部の案内をしてくれるガイドがやってきた。外部の人間に屠畜場を見学させるのは、いい宣伝になるので、会社側も力を入れている。とはいっても、会社が見せたいと思っているもの以外は、来観者は見せてもらえないのですよ、と店主のヨクバスは悪意のこもった口調でささやいた。

一同は建物の外側にある長い一連の階段をあがって、五階か六階の屋上にたどり着いた。そこには例のシュートがあって、ブタの流れが根気よく上へ上へとよじのぼっている。一息入れて休む場所もあり、そこから別の通路を抜けて、解体室に入っていくが、そこからはブタは逆もどりできない仕組みになっている。

それは細長い部屋で、周囲には来観者用の観覧席が設けられている。正面には円周が二十フィートはありそうな鉄製の巨大な車輪があって、周囲のそこここにリングがついている。この車輪の両側には狭いスペースがあって、そこに長い旅を終えたブタが入っていく。ブタの群れの真ん中に、腕も胸もむき出しの屈強そうな大柄の黒人が立っていた。そのときはちょうど、黒人は休憩中だった。車輪は停止していて、屠夫たちがそれを洗っていたからだった。だが、一、二分も経たないうちに、車輪はゆっくりと回転しはじめ、両側に待機していた屠夫たちは勢いよく仕事に取りかかった。それぞれが手に鎖を持っていて、それを一番近くにいるブタの脚に巻きつけ、もう一方の端を車輪のリングのひとつに引っかける。こうして、車輪が回転すると、ブタはいきなり足をすくわれ、高く吊り上げられることになる。

その瞬間、とてつもなく烈しい悲鳴が耳をつんざく。来観者たちは驚きおののき、女性たちは顔面蒼白になって、後ずさりする。この悲鳴につづいて、もっと高い、もっと苦しそうな悲鳴が聞こえてくる。この旅に出たが最後、ブタは二度ともどってくることはない。車輪の頂点までくると、ブタは移動滑車に移されて、解体室のむこうへ一気に運ばれていく。その間にも一頭、また一頭とつぎつぎにリングに引っかけられ、足から吊り下げられたまま、狂ったようにもがいたり、悲鳴を上げたりしているブタの二列縦隊ができあがる。その叫喚はすさまじく、鼓膜も破れんばかり。この騒音を部屋は支え切れないのではないか、壁が崩れ、天井にひびが入るのではないか、と心配になってくる。高い悲鳴、低い悲鳴、ブーブー鳴く声、苦悩に満ちた絶叫。一瞬の静けさが訪れるかと思うと、つぎの瞬間には、さらに烈しい騒音が沸き起こって、耳を聾するばかりの絶頂に達する。来観者のなかには耐え切れない者もいる。顔を見合わせて、引きつったように笑っている男たち。両手を握りしめて、頬を紅潮させ、目に涙さえ浮かべている女たち。

他方、こういったことには一切お構いなしに、床にいる屠夫たちは仕事を進めている。ブタの悲鳴にも来観者の涙にも無頓着だ。一頭また一頭と、ブタをリングに引っかけ、一頭また一頭と、のどをすばやい一撃で切り裂く。悲鳴も鮮血もいっしょに消えていくばかりの長いブタの行列。やがてブタは一頭また一頭と動きはじめて、熱湯をたたえた大樽のなかに水煙とともに没して見えなくなる。

すべてがあまりにもビジネスライクに進行するので、魅せられたように見入ってしまう。機械によるポーク製造、応用数学によるポーク製造とでも言おうか。だが、どんなに事務的な人間でも、なんとなくブタのことを考えずにはいられない。罪もないブタ、人間を信頼しきってやってきたブタ、抵抗の姿もきわめて人間的なブタ、さまざまな権利を文句なしに備え持っているブタ！　こんなことをされる覚えはブタには一切ない。お詫びの言葉もなく、一滴の告別の涙を流すこともなく、冷酷かつ非情な態度でブタを吊り下げるような、ここでのやり方は、ブタを踏んだり蹴ったりの目に遭わせるようなものではないか。ときたま涙を流す来観者がいることはたしかだ。だが、来観者の姿があろうとなかろうと、この屠畜機械は稼働しつづける。それは誰に見られることも、気づかれることもなく、闇から闇へと葬り去られる、地下牢での恐るべき犯罪に似通っているのだ。

長時間そこに立ってながめていると、誰だって哲学的にならざるを得ない。象徴や比喩を持ち込み、全宇宙のブタの悲鳴に聞き入らざるを得なくなる。ブタのための天国、このような苦悩が報いられる天国など地上や大空のどこにもない、と信じてもいいのだろうか？　ブタはそれぞれが別個の存在だ。白いブタ、黒いブタ、茶色のブタ、斑色のブタ、老いたブタ、若いブタ、痩せて細長いブタ、巨大なブタ。それぞれが個性、意志、希望、願望を持っている。それぞれが自信、自負、自尊心に満ちている。疑うことを知らず、心から信じきって、なすべきことをりっぱに果たしている間にさえも、頭上に暗雲が漂い、容赦ない運命が待ち伏せしていたのだ。いまや、突然、その運命が襲いかかり、足をつかんで離さない。慈悲もなければ容赦もない。どんなに抵抗しても、どんなに悲鳴を上げても、運命には無意味だ。運命は残酷な意志を遂行するのみ。ブタの願望や感情など一切存在しないかのように。運命はブタののどを切り裂き、断末魔の苦しみを見守る。となると、このブタの個性を尊重し、ブタの悲鳴や苦悩に意味を認めてくれる、ブタの神様といったものはどこにも存在しない、と信じなければならないのか？このブタを抱きしめて慰め、見事に果たした仕事を褒めたたえ、自己犠牲の意味を説いてやる者は誰もいないのか？　一同とともに立ち去ろうとしたとき、心優しいユルギスの脳裏をかすめたのは、こうした思いの一端だったかもしれない。「神様《ディエヴェ》、ブタに生まれなくてよかったよ！」と彼は呟いていた。

　解体されるブタは熱湯の大桶から機械で引き上げられて、二階の床に落とされる。途中、ブタのサイズと形に合わせて調節できる、無数のスクレーパーのついた精巧な機械にかけられ、反対側から出てきたときには剛毛のほとんどが取り除かれている。そこでまた機械で吊り下げられ、別の移動滑車で運ばれるが、今度は二列に並んだ屠夫たちの間を通っていく。屠夫たちは一段と高いプラットフォームに陣取っていて、流れてくるブタにひとりが所定の処置をひとつずつ施す。脚の外側をこする者。同じ脚の内側をこする者。すばやい一回の動作でのどを切り裂く者。すばやい二回の動作で頭を切り離す者（切り離された頭は床に落ちて、穴から消える）。ひとりが屠体を縦に切り裂くと、ふたり目が胴体を開き、三人目がノコギリで胸骨を切断し、四人目が内臓のスジを切り、五人目がそれを取り出す（この内臓もまた床の穴から滑り落ちる）。脇腹をこする者、背中をこする者、内側をきれいにする者、汚れを落とす者、水洗いする者。この工場を見渡すと、長さ百ヤードの、吊り下げられたブタの列がゆっくりとはうように動いているのが目に入る。屠夫は一ヤードの間隔を置いて、まるで悪魔に追い立てられてでもいるかのように働いている。このブタの流れ作業が終わるころには、屠体の隅から隅まで何回となく手が加えられている。やがてブタは冷蔵室に送りこまれて、二十四時間留め置かれるが、そこに入り込んだ部外者は冷凍ブタの森で道に迷ってしまうのだ。

だが、解体されたブタを冷蔵室に入れるには、公認屠畜検査官の許可を得なければならない。検査官は戸口に座っていて、結核検査のためにブタの頸部の分泌器官に手を触れる。この公認屠畜検査官には仕事に追いまくられている様子はさらさらない。検査を済ませていないブタが通り抜けはしないか、という不安に駆られているようにも見えない。こちらが話し好きの人間だったら、喜んで話し相手になって、結核にかかったブタに見つかるプトマインの恐るべき毒性について説明してくれる。だから、話しこんでいる間に、一ダースかそこらのブタの屠体が触診を受けずに通り過ぎても、聞き手としては目くじらを立てるような恩知らずになることはできない。この検査官はりっぱな銀のバッジを着けていて、権威にあふれた雰囲気を周囲に生み出し、ダラム社で行われているすべてにアメリカ政府公認の刻印を押しているとでも言えようか。

ユルギスはほかの来観者たちといっしょに、吊るされたブタの列の横を歩いていったが、あっけに取られたのか、口をあんぐり開けたまま、周りをながめていた。彼はリトアニアの森でブタを解体したことが何回かあったが、一頭のブタを数百人の屠夫が解体する光景を見ることになろうとは夢にも思わなかった。それは彼にとって一編のすばらしい詩だった。彼はすべてを無邪気に信じこんでいた――随所に掲示された、従業員に清浄作業を呼びかける注意書に至るまでも。この注意書を皮肉屋のヨクバスが厭みなコメント付きのリトアニア語に訳したうえで、腐敗した肉に薬物が添加される秘密の部屋に一同を案内することを申し出たときには、すっかり気を悪くしたほどだった。

来観者の一行は下の階へ降りていった。そこでは皮や内臓や頭といった副生物が処理されていた。腸が運ばれてくると、ソーセージの皮にするために中身がかき出され、きれいに洗われる。男女の従業員が吐き気を催すような異臭のなかで働いている。その異臭のせいで、来観者たちはあえぎながら足早に通り過ぎる。別の部屋には「タンク処理」のためにさまざまな副生物が運ばれてくるが、それはタンクで炊いて、ポンプで汲み出した脂肪分から石鹸やラードを作る作業だ。その下では、しぼり滓が取り出されるが、ここもまた来観者が長居できる場所ではない。さらに別の部屋では、冷蔵室に貯蔵されていたブタを屠夫たちが切り分けている。最初に登場するのは「スプリッター」と呼ばれる、工場一の熟練屠夫たちで、時給五十セントという高給を取りながら、一日中ブタの背割りの仕事以外は何もしない。つぎに控えるのが「クリーヴァーマン」と呼ばれる、鋼鉄のような筋肉をした大男の屠夫たちで、この肉切り担当の屠夫たちは、それぞれふたりの助手を従えている。背割りにしたブタを屠夫の前の屠畜台に移動させ、屠夫が切断しているブタを押さえつけ、二度目の切断ができるようにブタの向きを変えるのが、助手の仕事だ。この屠夫は刃渡り約二フィートの肉切り包丁を手にしていて、ただの一振りで肉を断ち切る。それが実に鮮やかな手際なので、打ち込みすぎて、刃が欠けることもない――過不足のない力で一刀の下に両断するのだ。こうして、床面にぽっかり開いたいくつもの穴から、ハム用の腿肉、半身の前部、脇腹肉などがそれぞれ階下の別々の部屋に落下する。この下の階へ降りていけば、腿肉が大樽に収められている塩漬け室、気密性の鉄扉のついた巨大な燻製室などを見ることができる。ほかの部屋では塩漬け豚肉が作られる――いくつもの地下室には天井まで山積みにされた塩漬け豚肉がぎっしり詰まっている。さらに別の部屋では、豚肉を箱や樽に入れる作業や、油紙で包装したハムやベーコンの密封、ラベル貼り、結束といった作業が行われている。こうした部屋の戸口から、製品を満載したトロッコを作業員がプラットフォームまで押していくと、そこでは貨車が積み込みのために待機している。ここまでやってきた来観者は、この巨大な建物の一階にやっと降り立っていることに気づいて、驚き慌てるのだ。

それから一行は道路を横切って、ウシの屠畜場へ向かった。そこでは毎時四百頭から五百頭のウシが精肉に変わる。後にしてきたばかりの場所と違って、ここでの作業はすべて同じ階で行われる。解体されるウシが一列になって屠夫のほうへ移動するのではなく、ウシの列が十五から二十もあって、屠夫が列から列へと移動する。それは強烈な動きに満ちた光景、人間のパワーの壮観なながめだ。すべてがひとつの広大な部屋で行われるが、このサーカスの円形演技場を思わせる部屋の中央部には、来観者のための観覧席が設けられている。

この部屋の片側には床から二、三フィートの高さで狭い通路が走っていて、そこに電気ショックを与える突き棒を持った屠夫たちがウシを追いこむ。ここに集められたウシは、それぞれが別々のノッキングペンに閉じ込められるが、このペンはゲートが閉まり、身動きができないほどの狭さだ。このウシが鳴いたり、跳ねたりしているペンの上から、大ハンマーを構えた「ノッカー」と呼ばれる屠夫が身を乗り出して、一撃を加える機会をうかがっている。ノッキングの絶え間ない音と、去勢牛が床を踏み鳴らしたり蹴ったりする音が部屋にひびき渡る。一頭のウシがぐらりと倒れると、つぎの瞬間にはノッカーはもう別のウシに移っている。別の屠夫がレバーを上げると、ペンの脇の壁が開いて、まだ蹴ったり、もがいたりしているウシが屠畜台に転がり落ちる。ここで屠夫がウシの肢に鋼索《シャックル》をかけ、別のレバーを押すと、ウシの体は空中に逆さ吊りになる。ノッキングペンの数は十五から二十で、十五頭から二十頭のウシに一撃を食らわせて、転倒させるまでに、ものの二分もかからない。それからまたペンのゲートが開けられて、新しいウシの群れが追いこまれる。こうして、それぞれのペンから間断なく流れ出てくるウシの屠体を、屠畜台の屠夫たちは滞りなく処理しなければならない。

この屠夫たちの仕事ぶりは、ちょっとした見物だし、一度見たら忘れることができない。屠夫たちは文字どおり駆けずり回りながら、猛烈な勢いで働く――フットボールの試合以外に比べようのないほどのペースだ。それは高度に専門化された労働で、それぞれの屠夫が仕事を割り当てられている。たいていの場合、二回か三回、ウシの決められた箇所にナイフを入れるのが、その仕事だ。一列にぶら下がった十五頭か二十頭のウシの横を駆け抜けながら、それぞれにナイフを入れる。まず登場するのが血抜き専門の「ブッチャー」と呼ばれる屠夫で、目にも留まらぬ早技でさっとナイフを一振りする。ナイフは一瞬きらめくだけだ。こちらが気づいたときには、屠夫はすでにつぎのウシの列に突進していて、床には鮮血が滝のように流れ落ちている。シャベルですくって、いくつかの穴から流そうと、屠夫たちがせっせとがんばっているにもかかわらず、この床には血が半インチも溜まっている。血のせいで床が滑って仕方がないはずだが、屠夫たちが働いているのを見ている人間は、誰もそんなことは思ってもみないだろう。

ウシは放血のために数分間、逆さ吊りにされる。だが、時間が浪費されることはない。それぞれの列には数頭のウシがぶら下がっていて、一頭はいつも準備ができている。そのウシは床に下ろされ、「ヘッズマン」と呼ばれる屠夫がやってくる。この屠夫は二回か三回、すばやくナイフを振るって、頭を切り落とすことを仕事にしている。つぎに「フロアズマン」と呼ばれる屠夫が登場して、皮に最初のナイフを入れ、別の屠夫が中央部まで皮を断ち切る仕事を片づけると、六人ばかりの屠夫がつぎつぎにすばやく取りかかって、皮剥ぎの仕事を終わらせる。これが片づくと、ウシはまた吊り上げられる。棒を手にした屠夫が切り傷の有無を確認するために皮を調べ、別の屠夫がそれをぐるぐる巻きにして、床につきものの穴のひとつから投げ落とす。その間にも、牛肉の旅はつづく。それを切る屠夫、割く屠夫、内臓を取り出して、内部をきれいにこすり取る屠夫。さらには熱湯の噴流をホースでかける屠夫、四肢を切断して、最終の仕上げをする屠夫もいる。最後には、ブタの場合と同じように、枝肉は冷蔵室に運びこまれて、そこで一定時間、吊り下げられる。

来観者たちは冷蔵室にも案内されて、きちんと列をなしてぶら下がっている枝肉を見せてもらうが、それには公認屠畜検査官による検査済証が麗々しく貼ってある。特別の方法で解体された一部の枝肉には、正統派のユダヤ教徒に販売してもいいことを証明する「清浄牛肉」のマークがついている。つぎに来観者たちは、床の穴から消えた副生物のひとつひとつがどうなったかを見学するために、建物のほかの場所に連れていかれる。漬物工場、塩漬け工場、缶詰工場、包装室。この包装室では文明世界の隅々で賞味されることになっている極上の牛肉を冷凍貨車で搬出する準備がなされている。この後で外に出た来観者一同は、この巨大な食肉産業に付属する業務が行われている建物群の迷路のなかをさまよい歩く。ダラム社の業務に必要とされているもので、自給できないものはほとんどない。巨大な蒸気動力装置と発電所。製樽工場とボイラー修理工場。油脂をパイプで送りこんで、石鹸やラードを製造する建物。ラード用の缶を製造する工場。石鹸箱を製造する工場。豚毛入りのクッションなどを製造するためにブタの剛毛を洗浄して乾燥させる建物。皮を乾燥させたり鞣《なめ》したりする建物。頭や四肢からニカワを製造する建物。骨を肥料に加工する建物。ダラム社では有機物は爪の垢ほどでも無駄にしない。ウシの角からは櫛、ボタン、ヘアピン、それに象牙の模造品を作り、脛骨やほかの大きな骨は転じてナイフ、歯ブラシの柄、パイプの吸い口となる。蹄からはヘアピンやボタンを作って、残りはニカワにする。四肢、関節、屑皮、腱などはゼラチン、アイシングラス、燐、骨炭、靴墨、骨油といった思いがけない製品に生まれ変わる。ウシの尻尾から巻き毛を作る工場もあれば、ヒツジの皮から羊毛を刈り取る工場もある。ブタの胃からペプシン、血液からアルブミン、悪臭を放つ腸からバイオリンの弦が作られる。何も利用できなくなった部位は、まずタンクに入れて、グリースを搾り出し、その搾り滓を肥料にする。こうした工場はすべて隣接したいくつかの建物に集められ、通路や鉄道で本館と連結している。ここでは、先代のダラム氏が三十年以上前に食肉加工会社を設立してから、二十五万頭ほどの家畜が処理された、と推算されている。ヨクバスの説明によると、ほかの大工場も数え合わせるならば——それらはいまや、事実上、一本化している——それは一カ所に集められた労働と資本の集合体としては最大級だ。三万人の従業員を雇い、直接的には周辺の二十五万人を養い、間接的には五十万人の生活を支えている。しかも、文明世界のすべての国に製品を送りこみ、三千万もの人間に食料を供給しているのだ！

こうした説明のすべてに、われわれの一行は口をあんぐり開けたまま、耳を傾けていた。これほどまでにどでかいことを人間様が案出するなどということは、とても信じられないように思われた。そのせいで、この場所のことをヨクバスみたいに懐疑的な口調で語るのは、ユルギスにとっては神に対する冒瀆のようにさえ思われた。それは宇宙と同じように巨大な仕組みだ。その仕組みの法則や作用は、宇宙と同じように疑うことも理解することもできない。この種の仕組みに対して、ささやかな人間にできることといえば、それをあるがままに受け入れ、言われたとおりのことをやる以外にないように、ユルギスには思われた。そこで仕事を与えられ、そのすばらしい活動の一翼を担うことは、日光や慈雨に対してと同様に、天恵として感謝しなければなるまい。ここでの就職という成功を手に入れる前に、この場所を見ていなかったことを、ユルギスは喜びさえした。もし見ていたりしたら、あまりの規模に圧倒されてしまっていたのではないか、と感じていた。だが、すでにそこに受け入れられ、そこの一員になっている！　この巨大な機構全体が彼を庇護のもとに置き、彼の幸福を保証してくれたような気分を味わっていた。単純素朴で、ビジネスの本質についても無知な彼は、自分がブラウン社の従業員になったということも、ブラウン社とダラム社が全世界から不倶戴天のライバルと見なされているということも、理解していなかった。両社は国法によって不倶戴天のライバルとなることとさえ要求され、罰金刑や懲役刑に処せられたくなければ、競争相手を破滅させるべく努力すべし、と命じられているということも！

第四章

　翌朝、七時かっきりに、ユルギスは屠畜場に出頭した。指示されていた入り口までいって、そこで二時間近くも待った。監督としてはなかへ入ってもらうつもりだったが、口に出して言ったわけではなかった。そこで別の人間を雇おうとして外に出た途端、ユルギスに出くわした。監督は口汚く罵ったが、一言も理解できないユルギスは、言い返すこともなかった。監督の後についていくと、着てきた服を置く場所を教えられた。それから、古着屋で買い、束ねて持参した作業服に着替えるまで待っていた監督に、屠畜台へ連れていかれた。ユルギスの仕事は簡単至極で、覚えるのに数分もかからなかった。街路掃除人が使うような硬い枝箒《ビーザム》を持たされ、去勢牛の列の横を屠夫の後ろからついていく。ウシの体から引き出された湯気の立つ内臓の塊を床のトラップから下に落とす。それから、誰かが滑り落ちないように、トラップの蓋を閉めるというだけのことだった。ユルギスが屠畜場に入っていくと、午前の最初のウシが姿を見せはじめたところだった。周囲を見回す時間もほとんどなく、話をする相手もいないまま、彼は仕事に取りかかった。七月の蒸し暑い日だった。屠畜場の床は一面、湯気の立つ熱い血の海だった――そこを踏み渡らねばならない。むせ返るような悪臭。だが、ユルギスは平気だった。全身が喜びで躍っていた。やっと仕事ができる！　仕事をして、金を稼げる！　一日中、頭のなかで計算していた。時給十七セント半もの信じられないような高給をもらっているのだ。忙しい一日で、夕方七時近くまで働いた。家に帰り着いた彼は、たった一日で一ドル五十セント以上も稼いだ、と報告することができたのだった！

家でも朗報が待っていた。吉事が重なったので、アニエーレの廊下の端を仕切った寝室で盛大なお祝いをしたほどだった。シェドヴィラスに紹介された警備員の面接を受けにいったヨナスは、何人かの監督のところに連れていかれた結果、そのひとりが来週早々に仕事を約束してくれたのだった。マリヤ・ベルチンスカスはどうかというと、ユルギスの成功に嫉妬心をかき立てられ、誰にも相談せずに職探しに出かけたのだった。マリヤに持っていけるものとしては、筋肉逞しい二本の腕と、やっとのことで覚えた「仕事《ジョブ》」という英単語しかなかったが、このふたつだけを武器に、朝から晩までパッキングタウンを歩き回り、活気のありそうな工場にはひとつ残らず足を踏み入れた。出ていけ、と罵倒された工場もあったが、相手が人間だろうが、悪魔だろうが、怖いもの知らずのマリヤだった。誰彼の区別なく、片っ端から聞いてみた――来観者でも、部外者でも、自分と同じ労働者でも。一度か二度は、お高くとまった管理職が相手のことさえあって、頭がおかしいんじゃないの、と言わんばかりの目つきでじろじろと見られた。だが、やっとのことで彼女の努力は報いられた。とある小さな工場で、数十人のさまざまな年齢層の女性が長い仕事台に座って、燻製の牛肉を缶に詰めている部屋に行き当たった。そして、部屋から部屋へさまよい歩くうちに、マリヤは缶詰に色を塗ったり、ラベルを貼ったりしている部屋にたどり着き、そこで運よくひとりの女性職長に会うことができた。底抜けのお人よしのような顔と荷馬車馬のような筋肉をふたつながらに備えた人間が女性職長に対してどれほど魅力的なのか、マリヤはやがて知る運命にあったのだが、そのときの彼女は知る由もなかった。とにかく、監督は明日またおいで、缶詰に色を塗る仕事を習うチャンスをあげられるかもしれないから、と言ってくれた。缶詰に色を塗る仕事は熟練を要する出来高給の仕事で、日給二ドルにもなったので、マリヤはコマンチ族の先住民のような叫び声を上げながら家に駆け込み、部屋中を飛び跳ねはじめたので、赤ん坊が怖がって引き付けを起こしそうになった。

これ以上の幸運は望むべくもなかった。職探しをしなければならない人間は、ひとりしか残っていないのだから。テータ・エルズビエタには家にいて、家事をやってもらい、オーナにはそれを手伝ってもらう、とユルギスは決めていた。オーナには働いて欲しくなかった――おれはそんな男じゃない、オーナもそんな女じゃない、と彼は言っていた。ヨナスとマリヤに食費を入れてもらっているというのに、おれのような男が一家を養えないというのは、おかしな話だ。彼はまた子どもたちを働かせることにも反対だった――アメリカには子どもが授業料なしで通える学校があるという話を耳にしていた。こうした公立学校に神父が反対している、などということは、まだ知るはずもない事柄だった。現時点では、テータ・エルズビエタの子どもたちがよその子ども並みのチャンスに恵まれるようにしてやらねばならない、と彼は考えていた。最年長のスタニスロヴァスはまだ十三歳で、年のわりに小柄だ。シェドヴィラスの長男はたったの十二歳で、すでに一年以上もジョーンズ社で働いている。スタニスロヴァスが英語を話せるようになって、腕に職のある人間に成長するのをユルギスは望んでいた。

そうなると後に残るのは、アンタナス老人だけだった。ユルギスはデーデ・アンタナスにものんびりしていて欲しかったが、それは無理な相談であることを認めざるを得なかった。それに、老人はそれが話題になるのも嫌がった——そこいらの若僧に負けないほどに元気だ、などと言い出したりする。アメリカに渡ってきたときは、一行のなかの一番有能な人間に劣らず野心にあふれていたが、この父親が今では息子の最大の頭痛の種だった。ユルギスが誰に相談しても、パッキングタウンで老人の職探しをするのは時間の無駄だ、という答えしか返ってこなかった。シェドヴィラスの話では、食肉加工会社は高齢者を解雇さえしているのだから、新規採用など思いもよらないことだった。しかも、彼の知っている限りでは、これはここだけの話ではなく、アメリカのどこへいっても事情は変わらないというのだ。ユルギスの気が済むように、シェドヴィラスは例の警備員に聞いてみてくれたが、そんなことはとても考えられない、という返事だった。そのことをアンタナス老人には内緒にしてあったので、何も知らない老人は、ストックヤードの隅から隅まで二日がかりで歩き回ってから、家に帰ってみると、ほかの連中の就職がうまくいったという話を聞かされることになった。だが、健気な微笑を浮かべながら、今度はおれの番だな、と言うのだった。

こんなに幸運に恵まれたということは、マイホームのことを考える権利ができたということではないか、と一家の者たちは考えた。その夏の日の夕暮れ、戸口の上がり段に座って、そのことを相談しはじめたが、そこでユルギスが重大な話題を持ち出した。今朝、仕事にいく途中で、大通りを歩いていると、一軒ごとに広告を配って回っているふたり組の少年を見かけた。その広告に絵が描いてあるのを見て、ユルギスはそれを一枚もらい受け、シャツのポケットに押しこんでおいた。昼飯時に、話し相手になってくれた男がそれを読んで、少しばかり説明してくれたが、それを聞いたユルギスはとてつもないことを思いついたのだ。

その広告を彼は取り出したが、それはちょっとした芸術品だった。長さが二フィート近くもあり、月の光の下でさえ輝くほどの極彩色でカレンダー紙に印刷してあった。その中央部を占めているのは、派手なペンキを塗った、真新しい、まぶしいばかりの一軒の家だった。金色で縁取られた、紫色の屋根。家そのものは銀色で、ドアや窓は赤色だった。二階建てで、正面にはポーチがあり、しゃれた渦巻き装飾の縁取りが施してあった。ドアノブのようなちょっとした細部に至るまで完璧だった。ポーチのハンモック、窓の白いレースのカーテン。この広告の下部の片隅には、愛情をこめて抱き合っている夫婦の姿が描かれ、反対側の片隅に描かれているのは、ふわふわのカーテンがかかった揺りかごで、銀色の翼の生えた天使童子《ケルビム》が微笑みながら空中を舞っていた。その意味が見落とされるのを心配したのか、広告の見出しには「ホーム」を意味するポーランド語のドム、リトアニア語のナマイ、それにドイツ語のハイムの文字が踊っている。この見出しにつづく三カ国語の宣伝文句は、こう問いかける――「なぜ家賃を払ったりするのですか？　なぜマイホームをお持ちにならないのですか？　マイホームが家賃よりもお安く買えるのをご存じですか？　我が社が手がけた何千戸ものマイホームには、幸福な家族の皆様がお住みです」こんな調子で、宣伝文句は雄弁になり、家賃のいらないマイホームで営まれる結婚生活の至福を謳い上げる。そこには「ホーム・スイート・ホーム」の歌[6]の文句さえ引用され、大胆にもポーランド語に翻訳されているが、なぜかリトアニア語版は見当たらない。おそらく、英語の「すすり泣き《ソブ》」が「クークチオイイマス」、「微笑み《スマイル》」が「ヌシシープソイイマス」となるような言語でセンチメンタルな雰囲気を醸し出すのは至難の業、と翻訳者が判断したためだろう。

この広告に見入っている一家の者たちに、その内容を文字の読めるオーナは詳しく説明した。宣伝されている家は四部屋のほかに地下室があり、値段は土地付きで千五百ドルだった。頭金としてわずか三百ドル払えば、残金は毎月十二ドルずつ払えばいい。これは目玉の飛び出るほどの金額だったが、今はアメリカにいるのだ。アメリカではみんな、そんなことを平気で口にしている。アパートの家賃に月九ドル払わねばならないことは知っていたし、現在のように、十二人家族が一部屋か二部屋に暮らしていく以外に、これといった名案があるわけでもなかった。もちろん、家賃を払うとなると、永久に払いつづけなければならないし、事態が好転する見込みはなかった。だが、最初に特別な出費を覚悟しさえすれば、死ぬまで家賃など払わなくても済む日が、やっと訪れるのではあるまいか。

そこで一同は計算をしてみた。テータ・エルズビエタの持ち金が少し残っていた。ユルギスも少し残金があった。マリヤは靴下のどこかに五十ドルばかり縫いこんであった。アンタナス老人は農場を売り払った金の一部を持っていた。みんなで持ち金を出し合えば、頭金だけは準備できそうだった。仕事が見つかって、将来の見通しが立ちさえすれば、当然、一戸建てを買うのが最良のプランだった。もちろん、これは軽々しく口にさえできることではない。とことん考える必要があった。と同時に、思い切ってやる気なら、早いに越したことはなかった。今のままだと、家賃を払いつづけなくてはならない上に、ひどい所で暮らさなくてはならないのではないか。ユルギスは不潔には慣れっこだった――鉄道工夫の世界を経験したことのある人間には、怖いものは何ひとつなかった。そこではドヤの床からノミのつかみ取りができるほどだったのだから。だが、この手の生活はオーナにはふさわしくない。もっとましな住居を、すぐにでも見つけなくてはならない――たったの一日で一ドル五十七セントも稼いできたばかりの男の自信をこめて、ユルギスはそう言うのだった。それほどの賃金を稼ぎながら、この界隈の多くの連中はなぜ現在のような暮らしをしているのか、ユルギスにはどうしても合点がいかなかった。

翌日、女性職長に会いにいったマリヤは、来週の月曜日に出勤して、缶詰の色付けの仕事を覚えるように、と言われた。帰り道、ずっと大声で歌いながらもどってくると、ちょうどオーナと義母がマイホームのことで問い合わせをするために、外出するところだった。その晩、三人は男たちに報告をした。物件は広告に宣伝されているとおりだった。少なくとも、代理店ではそう言っていた。家は数軒、ストックヤードから一マイル半ばかり南の方角にあった。願ってもない買い物ですよ、と代理店の男は保証してくれた——当方にとっても、お客さんにとっても、と。男の説明によると、こんな安売りができるのは、自分では家の売買で儲けようという気はさらさらなく、建て売り会社の代理店をしているにすぎないからだった。残りの数軒を最後に、会社は閉業することになっているので、家賃なしというこの素敵なプランの利用をお考えでしたら、急がれたほうがいいですよ。実際のところ、一軒残っているかどうかも、いささか心もとない。代理店としては、たくさんのお客様を案内していったので、ひょっとしたら、会社のほうではすでに売り切れになってしまっているかもしれない、とのことだった。この話を聞いて、すっかり落胆したテータ・エルズビエタの様子を見て、代理店の男は少しためらってから、本当にお買いになるつもりでしたら、当方の負担で電話連絡を取り、一軒だけ確保しておきましょう、と付け加えた。こうして、やっと話がまとまった——今度の日曜日の朝、一同で下見に出かけることになったのだ。

それは木曜日のことだった。週末までずっと、ブラウン社の屠畜場の従業員は完全操業だったので、ユルギスは毎日一ドル七十五セントを軽く稼いだ。この調子だと、週十ドル五十セント、月四十五ドルになる。ユルギスはひどく簡単な足し算引き算は別として、計算ができなかったが、オーナは、この種のことになると、稲妻のように迅速で、一家の問題をたちどころに解決してくれた。マリヤとヨナスはそれぞれ月十六ドルの食費を入れる。アンタナス老人も、明日にでも仕事が見つかり次第、同じように十六ドル入れると言い張ってきかない。それで総額九十三ドル。それから、マリヤとヨナスのふたりでローンの毎月の払いの三分の一を分担してくれれば、ユルギスは月八ドルだけ負担すればいい。となると、一家の収入は一カ月八十五ドル。かりにデーデ・アンタナスがすぐに職にありつけないとしても、一カ月七十ドルになる勘定で、十二人家族を支えるには、それでまちがいなく十分のはずだった。

日曜日の朝、約束の時間より一時間も早く、家族全員が繰り出した。紙切れに行き先を書いてあったので、それをときどき行き会う人に見せた。たっぷり一マイルあったが、てくてく歩いていった。半時間ばかりして代理店の男が姿を見せた。いい血色をした、如才ない人物で、おしゃれな服装をしていた。それに、リトアニア語が自由に話せたので、一家を相手にするには非常に有利だった。男は問題の家までついていってくれたが、それは建築美など無用の長物視されている界隈の、横一列に立ち並んでいる典型的な木造家屋の一軒だった。オーナはがっかりしてしまった。広告の絵とは似ても似つかぬ家だったからだ。第一、色彩の配合が違っていた。それに、それほど広くもないようだった。とはいっても、ペンキを塗ったばかりで、見た目はひどくよかった。代理店の男の話では、正真正銘の新築とのことだったが、男にのべつ幕無しにしゃべり立てられて、すっかり混乱してしまい、あれこれ質問をする余裕もなかった。あれこれ聞いてみるつもりでいたが、いざとなると忘れてしまったり、そうする勇気がなかったりした。並びのほかの家は新築のようには見えなかったし、人が住んでいるのは、二、三軒だけのようだった。このことを思い切って口にしてみると、買い主たちは近日中に入居の予定だというのが代理店の男の返事だった。この点をしつこく質すのは、相手の言葉を疑っているように聞こえるかもしれない。それに、生まれてこの方、「紳士」と呼ばれる階級の人間に尊敬と謙譲の念を抱かずに口をきいたことのある者は、一行のなかにひとりもいないような有り様だった。

この家には路面から二フィートばかり低い地下室があり、同じく路面から六フィートばかりの高さの一階は、何段かの階段を上がるようになっていた。それに、とがった屋根の下には屋根裏部屋があって、その両側には小さな窓がついていた。家の前の通りは、舗装してもなければ街灯もついていなかった。家の正面に見えるのは、まったく同じような家が数軒、すすけた褐色の雑草が生い茂っている敷地のあちらこちらに散在している風景だけだった。家には四部屋あり、壁は白い漆喰が塗ってあった。地下室は木造の枠組みだけで、壁には漆喰も塗ってなかったし、床板も張ってなかった。たいていの場合、買い主たちはそれぞれの好みに合わせて地下室を仕上げたがるので、どの家もこのような造りになっているというのが、代理店の男の説明だった。屋根裏部屋も未完成のままだった。まさかの場合には、この屋根裏部屋を下宿人に貸してもいい、と考えていたが、そこには床さえもなく、あるのはただ根太と、その下に見えている一階の天井の木舞と漆喰だけということに気づいた。しかし、こうした事態が予想されたほどに一同の熱意に水をさすことがなかったのは、ひとえに代理店の男の饒舌ぶりのせいだった。この家がいかにお買い得かを、男は果てしなく並べ立て、一瞬も黙っていなかった。男はまた、何から何まで見せてくれた。ドアのロック、窓の掛け金、その使い方に至るまで。水道と蛇口のついた、台所の流しも見せてくれたが、それを手に入れることなど、テータ・エルズビエタにとってはどんなに途方もない夢のなかでさえも願ったことのない代物だった。これほどの発見をした後で、いちゃもんをつけたりするのは恩知らずに思われたので、ほかの欠陥には一切目をつむることにした。

それでも、一家の者たちは農家の出身だったので、本能的に金にしがみついた。代理店の男は即決するように持ちかけてみたが、まったく無駄だった。もう少し考えさせて欲しい、もっと時間をかけて決めたい、というばかり。結局、一行は家に引き上げた。その日は一日中、夜になっても、銭勘定をしたり、議論をしたりした。このような問題で決断を下さなくてはならないのは、苦痛だった。なかなか全員一致というわけにはいかなかった。賛否さまざまの議論があった。誰かが強情で、ほかの者がやっと説き伏せたかと思うと、その者の議論が別の誰かを動揺させるという始末。夜になって、一度だけ、全員の意見が一致して、件の家を手に入れたも同然となったときに、シェドヴィラスがひょっこり姿を見せて、一切がご破算になってしまった。シェドヴィラスは不動産を買うことに反対だった。この種の「マイホームを手に入れよう」という詐欺にかかって、死ぬほどの目に遭った無残な連中のことをいくらも話して聞かせた。有り金を全部はたいてしまって、にっちもさっちもいかなくなるのがおちだ。予想できない出費が果てしなくかさむ。家そのものだって、まったくの役立たずかもしれない。貧乏人にどうしてわかる? それに、契約のことでも騙されるかもしれない。契約の話など、貧乏人に一体何がわかる? 一切が強盗みたいなものだよ。君子、危うきに近寄らずだね、とシェドヴィラスは言うのだった。じゃあ、家賃を払いつづけろ、と言うのか? とユルギスが聞いた。ああ、そうさ、それだって強盗みたいなものだけどさ、と相手は答えた。何もかも、強盗だよ、貧乏人にとってはさ。こうした憂鬱な会話が半時間もつづいた後で、一家は危ないところを崖っぷちで助けられたということを実感した。だが、シェドヴィラスが帰った後で、あのデリカテッセンの店主の話では、商売が落ち目になっているとのことだったから、そのせいで悲観的なものの見方をしているのではないか、と頭の切れるヨナスが言い出した。その結果、当然のことながら、またぞろもとの話題がぶり返されることになった。

基本的な問題点は、今いるところでずっと暮らすわけにはいかない、どこかへ移らなければならない、ということだった。マイホームを購入する計画をあきらめて、借家住まいをすることに決めるとしても、いつまでも毎月九ドルの家賃を払いつづけるというのは、やはり受け入れ難い相談だった。毎日毎晩、一週間近くも、この問題と取っ組み合った挙句の果てに、ユルギスが全責任を取ることになった。兄貴分のヨナスは、仕事が見つかって、ダラム社でトロッコを押していたし、ブラウン社の屠夫たちは朝早くから夜遅くまで働きつづけていたので、ユルギスは時間が経つにつれて自信を深め、一家の大黒柱としての自覚を強めていった。この種の問題は一家の主人が決断を下して、断行すべきではないか、と彼は自分に言って聞かせた。ほかの連中は失敗したかもしれないが、おれは失敗するようなタイプの人間ではない。おれが手本を見せてやる。一日中働くし、必要とあれば一晩中働いたっていい。家の代金を全額払って、家族がマイホームを手に入れるまでは、休んだりするものか。そう彼が宣言したので、結局、家を買う相談がまとまった。

買う前にもっといろいろ家を見てみよう、という話もあったが、どこにいろいろあるのかもわからなかったし、それを調べる方法も知らなかった。頭のなかは見学してきた家のことで一杯だった。マイホームに住んでいる自分たちの姿を想像するときには、きまってその家が頭に浮かぶのだった。そこで代理店へ足を運んで、契約を結ぶ準備ができたことを担当の男に伝えた。売り買いをするときは、人間はみんな嘘つきと思えということは、抽象的な議論としては知っていた。だが、口達者な代理店の男に聞かされたいろいろな話に影響されずにはいられなかったので、ぐずぐずしていると、例の家を買い損なうことになるかもしれない、と信じ切っていた。まだ十分間に合うと男に聞かされて、一同は安堵の胸をなで下ろしたのだった。

明日、来店してくれれば、書類の準備はすべてできているから、とのことだった。この書類の問題こそ、ユルギスが警戒する必要を痛感している問題だったが、彼自身は出向くことができない――休みを取ることはできないし、休ませてくれなどと言い出せば、たちまち失業することになるぞ、と仲間のみんなから言われた。となると、女たちと、いっしょにいくことを約束してくれたシェドヴィラスとに委ねるほかはなかった。その連中にユルギスは一晩がかりで、事態の重大さを叩きこんだ。それからやっと、家族の者たちの体や持ち物といった無数の隠し場所から、虎の子の札束が引っ張り出された。それは小さな袋にしまいこまれ、テータ・エルズビエタのドレスの裏地にしっかりと縫いこまれた。

翌朝早く、三人は家を後にした。ユルギスは指示をつぎつぎに出し、いろいろな危険に注意するように警告したので、女たちは恐怖に蒼ざめ、冷静沈着なデリカテッセンの店主さえも、日ごろはビジネスマンを自任しているにもかかわらず、落ち着かない様子だった。代理店の男は契約書をちゃんと用意していた。三人は腰を下ろして、契約書を読むように言われた。シェドヴィラスがそれに取りかかったが、骨の折れる、厄介な仕事で、その間ずっと、男は指で机をこつこつ叩いていた。テータ・エルズビエタは狼狽のあまり、額に玉の汗を浮かべていた。こんな風に契約書を読んだりするのは、紳士然とした代理店の男の誠実さを疑っていることを、面と向かって表明するようなものではないか？　だが、ヨクバス・シェドヴィラスはせっせと読みつづけていた。やがて、そうするべき理由が十分にあることが明らかになってきた。恐るべき疑惑が頭をもたげてきたのだ。読み進めるにつれて、彼はますます眉をひそめた。どう見ても、これは売買契約書ではない——これには家屋の賃貸に関する条款しかないのではないか！　これまでに聞いたこともないような、へんてこな法律用語だらけで、確かなことはわからない。だが、「甲ハコレニヨリ乙ニ対シ賃貸スルコトヲ約定スル」とあるのは、明らかではないか！　それに「八年四カ月ノ期間、家賃トシテ月額十二ドル」ともあるではないか！　シェドヴィラスは眼鏡をはずし、代理店の男の顔を見て、口ごもりながら質問をした。

代理店の男は実に丁寧な口調で、これが通常の書式であると説明した。いつの場合でも家屋は単に賃貸という形で処理されるというのだ。男はしきりに契約書のつぎの条項の文言を見せようとしたが、シェドヴィラスは「賃貸」という言葉を見過ごすことができなかった。そして、それをテータ・エルズビエタに訳して聞かせると、彼女もまたパニック状態に陥ってしまった。それでは九年近くもマイホームを持てないというのか！　どこまでも辛抱強い代理店の男は、またぞろ説明に取りかかったが、もはや説明など何の役にも立たなかった。エルズビエタはユルギスの最後の重々しい警告、「何か問題があったら、相手に金を渡さずに、弁護士の所へいけ」という警告を頭にしっかりと刻みこんでいた。それは苦渋に満ちた瞬間であったが、いすに座ったまま、両手をしっかりと握りしめた彼女は、満身の勇気を奮い起こして、必死の努力の末に、何をしたいのか、あえぐように口走った。

ヨクバスが通訳してくれた。代理店の男が怒り狂うのではないか、と彼女は思っていたが、男は相変わらず落ち着きすましていたので、戸惑ってしまった。弁護士を呼んできてあげましょうか、とまで言ってくれたが、これは断った。三人はグルでない弁護士を探すために、遠くまでわざわざ足を伸ばした。半時間後、連れてきた弁護士が代理店の男に親しげにファーストネームで呼びかけるのを耳にしたときの三人の落胆と絶望を想像されたい！

三人は万事休す、と思った。死刑の宣告を受けるために法廷に呼び出された囚人のように座っていた。もう打つ手はなかった。罠にかかってしまったのだ！　弁護士は契約書に目を通し、読み終わると、これは書式どおりに作成された正式の契約書ですよ、とシェドヴィラスに言った。こうした売買契約でしょっちゅう用いられる類いの白地式証書というやつでしてね。じゃあ、家の値段は約束どおりですな、とヨクバス老人は聞いた。頭金三百ドルで、残額を毎月十二ドルずつ、総額千五百ドルに達するまで払いこむのですな？　そうです、そのとおりです。それはしかじかの家屋——家屋と土地のすべての売買に関する契約書ですな？　そうです、と言って、弁護士はその旨が明記されている箇所を示した。じゃあ、これは書式どおりにちゃんと作成された契約書ですな？　どんなごまかしもないのですな？　この人たちは貧乏でしてね、これが全財産なんですよ。もしインチキに引っかかったりすると、一巻の終わりになるのですわ。こういった調子で、シェドヴィラスはわななく声でつぎつぎに質問を浴びせていたが、女たちは苦悶の表情を浮かべたまま、一言も口を利かずに、じっと彼を見つめていた。どんな言葉も理解できなかったが、その言葉に家族全員の運命がかかっていることはわかっていた。いよいよ老人の質問が出つくしてしまって、契約をするかしないかの決断をする段になったとき、テータ・エルズビエタとしては、泣き出したい気持ちを抑えるのが精一杯だった。署名をするつもりですか、とヨクバスは聞いた。二回も聞いた。だって、何と言えばいいの？　この弁護士さんが本当のことを言っているかどうかが——グルでないということが、どうしてわかるのよ？　でも、どうしてそんなことが言えるのさ——どんな口実があるのさ？　代理店の店舗にいる全員の視線が彼女に向けられていた。決断を待っていた。涙で目を曇らせたまま、彼女はやっとの思いで上着をまさぐりはじめた。そこには大切な現金をピンで留めてあった。彼女は包みを引っ張り出して、それを男たちの前で開けた。オーナは店の片隅で、両手を祈るように組み合わせたまま、恐怖に浮かされたように、一部始終を見守っていた。オーナは大声を上げて、やめて、何もかも罠なんですよ、と義母に言ってやりたかったが、のどのあたりを何かに締めつけられたみたいで、声にならなかった。こうして、テータ・エルズビエタはテーブルに現金を置いた。代理店の男はそれを手に取って、数え終わると、領収書を書き、契約書を手渡した。それから満足そうに溜め息をついて、立ち上がり、全員と握手をしたが、初めから終わりまでずっと、如才なく、紳士的だった。弁護士がシェドヴィラスに一ドルの手数料を請求し、これがまた悶着と新たな頭痛の種になったが、そのことをオーナはかすかに記憶していた。結局、それも支払って、三人は通りに出た。オーナの義母は契約書をしっかりと握りしめていた。あまりの緊張のために力が抜けてしまって、誰も歩くこともできず、途中で腰を下ろさなければならないほどだった。

　こうして三人は家に帰ったが、魂は死の恐怖に苛まれていた。その夜、帰宅したユルギスは話を聞いた。万事休すだ。詐欺にかかって、破滅したにちがいない、とユルギスは思った。狂人のように髪をかきむしりながら、罵詈雑言を口にした。今夜にでも、あの代理店の野郎をぶっ殺してやる、と息巻いた。挙句の果てに、彼は契約書を引っつかむと、家を飛び出し、ハルステッド通りまでストックヤードを一気に駆け抜けていった。そして、晩飯を食べていたシェドヴィラスを引っ張り出すと、別の弁護士に相談するためにいっしょに飛んでいった。事務所に入ってきたふたりを見て、弁護士は思わず腰を浮かせた。ユルギスの髪は逆立ち、目は血走って、狂人さながらだったからだ。連れのシェドヴィラスが事情を説明すると、弁護士は契約書を受け取って、読みはじめた。ユルギスは全身の神経をふるわせながら、節くれだった手で机をつかんだまま、立ちすくんでいた。

弁護士は一度か二度、顔を上げて、シェドヴィラスに質問をした。一言もユルギスにはわからなかったが、その目は弁護士の顔に釘づけになっていた。恐怖に怯えながらも、弁護士の心を読み取ろうとでもするかのように。やがて弁護士が顔を上げて、笑い出すのを見て、彼は息を呑んだ。弁護士はシェドヴィラスに何やら言った。ユルギスは心臓が止まるような思いで、友人のほうに向き直った。

「何だって？」と彼はあえぐように聞いた。

「心配ないと言ってるよ」とシェドヴィラス。

「心配ないんだって！」

「そうさ、書式どおりだそうだよ」

ユルギスは安堵のあまり、くずおれるようにいすに座った。

「たしかにそうなのか？」と彼はまたあえぐように聞き、質問を繰り返しては、シェドヴィラスに通訳してもらった。何度聞いても聞き足りなかった。問い方をどんなに変えても満足できなかった。そうだ、マイホームが手に入ったのだ、本当に手に入ったのだ。自分たちのものになったのだ。全額払いさえすれば、それでいいのだ。ユルギスは両手で顔を覆った。目に涙が浮かんだからだった。バカみたいな気分だった。だが、何とひどい恐怖を経験したことか。強い男ではあったが、力が抜けてしまって、立っていることさえできないほどだった。

弁護士の説明によると、賃貸契約というのは形式だけのことだった。月賦の最終支払いまで、家屋はただの賃貸状態になっているが、それは買い手が支払いを怠った場合に立ち退きを容易にするためとのことだった。月賦を払っている限りは、何も心配はない。完全にマイホームになったのだ。

ユルギスは感激のあまり、弁護士が請求した五十セントを、まつげ一本動かさずに支払った。それから、みんなに朗報を伝えるために、家に駆けもどった。帰ってみると、オーナは失神状態で、赤ん坊たちは泣き騒ぎ、家中てんやわんやの状態だった——ユルギスが代理店の男を殺しにいったものと信じこんでいたからだった。興奮が鎮まるまでに何時間もかかった。その忌まわしい夜が明けるまで、ユルギスがときどき目を覚ますと、オーナと義母とが隣室で声を殺して泣いているのが聞こえてきた。

第五章

やっと念願のマイホームを手に入れた。あのすばらしい家が自分たちのものになって、好きなときにいつでも引っ越せるということは、なかなか実感できなかった。明けても暮れても、そのことばかり考えていた。どんな家具を入れればいいのか。アニエーレのアパートでの一週間は、あと三日で期限切れになるので、早速引っ越しの準備に取りかかった。家具の算段をする必要があり、暇な時間はすべて、その相談に当てられた。

その手の難題を抱えている者は、パッキングタウンでは足を棒にして探し回らなくてもいい――大通りを歩きながら看板をながめるなり、電車に乗るなりすれば、人間様が必要としているあらかたのモノに関する詳しい情報を手に入れることができる。他人の健康と幸福を気遣ってくださる世間の人びとの熱意ときたら、実に感動的だ。煙草をお吸いになりたいですか？　だったら、葉巻に関するコマーシャルが、トマス・ジェファソン印の五セント・パーフェクト葉巻は、なぜ葉巻の名に値する唯一のブランドであるか、をずばり教えてくれる。その逆に、煙草の吸いすぎですか？　だったら、煙草がやめられる薬があって、二十五回分で二十五セント、十回でやめられること、絶対保証付き、といった調子だ。

こういった数限りないやり方で、世間の誰かが忙しく立ち働いて、人生の茨の道をなだらかにしてくれたり、どんなサービスが用意されているかを教えてくれたりしていることを、路上散策者は発見することになる。パッキングタウンの場合、その広告は特異な住民に合わせた、独特のスタイルを備えている。たとえば、優しく、思いやりのある広告。「奥様の血色がお悪いのでは？　お元気がないのでは？　家のなかを歩くのも大儀そうで、何かにつけて不平たらたらではありませんか？　ドクター・ラナハンの救命丸を、是非ともお薦めください」といった具合だ。また別の広告は、いきなり背中をどやしつけるような、ふざけた口調で、「バカじゃないのか、きみは！　足の肉刺にはゴリアテ印の特効薬を今すぐ買いたまえ！」と声高に宣伝する。それに調子を合わせた、「急げや、急げ！　ユリーカ・ブランドの二ドル五十セントの靴なら、楽になりますよ」という広告も。

こうした押しつけがましい広告のなかに、イラストで一家の注意を引きつけた広告があった。それは二羽のきれいな小鳥が巣作りをしているイラストだった。この広告を知り合いに読んでもらったマリヤの話では、家具の備え付けについての広告だとのことだった。「あなたの愛の巣を羽毛でお飾りください」という宣伝文句。七十五ドルという超安値で、四部屋の愛の巣に必要なだけの羽毛を提供してくれるというのだ。この広告の特筆すべき点は一時金がわずかで済むということで、残額は毎月数ドルずつ払えばよかった。われわれの主人公一家は若干の家具を必要としていた。それは避けられない事実だった。だが、たださえわずかな持ち金は底をつき、夜もおちおち眠れないほどだったので、この広告に救いを求めることとなった。またもや苦悩の日々がつづいた挙句、エルズビエタは書類に署名をすることとなった。ある晩、ユルギスが帰宅すると、家具が配達されて、新居に無事に収まった、というわくわくするような知らせが待っていた。応接間の四点セット、寝室の三点セット、食堂のテーブルといす四脚、一面にきれいなピンク色のバラ模様をちりばめた化粧道具一式、同じバラ模様のついた大小さまざまの陶磁器類など。荷解きをすると、皿が一枚割れていたので、取り替えてもらうために、オーナが朝一番に店へ出向くことになった。それに、ソースパンが三個の約束だったのに、二個しか届いていなかった。私たちを騙そうっていうのかしらね、ユルギス？

翌日、一家は新居に出掛けた。男たちは仕事から帰ってくると、アニエーレの下宿で二口か三口、大急ぎでかっこんでから、家財道具をマイホームに搬入する仕事に取りかかった。距離は二マイル以上離れていたが、その夜、ユルギスは二往復もして、そのたびに衣服、鞄、その他の荷物をなかに詰め込んだマットレスと寝具一式を頭に載せていた。シカゴ以外の土地だったら、逮捕される公算は大きかったが、パッキングタウンの警官は、この程度の個人的な引っ越しには慣れっこになっているらしく、ときたまざっと調べるだけで、とやかく文句を言うことはなかった。薄暗いランプの明かりの下でさえ、家財道具が納まった素敵な新居をながめるのは不思議な感じだった。これこそ本当のマイホームだった。広告に描かれていたのと同じくらいの興奮を味わった。オーナときたら、踊り出さんばかり。いとこのマリヤといっしょにユルギスの腕をつかんで、部屋から部屋へと連れ歩き、ひとつひとつのいすにマリヤと代わり番こに座ってから、彼にも座れと言うのだった。すごい体重がかかったせいで、どれかのいすがキーと鳴ると、ふたりは怯えて悲鳴を上げ、赤ん坊は目を覚まし、誰も彼もがすっ飛んできた。とにかく、最高の一日だった。疲れ果ててはいたが、ユルギスとオーナは遅くまで寝ずに起きていた。抱き合ったまま、部屋をうっとりとながめ回すだけで満足だった。すべてが片づいて、余分な金が少し貯まったら、すぐにでも結婚する予定だった。これがふたりのスイートホームになる。むこうの小さな部屋がふたりの部屋になるのだ。

　たしかに、果てしない喜びだった、この新居の品揃えをするということは。使う楽しみのために使える金はなかったが、どうしても買い揃えなければならない品物がいくつかあった。それを買いにいくのは、オーナにとっては終わることのない冒険だった。ユルギスについてきてもらえるように、買い物に出かけるのはいつも夜だった。かりに胡椒入れ一個や、半ダース十セントのグラスの買い物であっても、探検にはちがいなかった。土曜日の夜、ふたりはバスケット一杯の買い物をして帰ってくると、それをテーブルの上に広げる。家族一同、周りに集まる。子どもたちはいすによじ登り、見えるように抱き上げてくれと泣き叫ぶ。砂糖、塩、紅茶、クラッカー、缶入りのラード、牛乳用の手桶、洗濯ブラシ、上から二番目の男の子のための靴、缶入りのオイル、鋲打ちハンマー、鋲一ポンド。最後の品は台所と寝室に掛け釘を打ちつけるためのものだったが、一本一本の鋲をどこに打ちつけるかで、家族会議が開かれた。それからユルギスがハンマーを試してみたが、小さすぎたために指を叩いてしまい、もう十五セント出して、大きなほうのハンマーを買うことにオーナが反対したせいだと言って、怒鳴り散らした。そして、おまえがやってみろ、と言われたオーナが親指を痛めて、悲鳴を上げると、その親指にユルギスがキスをしなければならなかった。みんなで試した結果、やっと鋲が打ちつけられて、何かがそれに掛けられた。ユルギスは梱包用の木箱を頭に載せて帰宅していたが、買ってあったもうひとつの木箱をヨナスに取りに行かせた。明日、この木箱の片側を取りはずして、棚をつけ、寝室用の収納ケースを作ろうという寸法だった。例の広告に宣伝されていた愛の巣には、この大家族の小鳥たちの数に見合うだけの羽毛は用意されていなかったのだ。

この家では、もちろん、ダイニングテーブルは台所に置かれ、食堂そのものはテータ・エルズビエタと五人の子どもたちの寝室に早変わりした。彼女と下のふたりの子どもはひとつだけのベッドで眠り、残りの三人の子どもは床の上に敷いたマットレスを使った。オーナといとこは夜になると、応接間に引きずっていったマットレスで寝た。三人の男と一番上の男の子は、もうひとつの部屋で寝たが、現在のところ、寝具としては床板しかなかった。それでも男たちはぐっすり眠った――毎朝五時十五分に、テータ・エルズビエタはドアを一回以上、乱暴にノックしなければならなかった。それまでに彼女の手で湯気の立っているブラックコーヒーが入った大きなポット、それにオートミールとパンとスモークソーセージの準備ができている。厚切りのパンにラード（バターを買う余裕はない）とオニオンとスライスチーズ一枚を挟んだ弁当を用意してやると、男たちは重い足取りで仕事に出かけるのだった。

真剣に仕事をするのは、これが生まれて初めてのようにユルギスには思われた。全力を出し切らなければならない仕事は、やはりこれが初めてだった。ユルギスはほかの連中といっしょに観覧席に立って、屠畜台の屠夫たちの仕事ぶりを見学しながら、機械のように驚異的なスピードとパワーに一驚したことがあった。だが、この仕事の血と肉に関わる側面はとても実感できない――つまり、実際に作業場に降り立って、上着を脱ぎ捨てて、初めて実感できるのだ。そのときになって、すべてが違う角度から見えてくる。内面に入りこむことができる。ここで設定されているペースは、人間のあらゆる能力を要求するペースだ。最初の去勢牛が倒れた瞬間から正午のサイレンが鳴るまで、それから午後零時半から午後遅くというか夜の何時かわからないような時刻まで、人間の手も、目も、頭脳も、気を抜くことは一瞬も許されない。ユルギスには現場の仕組みがわかってきた。この作業には、ほかの作業のペースを決定する部署があって、その部署を担当するために選ばれた屠夫たちには高給が支払われるが、その代わりに頻繁に交替させられる。このペースメーカー役の屠夫たちは簡単に見分けることができる。監督の監視の下に置かれて、悪魔にでも取り憑かれたかのように猛然と働いているからだ。この仕組みは「全作業員のスピードアップ」と呼ばれるが、このペースについていけない者が出たりすると、工場の外では、その仕事を狙って、何百人もの人間が待ち構えているのだ。

だが、そんなことをユルギスは気にしなかった。むしろ面白がってさえいた。ほかのたいていの仕事の場合と違って、腕を振り回したり、せかせかしたりする必要がなかった。一列につながれたウシの横を走ったり、前にいる作業員をちらちらと見たりしながら、彼はひとり笑いをしていた。これ以上快適な仕事は思いつかないというほどの仕事ではなかったが、それは必要な仕事だった。役に立つ仕事をしながら、結構な賃金を頂戴する機会以上の何を要求する権利が、人間にあるというのか?

こうユルギスは考え、いつもの大胆かつ自由な態度で、それを口にした。だが、そのために、ともすればトラブルに巻きこまれる結果になることに気づいて、彼は驚いた。ここの作業員たちのものの見方は、恐ろしいほど異なっていたからだった。最初に気づいて、ひどく戸惑ったことといえば、それは連中のほとんどが仕事を嫌っているということだった。この仕事嫌いの感情が一般的であることがわかったときには、不思議に思われた。おっかなくもあった。だが、それはまったくの事実だった——連中は仕事を嫌っている。監督を嫌っている。オーナーを嫌っている。会社のすべてを、界隈のすべてを、いや、シカゴのすべてを嫌っている。猛烈で、徹底的で、何物も容赦しない憎悪感。女たちや幼い子どもたちまでもが罵倒してやまない。腐っている、どうしようもなく腐っている。何もかもが腐っているというのだ。その意味をユルギスが聞こうとすると、急に疑い深い目つきになって、「いいから、いいから。ここにいれば、ひとりでにわかるようになるさ」としか教えてくれない。

ユルギスが最初に出くわした問題のひとつは、組合の問題だった。組合など経験したことがなかった。作業員が団結するのは、当然の権利を勝ち取るためであることを説明してもらわねばならなかった。当然の権利とは何のことか、とユルギスは聞いてみた。仕事を探す権利や、見つかった仕事を命じられたどおりに片づける権利は別として、自分の権利のことなど考えたこともなかったので、彼としては大真面目な質問だった。だが、この無邪気な質問は、たいていの場合、仲間の労働者たちの神経を苛立たせ、バカ呼ばわりされるばかりだった。屠夫助手組合の代表がユルギスに加入を勧めにきたことがあったが、加入すれば、給料の一部を割かなければならないことがわかった途端に、彼は凍りついたような態度を取り、アイルランド生まれで、片言のリトアニア語を知っているだけの代表は、すっかり腹を立て、彼を脅すような態度を取りはじめた。それにはユルギスも激昂して、アイルランド人のひとりやふたりに脅されて組合に加入するような人間でないことを思い知らせてやった。組合の主たる要望事項が「全作業員のスピードアップ」という慣習の廃止であることが、ユルギスにも少しずつわかってきた。作業ペースの低下を何としても実現させようと、組合は全力を集中していた。このままではついていけない者や、死んでしまう者がいるとのことだった。だが、ユルギスは、そういった考えに同調できなかった。この仕事はおれにはできるし、ほかの連中だって、まともな人間ならできるはずだ、と言ってのけた。できないような連中は、どこかよそへいけばいい。ユルギスは本を読んだことはなかったし、「レッセフェール」などという単語の発音も知らなかった。だが、人間は自分で何とか口すぎをしなくてはならない、ということがわかる程度の人生経験は重ねていた。どんなに落ちぶれても、誰も泣き言を聞いてくれはしない、ということもわかっていた。

だが、哲学者であれ一般人であれ、マルサスの書物を絶対視していても、飢饉ともなれば、援助募金に寄付をする人間がいることは知られている。ユルギスも同様だった。不適任な人間はくたばればいい、と主張する一方で、パンのために働く機会を求めて、ストックヤードのどこかを物もらいのようにさまよい歩いているあわれな老父のことを思うと、仕事をしながらも一日中胸が痛んだ。アンタナス老人は子どものときからずっと労働者だった。十二歳で家出をしたのは、文字が読めるようになろうとして父親に殴られたのが原因だった。老人はまた誠実な人間でもあった。何をしていて欲しいかさえ了解させておけば、一カ月間、ほったらかしにしておいても心配なかった。その彼がどうだろう、今は心身ともに疲れ果て、この広い世間で病犬のように身の置き場がなくなっている。たまたま住む家はあり、仕事が見つからなくても、面倒を見てくれる者もいる。だが、息子としては、もしそうでなかったら、と考えずにはいられない。すでにこれまでに、アンタナス・ルドクスはパッキングタウンの建物という建物、部屋という部屋にひとつ残らず足を踏み入れていた。毎朝、職を求める大勢の人たちの列に並んでいたので、警官にまで顔を覚えられ、いい加減にあきらめて家に帰ったらどうだい、と言われるようになっていた。それに、老人は一マイル四方の商店や酒場にも一軒残らず顔を出して、何か半端仕事でもないか、と尋ねて回ってもいた。だが、どこへいっても追い出され、ときには悪態をつかれることもあったが、わけを聞かれたりすることはただの一度もなかった。

結局のところ、あるがままの現実に対する信頼という、ユルギスが築き上げた見事な建造物にも亀裂が生じることになった。この亀裂は、デーデ・アンタナスの職探しの最中にも結構大きかったが、やっと仕事が見つかった時点で、さらに一層大きくなった。ある晩、ひどい興奮状態で帰宅した老人の話では、ダラム社の漬物工場の廊下で近寄ってきた男に、仕事の世話をしてやったら、いくら払ってくれるのか、と聞かれたというのだ。最初、老人は何のことかさっぱりわからなかったが、男は給料の三分の一をよこす気があるなら、仕事を見つけてやってもいい、と当然至極のような口調で話しつづけたらしい。監督さんでいらっしゃいますか、とアンタナスが聞き返すと、そんなことはどうだっていいが、おれの話は嘘じゃないぞ、と男は答えたというのだ。

このころまでには、ユルギスにも何人か友達ができていたので、そのひとりをつかまえて、これは一体どういうことなのか、聞いてみた。この友達はタモシュウス・クシュレイカという名前の、頭のよく切れる男で、屠畜台で牛皮を折り重ねる係をしていたが、ユルギスの話を聞いても、一向に驚いた様子を見せない。そんなけちくさい賄賂騒ぎは日常茶飯のことさ、と言うのだ。どこかの監督が実入りを少し増やすことを考えているだけさ。ここでしばらく働いていたら、その手の悪事が蜂の巣みたいに工場の至るところに食いこんでいることがわかるだろうよ。監督は部下の上前をはね、監督同士でも同じことをやる。そのうち監督のやっていることに工場長が気づくと、今度は工場長が監督の上前をはねることになるのさ。こう話しているうちに、すっかり興奮したタモシュウスは、もっと詳しく事情を説明してくれた。たとえば、ダラム社の場合、それを所有しているのは、できるだけ金儲けをしようとしているだけで、金儲けの手段のことなど全然お構いなしの男だ。この男の下には、軍隊の階級制度みたいに、支配人、工場長、職長といった格付けがあって、それぞれが直属の部下をこき使い、しぼり上げて、実績を上げさせようとしている。同じ階級の人間は互いに張り合わされているが、各人の成績は別個に保管されているので、誰かが自分よりも優秀な成績を上げて、失業する羽目になりはしないか、と戦々恐々の毎日を送っている。こうして、上から下まで、会社は嫉妬と憎悪の沸き立つ大釜以外の何物でもない。誠実だの品格だのといったものは、どこにも見つからない。人間がドルに負けない価値を発揮できる場所はどこにもない。そこには品格がないどころか、正直さえも影を潜めている。その理由だって？　誰にわかると言うのさ？　そもそもの始まりは、先代のダラム氏だったにちがいないな。この独力で成功を収めた実業家が巨万の富といっしょに息子に譲った遺産だったのさ、それは。

ここで長く働いていれば、こうした事柄はユルギスにだって、ひとりでにわかってくる。汚れ仕事の一切をやらされるのは作業員たちだから、その目をいつまでもごまかすことはできない。こいつらもやがて周囲の空気に染まって、ほかの連中と同じことをするようになる。ここで働きはじめたユルギスは、自分が役に立ち、昇進して、腕の立つ作業員になることを考えている。だが、それがまちがいだったことに、やがて気がつく。パッキングタウンでは、役に立つりっぱな仕事をしたからという理由で昇進した者など、ただのひとりとしていないのだ。これは鉄則だと言い切ってもいい。パッキングタウンで出世しているやつに出会ったら、悪党に出会ったと思え、ということだ。監督に言われてユルギスの父親に近づいてきた男、こいつはまちがいなく出世する。仲間の告げ口をしたり、スパイしたりする野郎も出世する。だが、脇目も振らずに自分の仕事に精出す人間——これはだな、例の「スピードアップ」のためにぼろぼろになるまで働かされて、挙句の果てに道端に捨てられるのが落ちなのさ。

家に帰ったユルギスは頭がガンガンしていた。だが、聞かされたような話は、どうしても信じられなかった。いや、そんなことがあるはずはない。タモシュウスなんて、例の不平組のひとりにすぎない。暇さえあればバイオリンを弾いている男で、夜はパーティに出かけて、夜明けまで帰って来ない。仕事をする気がないとしても不思議はない。それに、あいつは吹けば飛ぶような男だ。だから人生の競争に取り残されたのだ。それが原因で腹を立てているのだ。それにしても、何と多くの不思議な事柄が毎日、ユルギスの注意を引くようになったことか！

彼は例の話に関わりを持たないよう、父親を説得しようとした。だが、アンタナス老人は、足が棒になるまで頼んで回って、精も根も尽き果てていた。仕事が欲しい、どんな仕事でもいいから、と言うのだった。そこで翌日、老人は話を持ちかけてきた男に会いに出かけ、稼ぎの三分の一を差し出すことを約束した。するともう、その日のうちに、ダラム社の地下室で働くことになった。それは漬物工場で、乾いた足場は一カ所もなかったので、最初の一週間の稼ぎのほとんど全部を使って、厚底のブーツを買わねばならなかった。「雑巾係」としての老人は、一日中、長い柄のついたモップで床を掃除して回るのが仕事だった。湿っぽくて薄暗い点を除けば、夏は不快な仕事ではなかった。

ところで、この地上に神が置き給うた人間のなかで、アンタナス・ルドクスほどに穏和な者はいなかった。だから、その父親がまだ二日しか働いていないのに、誰にも負けないほどに怒り狂って帰宅すると、気迫のこもった口調でダラム社を罵倒するのを見て、仲間のみんながつねづね話していることが文句なしに裏づけられた、とユルギスは思った。老人は排水管のトラップの掃除を命じられたのだったが、それが何を意味していたかという話をするのを、家族全員が目を丸くして聞いた。どうやら老人は缶詰用の牛肉を処理する部屋で働いていたらしい。そこでは薬品が一杯の大桶に牛肉が浸かっていて、それを作業員が巨大なフォークで突き刺し、調理工場へ搬送するトロッコに投げ入れていた。フォークが届く範囲の牛肉をすべて引っ張り出すと、作業員は大桶の中身を床の上に空け、残っていた牛肉をシャベルでかき集めて、これもまたトロッコに投げこんだ。この床は不潔だったが、アンタナスは漬け汁をシンクと連結している穴のなかにモップで流しこむように命じられた。それをシンクで受け止めて、何回も繰り返し再利用するのだ。だが、それでもまだやり足りないらしく、排水管にトラップがつけてあって、屑肉やら、いろいろな残り滓の類いが引っかかるようになっている。それを二、三日置きに掃除して、ほかの牛肉といっしょにシャベルでトロッコにすくい入れるのが、老人の仕事だった。

これはアンタナスの経験したことだったが、ヨナスやマリヤからもいろいろと経験談を聞くことができた。マリヤは独立した缶詰工場のひとつで働いていて、缶詰の色付け係の仕事でたっぷり稼いでいるので、手がつけられないほど有頂天になっていた。だが、ある日のこと、向かい合ったいすで働いている蒼白い顔をした女性と帰り道がいっしょになった。ヤドヴィーガ・マルツィンクスという名前だったが、マリヤが仕事にありつけるようになった事情を話してくれた。あの工場で誰も覚えていないくらい昔から、おそらく十五年以上も前からずっと働いていたアイルランド女性の代わりに雇われたというのだ。このアイルランド女性の名前はメアリー・デニスといったが、ずいぶん昔にレイプされて、男の子を産み落とした。その子は足が不自由な上に、癲癇《てんかん》の障害があったが、それでも母親にとっては、この世で愛するたったひとりの人間だった。親子はアイルランド人の居住するハルステッド通りの裏手の一室で、ふたりだけで暮らしていた。メアリーは結核にかかっていて、仕事をしながらも、一日中咳をするのが聞こえていた。最近になって、体調をすっかり崩してしまったところへ、マリヤがやってきたので、女性職長は突然、メアリーを首にすることにした。ヤドヴィーガの説明では、職長自身、ノルマを達成する必要があり、病人にかまっていられなかったのだった。メアリーがそこで長年働いていたという事実など、職長にはどうでもいいことだった――いや、その事実を職長が知っていたかどうかも疑わしい。職長も工場長も新任で、ここに勤め出してから二、三年しか経っていなかったからだ。その後、そのかわいそうなアイルランド女がどうなったのか、ヤドヴィーガは知らない。様子を見にいってやればよかったが、自分も体調が悪かった。四六時中、背中が痛み、子宮の病気ではないか、と心配しているとのことだった。朝から晩まで、十四ポンドもの缶詰をさばくなんて、女にふさわしい仕事じゃないわよね。

ヨナスもまた他人の不幸のお陰で仕事にありつけたというのは、やはり驚くべき事態だった。ヨナスはハムを満載したトロッコを燻製室からエレベーターへ、そこからさらに包装室へと押していくのが仕事だった。トロッコは全体が鉄製で、重かった。その一台におよそ六十個のハムを載せるので、四分の一トン以上の重量になった。このトロッコを平坦でない床で動かすのは、巨人でもない限り不可能な力業だ。当然のことながら、いったん動き出すと、倒れないように必死でがんばった。いつもそこらを監督がうろついていて、一瞬でも遅れが生じると、罵声を浴びせかけられる。リトアニア人やスロヴァキア人などは、何を言われているかもわからないため、そこいらで野良イヌのように蹴飛ばされた。そのためたいていのトロッコは駆けずり回ることになった。ヨナスの前任者は壁とトロッコとの間に押しつぶされて、とても口では言えない、ぞっとするような死に方をしたのだった。

これはすべて不吉な出来事だったが、ほどなくユルギスが自分自身の目で目撃したことに比べると、取るに足らなかった。働きはじめた最初の日、内臓をシャベルで片づける仕事をしていたユルギスは、ある奇妙な事柄に気づいた。それは月足らずで生まれた「早産子」が運びこまれたときに、現場の監督がきまってやる巧妙な不正行為だった。屠畜業の知識が少しでもある人なら、子ウシを産んだか、産もうとしている牝ウシの肉は食用に適さないことを知っている。そうした牝ウシが毎日、何十頭となく屠畜場へ運ばれてくる。もちろん、食肉加工会社がその気になれば、食用に適するようになるまで飼っておくのは何でもないことだ。しかし、会社の規則では、時間と飼料を節約するために、その種の牝ウシがほかのウシに混じって運ばれてきたときは、それに気づいた者が監督に報告することになっている。すると監督は公認屠畜検査官と相談しはじめ、やがてふたりはどこかへいってしまう。つぎの瞬間、問題の牝ウシは解体されて、内臓も姿を消すことになる。その内臓を子ウシごとトラップに落とし入れるのがユルギスの仕事だったが、下の階では、この「早産子」を取り出して、食肉用に解体して、その皮さえも利用するのだ。

ある日、屠夫のひとりが滑って、脚を痛めた。その日の午後、最後のウシが処分されて、屠夫たちは帰りかけていたが、ユルギスは居残って、けがをした男がいつもやっている特別な作業をやれと命じられた。もう遅く、暗くなりかけていた。検査官も全員引き上げて、床には十人か二十人くらいの屠夫しかいなかった。その日は四千頭ばかりのウシが解体されたが、いずれも遠くの州から貨車で運ばれてきたウシで、何頭かはけがをしていた。脚を骨折したウシ、横腹を角で刺されたウシ。原因不明のまま死んだウシもあった。それが一頭残らず、ここで暗闇と沈黙のうちに処分された。こうしたけがのために立てなくなったウシは業界用語で「ダウナー」と呼ばれている。この「ダウナー」は、屠畜場にある特別のエレベーターで屠畜台まで運び上げられ、そこで屠夫たちが解体に取りかかるが、連中の事務的で、淡々とした態度は、それが日常的な作業になっていることを、言葉よりもはるかに雄弁に物語っている。その作業が終了するまでに、二、三時間を要したが、「ダウナー」の肉がほかのウシの肉といっしょに(といっても、見分けがつかないように、あちらこちらに注意深くばらまかれていたけれども)冷蔵室に運びこまれるのをユルギスは見届けた。その晩、帰宅したときの彼は、ひどく憂鬱な気分だった。アメリカを信じ切っている彼を笑った連中が正しいかもしれないということが、やっとわかりはじめたからだった。

第六章

ユルギスとオーナは心から愛し合っていた。永すぎた春だった――とっくに二年目に突入していた。ふたりのゴールインに役立つかどうか、という基準で、ユルギスはすべてを判断していた。すべての思いは結婚に向けられていた。オーナの一家を受け入れたのも、それがオーナの一部だったからだ。マイホームにこだわったのも、それがオーナの家になるからだった。ダラム社で目撃した不正行為や残虐行為も、オーナとの将来に影響がない限りは、現時点の彼にとってほとんど何の意味も持っていなかった。

ふたりだけで勝手にやろうとすれば、今日にでも結婚することができた。だが、それは披露宴のない結婚を意味していたので、その話を切り出した途端に、年寄り連中と衝突してしまった。とりわけテータ・エルズビエタは、それを耳にしただけで、ひどいショックを受けた。何だって！　物もらいの夫婦みたいに道端で結婚するんだって！　駄目！　駄目！　駄目！　エルズビエタは古い伝統を背負っていた。若いころは羽振りもよかった。大きな屋敷に住み、召使いが何人もいた。良家に嫁いで、奥様と呼ばれることもできた。それが叶わなかったのは、娘ばかり九人もいて、息子はひとりもいない家庭だったからだ。それでも、体面の何たるかを心得ていて、必死に伝統にしがみついている。かりに落ちぶれてパッキングタウンの非熟練労働者になったとしても、階級感情まで失うことはない、と言うのだ。オーナがヴェセリヤをやらないと口走っただけで、義母は一晩中寝つくことができないほどだった。友達なんか、ろくにいないから、とふたりが言っても無駄だった。いずれ友達ができるだろうし、その友達に後からいろいろ言われるよ。わずかなお金のために、しなければいけないことをしないのは駄目だ――言っとくけど、そんな風にして節約したお金なんか、何の役にも立たないんだから。それから、エルズビエタはデーデ・アンタナスに助けを求めた。ふたりは心のどこかに、新世界へ移住したことで、子どもたちが故郷の美徳を捨ててしまうのではないか、という不安を抱えていた。ここに到着した最初の日曜日に、子どもたち全員をミサに連れていったりもした。エルズビエタは、貧乏はしていても、なけなしの金の一部を石膏でできた、極彩色の「ベツレヘムの赤子」の聖像に投ずるのは、悪いことではあるまい、と考えた。高さはわずか一フィートだったが、御堂には四本の雪白の尖塔がそびえ立ち、聖母は幼子キリストを両腕に抱き、その前に王とヒツジ飼いと賢者がひれ伏している。値段は五十セントだったが、こうしたものに使うお金は細かく勘定すべきではない、見えない形でもどってくるのだから、というのが、エルズビエタの意見だった。この聖像は客間の炉棚の上に置くと美しかった。何か装飾品がないことには、とてもマイホームとは呼べまい。

もちろん、披露宴に使う金はいずれ手元にもどってくる。だが、一時的であれ、その金をどうやって工面するかが問題だった。この界隈に引っ越してきてから日が浅いので、あまり信用貸しもしてもらえない。少しでも借金のできる相手といえば、シェドヴィラスしかいなかった。毎晩毎晩、ユルギスとオーナはせっせと費用を見積もり、結婚できるまでの期間を計算するのだった。みっともなくない披露宴をやろうと思えば、最低二百ドルはかかる。マリヤとヨナスの稼ぎを全部、一時的に使わせてもらうとしても、そんな大金を四カ月か五カ月足らずで溜められるはずがない。そこでオーナ自身が職探しをすることを考えはじめ、人並みの幸運に恵まれさえすれば、結婚までの期間を二カ月は短縮することができるかもしれない、と言うのだった。それもやむを得ないことか、とふたりが納得しはじめた矢先、青天の霹靂に見舞われてしまった——それはふたりの夢と希望を四散させてしまう大事件だった。

一ブロックばかり離れたところに、リトアニア人の一家が住んでいた。年老いた未亡人と成人した息子のふたりだけで、名前はマヤウシュキスといったが、ほどなく主人公一家と知り合いになった。ある晩、親子ふたりで訪ねてきたが、よもやま話をしているうちに、当然のことながら、この近所とその歴史のことに話題が及んだ。やがてマヤウシュキエーネ婆さんと呼ばれている老未亡人は、身の毛もよだつような話をつぎつぎにしはじめた。しわだらけの、しなび切った婆さんで、八十歳にはなっていたにちがいないが、歯の抜けた歯茎をもぐもぐ動かしながら陰鬱な話をする姿は、老いさらばえた魔女さながらだった。このマヤウシュキエーネ婆さんは長年、不幸のどん底で暮らしてきたので、不幸そのものが本領を発揮できる場所になってしまったのか、飢餓や病気や死のことを、ほかの人たちが婚礼や祭日のことを話すのと同じ口調で語り出すのだった。

やがて驚くべき事実が明らかになった。まず、ユルギス一家が購入した家は、案に相違して新築などではなかった。築後およそ十五年で、新しいのはペンキばかり。そのペンキも粗悪品で、一年か二年ごとに塗り替えねばならない。貧乏人を食い物にして金を儲けるのを生き甲斐にしている建築会社が建てた棟つづきの家の一軒だった。一家は千五百ドルを支払ったが、新しく建てたときの費用は五百ドルもかかっていない——そんなことをなぜマヤウシュキエーネ婆さんが知っているかというと、まさにこの種の家屋の請負業者がひとり、息子と同じ政治団体に所属していたからだった。薄っぺらな、できるだけ安上がりの建材を使い、いっぺんに一ダースもの住宅を手がけ、ぴかぴかの見てくれ以外はどうでもいい業者たち。お宅もまちがいなく苦労を背負いこむことになるね。だって、あたしも同じ経験をしたんだから。婆さんと息子も、ユルギス一家と同じやり方でマイホームを手に入れたのだった。だが、親子は建築会社を見事に出し抜いてやった。というのも、息子は熟練労働者で、月百ドルも稼いでいる上に、結婚などというばかなまねをする気はなかったので、家の代金を払うことができたのだった。

この話を聞いて、一家がきょとんとしているのに、マヤウシュキエーネ婆さんは気づいた。家の代金を払っておいて、「会社を出し抜いてやった」とは、どういうことなのか、彼らにはさっぱりわからなかったのだ。どう見ても、一家の者は世間知らずだった。家の値段は安かったが、買った連中が代金を払い切れないということを見越して、売りに出されている。月賦の払いが遅れると——かりに一カ月でもだ——家は取られてしまい、それまでに払いこんだ金もすべて無駄になる。その家を会社はまた売りに出すのさ。そんなことが何回もできるかって？　神様《ディエヴェ》！（そうリトアニア語で叫ぶと、マヤウシュキエーネ婆さんは両手を上に挙げた）できるともさ。はっきりしたことは、誰にもわからないけどね、しょっちゅうのことだよ。パッキングタウンのことを知っている人なら、誰にでも聞いてみてご覧。あたしゃ、この家が建ってからずっと、この土地で暮らしているから、この家のことなら、何でも話してあげられるよ。前に売りに出たことがあるかって？　桑原桑原《スシミルキエ》！　そうさね、この家が建ってからだよ、買ったはいいが、金が払えなくなったのは、このあたしが数えることができるだけでも、四家族は下らないね。その話を少ししてやろうか、と婆さんは言い出した。

最初はドイツ人一家だった。四家族はどれも国籍が違っていた――ストックヤードに入れ替わり立ち替わり現れたいくつかの人種を代表する者たちだった。マヤウシュキエーネ婆さんが息子とふたりでアメリカに渡ってきた当時、婆さんの知っている限りでは、この地区にはリトアニア系移民の家族はほかに一軒しかなかった。そのころは労働者といえば、ドイツ系ばかりだった。屠畜業を起こそうとした業者が外国から連れてきた熟練屠夫たちだった。その後、もっと安価な労働力が導入されると、ドイツ系移民はよそへ移っていった。つぎにやってきたのはアイルランド系移民だった――パッキングタウンがアイルランド系の独占する町であった時期が六年間か八年間はつづいた。現在でもここにアイルランド人の居住区がいくつかあって、組合や警察を牛耳ったり、賄賂を取り立てたりするだけの力を残してはいる。だが、屠畜場で働いていたアイルランド系のほとんどは、つぎの賃金カットのとき、つまり大ストライキの後に、どこかへ立ち去ってしまった。その後にボヘミア系、つづいてポーランド系がやってきた。この連中に移民させるようにした仕掛け人は、ダラム社の初代社長自身というのが、世間のもっぱらのうわさだった。パッキングタウンの住民を思いのままに管理して、二度とストライキを起こさないようにしてやる、と誓った社長は、ヨーロッパのあらゆる市町村に手先の者を送りこんで、屠畜場での仕事や高賃金のうわさをばらまかせた、というのだ。移民が大量にやってきたが、その移民をダラム老人はぼろぼろになるまで能率的に働かせて、搾取に搾取を重ねた挙句、新しい移民を送りこませた。何万人とやってきたポーランド系移民は、やがてリトアニア系移民によって押しのけられ、そのリトアニア系移民が今ではスロヴァキア系移民によって後退させられている。スロヴァキア系移民よりも貧乏で悲惨なのが、どの人種なのか、マヤウシュキエーネ婆さんには見当もつかなかったが、心配しなくても、食肉加工会社の連中はちゃんと見つけてくるのさ。賃金は実際、ずっと高くなっているので、移民を連れてくるのは簡単なことだ。だが、あわれなのは移民たちで、アメリカへきてから、物価のほうもずっと高くなっていることに気づいても、もう後の祭りだ。まちがいなく、罠にかかったネズミも同然だが、それでも移民は毎日、ぞろぞろ流れこんでくる。だが、労働条件は人間として我慢の限界を越えている。いずれそのうち、移民たちは復讐するのではないか。いっせいに立ち上がって、業者たちをぶち殺すことになるにちがいない。マヤウシュキエーネ婆さんは、社会主義者とか何とかいう変な部類の人間だ。婆さんのもうひとりの息子は、シベリアの鉱山で働いている。婆さん自身、若かりしころは演説をぶったこともあったというのだから、その話に聞き入っている者たちにとって、婆さんはますますおっかない存在に思われてきた。

ユルギスたちは話題をマイホームに戻してもらった。婆さんの話では、そのドイツ人一家はよくできた人たちだった。たしかに、パッキングタウンのご多分に洩れず、やたらと子だくさんだったが、懸命に働いていた。父親も堅実な男で、払いこんだ家の代金も半分をはるかに超えていた。だが、その父親はダラム社のエレベーター事故で命を落としてしまった。

つぎに入居したのはアイルランド人一家だったが、これまた子だくさんだった。一家の主人は酒飲みで、子どもたちを殴った。夜ともなると、子どもたちの泣き叫ぶ声が近所の人たちに聞こえてきた。家賃の支払いは始終滞っていたが、建築会社は好意的だった。背後に政治が絡んでいたらしい。それが何であったか、マヤウシュキエーネ婆さんにはわからなかったが、ラファティ一家はアメリカインディアンの鬨《ウォーフープ》の声に因んで命名された「ウォーフープ連盟」[7]に所属していたが、それはこの地域のやくざやごろつきが集まった政治結社の一種だった。この団体のメンバーだと、どんな事件を起こしても逮捕されることはない。以前に一度、ラファティ家の主人が界隈の貧乏な連中の家から盗んだ何頭かの乳牛を、バックヤードの裏手の古小屋で解体して、売りさばいた一味と共犯で捕まったことがあった。それでも留置場に三日いただけで、高笑いしながら出てきて、屠畜場の仕事を首になることさえなかった。だが、結局、この男は酒で身を持ち崩し、やる気をなくしてしまった。息子のひとりがよくできた人間で、父親と一家を一年か二年は養っていたが、この男も結核で倒れたというのだ。

これもまた問題だね、とマヤウシュキエーネ婆さんは自分で話の腰を折った。この家は縁起が悪いよ。ここに住んでいた家族は、誰かがきまって結核にやられるんだから。なぜそうなるのか、誰にもわからない。家そのものが問題なのか、建て方が問題なのか。新月のときに建てはじめたのがいけない、とうわさしている連中もいるよ。そんな風にして建った家がパッキングタウンには何十軒とあるのさ。ときには、この部屋がいけない、とずばり指さすことだってできる。その部屋で寝た人間は、死んでしまったも同然さ。この家の場合、さっきのアイルランド人が最初だった。つぎにボヘミア人一家が子どもをひとり、亡くした。もちろん、はっきりしたことは言えないがね。バックヤードで働いている子どもは、体のどこが悪いのか、よくわからないからさ。当時はまだ、子どもの年齢に関する法律がなかったので、食肉加工会社は赤ん坊以外の子どもをみんな働かせた。これを聞いて、一同が不思議そうな顔をした。そこでマヤウシュキエーネ婆さんはまた説明しなければならなかった。十六歳以下の未成年者を働かせるのは法律違反なのさ。それは一体どういう意味ですか、と一同は聞いた。スタニスロヴァス坊やを働きに出そうと考えていたからだった。なるほど、その心配ならいらないね、とマヤウシュキエーネ婆さんは言った。その法律のお陰で、子どもの年齢をごまかさなければならなくなっただけで、それ以外には何の影響もないのさ。法律を作った連中は何を期待していたのか、知りたいもんだね。子どもがいないと全然生計が立たない家庭はいくらもあるし、生活していくためのほかの方法を法律は考えてくれない。パッキングタウンでは、大人が何カ月も失業するのはざらにあることだが、子どもなら簡単に職を見つけることができるのさ。新しい機械がたえず登場するので、食肉加工会社は大人の半分の賃金で、大人と同じだけの仕事を子どもにやらせることが可能になっているんだよ。

この家のことに話を戻すと、つぎに引っ越してきた家族で死んだのは、そこの主婦だった。この家に住み出してから四年目のことだったが、この主婦は毎年、きまって双子を出産していた。引っ越してきたときには、すでに数え切れないほどの子どもがいた。妻に死なれてからは、一家の主人は終日仕事に出かけ、残された子どもたちは自分たちで何とかしなければならなかった。凍え死にしかねなかったので、近所の人たちがときどき面倒を見てやっていた。結局、父親が死んでいることが判明したときには、子どもたちは三日間も放置されたままになっていた。その父親はジョーンズ社でウシの皮に最初のナイフを入れる「フロアズマン」として働いていたが、暴走した手負いの去勢牛のために柱に押しつぶされたのだった。やがて子どもたちがどこかへ連れて行かれると、その週が明けないうちに、建築会社は家を別の移民一家に売却したのだった。

こんな具合に、この薄気味悪い老婆は身の毛もよだつ話を語りつづけた。どこまでが誇張した話だったのか、誰にもわからなかった。でも、いかにももっともらしい話だった。結核の話がいい例だった。

一家の者は結核のことなど、咳が出るようになる病気という以外に、全然何も知らなかったが、この二週間ばかり、アンタナス老人の咳がつづいていたので心配していたところだった。全身がよじれてしまうような咳で、なかなか止まらなかった。床に痰を吐くと、いつも赤いものが混じっていた。

だが、こうした話はどれも、その直後に聞いた話に比べると、何でもなかった。この家に住んでいた家族がどうして家賃を払うことができなかったのか、一家の者たちは婆さんに聞き、できない相談ではなかったはずだ、ということを数字で示そうとした。ところが、マヤウシュキエーネ婆さんは、その数字に真っ向から反論した。

「あんたたちは月十二ドルと言うけどね、それには利子は入っていないんだよ」

一同は婆さんを見つめて、大声で叫んだ。「利子だって！」

「借りている金の利子さ」と老婆。

「だって、利子なんか、払わなくてもいいんですよ！」と三、四人が異口同音に叫んだ。「毎月十二ドル払いさえすればいいんですよ」

これを聞いて、老婆は笑い出した。「あんたたちも、みんなと同じだね。会社に騙されて、生きたまま食い殺されるのが落ちさ。会社が家を利子なしで売るものかね。契約書を持ってきてごらんよ」

そう言われて、テータ・エルズビエタは、恐怖に胸のつぶれるような思いをしながら、タンスの鍵を開け、これまでにも何回となく悩みの種になってきた書類を取り出した。英語の読める老婆がそれに目を通すのを、一同は息を殺して見守った。「やっぱりだね」と老婆はやっと口を開いた。「ここにちゃんと書いてあるよ。『年七パーセントノ利率デ、ソレニ対スル利息ヲ毎月支払ウコト』とね」

死のような沈黙がつづいた。「どういう意味なんです?」とユルギスがやっと、呟くような声で聞いた。

「それはね」と老婆は答えた。「家賃の月十二ドルとは別に、来月からは七ドル払わなくてはならない、という意味さね」

またしても沈黙が流れた。気分が悪くなってきた。急に足元が抜けてしまって、底なしの奈落にどんどん落ちていく悪夢でも見ているかのようだった。電光一閃の間に、自分たちの姿が浮かび上がった——容赦ない運命の犠牲となり、追い詰められ、罠にかけられて、破滅の道をたどるばかりの自分たちの姿が。希望という美しい建物が耳元で音を立てて崩れ落ちた。その間にも、老婆はひたすらしゃべりつづけていた。黙っていてもらいたかった。その声は不吉な大ガラスのしゃがれ声のように聞こえた。ユルギスは両手を握りしめて座っていたが、額には玉の汗が浮かんでいた。オーナののどには、何やら大きな塊があって、息が詰まりそうだった。突然、テータ・エルズビエタの嗚咽で沈黙が破られた。マリヤは身悶えしながら、「おお! おお! こんなことになってしまうとは!」とリトアニア語で泣き叫んだ。

いくら泣きわめいても、どうなるわけでもなかったことは言うまでもない。マヤウシュキエーネ婆さんは、運命を象徴する人間でもあるかのように、表情ひとつ変えずに座っていた。そう、たしかにずる賢いやり方だけどさ、問題は不正かどうかということじゃないからね。それに、もちろん、知らなかったということもある。知らないように仕組まれていたのだから。しかし、契約書に書かれていることだし、それだけで十分であることは、そのときがきたらわかるのさ。

やっとのことで、この訪問客にお引き取り願った一家は、その夜は朝まで泣き明かした。子どもたちは目を覚まし、何か起こったことに気づいて泣きはじめ、いくらなだめても泣きやまなかった。当然のことながら、朝になれば、家族のほとんどは働きに出かけなければならない。一家が悲嘆に暮れていても、食肉加工会社が休業してくれるわけでもない。七時にならないうちから、オーナと義母のふたりは例の代理店の店先に立っていた。出勤してきた男は、そうですよ、利子を払ってもらうというのは、まちがいないことですよ、と答えた。それを聞いて、テータ・エルズビエタが激しい口調で抗議やら非難やらを繰り返したので、通りがかりの人たちが立ち止まって、窓からのぞきこんだほどだった。代理店の男は相変わらずけろっとした顔をしていた。大変お気の毒に思いますがね。あらかじめお話ししなかったのは、借金に利子はつきものだということを、お客様がご存じだとばかり思っていたからですよ、と言うのだった。

ふたりは立ち去るしかなかった。オーナはストックヤードへいって、昼休みにユルギスに会い、一部始終を話した。ユルギスはそれを聞いても騒ぎ立てることはなかった——それまでにもう覚悟を決めていたのだ。これも運命だ。何とか切り抜けなくては。彼が口にしたのは、「もっとがんばるからな」というものいつもどおりの答えだった。おれたちの計画は、しばらくは狂ってしまうかもしれない。オーナにも結局は働いてもらわなきゃなるまいな。それを聞いて、テータ・エルズビエタもスタニスロヴァス少年に働かせることにした、とオーナは付け加えた。ユルギスとオーナに一家が食いかかるというのは不公平だ。家族全員でできるだけ助け合わなくては、と言っていたというのだ。これは以前のユルギスなら一笑に付した議論だったが、今回は眉をひそめて、ゆっくりうなずくだけだった。そうだな、それが一番いいかもしれないな。こうなったら、みんなに少しずつ犠牲を払ってもらわなくては。

その日、早速、オーナは職探しに取りかかった。夜になって帰宅したマリヤは、ヤサイティーテという娘に会ったら、友達がブラウン社の包装室で働いているので、オーナに仕事を見つけてくれるかもしれない、と言った。ただ、そこの女性職長は進物を受け取るようなタイプで、十ドル紙幣でもこっそり握らせなければ、仕事をくれと頼んでも無駄だろう、とのことだった。この話を聞いても、ユルギスはちっとも驚かなかった。そこの給料はいくらなのか、と聞くだけだった。そこで交渉に取りかかることになり、面接から帰ってきたオーナは、女性職長に気に入られたらしい、と報告した。はっきりとは言えないが、ハムを包装する仕事を世話してやれるかもしれない、と言っていたという話だったが、それだと週給八ドルか十ドルも稼ぐことができる。友人と相談したマリヤの話では、それはむこうからのお誘いだよ、とのことだったので、熱心な家族会議が開かれた。仕事場は地下室で、そんな場所でオーナを働かせるのは、ユルギスには我慢ならなかったが、仕事そのものは簡単だった。何もかも思いどおりというわけにはいかないので、結局、オーナは血の出るような十ドル紙幣を握りしめて、もう一度、女性職長に会いに出かけた。

他方、テータ・エルズビエタはスタニスロヴァスを神父のところへ連れていって、実際の年齢よりも二歳年上であることを証明する書類を用意してもらった。少年はそれを持って、運命を切り開くための一歩を踏み出した。折しもダラム社では高性能の新型ラード缶詰製造機を設置したところだった。タイム・ステーションの前にいた警備員は、書類を手にしたスタニスロヴァスを見かけると、ニヤリと笑って指さしながら、「ここだ！　ここだ！」とリトアニア語で声をかけてくれた。そこで長い石造の廊下を抜けて、階段を上っていくと、スタニスロヴァスは電灯があかあかとついている部屋にたどり着いた。そこではラードを缶に詰める新鋭機が何台も作動していた。ラードは上の階で精製されていて、小さなジェット状になって出てきたが、それは雪のように白くて、きれいだけれども、悪臭を放ちながら、のたうち回るヘビを思わせた。このジェット状のラードには、いくつかの種類とサイズがあったが、一定量が出てくると、それぞれ自動的に停止した。すると高性能の機械が回転しながら、缶をそれぞれのラードの噴出口に持っていき、缶が正確に一杯になると、強く押しつけてから、表面をならす、という動作を繰り返した。この操作を監視しながら、一時間に数百個の缶詰を作るには、人間がふたりいればよかった。ひとりは空き缶を数秒ごとに一定の箇所に置く係で、もうひとりはラードの詰まった缶を数秒ごとに一定の箇所からトレーに移し替える係だった。

スタニスロヴァス少年が周りをおずおずと見回していると、二、三分ばかりしてから、ひとりの男が近づいてきて、何の用かね、と聞いたので、「仕事《ジョブ》」と答えた。それから男に「年は？」と聞かれたので、スタニスロヴァスは「十六歳《シックスティン》」とたどたどしい英語で答えた。年に一度か二度、州の検査官がやってきて、屠畜場を巡回しながら、そこここにいる子どもに年齢を聞くことがあった。会社側としても、法律を守るようにせっせと留意していたが、そのために背負うことになる負担と言っても、今ここで監督がやっているように、少年から受け取った書類にちらっと目をやってから、それを事務室に届けてファイルさせる、といった程度のことにすぎなかった。監督は、そこにいた作業員にほかの場所へいくように命じてから、一刻も猶予してくれない残忍な機械のアームが空のままで向かってくるたびに、ラードの空き缶を置くにはどうすればいいか、をスタニスロヴァス少年に教えた。こうして、この宇宙で少年が占める場所と、最期の日までの運命が定まってしまった。少年は明けても暮れても、くる年もくる年も、朝七時から正午までと、午後零時半から五時半まで、空き缶を置く以外に何の動作もせず、何を考えることもなく、一定四方の床の上に立ちつづけることを運命づけられたのだった。夏は生温かいラードの悪臭に吐き気を催し、冬は暖房のない地下室で、手袋をしていない指に缶が凍りつきそうになる。一年の半分は、夜のように暗いなかを仕事に向かい、帰るときもまた夜のように暗い。週日の太陽がどのような様子なのか、知るすべもない。こんなにまでして働いても、時給五セントの計算だから、週末に少年が家に持ち帰るのはわずかに三ドルだった——現在、合衆国で生活費を稼いでいる百七十五万人の児童の全収入のうち、この少年の取り分は年齢相応のかなり適切なものだったとしても。

他方、ユルギスとオーナは、まだ若くて、希望の芽が摘み取られていないので、またしても計算に余念がなかった。ふたりはスタニスロヴァスの給料が利息分を少し上回る金額であることに気づいたのだった。一家の経済状態は以前とほぼ同じ程度にまで回復するのではないか！　あの子は仕事に満足しているし、お金をたくさん稼ぐことを考えて、わくわくしているからな。おれたちだって、心から愛し合っているよな、などとふたりが口走ったとしても、それは無理からぬことだった。

第七章

夏の間、一家はせっせと働いて、秋にユルギスとオーナが故国の伝統に従った、世間的に恥ずかしくない結婚式を挙げられるだけの金を稼ぐことができた。十一月の下旬にふたりは会場を借りて、新しく知り合った人たちを全員招待したが、招待客が帰った後で百ドルを超す借金が残ってしまった。

それはつらく苦しい経験だった。ふたりは絶望のどん底に投げこまれた。選りに選って、ふたりの心がむつみ合ったときに、こんな経験をすることになろうとは！ 何とあわれな結婚生活の始まりだったことか！ こんなにも愛し合っているのに、一瞬の安らぎも得られないとは！ おまえたちは幸福になるべきだ、と何もかもが叫んでいる時期、ふたりの心のなかで驚異の念に火がともり、息をかすかに吹きかけるだけで、大きく燃え上がろうとする時期だった。叶えられた愛に対する畏怖の念で、ふたりは魂の奥底までおののいていた――そのふたりがささやかな平和を求めて泣き叫んだとしても、それはふたりがひどく気弱な人間であることを物語っているのだろうか？ 春を迎える花のように互いの心を開いていたふたりに、残酷な冬が襲いかかってきたのだった。この世で咲いた愛がこんなにも無残に押しつぶされ、踏みにじられたことがあっただろうか、と怪しむふたりだった！

残忍かつ冷酷な貧困という鞭が、ふたりの体に鋭く振り下ろされた。結婚式の翌朝にさえも、その鞭は眠りをむさぼっているふたりを追い立て、夜明け前から仕事に駆り出すのだった。オーナは疲労のために立っていることさえできないほどだった。だが、失業してしまえば、ふたりは破滅してしまう。その日、遅刻すれば、失業は必至だった。誰も彼も働きに出なければならなかった。前夜のソーセージの食べすぎ、ルートビアの飲みすぎで気分のすぐれないスタニスロヴァス少年までも。一日中、少年はふらふらしながら、ラード缶詰製造機のそばに立っていたが、ひとりでに瞼が閉じるような状態で、危うく仕事を失うところだった。職長に二回も蹴飛ばされて目を覚ましたくらいだったから。

一家が普段の状態にもどるまでには、たっぷり一週間はかかったが、子どもたちがヒイヒイ泣き、大人たちが気むずかしい顔をしている家は、快適な住居とは言えなかった。だが、諸般の事情にもかかわらず、ユルギスがかんしゃくを起こすことはめったになかった。それはオーナのためだった。オーナを一目見るだけで、いつも自分を抑えることができた。オーナはとても感じやすい女性だった。こんな生活には向いていない。妻を思い浮かべるたびに、ユルギスは一日に何十回となく拳を握りしめて、目の前の仕事に立ち向かうのだった。おれには過ぎた女だ、と自分に言い聞かせた。その女が自分のものになっただけに、彼は不安だった。長い間、自分のものにしたいと渇望してきたが、それが実現する段になって、そうする権利が自分には備わっていないことがわかった。自分をこんなにも信頼してくれているのは、ひとえに彼女の純真さのせいだった。断じて彼の人徳のためではない。だが、そのことを絶対に気づかれてはならない、と心に決めていたユルギスは、何かの拍子に自分の醜い側面を露呈することがないように、たえず警戒していた。ほんのちょっとした事柄、たとえば立ち居振る舞いや、何かがうまく運ばなかったときに毒づく癖にさえも気を配っていた。オーナはすぐに涙ぐみ、訴えるような目で彼を見つめる。そのせいで、ほかに気になる問題をいくつも抱えているにもかかわらず、ユルギスは決心を固めるのに忙しかった。事実、生まれてこの方、一度も経験したことがないような問題が、この時期、彼の頭のなかをよぎっていたのだった。

オーナを守ってやらねばならない。ふたりの周りに見出される恐ろしい事態からオーナを守るために闘わねばならない。オーナが頼れるのはおれだけだ。おれがくたばれば、オーナは路頭に迷ってしまう。肩に腕をかけてやって、世間から庇ってやらなくては。すでにユルギスは世間の実態を把握していた。それは万人に対するひとりの闘いだ。弱肉強食の世界だ。他人に料理を提供するのではない。他人から料理を提供してもらうのを待て。何をするにしても、猜疑と憎悪を胸に抱くべし。おまえさんの金を巻き上げるために、あらゆる能書きを並べ立て、罠にかけようと目論む敵の軍勢に包囲されていると心得るべきだ。おまえさんを誘い寄せるために、商店主はウィンドーを嘘八百で飾り立てる。道端の塀といわず、街灯柱といわず、電信柱といわず、嘘を塗りたくる。大企業はおまえさんに嘘をつき、全国に向かって嘘をついている。上から下まで、巨大な嘘の塊以外の何物でもないのだ。

これがおれの理解している世間というものさ、とユルギスは言うのだった。だが、それは何とも悲惨だった。あまりにも不公平な闘いだったからだ。一部の連中だけが、有利な立場に立ち過ぎているのだ！　早い話、オーナを外敵から守ることを、ユルギスが神の前にひざまずいて誓ってから、一週間も経たないうちに、彼女は残酷な仕打ちに苦しんでいた――防ぐすべなど彼が知る由もない敵の一撃を受けて。それは篠突く雨が降る日のことだった。十二月だったので、雨に濡れたまま、ブラウン社の冷たい地下室で一日中座っているのは、笑い事ではなかった。女工のオーナは、レインコートなど持っていなかったので、ユルギスがついていって電車に乗せてやった。ところが、たまたまこの路線は、金儲けのことしか眼中にない紳士たちが経営していた。しかも、乗り換え切符の発行を命じる条例を市が制定したのに対して、怒り狂った電鉄会社は、まず、運賃の支払い時にのみ乗り換え切符を発行するという規則を定め、その後、ますますけんか腰になった会社は、別の規則、つまり乗り換え切符は乗客の側から請求すべきであって、車掌の側から提供してはならない、という規則を定めていたのだった。さて、オーナは乗り換え切符をもらわなくてはならない、と聞かされてはいたが、はっきりと自己主張をする性分でなかったので、目で車掌を追いかけながら、いつになったら気づいてくれるかしら、と待っているだけだった。やがて下車する段になって、乗り換え切符をくださいと申し出たところ、拒否されてしまった。どうなっているのか、わけがわからないまま、オーナは車掌と口論になったが、その言葉を車掌は一言も理解することができなかった。何度か警告した後で、車掌はベルを鳴らし、電車が動き出したので、オーナはわっと泣き出した。もちろん、つぎの停留所で電車を降りたが、持ち合わせがなかったので、土砂降りの雨に濡れながら、パッキングタウンまでの道を歩いていかねばならなかった。そのため一日中、ぶるぶるふるえながら働き、夜になって帰宅したときには、歯の根が合わないほどで、頭や背中が痛くなっていた。その後の二週間というもの、ひどい苦しみようだったが、それでも毎日、体を引きずるようにして職場に向かった。女性職長はオーナにとりわけつらく当たったが、結婚式の翌日に休暇が取れなかったことをオーナが根に持っている、と思いこんでいたからだった。オーナはオーナで、この女性職長は部下の女性従業員が結婚するのを嫌がっている、と思っていた——おそらく、淑女然とした職長自身、年を取っていて、醜くて、結婚していないという理由で。

　そのような危険はいくらもあったが、一家には手の打ちようもなかった。子どもたちは故国にいたときほど健康でなかった。だが、この家に下水設備がないという事実や、十五年間の排出物が床下の汚水槽に溜まったままであるという事実を、どうして知ることができただろうか？　角の店で買った薄青い牛乳が水増しされているだけでなく、防腐剤のホルムアルデヒドが添加されているという事実を、どうして知ることができただろうか？　故郷では、子どもたちの具合が悪くなると、テータ・エルズビエタが摘んできた薬草で治してやったが、今ではドラッグストアへ出かけて、植物エキスを買わねばならない。それがどれも混ぜ物だらけの粗悪品であるという事実を、どうして彼女は知ることができただろうか？　紅茶もコーヒーも、砂糖も小麦粉も無添加ではないという事実、缶詰のエンドウ豆は塩化銅で、果実のジャムはアニリン染料でそれぞれ着色されているという事実を、どうして探り出すことができただろうか？　かりにそれを知ることができたとしても、ほかの品種を手に入れることのできる店は、家から数マイル以内には一軒もなかったので、何の役にも立たなかっただろう。厳しい冬が迫っていた。新しい衣類や寝具を買うための貯金をしなければならなかった。だが、保温性に富む品物を買い揃えることができなかったので、いくら貯金をしても無意味だった。店で買える衣類はどれもこれも木綿製品か、古着を屑にして繊維を再生したショディ製品だった。もっと奮発すれば、フリルや飾りのついた衣類を手に入れられるかもしれないが、結局は騙されるのが落ちで、本物の品は手に入れられる道理もなかった。シェドヴィラスの若い友人で、移民してきたばかりの男が、アッシュランド・アベニューで店員をしていたが、何も知らない田舎者の客を相手に店の主人がやったインチキの話を、さもうれしそうに聞かせてくれた。その客は目覚まし時計を買いにきたのだったが、店主はまったく同じ時計をふたつ見せて、ひとつの値段は一ドルで、もうひとつは一ドル七十五セントだと言った。どこがどう違うのか、と聞かれた店主は、ひとつのネジは半分だけ、もうひとつのネジは最後まで巻いてから、もうひとつのほうの目覚ましが二倍も鳴りつづけますよ、と説明した。それを聞いた客は、眠りが深い人間なので、値段の高いほうを買いたい、と言ったというのだ！

つぎのように歌った詩人[8]がいる——

「青春を苦悩の炎に燃やして逝きし者
その心ますます深く、その姿ますます気高し」

だが、この詩人の歌っている苦悩が、貧困に由来する苦悩、果てしなくつらく、残酷で、しかもひどく薄汚くてけち臭く、ひどく醜悪で、ひどく屈辱的な苦悩——いささかの気品、あるいは一抹の悲哀によってさえも救われることのない苦悩であったとは、とても考えられない。その種の苦悩を詩人が題材にすることはめったにない。それを描く言葉そのものが詩人の語彙に組み入れられていないし、その詳細が上流社会で語られることなど到底あり得ない。たとえば、家中がノミやシラミだらけであることに気づいた一家が、それを駆除しようとして、さまざまな苦労や不便や屈辱を味わったり、汗と涙で稼いだ金を使い果たしたりした話をしたとしても、どうして純文学の愛好家の同情をかき立てることを期待できるだろうか？　さんざん躊躇した挙げ句、半信半疑のまま、ユルギス一家は二十五セントも払って、大箱入りの除虫粉を買ったが、それは九十五パーセントが石膏の粉末、つまり原価が二セントもしない人畜無害な土でできた売薬だった。もちろん、何の効き目があるはずがなく、この粉末を口にした後で、不運にも水を飲んでしまったゴキブリが二、三匹いて、その内臓が焼き石膏に覆われて、あっという間に固まってしまった程度だった。そんなことは何も知らない一家は、無駄に使う金もなかったので、死ぬまでずっとあきらめたまま、またしてもみじめな状況に身を委ねるほかはなかった。

それにアンタナス老人のことがあった。冬がきた。老人の職場は暗い、暖房のない地下室で、終日、自分の吐く息が見え、指はときどき凍りそうになった。そのため老人の咳は日増しに悪化して、止まるときがないほどだったので、ついに職場のお荷物になってしまった。その上、もっと恐ろしいことが老人に降りかかった。足が薬液に浸かりきりの場所で働いていたので、ほどなく新調の長靴が腐食されてしまった。両足に爛《ただ》れができ、だんだん悪化した。血液に問題があったのか、何か傷があったのか、どちらともわからなかったが、同僚に聞いてみると、お定まりの故障とのこと。原因はチリ硝石だった。誰しも、早晩、それに冒されるが、いったん冒されると、もう使い道はない。少なくとも、この仕事に関しては。爛れは絶対に治らない。仕事を辞めないと、やがて足の指が取れてしまう。だが、アンタナス老人は辞めようとしなかった。一家の苦労を目の当たりにしていたし、職探しがどんなにつらかったかを忘れてもいなかった。そこで老人は両足を縛り上げ、その足を引きずったり、咳をしたりしながら働きつづけた。だが、ある日、いきなり様子がおかしくなって、例の一頭立ての馬車のようにぶっ倒れてしまった。いっしょに働いていた連中が乾いた場所へ運んで、床に横たわらせ、その晩はふたりの男が家まで送ってくれた。あわれな老人はベッドに寝たきりとなり、毎朝、死ぬまでがんばったけれども、二度と起き上がることはできなかった。ベッドに寝転がったまま、夜となく昼となく止みなしに咳をしつづけ、骸骨さながらに痩せ細ってしまった。やがて全身の肉がこけてしまって、骨が突き出るようになった――それは見るも恐ろしい、いや、考えただけでも恐ろしい姿だった。ある晩、老人は発作的に息を詰まらせ、少量の血が口から流れ出た。家族の者はびっくり仰天して、医者を呼びにやったが、手の施しようがないことを告げられただけで、五十セントも払わされた。医者の言葉が老人の耳に入らなかったのは幸いだった。明日か明後日には病気がよくなって、職場に復帰できるという信念に、老人はまだすがりついていたからだった。老人のために仕事を取っておいてやるという伝言が会社から届いていた――実を言うと、ユルギスが老人の同僚に金を渡して、日曜日の午後にでも、会社の意向がそうであることを伝えにきて欲しい、と頼んであったのだ。アンタナス老人はそれを信じつづけていたが、その間にも三回の喀血があった。ある朝、とうとう老人が固く、冷たくなっているのが見つかった。この時期、一家の家計はきわめて苦しかった。テータ・エルズビエタの胸は張り裂けそうだったが、ちゃんとした葬式に欠かせない段取りのほとんど一切を省かざるを得なかった。葬儀馬車と、女子どものための貸し馬車が一台だけ。万事呑みこみの早いユルギスは、こうした手配を日曜日に一日がかりで、しかも立会人のいる所でやってのけたが、さまざまな名目の経費を葬儀屋が請求しようとしても、払わなくても済むようにするためだった。アンタナス・ルドクス老人とその息子は、故国の森で二十五年間もいっしょに暮らしたので、このような形で別れることはつらかった。破産をしない程度に葬式を営むという課題に、ユルギスは全神経を集中しなければならなかったが、そうすることで追憶と悲嘆に暮れる余裕がなくなったので、それはかえっていいことだったかもしれない。

いよいよ冬将軍が一家に襲いかかってきた。森のなかでは、ひと夏の間、木々の枝は光を求めて相争い、あるものは負けて枯れ果てる。やがて吹き荒れる烈風、吹雪、降雹の季節になって、その脆くなった枝を地面にまき散らす。まったく同じことがパッキングタウンでも起こった。そこでは苦闘と呼んでもいい生存競争に対して、地域全体が断固として立ち向かってはいるが、死期が訪れた者たちはバタバタと倒れる。年がら年中、巨大な食肉処理機械の歯車として働いてきたのだが、その機械を修理したり、損傷した部品を取り替えたりする時期になったのだ。肺炎とインフルエンザが忍びこみ、体力の衰えた者を探し出す。結核のために弱り果てていた者たちは、毎年この季節に刈り取られてしまう。身を切るように残酷な寒風や暴風雪が攻めかかり、衰弱した筋肉や虚弱な血液は情け容赦なく淘汰される。遅かれ早かれ、落ちこぼれた人間が欠勤する日が訪れる。すると、無駄な待ち時間を費やすこともなく、何の問い合わせも何の断りも当人にはないまま、新しい求職者にチャンスが巡ってくる。

新しい求職者はここには何千といる。日がな一日、食肉加工会社の出入り口は、腹を空かせた文無しの男たちに包囲されている。この連中は毎朝毎朝、文字どおり何千と押しかけ、生きるためのチャンスを求めて相争うのだ。吹雪や寒気をものともせず、いつも待ち構えている。日が昇る二時間前から、つまり始業一時間前から待ち構えている。顔が凍ることもある。手足が凍ることもある。ときには全身が凍ってしまうこともある。だが、それでも、やってくる。ほかに行き場所がないのだ。ある日、ダラム社が湖の氷を切り出す仕事に二百名募集という新聞広告を出したところ、その日の朝からずっと、二百平方マイル以内のシカゴ全域から、飢えたホームレスの連中が雪のなかをとぼとぼ歩いて集まってきた。その夜は、ストックヤード地区の警察署に八百人もが押しかけた——部屋という部屋にあふれた連中は、平底そり《トボガン》みたいに互いの膝の上で眠った。廊下でも重なり合っていた。ついに警察は玄関を閉め切り、連中の一部は戸外で凍える羽目になった。翌朝、夜明け前に、ダラム社には三千人が殺到し、暴動を鎮圧するために警察は予備軍を召集しなければならなかった。ダラム社の監督たちは屈強の者を二十名だけ採用した。「二百名」というのは印刷ミスだったことが判明した。

四マイルか五マイルばかり東の方角にミシガン湖があった。その上を荒れ狂う寒風が吹き渡ってくる。夜間には寒暖計が零下二十度から三十度まで下がることがあって、朝になると街には一階の窓まで雪が降り積もっている。われわれの主人公たちが仕事場に向かう街路は、すべて無舗装のため、深い穴や溝だらけで、夏でも大雨が降ると、家に帰り着くまでに腰まで水浸しになってしまう。今は冬なので、朝は夜明け前に、夜は暗くなってから、そうした場所を歩いていくのは、とても冗談事ではない。ありったけの衣服で身をくるんではいるが、何にくるまっても疲労だけは防ぎようがない。数多くの男たちが積雪との闘いに疲れ果てて、雪の上に横になったまま眠ってしまうのだ。

男たちがこんなに苦労しているとすれば、女性や子どもがどんな目に遭っているか、想像に難くあるまい。電車が走っているときには、電車を利用する者もいる。だが、スタニスロヴァス少年のように、時給五セントしか稼いでいないと、二マイルの距離を乗るのに五セントも使う気にはなれない。子どもたちは大きなショールを耳の上まで巻きつけ、姿が見えないほどすっぽりかぶって、ストックヤードに向かうのだが、それでも事故は避けられない。二月のある厳寒の朝、スタニスロヴァスといっしょに例のラード缶詰製造機で働いている少年が、一時間ほど遅れて、痛い痛いと泣き叫びながらやってきた。居合わせた男たちがショールをはぎ取り、ひとりが両耳を勢いよくこすりはじめたが、こちこちに凍っていたため、二、三回もこすらないうちに、両耳がポロッと取れてしまった。そのために、スタニスロヴァス少年は寒気に対して狂気じみた恐怖心を抱くようになった。毎朝、ストックヤードに出かける時間になると、少年は泣いたり反抗したりしはじめた。どのように対処すればいいか、誰にもわからなかった。いくら脅しても駄目だったからだ。それは自分でもどうしようもできない恐怖心のようで、ときにはひきつけを起こすのではないか、と心配することもあった。結局、相談の上で、ユルギスが毎日、連れていって、連れて帰ってくることになった。雪が深いときなど、工場から家までずっとユルギスが肩車をすることもしばしばだった。ユルギスが夜遅くまで残業するときなどは、とてもかわいそうだった。建物の出入り口か、屠畜場の片隅以外に待ち合わせる場所がないため、そこでうたた寝をした少年は凍え死にしそうになるのだった。

屠畜場には暖房はない。冬の間中も屠夫たちは屋外で働いているのと同然だ。そういえば、加熱処理室その他の二、三の場所を除いて、建物のどこにも暖気というものがない――しかも、この加熱処理室で作業している連中が最大の危険に身をさらしている。ほかの部屋へ行こうと思えば、氷のように冷たい廊下を通らなければならないのに、連中ときたら、袖無しの下着以外、上半身裸でいることがよくあるからだ。屠畜場で働いていると、血まみれになるが、その血がちがちに凍ってしまう。柱にもたれかかったりすると、凍りついて離れられなくなる。肉切り包丁の刃に手が触れると、皮膚がはぎ取られかねない。屠夫たちは新聞紙や古い麻袋を足に縛りつけているが、それが血を吸いこんでは凍り、また吸いこんでは凍っているうちに、夜になると、象の脚ほどの大きな塊を足につけて歩いていることになる。ときには、監督の目を盗んで、去勢牛の湯気の立つほど熱い屠体に足やくるぶしを突っこんでいる屠夫や、部屋のむこうにある熱湯の噴出口まで突進している屠夫の姿を見かけることも。何よりも残酷なのは、ほとんど全員が――肉切り包丁を使う連中は全員が手袋をはめることができないということだ。腕は霜で真っ白、手はかじかむ。当然、事故が発生する。それに熱い湯と熱い血のせいで、蒸気が充満しているため、五フィート先も見えない始末。屠畜場の屠夫たちは、スピードをゆるめることなく、全員が剃刀のような肉切り包丁を手にしたまま走り回っている。となると、肉牛を上回る数の人間が殺されることがないというのは、奇跡のひとつに数え上げねばならない。

だが、こうした不便も、たったひとつの問題さえ解決しさえすれば、耐え忍ぶことができた――それは食事をする場所がありさえすれば、ということだった。ユルギスは屠畜場の悪臭のなかで昼食を取るか、仲間の連中がやっているように、誘惑の手を差し伸べている何百軒もの酒場のひとつに駆けつけるかしなければならなかった。ストックヤードの西側にはアッシュランド・アベニューが走っている。ここには酒場の列が途切れなくつづいていて、「ウイスキー横町」と呼ばれている。北側は四十七番通りで、一ブロックに五、六軒の酒場が立ち並び、このふたつの通りの角には、「ウイスキー・ポイント」と呼ばれる十五エーカーか二十エーカーの土地があって、そこにはニカワ工場がひとつと二百軒ばかりの酒場が並んでいるのだ。

この酒場街を歩くと、好きな食べ物を選ぶことができる。「本日のおすすめ――温かいエンドウ豆のスープとボイルドキャベツ」、「ザウアークラウトと温かいフランクフルト・ソーセージ。お入りください」、「ビーン・スープとラム・シチュー。大歓迎」こうした看板は、酒場の名前と同様、さまざまの国の言葉で書かれ、その名前の種類も魅力も千差万別で、「ホームサークル」「気楽な片隅」「炉端」「炉辺」「歓楽の殿堂」「ワンダーランド」「夢の城」「愛の歓び」といった具合。どのような名前がついていても、酒場はどれも判で押したように「組合本部」と呼ばれ、労働者に歓迎の手を差し出している。そこにはきまって赤々と燃えるストーブがあり、そばにはいすが置かれ、談笑できる友人がいる。ただし、ひとつだけ条件がついている、酒を飲まねばならぬ、という条件が。酒を飲むつもりもなしに顔をのぞかせたりすれば、たちどころにつまみ出されてしまう。出ていくのに手間取ったりしようものなら、おまけにビール瓶で頭を割られるくらいの覚悟をしなければならない。だが、この条件を男たちも心得ていて、飲まない者はいない。飲みさえすれば、ただで何かにありつけることを知っているのだ。というのも、最低一杯だけ飲めばいいのであって、それを理由に温かい昼食をたらふく食うことができる。だが、実際には、かならずしもそうなるとは限らない。たいていの場合、友達が居合わせていて、奢ってもらうことになるので、こちらも奢らねばならないからだ。そこへまた別の誰かが入ってくることになる——いずれにせよ、重労働をしている者には、二、三杯の酒は体にいいのだ。作業場にもどっても、寒さでふるえることもあまりないし、仕事をする元気も湧いてくる。冷酷無情で単調な仕事もさほど苦にならなくなる。作業しながらも、いろいろな考えが頭に浮かんで、周囲の状況をもっと楽観的にながめられるようになる。だが、家に帰る途中で、またぞろふるえが始まることがよくあって、ひどい寒さをしのぐために、一軒か二軒立ち寄って、体を温めることになってしまう。酒場には温かい食べ物もあるので、帰宅しても夕食には間に合わない。全然帰宅しない場合だってある。そこで妻が夫を捜しに出かけることになるが、その妻も寒気に負けてしまう。子どもを連れているかもしれない。というわけで、川がだんだん下流に流れていくように、一家全員がだんだん酒にはまりこんでしまう。この悪しき連鎖を完成するためであるかのように、どの会社も現金で払ってくれという頼みを聞き入れずに、給料を小切手で支払っている。一体、パッキングタウンの酒場以外のどこへいけば、小切手を現金に換えてくれるというのか？　そして、そこでまた、お礼の代わりに現金の一部を酒に使うことになってしまうのだ。

こうした危ない橋をユルギスが渡らずにすんだのは、オーナのお陰だった。昼食時に最低の一杯しか飲まなかったので、無愛想な野郎だという評判が立って、酒場で全然歓迎されなくなり、行き場所を転々と変えなければならなかった。そこで、夜はオーナとスタニスロヴァスの面倒を見てやりながら、まっすぐに家に帰った。オーナを電車に乗せてやることもしばしばだった。家に帰ってからも、数ブロックもてくてく歩いていって、石炭の入った袋を肩に、雪のなかをよろよろと戻らなければならなかった。家は魅力のある場所ではなかった——少なくとも、この冬はそうではなかった。一家はストーブをひとつしか買うことができず、それも小さなストーブだったので、ひどく寒い天気の日には台所さえも暖かくならなかった。これは一日中家にいるテータ・エルズビエタにとっても、学校へいけないときの子どもたちにとっても、つらいことだった。夜になると、全員がストーブの周りに車座に集まって、膝に載せた夕食を食べる。それからユルギスとヨナスはパイプを一服やり、石炭を節約するためにストーブの火を消してから、暖を取るためにベッドに潜りこむ。やがて一家は寒気のせいで、身の毛もよだつような経験をする。オーバーやら何やら全部着たままの格好で横になり、さらに家中の寝具や着替えを全部引っかぶる。子どもたちはひとつのベッドで一塊になって寝ているが、それでも暖かくならない。

一番外側の子どもは寒さで体がふるえて泣き出し、ほかの子どもの上を乗り越えて、ベッドの真ん中へ移ろうとするので、けんかが始まってしまう。このぼろ家は、下見板が穴だらけで、分厚い壁の内側にも外側にも泥を塗りこんだ故郷の小屋とは似ても似つかない。まるで部屋に住みついた生き物か、妖怪のように、寒気は一家に襲いかかる。何もかもが真っ暗な真夜中に、ふと目が覚める。妖怪の叫び声が外から聞こえてきたせいなのか。それとも死の静寂のせいなのか——とすれば、こちらのほうがもっと不気味だ。寒気が家の隙間から忍びこみ、氷のように冷たい、死体をまさぐる指でつかみかかろうとするのを感じる。しゃがんだり、うずくまったりして、隠れようとするが、隠れ切れない。それはどんどんやってくる。不気味な妖怪、暗黒の恐怖の洞穴で生まれた亡霊。混沌と破壊のなかに投げこまれた迷える魂の責め苦を暗示する、原始的な宇宙の力。残忍にして、鉄のごとく残酷。何時間となく、その手中にからめ捕られて、すくみ上がっている一家。孤立無援の一家。呼んでも叫んでも、その声に耳を傾けてくれる者は誰もいない。救いもなければ、情けも容赦もない。これが朝までずっとつづく——やがて夜が明けて、一家の苦役の一日がまた始まる。幾分か衰弱し、生命の木から振り落とされる順番がくる日に、幾分か近づいた状態で。

第八章

だが、この厳しい冬でさえも、一家の心に萌え出た希望の芽を摘み取ることはできなかった。マリヤがすばらしい冒険《アヴァンチュール》を経験したのは、この時期のことだった。

マリヤの魅力の犠牲になったのは、バイオリン弾きのタモシュウス・クシュレイカだった。誰も彼もふたりのことを笑った。タモシュウスは小柄で、華奢だったので、その気になれば、マリヤはタモシュウスをつまみ上げ、小脇に抱えることだってできた。だが、彼がマリヤに心を奪われたのは、そのせいだったかもしれない。マリヤのエネルギーときたら、まったく圧倒的な量だった。あの結婚式の最初の夜、タモシュウスはマリヤから目を離すことができなかった。その後、彼女が赤ん坊のような心の持ち主であることがわかると、その声も乱暴な所作も怖くなくなって、日曜日の午後には、いつも訪ねてくるようになった。来客をもてなす場所としては、台所しかなかった。それも家族全員に囲まれてのことだったので、タモシュウスは帽子を両膝の間に挟んだまま、一度にせいぜいで五、六語しか口にできなかったが、その五、六語をしゃべろうとすると、顔が真っ赤になるのだった。やがてユルギスがころ合いを見計らって、例の快活な口調で「さあ、兄貴、一曲弾いてよ」と言いながら、背中をポンと叩く。

するとタモシュウスは晴れ晴れした顔になって、バイオリンを取り出し、顎に挟んで弾きはじめる。またたく間に彼の魂は燃え上がり、雄弁になる――それは不躾なほどだ。視線をずっとマリヤの顔に釘づけにしたままなのだから。ついには彼女が顔を赤らめて、目を伏せてしまう。だが、タモシュウスの音楽には逆らい難い迫力があって、子どもたちは圧倒されたように聞き入り、涙がテータ・エルズビエタの頬をつたう。このように天才の魂のなかに招き入れられて、その内なる生活の恍惚と苦悩をともにすることを許されるのは、何ともすばらしい特権だった。

それに、この友情のお陰で、ほかのいくつかの恩恵を――もっと実質的な恩恵をマリヤは受けることになった。タモシュウスが公式の行事などに出かけて演奏すると、多額の謝礼が支払われた。また、パーティや祝宴にも招かれることがあったが、気のいい彼がバイオリンを持たずに出席することはないし、バイオリンを持ってきてさえいれば、みんなが踊るときに演奏してもらえることがわかっていたからだった。ある日、勇を鼓して、そうしたパーティにマリヤを誘ってみると、いいわよ、という返事だったので、彼はすっかり感激した。それからというもの、どこへいくにもふたり連れで、友人の祝宴の場合には、彼女の家族全員を招待するのだった。いずれにしても、帰宅したマリヤのお土産は、大きなポケットに一杯入れた、子どもたちのためのケーキやサンドイッチと、思いっきり食べたおいしい料理の話だった。こうしたパーティでは、彼女はほとんど一晩中、料理のテーブルのそばにいることを余儀なくされたが、それはタモシュウスのせいで、ほかの女性か、年を取った男性としか踊ることができなかったからだ。タモシュウスはすぐにかっとなるタイプの男で、猛烈な嫉妬心にさいなまれていたので、誰か未婚の男性がマリヤの豊かな腰に手を回そうとしたりすると、バンドの演奏はきまって調子はずれになるのだった。

週日にずっと働かなくてはならない者にとって、土曜の晩に、このような息抜きを心待ちできるということは、大きな励みになった。ユルギス一家は貧しいうえに働き疲れていたので、知り合いをたくさん作ることができなかった。パッキングタウンでは、せいぜいで近所の人や職場の同僚しか知らないのが普通なので、そこはまるで無数の小さな田舎の村の寄せ集めのようだ。だが、今では一家は外の世界へ出ていって、視野を広げることのできる人間がいた。そのため毎週、いろいろな新しい人のことが話題になった。何とかいう女性がどんな服装をしていたとか、どこで働いているとか、いくら稼いでいるとか、誰を恋しているとかいった話。ある男性が恋人を振ったとか、その元彼女が新しい恋人とけんかをしたとか、ふたりの間に何があったかとかいった話。また別の男性が妻を殴るとか、妻の稼ぎを全部飲み代に使っているとか、妻の衣類まで質に入れるとかいった話。この種のおしゃべりを無駄話として軽蔑する向きもあるだろうが、人はとかく知っていることを話したくなるものなのだ。

ある土曜日の夜のことだった。結婚式の帰り道で、タモシュウスは勇気を奮い起こすと、バイオリンのケースを地面に置いて、積もる思いを打ち明けた。マリヤは彼を抱きしめた。翌日、そのことをみんなに打ち明け、幸せ一杯で泣き出しそうだった。タモシュウスは可愛い人だ、などとのろけるのだった。それから後の彼はバイオリンで求愛することもなく、この上なく幸福そうに、ふたりして抱き合ったまま、台所の片隅に何時間も座っていた。その片隅で何が起こっていても、知らないふりをするのが、この家の暗黙の申し合わせとなった。

春になったら、ふたりは結婚する予定で、屋根裏部屋を改築して、そこに住むことにしていた。タモシュウスの稼ぎはよかった。それに、一家の者たちも借りた金をマリヤに少しずつ払っていたので、やがて新生活に必要な資金を準備できるにちがいなかった——ただ、彼女は底抜けにお人よしだったので、毎週、稼ぎの大半をはたいて、一家が必要としていると思う品物を買いこむのだった。たしかに、マリヤは一家の資本家だった。このころでは、すでに缶塗りの熟練工になっていた。百十個の缶を塗るごとに十四セントを稼ぐ彼女は、一分間に二缶以上塗ることができた。マリヤはまるでスロットルバルブを全開にしているような気分で、周りは彼女の屈託のない笑い声が満ちていた。

だが、職場の仲間は首を横に振って、スピードを落とすように忠告するのだった。そんな幸運をいつまでも当てにすることはできない。不慮の災難は起こるものなのだから、と。だが、マリヤは聞き入れようとはせず、新居に買い入れる予定の宝物をあれこれ計画しては夢見ることをやめなかった。それだけに突然の異変が起こったときの悲嘆は見るも痛ましかった。

マリヤの缶詰工場の閉鎖! それは彼女にとって太陽の消滅を目の当たりにするほどに意外なことだった。この巨大企業は彼女にとって惑星や四季の変化と同じような存在だった。だが、それがいまや操業を停止したのだ。何の説明もなかった。前日に通告されることさえもなかった。ある土曜日、その日の午後に全従業員の賃金を支払うが、少なくともむこう一カ月間は操業再開の予定はない、という社告が張り出されただけだった! たったそれだけだった——マリヤは失職してしまったのだ!

クリスマス休暇目当ての注文ラッシュが終わったということだよ、と仲間の女工たちはマリヤの質問に答えて教えてくれた。このラッシュの後には、きまって閑散期がやってくるのさ。しばらくしてから半日勤務で工場再開ということも、たまにはあるけれど、何とも言えないよ。夏までずっと閉鎖することもあったからね、とのことだった。現時点では見通しは暗かった。貯蔵庫で働いているトロッコ係の男の話では、滞貨が天井まで山積みで、会社にはもう一週間分の缶詰製品を収納するスペースもなかった。それにトロッコ係の四分の三もが解雇されていたということは、さらに険悪な兆候だった。応じるべき注文がないことを意味していたからだ。この缶塗りの仕事は詐欺だわ、と女工たちは言っていた。週給十二ドルから十四ドル稼いでいるときは、その半分を貯金したりして、笑いが止まらないような状態だった。だが、失業期間中の生活費のために、その貯金を使い果たさなければならない。結局、給料は思っていた額の半分に過ぎなかったのだ。

マリヤは帰宅したが、じっとしていると爆発しかねない女性だったので、まず全員で家の大掃除をして、それから彼女は当座しのぎの職探しのために、パッキングタウンへ出かけた。だが、缶詰工場はほとんどが閉鎖していて、女工たちみんなが仕事を探している状況では、マリヤに見つかるはずもなかったことは容易に理解できるだろう。そこで彼女は商店や酒場に当たってみることにしたが、ここでもうまくいかなかったので、金持ち連中が大きな屋敷を構えている湖畔近くの区域にまではるばる足を延ばし、英語がわからない者でもできるような仕事を求めて、ほっつき歩いた。

屠畜場の作業員たちも、マリヤを解雇することになった不況の影響を感じ取ってはいた。だが、それは違った形の受け止め方、連中の不平不満がユルギスにもやっと理解できるような受け止め方だった。巨大食肉加工会社では缶詰工場のように作業員を解雇したり、閉鎖したりはしないが、操業時間を段階的に短縮しはじめる。ストックヤードの仕入係たちが仕事に取りかかって、ウシがシュートから降りてくるまでは、作業は皆無に近いのに、会社側は屠夫たちが七時に処理場で待機することをいつも要求している。それは十時か十一時になることがしばしばだったから、それだけでも確かに不満の種になるに十分だった。ところが、今のような閑散期になると、午後遅くまでずっと屠夫たちは暇を持て余すことになりかねない。寒暖計が零下三十度以下を指しているような場所で、ぶらぶらしていなければならないのだ！　初めのうちは、暖を取ろうとして、そこらを駆け回ったり、ふざけ合ったりしているのを見かけるが、一日の作業が終わらないうちに、体の芯まで冷え切り、疲れ果てている。ウシがやっと姿を見せたときには、屠夫たちは凍えてしまって、動くのも難儀になっている。それなのに、屠畜場はにわかに活況を呈し、例の「スピードアップ」が情け容赦なく始まるのだ！

このように、せいぜいで二時間程度の仕事らしい仕事をしてから、ということは三十五セントばかり稼いでから、ユルギスが帰宅する毎日が数週間もつづいた。作業時間が全体で三十分に満たない日もあったし、ゼロの日もあった。ざっと平均すると一日六時間の作業で、ユルギスの場合、週給六ドルばかりになった。この六時間の作業は、午後一時まで、うっかりすると三時、四時まで屠畜場で待機していた後で行なわれた。終業時間ぎりぎりになって、ウシがどっと運びこまれるようなこともあったが、それを屠夫たちは帰宅前に処理してしまわなければならない。九時か十時まで、さらには十二時から一時まで、夜食を口にする一瞬の余裕もないまま、電灯を頼りに働きつづけることもしばしばだ。ウシに振り回されている屠夫たち。仕入係たちは買い叩くために時間稼ぎをしているのかもしれない——この日は買う気がないのでは、と荷主たちが不安になれば、こちらの付け値で仕入れることができる。どういうわけか、ストックヤードではウシの飼料が市価よりもずっと高い。しかも荷主たちは飼料の持ち込みを禁じられているのだ！　それに、冬季には鉄道線路が雪でふさがっているため、何両もの貨車の到着が遅れがちになる。食肉加工会社はウシを安く仕入れるために、夜になってから買い取り、その後で、ウシは購入した日のうちに解体せねばならない、という鉄則を持ち出してくる。この問題に関しては、いくら文句を言っても無駄だった――会社側と交渉するために、屠夫の代表団がつぎつぎに送りこまれたが、規則だからどうしようもないし、この規則が変更される可能性はまったくない、という回答だった。こうして、ユルギスはクリスマス・イヴにも、夜中の一時近くまで働き、クリスマスの当日には、七時に屠畜場に顔を出していた。

これはすべて深刻な事態だったが、それよりももっと深刻な事態があった。どんなに苛酷な仕事をしても、屠夫はその一部に対する報酬しか支払われなかったのだ。以前のユルギスは、大会社がインチキをやっているなどという考えを、一笑に付していた人間のひとりだった。だが、現在の彼は、大会社だからこそ、インチキをやっても罰せられることがない、という事実の辛辣なアイロニーを理解することができるようになっていた。屠畜場での規則に、一分でも遅刻した者は、賃金を一時間分差し引かれるというのがあった。これは会社にとっては経済的な規則だった。遅刻した者は、その一時間の残り分を働かされ、何もしないで待っていることは許されない。その反対に、時間前に出勤しても、一セントにもならない――ただし、始業の号笛が鳴る十分か十五分以前に、監督が部下の者たちに作業開始を命じることはよくあるのだ。この規則は一日の終わりまで適用され、一時間に満たない作業、つまり「半端な作業時間」に対しては、賃金は支払われないのだ。たっぷり五十分働いても、仕事量が一時間に満たない場合には、ただ働きになってしまう。したがって、毎日の仕事の終わりは、どうなるかわからない宝くじのようなものだ。一触即発の危機をはらんだ、監督たちと配下の屠夫たちのせめぎ合いで、前者は仕事を急がせようとしているし、後者は仕事を引き伸ばそうとしている。ユルギスは監督が悪いと思っていたが、実を言うと、それは監督のせいばかりでもなかった。というのも、監督は監督で会社側から思いっきり発破をかけられていたのだ。作業基準を下回りそうな懸念を監督が抱いたとき、屠夫たちにしばらく「教会に奉仕させる」形で追いつく以上に簡単な方法がほかにあるだろうか？ これは屠夫たちが思いついた痛烈極まりないギャグだったが、ユルギスは説明してもらわねばならなかった。ジョーンズ社長がミッション関係の仕事に熱心な男だったので、けったくそが悪い仕事をやらされる羽目になったときはいつも、屠夫たちは互いに目配せしながら、「おれたち、教会に奉仕しているんだよな」とうそぶくのだった。

こうした一連の出来事の結果、ユルギスは仲間たちが権利のために闘うのだと話しているのを耳にしても、以前のように戸惑うことがなくなった。今では自分でも闘いたい気分になっていた。だから、屠夫助手組合を代表して、例のアイルランド人が二度目に会いにきたときには、まったく違った態度で応対した。今のユルギスには、労働者たちの発想はすばらしい発想に思われた——団結することで立ち上がり、会社側を打ち負かすことができるという発想は！ 誰が最初にこんなことを思いついたのだろうか、とユルギスは考えた。そして、それがアメリカでは労働者が普通にやっていることだと教えられたとき、初めて「自由の国」という言葉の意味がわかったような気がした。全従業員が組合に参加して、組合を支持することができるかどうかに、すべてが懸かっている、と代表の男から聞かされて、ユルギスは自分にできることをやらせてもらう、と答えた。それから一カ月も経たないうちに、一家の働き手全員が組合員証を手に入れ、組合バッジを堂々と、これ見よがしにつけていた。一週間というもの、組合員になることは、すべての苦労の終わりを意味していると考えて、無上の幸福を味わっていた。

だが、マリヤが組合に入ってからわずか十日後に、缶詰工場が閉鎖してしまい、この打撃に一同は呆然となってしまった。なぜ組合はこれを阻止できなかったかが理解できなかったのだ。生まれて初めて出席した組合の会合で、マリヤは立ち上がって、演説をぶった。それは事務手続きのための会合で、しかも英語で行われていたのだが、マリヤはそんなことはお構いなしだった。思っていることを全部ぶちまけ、議長が小槌を叩いても、場内が怒号で騒然となっても、やめようとしなかった。自分の苦労話だけでなく、世間一般の不正不法に煮えくり返っていたので、食肉加工会社に対する考え、そのような会社のやり方を黙認している世間に対する考えをしゃべりまくった。会場に鳴りひびく彼女の罵声が鎮まり切らないうちに、彼女は腰を下ろして、バタバタと扇子を使っていた。会合はやっと静粛を取り戻して、書記の選出を討議しはじめた。

組合の会合に出席した最初の日に、ユルギスもまた新しい経験をしたが、それは自分から求めた経験ではなかった。ユルギスはどこか目立たない片隅にでも座って、成り行きを見学するつもりで出かけたのだったが、この黙って何でも見てやろう、という態度がかえって目立ったために、ある男の格好のターゲットになってしまった。トミー・フィネガンは小柄なアイルランド人で、大きな目で相手をねめつける、凶暴な面構えをしていた。屠畜場ではウシを床から吊り上げる「ホイスター」の仕事をしていたが、頭がすっかりいかれていた。はるか遠い過去のどこかで、トミー・フィネガンは不思議な経験をしていて、それが彼に重くのしかかっていた。以来ずっと、それを人に理解させることだけに人生のすべてを捧げていた。この男、しゃべるときには、犠牲になった相手のボタンホールをつかみ、顔をどんどん近づけるが、歯がひどく悪かったので、とても我慢できなかった。そんなことは平気のユルギスだったが、度肝を抜かれてしまった。高度な霊的存在の行動様式というのがトム・フィネガンの主題だったが、現在における事物の類似性の表象は高次の段階においてはまったく不可知的である、という問題を考えたことがあるのか、とユルギスに問いかけてきた。こうした事物の展開に驚くべき神秘があることはまちがいない、と語った後で、フィネガン氏は急に打ち解けた口調になって、彼自身の発見をいくつか話してくれた。「あんたが霊魂と関わり合ったことがあるとしてだな」とアイルランド訛りで話しながら、ユルギスの顔を問いかけるように見つめる。ユルギスが首を横に振っていると、「かまわん、かまわん」と相手はつづけて、「霊魂はあんたに働きかけているかもしれんぞ。おれが今、あんたと話しているのと同じくらい確実なことだがな、身近な周囲に関係しているやつが、一番強い力を持っているのさ。このおれ様はだな、若いときに霊魂と知り合いになることを許されたのだぞ」——こういった調子で、トミー・フィネガンは哲学体系を開陳しつづけ、あまりの動揺と当惑でユルギスの額には汗が吹き出した。その彼の困り果てた姿に組合員のひとりがやっと気づいて、助けにきてくれた。だが、事情を説明してくれる者がなかなか見つからなかったので、変なアイルランド野郎にまたぞろ追い詰められるのではないか、と不安になったユルギスは、一晩中、部屋のなかを逃げ回っていた。

それでも彼は、組合の会合を一回も休まなかった。このころまでには、片言英語を覚え、わからないことは友達が説明してくれた。会合ではたいていの場合、激論が交わされ、数人の組合員がそれぞれお国訛りのある英語で、一度にまくし立てたが、誰もが真剣そのものの話しぶりだった。ユルギスもまた、目の前で議論がなされていて、それが彼自身に関わる議論であることを了解していたので、真剣そのものだった。あの幻滅を覚えたときからずっと、ユルギスは家族以外の誰をも信じまい、と心に誓っていたが、ここには苦悩する兄弟、盟友がいることを発見した。彼らの生活の唯一のチャンスは組合にあり、組合活動は十字軍の一種だった。それまでのユルギスが教会の一員だったのは、それが歩むべき道だったからだが、教会は心の琴線に触れることがなかったので、すべて女性たちにまかせてあった。だが、ここには新しい宗教があった――それは心の琴線に触れる宗教、全身を捉えて離さない宗教だった。そこでユルギスは改宗者のような誠意と熱意を抱いて、組合活動の宣伝に取り組みはじめた。リトアニア人の間には非組合員が多かったので、この連中を相手に祈るような思いで悪戦苦闘を重ねながら、正しい道を示そうとした。連中はときには頑迷で、その正しい道を見ようとしなかったし、ユルギスもまた、残念ながら、いつまでも忍耐強くはなかった！　ほんのこの間まで、自分自身が蒙昧な人間であったことを忘れ果てていたのだ――武力によって兄弟愛の福音を広めようと企てた最初の十字軍戦士以来、それはすべての十字軍的運動家の常だったのだが。

組合を発見した結果、ユルギスはまず英語の勉強をすることを思い立った。組合の会合で何をやっているかを知りたかったたし、それに参加できるようにもなりたかった。そこで周りに注意を払って、単語を耳から覚えようとしはじめた。学校に通って、どんどん学力を身につけている子どもたちから、少しは単語を教えてもらった。単語が出ている小さな本を友達に借りて、オーナに読んでもらったりもした。やがてユルギスは自分で読めないことを残念に思うようになった。冬もだいぶふたけたころに、授業料が要らない夜間学校があることを耳にしたので、入学の手続きをした。それからというもの、授業に間に合うようにストックヤードから帰宅した晩は、かならず学校へいった。半時間しか授業を受けられないときでも出席した。学校では英語の読み方と話し方を教えていたが、少し時間の余裕があれば、ほかのいろいろなことを教えてもらえただろう。

組合はまた、もうひとつの大きな変化を彼の生活に引き起こした。アメリカという国に関心を払うようになったのだ。組合はユルギスにとって民主主義の始まりだった。組合は小さな国家だった。それは共和国の縮図だった。組合の問題は組合員全員の問題であり、全員が発言する権利を持っていた。言い換えると、ユルギスは組合で政治を語ることができるようになった。彼が捨ててきた国では、政治などは存在しなかった。ロシアでは政府は稲妻とか雹とかと同じように災害視されていた。「首をすくめることだよ、兄弟」と世故に長けた老農夫たちはささやくのだった。「何もかも通り過ぎてしまうんだからさ」。だから最初アメリカに渡ってきたとき、ここでも同じことだろう、とユルギスは思っていた。アメリカが自由の国だということは話に聞いてはいた——だが、それはどういう意味なのか？　ここにもロシアとまったく同じように、すべてを所有している金持ちがいることを彼は発見していた。仕事を見つけることができないのなら、ここで感じはじめる空腹は、故国と同じ類いの空腹ではないのか？

ユルギスがブラウン社で働きはじめて三週間ばかり経ったころ、夜警員として雇われている男が昼休みにやってきて、合衆国への帰化の手続きをして、市民権を取る気はないのか、と彼に聞いたことがあった。ユルギスには何のことかわからなかったが、男は有利になる点をいくつか説明してくれた。まず、この手続きには費用がかからないし、仕事は半日休める上に、賃金はそっくりもらえる。それから、選挙の時期になると、投票所にいける——これは耳寄りな話だった。当然のことながら、ユルギスが喜んで同意すると、夜警員の男が監督に二言か三言耳打ちをして、ユルギスはその日は仕事を休んでもいいことになった。その後、結婚式のために一日休ませてくれるように願い出たときには、許可してくれなかったのに、有給で休みが取れるなんて——こんな奇跡を起こす力とは一体何だろうか、神のみぞ知るだった！　とにかく、ユルギスは男といっしょに出かけた。男は移民してきたばかりのポーランド人、リトアニア人、スロヴァキア人などをほかに数人見つけていて、全員を外に連れ出した。そこには大型の四頭立ての遊覧馬車が待っていて、すでに十五人か二十人の男たちが乗りこんでいた。市内見物をするにはもってこいの機会で、ビールをたっぷり振る舞われたりした一行は、愉快なひとときを過ごすことができた。こうして馬車はダウンタウンへ向かい、堂々とした花崗岩造りの建物の前で停まった。一行はそこでひとりの役人に会って話をしたが、名前を書き込みさえすればいいようになった書類を、この役人は用意していた。一行はひとりずつ順番に一語も意味のわからない宣誓をすると、大きな赤い正式印と合衆国の紋章のついた華麗な字体の見事な証書を手渡され、共和国の市民、つまり大統領とさえも対等な人間になったのだ、と告げられた。

一、二カ月経って、ユルギスは同じ男ともう一度話し合って、どこで選挙人名簿に「登録」すればいいかを教えられた。いよいよ選挙の当日になると、食肉加工会社は、投票にいく者は朝九時まで出勤しなくてもよい、という旨の社告を貼り出した。例の夜警員の男が現れて、ユルギスその他の連中を、とある酒場の奥の部屋へ連れていき、どこで、どうやって投票すればいいかをひとりひとりに教え、二ドルずつ渡してから、投票所へ案内してくれた。投票所では警官がひとり、詰めていて、一同がうまく投票できるように取り計らってくれた。この幸運にユルギスは有頂天になっていたが、家に帰ってヨナスの話を聞くと、指導員を脇へ連れていって、四ドルくれたら三回投票してやってもいい、とささやいたら、その申し出どおりになった、とのことだった。

ところで、何人かの連中に組合で出会ったユルギスは、この奇妙な出来事について説明してもらい、その政体が民主主義である点で、アメリカはロシアと違っていることを教えられた。アメリカを支配し、不正な利益を一手に収めている役人たちは、まず選挙されなければならない。そのため、政党と呼ばれるふたつの対立する利権グループがあって、最大多数票を買い集めたグループが政権を握ることになる。

ときたま選挙が接戦になることがあって、そういうときに貧乏人の出番がやってくる。ストックヤードでは、それは全国レベルか州レベルの選挙のときだけに限られているが、地方選挙では民主党がいつも圧勝しているからにほかならない。したがって、この地区は民主党の政治ボスで、マイク・スカリーという小柄なアイルランド人[10]が支配していた。スカリーはイリノイ州全体でも党の重要な役職に就いていて、シカゴ市長さえも牛耳っている、といううわさで、おれのポケットにはストックヤードが入っているさ、などと彼自身が豪語していた。彼はすごい大金持ちだった――この界隈での大きな贈収賄のすべてに一枚加わっていたからだった。たとえばユルギスとオーナが到着した最初の日に見た例のゴミ捨て場の所有者はスカリーだった。彼はゴミ捨て場だけでなく、煉瓦製造工場も所有していた。彼はまず粘土を掘り出して煉瓦に作り変え、それから粘土を掘った穴を埋めるための塵芥を市に運ばせ、その埋立地に建てた家を売りさばく。他方、彼は煉瓦を市に自分の言い値で売りつけ、市は市の荷馬車で煉瓦を運び出す。それとは別に、彼は水が淀んだままの穴を近くに所有していたが、そこに張った氷を切り出して売ったのも彼だった。それどころか、世間のうわさが本当だとすれば、彼はその水の税金を払わなくてもよかったし、市の材木を使って貯氷庫を建てていながら、その代金を払わなくてもよかった。この話を新聞が嗅ぎつけて、スキャンダルになったが、スカリーは身代わりを雇って自白させ、罪をすべて負わせた上で国外に逃亡させた。彼はまた、煉瓦を焼く窯も同じやり方で製造し、工事中の職人の手当ては市から払わせたといううわさだった。だが、この種の話を聞き出そうとすれば、しつこく相手に食い下がらなければならなかった。それはその連中の知ったことではなかったし、マイク・スカリーは味方にして損のない男だったからだ。彼の署名がある手紙は、いつでも食肉加工会社に就職できることを意味していた。それに彼は相当数の人間を雇っていたが、一日に八時間しか働かせないのに、どこよりも高い給料を払っていた。その結果、彼には数多くの友人がいた――その友人たちを糾合して組織したのが「ウォーフープ連盟」で、そのクラブハウスはストックヤードのすぐ外側に見えている。それはシカゴ最大のクラブハウスで、クラブとしても最大であり、ときにはプロボクシングの試合、闘鶏、さらには闘犬まで催された。この区域の警官は全員が連盟に所属していて、そうした賭け事を禁止するどころか、入場券を売りさばいていた。帰化の手続きにユルギスを連れていった男は「インディアン」と呼ばれるメンバーのひとりだった。選挙日ともなると、分厚い札束をポケットに忍ばせた何百人もの「インディアン」が駆り出され、地区のすべての酒場には無料のウイスキーが用意される。これもまた連盟のやり口さ、と組合員たちは説明してくれた――つまり酒場の主人全員が「インディアン」になって、要求があれば酒を提供することを余儀なくされていた。さもなければ、日曜日の営業も、賭博行為も一切やることができなかった。同じようにして、スカリーは消防署のすべてのポストや、ストックヤード地区におけるほかのすべての贈収賄を意のままにすることができた。彼はアッシュランド・アベニューのどこかにアパートを一棟建築中だったが、その現場監督は下水検査官として市から給料をもらっている男だった。市の送水管検査官が死んで地下に葬られてから一年以上が経つというのに、その給料を未だに誰かが受け取っていた。市の歩道検査官はカフェ・ウォーフープのマスターを兼ねていた――スカリーを支持していない店主たちに居心地の悪い思いをさせることなど、このマスターにとっては朝飯前だったのではあるまいか！

組合員たちの話では、食肉加工会社側もスカリーには一目置いているとのことだった。その話を組合員たちが喜んで信じたのは、スカリーが人民の味方であることを自任し、選挙日がやってくると、その旨を大胆に公言していたからだった。食肉加工会社ではアッシュランド・アベニューに陸橋が架かることを希望していたが、それが実現したのは会社がスカリーに会ってからのことだった。泡だらけの川という意味の「バブリー・クリーク」の場合も同様で、食肉加工会社はそれを埋め立てるよう市に強く迫られていたが、それもスカリーが救いの手を差し伸べるまでのことだった。「バブリー・クリーク」はシカゴ川の支流で、ストックヤードの南端の境界になっている。そこに一平方マイルに及ぶ食肉加工会社の廃液のすべてが流れこむため、幅百フィートか二百フィートもある巨大なむき出しの下水道と化している。この川の長い分流は堰き止められていて、廃液は永久に淀んだままで流れることがない。そこに注ぎこむ獣脂や化学薬品に、あらゆる種類の不思議な変化が起こり、川の名前もそれに由来している。それは休みなくうごめきつづけ、巨大な魚が餌を食んでいるか、聖書に登場するレビヤタンのような怪獣が奥底で遊び戯れているかのようだ。炭酸ガスの泡が水面に浮かんではじけ、直径二、三フィートもの波紋を描く。そこここで獣脂と汚物が固まっていて、川一面が溶岩流のように見える。その上をニワトリが歩き回って餌をついばんでいる。無用心なよそ者が川を歩いて渡りかけて、束の間、姿を消したことがこれまでに何回もあった。食肉加工会社が「バブリー・クリーク」をそのような状態で放置してあったので、ときたま水面が発火して、激しく燃え上がり、消防車が出動して、消火に当たらねばならないこともあった。だが、いつだったか、目先の利くよそ者がやってきて、この汚物を平底舟で集め、ラードを作りはじめた。すると、これにヒントを得た食肉加工会社は、その男の行為に対する差止命令を出させ、やがて自分たちが汚物を集めるようになった。「バブリー・クリーク」の両岸には獣毛がべっとりこびりついているが、これもまた食肉加工会社は採集して洗浄している。

組合員たちのうわさ話によると、これよりももっと奇怪なことがいろいろとあった。食肉加工会社には秘密の給水管があって、水道局の水を何十億ガロンも盗用していた。このスキャンダルを新聞は連日書き立てた——市の査察も一度だけ行なわれ、給水管の存在が明らかになったが、誰も罰せられることはなく、以前の状態がそのままつづいた。それに、不良食肉の製造販売という問題があって、果てしない恐怖がかき立てられていた。シカゴ市民はパッキングタウンに派遣された公認屠畜検査官の姿を見かけ、それは市民が汚染食肉から保護されていることを意味している、と誰もが思いこんでいた。だが、この百六十三名の検査官は食肉加工会社の依頼で任命され、汚染牛肉のすべてがイリノイ州内に留め置かれていることを証明するためにのみ、合衆国政府から給料が支払われているという事実を、市民は理解していなかった。検査官の権限はそれ以上に及ばなかった。シカゴ市内とイリノイ州内で販売される食肉の検査をパッキングタウンで行なう市の調査機関は、地元の政治組織を支持する三名だけで構成されていた！＊　その後ほどなく、そのひとりである医師が発見したのは、公認屠畜検査官によって結核菌に汚染していると判断され、したがって猛毒のプトマインに冒された去勢食用牛の屠体が屋外プラットフォームに放置され、市内で販売するために運搬されているという事実だった。そこで、その屠体にケロシンを注射することを医師は主張した——だが、問題の医師は、その週が明けないうちに辞職を命じられてしまった！　怒り狂った食肉加工会社は、さらに一歩踏みこんで、調査機関そのものの撤廃を市長に迫ることになり、それ以後、この不正利得に対しては、見せかけの介入さえもなされていない。結核にかかった去勢食用牛に対する口止め料だけでも週二千ドルが支払われ、搬送中にコレラで死んだブタに対しても、同額の口止め料が支払われたと言われていた。そして、そのブタは毎日のように有蓋貨車に積みこまれて、インディアナ州のグローブという町まで運ばれ、そこで特選品のラードに化けるのだった。

こうした事柄を、それを手がけることを余儀なくされた組合員たちのうわさ話から、ユルギスは少しずつ耳にしていった。新しい部署の人間に出会うたびに、新しい詐欺、新しい犯罪の話を聞かされているようだった。たとえば、マリヤが働いている、缶詰用の牛肉だけを処理する工場で、屠夫の仕事をしているリトアニア人。この男の持ち場へ運ばれてくるウシの話を聞くのは、かのダンテやゾラ[11]に匹敵するほどの価値があった。食肉加工会社はアメリカ全土に出張員を配置していて、缶詰用の老いぼれたウシや歩けなくなったウシや病気のウシを探させているにちがいないように思われた。「ウイスキー・モルト」という醸造所の廃棄物を餌にしてきて、屠夫仲間が「スティアリー」と呼ぶ、全身腫れ物だらけのウシがいるが、この手のウシを殺すのは、怖気立つような仕事だった。ナイフを突き刺すと、悪臭を放つ何かがどっと噴き出してきて、顔にかかる。着衣の袖は血まみれ、両手も血にどっぷり浸かっているので、顔を拭いたり、前が見えるように目を洗ったりすることがどうしてできるだろうか？　米西戦争のときに、スペイン軍の銃弾すべての数倍もの合衆国兵士を死に至らしめたのは、そのようなウシを材料にした「防腐剤入り牛肉」[12]だった。しかも、軍隊用の牛肉は新しい缶詰でさえなかった。それは地下室に長年放置されていた古い缶詰だったのだ。

ある日曜日の夕方、ユルギスは台所のレンジのそばに腰を下ろして、パイプをふかしながら、ヨナスに紹介された、ダラム社の缶詰工場で働いている老人と話をしていた。こうしてユルギスは、いまやアメリカの名物的存在となっているダラム社独自の有名缶詰製品について、若干の事実を知ることとなった。ダラム社にいるのは錬金術師も顔負けの連中だった。マッシュルームケチャップの宣伝をしていながら、それを製造している従業員たちは、マッシュルームがどんな形をしているかも知らなかった。この会社は「チキン缶」という缶詰の宣伝もしていた――だが、それは新聞漫画に出てくる下宿屋の水っぽいチキンスープ、ゴム靴をはいたニワトリが歩いていっただけのチキンスープみたいだった。ひょっとしたら、連中はニワトリを化学的に合成する秘密の方法を心得ているかしれないな。知る人ぞ知るだよ、とユルギスの友人は語った。この製品に混入されているのはウシの胃袋、ブタの脂肪《ファット》、ウシの脂肪《スエット》、ウシの心臓、それに子ウシの屑肉（手に入ればの話だが）などだった。それを会社はいろいろにランク付けして、いろいろな値段で売り出していたが、缶詰の中身はどれも同じ製造機械のホッパーから流れ出てきたものだった。そのほかにも「猟鳥肉缶」とか「雷鳥缶」とか「ハム缶」とか「辛味ハム」といった缶詰もあったが、「辛味ハム《デヴィルド》」は発音をもじって「悪味ハム《デヴァイルド》」と従業員たちは呼んでいた。この「悪味ハム」の材料は、機械でスライスできないほど小さな燻製ビーフの屑肉、白く見えないように薬品で着色したウシの胃袋、ハムとコーンビーフの切り落とし、皮のついたままのジャガイモ、それに舌肉《タン》を切り取った後の硬い軟骨質の咽喉肉などだった。この絶妙かつ雑多な材料のすべてを挽き砕いて、香辛料を加えると、何とも微妙な味になるのだ。新しい偽装商品を発明した社員は、ダラム社の御大からもらった報奨金で一生食っていけるでしょうな、とユルギスにあれこれ教えてくれた男は話していた。だが、数多くの頭脳明晰な従業員たちが長い歳月をかけて研究している会社で、新しい何かを考え出すというのは至難の業だった。その会社では、速く太るという理由で、飼育しているウシが結核に感染するのを歓迎するかと思うと、全国の食料品店で売れ残った古い腐りかけのバターを買い取って、悪臭を取り去るために強制送風装置で「酸化させ」、スキムミルクを混ぜて攪拌し直してから、煉瓦状の塊にして都市部で売りさばいたりしている！　一、二年前までは、ストックヤードのウマを、表向きには肥料用として殺す慣習があったが、新聞はさんざん書き立てた結果、馬肉が缶詰にされているという事実を一般大衆に理解させることに成功した。現在ではパッキングタウンでウマを処分することは法律違反になっていて、その法律は実際に守られている――少なくとも現段階においてはだ。だが、鋭い角を生やし、もじゃもじゃの毛に覆われた動物が、ヒツジたちといっしょに走っているのを見かける日が来ないとも限らない。ラムやマトンと思って買っている肉の大部分が、実際はヤギの肉であることを大衆に信じさせるのは、随分と骨の折れる仕事になるにちがいない！

パッキングタウンでは、それとはまた違った興味あるデータ――労働者に降りかかるさまざまな災害に関するデータを集めることができる。ユルギスは最初、シェドヴィラスといっしょに屠畜場を見学したとき、動物の屠体から作られるさまざまな製品や、そこで営まれているいろいろの付属産業の話を聞いて、一驚を喫したのだったが、現在の彼は、この付随産業のひとつひとつが独立した小さな地獄的世界、諸悪の根源とも言うべき屠畜場と同じような恐怖がそれなりにあふれている地獄的世界であることに気づいていた。それぞれの部門の労働者は特有の職業病に冒されていた。歩いて回るだけの見学者は会社の詐欺行為の話をあれこれ聞かされても、懐疑的にならざるを得ないだろうが、この病気の問題に関しては懐疑的になることはできない。その証拠が労働者の体に刻みこまれているからだ。たいていの場合、労働者はその手を証拠品として差し出しさえすればいい。

アンタナス老人が命を落とすことになった漬物工場で働いている連中を例に取ってみよう。恐ろしい傷跡が体に残っていない者は、そこにはひとりとしていない。漬物工場でトロッコを押している男が指にすり傷を受けたりすると、この世におさらばすることになりかねないほどの爛れの症状が現れる。指の関節のすべてがつぎつぎと酸によって腐食される可能性もある。「ブッチャー」「フロアズマン」「ビーフボーナー」「ビーフトリマー」など、ナイフを使う従業員で、親指が満足に使える者はひとりとしていない、と言い切ってよい。付け根のあたりをざっくりと切ったことが何回もあるために、ナイフを握るときに押しつけるだけの肉片になってしまっている。この連中の両手は一面の切り傷だらけで、その傷跡を数えることもたどることもできない。爪もない。ウシの生皮をはいでいるうちにすり減ったのだ。関節もふくれ上がっていて、指が扇のように広がっている。人工灯による加熱処理室の蒸気と悪臭のなかで働く男たち。この処理室では結核菌が二年間も生きつづけ、一時間ごとに新しい菌が運びこまれる。二百ポンドもある四半分の牛肉を冷凍車に担ぎこむ「ビーフラガー」と呼ばれる男たち。朝の四時に始まるきつい仕事で、どんなに逞しい男でも二、三年で参ってしまう。冷却室で働く男たち。その職業病はリウマチで、ここで働く者のタイムリミットは五年と言われている。漬物工場で働く「ピックルマン」よりももっと早く手がぼろぼろになってしまう「ウールプラッカー」と呼ばれる男たち。ヒツジの毛をほぐしやすくするために生皮に酸を塗りつけてから、素手で毛をむしらなければならないため、この男たちの指は酸で腐食されてしまう。缶詰肉用の缶を作る男たち。この男たちの手も切り傷の迷路になっていて、その傷のひとつひとつが敗血症の危険を秘めている。刻印機を操作する男たち。一定のスピードで長時間働きつづけていると、注意が散漫になってしまって、手の一部を切り落とすことも稀ではない。ウシの屠体を床から吊り上げるリフトのレバーを押す作業をする「ホイスター」と呼ばれる男たち。湿気と蒸気を透かして下方を見ながら垂木の上を走るのだが、ダラム社に雇われた建築家たちは「ホイスター」の便宜を考えて屠畜場を設計したわけではないので、男たちは数フィート走っては、垂木から四フィートばかり離れた梁材の下で身をかがめなければならない。その結果、身をかがめるのが癖になってしまって、二、三年もすると、チンパンジーみたいに歩くようになる。だが、最悪の状態に置かれているのは、肥料工場の男たちと加熱処置室で作業する男たちだ。この連中の姿は見学者には見せられない。肥料工場の男の悪臭を嗅ぐと、一般見学者は百ヤード離れたところからでも退散する。蒸気が充満したタンク室で働く後者の男たちの場合、タンク室によっては蓋のない大桶が床面に近いところに置いてあるため、その大桶に転落してしまうといった、ほかでは見られない事故が起こる。転落した体は引き上げられても、人様にお見せできるような部分はほとんど残っていない。ときには数日間、放置されたままのこともあって、誰かが気づいたときには、骨以外のすべてがダラム社の純正リーフラードとなって市場に出回っているのだ。

第十章

冬の初めごろには、ユルギス一家には生活費は十分にあり、借金を返済するためのわずかな貯金も残っていたが、ユルギスの収入が週九ドルないし十ドルから週五ドルないし六ドルに減ってしまうと、金銭的余裕があるはずもなかった。冬が過ぎて春になったが、一家は依然として手から口へのその日暮らしで、正直な話、一カ月分の給料では餓死を免れることができないほどだった。マリヤはすっかり落ちこんでいた。缶詰工場が再開するという話は未だなかったし、貯金もほとんど底をついていたからだ。彼女としては、結婚することなど思い切らねばならなかった。彼女がいなくなると、一家はやっていけなくなる――というよりも、彼女が一家の重荷になる日が早晩やってくるにちがいない。マリヤの貯金がすっかりなくなってしまえば、食費という形で彼女に借りている分を返済しなければならなくなるからだった。そこで、その問題を解決すると同時に飢え死にもしない方法を考えるために、ユルギスとオーナとテータ・エルズビエタの三人は夜遅くまで熱心に話し合った。

一家の生活を支える条件は、これほどまでに過酷だったので、不安から解放される一瞬、金銭の問題に悩まされることのない一瞬を、味わうことも期待することもできなかった。奇跡的に一難が去ったかと思った瞬間に、また新しい一難が現れていた。こうして、さまざまな肉体的な苦労に加えて、精神的にも絶えずストレスがかかっていた。昼間はずっと、そしてほとんど一晩中、不安と恐怖が一家を苦しめた。これはとても生活とは言えなかった。生きているとさえも言えなかった。支払った代償に比べて、これはあまりにも少なすぎる、と感じた。朝から晩まで働く意欲にあふれているというのに。人間、一生懸命働いてさえいれば、生きていくことができるべきではないのか?

一家が買わねばならない品物や、思いがけない出費には限りがなかった。いつだったか、水道管が凍結して破裂したことがあった。わけがわからないまま氷を解かすと、家中が水浸しになってしまった。たまたま男たちが出払っていたので、エルズビエタは慌てふためいて通りに走り出ると、大声で助けを求めた。浸水を止められるかどうかも、この世の終わりになったかどうかも、わからなかったからだ。やがて判明したことだが、それは後者に限りなく近い事態だった。鉛管工は一時間七十五セント、そばに立って見ているだけのもうひとりに対しても七十五セントを請求し、その上、請求書にはふたりが出たり入ったりに要した時間や、いろいろな種類の材料費や特別費も含まれていた。それればかりか、一月分の家賃を払いにいくと、保険の手続きは終わっているのか、と代理店で聞かれて、驚いてしまった。こちらの質問に答えて、代理店の男は現在の契約が切れ次第、家屋に千ドルの保険をかけることを規定した契約書の条項を見せてくれたが、その期限切れは数日後に迫っていた。気の毒なことに、この打撃がまたしても降りかかったエルズビエタは、いくらの保険料を払わなければならないか、と聞いた。七ドルという返事だった。その夜、一歩も退かないぞ、といった厳しい表情で代理店に現れたユルギスは、まことに申し訳ないが、おれたちが払うことになっている費用を一切合財、この機会に教えてくれまいか、と頼みこんだ。そして、なじみはじめた新しい生き方にふさわしい皮肉をたっぷりこめて、契約書とやらは署名ずみですぜ、と相手の男に言った。契約書は署名ずみだから、今さら口を閉ざしていても、あんたには何の得にもならないでしょうに、とも。そう言い終わると、ユルギスは相手の目をハッタとにらみつけたので、相手も無駄な抵抗に時間を費やすことなく、契約書を読んでくれた。保険は毎年、契約を更改しなければならない。年額十ドル程度の税金を納めなければならない。年額六ドル程度の水道税を納めなければならない（ユルギスは水道栓を閉めよう、と心ひそかに決意した）。利子および毎月の家賃のほかは、以上ですべてですが、市が下水道工事をしたり、歩道を敷いたりする決定をしたときは、その限りではありませんよ、と代理店の男は言った。そうです、市がそのように決定した場合には、好むと好まざるとにかかわらず、承知するしかないですよ。下水道は二十二ドル程度の費用で、歩道は木材だったら十五ドル、セメントなら二十五ドルになるでしょうな。

こうしてユルギスは家にもどってきた。とにもかくにも、最悪の状態を知ったことで、一安心できた。今後は新しい要求を突きつけられても驚くことはない。今になって彼はふんだくられたことに気づいた。だが、乗りかかった舟で、後もどりはできない。前進あるのみ。闘って、勝利を収めるだけだ――敗北など、考えることさえできなかった。

春になって、一家はすさまじい寒気から解き放たれた。それだけでもすばらしいことだったが、それに加えて、一家は石炭に払わなくてもすむ金額を計算に入れていた。だが、マリヤの負担する食費が滞るようになったのは、まさにこの時期だった。さらにまた、暖かい気候は、それなりの問題を伴っていた。どの季節にも問題があることは、誰しも気づいていた。春には冷たい雨が降り、道路が運河や泥沼に一変した。泥は深くて、荷馬車が車輪の軸頭まで沈みこみ、五、六頭の馬でも引っ張り出すことができなかった。そうなると、足を濡らさないで仕事に出かけることなど、できる道理もなかった。満足な服や靴のない男たちもあわれだったが、女子どもは一層みじめだった。やがて息が詰まりそうなほどに暑い真夏になると、ダラム社の薄汚れた屠畜場は地獄さながらだ。あるときなど、たった一日で、三人が熱中症で倒れて死んでしまった。朝から晩まで、熱い血の川は流れ、太陽は激しく照りつけ、風はそよとも吹かないとなると、ぶっ倒れそうになるほどの悪臭が漂った。この熱気によって、前の世代から溜まっていた古い臭気が一気に引き出された――いまだかつて壁も垂木も柱も洗われたことがなく、人間の一生に匹敵する汚物がこびりついていた。屠畜場で働く男たちは汚臭を発散するようになり、五十フィート離れていても嗅ぎ分けることができた。身だしなみなど、論外だった。どんなに気を使う人間でも、結局はあきらめて、汚穢にまみれることになった。手を洗う場所さえもなく、昼食時には食べ物と同じだけの生血を口にした。作業中は顔を拭くことさえままならなかった――その意味では、生まれたばかりの赤ん坊同然だった。これは些細なことに思われるかもしれないが、首から流れ落ちる汗でむず痒くなったり、ハエがうるさくなったりしはじめると、火あぶりの刑さながらの苦痛だった。屠畜場のせいか、それともゴミ捨て場のせいか、誰にもわからなかったが、暑い季節になると、エジプトに発生したと聖書に書かれているのとそっくりのハエの大群が、パッキングタウンに襲いかかった。建物はハエで真っ黒になった。ハエから逃れるすべはなかった。ドアや窓に虫除けの網を張っても、外でぶんぶん飛んでいる様子は蜂の群れそっくりだった。ドアを開けると、突風に追い立てられたかのように飛びこんでくるのだった。

夏といえば、読者はおそらく田舎の風景を思い浮かべるだろう。緑の野山や光り輝く湖のヴィジョン。だが、そのような光景は、ストックヤードの人間にはまったく無縁だった。巨大な屠畜機械は、緑の野原には目もくれず、冷酷無情に働きつづけた。その機械の一部である男たちや女たちや子どもたちは、緑のものを、一輪の花でさえも見たことがなかった。四マイルか五マイル東には、ミシガン湖の青い水面が横たわっていた。しかし、どんな恩恵をもたらしてくれたにせよ、それは太平洋と同じくらい遠い存在だった。休日といえば日曜日だけだったが、散歩もできないほど疲れ果てていた。巨大な屠畜機械に縛りつけられていた。それも死ぬまで縛りつけられていたのだ。パッキングタウンの支配人や工場長や事務員は誰も彼も別の階級の出身者で、労働者階級生まれの者はひとりもいなかった。この連中ときたら、一番地位の低い者でさえも、労働者を軽蔑していた。週給六ドルで二十年間ダラム社に勤め、これからの二十年間勤めても、出世の見込みがなさそうなしがない帳簿係でさえも、自分は紳士であって、屠畜場の超ベテラン作業員との間には、北極と南極ほどの距離がある、と思っていた。違った服装に身を固め、シカゴの別の地区に住み、違う時間帯に出勤し、どんな形であれ、労働者風情とひじが触れ合ったりすることがないように注意を怠らなかった。これは労働者の仕事がおぞましいせいだったかもしれない。いずれにせよ、手を汚して働く者は別の階級の人間であったし、そのことを思い知らされていた。

春もたけてから、缶詰工場は再開した。マリヤの歌声がまた聞かれるようになり、タモシュウスの愛の音楽も、それほど憂鬱な音色ではなくなった。だが、それも長くはつづかなかった。一カ月か二カ月後、マリヤに恐ろしい災難が降りかかった。缶詰に色付けをする女工として働き出してから正確に一年と三日目に、失業してしまったのだ。

それには語るも長い事情があった。首の原因は彼女の組合活動のせいだ、とマリヤは言い張った。もちろん、会社側は全組合にスパイを潜りこませていた。その上、組合の役員を、必要と思われる数だけ買収するのは、日常茶飯のことだった。したがって毎週、組合の動向に関する報告を受け取り、しばしば、組合員が知るようになる以前に、さまざまの状況を把握していた。会社側に危険分子と見なされている人間は、上司の覚えがめでたくないことに気づかされた。マリヤの場合、外国人の労働者を取っつかまえては、組合の効用を説くのが得意中の得意ということがあった。それはともかく、工場が閉鎖する数週間前に、マリヤが缶詰三百個分の賃金をごまかされたというのは、周知の事実だった。女工たちは長い仕事台に並んで働き、その後ろを鉛筆と手帳を手にした女性の係員が、女工たちが仕上げた缶の数を書き込みながら歩き回る。もちろん、この係員も人間だから、ときには間違えることもある。だが、まちがいがあっても、それが訂正されることはない。かりに土曜日に受け取った賃金が実際に稼いだ額より少なくても、泣き寝入りするしかないのだ。だが、マリヤはこれが理解できず、騒ぎ立てたが、いくら騒いでも、それは無意味だった。彼女がリトアニア語とポーランド語しか知らなかったころは、何も実害はなかった。周りの者たちが笑い、彼女が泣きわめくだけで終わった。だが、マリヤは今では英語で悪態をつくことができたので、数を間違えた係員に嫌われることになってしまった。ひょっとしたら、マリヤが主張するように、それ以来、係員はわざと間違えたのかもしれない。いずれにせよ、係員は数を間違え、それが三回重なったとき、マリヤは戦闘態勢に入った。事件をまず女性職長のところに持ち込み、そこでらちが明かないとわかると、工場長に直訴した。これは前代未聞の越権行為だったが、工場長が調べてみようと答えたのを、正当な賃金がもらえるという意味だ、とマリヤは受け取った。三日間待ってから、彼女はまた工場長に会いにいった。工場長は今回は顔をしかめ、調べる時間がなかった、と言った。みんなの忠告と警告を無視して、マリヤがもう一度直談判にいくと、工場長は怒りを爆発させて、仕事場にもどれ、と命令した。その後、事態がどう展開したのか、マリヤにはわからなかったが、その日の午後になって、職長の女性から、もう働いてもらわなくてもよくなった、と言い渡された。かわいそうなマリヤ。いきなり頭を殴りつけられたとしても、これほどに呆然とすることはなかっただろう。まず彼女は自分の耳を疑い、それから怒り狂って、何と言おうと工場にきてやる、ここは私の仕事場なんだから、と言い放った。挙句の果てに、彼女はフロアの真ん中に座りこんで、泣きわめいた。

これは残酷な教訓だった。だが、マリヤは頑固だった。経験者たちの言葉に耳を傾けるべきだった。女性職長がいみじくも語ったように、今度からは身の程をわきまえるようになるだろう。こうしてマリヤは職場を去り、またしても一家は死活問題に直面することとなった。

今回はとりわけ厳しい事態だった。オーナの出産が目前に迫り、ユルギスは出産費用を貯めようと、懸命になっていた。パッキングタウンには助産婦がノミみたいにうじゃうじゃ増えているが、耳にするのはとてつもない話ばかりだったので、オーナには男の医者を見つけてやろう、とユルギスは心に決めていた。ユルギスはこうと思い立ったら、梃子でも動かない人間で、今回の場合もそうだったので、男の医者なんて、いやらしい。第一、こんなことは女の領分ではないのか、と感じていた女性陣は、すっかり困惑してしまった。一番安い医者を見つけられたとしても、十五ドルは吹っかけられるだろうし、請求書が届いてみれば、もっと高い金額になっているかもしれない。それなのに、ユルギスときたら、おまんまの食い上げになっても、絶対に払ってやる、とうそぶいている始末だった。

マリヤの手元にはわずか二十五ドルしか残っていなかった。くる日もくる日も、職を求めてストックヤードをほっつき歩いていたが、今度ばかりは仕事の見つかる当てはなかった。張り切っているときのマリヤは、屈強な男性並みの仕事でも平気だったが、落胆すると簡単にへこたれてしまって、夜になると、みじめな姿で家に帰ってきた。かわいそうなマリヤ。今度ばかりは教訓が身にしみた。いつもの十倍も身にしみた。家族の者も彼女といっしょに学び取った。パッキングタウンでは、職にありついたら最後、どんなことがあっても、それにしがみついているべきだ、という教訓を。

マリヤは四週間、職探しをした。そして五週間目の半ばになった。もちろん、彼女は組合費を払うことをやめていた。組合に対する関心は消え失せ、組合に引きずりこまれた我が身の愚かさ加減を呪っていた。これでもう人生もおしまいか、と彼女が思いかけたとき、仕事の空きがあることを教えてくれた人がいて、やっと「ビーフトリマー」として働けるようになった。この仕事にありつけたのは、マリヤが男勝りの筋肉の持ち主であることに、監督が気づいたからだった。監督は男性従業員ひとりを解雇して、それまで払っていた賃金の半分より少し多い程度の賃金で、彼女を後釜に座らせたのだった。

パッキングタウンにやってきたばかりのマリヤだったら、この手の仕事には見向きもしなかっただろう。だが、新しい職場は前とは別の缶詰工場で、つい最近ユルギスが話に聞いたばかりの汚染牛の肉を削り取るのが「ビーフトリマー」の仕事だった。彼女が閉じこめられたのは、日光が稀にしか従業員の目に触れることがない仕事場で、階下には肉を冷凍する冷却室、階上には加熱処理室があった。したがって、氷のように冷たい床に立っていながら、彼女の頭はしばしば息が詰まりそうなほど熱くなった。朝早くから夜遅くまで、水溜まりだらけの濡れた床の上に、重い長靴をはいて立ったまま、肉を骨から百ポンド単位で削り取る。閑散期には無期限に失業させられ、繁忙期には残業を要求されかねない仕事だ。全身の神経がふるえ、ぬるぬる滑るナイフを握る力が抜けるまで働かされ、感染性の傷さえ負うことになる――それがマリヤの前に繰り広げられている新しい生活だった。だが、マリヤはウマのような人間だったので、ただ笑って精を出すだけだった。そうすることで食費をまた払えるようになるし、一家がやっていけるようにもなるのだ。だが、タモシュウスとのことは――どうせ長い間待ったのだから、もう少し待ってもいい。ふたりは彼の収入だけではとてもやっていけないし、ユルギス一家は彼女の収入なしでは生きていけない。マリヤを訪ねてきたタモシュウスが、台所に座って、彼女の手を握る。ただそれだけで何とか満足しなければなるまい。だが、タモシュウスのバイオリン演奏は日増しに情熱的になり、悲痛な思いがこもるようになった。マリヤは手を組み、頬を濡らし、全身をふるわせながら座ったまま、むせび泣くような旋律のなかに、生まれ出ることを求めて彼女の内部で泣き叫んでいる未生の世代の声を聞きつけていた。

マリヤの得た教訓は、オーナを同じような運命から救うのに間に合った。オーナもまた職場に不満を抱いていたが、それはマリヤの場合よりもはるかに筋の通った不満だった。その話を彼女が家では半分もしなかったのは、ユルギスを苦しめることがわかっていたし、彼が何をしでかすかわからなくて、不安だったからだ。オーナは彼女の職場の女性職長であるミス・ヘンダーソンに嫌われていることに、ずっと前から気づいていた。彼女は最初、結婚のための休暇を願い出るなどといった、以前の失敗のせいぐらいに思っていた。やがて彼女が考えたのは、ときどきの付け届けをしていないからにちがいない、ということだった。職長は女工からの付け届けを受け取り、付け届けをしてきた女工をひいきして、できるだけの便宜を図ってやるタイプであることは、オーナも知っていたからだった。だが、もっと根深いところに原因があることを彼女はやっと発見した。ミス・ヘンダーソンは入社してまだ日が浅かったので、彼女の正体を暴くようなうわさが立つまでには、しばらく時間がかかったが、結局のところ、彼女が囲い者、つまり同じ建物にある別の部門の工場長の元情婦であったことが判明した。どうやら、工場長が彼女を入社させたのは、口封じのためだったらしいが、それは完全に功を奏してはいなかった——ふたりが再三けんかしているのを耳にした人がいたのだ。彼女はハイエナのような気性だったので、やがて彼女が君臨する職場は、魔女の大釜と化してしまった。女工たちのなかには、おべっかやお世辞を口にしたがる、彼女と同じタイプの者がいて、ほかの女工たちのうわさを触れ回ったので、そこは怨霊たちが鎖から解き放たれたような場所になってしまった。さらに悪いことに、この職長の女性は、ダウンタウンの売春宿でコナーという赤ら顔の粗暴なアイルランド人と同棲していた。コナーはブラウン社の積荷係の監督で、工場の行き帰りの女工たちと親しくしていた。女工たちのなかには、工場が閑散期になると、ミス・ヘンダーソンといっしょにダウンタウンの家へ出かける者もいた。この女性職長は、事実上、売春宿と掛け持ちでブラウン社の職場を管理していた、と言っても過言ではあるまい。ときには堅気の女工たちの何人かを首にして、売春宿の娼婦たちを雇い入れ、ほかの堅気の女工たちといっしょに働かせることもあった。この職長の下で働いていると、ダウンタウンのいかがわしい家のことが四六時中、頭にこびりついて離れることがなかった——その家の移り香がいつもあたりに消え残っていた。夜、風向きが急に変わったとき、悪臭がパッキングタウンの脂肪精製工場から漂ってくるのと同じように。その家でのあれこれのうわさが職場に広まり、それを口にしながら、向かい側の女工が意味ありげにウインクをするのだった。餓死寸前でさえなければ、オーナだって、こんな職場に一日もいなかっただろうに。それに、実際問題として、彼女が明日もそこにいられるという確証はなかった。今やっと、彼女はミス・ヘンダーソンに憎まれている理由が理解できた。それは彼女が堅気の女で、しかも結婚しているということだった。おべっか使いや告げ口屋の女工たちも同じ理由でオーナを憎んでいて、彼女の人生を不幸にしてやろうと躍起になっていることもわかってきた。

だが、この種の事柄に潔癖な女性は、パッキングタウンのどこにも働き口を見つけることができなかった。パッキングタウンには、売春婦が堅気の女性よりもうまく立ち回ることができないような職場はなかったのだ。ここでは階級の低い、ほとんどが外国生まれの人間集団が、たえず飢餓線上をさまよいながら、昔の奴隷監督と寸分違わない、野蛮で厚顔無恥な男どもの気まぐれに、人生のチャンスを左右されていた。こうした環境では、風紀の紊乱は不可避かつ普遍的だったが、それは奴隷制度の下でとまったく変わらなかった。食肉加工会社では、とても口に出せないようなことが、四六時中、堂々と行なわれ、誰もがそれを当然のことと思っていた。ただ、それが奴隷時代のように表面化することがなかったのは、主人と奴隷の間に肌の色の違いがなかったからだった。

ある日の朝、オーナは工場を休んで家にいた。ユルギスは例の気まぐれで、男の医者を連れてきた。

彼女は無事にりっぱな赤ん坊を産んだ。すごく大きな男の子だった。オーナ自身はひどく華奢な女性だったので、とても信じられないほどだった。ユルギスは現実に起こったことが信じられないまま、生まれたばかりの赤ん坊を何時間もじっと見つめていた。

この男児の誕生は、ユルギスにとって決定的な事件となった。それ以来、家庭以外には目もくれない男になってしまったのだ。夜になると、酒場に出かけて、仲間たちと雑談に興じたいという衝動は、未だ彼に残っていたかもしれないが、それも完全に息の根を止められてしまった。今では、赤ん坊のそばに座ってながめているだけで大満足だった。ユルギスが赤ん坊に興味を示すなどということは、これまでに一度もなかったからだ。だが、これは意外だった。これは人並みはずれた赤ん坊だった。きらきら光る黒い瞳、ふさふさの小さな黒い巻き毛。父親に生き写しだ、と誰もが言った。すばらしいことだ、とユルギスは思った。このちっぽけな生命があんな風にして地上に姿を見せたというだけで、彼を当惑させるに十分だった。この子が父親そっくりのおかしな鼻をして生まれ出たという事実は、奇跡以外の何物でもなかった。

もしかしたら、この事実が告げているのは、この子はおまえの赤ん坊だから、おまえとオーナの赤ん坊だから、ふたりで一生ずっと面倒を見てやれ、ということかもしれない、とユルギスは思った。これほど興味深いものを、ユルギスは今まで手に入れたことがなかった。考えてみたら、赤ん坊というのは不思議な所有物にちがいない。やがて成育して一個の人間になる。独自の人格と独自の意志を備えた人間にだ！　そうした思いがユルギスにつきまとい、ありとあらゆる奇妙な、息苦しいまでの興奮で彼の全身を満たした。アンタナスと名づけた赤ん坊は彼の自慢の種だった。湯浴み、着せ替え、食事、睡眠など、赤ん坊のちょっとしたことに好奇心を示し、ありとあらゆる愚問を発するのだった。その小さな生き物の脚が信じられないほど短いのに驚き慌て、それを気にしなくなるまでに随分と時間がかかった。

残念なことに、ユルギスが赤ん坊をながめて過ごす時間はひどく限られていた。そのとき以上に彼の自由を奪う鎖の存在を感じることはなかった。夜、帰宅すると、赤ん坊は眠っていた。ユルギス自身が寝る前に、赤ん坊が目を覚ますことがあっても、それはまったくの偶然だった。朝は朝で、赤ん坊を見る時間的余裕はなかった。結局、父親に許される唯一の機会は日曜日だった。オーナの場合は、もっと残酷だった。赤ん坊のためにも、彼女自身のためにも、家にいて、授乳をするべきだ、と医者は言ったが、オーナは働きに出なければならなかった。残された赤ん坊には、角の食料品店で牛乳と称して売っている青白い毒液をテータ・エルズビエタに飲ませてもらった。オーナが出産のために失ったのは、一週間分の賃金だけだった。つぎの月曜日には工場にいくと言ってきかなかったからだ。ユルギスとしては、電車でいくようにオーナを説得し、後ろから走って追いかけて、電車を降りたところをブラウン社まで連れていってやるだけで、精一杯だった。もう心配いらないわ、とオーナは言った。一日中、座ったままでハムを包装するのは、しんどいことではない。これ以上ぐずぐずしていたら、あのおっかない女性職長があたしの代わりの女工を入れてしまうかもしれない。そんなことになれば、赤ん坊もいることだし、今以上に大変なことになってしまう、ともオーナは言った。みんなで赤ん坊のためにがんばらなくては。あたしたちみたいな苦労をしないように、赤ん坊を育てなくてはいけないのよ。これは責任重大なのよ。これはまた、ユルギス自身が最初に考えたことでもあった。彼は両手の拳を握りしめ、あの人間としての可能性を秘めたちっぽけな者のために戦い抜く決意を新たにするのだった。

こうしてオーナはブラウン社に復帰し、そこでのポストと一週間分の賃金を失わずにすんだ。だが、そのために彼女は女性が「子宮の病気」という名前で分類している何百もの病気のひとつにかかり、死ぬまで二度と健康体を取り戻すことがなかった。それがオーナにとって何を意味していたかを言葉で表現するのはむずかしい。ほんのささやかな不注意の罪に思われたのに、それに加えられた罰が不当なまでに重かったので、本人であれ、ほかの誰であれ、その罪と罰のふたつを関連づけて考えることができなかった。オーナにとって「子宮の病気」の意味するものは、専門医の診断でもなかったし、一連の治療でもなかったし、もしかしたら一回か二回の手術でもなかったかもしれない。それは頭痛と背中の痛み、神経衰弱と心痛、それに雨の日に仕事に行かねばならないときの神経痛を意味しているに過ぎなかった。パッキングタウンで働いている女性の大半は、同じ症状、同じ原因で苦しんでいたので、医者に診てもらうほどの病気とは考えられなかった。その代わりにオーナは、友人から教えられるままに、薬局で買った薬をつぎつぎと試してみた。この薬にはどれもアルコールその他の興奮剤が含まれていたので、それを服用している間の彼女は、どの薬も効いているように思った。こうして彼女はいつも健康という幻影を追い求めながら、貧しさのあまり追いつづけることができなかったので、それを失ってばかりいたのだった。

第十一章

夏の期間には、食肉加工会社は再び完全操業状態となり、ユルギスの稼ぎも増えた。だが、去年の夏ほどのことはなかった。会社が人手を増やしたからだった。新顔が毎週のように目についた——これが会社のいつものやり方で、この増加した人員をつぎの閑散期まで確保しておくために、各人の稼ぎ高が減ることになる。この方式によって、食肉加工会社は早晩、シカゴの浮動労働人口の全体に会社の仕事を研修させることができる。何と狡猾な手口であることか！　もとからいる従業員は新入りの連中に仕事を教える。教えられた側はいつか従業員たちの構えたストライキを破りにやってくる。しかも、教える側の従業員たちは、低賃金で留め置かれたままなので、不測の事態に備えることができないのだ！

だが、この人員過剰が誰かの仕事を軽減することを意味している、などと考えてもらってはいけない！　それどころか、仕事のスピードアップ化は日ごとに熾烈になっているようだった。会社は能率を上げるための新しい手段を、絶えず開発していた。それはどう見ても、中世の拷問部屋で親指を締めつけるために使われていた「サムスクリュー」という責め具にそっくりだった。仕事のペースメーカーになる連中を新しく雇い入れて、高い賃金を払う。この連中が従業員たちを新しい機械で追い立てる——

ブタの屠畜場では、ブタが移動する速度が時計仕掛けで決められ、それが毎日少しだけ速められているといううわさだった。出来高払いの作業では、所要時間を短縮して、同じ仕事を短時間で片づけることを要求しながら、賃金は同じだった。さらに、この新しい速度に従業員が慣れてくると、短縮された時間に合わせて賃金をカットするのだ！ これが缶詰工場では頻繁に行なわれたので、女工たちはパニック寸前の状態になった。賃金は過去二年間で優に三分の一は減っていた。不満の嵐がしだいに募り、いつ吹き荒れてもおかしくなかった。マリヤが「ビーフトリマー」になってからわずか一カ月後、彼女が辞めた缶詰工場は、女工たちの稼ぎが半減することになりかねない賃金カットを通告してきた。これに激昂した女工たちは交渉もしないで、いっせいに職場を放棄し、会社の前の路上で団結した。赤旗は虐げられた労働者にふさわしい象徴である、という記事を、女工のひとりがどこかで読んでいたので、一同は赤旗を掲げ、怒声を上げながらストックヤードをデモ行進した。この騒動の結果、新しい組合が結成されたが、にわか仕立てのストライキは、新しい労働力がすぐさま導入されたために、三日後にはつぶれてしまった。ストライキが終わったとき、赤旗を担いでいた女工は、ダウンタウンにある大百貨店へいって、週給二ドル五十セントで就職したのだった。

この話をユルギスとオーナは複雑な思いで耳にした。明日は我が身でないと言い切れなかったからだ。有力食肉加工会社のひとつが非熟練工の賃金を時給十五セントに賃下げするそうだ、といううわさが一再ならず伝わってきた。本当にそうなれば、すぐに自分の番がやってくることをユルギスは知っていた。パッキングタウンが実際は数個の食肉加工会社が寄り集まった世界ではなくて、「牛肉トラスト」とでも呼ぶべき一個の大会社であることに、このころまでには彼も気づいていたからだ。毎週、この有力会社の支配人たちは会合を開いて、意見を交換し合っていた。ストックヤードの全労働者に対する同一の賃金基準と能率基準があった。アメリカ全土の解体以前のウシに支払う価格やすべての精肉の価格も、その会合で決められる、という話をユルギスは聞かされていたが、彼には理解できないし、理解しようとも思わない事柄だった。

賃金カットにびくともしなかったのはマリヤだけだった。彼女が勤めはじめる直前に、工場が賃金カットをしていたのは、自分にとって幸運なことだった、といささか単純に思いこんでいたからだった。マリヤは熟練した「ビーフトリマー」として、またもや頂点を極めようとしていた。夏から秋にかけて、ユルギスとオーナは彼女に借りていた金を何とか全額返済したので、彼女は銀行に預金できるようになった。タモシュウスも銀行口座があったので、ふたりは貯金の額を競い合い、またしても結婚後の家計費の計算をするようになった。

だが、巨大な富の所有は不安と責任を伴うということを、マリヤは彼女なりに気づかされた。彼女は友人に勧められて、貯金をアッシュランド・アベニューの銀行に預けてあった。もちろん、建物が大きくて堂々としているという以外に、その銀行のことは何ひとつ知らなかった。一介の貧しい外国生まれの女工に、この金融ビジネスの狂奔する国で行なわれている類いの銀行業を理解するための、一体どんな機会があるというのか？　マリヤは自分の銀行に何かが起こりはしないか、と絶えずびくびくしながら暮らしていた。朝には、わざわざ回り道をして、銀行の建物があるかどうかを確かめるのだった。彼女の最大の心配は火事だった。紙幣で預けてあったので、それが燃えてしまったら、銀行は代わりをくれないのではないか、という不安があった。ユルギスは彼女の不安をからかった。彼は男性として、豊富な知識を自慢していたので、銀行には耐火金庫室というものがあって、そこには何百万ドルもの金が安全にしまいこまれているのさ、と教えてやった。

ところが、ある朝、マリヤがいつもの回り道をしてみると、銀行の前に黒山の人だかりができていて、それがアッシュランド・アベニューを半ブロックばかり、ぎっしりとふさいでいたので、びっくり仰天してしまった。恐怖のために顔から血が引いてしまった。彼女はいきなり駆け出した。一体何事ですか、と大声で聞きながら、立ち止まって返事を聞こうともしなかった。やがて、群集がこみ合っていて、それ以上一歩も進めないところまでやってきた。そのとき、何人かが「銀行の取り付け騒ぎだよ」と教えてくれた。だが、彼女には何のことだかさっぱりわからなかったので、そこにいる人を誰彼かまわずつかまえて、不安におののきながら、その意味をはっきりさせようとした。この銀行が変になったのですか？　はっきりはわからないけれど、どうもそうらしいね。お金は取り戻せるでしょうか？　わからないね。駄目だと思うから、みんなで取り戻そうとしているのですよ。時間が早いから何とも言えないよ。銀行が開くまでには三時間近くもあるから。そこで、絶望のあまり狂ったようになったマリヤは、人ごみをかき分けるようにして、銀行の玄関までたどり着いた。男も女も子どもも彼女と同じように興奮しきっていた。手のつけられないほどに混乱した光景だった。泣き叫び、手を絞るようにして苦しみ、失神している女たち。殴り合い、邪魔物を片っ端から踏みにじっている男たち。この押し合いへし合いのさなかに、マリヤは通帳を持っていないので、どっちにしても預金を引き出せないということを思い出した。そこで死に物狂いで抜け出して、自宅に向かって駆け出した。これが彼女には幸いした。数分後に警察予備隊が到着したからだ。

半時間後、マリヤはテータ・エルズビエタといっしょにもどってきた。走ってきたので、ふたりとも息を切らし、恐怖のあまり吐きそうになっていた。今ではもう群集は列を作り、それが五十人ばかりの警官に警護されて、数ブロックも延びていた。ふたりは仕方なく列の最後尾についた。九時に銀行が開き、待ちあぐねた群集に払い戻しを始めた。だが、三千人もの行列の後ろに並んでいるマリヤにとって、それがどんな慰めになったというのだろうか？　これほどの人数なら、一ダースもの銀行から、一セント残らず引き出すことだってできたのだから。

さらに悪いことに、雨がしとしと降りはじめて、ずぶ濡れになってしまった。それでも午前中ずっと、行列はそこに立ちつづけて、ゆっくりとはうようにしてゴールへ向かっていった。午後もまたずっと、そこに立ちつづけていたが、閉店時間が迫って、閉め出されてしまうかもしれないと思うと、胸が痛くなった。マリヤは、どんなことがあっても、そこにずっといて、自分の場所を死守する決心だったが、ほかの人たちもほとんどが、長く冷たい夜を徹して、同じようにがんばっていたので、銀行までの距離はあまり縮まらなかった。夕方近く、ユルギスが姿を見せた。子どもたちから話を聞いて、食べ物と乾いた肩掛けを持ってきてくれたので、少しは楽になった。

翌朝、夜明け前に、もっと多くの群集が押しかけて、ダウンタウンから派遣された警官の数も増えた。マリヤは死に物狂いで行列にしがみつき、午後近くにやっと銀行の建物のなかに入って、預金を引き出すことができた。全額、大きな銀貨で、ハンカチが一杯になった。その銀貨に手が触れた瞬間、恐怖心は消えてしまって、それをまた預けたくなった。だが、窓口の行員はひどく腹を立てていて、取り付け騒ぎに加わった顧客からの預金は受けつけません、と言った。そこでマリヤはドル銀貨を持って家に帰ることを余儀なくされたが、今にも誰かにひったくられそうで、左右に注意を怠らなかった。家に帰り着いても、安心できなかった。別の銀行が見つかるまで、服に縫いつけるより仕方がなかった。マリヤは一週間かそこら、銀貨を身につけて出歩いていたが、その格好では泥の海に呑みこまれてしまうぞ、とユルギスに脅かされていたので、家の前の道路を横切るときはびくびくしていた。こんな具合に、重石を身に着けて工場に向かう道すがら、彼女はまた恐怖を募らせていたが、今度は失職してはいないか、と心配していたからだった。だが、幸いなことに、パッキングタウンの労働者のほぼ一割が問題の銀行に預金をしていたので、それほど多くの人間を一時に解雇するのは得策ではなかったのだ。この騒動の原因は、銀行の隣の酒場で警官が酔っ払いを逮捕しようとしたことだったが、従業員たちが仕事に向かう時間帯だったので、人だかりができてしまって、それが「取り付け騒ぎ」を引き起こしたのだった。

ほぼ同じ時期に、ユルギスとオーナも銀行口座を開いていた。ヨナスとマリヤに借金を完済しただけでなく、家具代もほとんど払い終えていたので、わずかながら預金する余裕ができたのだ。それぞれが週に九ドルか十ドルを家に持ち帰ることができている間は、生活に事欠かなかった。それに投票日がまた巡ってきて、お陰でユルギスは半週間分の賃金を手にすることができた。まったくの純益だった。その年の選挙は非常な接戦で、その余波はパッキングタウンにまで及んでいた。対立するふたつの買収グループは会場を借り上げ、花火を打ち上げたり、演説をしたりして、選挙民の関心を引こうとした。ユルギスには何ひとつとして理解できなかったが、選挙権を売ることが不正行為と見なされているという程度のことは、このころまでにはわかるようになっていた。だが、誰もがやっていることであり、彼ひとりが拒否したところで、選挙結果にはいささかの影響もなかったので、拒否するという考えは、かりにそれが彼の頭に浮かんだとしても、滑稽に思われたことだろう。

いまや冷たい風と短くなっていく日々。冬がまた近づいていることを警告しはじめていた。猶予期間はあまりに短いように思われた。冬に備える十分な時間はなかった。だが、冬は有無を言わせずにやってきて、追い詰められたような表情が、スタニスロヴァス少年の目に浮かぶようになった。冬の到来はユルギスの心にも不安を植えつけた。オーナが今年は、寒気と雪の吹き溜まりに立ち向かえるような健康状態でないことを知っていたからだ。いつかブリザードが襲いかかってきて、電車が動かなくなったら、オーナは出勤をあきらめなくてはならなくなる。そして、翌日出勤してみると、もっと近くに住んでいて、当てにできる誰かに彼女のポストが奪われていることを発見する羽目になるのではあるまいか？

最初の大吹雪が見舞ったのは、クリスマス前の週だった。そのとき、ユルギスの内なる魂が、眠れるライオンのようにむっくりと起き上がった。アッシュランド・アベニューの電車は、四日間立ち往生したままだった。その四日間で、生まれて初めて、ユルギスは本当の意味での難儀とは何かを実感することになる。それまでの彼は何度も困難に直面したことがあったが、それはただの児戯に過ぎなかった。だが、今は生きるか死ぬかの戦いだった。彼の内なる激しい闘争心が解き放たれた。第一日目の朝、三人は夜明けの二時間前に出発した。毛布にすっぽりくるまったオーナは、粉袋のようにユルギスの肩に担がれ、全身が見えなくなるまで布切れを巻きつけたスタニスロヴァス少年は、ユルギスの上着の裾にぶら下がっていた。ユルギスの顔には荒れ狂う烈風が打ちつけ、寒暖計は氷点下二十度近くを指していた。雪は膝より浅いということはなく、腋の下あたりまでくる吹き溜まりもあった。雪に足を取られて、転びそうにもなった。雪は壁のように立ちはだかって、彼を寄せつけまいとした。彼は怒り狂った手負いのバッファローのように息を弾ませ、鼻を鳴らしながら猛進し、その壁に全身をぶっつけた。こうして彼は一歩また一歩と押し進んだ。やっとダラム社にたどり着いたときには、足はよろけ、目も見えないほどだった。彼は柱に寄りかかってあえぎながら、その日、ウシの屠畜場への到着が遅れたことを神に感謝した。夕方、同じことをまた繰り返さなければならなかった。夜の何時に仕事が終わるか、ユルギスにはわからなかったので、ある酒場の主人に頼んで、オーナを店の片隅で待たせてもらった。夜の十一時になったこともあって、地獄のように真っ暗だったが、それでもふたりは家に帰り着いた。

このブリザードのために、多くの労働者がお払い箱になった。仕事を求めて工場の外に群がっている人の数がこれまでになく多かったので、会社は遅刻した者をいつまでも待ってはくれなかった。すべてが終わったとき、ユルギスの魂は歌っていた。難敵に立ち向かって打ち負かした彼は、みずからの運命の支配者になったのを感じた。正々堂々と戦って敵を倒した森の王者さながらだったが、その王者も、やがて夜になると、臆病者が仕掛けた罠に落ちてしまうのだ。

屠畜場が危険にさらされるのは、去勢牛が逃げ出したときだ。仕事のスピードアップで急ぐあまり、ウシが完全に意識を失わないうちに床に投げ落としてしまうと、ウシは起き上がって暴れ狂うことがある。誰かが危ないぞと叫ぶ。屠夫たちは何もかも投げ捨てて、床のそこここで滑ったり、互いにぶつかって転んだりしながら、手近な柱に向かって突進する。見通しが利く夏場でも相当に危険だが、冬場には髪の毛が逆立つ。屠畜場には蒸気が充満していて、五フィート先も見えないからだ。たしかに、たいていの場合、ウシはやみくもに暴れているだけで、とくに誰かに危害を加えようというのではない。しかし、ほとんど全員がナイフを手にしているのだから、逃げまどううちにナイフにぶつかる危険を考えていただきたい！ 屠夫長がライフル片手に飛び出してきて、乱射しはじめたりすることもあるのだ！

ユルギスが罠に落ちたのは、そうした騒ぎの最中だった。それは罠という言葉でしか形容できない。あまりに残酷で、まったく予知することができなかった。最初は、彼も気づかないほどの、何ともささやかな事故だった。ウシを避けようとして、くるぶしを捻挫したというだけだったのだから。一瞬、痛みが走ったが、ユルギスは苦痛には慣れていたので、大事を取ったりはしなかった。だが、歩いて家に帰ろうとして、痛みがひどいことに気づいた。朝になると、くるぶしは普段の二倍近くに腫れ上がり、靴をはくことができなかった。それでも彼は軽く舌打ちをしたくらいで、足をぼろ切れでくるむと、電車通りまでひょこひょこと歩いていった。その日、たまたまダラム社では繁忙を極め、午前中ずっと、彼は痛む足を引きずりながらよたよたと歩いていたが、昼時までには気絶しそうなほどの激痛になり、午後も二、三時間すると、彼は完全にダウンしてしまって、監督に申し出ざるを得なかった。呼ばれてやってきた会社の嘱託医は、足を診察すると、ユルギスに家へ帰って寝るように言っただけでなく、どうせばかなまねをやらかして、これまでの何カ月か、ずっと寝ていたんだろ、と付け加えた。このけがはダラム社が責任を問われるような公傷ではない。だから、嘱託医としては、ほかに手の打ちようがないぞ、と言わんばかりだった。

ユルギスは何とか家にたどり着いたが、痛さのあまりに目がくらみ、胸にはひどい不安が広がっていた。エルズビエタは彼に手を貸して寝かしつけ、痛めた足に冷水湿布をしてやりながらも、絶望の色に気づかれまいと努めていた。夜になって、ほかの者たちが帰ってくると、彼女は外で待ち構えていて、事情を説明したので、みんなもわざと明るい表情で、一週間かそこらのことさ、元気な体になるようにしてやるよ、などと声をかけた。

だが、ユルギスが眠りにつくとすぐに、一同は台所の暖炉の周りに集まって、怯えたようなひそひそ声で話し合った。治療が長引く覚悟をしなくてはならない。それは一目瞭然だった。ユルギスの銀行預金は六十ドルくらいしかなかった。閑散期は目前に迫っている。ヨナスとマリヤが食費を入れる程度しか稼げなくなるのは時間の問題だ。それ以外には、オーナの賃金とスタニスロヴァス少年のわずかな手当てしかない。家賃は払わなければならない。まだ家具の月賦も残っている。保険料の支払いは迫っている。それに毎月、何袋もの石炭を買わねばならない。冬のさなかの一月、耐乏生活に立ち向かうには残酷な時期だ。今度また豪雪があれば、誰がオーナを工場に連れていくのか？　失職するかもしれない――いや、失職するのはほぼ確定的だ。それにスタニスロヴァス少年がべそをかきはじめたら、誰が面倒を見るというのか？

誰にも防ぎようのない、この種の事故が、これほどの苦難を意味しているというのは残酷なことだった。辛酸を日々の糧としているユルギス。その彼の目をごまかそうとしても無駄だった。彼は一家の状況について、ほかの者たちと同じように知っていた。全員が文字どおり飢え死にするかもしれないということも知っていた。彼は苦悩にさいなまれ、二、三日もすると、憔悴の色が見えはじめた。事実、彼のような頑強で、ボクサーのような人間は、なすすべもなく横臥することを余儀なくされると、頭がおかしくなりかねない。それはどう見ても岩に縛りつけられたプロメテウスの故事そのものだった。何時間もベッドに横たわっていると、これまでに経験したことのないさまざまな感情がユルギスの頭に浮かんできた。かつての彼は、いやな顔ひとつせず人生に立ち向かっていた。試練はたしかにあったが、男一匹が対決できない試練は何ひとつとしてなかった。だが、今は、夜になって、眠れぬままに寝返りを打っていると、薄気味悪い亡霊が寝室に忍び寄ってくる。それを見ると、全身に悪寒が走り、毛髪が逆立つ。世界が足元から崩れ落ちるのを見守るようだった。底知れぬ奈落に、口を大きく開けた絶望の洞窟に落下していくようでもあった。どうやら、誰かが人生について語っていた言葉、ひとりの人間の最高の力を以てしても、人生に対抗することはできない、という言葉は、まちがっていないらしい！　どんなに努力しても、どんなに働いても、結局は敗北し、倒れ伏し、破滅させられる、というのもまちがっていないらしい！　こうした思いは、心臓の上に置かれた氷みたいに冷たい手のようだった。この恐怖の渦巻くおぞましい我が家で、彼と彼の愛するすべての者たちが横になったまま、飢餓と寒気で息絶えようとしているのに、悲鳴を聞いてくれる耳もなければ、差し伸ばしてくれる救いの手もないとは！　そうだ、まちがっていない――この巨万の富が蓄積された大都市で、人間は、穴居時代とまったく同じように、自然の野獣的な力によって追い詰められ、やがて絶滅させられることになるというのは、けっしてまちがっていないのだ！

オーナは今では一カ月におよそ三十ドル、スタニスロヴァス少年はおよそ十三ドル稼いでいた。これに加えて、ヨナスとマリヤの出す食費が四十五ドルばかりあった。そこから家賃と利子と家具の月賦を差し引くと六十ドル、そこからさらに石炭代を差し引くと五十ドルが残った。一家は人間が節約できるものは一切節約していた。寒風に翻弄されるばかりの古いぼろ服を着ていた。子どもたちの靴がすり切れると、ひもで縛った。半病人のオーナは、電車に乗るべきだったのに、雨と寒気のなかを歩いたりして、体調を狂わせてしまった。一家は食料品以外には、文字どおり何も買わなかった。それでも月額五十ドルでは生きていけなかった。もし無添加の食料品を正当な値段で手に入れることができさえしたら、何を買うべきかがわかってさえいたら、つまりあわれなまでに無知でさえなかったならば、五十ドルでもやっていけたかもしれない！　だが、一家は、食料品を含めて、何もかもが違っている新しい国へきているのだった。昔からスモークソーセージをふんだんに食べるのが生活の習慣だった。だが、アメリカで買うソーセージが同じ品物でないことを──薬品で着色し、さらに薬品を加えて燻製の風味を出し、その上、粉末ジャガイモがぎっしり詰まったソーセージであることを、どうして知ることができただろうか？　粉末ジャガイモはジャガイモから澱粉とアルコールを抽出した後の残り滓で、栄養価がゼロである点では木片と変わらない。粉末ジャガイモを食品添加物として使用することは、ヨーロッパでは刑事犯罪になっているので、それは年間何千トンもアメリカに輸出されている。その種の食料品を、十一人の飢えた人間が毎日、大量に必要としているというのは、驚くべき事実だった。一日一ドル六十五セントで、家族を賄うことなどできない相談だった。いくら努力しても無駄だった。そこで毎週、オーナが始めたばかりのささやかな銀行預金に手をつけることになった。この預金は彼女の名義になっていたので、オーナはそのことを夫には秘密にしておくことができたし、切ない思いは自分の胸だけにしまっておくことができた。

いっそユルギスが本当の病気だったら、考えることなどできなかったら、もっとよかったかもしれない。たいていの病人と違って、彼には気分を晴らす趣味がなかった。ベッドに横になって、寝返りを打つのが関の山だった。ときには相手かまわず怒鳴り散らすこともあった。ときにはまた辛抱しきれなくなると、起き上がろうとしたので、テータ・エルズビエタは必死に哀願しなければならなかった。エルズビエタは一日の大半、彼とふたりきりだった。何時間も座ったまま、額をなでてやった。あれこれ話しかけて、気を紛らせてやろうともした。学校へいけないほど寒い日がときたまあると、子どもたちはユルギスのいる台所で遊ばなければならなかった。何とか暖かいと言える部屋は、台所だけだったからだ。そんな日は、ユルギスがクマのように不機嫌になったので、とても憂鬱だった。だが、彼を責めることはできなかった。悩みの種が尽きない上に、昼寝をしようと思っても、駄々をこねる子どもたちが騒々しくて眠れないのは、腹立たしいことだったからだ。

こうした日にエルズビエタが出す最後の切り札は、アンタナス坊やだった。実際、このアンタナス坊やがもしいなかったら、ふたりが一体どんな毎日を送ることになっていたか、誰にもわかるまい。赤ん坊をながめる時間的余裕ができたということは、幽閉生活を送っているユルギスの唯一の慰めだった。テータ・エルズビエタが赤ん坊の眠っている洗濯かごをユルギスのマットレスの隣に置くと、彼は横になって片ひじをつき、あれこれ想像しながら、何時間でもじっと赤ん坊を見つめている。やがてアンタナス坊やが目を開ける。周囲のいろいろなものに興味を持ちはじめているのだ。にっこり笑う。何と可愛い笑顔であることか！　ユルギスはすべてを忘れて、幸福に浸りはじめる。アンタナス坊やの笑顔のように美しいものがある世界にいるというだけの理由で。そして、そのような世界は、その本質において善以外の何物でもないというだけの理由で。エルズビエタは赤ん坊が一時間ごとに父親似になっている、と言っていたが、この言葉を一日に何回も口にしたのは、それを耳にしたユルギスの機嫌がよくなることに気づいたからだった。この怯えてばかりいる老婦人は、彼女の庇護のもとに置かれた囚われの巨人を慰めることに、夜となく昼となく腐心していた。悠久の昔から未来永劫変わることのない女性の欺瞞性について、ユルギスは何ひとつ知らなかったので、エルズビエタの用意した餌に飛びついて、会心の笑みを浮かべた。それからアンタナス坊やの目の前に指を一本、差し出して、左右に動かし、それを赤ん坊が目で追いかけるのを見て、楽しそうに笑った。赤ん坊ほど魅惑的なペットはいない。赤ん坊がユルギスの顔を不気味なほど真剣に見つめると、ユルギスはこう叫び出すのだった。「待てよ《パラウク》！　ほらな、母ちゃん。この子は親父がわかっているぞ！　絶対、わかっているぞ！　可愛いやつだな《トゥ・マノ・シルデーレ》、このガキは！」

第十二章

けがをしてから三週間、ユルギスはベッドから起き上がれなかった。とてもしつこい捻挫だった。腫れが引こうとせず、痛みもずっとつづいた。だが、三週間も経つと、辛抱しきれなくなって、前よりもよくなった、と自分に強引に納得させて、毎日少しずつ歩く練習をしはじめた。どんなに周囲が意見をしてもやめようとせず、三、四日後には、仕事にいくぞ、と宣言した。そして、痛い足を引きずりながら電車に乗って、ブラウン社にたどり着いた。工場では監督が彼のポストを確保してくれていた――つまり、休んでいる間に雇っていた代わりの男を、情け容赦なく雪のなかに叩き出してくれたということだ。ときおり、苦痛のため、仕事の手を休めなければならなかったが、終業一時間前ぐらいまでは、何とか持ちこたえた。だが、もうこれ以上つづけていると、失神してしまうにちがいない、と認めざるを得なくなった。胸が張り裂けそうで、柱に寄りかかって、子どものように泣いた。仲間がふたり、電車通りまで連れていってくれたが、電車を降りてから、雪のなかにへたりこんだまま、誰かが通りかかるまで待っていなければならなかった。

家の者たちは、彼をまたベッドに寝かせて、医者を呼びにやった。これこそ、いの一番にやるべきことだったのだ。くるぶしをひねったときに腱が一本ずれていて、処置をしないと絶対に治らないことが判明した。医者は腫れ上がったくるぶしを引っ張ったり、ねじったりしたが、その間ずっと、ユルギスはベッドの両端を握りしめ、歯を食いしばり、激痛のために顔面は蒼白だった。医者は帰りがけに、二カ月は絶対安静にしていなければならない、それ以前に仕事に出かけたりしたら、死ぬまで足が不自由になるかもしれない、と言った。

三日後、またひどい吹雪になった。何とかストックヤードにいき着けるように、ヨナスとマリヤとオーナとスタニスロヴァス少年は、夜明けの一時間前にいっしょに家を出た。昼ごろになって、オーナと少年が帰ってきた。少年は痛い、痛い、と泣き叫んでいた。手の指が全部、凍傷にやられたようだった。ふたりはストックヤードへいくことを断念せざるを得なくなり、吹き溜まりで死にそうになったのだった。ふたりは凍てついた指を暖炉にかざす以外に、なすすべを知らなかった。スタニスロヴァス少年はほとんど一日中、ひどい苦痛のために、そこらを跳ね回っていた。やがて、いらいらしてきたユルギスがかんしゃくを爆発させて、狂人のように悪態をつき、殺されたくなかったら跳ね回るのをやめろ、と怒鳴った。その日は、オーナと少年が工場を首になったのではないか、という不安で、一家は昼も夜も半狂乱の態だった。翌朝、四人はこれまで以上に早く出発した。少年はユルギスが棒で叩き出さなければならなかった。これは遊び事ではなかった。死活問題だった。ラード缶詰製造機の仕事を首になるよりも、雪の吹き溜まりで凍死するほうがずっとましだったが、それをスタニスロヴァス少年に理解させることはできない相談だった。オーナは仕事がなくなっているとばかり思いこんでいたので、ブラウン社にたどり着いて、例の女性職長自身が出勤できず、そのために部下に対して寛大にならざるを得なくなったことを知って、すっかり拍子抜けしてしまった。

この事件の後遺症のひとつは、少年の指が三本、第一関節のところから永久に動かなくなったことだった。もうひとつは、その後、地面に新しい雪が降り積もっているときはいつも、棒で叩かれないと、少年が仕事に行かなくなったことだった。叩くのはユルギスの役目だったが、叩くと自分の足が痛むので、腹いせのように激しくぶつのだった。どんなに優秀なイヌでも、鎖につなぎっぱなしにしておくと、怒りっぽくなるそうだが、ユルギスの場合がそうだった。四六時中、横になって運命を呪う以外に、何ひとつすることがなかったので、すべてを呪いたくなる時期が訪れたのだった。

だが、これもそう長くはつづかなかった。オーナが泣き出すと、ユルギスもいつまでも怒っていられなかった。このみじめな男は、帰る家のない幽霊のようだった。落ち窪んだ頬、目に入りそうなまでに長く伸びた黒い髪。髪を刈ったり、身なりにかまったりする気力を失っていた。筋肉は落ち、残った筋肉はたるんで、締まりがなかった。食欲もなかったが、食欲をそそるような料理を用意する余裕は、家にはなかった。食わないほうがいいさ、節約になるからな、と彼は言った。三月の終わりころ、彼はオーナの銀行通帳を手に取ってみて、残高がたったの三ドルしかないことを知った。

だが、この長い引きこもりの間に起こった最悪の事態は、家族のひとりをまた失ったことだった。兄貴分のヨナスが姿を消してしまったのだ。ある土曜日の夜、彼は帰宅しなかった。そのため、家中総出で行方を捜したが、見つからなかった。ダラム社の監督の話では、その週の賃金を受け取ってから、工場を後にしたとのことだった。もちろん、この話は信用できなかった。これは誰かが殺されたときに、よく耳にするせりふだった。それは関係者にとって、責任逃れの一番簡単な方法だった。たとえば工員のひとりが脂肪精製工場のタンクに落ちこんで、純正リーフラードや最高級の肥料に姿を変えてしまったとき、その事実を公表して、家族を悲しませても、何の役にも立たない。だが、ヨナスは幸福を手に入れるために、家族を捨てて放浪の旅に出たという説のほうが、もっと信憑性があった。彼はずっと以前から不満を抱いていたが、それには然るべき理由があった。かなりの食費を入れているのに、誰も腹一杯食べられないような家で暮らさなくてはならない。それに、マリヤが稼いだ金を全部吐き出していたので、当然、彼としても、同じようにすることを要求されている、と感じざるを得なかった。かてて加えて、ガキどもは泣きわめき、苦労の種は尽きない。こんな生活を、不平のひとつもこぼさずに耐え忍ぶには、相当な豪傑でなければならないが、ヨナスは豪傑にはほど遠い人間だった。彼はおいしい夕食を食べて、寝る前に部屋の隅の暖炉のそばに座って、ゆったりとパイプをふかすのを楽しみにしている、日焼けした老人に過ぎなかった。この家には、ゆっくりできる場所は暖炉のそばにはなかった。冬の間でも、台所がくつろげるほど暖かいことはめったになかった。とすれば、春になって、蒸発などという突拍子もない考えが彼の頭に浮かんだとしても驚くには当たるまい。この二年間、彼はダラム社の暗い地下室で、半トンものトロッコにウマのようにつながれてきた。日曜日と年に四日の休日以外には全然休めず、感謝の言葉のひとつもかけてもらえなかった。ただ、蹴られ、殴られ、罵られるだけで、まともなイヌなら我慢しないと思われるほどだった。その冬はすでに去って、春の風が吹いていた。一日ぶっ通しで歩くだけで、人はパッキングタウンの煙に永久におさらばして、草は緑色の、花は虹の七色の世界へいくことができるのだ！

だが、いまや一家の収入は三分の一以上も減ったのに、食べ物の要求は十一分の一しか減っていないので、以前にも増して生活は苦しくなった。それにマリヤから金を借りて、その銀行預金を食いつくし、またしても彼女の結婚と幸福の夢を打ち砕いていた。タモシュウス・クシュレイカにまで借金をする始末で、彼をジリ貧状態に追いこんでいた。あわれなタモシュウス。彼は係累がなく、すばらしい才能を備えていたので、金を稼いで豊かな生活を送ってもおかしくなかった。だが、マリヤとの恋に落ちて、運命に前途を委ねた格好の彼もまた、有無を言わさずに引きずり下ろされてしまった。

そこでとうとう、子どもたちをもうふたり、退学させることが決まった。十五歳のスタニスロヴァスのつぎには、二歳年下の妹コトリーナと、十一歳のヴィリマスと十歳のニカロユスというふたりの弟がいた。ふたりの男の子は利発だったし、年齢の変わらない何千、何万もの子どもたちが自分の生活費を稼いでいるのだから、このふたりの家族の者たちが餓死しなければならない理由はどこにもなかった。こうして、ある朝、それぞれ二十五セント硬貨とホットドッグを手にしたふたりは、役に立ちそうな忠告を頭に一杯詰めこんで送り出された。市内まではるばる出かけて、新聞売りの仕事を覚えるためだった。夜遅く、ふたりは五マイルか六マイルの道を泣きながら帰ってきた。新聞を売っている場所へ連れていってやろう、と声をかけてくれた男の人が、ふたりから金を預かって、とある店へ新聞を取りに入ったきり、姿を消してしまった、とのことだった。ふたりは鞭でお仕置きを受け、翌朝、また出かけていった。今度は新聞販売所を見つけ、新聞を仕入れることができた。だが、相手かまわず「新聞はいかが?」と声をかけながら、昼ごろまでほっつき歩いた挙句、図体の大きな男に仕入れた新聞を取り上げられ、おまけにぽかぽか殴られてしまった。その男の縄張りを荒らしたためだった。だが、幸いなことに、新聞をかなり売りさばいていたので、持って出たのに近い額の金を持って帰ってきた。

こうした不幸な出来事が一週間もつづくうちに、ふたりの少年は商売のコツを覚えるようになった。いろいろな新聞の名前、それぞれ何部仕入れればよいか、それを売る客種、どこへいけばいいか、どこは避ければいいか、など。それからは、朝四時に家を出て、まず朝刊を、さらには夕刊を抱えて街中を走り回ってから、夜遅くに家へ帰ってきたが、それぞれ二十セントから三十セント、場合によっては四十セントを手にしていた。途中の道のりが長いので、電車賃を差し引かねばならなかったが、そのうちに友達もでき、新しいことをあれこれ覚え、やがて電車賃を節約できるようになった。つまり、車掌の目を盗んで電車に乗りこみ、満員の乗客に紛れこむのだ。四度に三度は、ふたりに気づかないのか、すでに受け取ったと勘違いするのか、車掌は電車賃を払えと言わない。払えと言われたら、ポケットをさんざん探し回ってから、しくしく泣きはじめ、親切な老婦人に電車賃を払ってもらうか、別の電車に乗り換えてから同じ手を使う。ふたりの感触では、これはすべてフェアプレーだった。労働者たちが往復する時間帯に、電車がこみ合っていて、車掌が乗客全員から料金を集めることができないとしても、それは誰のせいだと言うのか？　それに、電車会社は泥棒だ、悪徳政治家の助けを借りて個人の権利を盗んでいる、と世間では言っているのだから！

冬が去り、雪の心配はなくなった。もう石炭を買わなくてもよくなった。ほかの部屋に泣きわめく子どもたちを追いやっても、そこは結構暖かかった。ユルギスは以前ほどおっかなくなくなった。ときが経つと、人間は何にでも慣れてしまう。ユルギスも家のなかでゴロゴロすることに慣れてしまった。そのことに気づいたオーナは、彼女のつらい胸のうちを打ち明けたりして、彼の心の平穏を乱さないように細心の注意を払った。春の長雨の時期だった。オーナは電車賃を気にしながらも、しばしば電車で通勤しなければならなかった。日ごとに顔色が悪くなり、ときには、彼女の健気な決心にもかかわらず、それに気づいてくれないユルギスに心を痛めた。以前ほど私のことを愛していないのではないか、重なる苦労であの人の愛情も尽き果てたのではないか、と彼女は考えた。一日中、彼から離れていなければならないし、彼は彼の苦しみに、彼女は彼女の苦しみに耐えなければならない。家に帰ってきても、疲れ果てている。ふたりで話し合うことがあっても、話題はそれぞれの抱える心配事だけだった。実際、こんな生活では、情愛を枯渇させずにいることは難しかった。それを嘆き悲しむ思いがときおり、オーナの心のなかで燃え上がった。夜、突然、大男の夫を腕に抱きしめて、激しく泣きじゃくりながら、本当に私を愛しているの、と問い詰めるのだった。あわれなユルギス。果てしない貧困の重荷に負けて、以前にもまして現実的になってしまった彼は、これは一体どうしたことかと途方に暮れ、最近いつ彼女につらく当たったのかを思い出そうとするばかりだった。やがてオーナは彼を黙って許して、泣き寝入りするしかなかった。

四月の下旬になって、ユルギスが医者に足を診てもらいにいくと、医者はくるぶしを固定するための包帯を渡してくれて、仕事に復帰してもいい、と言った。しかし、復帰には医者の許可以上のものが必要だった。ブラウン社の屠畜場に顔を出すと、彼のポストを確保することができなかった、と屠夫長に告げられた。これは屠夫長がすでに誰か代わりの人間を見つけていて、配置換えをするのを嫌がっている、という意味に過ぎないことが、ユルギスにはわかっていた。彼は工場の入り口に立って、友達や仲間が働いているのを悲しげにながめながら、流浪者になったように感じた。それから外に出て、失業者の群れのなかに身の置き場を見つけた。

だが、前回と違って、今のユルギスには、満々たる自信もなければ、そのような自信を抱く理由もなかった。彼はもはや群を抜く堂々たる体格の持ち主ではなかった。監督たちが彼に目をつけることもなかった。痩せて、やつれていた。身なりもみすぼらしく、落ちぶれた感じだった。彼と同じような身なりで、同じような気持ちの男たちが何百人も、パッキングタウンを何カ月も職を求めて歩き回っているのだ。これはユルギスの生涯における危機的な時期だった。もし彼がもっと弱い男だったら、ほかの者たちと同じ運命をたどったことだろう。みじめな失業者たちは毎朝、食肉加工会社の周りで立ちん坊をしていて、警官に追い払われると、酒場へと散らばっていく。監督たちとの面談を求めて、建物のなかに入ろうとすると、ひじ鉄砲を食らわされるが、それに立ち向かう勇気のある者は、めったにいない。朝に仕事にありつけないと、その日は夜になるまでずっと、酒場でぶらぶらするしかない。ユルギスはそうせずにすますことができた。たしかに、天気が快適で、屋内にいる必要がなかったことが、理由のひとつだったが、主な理由は、妻の不憫な顔がいつも彼の脳裏に浮かんでいたからだった。一刻も休むことなく死に物狂いで悪戦苦闘して、仕事を見つけなくてはならない、と彼は自分に言って聞かせた。仕事を見つけなくては！　もう一度、働き口を見つけて、冬がくるまでに、少しでも金を貯めねばならない。

だが、働き口はなかった。彼は組合の連中を片っ端から探し出して（仕事を休んでいる間もずっと、彼は組合と縁を切っていなかったのだ）、口添えをしてくれるように泣きついてもみた。知っている人間につぎつぎと会いにいって、ここでも、どこでもいい、仕事を世話してくれないか、と頼んでもみた。

一日中、いくつもの建物のなかをほっつき歩いてもみた。一週間か二週間して、ストックヤードを隈なく歩き、つてのある仕事場すべてに顔を出してみた。どこにも働き口がないとわかったとき、彼は最初に顔を出した職場に異動があったかもしれない、と自分に信じこませて、またぞろ同じ経路をたどりはじめたが、やがて警備員や「スポッター」と呼ばれる監視人に顔を覚えられ、出ていけと言って脅されるようになってしまった。こうなると、彼としては、朝から失業者の群れに加わって、必死の形相で最前列に陣取るしか打つ手がなかった。それがうまくいかないと、家に帰って、コトリーナや赤ん坊と遊ぶだけだった。

何もかもが格別につらく思われたのは、その意味がユルギスには痛いほどわかっていたからだった。最初のときは、彼も若々しく頑強だったので、初日から仕事にありつくことができた。だが、今の彼は、言ってみれば中古品ないしは傷物だったので、誰も買い手がつかなかった。会社は彼を利用しつくしていた——スピードアップと手抜き管理によって彼を使い古した挙句に、あっさり捨ててしまったのだ！やがてユルギスは失業した連中と親しくなり、誰もが彼と同じ経験をしていることを知らされた。もちろん、よその土地から迷いこんできた者、ほかの工場でぼろぼろになるまで働かされた者、失敗をやらかして職を追われた者——あのおぞましくも単調な仕事にアルコール抜きでは耐えることができなかった者もいた。だが、圧倒的多数は、容赦することを知らない巨大な屠畜機械のすり切れた部品に過ぎなかった。そこで休みなく働き、機械のペースに遅れまいとしてきた。なかには十年、二十年と働いた者もいたが、結局は、そのペースについていけない日がやってくる。おまえは年を取りすぎている、欲しいのは若くて元気な働き手だ、と面と向かって言われた者も、不注意や無能力のために首を切られた者もいた。だが、ほとんどの者にとって、失業の原因はユルギスの場合と同じだった。長期にわたる過労と栄養失調の末に、病気にかかって寝こんでしまうか、けががもとで敗血症にかかったり、ほかの事故に巻きこまれたりしていた。やがて健康を取り戻しても、もとの職場に復帰するには監督の好意に甘えるしかない。これにはほとんど例外がなかった。事故が会社の責任である場合は別だった。だが、その場合でも、会社はまずインチキ弁護士を送りこんできて、請求権を放棄する書類に署名させようとするが、その手に乗らない切れ者が相手とわかると、当人と家族に常時、仕事を提供する旨の約束をしてくれる。この約束を会社は厳密かつ忠実に履行するが、それは二年間だけのことだ。法律で定められた「提訴時効」は二年間で、この期限が切れると、犠牲者は訴え出ることができないからだ。

こうした事態が降りかかった者のその後は、すべて状況次第で決まった。高度の熟練工であれば、難関を切り抜けるだけの蓄えがあるだろう。一番の高給取りは「スプリッター」と呼ばれる屠夫で、時給五十セント、繁忙期には一日に五ドルか六ドルを稼ぎ、最悪の閑散期でも一ドルか二ドルにはなった。これだけあれば生活もできるし、貯金もできる。だが、どの屠畜場にもスプリッターは五、六名しかいない。そのひとりをユルギスは知っていたが、二十二人の子持ちで、全員が大きくなったら父親のようなスプリッターになることを夢見ていた。繁忙期に週十ドル、閑散期に週五ドル稼ぐ非熟練工の場合、すべては彼の年齢と扶養家族の数にかかっていた。独身の工員は、もし酒も飲まず、完璧に自己中心的だったら——つまり、年老いた両親、弟や妹、親類縁者、組合の仲間、友人、さらには隣の家で飢え死にしかけている人たちの懇願に耳を貸さなかったら、貯金をすることができるかもしれなかった。

第十三章

ユルギスが職探しをしている間に、クリストフォラス坊やが死んだ。テータ・エルズビエタの子どものひとりだった。クリストフォラスと兄のユオザパスは、ふたりとも足が不自由だった。ユオザパスは馬車に轢かれて片脚を失い、クリストフォラスは大腿骨の先天的脱臼のために歩くことができなかった。この子はテータ・エルズビエタの末っ子で、それだけ産めば十分だ、ということを教えるために、神が授けてくれた子どもだったかもしれなかった。それはともかく、ひどく病身で、発育不全な子だった。クル病にかかっていて、三歳を過ぎても、体つきは健康な一歳児と変わらなかった。朝から晩まで、汚い服を着たまま、泣いたり、拗ねたりしながら、床の上をはい回っていた。床は隙間風が吹き抜けていたので、しょっちゅう風邪を引いていて、鼻水をたらしながらぐずぐず言っていた。そのため家中で厄介者扱いされ、いつも面倒を引き起こしていた。異常なまでに頑な母親は、この子をほかのどの子どもより溺愛し、この子のこととなると、いつも大騒ぎをしていた。何でも好きなようにやらせてやり、むずかる声に我慢しきれなくなったユルギスが怒鳴り散らすと、母親はわっと泣き出すのだった。

そのクリストフォラス坊やが死んだ。その日の朝に食べたスモークソーセージが死因だったかもしれない。そのソーセージの材料は、輸出向きでないと判定された、結核菌入りのポークだったかもしれないのだ。とにかく、それを食べてから一時間もすると、痛い、痛い、と泣きはじめ、さらに一時間後には、全身を痙攣させながら、床の上を転がり回っていた。この子とふたりだけでいた姉のコトリーナは、助けを求めて外に飛び出した。しばらくして医者がやってきたが、クリストフォラスが断末魔の叫び声を上げた後のことだった。悲嘆に暮れるあわれなエルズビエタ以外には、悲しむ者は誰ひとりとしていなかった。葬式代などないのだから、市役所に埋葬してもらったって、おれはちっともかまわないよ、とユルギスは大声で言った。それを聞いて、あわれな母親は気が狂いそうになって、両手を揉みしぼりながら、悲嘆と絶望の叫び声を上げた。私の子どもを無縁墓地に葬るんだって！　義理の娘とはいえ、そんな話を聞きながら、反対もせずに突っ立ったままでいるなんて！　これじゃ、父親だって、墓から出てきて、オーナを叱りつけたくなるだろうさ！　こんなことなら、いっそ何もかもおっ放り出して、みんなして墓に埋められてしまいたいよ！　やがて、マリヤが費用の一部に十ドルを申し出たが、ユルギスが断固として反対したので、エルズビエタは涙を流しながら、近所の人たちから金を無心して回った。こうしてクリストフォラス坊やのためにミサが捧げられた。白い羽飾りのついた葬式馬車、それに木製の十字架の墓標が立った小さな墓所も。その後の数カ月間、あわれな母親は別人のようだった。クリストフォラス坊やがはい回っていた床を見ただけで、涙に暮れるのだった。かわいそうに、あの子は、いい思いをすることがなかったよ。障害を持って生まれてきたのだからねえ。手遅れになる前に、あの話を聞いていたらよかった。そうすれば、あの偉い先生に障害を取り除いてもらえたかもしれなかったのに！　しばらく前に、エルズビエタが小耳に挟んだのは、クリストフォラスと同じ病気に苦しむ娘の治療のために、あるシカゴの億万長者が大金を投げ出して、ヨーロッパの有名外科医にきてもらった、という話だった。この外科医は、デモンストレーション用の実験台を必要としていたので、貧しい家庭の子どもに治療を施したい旨を公表し、これを医の仁術として新聞が大きく書き立てたのだった。残念ながら、エルズビエタは新聞を読んでいなかったし、そのことを誰も教えてくれなかった。だが、それでよかったのかもしれない。どうせ、その外科医のところに毎日通うための電車賃を出す余裕など、とてもなかっただろうし、子どもを連れていく時間的余裕のある者だって、見つからなかっただろうから。

職探しをしている間ずっと、ユルギスの頭上には暗い影が漂っていた。一頭の野獣が彼の人生の通り道に身を潜めていて、彼としても、そのことを知っていながら、その隠れ場所に近づかずにはいられない、とでもいうように。パッキングタウンでの失業状態には、いくつもの段階があったが、その最低の段階にいき着くかもしれない事態に直面して、彼は恐れおののいていたのだった。どん底まで落ちた男を待ち受けている場所——それが肥料工場なのだ。

この肥料工場について語るとき、従業員たちは恐ろしげに声をひそめるのだった。実際にそこで働いた経験のある者は、せいぜいで十人にひとりしかいなかった。残りの九人は人づてに聞いた話か、戸口からのぞき見た程度で満足していた。そこにあるのは餓死よりもひどい何かだった。そこで働いたことがあるのか、働く気があるのか、と何回か聞かれたユルギスは、この問題をあれこれ考えるのだった。一家が困窮していて、みんなができるだけの犠牲を払っているのに、こうして差し出された仕事口を、いくらおぞましい仕事口とはいえ、むげに断っていいのだろうか？　せっかく仕事のチャンスを目の前にしながら、それに飛びつく勇気がなかったことを承知の上で、病弱の身をかこつ妻オーナの稼いだパンを食べるために、おめおめと帰宅していいのだろうか？　それでも彼は、こういった調子で、朝から晩まで、自問自答を繰り返していたが、肥料工場をのぞきこんだ途端に、彼はまた尻尾を巻いて逃げ出すのだった。結局、おれも男だ、男の義務を果たさなくては、と決心して、彼はやっと申し込みを済ませた――だが、もちろん、上首尾を祈ることまでは求められていなかった！

　ダラム社の肥料工場は、ほかの工場群から離れたところにあった。この工場の見学者は数も少なく、その数少ない見学者たちが工場から出てきたときの顔つきは、地獄を見てきたようだ、と農夫たちに言われたダンテの顔つきにそっくりだった。ストックヤードのこの区域には、「タンク滓」と呼ばれる屑肉や内臓の残り滓、ありとあらゆる廃物が送りこまれる。ここでは骨を完全に乾燥させている――太陽の光が射しこむことのない、息の詰まりそうな地下室では、男や女や子どもたちが回転する機械の上に身を乗り出して、骨片をさまざまな形に切断しているのが見える。粉塵を肺一杯に吸いこんで、一定期間内にひとり残らず死ぬ運命にある連中だ。ここでは血液が蛋白質に変えられ、悪臭を放つ物質がもっとひどい悪臭を放つ物質に変えられる。その作業が行なわれる廊下や洞窟状の地下室では、あのケンタッキーの巨大洞窟《マンモスケーブ》で道に迷ったような気分になるかもしれない。塵埃と蒸気のなかで、電灯が遠くでまばたく星のように輝く――霧の色と、その霧が生じる混合物の色に応じた赤や青や緑や紫の星ではあったが。この身の毛もよだつ納骨堂の悪臭を表現する言葉は、リトアニア語にはあるかもしれないが、英語には一語も存在しない。そこに入っていく人間は、冷水のなかに飛びこむときのような勇気を奮い起こさなければならない。まるで水中を泳いでいる者のように前へ進む。顔にハンカチを当てたまま、咳きこむ。息苦しくなりはじめる。なおもがんばりつづけていると、やがて頭がガンガン鳴り、前頭部の血管が脈打ちはじめるのを感じる。ついには強烈なアンモニアの毒気に襲われて、半死半生の態で命からがら逃げ出すことになるのだ。

この地下室の上部には、「タンク滓」、つまり屠体の廃棄部分から豚脂や牛脂を搾り取った後に残る、褐色の繊維質の物質を乾燥させる部屋がいくつかあった。この乾燥した材料は、砕かれて細かい粉末となり、何百台もの貨車でわざわざ運んできて粉砕された、正体不明の褐色の無害な岩石と混ぜ合わされる。こうして完成した製品は、数多くの骨質燐酸肥料の標準的な銘柄のひとつとして袋に詰められ、世界各地に送り出す準備が整う。やがてメイン州やカリフォルニア州やテキサス州の農民が、これをトン当たり二十五ドル前後で買って、トウモロコシ畑に施肥する。この作業が終わってからの数日間、トウモロコシ畑は強烈な悪臭を放ち、農民や荷馬車、それをひいたウマまで同じように臭くなる。パッキングタウンでは、この肥料は純粋で混じり気がない。また、大空の下で数エーカーの土地に一トンかそこら散布されるのとは違って、ここでは何百何千トンもの肥料がひとつの建物のそこかしこに干し草の山のように積み上げられ、床は高さ数センチほどもそれで埋まっている。むせるような粉塵はあたり一帯に充満し、風が舞いこむと、目を開けていられなくなるほどの砂嵐に変わってしまうのだ。

ユルギスは毎日、見えない手に導かれるようにして、この建物に足を運んだ。五月はいつになく涼しく、そこで働いたりしたくない、という彼のひそかな願いは叶えられた。だが、六月になると、早々から記録破りの暑さがつづき、やがて肥料工場では人手が必要となった。

このころまでには、粉砕室の監督はユルギスと顔見知りになっていて、そこでの作業にうってつけの男として目をつけていた。こうして、息が詰まりそうなほど暑い日の二時ごろに、工場の入り口までやってきたユルギスは、突然、鋭い痛みが全身を駆け抜けるのを感じた。監督が手招きしているではないか！　十分も経たないうちに、ユルギスは上着とシャツを脱ぎ、歯を食いしばって、仕事に取りかかっていた。ここにもまた、克服しなければならない新しい困難が彼の前に立ちはだかっているのだ！

ユルギスが仕事を覚えるのに一分もかからなかった。目の前には肥料が粉末にされている工場の排出口のひとつがあって、そこから肥料が粉塵の霧をもくもくと吹き上げる大きな褐色の川となって流れ出てくる。ユルギスはシャベルを与えられた。この流れてくる肥料を、六人の男たちといっしょにカートにすくい入れるのが、彼の仕事だった。ほかの男たちがいることは、聞こえてくる音や、ときどき体がぶつかったりすることから見当がついた。さもなければ、そこには誰もいないも同然だった。目を開いていられないような砂嵐のなかでは、六フィート先も見えなかったからだ。一台のカートが満杯になると、つぎのカートがくるまで、手探りをしなければならなかった。手近に一台もないときは、新しいカートがくるまで手探りをつづけた。五分も経たないうちに、頭の天辺から足の先まで、肥料の塊になってしまったことは言うまでもない。口の周りに縛りつけるスポンジがもらえたので、呼吸はできたが、スポンジだけでは唇や瞼に肥料がこびりつき、耳に一杯詰まるのを防ぐことはできなかった。彼は黄昏どきの褐色の幽霊みたいな姿になっていた。頭髪から靴まで、建物と、建物のなかのすべて、いや、建物から百ヤードのところにあるすべてと同じ色になっていた。建物は開け放しておく必要があったが、風が吹くと、ダラム社は大量の肥料を失うことになった。

寒暖計が三十八度以上を指している状態で、毛穴という毛穴から燐酸を吸収しながら、アンダーシャツ一枚で働いているユルギスは、五分もすると頭痛を覚え、十五分もすると失神しそうになった。脳の血液はエンジンの振動のように脈打ち、頭頂部にひどい痛みが走って、手の自由も利かなくなった。それでも彼は、それまでの四カ月間ずっと寝たきりだったことを思い出して、死に物狂いで戦いつづけた。三十分も経つと、嘔吐が始まった。内臓がずたずたに裂けてしまうと思われるまで、吐きに吐いた。意欲がありさえすれば、肥料工場にも慣れるさ、と監督は話していたが、それは意欲というよりも食欲をどうするかという問題であったことが、今やっとユルギスにわかりはじめていた。

この恐怖の一日が終わったとき、ユルギスは立っていられないほどだった。ときどき歩くのをやめて、そこらの建物に寄りかかり、位置を確認しなければならなかった。仲間の大半は、建物から出てくると、酒場に向かって一目散に駆けていった——彼らは肥料をガラガラヘビの毒の同類と見ているようだった。だが、ユルギスは気分が悪くて、酒を飲むことなど考えることもできなかった。やっとの思いで電車通りに出て、よろけながら電車に乗るのが精一杯だった。彼はユーモアを解したので、しばらくして熟練工になってからは、電車に乗って、何が持ち上がるかをながめるのが楽しみになった。だが、今の彼は気分が悪かったので、何も気づかなかった——電車の乗客が息を詰まらせて咳きこみ、ハンカチを鼻に当て、怒ったような目つきで彼をにらみつけたことなどは。彼の前に座っていた男がいきなり立ち上がって、席を譲ってくれた。三十秒も経たないうちに、両側の乗客が立ち上がり、一分後には満員電車ががら空きになってしまったことくらいしか、ユルギスは覚えていなかった。デッキに立っておれない乗客が電車を降りて歩くことにしたからだった。

もちろん、ユルギスが帰宅して一分後には、彼の家は肥料工場の縮図になってしまった。肥料は彼の皮膚に半インチもしみこんでいた。全身が肥料だらけで、それを完全に取り去ろうと思えば、一週間がかりでごしごしこすったり、激しい運動をしたりしなければならなかっただろう。現在のままの彼は、人類に知られている何物にもたとえることができなかった。科学者たちが最近発見したばかりのあの物質――時間的に無制限にエネルギーを放出しても、それ自体はいささかもパワーを減じることのないラジウムとかいう物質を唯一の例外として。彼の悪臭のために、食卓の料理は味が変わり、家族全員が吐き気を催した。彼自身も三日間というもの、胃が食べ物を受けつけなかった。手を洗い、ナイフとフォークを使っても、口やのどに肥料の毒が充満していたのだろうか?

にもかかわらず、ユルギスはがんばり通した! 割れるような頭痛にも負けず、彼は工場までよたよたと歩いて、持ち場につくと、目を開けていられないような粉塵のなかで、シャベルを握って働きはじめた。その一週間が終わったとき、彼は根っからの肥料屋になっていた――食事もできるようになっていたし、頭痛は相変わらずだったが、仕事ができないほどではなかった。

こうして夏がまた過ぎ去った。全国的に好景気の夏だった。国民全体が食肉加工会社の製品をふんだんに食べてくれた。会社側は余剰労働力を維持しようとしていたが、ユルギス一家は全員がたっぷり働くことができた。また借金を払えるようになり、貯金も少しはできるようになった。だが、ひとつかふたつ、いつまでもつづけてはいけないと思われるほどに重すぎる犠牲が払われていた――年端もゆかぬふたりの少年が新聞売りをしなければならないのは、あまりにも痛ましかった。いくらふたりに注意しても、懇願しても、まったく効き目がなかった。知らず知らずのうちに、ふたりは新しい環境になじみはじめていた。ぺらぺらの英語で悪態を吐くようになった。葉巻の吸いさしを拾って、吸うようになった。一セント硬貨とさいころとシガレットカードで何時間も賭博をするようになった。「堤防《レヴィ》」と呼ばれるサウスサイドにある売春宿すべての所番地や、経営者のマダムたちの名前、警察署長や大物政治家の全員が出席する盛大な宴会をマダムたちが催す日取りなどを覚えるようになった。おのぼりさんの客に聞かれることがあったら、「ヒンキーディンク」の有名な酒場[13]に案内してやることも、この界隈を根城にしているギャンブラーや殺し屋や拳銃強盗《ホールドアップマン》などの名前をひとり残らず教えてやることもできた。もっと困ったことに、ふたりの少年は夜、ちゃんと家に帰らなくなっていた。天気がよければ、トロッコの下や空き家の玄関口に潜りこんで、自宅とまったく同じように寝られるのに、毎晩、ストックヤードまで電車で帰って、時間とエネルギー、もしかしたら電車賃まで無駄に使って、何になるのさ、と聞き返すのだった。一日五十セントの金を家に入れさえすれば、その金をいつ持ってこようと勝手じゃないか、とも言った。だが、無断外泊をしていると、あっという間に、家に寄りつかなくなってしまうぞ、とユルギスは断言した。こうして、ヴィリマスとニカロユスは秋から復学し、それに代わってエルズビエタが外に出て働き、年若い娘のコトリーナが家事の切り盛りをすることが決まった。

コトリーナは、貧しい家庭の子どものご多分にもれず、まだ幼いうちから大人になっていた。足の不自由な弟と赤ん坊の面倒を見なければならなかった。炊事、皿洗い、家の掃除をして、夕方、働き手たちが帰ってくるまでに、夕食の支度をしなければならない。わずか十三歳で、年のわりには小柄だったが、不平のひとつも言わずにすべてをやってのけた。外に働きに出ることになった母親は、二、三日、ストックヤードをほっつき歩いた結果、「ソーセージ製造機」の奴隷の仕事にやっとありついた。

エルズビエタは働くことには慣れていたが、この変化は彼女にとっては厳しい変化だった。午前七時から十二時半までと、午後一時から五時半まで、身動きひとつせずに立っていなければならなかったからだ。最初の数日間は、とても耐えられないように思われた。肥料工場でのユルギスと同じように苦しみ、日没に工場を出るときは、頭がくらくらしていた。それに、彼女が働いているのは、電灯のともった、暗い穴倉のような場所で、湿気もひどかった。床にはいつも水溜まりができていて、吐き気を催すような濡れた肉のにおいが漂っていた。ここの作業員たちは、太古からの自然の習性に従っていた。秋には落ち葉の色になり、冬には雪の色に変わるライチョウや、切り株の上に横になっているときは黒く、木の葉に移ると緑色に変わるカメレオンのように、この部署で働く男も女も、自分たちが作っている「フレッシュ・カントリー・ソーセージ」とまったく同じ色に染まっていたのだ。

ほんの二、三分間だけ、それも作業員たちの姿をながめたりしないで見学するなら、ソーセージ工場は興味深い場所だ。工場全体で最もすばらしいのは、おそらく機械類だろう。かつては、ソーセージ作りは手で肉を刻んだり、詰めたりしたと思われる。だが、もしそうだったとすれば、この機械の導入で何人の作業員がお払い箱になったかを調べてみるのも一興だろう。工場の片側にはホッパーがあって、そこに大量の豚肉と、手押し車に積んだ香辛料を男たちがシャベルで投げこむ。この巨大な機械の内部では、毎分二千回転のカッターが作動している。豚肉が細かく刻まれると、粉末ジャガイモが添加され、水がたっぷり混入されて、工場の反対側にある腸詰機械へ送りこまれる。この機械を操作するのは女たちだ。それには消火ホースのノズルに似た噴出口がついている。女工のひとりが「ケーシング」と呼ばれる長い管状の腸の薄膜を手に取り、その一端を噴出口の上に当て、きつい手袋を指にはめる要領で、すっぽりかぶせる。この管状のケーシングは長さが二十フィートから三十フィートもあるが、女工はそれを手際よくはめてしまう。何本かのケーシングの取り付けが終わると、女工はレバーを押す。ソーセージの肉が一気に噴流して、ケーシングに詰めこまれる。こうして、そばに立っている見学者は、信じられないほどの長さの、のたうつヘビのようなソーセージが、機械から奇跡か何かのように生まれてくるのを、目の当たりにすることができる。機械の前面には、この生きたヘビのようなソーセージを受け止める大きなトレーがついている。そこにソーセージが出てくると、ふたりの女工が間髪をいれずにつかまえ、きゅっとねじって鎖状にしてしまう。未経験者にとって、これほど不思議な作業はない。手首をひとひねりすることしか、女工はやっていないからだ。とにかく、微妙なやり方で女工が手首をひねると、長々と鎖みたいに伸びたソーセージではなく、ひとつの中心点から何本も垂れ下がった数珠つなぎのソーセージの束が、女工の手の下でつぎつぎにでき上がる。それはまさにマジシャンの至芸を思わせる。文字どおり目にもとまらぬ、女工の早業。見えるのは霧に包まれた動作と、つぎつぎに現れるソーセージの束だけだ。だが、見学者は突然、その霧のなかに、女工の張りつめた、硬い表情の顔があることに気づく。二本のしわが刻まれた額、幽霊のように蒼ざめた頬。突然、その場を離れる時間になったことを、見学者は思い出す。だが、女工は離れることができない。その場に居つづけなければならない——何時間でも、何日でも、何年でも、死神と競争しながら、ソーセージを鎖状にひねりつづけるのだ。それは出来高払いの仕事で、女工には扶養家族もいるにちがいない。冷酷無情な経済の鉄則では、今の彼女のように全霊を打ちこんで働くことによってしか、家族を養えない仕組みになっている。動物園の猛獣でも見るような目で彼女をじろじろながめている、りっぱな身なりの紳士や淑女に目を向ける時間は、一瞬とてもないのだ。

第十四章

家族のひとりが缶詰工場で牛肉を削り取る仕事に就き、もうひとりがソーセージ工場で働いているとなると、ユルギス一家はパッキングタウンの不正行為の大半についての情報を、じかに仕入れることができた。肉がほかに使い道がないほど腐敗したときは、缶詰にするか、ソーセージに刻みこむか、のいずれかが慣例になっていることに、彼らは気づいていた。漬物工場で働いていたヨナスから聞かされた情報もあって、腐肉産業の内幕を知りつくし、パッキングタウンの昔ながらのジョーク、つまりブタの利用されないところは悲鳴だけ、というジョークに、新しい、薄気味悪い意味を読み取ることができた。

ヨナスの話では、漬け汁から取り出した豚肉がすっぱいにおいのすることはしばしばだったが、そのような場合、ソーダで揉んでにおい抜きをしてから、酒場でサービスに出す酒の肴として売りつけるとのことだった。新鮮な肉であれ、塩漬けの肉であれ、丸のままの肉であれ、刻んだ肉であれ、お好みの色や味や香りをつけるために会社が行なう化学作用の奇跡のすべてについても聞かされていた。ハム用の豚肉を塩漬けにする場合、時間を節約し、工場の能率を高めるための巧妙な装置を使っていた――それはポンプと連動した中空の針がついている機械で、この針を豚肉に刺しこみ、足でポンプを操作すると、ひとりの作業員が数秒間でハムに漬け汁を注入することができる。それでもなお、腐敗したハムが見つかって、工場にいられないほどの悪臭を放つものも混じっていることがあった。そうしたハムに注入するために、食肉加工会社は悪臭を消すための新手の、ずっと強力な漬け汁を用意していた――それは作業員たちの間で「三十パーセント補強」の名前で知られている方式だった。さらに、ハムを燻製にした後でも、不良品となった製品が見つかることがあった。こうしたハムは、以前は「三級品」として販売されていたが、その後、誰か頭のいい人間が新方式を発案した結果、現在ではたいていの場合、腐敗部分が付着している骨を抜き取って、空洞部に白熱化した鉄棒を挿入している。この方式が開発されてからは、「一級品」「二級品」「三級品」の区別がなくなって、すべてが「一級品」になってしまった。この種の新しい方法を、食肉加工会社は明けても暮れても編み出していた。「ボンレス・ハム」と称する製品は、細切れの豚肉をケーシングに詰めただけのハム。「カリフォルニア・ハム」は大きな関節がついたままの、肉をほとんど切り取った肩肉で作られていた。特選「皮なしハム」の材料は、皮が厚くて硬いために誰も買わないようなよぼよぼのブタだった――細かく刻んで、加熱して、「ヘッドチーズ」と命名されるまでは、の話ではあるけれども。

ハム全体が腐敗してしまったときになってやっと、それはエルズビエタのソーセージ工場へ回されてくる。毎分二千回転のカッターで切断され、半トンばかりのほかの肉と混ぜ合わされると、もとのハムにあった悪臭など問題でなくなってしまう。ソーセージに何が刻みこまれるかについても、まったく無関心だ。廃棄された古いソーセージがはるばるヨーロッパから返品されてくると、そのカビが生えて白くなったソーセージは、ホウ砂とグリセリンを添加されて、ホッパーに投げこまれ、国内消費のために再製品化される。作業員が歩き回って、無数の結核菌を吐き散らした、泥とおが屑まみれの床の上に肉が転がり落ちる。いくつもの部屋に山積み状態で貯蔵されている肉の上に、雨漏りのする天井から水滴がしたたり落ちる。何千匹というネズミが駆けずり回っている。こうした貯蔵室は暗くて見通しが利かないが、積み上げられた肉の上に手をやると、ネズミの乾いた糞を一握りも二握りも払い落とすことができる。このネズミの存在に手を焼いて、食肉加工会社は毒入りのパンを仕掛ける。その結果、ネズミは退治されるが、ネズミもパンも肉といっしょにホッパーに入ってしまう。これは作り話でも冗談でもない。肉はシャベルでカートに投げこまれるが、このシャベル担当の作業員は、ネズミを見つけても、それをつまみ出すような面倒なことはしない──ソーセージにはいろいろなものが混ぜこまれるので、それに比べると、毒殺されたネズミなどものの数ではないのだ。そこには手洗い場がないので、食事前に用を足した作業員は、ソーセージに汲み入れる水で手を洗うことにしている。燻製肉の残片、コーンビーフの切れ端、その他もろもろの工場廃物が、地下室の古い樽に放りこまれたまま放置されている。食肉加工会社が断行している厳しい経費節減方針の下では、ときたま思い出したようにしかやらないと引き合わない仕事がいくつかあったが、この廃物の入った樽の掃除も、そのひとつだった。それは毎年、春に行なわれたが、樽には泥、錆、古釘、汚水などが入っている──それがカート何台分も運び出されて、新しい肉といっしょにホッパーに投げこまれ、消費者の朝の食卓に供される。その一部は「燻製ソーセージ」になるが、燻蒸には時間がかかり、費用もかさむので、化学部門に依頼して、ホウ砂で保存処理をしてから、ゼラチンで褐色の色付けをしてもらう。ソーセージはすべて同じホッパーから出てくるが、包装の段階で、一部の製品には「特製」のスタンプを押し、一ポンド当たり二セント上積みした値段をつけるのだ。

エルズビエタが置かれた新しい環境は、このような環境だった。彼女が手がけることを余儀なくされた仕事は、そのような仕事だった。それは感覚を麻痺させ、人間を動物に変える仕事だった。考える時間も、何かをするエネルギーも残らなかった。彼女は張りつけられている機械の部品だった。機械に必要でない体の働きは、すべて押しつぶされる運命にあった。この残酷な重労働にも、たったひとつだけ救いがあった——無感覚という能力を付与してくれたことだ。彼女は徐々に無気力状態のなかに沈みこんでいった。黙りこくるようになった。夕方、ユルギスやオーナと待ち合わせて、三人はいっしょに家路についたが、一言もしゃべらないことがしばしばだった。オーナも黙りこくるのが習性になっていた。以前は小鳥のように歌ってばかりいたオーナだというのに。彼女は病気がちで、痩せ衰えていて、家まで足を引きずっていくのがやっとだった。家に帰っても、あり合わせの食事をすませると、話題といっても貧乏暮らしのことしかなかったので、三人はベッドにもぐり込み、昏睡状態に陥ったまま身動きひとつしなかった。だが、やがてまた起き出して、ロウソクの明かりで着替えをすませ、機械のところに戻らなくてはならない時間がやってくるのだった。今では全身が麻痺しきっていて、空腹さえもほとんど苦痛ではなかった。食べ物が不足すると、子どもたちだけがいつまでも駄々をこねていた。

だが、オーナの魂は死んではいなかった。誰の魂も死んではいなかった。ただ眠っているだけだった。魂がときたま目覚めることがあって、そのときは悲惨を極めた。記憶の扉が開かれる。過去の喜びが腕を差し伸べる。過去の希望と夢が語りかける。のしかかる頸木《くびき》の下でわずかに身を動かすと、永久に測り知れない重圧が感じられる。その下で泣き叫ぶことさえできず、死の苦痛よりも恐ろしい苦悩に捉えられる。それは言葉にすることができない苦悩だった。それは敗北を知らない世間の人びとによって絶対に口にされることがない苦悩だった。

オーナとユルギスは打ちのめされていた。人生のゲームに負け、再起できなかった。薄汚い人生だったにしろ、賃金や食料品店の支払いや家賃に関わっていたにしろ、悲劇に変わりはなかった。彼らは自由を夢見ていた。周囲を見回して勉強する機会、世間並みで健康な生活を送る機会、子どもが健やかに成長する機会を夢見ていた。だが、それはすべて失われた――これからも失われたままだろう！ 勝負を挑み、一敗地にまみれたのだ。家のローンを払い終えて、いささかの休息を手に入れようと思うなら、これからまだ六年間も重労働に立ち向かわねばならない。現在のような暮らしに六年間も耐えることは絶対にできなかった。それは何と残酷なまでに確実であったことか！ 彼らは敗北し、転落する。救いもなければ望みもない。どんな恩恵を施してくれたにせよ、彼らが暮らしている大都会は、荒涼たる大洋、荒野、砂漠、墓場と選ぶところがなかった。夜、何かで目覚めたとき、そうした気分にオーナはしばしば捉えられた。自分の心臓の鼓動に怯えながら、人生という古く原始的な妖怪の血走った目と向き合ったまま、横たわっているのだった。一度だけ、オーナは声を立てて泣き、目を覚ましたユルギスは、疲労のために不機嫌だった。それからの彼女は、声を殺して泣くようになった――今ではふたりの気持ちが寄り添うことはめったになかった！ ふたりの希望が別々の墓に葬られたかのようだった。

ユルギスは男だったので、彼なりの悩みを抱えていた。彼にはオーナとは別の亡霊がつきまとっていた。彼はそれを口にすることはなかったし、他人が口にすることも許さなかっただろう——その存在を彼自身に認めていなかったのだから。だが、この亡霊との戦いに、彼は満身の勇気を使い果たした——それは、悲しいかな、再三再四に及んだ。ユルギスは酒を発見したのだった。

彼は粉塵の立ちこめる地獄の底で、くる日もくる日も、くる週もくる週も働きつづけた。今では苦痛を伴わずに動く体の器官はひとつとしてなかった。夜となく昼となく波の砕ける音が頭のなかでガンガン鳴っていた。通りを歩くと、建物が目の前で揺れたり踊ったりした。この果てしない恐怖から逃れ、救われる道はひとつだけあった——酒を飲めばいいのだ! 酒を飲めば、苦痛を忘れ、頸木を脱することができる。ものがまたはっきり見えるようになる。頭脳と思考と意志を思いのままに操ることができるようになる。死んでいた自分が息を吹き返す。仲間と笑ったり、冗談を言い合ったりしている自分を見つけることができる。もう一度、男性を取り戻し、自分の人生を支配することができるようになるのだ。

ユルギスにとって、二、三杯以上の酒を飲むことは容易ではなかった。最初の一杯を飲みながら、彼は食事ができた。これが安上がりであることを、自分に納得させることができた。二杯目を飲みながら、彼はまた食事ができた。だが、それ以上は食べることができなくなるが、そのときに飲み代に金を出すのは、とんでもない贅沢であり、飢餓に取り憑かれた彼の階級の長年に及ぶ本能に対する反逆だった。だが、ある日、彼は思い切った行動に出た。有り金を全部はたいて飲んでしまって、男たちのいわゆる「ご機嫌な」状態で家に帰ってきた。この一年間というもの、こんなに愉快になったことはなかった。だが、この愉快な気分がいつまでもつづかないことを知っていたので、怒り狂いもした——その気分を壊そうとする者たち、世間の連中、そして自分の人生に向けた怒りだった。しかも、その怒りの裏側で、彼は自己嫌悪で反吐を吐きそうになっていた。酔いが覚めてから、家族の絶望した様子をながめ、使い果たした金の勘定をしたとき、涙が浮かんできた。彼は亡霊との長い戦いを始めることになった。

それは終わりのない戦い、終わるはずのない戦いだった。だが、ユルギスはそのことを明確に理解していなかった。考える時間をあまり与えられていなかったからだ。だが、自分がいつも戦っていることだけは知っていた。貧困と絶望の淵に沈んでいる彼にとって、通りを歩くことは、拷問にかけられるに等しかった。街角にはきまって酒場があった。どの四つ角にもあったし、通りの途中にも何軒かあった。どの酒場も彼に誘惑の手を差し伸べた。それぞれに個性があり、ほかのどこにもない魅力があった。工場へのいきと帰りには――それは日の出前と夕暮れ後だったが――温もりと、ともし火と、温かい食事の湯気が出迎えてくれた。もしかしたら音楽と、仲間の顔と、元気のいい声があったかもしれない。ユルギスは外出するときはいつも、オーナに腕を取らせるようにしていたが、彼女にかけた手に力をこめて、足早に歩くのだった。オーナに知られるのは苦痛だった。考えただけで、気が狂いそうだった。これは不公平だった。オーナは酒を飲んだことがないから、理解することができない。ときどき、絶望的になったときの彼は、オーナが酒の味を覚えてくれさえすれば、彼女の前で恥ずかしい思いをしなくてもすむのに、と願っている自分に気づくことがあった。ふたりでいっしょに酒を飲めば、あの人生という妖怪から逃れることができるのに――後はどうなろうと、ほんの少しの間でも逃れることができるというのに。

こうして、ユルギスの日常生活のほとんどが、アルコールに対する渇望との戦いに明け暮れる時期がやってきた。険悪な気分のときは、彼の邪魔立てをしているという理由で、オーナや家族全員を憎んだ。結婚したのは愚の骨頂だった。みずからの自由を奪い、みずから進んで奴隷の身分になってしまったのだから。結婚なんかしているから、ストックヤードにいつまでもいなければならない。結婚さえしていなければ、ヨナスのように蒸発することもできるのに。会社なんか、くそ食らえだ。肥料工場には独身者はふたりか三人しかいなかったが、この数少ない連中は、逃れる機会のためにだけ働いている。それに連中には、仕事中でも考えることがあった――最後に酔っ払ったときの記憶とか、つぎにまた酔っ払うときの希望とかが。だが、ユルギスの場合、稼いだ金は一セント残らず家に持って帰らなければならなかった。昼休みにも、ほかの連中と出かけることができなかった。肥料の粉末の山に腰を下ろして、弁当を使わねばならなかった。

もちろん、この気分が毎日つづいたのではなかった。彼はまだ家族を愛していた。だが、今は試練のときだった。たとえば、にっこり笑っただけで、父親をめろめろにしていたアンタナス坊や――このアンタナス坊やも、今は全身が燃えるように赤い丘疹の塊になっていて、笑いどころではなかった。この子は赤ん坊がかかることになっている病気に矢継ぎ早にかかった――最初の年には猩紅熱、おたふくかぜ、百日咳で、目下は麻疹で寝こんでいる。看病できるのはコトリーナだけだった。治療に当たる医者もいなかった。医者に払う金もなかったし、子どもが麻疹で死ぬこともなかったからだ――少なくとも、稀にしか死ななかった。ときたま、コトリーナが赤ん坊の不幸をあわれんで、泣くことはあったが、一日の大半は、柵のついたベッドに置き去りにされねばならなかった。床には隙間風が吹き抜けていたので、風邪を引けば死ぬかもしれなかった。夜は、疲労困憊した家族の者が熟睡している間に、寝具を蹴飛ばすといけないので、ベッドに縛りつけられていた。赤ん坊は横になったまま、引き付けを起こしそうになりながら、何時間もわめきつづけていた。わめき疲れると、いつまでも苦しそうにしくしく泣いていた。高熱で全身は燃えるようで、目は炎症を起こしていた。昼間見ると、丘疹と汗が漆喰みたいに全身を覆っていて、不気味な小鬼のような赤ん坊だった。紫色の大きな不幸の塊だった。

こう書いてくると、むごたらしく聞こえるが、実際はそうではなかった。病気にかかってはいても、アンタナス坊やは、ユルギスの家族では一番不幸でない者だった。苦しみに耐え抜く力を備えていた。いくつも病気を抱えていたのは、いかに抜群の健康児であるかを誇示するためであるかのようだった。両親の若さと喜びの結晶だった。マジシャンのバラの木のようにすくすくと大きくなり、全世界を思いどおりに支配していた。いつも一日中、痩せこけた、ひもじそうな顔つきで、台所をヨチヨチ歩き回っていた。この子に割り当てられる一家の食料で足りるはずがなかったので、もっとくれ、と際限なくねだっていた。アンタナスは一歳を過ぎたばかりだったが、すでに父親以外は誰も手がつけられなかった。

この子は母親の体力を根こそぎ奪い取ってしまって、後から生まれてくるかもしれない弟や妹のためには、何も残してやらなかったかのようだった。オーナはまた妊娠していた。それは考えただけでも恐ろしいことだった。ユルギスは感覚が麻痺して、絶望状態にあったが、その彼でさえも、さらなる苦悩が近づいていることを理解せざるを得なかった。そのことを考えて、身震いせざるを得なかった。

オーナの体が壊れかけていることは一目瞭然だった。まず、咳をするようになっていた。デーデ・アンタナスを死に追いやったのと同じ咳だった。強欲な電車会社によって雨のなかへ放り出された、あの運命の朝以来ずっと、その兆候は見られたのだが、最近ではそれが悪化して、一晩中眠れないほどになっていた。もっと困ったことは、ひどく神経をやられていて、割れるような頭痛を起こしたり、原因もわからないまま発作的に涙を流したりすることだった。夜、ふるえたり、うめいたりしながら家に帰ってくるなり、ベッドに倒れ伏して、わっと泣き出すこともあった。すっかり逆上して、ヒステリーを起こしたことも何回かあった。そんなときには、ユルギスは不安で気が狂いそうになった。これは妊婦によくあることで、どうしようもないよ、とエルズビエタは説明してやったが、ユルギスはなかなか納得しようとせず、一体どうなっているのか、教えてくれ、としつこく頼むのだった。あいつがこんなになったことは、以前には一度だってなかった、と彼は言い張った。何とも奇怪で、信じられない。今の生活、今の呪われた仕事が、あいつをなぶり殺しにしている。あんな仕事に向いている女じゃない——あんな仕事は女には向いていない。あんな仕事を女がするのを許すことがまちがっている。世間の連中は、ほかのやり方で女を生かすことができないのなら、いっそひと思いに殺してしまえばいい。女は結婚したり、子どもを産んだりしてはいけない。働く男は結婚してはいけない。女がどんなものか知っていたら、何よりもまず、この目を引っこ抜いてもらっていただろうさ。こんな具合に、ユルギスは叫びつづけ、彼自身がヒステリーのようになったが、そうなった大男の姿はとても見られたものではなかった。オーナは気を取り直して、彼の腕のなかに身を投げかけ、もうやめて、何も言わないで、気分がよくなったわ、もうだいじょうぶよ、と言うのだった。こうして、横になったオーナは、彼の肩で泣きじゃくりながら、悲しい思いを口にしていたが、姿を見せない敵どもの標的となった手負いの動物のように、ユルギスはなすすべもなく、彼女を見守るばかりだった。

第十五章

こうした説明のつかない事態が起こりはじめたのは夏だった。そのたびにオーナは怯えきった声で、もう二度と起こらない、と約束してくれたが、無駄だった。その危機が度重なるにつれて、ユルギスの不安は募ってきた。エルズビエタの口にする気休めの言葉が信じられなくなり、彼には知られてはならない、何か恐ろしいことが隠されているにちがいない、と思うようになった。一度か二度、オーナが激しい発作を起こしたとき、その目をじっと見つめたが、猟犬に追いつめられた動物の目を思わせた。狂気のように泣きわめく口から、苦悩と絶望の言葉がとぎれとぎれに漏れてきた。この事態がユルギスをさらに苦しめることがなかったのは、彼自身が感覚を失い、打ちのめされていたからだった。そこまで引きずっていかれなければ、そのことが考えられなかった。物言わぬ役畜のように生きている彼は、今のこの瞬間しか知らなかった。

冬がまた迫っていた。これまでになく険悪で、残忍な冬が。十月だったので、クリスマス休暇目当ての注文ラッシュが始まっていた。クリスマスに朝食の食卓に上る食材を提供するために、屠畜機械は深夜までフル回転しなければならなかった。その機械の一部となったマリヤとエルズビエタとオーナには、一日十五時間か十六時間の労働が始まっていた。選択の余地はなかった。首になりたくなければ、仕事がある限り、それが何であれ、引き受けるしかなかった。それに、ほんのわずかでも収入の助けになったので、重い足を引きずりながら過酷な残業に取り組むのだった。毎朝七時に仕事を始め、正午に昼食を取り、夜の十時か十一時まで、一口ものを食べずに働いた。ユルギスは三人と待ち合わせて、夜道をいっしょに帰ってもいい、と思ったが、とても無理だわ、と断られた。肥料工場には残業はなかったし、待ち合わせ場所としては酒場以外になかった。三人の女たちは、それぞれ暗闇のなかへよろよろと姿を消して、いつも待ち合わせる街角へ急いだ。ほかのふたりがすでに帰宅していたら、電車を利用したが、眠りこまないようにするための悪戦苦闘が始まるのだった。家に帰り着くころには、食事も着替えもできないほど疲れ果てていて、靴をはいたままベッドにもぐりこむと、泥のように眠った。ここでへばると、まちがいなく失業する。最後までがんばれば、冬の石炭には事欠かないのだ。

感謝祭の一日か二日前に吹雪になった。午後から降りはじめ、夕方までには二インチも積もっていた。ユルギスは女たちと待ち合わせるつもりでいたが、暖を取るため酒場に入って、二杯だけ引っかけてから、悪魔の誘惑をかわすために酒場から家まで一目散に逃げ帰った。家で三人の帰りを待っていてやろう、と横になった途端に、ぐっすり寝こんでしまった。目を開けたのは悪夢の最中で、気がつくと、エルズビエタが彼を揺すぶりながら大声を上げていた。最初は何を言っているのか、わからなかったが、オーナがまだ帰っていない、と叫んでいるのだった。何時だ、と彼は聞いた。朝だった。起きる時間だった。オーナは一晩中、帰ってこなかったのだ！　厳しい冷えこみで、一フィートの雪が降り積もっていた。

ユルギスは飛び起きた。マリヤは心配のあまりに泣いていた。それを見て、子どもたちも泣いていた。スタニスロヴァス少年までもが泣いていたのは、雪の恐怖が襲いかかってきたためだった。ユルギスは靴をはき、コートを着さえすればよかったので、三十秒後には外に出ていた。だが、そのときになってやっと、急ぐ必要がないことに思い当たった。どこへいけばいいのか、見当もつかなかった。まだ真夜中のように暗かった。大きな雪片が舞い降りていた。あたりは静まり返っていて、降りしきる雪の音が聞こえるようだった。立ちすくんでいたのはほんの数秒だったが、全身真っ白になっていた。

彼はストックヤードに向かって駆け出した。途中、営業している酒場に寄って聞いてみた。オーナは帰り道で倒れたのかもしれない。機械の事故に遭ったのかもしれない。オーナが働いている工場に着くと、守衛のひとりに聞いてみた。この守衛の知る限りでは、事故など何もなかったとのことだった。すでに開いているタイム・ステーションでは、工場を退出した証拠に、オーナの名札がひっくり返されている、と係員が教えてくれた。

こうなると、凍えないように雪のなかをいったりきたりしながら待つ以外に、彼にできることはなかった。すでにストックヤードは活気づいていた。遠くのほうではウシが貨車から下ろされていた。道路の反対側では、「ビーフラガー」と呼ばれる連中が、四半分に切断した去勢牛の二百ポンドもある肉を、暗がりのなかで冷蔵車に運びこむ仕事をしていた。朝の光が射しはじめる前に、従業員の群れが弁当箱をぶら下げて、ぶるぶるふるえながら急ぎ足でやってきた。事務所の窓口の横だけが見通しの利く明るさだったので、ユルギスはそこに陣取っていた。雪が激しく降っていて、じっと目を凝らさないと、オーナが通り過ぎたかどうか、わからないほどだった。

巨大な屠畜機械が運転を開始する七時になった。ユルギスは肥料工場の持ち場に着いていなければならなかった。だが、彼は不安にさいなまれながら、オーナを待ちつづけた。始業時間から十五分後、霧のように降りしきる雪のなかから人影が現われるのが見えた。彼は大声を上げて近寄った。それはやはり足早に駆けてくるオーナだった。彼の姿を見るなり、前によろめいて、彼が差し伸べた腕のなかに倒れこんだ。

「どうしたんだ?」と彼は叫んだ。不安な声だった。「どこへいっていたんだ?」

呼吸を整えてから、返事をするまでに、数秒かかった。

「帰れなかったの。雪で――電車が止まったの」

「じゃ、どこにいたんだ?」と彼は聞いた。

「友達の家へいったの」と彼女はあえぎながら答えた。「ヤドヴィーガの家よ」

ユルギスは息を大きく吸い込んだ。だが、そのとき、彼女が泣きながらふるえているのに気づいた。彼がひどく恐れている、例の神経の発作が起きたようだった。

「それにしても、どうしたんだ? 何があったんだ?」

「ああ、ユルギス。とっても怖かったのよ!」と言いながら、彼女は激しくすがりついてきた。「不安でたまらなかったの!」

ふたりは事務所の窓口のすぐそばにいたので、通りがかりの人びとにじろじろ見られた。ユルギスは彼女を脇へ連れていった。「どういう意味なんだ?」と彼は聞いたが、当惑しきった表情だった。

「怖かったの――怖くてたまらなかったの!」オーナは泣いていた。「あたしの居場所があなたにわからないことがわかっていたわ。それに、あなたが何をするかもわからなかったの。家に帰ろうとしたけれど、とっても疲れていたの。ああ、ユルギス、ユルギス！」

オーナが無事に帰ってきたことがうれしくて、彼はほかのことをはっきり考えることができなかった。彼女がこれほどまでに取り乱していることも、彼には異常に思われなかった。彼のもとにもどってきたのだから、怯えた様子も、辻褄の合わない弁解も、気にならなかった。恐怖がおさまるまで、そのまま泣かせておいたが、八時近くになっていた。ぐずぐずしていると、また一時間が無駄になるため、缶詰工場の入り口でオーナと別れた。彼女の顔は、死人のように蒼ざめ、落ち窪んだ目は、恐怖に引きつっていた。

その後しばらく、彼女の小康状態はつづいた。クリスマスが迫っていた。雪が降りやまず、刺すような寒気もつづいたので、ユルギスは毎朝、妻を職場まで連れていくため、暗闇のなかをいっしょによろめきながら歩いた。だが、ある晩、ついに破局が訪れた。

クリスマス休暇の三日前だった。深夜にマリヤとエルズビエタが帰宅して、オーナがまだ帰っていないのに驚いて、悲鳴を上げた。ふたりはオーナと待ち合わせていた。だが、待ちくたびれて、彼女の働いている工場へいってみると、ハムを包装する女工たちは、一時間も前に仕事を終えて帰った後だった。その夜は雪も降っていなかったし、特別に寒くもなかった。それなのに、オーナが帰宅していないなんて！　今度こそ、もっと大変なことが起こったにちがいない。

ふたりはユルギスを起こした。彼はベッドに起き上がったまま、ふたりの話を不機嫌な顔で聞いていた。またヤドヴィーガの家へいったのさ、きっと、と彼は言った。ヤドヴィーガの家は、パッキングタウンから二ブロックしか離れていないからな。オーナは疲れていただろうよ。何も起こっていないさ——何かあったとしても、朝まで手の打ちようがないからな。そう言うと、ユルギスはごろりと横になった。ふたりがドアを閉めたときには、もういびきをかいていた。

だが、翌朝、彼はいつもより一時間も早く起きて家を出た。ヤドヴィーガ・マルツィンクスはストックヤードの反対側、ハルステッド通りを渡ったあたりにある地階のひとり部屋に、母親と妹たちと同居していた。婚約者のミコラスが最近、敗血症で片手を失ったため、ふたりの結婚は永久に延期されていた。部屋の入り口は裏手にあって、狭い中庭を抜けていかねばならなかった。近くまでくると、窓に明かりが見え、何かを油で揚げている音が聞こえた。ユルギスはノックをした。オーナが返事をするのを半ば期待していた。

だが、ノックに答えたのは、ヤドヴィーガの妹のひとりで、少し開けたドアの隙間から彼を見つめた。

「オーナはどこかな?」と彼は聞いた。

少女は不審そうに彼を見た。「オーナですって?」

「そうだよ。ここにいないかね?」とユルギス。

「いないわ」と少女は答えた。

それを聞いて、ユルギスははっとした。その直後にヤドヴィーガが姿を見せて、妹の頭越しにこちらをうかがった。彼が誰かとわかると、彼女は慌てて隠れた。きちんと着替えていなかったからだ。こんな格好で、ごめんなさいね、と彼女は言いかけた。母の病気がひどいものですから――。

「オーナはここにいないのかね？」ユルギスは驚きのあまり、彼女が言い終わるまで待てなかった。

「ええ、いませんわ」とヤドヴィーガは言った。「なぜここにいると思いましたの？　ここへくるとでも言ってました？」

「いや」とユルギスは答えた。「しかし、家に帰らなかったものですからね。ここにお邪魔したかと思ったものでね、この間みたいに」

「この間みたいに？」とヤドヴィーガは鸚鵡返しに言ったが、戸惑った様子だった。

「ここで一晩泊めていただいたときですよ」とユルギスは言った。

「何かのまちがいですよ」と彼女は即座に答えた。「オーナがここに泊まったことは、一晩だってありませんよ」

彼女の言葉はユルギスには半分しか理解できなかった。「そんな――そんなことは――」と彼は声を張り上げた。「二週間前ですよ、ヤドヴィーガ！　オーナがそう言ったんですからね――雪が降って、家に帰れなかった晩のことですよ」

「何かのまちがいです」と娘は繰り返した。「ここへはきていません」

ユルギスはドアの敷居のところで、何とか落ち着こうとしていた。ヤドヴィーガは心配そうに――オーナのことが好きだったので――上着でのどのあたりを隠しながら、ドアを広く開けた。

「聞き違えたのではありませんか？」と彼女は聞いた。「どこかよその家のことを言っていたのではありませんか？　それとも――」

「ここだと言ってました」とユルギスは言い返した。「お宅のことをあれこれ話していましたからね。どんな様子だったかとか、どんな話をしたかとか。そちらこそ、確かなんですか？　お忘れになったのでは？　外出していたのでは？」

「そんなことはありませんよ！」と彼女は言い切った。

そのとき、いらいらしたような声が聞こえてきた。「ヤドヴィーガ、赤ん坊が風邪を引くよ。ドアを閉めておくれ！」

ユルギスは三十秒ばかり立ちつくしたまま、八分の一インチ程度しか開いていないドアの隙間から、まだ納得していないということをつかえながら繰り返していた。だが、話すことはもう何もなかったので、失礼を詫びて、立ち去った。

彼は歩きながらも、意識が朦朧としていた。どこへ行こうとしているかもわからなかった。オーナはおれを裏切っている！　おれに嘘をついている！　これは一体どういうことなのか？　どこへいっていたのか？　今はどこにいるのか？　彼には状況が把握できなかった――ましてや解決などできる道理もなかった。だが、突拍子もない憶測が次から次へと頭に浮かんできた。今にも襲いかかってきそうな悲劇の気配に圧倒されていた。

ほかに打つ手がなかったので、彼はまたタイム・ステーションへいって、見張ることにした。七時から一時間ばかり待ってから、オーナの働いている工場へいって、オーナの女性職長に聞いてみることにした。女性職長はまだ出勤していなかった。ダウンタウン方面からの電車の路線はすべて不通だった。発電所で事故があって、昨夜から電車は走っていなかった。だが、ハム包装の女工たちは、職長代理の下で忙しそうに働いていた。ユルギスの質問に答えてくれた女工は忙しそうで、話している間にも、見張られているのではないか、とあたりを見回していた。そこへトロッコを押しながら、ひとりの男が通りかかった。ユルギスがオーナの亭主であることを知っている男だったので、謎に包まれた彼の話に興味を示してくれた。

「電車が関係しているかもしれんな」と男は言った。「ダウンタウンへいったのかもしれんな」

「それはないな」とユルギスは答えた。「ダウンタウンへいったことなんかないんだ」

「じゃあ、違うかもしれんな」

話している間に、男が先ほどの女工とすばやく目配せをするのが見えたように思った。

「何か知っているのかね?」と彼は間髪をいれずに聞いた。

だが、監督に見られていることに気づいた男は、トロッコを押しながら歩きはじめた。

「何も知らないね」と男は肩越しに言った。「あんたの上さんの居所なんか、知ってるはずがないだろ?」

ユルギスはまた外に出て、建物の前をいったりきたりした。午前中ずっと、そこにいた。仕事のことは考えもしなかった。正午ごろ、警察署へいって、あれこれ問い合わせてみた。それからまたもとへ戻ってきて、落ち着かない思いで見張りをつづけた。とうとう、午後も半ばを過ぎてから、家に足を向けた。

彼はアッシュランド・アベニューをてくてく歩いていた。電車はまた動きはじめていた。乗降口まで満員の電車が数台、通り過ぎた。それを見ているうちに、ユルギスは先刻の男の皮肉っぽい言葉が思い出された。ふと気がつくと、いつの間にか電車をじっとながめていた。その結果、彼は突然、驚いたような叫び声を上げ、その場に立ち止まった。

それから彼は急に走り出した。一台の電車を、少し後ろから、一ブロックばかり勢いよく追いかけた。あのしおれた赤い花のついた、色あせた黒い帽子。あれはオーナの帽子かもしれない。その可能性は少ないかもしれない。いずれにせよ、すぐにはっきりすることだ。オーナの降りるのは、二ブロックむこうだから。彼は走るのをやめて、電車を見送った。

彼女は電車を降りた。歩道で姿が見えなくなった途端、ユルギスは走り出した。疑心が沸き起こっていた。後をつけることも恥ずかしくなかった。家の近くの角を曲がるのが見えた。彼はまた走り出した。家のポーチの階段を上るのが見えた。それから彼は回れ右をして、五分ばかりいったりきたりしていた。両手を握りしめ、唇を固く結んでいたが、心は思い乱れていた。やがて彼は家に向かい、なかに入った。

ドアを開けると、エルズビエタの姿が見えた。オーナを捜し回ってから、家に帰ってきたのだった。エルズビエタは足音を忍ばせて歩き、唇に指を当てていた。ユルギスは彼女がそばにくるまで待った。

「音を立てないで」と彼女は早口でささやいた。

「どうしたのかね?」と彼は聞いた。

「オーナが眠っているのさ」と彼女は息を弾ませた。「ひどい病気だよ。うわごとを言っているようだね、ユルギス。一晩中、道に迷っていたのさ。いまやっと寝かしつけたところだから」

「いつもどった?」と彼は聞いた。

「今朝、あんたが出かけてからすぐだったよ」とエルズビエタは答えた。

「それから外出はしなかったのかね?」

「ええ。もちろんだよ。弱りきっているからね、ユルギス。あの子はね——」

彼は歯を固く食いしばった。「嘘だ」と彼は言った。

エルズビエタはぎくっとして、顔が蒼ざめた。「何だって!」と彼女はあえぐように言った。「何が言いたいのだね?」

だが、ユルギスは返事をしなかった。エルズビエタを押しのけると、寝室の戸口までつかつかと歩いていって、ドアを開けた。

オーナはベッドに腰を下ろしていた。彼が入ってくると、ぎょっとしたような表情を彼に向けた。彼はエルズビエタの目の前でドアをバタンと閉め、妻に歩み寄った。

「どこへいっていたんだ?」

彼女は両手を膝の上で固く握りしめていた。顔が紙のように真っ白で、苦痛に引きつっているのがわかった。彼に答えようとして一回か二回、大きくあえいだ。それから低い声で、早口に話しはじめた。

「ユルギス、あたしね——気が変になっていたと思うの。昨夜、家に向かって歩きかけたの。そしたら道に迷ってしまったの。歩いたのよ——一晩中、歩いたと思うわ。それから——それから、やっと家に帰り着いたのよ——今朝になってやっと」

「休まなきゃならなかったんだろ」と彼は厳しい口調で言った。「それなのになぜまた出かけた?」

彼は妻の顔を見据えていた。その目に突然の恐怖と強烈な不安が湧き上がるのが読み取れた。

「あたし――用事があったの――工場に」と彼女はささやくような小声で、あえぎながら言った。「どうしても行かなくては――」

「嘘だ」とユルギスは言った。

それから彼は両手を握りしめて、彼女のほうに一歩踏み出した。

「なぜ嘘をつくんだ?」と彼は大声で怒鳴った。「一体、おまえは何をしてるんだ、おれに嘘をつかねばならんとは?」

「ユルギス!」と叫ぶと、彼女は恐怖のあまりに立ち上がった。「ああ、ユルギス! 何ということを?」

「おれに嘘をついたと言っているんだ!」と彼はわめいた。「この間の晩、ヤドヴィーガの家に泊めてもらった、と言っていたが、泊まってはいなかった。おまえが昨夜泊まったところで泊まったんだな――ダウンタウンのどこかさ。電車を降りるのを見たんだぞ。どこで泊まったんだ?」

まるでナイフをオーナの体に突き刺したかのようだった。いっぺんにくずおれてしまいそうだった。一瞬、恐怖の色を目に浮かべて彼を見つめ、ふらふらとよろめきながら立っていた。つぎの瞬間、彼女は悲鳴を上げ、両腕を彼のほうに差し伸べたまま、前にぐらりと倒れかかった。

だが、彼はわざと体をかわして、落ちるにまかせた。彼女はベッドの端で身を支え、その上に倒れ伏すと、両手に顔を埋めて、狂ったように泣き叫んだ。

やがて、これまで何回となく彼を狼狽させた、あのヒステリーの発作が起こった。オーナは泣きわめき、いや増すばかりの恐怖と苦悶は、長いクライマックス状態に達した。狂おしい激情の突風が彼女に吹きつけ、暴風雨が森の木々を揺さぶるように、彼女を揺さぶった。彼女の全身はふるえ、おののいていた。何か恐ろしい怪物が、彼女のなかで目を覚まして、彼女を奪い去り、拷問にかけ、八つ裂きにしているかのようだった。この様子を目の当たりにすると、これまでのユルギスなら、慌てふためくところだが、今は唇を固く結び、両手を握りしめて、突っ立っていた。オーナが死ぬまで泣き叫んでも、今度ばかりはただの一インチも動かないぞ、とでもいうように。それでも、彼女の泣き声を聞いているうちに、いつの間にか、彼の血は凍りつき、唇がわなわなふるえ出していた。そのため、恐怖で真っ青になったテータ・エルズビエタが、ドアを開けて、飛びこんできたときは、気を紛らすことができて、内心ほっとした。だが、ユルギスは彼女に悪態を浴びせかけた。「出ていけ！　出ていけ！」と彼は怒鳴った。そして、何やら言いたそうにして、ぐずぐずしている彼女の腕を引っつかむと、放り出すようにして部屋の外に押し出し、ドアをバタンと閉めて、テーブルで封鎖してしまった。それからまた、オーナのほうを向き直ると、「さあ、返事をしろ！」と叫んだ。

だが、ユルギスの言葉は彼女の耳に届いていなかった。ヒステリーの悪魔に支配されたままだった。彼女の差し伸べた両手がふるえたり、引きつったりしながら、生き物か何かのように勝手にベッドの上を動き回っているのが見えた。発作的なふるえが体の中心から湧き起こって、手や足に伝わっていくのが見えた。彼女は泣きながらのどを詰まらせていた。ひとりの人間ののどには多すぎる音が、海の波のように、後から後から追いかけているかのようだった。やがて彼女は金切り声を上げはじめ、その金切り声がだんだん高くなったかと思うと、不気味で、けたたましい笑い声に変わった。ユルギスは我慢に我慢を重ねていたが、ついに彼女に飛びかかり、両肩をつかんで揺すぶりながら、耳元で叫んだ。「やめる！　やめろったら！」

オーナは苦しそうな表情で彼を見上げ、つぎの瞬間、足元に倒れ伏していた。彼がいくら体をかわそうとしても、両足をしっかり抱きしめ、顔を床に押しつけるようにして、身悶えしていた。オーナの声を聞いているうちに、ユルギスはのどが締めつけられそうになり、もっと乱暴な声で「やめろったら！」と怒鳴った。

今度は彼の言うとおりにした。オーナは息を殺し、黙って横たわっていた。全身をよじるようにしてむせび泣く声が聞こえるだけだった。たっぷり一分間、彼女は身動きひとつせず、そこに横たわっていた。夫はぞっとするような恐怖に襲われた。彼女が死ぬのではないか、と思ったからだった。だが、突然、彼女のかすかな声が呼んでいるのが聞こえた。

「ユルギス！　ユルギス！」

「何だ？」

あまりにか細い声だったので、彼は体をかがめねばならなかった。苦しそうに口にする切れ切れの言葉で、オーナは哀願していた。「信じて！　あたしを信じて！」

「何を信じるんだ？」と彼は叫んだ。

「信じて、あたしが――あたしが一番よく知っているということを――あなたを愛しているということを！　聞かないで――あなたが何をしたかを。ああ、ユルギス、お願い、お願い！　よかれと思ってのことなの――それは――」

ユルギスはまた口を開きかけたが、オーナは彼の言葉をさえぎって、狂ったようにしゃべりつづけた。

「そうしてさえくれればいい！　そうしてさえくれれば――あたしを信じてさえくれればいい！　あたしのせいではなかった――仕方がなかった――もうだいじょうぶ――何でもない――悪いことではない。おお、ユルギス――お願い、お願い！」

オーナは彼にしがみついたまま、身を起こして、彼の顔を見ようとしていた。その手が中風にかかったようにふるえ、彼に押しつけた胸が波のように上下するのを感じた。彼女はやっとのことでユルギスの片方の手をつかむと、発作的に握りしめ、顔にまで持っていって、涙でべとべとに濡らした。「おお、あたしを信じて！　あたしを信じて！」と彼女はまた泣きながら言った。

彼は怒り狂って怒鳴った。「信じてなんかやるものか！」

だが、オーナは彼にすがりついたまま、絶望しきった様子で泣き叫んだ。「おお、ユルギス。あなたがしようとしていることを考えて！　みんなが破滅するわ――みんなが破滅してしまうのよ！　おお、おお、それをしてはいけない！　いけない、いけない、どうしてもいけない。それをしてはいけない！　気が狂ってしまう――死んでしまう――いけない、いけない、ユルギス、あたしの頭は狂ってる――何でもない。あなたは知らなくてもいい。あたしたちは幸せになれる――昔と同じように愛し合える。おお、お願い、お願い、あたしを信じて！」

この言葉に彼はかっとなった。両手を振り放して、オーナを突き飛ばした。「説明するんだ！」と彼はわめいた。「こん畜生め――説明するんだ！」

彼女は床に倒れ、また泣きはじめた。地獄に落ちた魂のうめき声を聞いているようで、ユルギスには耐えられなかった。彼はそばのテーブルに拳骨を叩きつけ、またもやオーナを怒鳴りつけた。「説明するんだ！」

彼女は大声で泣き叫んだ。その声は野獣か何かの声だった。「ああ！　ああ！　できない！　あたしにはできない！」

「なぜできないんだ？」と彼はわめいた。

「どう言えばいいか、わからない！」

彼はいきなり飛びかかると、オーナの腕につかみかかり、体を引き起こして、顔をにらみつけた。

「言え、昨夜どこで泊まったか！」彼は息が苦しそうだった。「さっさと吐いてしまえ！」

やがて彼女は一語ずつ、ゆっくりと小声で話しはじめた。「あたしは──ダウンタウンの──家で──泊まった──」

「どこの家だ？　何を言いたいんだ？」

オーナは目をそらそうとしたが、彼に押さえつけられていた。

「ミス・ヘンダーソンの家」と彼女はあえぎながら答えた。

その意味が、最初はユルギスにはわからなかった。「ミス・ヘンダーソンの家」と彼は鸚鵡返しに言った。だが、突然、爆発でも起こったかのように、恐るべき真実が彼に襲いかかった。彼は体をぐらつかせ、大声で叫びながら、後ろによろめいた。やっと壁に寄りかかると、手を額に当て、周りを見回しながら、低い声で「畜生！　畜生！」とうめいた。

つぎの瞬間、彼は足元にひれ伏しているオーナに躍りかかった。のどをつかんだ。「言え！」かすれた、あえぐような声だった。「早く！　そこへ誰が連れていった？」

彼女は逃げようとしてもがき、それがユルギスを激怒させた。恐怖のせいか、つかまれたのどの痛みのせいで、逃げようとしたんだ、と彼は思った。激しい恥辱のせいだったことに気づいていなかった。それでも彼女は「コナー」と答えた。

「コナーだって」と彼はあえぐように言った。「コナーとは何者だ？」

「監督」と彼女は答えた。「あの男――」

彼は怒り狂って、のどを強く締め上げた。オーナが目を閉じるのを見てやっと、窒息させていることに気づいた。そこで彼は指の力をゆるめ、うずくまったまま、オーナが目を開けるのを待った。熱い息が彼女の顔に吹きかかった。

「話せ！」やがて彼はささやくように言った。「その話をしろ！」

オーナは身動きひとつせず横たわっていた。その言葉を聞き逃すまいと、彼は息を殺していた。

「嫌だった――したくなかった」と彼女は言った。「しないように――しないように努力した。したのは――みんなを助けるためだった。最後のチャンスだった」

一瞬また沈黙が流れて、彼のあえぐ声しか聞こえなかった。

オーナは目を閉じていた。話しながらも、目は閉じたままだった。

「あの男は言った――あたしを首にさせてやるって。あの男はあたしに言った――あたしたちみんなを失業させてやるって。あたしたちが働けないようにしてやるって――この土地で――二度と働けないようにって。あの男は――本気だった――あたしたちを破滅させる気だった」

ユルギスの両腕は激しくふるえ、立っていられないほどだった。オーナの話を聞きながら、何回か前に倒れそうになった。

「いつだ――いつから始まったんだ?」と彼はあえぎながら聞いた。

「最初からよ」彼女は催眠術にかかったような話し方だった。「何もかも――計画的だった――ミス・ヘンダーソンの計画だった。あの女はあたしが憎かった。あの男は――あたしが欲しかった。あたしに話しかけてきた――電車のデッキで。それからあたしを――口説きはじめた。お金をくれた。泣き落とそうとした――あたしのことを愛していると言った。やがてあたしを脅迫した。あたしたちのことは何でも知っていた。あたしたちが飢え死にしそうなことも知っていた。あなたの監督と知り合いだった――マリヤの監督とも知り合いだった。あたしたちを追い詰めて、死なせることだってできる、とあの男は言っていた――それから、あの男は言った、あたしたちみんなの仕事をいつまでも保証してやるって、もしあたしが――もしあたしが――。それから、ある日、あの男はあたしをつかまえた――どうしても離してくれなかった――あの男は――あの男は――」

「どこだった、それは?」

「廊下だった――夜だった――みんなが帰った後だった。仕方がなかった。あたしは考えた――あなたのことを――赤ん坊のことを――お母さんや子どもたちのことを。あの男が怖かった――怖くて大声も出せなかった」

一瞬前まで、彼女の顔は蒼白だったが、今は真っ赤だった。また息が荒くなっていた。ユルギスは一言も口を利かなかった。

「それは二カ月前のことだった。それから、あの男はあたしにきて欲しい、と言った――あの家へ。そこで泊まって欲しい、と言った。あの男は言った、あたしたちみんなが――みんなが働かなくてもいいって。あの男はあたしをそこへ行かせた――夕方から。あたしはあなたに話した――あなたはあたしが工場にいると思っていた。それから――あの晩、雪が降って、あたしは家に帰れなかった。そして、昨夜は――電車が止まった。そんなちょっとしたことだった――あたしたちみんなを破滅させるのは。あたしは歩いて帰ろうとした。でも、駄目だった。あなたに知られたくなかった。何もかも――何もかもうまくいくはずだった。あたしたちはやっていけるはずだった――これまでと同じように――あなたは知らなくてもよかった。あの男はあたしに嫌気がさしはじめていた――すぐに捨てられるはずだった。あたしに赤ん坊が生まれる――あたしは醜くなっている。あの男はあたしにそう言った――昨夜、二回もそう言った。それに――あの男はあたしを蹴飛ばした――昨夜。さあ、あなたはあの男を殺しにいく、きっとあなたは――あの男を殺しにいく――あたしたちは死ぬ」

彼女は身じろぎもせず一切を語った。死んだようにじっと横たわっていた。瞼さえも動かさなかった。ユルギスも黙ったままだった。ベッドを支えに体を起こして、すっくと立ち上がった。オーナに目をくれようともせず、ドアに歩み寄って、それを開けた。家の片隅で、恐怖のあまりにうずくまっているエルズビエタの姿も目に入らなかった。帽子もかぶらず、玄関のドアを開け放したまま、家の外に出た。足が歩道に触れた瞬間、彼はいきなり駆け出した。

悪魔に取り憑かれた者のように、彼は右も左も見ず、猛烈な勢いで、やみくもに突っ走った。息が切れて、速度を落としたときには、アッシュランド・アベニューに出ていた。電車が見えたので突進し、それに飛び乗った。血走った目、乱れた髪、傷ついた雄ウシのように荒い鼻息。だが、電車の乗客は格別気にしていなかった。ユルギスのような悪臭を放つ人間が、それに見合った格好をしているのは、至極当然に思われたらしい。いつものように、乗客は脇に寄った。車掌は五セント硬貨を指先でつまむように受け取ると、彼だけをデッキに残してむこうへいった。そのことにさえユルギスは気づかなかった。思いをはるか遠くに馳せていたからだった。頭のなかは燃えさかる溶鉱炉のようだった。獲物に飛びかかる直前のようにうずくまったまま、彼はじっと待っていた。

電車がストックヤードの入り口に着くころには、息もいくらかおさまっていた。彼は電車を飛び降りると、また全速力で走りはじめた。人びとは振り返って、うしろ姿を見送った。だが、誰も彼の目にはとまらなかった。工場だ。入り口を駆け抜けると、廊下を突っ走った。オーナが働いている部屋は知っていた。積荷係の監督コナーも知っていた。部屋に飛びこむと、目指す男を捜した。

トロッコ係は仕事の真っ最中で、梱包されたばかりの箱や樽を貨車に積みこんでいた。ユルギスはプラットフォームをすばやく見回した。男はいなかった。そのとき、突然、廊下で声が聞こえた。その声を目指して、彼は突進した。つぎの瞬間、彼は監督と向かい合っていた。

男は大柄な、赤ら顔のアイルランド人だった。下品な顔つきで、酒のにおいをぷんぷんさせていた。ユルギスが敷居を越えるのを見て、男は真っ青になった。逃げ出そうとするかのように、一瞬ためらった。だが、あっという間に、相手が飛びかかってきた。男は両腕を上げて、顔を防ごうとした。だが、ユルギスは腕に全身の力をこめて、眉間を殴りつけた。男は後ろ向きに倒れた。つぎの瞬間、彼は馬乗りになって、男ののどに指を食いこませていた。

ユルギスには、この男の犯した罪の悪臭が、その全身から発散しているように思われた。その体に触れただけで、狂気がかき立てられた――神経のすべてが打ちふるえ、内なるデーモンがすっくと立ち上がった。オーナをもてあそんだのは、この獣みたいな大男だ。そいつを捕まえている！　この手で捕まえている！　今度はおれの番だ！　目の前のすべてが血の海になった。彼は怒り狂って吠えた。男の頭を持ち上げて、床に叩きつけた。

現場が騒然となったことは言うまでもない。悲鳴を上げて失神する女たち。どっと駆け寄る男たち。ユルギスは相手をやっつけることに夢中だったので、周りの様子は何もわからなかった。邪魔だてしようとしている連中がいることさえ、気づいていなかった。獲物を取り逃がすかもしれないと思ったのは、五、六人の男たちが彼の脚と肩をつかんで、引き離そうとしたときだった。いきなり彼は上半身をかがめて、男の頬にかじりついた。やっと引き離されたとき、彼は血を滴らせていた。男の面の皮の断片が口から垂れ下がっていた。

男たちは腕と脚にしがみついて、彼を床にねじ伏せたが、それでも押さえこむことはできなかった。彼はトラのようにのたうち、もがいて、抵抗した。男たちを跳ね飛ばして、気を失って倒れている怨敵に近づこうとした。だが、応援の男たちが駆けつけたために、ねじ曲がった手や足や胴体の小さな山ができ上がり、それが押し合いへし合いしながら、部屋のなかを動き回っていた。ついに、男たち全員の体重に押しつぶされて、ユルギスは息がつけなくなり、会社の警備室へ運びこまれた。そこで彼はおとなしく横になっていたが、やがて呼ばれてやってきた護送車で連行されることになった。

第十六章

起き上がったユルギスは、結構おとなしかった。疲れ果てて、頭がぼんやりしていた。それに、警官の紺の制服が見えていたこともあった。護送車で運ばれるとき、五、六人の警官が監視していたが、肥料の悪臭のせいで、できるだけ彼に近づかないようにしていた。やがて彼は巡査部長のデスクの前に立って、住所氏名を明らかにし、暴力行為のかどで告発されたことを知った。独房へいく途中、廊下を間違えて歩き出したため、屈強な警官に口汚く罵られ、おまけに、ぐずぐずするな、と蹴飛ばされた。それでも、ユルギスは目を伏せたままだった――パッキングタウンに二年半も住んでいると、警察がどういうものか、百も承知していた。この世間から隔離された秘密の場所で、連中を怒らせるようなまねをすれば、命に関わるようなことになりかねなかった。一ダースもの警官がいっせいに飛びかかってきて、顔がつぶれるほど殴られるかもしれなかった。揉み合っているうちに、頭蓋骨を割られることも珍しくはなかった。だが、そのような場合、彼が酔っ払っていて転倒した、と報告書に記されるだけで、誰ひとりとして実態を知らなかったし、知りたいとも思わなかった。

こうしてユルギスの目の前で、鉄格子の扉がガチャンと音を立てて閉まった。彼はベンチに腰を下ろして、両手に顔を埋めた。ひとりきりだった。その日は午後も夜もずっとひとりきりだった。

最初、彼は満腹するまで食べた野獣のようだった。満足しきって、放心状態だった。あの悪党をこっぴどくやっつけることができた――あと一分間の余裕があったら、あの程度ではすまなかっただろうが、それでも相当なものだった。あの男ののどを締めつけたときの感触がまだ残っていて、指先がうずいた。だが、体力が回復し、意識がはっきりしてくると、一時的な満足のむこうが少しずつ見えはじめた。あの監督を半殺しにしたところで、オーナをどうしてやることもできない――オーナが耐え忍んだ屈辱にせよ、生涯オーナにつきまとって消えない記憶にせよ。オーナや赤ん坊に食べさせる助けにはならない。オーナはきっと首になる。そして彼は――彼がどうなるかは、神のみが知ることだった。

夜はほとんど、この悪夢と格闘しながら、彼は独房を歩き回った。疲れきって、横になり、眠ろうとした。だが、眠れないまま、生まれて初めて、脳味噌というやつは大変な厄介物であることに気づいた。隣の独房には酔っ払って女房に暴力をふるう男がいて、そのむこうの独房では狂人がわめき散らしていた。真夜中になって、冬の烈風に吹かれてふるえながら、玄関の周りにたむろしていたホームレスの連中に、警察署の建物が開放された。浮浪者たちが独房の前の廊下にあふれた。むき出しの石の床に長々と寝そべって、いびきをかき出す者。笑ったり、だべったり、罵ったり、口論したりしながら、朝まで起きている者。連中の吐く息のせいで、あたりには悪臭が充満していたが、にもかかわらず、ユルギスのにおいを嗅ぎつけて、この男に地獄の責め苦が降りかかりますように、などと祈り出す者も出てきた。だが、彼自身は、額の血管の脈拍を数えながら、独房の奥で横になっていた。

彼は夕食を出してもらっていた。ムショ言葉でいう「パンとドープ」で、ブリキの皿に載ったバターなしのパンが二、三枚と、コーヒーだけ。コーヒーが「薬《ドープ》」と呼ばれるのは、収容者をおとなしくさせるために、睡眠薬を入れてあったからだ。このことをユルギスは知らなかった。知っていたら、コーヒーを一気に飲み干したことだろう。だが、飲まなかった彼の神経は、一本残らず恥辱と憤怒で打ちふるえていた。朝方になって、留置場は静かになった。彼は起き上がって、独房をいったりきたりしはじめた。すると、魂の奥底から、目の血走った、残忍な悪魔が立ち現れて、彼の心の琴線を引きちぎるのだった。

彼が苦しむのは自分のためではなかった。どんなことを世間にされようと、ダラム社の肥料工場で働いていた人間が気に病むようなことなど、何ひとつとしてなかった！　過去の暴虐、もはや取り返しのつかない過去の出来事の暴虐、拭い去ることのできない記憶の暴虐に比べれば、この獄舎の暴虐など何ほどのこともなかった！　残酷な過去が彼を狂気に駆り立てた。両腕を天に向かって差し出し、過去から解き放たれることを願った。だが、解き放たれることはなかった。天上にさえも、過去を消し去る力はなかった。それは静めることのできない怨霊だった。彼につきまとい、つかみかかり、地面に打ちつけた。ああ、予知する能力が備わってさえいたら！　いや、予知することはできたはずだ、おれがバカでなかったら！　彼は両手で額を激しく打った。オーナがあんな所で働くのを許した我が身を、誰もが知っているありふれた運命とオーナとの間に立ちはだからなかった我が身を呪った。よしやシカゴの街の排水溝に倒れ伏して、餓死することになったとしても、彼女を連れ去るべきだったのだ！　それなのに――ああ、とても現実とは思えない。ひどすぎる。恐ろしすぎる。

それは直視することができない現実だった。そのことを考えようとするたびに、彼は新たな身震いに襲われた。駄目だ。この重荷に耐えることはできない。この重荷を背負って生きることはできない。彼女とても同じことだ。彼は知っていた、いくら彼が許しても、いくらひざまずいて嘆願しても、オーナが彼の顔を見ることは二度とない、ということを。二度と彼の妻になることはない、ということを。恥辱は彼女を死に追いやる。死以外に彼女が解き放たれる道はない。彼女にとって死は最善の方法なのだ。

これほどに単純で明快なことはなかった。だが、この悪夢から彼が逃げのびると、そのたびに餓死寸前のオーナの姿が頭に浮かんで、悶え苦しみ、泣き叫ぶことになるというのは、何とも残酷な矛盾だった。やがて彼は刑務所送りとなり、長い間、場合によっては何年も服役するかもしれない。傷つき衰えたオーナが、働きに出ることは二度とあるまい。エルズビエタとマリヤも職を失うかもしれない。あの地獄の悪魔のコナーが一家を破滅させるための手を打つ気になれば、一家は全員が路頭に迷うことになる。かりにその気にならないとしても、一家が生きていくことはできない——子どもたちがまた学校を辞めたとしても、ユルギスとオーナがいなければ、生活費を払いきれないことは明らかだ。家には数ドルしか残っていない。一週間前に家賃を払ったばかりだから。それも二週間滞っていた家賃だから、一週間後にまた払うことになる！　それを払う金はない。払えなければ、長い間の悪戦苦闘の果てに、マイホームを失うことになってしまう。払いがもう一度遅れたら容赦しない、と三回も代理店の男から言われていた。あの忌まわしい出来事で頭を一杯にしていなければならないのに、マイホームのことを考えたりしているユルギスは、見下げ果てた男かもしれない。だが、この家のために、彼はどんなに苦しんできたことか！　家族の者たちも、どんなに苦しんできたことか！　この家は、彼らが生きている間は、彼らのたったひとつの安息の夢だった。この家に、彼らは金のすべてをつぎこんだ。彼らのような貧しい労働者にとって、金は何よりも力を、生命の本質を、肉体と精神を、それによって生き、それがなければ死ぬ何かを意味していたというのに。

その家を、ユルギス一家は失おうとしていた。路傍に追い立てられ、寒々とした屋根裏部屋に隠れて、生きるにせよ、死ぬにせよ、最善を尽くすしかない！　この問題を考えるのに、ユルギスは夜のすべてをかけた——これからは数知れぬ夜のすべてをかけることになるのだ。彼には細部まで見通せた。その場にいるかのように、すべてが実感できた。いずれ一家は家具を売る。いくつかの店で借りを作る。そのうちに掛け売りを断られる。破産の一歩手前のデリカテッセンを抱えたシェドヴィラス夫妻から、いくらかの借金をする。近所の人も少しは恵んでくれる——貧しくて病気がちなヤドヴィーガは、誰かが餓死しかけているときはいつも持ってくる二セントか三セントの硬貨を。タモシュウス・クシュレイカはバイオリンを一晩中弾いて稼いだ金を。そうやって、彼が出所するまで、家の者たちは何とか食いつなぐことができるかもしれない。だが、果たして、彼が留置場にいることを知っているのだろうか？　彼のことを何か探り出せるのだろうか？　面会を許可されるだろうか？　一家の運命について何も知らされないことも、彼の受ける刑罰の一部なのだろうか？

ユルギスの頭には、最悪の事態がこびりついて離れなかった。病に伏して苦しんでいるオーナ。失業しているマリヤ。吹雪のために仕事にいけないスタニスロヴァス少年。路頭に迷っている一家の者たち。何てこった！　いき倒れになって死んでも、誰もかまってはくれないのか？　誰も助けてはくれないのか？　雪のなかをさまよって、凍え死にするのだろうか？　ユルギスは道端で転がっている死体を見たことはなかったが、追い立てを食って、いずこともなく姿を消した人たちは見かけたことがあった。シカゴには福祉事務所があり、ストックヤード地区にも慈善団体がないでもなかったが、そこに彼が住みついて以来、そのいずれも耳にしたことがなかった。その活動を宣伝しなかったのは、ただでさえ応対しきれないほどの問い合わせがあったからだった。

そうこうするうちに、朝になった。ユルギスはまた護送車に乗せられた。酔っ払って女房を殴る男とわめき散らしていた狂人、数人のただの酔っ払いと酒場でけんかをした連中、それに強盗をした男ひとりと、屠畜場から牛肉を盗んで逮捕されたふたりの男たちがいっしょだった。この連中といっしょにまた、彼は大きな、白い壁の部屋に送りこまれた。不快なにおいのする、こみ合った部屋だった。正面には手すりがあって、そのむこうの一段高い壇の上には、でっぷりした、血色のいい人物が座っていた。鼻は紫色の斑点だらけだった。

われわれの主人公は、これから裁判にかけられようとしていることに、うすうす感づいていた。何の罪だろうか？　被害者は死んだのだろうか？　そうだとすれば、おれはどうなるのか？　縛り首だろうか？　それとも撲殺だろうか？　法律を知らないに等しいユルギスにとって、驚くことは何もなかった。それでも、裁判官席に座っている声の大きな男が、悪名高いキャラハン判事であることくらいは、世間のうわさ話で聞き知っていた。この判事の話をするときは、パッキングタウンの連中は息を殺すのだった。

パット・キャラハンは——裁判官になる前は、がみがみ屋パットの愛称で知られていたが——肉屋の小僧、さらには地元では名の売れた拳闘家を振り出しに、ものが言えるようになるのとほとんど同時に政界に転じて、投票年齢に達するころにはふたつの公職に就いていた。食肉加工会社が地域の人びとを押さえつけるための見えざる手があるとすれば、マイク・スカリーはその親指、パット・キャラハンはその人差し指だった。シカゴの政治家で、彼ほど食肉業界から信頼されている政治家はいなかった。長い間、この業界のために一肌脱いできたのだった――ずっと以前、シカゴ市全体が競売にかけられていたような時代に、独力で財を築いた実業家ダラム老社長のビジネス・エージェントとして、市議会議員を務めたこともあった。がみがみ屋パットは、その経歴のごく早い時期に市の公職に就くことをやめて、党内の勢力作りに専念する一方、余った時間は酒場と売春宿の監督経営に当てていた。だが、近年、子どもたちが大きくなるにつれて、世間体に気を配るようになり、治安判事を買って出たのだった。その強烈な保守主義と「外国人」蔑視のゆえに、彼はこの地位の最適任者だった。

ユルギスは一時間か二時間、その部屋を見回しながら座っていた。誰か家族の者がくるかもしれない、と思っていたが、期待はずれとなってしまった。やっと彼は裁判官席の前に引き出された。原告側には会社の顧問弁護士が出廷した。コナーが医者の治療を受けていることを、弁護士は簡単に説明し、裁判長閣下が被告を一週間、拘置していただければ、と言いかけたら、閣下は即座に「三百ドル」と宣告した。

ユルギスは困惑顔で判事と弁護士を見つめていた。「被告には保釈保証人はいるのか?」と判事が聞いた。ユルギスの横にいた書記が意味を説明してくれた。ユルギスは首を振った。すると、あっという間に、警吏たちが彼を引き立てていった。ほかの被告人たちが待っている部屋へ連れていかれ、そこで閉廷まで待たされた。それからまた護送車に乗せられ、厳しい寒気のなかを長時間かけて郡立拘置所に運ばれた。この拘置所はシカゴの北端に位置していて、ストックヤードからは九マイルか十マイル離れている。

ここでユルギスは身体検査をされた、所持金わずか十五セントが手元に残った。それから、ある部屋に連れていかれ、入浴のため裸になるように命じられた。つづいて、収容者のいる鉄格子のついた監房のドアの前の長い廊下を歩いていかされた。これは収容者たちにとって最大のイベントだった。新入りが毎日、素っ裸になって受ける観閲。さまざまな愉快な野次が飛んだ。ユルギスはほかの者よりも長く入浴することを要求された。体にしみこんだ燐酸塩と酸類のいくらかを抜くためだったが、効果はなかった。監房にはふたり一組で収容されたが、その日は監房が一室空いていたので、ユルギスはひとりきりだった。

監房は幾層にもなっていて、廊下に面していた。彼の監房はおよそ幅五フィート、奥行き七フィートの大きさだった。床は石造りで、頑丈な木製のベンチがつくり付けになっていた。窓はなかった。中庭の片側に面した屋根の近くに窓がいくつかあって、そこから入ってくる明かりだけだった。二段ベッドで、それぞれにわら製マットレスと灰色の毛布が二枚。毛布は汚れていて、板のように硬く、ノミと南京虫とシラミがうじゃうじゃいた。ユルギスがマットレスを持ち上げると、鈴なりのゴキブリが、彼と同じくらい驚いた様子で右往左往していた。

ここでも「パンとドープ」が出てきたが、スープのおまけがついていた。収容者の多くはレストランから食事を差し入れてもらっていたが、ユルギスにはそんな余裕はなかった。書籍、トランプ、夜つけるロウソクなどを持ちこんでいる者もいたが、ユルギスは暗闇と沈黙のなかに、たったひとりでいた。

また眠れなかった。前日と同じような物狂おしい妄想が、つぎつぎと引きも切らず押し寄せ、むき出しの背中を鞭のように激しく打った。夜になると、独房をいったりきたりした。檻の鉄棒にかみついて牙を折る野獣のようだった。ときおり、悶え苦しみながら、監房の壁に身を打ちつけ、両手で壁を叩いた。切り傷やすり傷ができた。壁は、それを建てた人間と同じように、冷酷で無情だった。

遠くに教会の鐘塔があって、一時間ごとに時を告げた。真夜中になって、ユルギスは顔を腕に埋めて、床に寝転がり、鐘の音に聞き入った。時を告げた後も鐘は静まらず、突然また鳴りはじめた。ユルギスは顔を上げた。何だ、あれは？　火事だろうか？　神様！　この拘置所が火事になるなんて！　だが、その音にメロディがあるのに気づいた。カリヨンだった。シカゴの眠りを覚ますようなカリヨン。遠く、近く、至るところで、激しい音楽を鳴り響かせる鐘。ユルギスは横になったまま、優に一分間は、あっけに取られていた。突然、その意味が呑みこめた。そうだ、今夜はクリスマス・イヴなのだ！

クリスマス・イヴ――すっかり忘れていた！　一気に水門が破れた感じだった。新しい記憶と新しい悲哀が、彼の心のなかに渦巻きながら流れこんできた。遠く離れたリトアニアで、クリスマスを祝ったことがあった。それがほんの昨日のように思い出された。子どもだった彼と、蒸発した兄と、死んだ父。黒く深い森のなかの小屋。昼となく夜となく降りつづいた雪に埋もれて、外界から切り離されていた。リトアニアはサンタクロースが訪れるには、あまりに遠かったが、人の世の平和と善意、それに幼子キリストの奇跡を生むヴィジョンが訪れないほど遠くはなかった。パッキングタウンにきてからも、クリスマスは忘れなかった。クリスマスの輝きが日々の暗闇に射しこまなかったことはなかった。去年のクリスマス・イヴとクリスマスは終日、ユルギスは屠畜場で働き、オーナはハムの包装の仕事をしていた。

それでもふたりには子どもたちを大通りへ散歩に連れ出す元気は残っていて、クリスマスツリーが飾られ、電飾が赤々とともったショーウィンドーを見物した。生きたガチョウのいるウィンドー。おとぎ話の人食い鬼にお似合いのピンクや白の大きな杖や、天使が上に載ったケーキなどのすばらしい砂糖細工が陳列されたウィンドー。太った黄色の七面鳥がばらの花飾りで飾られて何列も並び、ウサギやリスが吊り下げられているウィンドー。ピンクのドレスの可愛い人形、それにむくむくしたヒツジや太鼓や軍帽などが一杯の、おとぎの玩具の国といったウィンドー。こういった品々を、ユルギスたちは指をくわえて見ているだけではなかった。去年のときは、大きな買い物かごを持って出かけ、いろいろなクリスマスの買い物をした——ローストポークにキャベツにライ麦パン。オーナのための手袋。キーキー泣くゴム人形。「豊穣の角」と呼ばれる小さな緑色の容器にぎっしり詰まったキャンディ。これはガス栓から吊り下げられて、子どもたちの十二の瞳がうっとりと見つめていた。

ソーセージ製造機械や肥料工場の半年間でさえも、クリスマスに対する内なる思いを抹殺することはできなかった。オーナが帰宅しなかった夜のことを思い出して、ユルギスはのどが詰まる思いがした。あの晩、テータ・エルズビエタは彼を脇へ連れていって、新聞売り場で三セント出して買ったバレンタインカードを見せてくれた。薄汚れた、店ざらしのカードだったが、鮮やかな色彩で、天使とハトの図柄だった。その汚れをきれいに拭き取って、子どもたちの目につくように、暖炉の上に置こうというのだった。そのことを思い出して、ユルギスは激しく泣きじゃくった。不幸と絶望のうちに迎えるクリスマス。拘置所暮らしの彼、病の床に伏すオーナ、崩壊した家庭。ああ、あまりにも残酷ではないか！なぜおれをそっとしておいてくれないのか？　拘置所に閉じ込めておきながら、耳元でカリヨンを鳴らす必要がどこにあるのか?

いや、違う。この鐘はおれのために鳴っているのではない。世間の人様のクリスマスは、おれとは無関係だ。おれなど、ものの数にも入っていない。ろくでなしだ——粗大ゴミのように捨てられた人間、動物の屍体も同然だ。ひどい、ひど過ぎる! 妻は死に瀕し、赤ん坊は飢え、家族全員が凍死寸前というのに。それなのに、世間の人様はクリスマスのカリヨンを鳴らしている! このにがにがしい茶番劇——これがすべておれに対する罰だとは! 雪が吹きこまない場所、冷気が骨に食い入ることのない場所、食い物にも飲み物にも事欠かない場所。そこにおれは投げこまれている。おれを罰しなければならないなら、一体全体どうして家族の者を拘置所に入れてやり、このおれを外に置き去りにしないのか? 三人のか弱い女たちと六人のいたいけな子どもたちを飢えさせ、凍えさせる以外に、もっとましな刑罰をおれのために見つけることができないのはなぜか?

これが世間の掟、これが世間でいう正義なのだ! ユルギスは憤怒に身をふるわせながら、仁王立ちになっていた。拳骨を固めた両手、高く突き出した両腕。魂のすべてが憎悪と反逆で燃え上がっていた。世間の連中と世間の掟を、一万回でも呪ってやる! 連中の正義なんて——嘘だ、嘘だ、忌まわしくも残忍な嘘だ。悪夢の世界以外の、いかなる世界にも存在できない、どす黒くて、憎むべき代物だ。インチキだ。虫唾が走る茶番だ。正義はない、道理はない、この世間のどこにも。あるのはただ暴力と暴虐、無謀で無軌道な意志と権力だけだ。世間はおれを踏みにじり、おれという人間のすべてを食いつくした。老いた父親を殺し、妻を苦しめて破滅に追いやり、家族全員を虐げて黙りこませた。今また世間はおれを切り捨てた。おれにはもう用はないのだ。おれが楯突いたから、おれが邪魔になったからという理由で、おれはこんな仕打ちを受けることになったのだ！　あいつらはおれを鉄格子のなかに閉じ込めてしまった。おれが分別も、思慮も、権利も、愛情も、感情もない野獣か何かのように。いや、あいつらは野獣にだって、おれと同じ仕打ちをしたりはしないさ！　野獣をねぐらで罠にかけ、その仔を放置して死なせるようなまねを、正気な人間がやらかしたためしがあっただろうか？

こうした深夜の数時間は、ユルギスにとって運命的な数時間だった。彼の反逆と無法と不信は、そこに端を発していた。彼には社会の犯罪を遠い根源まで跡づける能力はなかった。彼を踏みにじっているのが、いわゆる「制度」であるということに、彼は気づいていなかった。国家の法律を買収して、裁きの座から彼に残酷な判定を下したのが、食肉加工会社、つまり彼のご主人様たちだったということも。ユルギスが知っていたのは、彼が不当に扱われた人間、世間から蔑ろにされた人間であるということだけだった。法律が、あらゆる力を持ったあの社会が、彼の敵であることを布告したということだけだった。時々刻々、彼の魂は黒味を増していった。時々刻々、彼は新しい復讐と、反抗と、激越な、狂気のごとき憎悪の夢を夢見ていた。

毒草にも似た最兇悪の行為が、
　牢獄の空気ではよい花を咲かせる。
そこで衰えて枯れるのは
　人間のなかのよきものだけである。
蒼ざめた苦悶が重い門の番をし、

絶望がそこの看守である。

このように歌ったのは、世間の裁きを受けた詩人[14]だった。

法律というものが正しいか、
それとも法律が悪かわたしは知らない。
牢獄にあるわたしたちが知っているのは
ただ壁が頑丈だということだけだ。
みずからの地獄を隠そうと力をつくす、
そこでは神の子も人の子も
けっして見てはならぬことが
おこなわれているのだから。

第十七章

翌朝七時に、ユルギスは監房を洗う水を取りに行かされた。この義務を彼は忠実に果たしたが、収容者の大半は嫌がる傾向があったので、監房が汚くなり、看守から文句を言われていた。それからまた「パンとドープ」の食事を取り、食後は中庭で三時間の運動を許可された。中庭はガラス張りの屋根がついていて、セメント造りの長い壁に囲まれていた。ここには収容者全員が集まっていた。中庭の片側には面会人席があったが、収容者に差し入れができないように、一フィートの間隔がある二枚の頑丈な金網で仕切られていた。ユルギスはここをしきりにながめていたが、面会にくる者は誰もいなかった。

監房にもどって間もなく、看守が扉を開け、新しい収容者が入ってきた。こざっぱりした若い男だった。淡い褐色の口髭、青い目、優雅な体つき。ユルギスに会釈をした。看守が扉を閉めると、周りをじろじろとながめた。

「やあ、おはよう」ユルギスに視線を戻しながら、男は言った。

「おはよう」とユルギスは答えた。

「とんだクリスマスだよなあ?」と相手はつづけた。

ユルギスはうなずいた。

新入りの男は二段ベッドに歩み寄って、毛布を調べた。マットレスを持ち上げ、「おえっ」と叫んで、元にもどした。「これはひどいや」

男はまたユルギスに目をやった。「昨夜、ベッドに寝た形跡がないようだね。我慢できなかったのかい？」

「眠たくなかったので、昨夜は」とユルギスは言った。

「いつここへ？」

「昨日」

相手はあたりをまた見回して、鼻にしわを寄せた。

「ここはやたら変なにおいがするねえ」と突然、男は言った。「何だろう？」

「おれです」とユルギスは言った。

「きみだって？」

「そうです、おれです」

「体を洗わされなかったのかい？」

「洗わされたが、落ちない」

「それって、何？」

「肥料」

「肥料だって！　参ったなあ。何だい、きみの仕事は？」

「ストックヤードで働いている。少なくとも、先日まで働いていた。服にしみこんでいる」

「初耳だなあ、そういうの」と新入りは言った。「たいていのことは経験したつもりだったけどさ。何でまたここに?」

「監督を殴った」

「おお――そうなんだ。何をしたの、そいつは?」

「そいつは――おれにひどいことをした」

「なるほど。きみは善良な労働者というやつなんだ!」

「あんたは?」

「ぼくかい?」相手は笑った。「ぼくは金庫破りと言われているがね」

「それは何です?」とユルギスは聞いた。

「金庫とか、いろいろさ」と相手は答えた。

「おお」とユルギスはびっくりして、相手をこわごわながめた。「金庫や何かを破るのかね――あんたのような人が――」

「そうさ」と相手は笑った。「そういうことになっているね」

男は二十二か三を超えているようには見えなかったが、後になってわかったところでは、三十歳だった。教育のある人の話しぶりで、世間で言う「紳士」のようだった。

「それでここに入れられたのかね?」とユルギスは聞いた。

「そうじゃない」という答えだった。「治安紊乱行為でここにいるのさ。証拠がないので、あいつら、頭にきてたよ」

「きみの名前は？」しばらくして、若い男は口を開いた。「ぼくの名前はドウェイン――ジャック・ドウェイン。名前は一ダース以上あるけれど、これは表向きの名前さ」

男は床の上に座り、壁に寄りかかって、脚を組むと、気さくに話しつづけた。男はすぐにユルギスと親しくなった。どうやら、誰とでもうまくやっていける、世慣れた人間らしく、労働者風情と口をきくことが沽券に関わるなんて思っていないようだった。ユルギスを巧みに誘導して、身の上話を聞き出してしまった――たったひとつの人に言えない出来事は別として。男もまた自分の身の上を語った。なかなかの話し上手だったが、かならずしも極上の話題ばかりではなかった。拘置所送りになったことは、その快活な性格に影を落としていないようだった。これまでにも二回、「ムショ暮らし」をしたことがあったようだが、万事を前向きに明るく受け止めていた。女に酒に刺激の強い商売とくれば、たまには息抜きをしてもかまうまい。

当然のことながら、同房者の出現で、ユルギスの拘置所生活は様子が一変した。壁に向かって仏頂面をすることはできなくなった。話しかけられれば、返事をしなければならなかった。彼としても、ドウェインとの話に興味を抱かないわけにはいかなかった。教育のある人間と話すのは、これが初めてだったからだ。深夜の冒険に危機一髪の脱出、大宴会に乱痴気騒ぎ、それに一夜で蕩尽した巨万の富のことなどを語るのを、どうして耳をそばだてて聞かずにいられようか？　労働するだけのラバのようなユルギスを、この若い男は軽蔑していながら、その一方で面白がってもいた。彼もまた、世間の不正を感じていたからだった。だが、それに辛抱強く耐えるのではなく、彼のほうからも打ち返した、それも激しい力をこめて。彼はいつも打ち返していたのだった。この男と社会との間は戦争状態だった。恐怖も恥辱も覚えることなく、社会という敵をうまく利用しながら生きている、柔和な略奪者。いつも勝利を収めるわけではなかったが、敗北は全滅を意味しなかったので、戦意を喪失する必要はなかったのだ。

それに、この男は気立てがよかった。よすぎるように思われた。彼の身の上は、一日目とか二日目とかではなく、長い時間がだらだらと過ぎていくうちに明らかになった。しゃべる以外に何もすることがなかったし、自分たちのことしかしゃべることがなかったからだ。ジャック・ドウェインは東部の出身で、大学を出ていた——専攻は電気工学だった。父親は商売に失敗して自殺した。母親と弟と妹が後に残された。ドウェインはある発明をした。ユルギスにはよくわからなかったが、電信に関する非常に重要な発明だった——何百万、何千万ドルという巨額の富が転がり込んでくる発明だった。だが、ドウェインはそれをある大企業に盗まれ、相次ぐ訴訟に巻きこまれて、無一文になった。ある人が勝ち馬の情報を流してくれたので、失った財産を他人の金で取り返そうとしたが、逃げ出す羽目になった。それが事の起こりだった。何がきっかけで金庫破りになったのか、とユルギスは聞いた。常軌を逸した、信じられないような職業に思われたからだった。ある男に会ってね——事件が事件を呼ぶというやつさ、と同房者は答えた。家族のことは考えないのですか、とユルギスは聞いた。ときどき、と相手は答えた。しょっちゅうじゃない。考えないようにしている。考えたところで、どうなるというものでもない。家族とかかわり合うような世の中じゃない。いずれきみにもわかる。踏ん張るのはやめて、自分ひとりでどうにかやっていくことだ。

ユルギスが裏表のない人間であることは、一目瞭然だったので、同房者も子どもを相手にするときのように、開けっぴろげだった。ユルギスにいろいろな冒険の話をしてやるのは楽しかった。ユルギスが驚異と感嘆の念に満ちていて、アメリカの風習にまったく不案内だったからだ。ドウェインは人名や地名を隠そうとさえしなかった。成功や失敗、得恋や失恋を包み隠さず語った。ユルギスを収容者の多くに紹介してくれもした。半分近くの連中の名前を知っていたのだ。拘置所仲間はユルギスに渾名をつけていて、「スカンク」と呼んでいた。ひどい渾名だったが、悪気はなかったので、ユルギスも人のよさそうな笑顔を見せるだけだった。

われわれの主人公は足元の下水管から漂ってくる悪臭を、これまでに一度や二度は嗅いだことがあったが、その汚物が自分に跳ね返ってきたのは、これが最初だった。この拘置所はシカゴの犯罪を積んだノアの箱舟だった。殺人犯、追いはぎ、強盗、横領犯、贋金作り、偽造犯、重婚者、万引き、詐欺師、こそ泥、すり、賭博師、女衒、暴漢、物乞い、浮浪者、酔漢。黒人や白人がいた。老いも若きもいた。アメリカ人もいれば、地球上のあらゆる国の人間もいた。海千山千のしたたかな犯罪者もいれば、貧しくて保釈金を払えない無実の者もいた。老いぼれもいれば、十代にさえならないガキもいた。腐敗した社会という巨大な潰瘍から流れ出た膿汁だった。見るも汚らわしく、語りかけるもおぞましかった。人生が腐り果てて、激臭を放っている者たち。愛は獣性に、喜びは陥穽に、神は呪詛に変わってしまった者たち。この連中が中庭のそこかしこを歩いていた。その話にユルギスは耳を傾けた。彼は無知だった。連中は世故に長けていた。あらゆる所へいき、あらゆることをやっていた。ぞっとする話をいくらでも並べ立てることができた。都市の内なる魂について語ることもできた。そこでは、正義と名誉が、女性の体と男性の魂が市場で売りに出され、落とし穴のオオカミのように、人間がもがき、争い、いがみ合っていた。欲望は燃えさかる火炎と化し、人間は燃え立たせる油に過ぎなかった。人類は膿み、爛れ、腐敗の沼を転げまわっていた。この野獣的な混沌のなかに、連中は勝手に産み落とされ、その一員となることを余儀なくされたのだった。拘置所にいることは、恥でも何でもなかった。人生のゲームは最初からいかさまで、さいころには鉛が詰めてあったのだ。連中はたかだか一セントか十セントの詐欺師や泥棒に過ぎなかったが、何百万ドルもの詐欺師や泥棒によって罠にかけられ、葬り去られたのだった。

こうした話のほとんどを、ユルギスは聞くまいとした。どぎつい茶番劇に怖気をふるったからだった。その間ずっと、彼の心は遠く離れたところにあった。そこでは愛する者たちが彼に呼びかけていた。ときおり、話の花が咲いているときに、はるかかなたに思いが飛んでいって、目に涙がにじむことがあったが、仲間の嘲笑によって現実に引き戻されるのだった。

この連中といっしょに、彼は一週間を過ごした。家からは何の便りもなかった。所持金十五セントのうちの一セントを使って、葉書を一枚買った。今どこにいて、いつ公判があるかを、同房者が家の者たちに代筆してくれた。だが、返事はこなかった。やがて大晦日になり、ユルギスはジャック・ドウェインに別れを告げた。ドウェインは彼の所番地、というか彼の情婦の所番地を教えてくれて、後日、会いにいくことを約束させた。「いつか困ったときに助けてあげられるかもしれないよ」と彼は言い、きみと別れるのは悲しいよ、と付け加えた。ユルギスは公判のために護送車でキャラハン判事の法廷へ連れていかれた。

法廷に入ってすぐ、テータ・エルズビエタとコトリーナが、ずっと後ろの席に座っているのに気づいた。ふたりとも蒼白い、怯えたような表情だった。彼の心臓は早鐘を打ちはじめたが、合図をするのをためらった。エルズビエタも合図をしなかった。彼は被告席に座って、ふたりをながめているうちに、無力感に襲われた。オーナがいっしょでないが、どういう意味だろうか、と思いが乱れた。そのことを考えているうちに、半時間が過ぎた。突然、彼は姿勢を正した。顔に血がのぼった。男がひとり、入ってきたのだ。包帯を巻いていたので、その男の顔はユルギスには見えなかったが、いかつい体つきには見覚えがあった。コナーだ！　ふるえの発作が起こった。今にも跳びかかりそうに、手足を曲げた。突然、襟首をつかまれ、背後から声が聞こえた。「座るんだ、バカ野郎！」

彼は腰を下ろした。だが、怨敵からは一瞬も目を離さなかった。やつはまだ生きているのか。ある意味で残念だった。だが、膏薬だらけの神妙な姿を見るのは愉快だった。男と、同伴の顧問弁護士は、裁判長席の手すりの内側に着席した。一分後に書記がユルギスの名前を呼んだ。警吏が彼をぐいと引っ張って立たせ、裁判長席の前へ連れていった。警吏が彼の腕をしっかりつかんでいたのは、監督に飛びかからないようにするためだった。

監督が証人席に着いて、宣誓をしてから行なった陳述を、ユルギスはじっと聞いていた。被告の妻は私の近くの部署に雇われていましたが、私に対して反抗的な態度を取りましたので解雇されました。半時間後、私は激しい暴行を受け、殴り倒され、窒息死しそうになりました。証人を何人か連れてきていますので──

「証人は必要ないだろうな」と裁判長は言った。それからユルギスのほうを見て、「原告に乱暴を働いたことを認めるのか？」と聞いた。

「そいつに？」とユルギスは監督を指さした。

「そうだ」と裁判長は言った。

「殴りました」とユルギスは言った。

「閣下と言わんか」と警吏は彼の腕を乱暴につねった。

「閣下」とユルギスは言われたとおりにつけ加えた。

「原告を絞め殺そうとしたのか？」

「はい、閣下」

「逮捕歴はあるのか？」

「いいえ、閣下」

「何か申し開きをすることはあるのか？」

ユルギスは躊躇した。何を言えばいいのか？　二年半の間、日常生活で役立てるために英語を勉強してきた。だが、だれそれが妻を脅迫して凌辱した、などという陳述をすることは、勉強の目的にはなかった。彼は口ごもったり、つかえたりしながら、申し開きをしようとしたが、肥料のにおいに辟易していた裁判長を苛立たせるばかりだった。被告はやっと、英語の語彙が貧弱なために陳述できないことを理解してもらった。すると口髭をワックスで固めた、こざっぱりした青年が立ち上がって、知っている言葉で話していい、と言ってくれた。

ユルギスは陳述を始めた。時間の余裕があると思いこんでいたので、監督が妻の置かれた立場を利用して関係を迫り、首にすると言って脅したことなどをリトアニア語で述べた。通訳がこれを訳し終えると、裁判官は「そうか、わかった。だが、原告が被告の妻に言い寄ったのなら、なぜ被告の妻は工場長に訴えるなり、工場を辞めるなりしなかったのか？」という発言を差しはさんだ。裁判官はスケジュールに追われていて、しかじかの時間に自動車を回すように命令してあったのだ。

ユルギスはいささか驚いて、躊躇したが、とても貧しいし、仕事も見つかりにくい、といったことを説明しはじめた。

「わかった」とキャラハン裁判長は言った。「その代わりに、原告を殴り倒そうと思ったのだな」

それから裁判長は原告のほうに向き直って、「この陳述は真実かね、コナー君？」と聞いた。

「真実のかけらもありません」と監督は言った。「非常に不愉快です——女工を解雇しなきゃならなくなると、連中はきまってこんな話を持ち出すのです」

「本官も承知している」と裁判長は言った。「よく耳にする話だ。この男は随分と乱暴を働いたようだな。懲役三十日と訴訟費用。つぎっ」

ユルギスは当惑した表情で聞いていた。腕をつかんでいた警吏が彼を連れ出そうとしたので、やっと判決が出たことがわかった。彼は激しい表情で周りを見回した。「三十日だって！」と彼はあえぎながら言った。それから裁判長のほうをいきなり振り向いた。「家族の者はどうなるのです？」と彼は叫んだ。必死だった。「女房と赤ん坊がいます。文無しです——ああ、神様、飢え死にしてしまいます！」

「暴力をふるう前に、女房子どものことを考えるべきだったな」と裁判長はすげなく言って、つぎの被告のほうを向いた。

ユルギスはもう一度発言したかったが、警吏が襟首をつかんで、のどを締め上げていた。もうひとりの警吏が歩み寄っていたが、敵意をむき出しにしていた。そこで彼はおとなしくふたりの警吏に引き立てられた。法廷のずっと後ろで、エルズビエタとコトリーナが立ち上がって、怯えた表情で目を見張っているのが見えた。ふたりのほうへ行こうと、ひと暴れしてみた。だが、のどをまた締め上げられたので、頭を垂れて、暴れるのをやめた。ふたりの警吏に監房へ押し込まれたが、そこではほかの被告連中が閉廷を待っていた。閉廷と同時に、彼は連中といっしょの囚人護送車《ブラック・マリア》に乗せられて、どこへともなく連れ去られた。

ユルギスの今度の行き先はブライドウェル刑務所、つまりクック郡の囚人が刑期を勤める、微罪犯のための刑務所だった。それは郡立拘置所よりももっと汚く、もっとこみ合っていた。拘置所にいた連中のうちの小物ばかりがここに収容された。こそ泥、詐欺師、暴漢、浮浪者など。ユルギスの同房者はイタリア人の果物売りだった。警官に賄賂を使おうとしなかったため、大型ナイフ所持のかどで逮捕されたのだった。英語が片言もわからなかったので、この男が出所したときは、ユルギスはほっとした。入れ替わりは、酒の上のけんかで耳を半分ちぎられたノルウェー人の船乗りだった。この男がけんかっ早いことは、ユルギスが寝返りを打ったために、ゴキブリが何匹も下段のベッドに落ちてきた、と毒づいたことでも明らかだった。受刑者たちが一日中、石切り場での作業に従事させられるという事実がなかったら、こんな野獣といっしょの監房で暮らすのは、とても耐えられないことだった。

刑期三十日のうちの十日間を、ユルギスはこのようにして過ごした。家からは何の便りもなかった。ある日、看守がやってきて、面会人だぞ、と言った。ユルギスは真っ青になった。膝ががくがくして、監房から出ることができないほどだった。

看守に連れられて廊下を渡り、階段を上がると、面会室があった。監房と同じように鉄格子がついていた。その鉄格子を通して、誰かがいすに座っているのが見えた。ユルギスが面会室に入っていくと、その誰かがぱっと立ち上がった。スタニスロヴァス少年だった。家からの面会人の顔を見た途端、大男のユルギスは急にへなへなになってしまった。倒れないようにいすにつかまらなければならなかった。頭にかかった霧でも払いのけるように、もう一方の手を額に当てた。

「どうした?」と彼は言った。力のない声だった。

スタニスロヴァス少年もぶるぶるふるえていた。口がきけないほど怯えていた。

「みんなが――みんながぼくをよこして、報告を――」と彼は言って、つばを飲みこんだ。

「どうした?」とユルギスは繰り返した。

少年の視線をたどった先に、立ったまま監視している看守の姿があった。

「かまうことはない」とユルギスは乱暴な声で言った。「みんなはどうなのだ?」

「オーナは重病なんだ」とスタニスロヴァスは言った。「ぼくたち、飢え死にしかけているよ。やっていけないいんだ。力になってもらえないか、と思ったのさ」

ユルギスはいすをぎゅっと握った。額に大粒の汗が浮かんだ。手がふるえた。

「おれには――力になって――やれないいんだ」

「オーナは一日中、自分の部屋で寝ている」と少年は息もつかずに話した。「何も食べずに、泣いてばかりだよ。何があったかも教えてくれないし、仕事にも行こうとしないのさ。それから、ずっと以前に、代理店の男が家賃を集めにきてさ。とても怒っていたよ。先週もきたんだ。家から追い出してやる、と言っていた。それから、マリヤが――」

スタニスロヴァスは涙でのどを詰まらせ、話すのをやめた。

「マリヤがどうした？」とユルギスは大声で言った。

「手を切ったんだ！」と少年は言った。「今度はひどく切ったんだ。前よりももっとひどいのさ。仕事にもいけない。手はすっかり緑色になって、会社の医者の話では、手を――手を切断しなきゃならないかもしれないって。マリヤは泣いてばっかりさ。それに、マリヤのお金も、大方なくなってる。家賃も利子も払えないんだ。石炭もないし、食うものもない――工場の男が言うんだ――」

少年はめそめそ泣きはじめ、また話すのをやめた。

「話すんだ！」とユルギスは叫んだ。息を激しく弾ませていた。「話すんだ！」

「話すよ――話すよ」とスタニスロヴァスは泣きながら言った。「ずっと寒くて――すごく寒いんだ。先週の日曜日に、また雪が降ったんだ――深い、深い雪なんだ。それで、ぼくは仕事に――仕事にいけなかった」

「畜生め！」ユルギスはかなり大きな声を上げて、少年のほうに一歩踏み出した。雪をめぐっては、ふたりの間に根深い軋轢があった――少年が指を凍傷にやられ、ユルギスが殴ってまでして仕事に行かせた、あの恐ろしかった朝以来ずっと。今またユルギスは拳を固め、鉄格子を突き破りそうな形相をしていた。

「この野郎！」と彼は怒鳴った。「いこうとしなかったんだな！」

「したさ――いこうとしたさ！」スタニスロヴァスは泣きながら言うと、恐怖のあまり後ずさりした。「一日中ずっといこうとしたさ――二日間もだよ。エルズビエタもいっしょだったけど、やはり駄目だったのさ。全然歩けもできなかったんだ。雪がとっても深かったんだ。それに、何も食べるものがなくて。おお、とっても寒かったんだ！　ぼくはいこうとしたんだ。三日目はオーナがいっしょにいってくれたんだ――」

「オーナだって！」

「そう。オーナも仕事にいこうとしたんだ。いかなきゃならなかったんだ。みんながお腹を空かしていたからね。でも、オーナは首になっていたんだ――」

ユルギスはよろめき、うめいた。「あの工場にもどっていったのか？」悲鳴のような叫び声だった。「もどろうとしたのさ」とスタニスロヴァスは言って、不思議そうに相手を見つめた。「それがどうしていけなかったの？」

ユルギスは二回、三回と激しく息をついた。「話を――つづけろ」

「ぼくもいっしょにいったのさ」とスタニスロヴァスは言った。「でも、ミス・ヘンダーソンは二度と雇わないと言うんだ。コナーはオーナの顔を見ると、さんざ毒づいたんだ。まだ包帯だらけだったよ――なぜあいつを殴ったんだい、ユルギス？」（この一件にわくわくするような秘密があることを、少年は知っていたが、満足できるような説明をしてもらえなかったのだ。）

ユルギスは口がきけなかった。目をぎょろぎょろさせながら、にらみつけているだけだった。

「オーナはほかの仕事を見つけようとしているけどね」と少年は話しつづけた。「でも、体が弱っていて、つづけられないんだ。それに、ぼくの監督も、ぼくをもう使ってくれないんだ。オーナが言うのには、監督はコナーと知り合いだからだって。今ではみんながぼくたちに反感を持っているよ。だから、ぼくはダウンタウンへいって、新聞を売ることになったのさ、ほかの子どもたちやコトリーナといっしょにね」

「コトリーナだって！」

「そうだよ、コトリーナも新聞を売ってるよ。一番よく売れるんだ。女の子だからね。ただね、すごく寒いのさ。夜、家に帰るのは大変だよ、ユルギス。ときどき、あいつら、家に帰れないことがあるんだ。今夜も迎えにいって、あいつらが寝てるところで寝るのさ。夜、遅くなるし、家から遠いからね。ぼく、ここへ歩いてこなきゃならなかったんだ。場所もわからなかったしさ——帰り道も知らないんだ。ただ、母ちゃんがぼくにいってこい、と言ったんだ。あんたが様子を知りたがっているからってね。刑務所に入れられて、働けなくなったら、誰かが家族の面倒を見てくれるんじゃないか、とも言ってた。一日中歩いて、ここへきたんだ——朝食はパン一切れだったよ、ユルギス。母ちゃんも仕事がないのさ。ソーセージ部門が閉鎖になったんだ。だから、母ちゃんはかごを持って近所の家を回って、食べ物を恵んでもらってるよ。昨日はもらいが少なかったなあ。指がとっても冷たいんだって。今日も泣いてた——」

スタニスロヴァス少年は話しつづけた。話しながら、すすり泣いていた。ユルギスはテーブルを握りしめたまま、突っ立っていた。一言も口にしなかったが、頭が張り裂けそうだった。重石がひとつまたひとつと背中に積み上げられ、その重石に押しつぶされて死んでしまいそうだった。心のなかで、彼はもがき苦しんでいた。悪夢を見ているようだった。断末魔の苦しみを味わいながら、手を上げることも叫ぶこともできないのに、発狂するぞ、脳に火がついているぞ、と考えているような悪夢を。

彼を締めつけているネジがもう一回まわったら死んでしまうぞ、と思われたとき、スタニスロヴァス少年は話すのをやめた。

「力になってもらえないんだね?」と彼は弱々しい声で言った。

ユルギスは首を振った。

「ここでは何もくれないの?」

もう一度、首を振った。

「いつ出られるの?」

「あと三週間だ」とユルギスは答えた。

少年は不安そうにあたりを見回した。「じゃあ、ぼくは帰ったほうがよさそうだな」

ユルギスはうなずいた。それから、突然、思い出して、ポケットに手を突っこんだ。引っ張り出した手はふるえていた。

「ほら」と彼は言って、十四セントを差し出した。「これを持って帰ってやれ」

スタニスロヴァスはそれを受け取った。そして、しばらくためらってから、ドアのほうへ歩き出した。「じゃあな、ユルギス」と彼は言った。少年の姿が見えなくなったとき、その足元がふらついていたことに、ユルギスは気づいた。

一分かそこら、ユルギスはいすにつかまったまま立っていた。頭がぐらぐらして、体が揺れていた。やがて看守が腕に手を触れた。ユルギスは石を切る作業に戻っていった。

第十八章

ユルギスは期待していたほど早くには、ブライドウェル刑務所を出所できなかった。彼の刑期には、一ドル五十セントの訴訟費用が加算されていた。つまり、受刑するための手数料を払わされたのだ。だが、現金のない彼は、体で支払うために、三日分の作業を余分にさせられた。こういった事情をわざわざ教えてくれる者は、誰もいなかった。出所の日を指折り数え、じりじりしながら待っていたのに、自由の身になるはずのときがきても、まだ石切り場で働かされている自分がいた。思い切って抗議してみたが、笑われるのが落ちだった。数え違えたにちがいない、と彼は思った。だが、つぎの日も過ぎた。彼は希望を失ってしまった。絶望のどん底に沈んでしまった。ある朝、朝食後、看守がやってきて、刑期がやっと終わったことを知らせてくれた。そこで彼は囚人服を脱ぎ、肥料のにおいのするもとの服を着て、刑務所の門が背後でガチャンと閉まる音を聞いた。

彼は当惑した表情で石段に立っていた。とても本当とは信じられなかった。空がまた頭の上にあることが。道が目の前に開けていることが。彼が自由の身になったということが。だが、冷気が服を通してしみこんできた。彼は足早に立ち去った。

大雪が降った後で、雪解けが始まっていた。みぞれまじりの小雨が降り、骨を刺すような風が吹きつけた。ユルギスはコナーを「痛めつける」ために家を出たとき、外套を着る暇がなかった。そのため護送車での搬送は過酷な経験だった。着ている服は古くて、よれよれで、もとから暖かくなかった。とぼとぼ歩いていると、すぐに雨でずぶ濡れになった。歩道には六インチの雪解け水が溜まっていた。靴に穴があいていなくても、足はすぐに水浸しになっただろう。

ユルギスは刑務所では食べ物に不自由しなかった。所内の作業は、シカゴへきてから手がけたどの仕事よりも楽だった。だが、彼の体力は増してはいなかった。心を悩ます恐怖と悲哀のために、体はむしろ痩せ細っていた。寒さにふるえ、降る雨から尻ごみするように、ポケットに両手を突っこみ、背を丸めていた。ブライドウェル刑務所の敷地はシカゴの郊外にあった。周囲の土地は未開発のままで、荒れ果てていた。一方に巨大な排水路、もう一方に迷路のような鉄道線路があったので、まったくの吹きさらしだった。

しばらく歩いていくと、浮浪児風の少年に出会ったので、ユルギスは声をかけた。

「おい、そこの子!」

少年はユルギスを上目づかいに見た。丸刈りの頭で彼が「ムショ帰り」とわかった。

「何だよ?」と少年は言った。

「ストックヤードへはどうやっていくんだい?」とユルギスは聞いた。

「おいらはいかねえよ」と少年は答えた。

ユルギスは面食らって、一瞬、ためらった。「つまり、どっちの方角だい?」

「なぜそう言わねえのさ?」と少年は言って、鉄道線路の反対側の、北西の方角を指さした。「あっちだよ」

「どのくらいある?」とユルギスは聞いた。

「さあな」と少年は言った。「二十マイルかそこらかな」

「二十マイルだって!」とユルギスは鸚鵡返しに言って、うなだれた。二十マイルをてくてく歩いていくしかなかった。ポケットに一セントもないまま、刑務所から放り出されたのだった。

だが、いったん歩きはじめて、歩くことで血が暖まってくると、考え事に夢中になって、一切を忘れてしまった。監房で彼に取り憑いていたさまざまなおぞましい想像が、どっと頭に押し寄せてきた。苦悩は終わったも同然だ――もうすぐわかることだ。彼はポケットのなかで拳を握りしめた。矢のごとき帰心の背後を、走るようにして追いかけながら、大股で歩いた。オーナ、赤ん坊、家族の者たち、我が家。すべての真実が明らかになるのだ! これから助けにいくのだ! 自由になったのだ! 自分の手を取りもどした。助けてやることができる。みんなのために世間を相手に戦うことができるのだ。

一時間かそこら、彼はこうして歩きつづけた。やがてあたりを見回した。シカゴからどんどん遠ざかっているようだった。街路は田舎道に変わり、西へ西へとつづいていた。両側は雪に覆われた畑だった。そのうちにわらを積んだ荷馬車を、二頭の馬に引かせた農夫に出会って、呼び止めた。

「ストックヤードへいくのは、この道かね?」と彼は聞いた。

農夫は頭をかいた。「それがどこにあるか、知らんけどな。市内のどこかにあるだろうが、これじゃ遠くなる一方ですぜ」

ユルギスはきょとんとしていた。「この道だと教えられたんだが」

「誰だね、教えたのは？」

「男の子だったな」

「そりゃ、その子に騙されたのかもしれんな。きた道をもどって、町に入ったら、お巡りに聞くのが一番だね。乗せてやりたいが、遠方からきているうえに、荷が重くてなあ。はいよー！」

こうしてユルギスはきびすを返すと、荷馬車について歩いた。昼近くになって、シカゴが見えてきた。二階建てのぼろ家が延々とつづく街区を歩いていった。雪解け水の深い溝《どぶ》のために、足元の危ない木製の歩道や敷石のない細道を通った。数ブロックごとに歩道と鉄道が平面に交差する踏切があった。ぼんやりしている者には死の落とし穴だった。長い貨物列車がゴトンゴトンと通り過ぎた。ユルギスはあまりのじれったさにかっとなって、そこらをうろうろしながら待っていた。ときどき列車が数分間も停車したりすると、馬車や市電が団子になって待っていた。御者や運転手は罵り合ったり、雨を避けて傘の下に隠れたりした。そんなときにはユルギスは、命がけで遮断機をくぐり、貨車と貨車の間をすり抜けて、線路の反対側に出るのだった。

固く凍って、雪解け水に覆われた川。それに架かった長い橋を渡った。川岸の雪さえ白くなかった。降る雨も煙の薄い溶液のようで、ユルギスの手と顔には黒い筋がついていた。やがてシカゴの商業区域にさしかかると、街路は真っ黒な下水道と化していたため、馬は滑って横転し、困りきった女性や子どもたちは、三々五々打ち連れて横断していた。このあたりの街路は、そびえ立つ黒い建物の間にできた巨大な峡谷で、市電の警笛や運転手の怒号がこだましていた。そこに寄り集まった人びとは、アリのように忙しそうだった。脇目もふらず、お互いの顔を見ることもなく、急ぎ足であわただしく歩いていた。びしょ濡れの服を着たまま、やつれた顔に心配そうな目をして、その人たちの横をたったひとり、足早にすり抜けていく、浮浪者風の外国人ユルギス。千マイルも離れた荒野の果てにいるかのように、孤独で、誰にもかまわれず、いき暮れていた。

警官に道を聞くと、あと五マイルと教えてくれた。彼はまたスラム地区にたどり着いた。酒場や安物を売る店が立ち並ぶ街路。長いすすけた赤煉瓦の工場、石炭置き場、鉄道線路。突然、ユルギスは何かに驚いた動物のように頭をもたげて、空気を嗅ぎはじめた。遠くから漂ってくる我が家のにおいを嗅いだのだ。午後も遅く、空腹だった。だが、酒場にかかった食事をどうぞ、という看板は、彼には無関係だった。

こうして彼はやっとストックヤードに、黒い煙の火山と、もうと鳴くウシと、悪臭の世界に帰り着いた。満員電車を見かけた途端、彼ははやる気持ちを抑えきれなくなって、それに飛び乗り、車掌に気づかれないように、乗客の陰に隠れた。十分後には、彼の住む通りに、そして我が家にたどり着いていた。

彼は小走りに角を曲がった。とにかく我が家はあった。突然、彼は立ち止まって目を見張った。一体、あの家はどうなったと言うのだろうか?

ユルギスは愕然として見直した。それから隣の家と、もうひとつ隣の家と、角の酒場を見やった。そうだ、この場所に絶対まちがいない。彼の勘違いではない。だが、我が家が——我が家が違う色になっている!

彼は二、三歩進み出た。そうだ。灰色だった家が黄色になっている！　赤色だった窓の縁飾りが緑色に変わっている！　どれも塗り替えたばかりだ！　何と奇妙に見えることか！

ユルギスはもっと近づいたが、通りの反対側に留まっていた。突然、恐怖の発作に襲われた。膝はがくがくふるえ、頭がくらくらした。新しくペンキを塗った家！　新しくなった下見板！　古いのは腐ってはずれ、代理店の男に催促されていたのだった。屋根にあいた穴も、新しいこけら板でふさがれている。この穴は半年もの間、彼の悩みの種だったのに。直してもらう金もなければ、自分で直す時間もなかったので、雨漏りがすると、それを受けるために置いた瓶や鍋があふれて、屋根裏部屋が水浸しになり、壁の漆喰がはげた。その穴が直っている！　割れた窓ガラスも取り替えられている！　窓にはカーテンがかかっている！　ぴんと張った、光沢のある、真新しい、白いカーテン！

そのとき突然、玄関のドアが開いた。ユルギスは息を殺そうとするかのように、胸を波打たせながら、立ちすくんでいた。男の子がひとり、出てきた。彼の知らない子どもだった。彼の家では見たことのない大柄な、太った、バラ色の頬をした少年だった。

ユルギスは魅入られたように少年を見つめていた。少年は口笛を吹き、雪を蹴り落としながら、階段を下りてきた。下りきったところで立ち止まって、雪をすくい取ると、手すりにもたれて、雪つぶてを作りはじめた。その直後、少年はあたりを見回し、ユルギスに気づいた。ふたりの目が合った。ユルギスが雪つぶての標的になるのを警戒している、とでも思ったらしく、敵意のこもった視線だった。ユルギスはゆっくり通りを横切って、少年に近づいた。少年は退却することを考えているのか、すばやく周囲に目を配った。だが、その場に踏みとどまる決断をした。

ユルギスは階段の手すりにつかまった。足元が少しふらついていた。

「何を――ここで何をしている？」彼はあえぎながら言った。

「あっちへいけよ！」と少年は言った。

「ここで――」ユルギスは繰り返した。「ここに何の用だ？」

「ぼくがかい？」と少年は怒ったように答えた。「ここに住んでるのさ」

「ここに住んでるって！」ユルギスは息もたえだえだった。顔は真っ青だった。手すりにつかまってい
る手に力を入れた。「ここに住んでるって！　じゃ、おれの家族はどこだ？」

少年の表情は驚きに変わった。「おじさんの家族だって！」と少年は鸚鵡返しに言った。

ユルギスは少年に近づいた。「おれは――これはおれの家だ！」と彼は叫んだ。

「むこうへいってよ！」

ちょうどそのとき、玄関のドアが開いた。

「ああ、ママ。おれの家だと言ってるおじさんがいるよ」

太ったアイルランド人の女が階段の降り口まで出てきた。「何のことだい？」と女は言った。

ユルギスは女のほうに向き直った。「おれの家族はどこだ？」と彼は必死の形相で叫んだ。「ここに残
していったんだ！　これはおれの家だ！　おれの家で何をしている？」

女は驚いて、いぶかしそうな顔で彼を見つめた。狂人を相手にしているとでも思ったにちがいない。

事実、ユルギスは狂人のように見えた。

「あなたの家ですって？」と女は問い返した。

「おれの家だ！」絶叫に近い声だった。「この家に住んでいたんだ」

「何かのまちがいですよ」と女は答えた。「ここに住んでいた人なんかいませんよ。この家は新築ですからね。会社でそう聞きましたから。会社で――」

「あいつらはおれの家族に何をしたんだ？」とユルギスは狂ったように叫んだ。

女の頭に何かがひらめいたようだった。「会社」の話に疑問を抱いていたのかもしれない。

「あんたの家族がどこにいるかは知りませんがね」と女は言った。「この家は三日前に買ったんですよ。ここは空き家だったし、会社では新築だという話でしたよ。この家を本当に借りていたのですか？」

「借りていただって！」とユルギスはあえぎあえぎ言った。「買ったんだ！　金を払ったんだ！　おれの家なんだ！　あいつらは――畜生め、おれの家族がどこへいったか、教えてくれないか？」

何も知らないことを、女はやっと彼に納得させた。ユルギスの頭は混乱しきっていたので、状況を呑みこむことができなかった。家族の者たちが地上からかき消されてしまったかのようだった。はなから存在していない、夢の世界の住人だったことが判明したかのようでもあった。彼は茫然自失としていた。だが、突然、隣のブロックに住んでいるマヤウシュキエーネ婆さんのことを思い出した。あの婆さんなら知っている！　彼はきびすを返すと、一気に駆け出した。

マヤウシュキエーネ婆さんは自分から玄関まで出てきた。目を血走らせて、ふるえているユルギスを見ると、大声を上げた。いいとも、いいとも。教えてやるよ。家族の者は引っ越したのさ。家賃が払えなくなって、雪のなかに追い出されてしまったよ。家はペンキを塗り替えて、つぎの週には転売されたさ。いいや、今はどんな様子か、聞いてないね。でも、ストックヤードへ初めてきたときに泊めてもらった、アニエーレ・ユクニエーネの家へいったことまでは知ってるよ。なかへ入って一休みしたらどうだい、ユルギス？　ひどいことになったねえ、おまえさんが監獄に入ったりさえしなければ――。

そこまで聞いて、ユルギスはよろよろと歩み去った。だが、遠くまでは行かなかった。角を曲がったところで、気力が尽き果てて、酒場の階段に座りこみ、顔を両手に埋め、激しくしゃくり上げて泣きながら、身をふるわせた。

マイホーム！　マイホーム！　マイホームが消えてしまった！　悲哀と絶望と激怒に彼は打ちのめされていた。どんなに想像をめぐらしても、この胸も張り裂け、打ちひしがれるばかりの現実にはかなわなかった。赤の他人が彼の家に住みつき、彼の家の窓にカーテンを掛け、敵意に満ちた目で彼をにらみつけるのを目の当たりにするのだから！　何ともひどい話だ。考えることもできない――やつらにできるはずがない。本当のはずがない！　あの家のために、どんなに苦しんだことか！　どんなに悲惨な目に遭ってきたことか！　どんなに犠牲を払ったことか！

長い間の苦闘のすべてがよみがえってきた。最初の犠牲は、みんなでかき集めた三百ドルだった。この世で所有するすべて、一家と餓死の間に介在するすべてだった！　月々十二ドルの家賃と、利子と、ときどきの税金と、ほかのいろいろな料金と、修繕費、などなどを捻出するためのつらい仕事！　そうだ、あの家の月賦のためにみんなが全身全霊を傾けた。汗と涙で、いや、生きるに欠かせない血そのもので支払った。その金を稼ごうとして、デーデ・アンタナスは命を落とした。出し分を稼ぐためにダラム社の暗い地下室で働く必要がなかったら、今も丈夫で元気にしていただろうに。オーナだって、家の月賦を払うために健康と体力を犠牲にした。そのために見る影もなくやつれ果てた。ユルギスだってそうだ。三年前には頑丈だった大男が、今ではこんな所でぶるぶるふるえながら、座りこんでいる。打ちひしがれ、怖じ気づき、ヒステリックな子どものように泣きながら。ああ！　この戦いにみんなで一切を投げ打ったというのに、一敗地にまみれてしまった！　みんなが払った金は消えてしまった――一セント残らず。そして家も消えてしまった。振り出しにもどってしまった。寒空の下に投げ出されて、腹を空かしたまま凍死するしかないのだ！

今になってやっと、ユルギスには真実が見えてきた。さまざまな出来事のあった長い月日を振り返ったときに見えてきたのは、内臓に食い入って、全身をむさぼり食う貪欲なハゲタカどもの生贄になっていた自分の姿、責めさいなみながら鼻先であざけり、せせら笑う悪鬼どもの生贄になっていた自分の姿だった。ああ、神様、何と恐ろしいことでしょうか！　何と極悪で、陰険で、鬼畜のような残虐行為でしょうか！　無知で、無防備で、寄る辺のない身でありながら、生きるために懸命に戦っていた彼や家族の者たち、無力な女たちや子どもたち。その足跡を嗅ぎつけて待ち伏せ、襲いかかる、血に飢えた敵の者たち！　あの最初のインチキだらけの広告、あの口のうまい、ぬらりくらりとした代理店の男！　払う当てもなければ、払わずにすましてしまいたかった家賃の追加分や、利子や、その他もろもろの雑費！　それに、彼らの主人であり、彼らを支配する暴君でもある食肉加工会社側の策略のすべて――操業停止に仕事の削減、不規則な労働時間に残酷なスピードアップ、賃金カットに物価の上昇！　暑さと寒さ、雨と雪といった自然界の残酷さ！　彼らが住んでいるシカゴとアメリカの、そして彼らが理解できない法律と慣習の残酷さ！　こうしたすべてが、彼らを餌食として狙いをつけ、チャンスのくるのを待っていた会社に有利に働いた。ついに、この最後の極悪な不正行為とともに、会社が待ちに待った好機が到来した。会社は彼らを家財もろとも叩き出し、家を取り上げて、転売したのだ！　彼らには何もできなかった。手も足も縛られていた。法律は彼らの敵だった。社会のすべての仕組みを、彼らの圧迫者たちは思いのままにしている！　ユルギスが手を上げたりしようものなら、彼は逃げてきたばかりの、あの野獣の檻のなかへ逆もどりすることになってしまうのだ！

このまま立ち上がって、立ち去ってしまえば、すべてをあきらめ、敗北を認めることになる。赤の他人の一家にマイホームを占拠されたままになる。自分の家族のことを考えなければ、ユルギスは何時間でも雨のなかでふるえながら、座っていたかもしれない。これまで以上にひどい経験をすることになるかもしれないが、とにかく彼は立ち上がって、その場を離れた。重い足取りで、歩きつづけたが、頭はぼんやりしていた。

ストックヤードの裏手にあるアニエーレの家までは、たっぷり二マイルはあった。それが今ほど長く思われたことはなかった。見覚えのあるすすけた灰色のぼろ家が見えたとき、心臓の鼓動が速くなった。玄関の階段を駆け上がって、ドアを力一杯叩いた。

アニエーレ婆さんが自分からドアを開けにきた。ユルギスが最後に会ってから、老婆はリウマチですっかり縮こまっていた。黄色い羊皮紙のような顔が、ドアの取っ手より少しだけ高い位置から彼を見上げた。彼の顔を見て、老婆ははっとなった。

「オーナはここかい？」と彼は息を切らせて叫んだ。

「ああ、ここにいるよ」と老婆は答えた。

「どうして――」と言いかけたユルギスは、急にしゃべるのをやめて、発作的にドアの片側につかまった。家のどこかから、突然、悲鳴が聞こえた。けたたましく、ぞっとするような苦悶の叫びだった。しかも、それはオーナの声だった。一瞬、ユルギスはぎょっとなって、その場に立ちすくんだ。つぎの瞬間、彼は老婆の横を駆け抜けて、部屋に飛びこんだ。

そこはアニエーレの台所だった。ストーブを囲むようにして、蒼ざめた、不安そうな表情で、五、六人の女たちが座っていた。ユルギスが飛びこむと、そのうちのひとりがさっと立ち上がった。げっそり痩せて、やつれ果て、片方の腕には包帯が巻いてあった。それがマリヤだということに、ユルギスは気づいていないようだった。彼は何よりもまずオーナを捜していた。そのオーナの姿がなかったので、女たちをじっと見つめた。誰かが何か言うだろうと思った。だが、誰も口をきかずに、おろおろした様子で、彼を見返していた。つぎの瞬間、また耳をつんざくような悲鳴が聞こえた。

家の奥、それも二階からだった。ユルギスは台所のドアに駆け寄って、勢いよく開けた。落とし戸を抜けて屋根裏部屋に通じるはしごがあった。その上がり口までいったとき、突然、背後から声がした。マリヤの姿がすぐ後ろにあった。けがをしていないほうの手で、ユルギスの腕をつかんだ。激しい息遣いだった。

「駄目よ、ユルギス！　上がっちゃ駄目！」

「どういうことなんだ？」とユルギスも息を弾ませていた。

「いってはいけないの」と彼女は叫んだ。

ユルギスは困惑と恐怖で頭が変になりそうだった。

「どうしたんだ？　何なんだ？」と彼は叫んだ。

マリヤは彼にしがみついていた。二階でオーナが泣いたり、うめいたりしている声が聞こえた。マリヤの返事を待たずに、彼女を振り放して、階段を上がろうとした。

「駄目、駄目」と彼女は早口で言った。「ユルギス！　上がっちゃ駄目！　子ども――子どもなのよ！」

「子どもだって？」ユルギスはわけがわからないまま、鸚鵡返しに言った。「アンタナスか？」

マリヤは小声で答えた。「産まれてくる子どもよ！」

その瞬間、ユルギスはすっと力が抜けて、はしごで体を支えた。幽霊でも見ているような目で、マリヤを見つめた。

「産まれてくる子どもだって！」と彼は息を弾ませた。「産み月はまだのはずだぜ！」と激しい口調で付け加えた。

マリヤはうなずいた。「そうよ」と彼女は言った。「でも、産まれるのよ」

そのとき、またオーナの悲鳴が聞こえた。いきなり顔面を殴りつけられたかのように、彼はたじろぎ、真っ青になった。オーナの悲鳴はか細くなり、やがてすすり泣きに変わった。それからまた、「神様、どうか死なせて！　死なせてください！」と泣きじゃくる声が聞こえた。マリヤは両腕を彼に回して、「ここから出るんだよ！　むこうへいくんだよ！」と大声で言った。

マリヤはユルギスを抱きかかえるようにして、台所へ引きずっていった。彼は弱り果てていた。魂を支える柱が崩れてしまったかのようだった。ショックで呆然としていた。台所のいすに倒れこむように座った。木の葉のようにふるえ、マリヤに支えられたままだった。女たちは黙って、なすすべもなく、彼を見守っていた。

やがてまたオーナが悲鳴を上げた。台所にいても、さっきと同じようにはっきり聞こえてきた。彼はよろよろと立ち上がった。

「いつからなんだ、これは?」と彼はあえぐように言った。

「そんなに前からじゃないよ」とマリヤは答えた。それから、アニエーレに何か合図をされて、彼女は早口で付け加えた。「どこかへいったら、ユルギス――力になれないんだから――どこかへいって、しばらくしてからもどっといで。だいじょうぶなんだから――」

「誰がいっしょだ?」とユルギスは聞いた。マリヤが返事をためらうのを見て、大声で繰り返した。「誰がいっしょだ?」

「だいじょうぶ――だいじょうぶだったら」と彼女は答えた。「エルズビエタがいっしょだよ」

「医者だ!」と彼はあえぐように言った。「本職がいなくては!」

彼はマリヤの腕をつかんだ。マリヤは体をふるわせた。そして、ささやき声よりも低い声で、「お金が――お金がないのよ」と答えた。それから、ユルギスの顔に浮かんだ表情に怖じ気づいて、「だいじょうぶだよ、ユルギス! あんたの知らないことなんだから――どこかへいっておくれ――どこかへ! ああ、おとなしく待っていてくれればいいのに!」

マリヤがとやかく言っている最中にも、オーナの悲鳴がまた聞こえてきた。ユルギスは気が狂いそうだった。初めての経験で、生々しく、恐ろしかった。落雷のように襲いかかってきた。アンタナスが生まれたときは、仕事でいなかったので、いろいろ知らされたのは、すべてが終わってからのことだった。

だが、今の彼は抑えきれないような状態だった。女たちはおろおろして、途方に暮れてしまった。入れ替わり立ち替わり、彼に懇々と言い聞かせて、出産が女の宿命であることを理解させようとした。結局、ユルギスは追い立てられるようにして、雨のなかへ出ていった。彼は帽子もかぶらず、狂ったような足取りで、雨のなかをいったりきたりしはじめた。通りからもオーナの悲鳴が聞こえるので、最初は聞こえないところへ逃げ出したが、やがてまた我慢しきれなくなって、舞いもどってきた。十五分ばかりして、彼は玄関の階段を駆け上がった。ドアを蹴破られるといけないので、女たちはドアを開けて、家のなかへ入れてやった。

どんなに言って聞かせても無駄だった。何もかも順調だ、と言っても、聞き入れなかった。あんたたちに何がわかる、と彼は怒鳴った——だって、オーナは死にかけているじゃないか。ぼろぼろになっているじゃないか！　あの声を聞けよ、聞いてみろよ！　ほら、ただ事じゃないぜ。ほっといてはいけない。何とか手を打たなくちゃ！　医者を呼ぼうとしたのか？　金はあとで払えばいい——約束すればいいんだ——。

「約束なんかできなかったさ、ユルギス」とマリヤが言い返した。「お金がなかったんだから——生きているのがやっとなんだから」

「おれが働けるさ」とユルギスは叫んだ。「金を稼げるさ」

「そうだよ」と彼女は答えた。「でも、あんたは刑務所にいるとばかり思っていたからね。いつ出所するか、わかりようがないだろ？　医者はただでは診てくれないのさ」

マリヤはさらに言葉をつづけて、助産婦を捜しにいったけれど、十ドル、十五ドル、場合によって二十五ドルも吹っかけられ、それも現金で払えと言われた、などと説明した。

「持ち合わせは、たったの十五セントだったのさ。私のお金――銀行に預けてあったお金は一セント残らず使ってしまったからね。あたしの往診にきてくれていた先生にも借りっぱなしなのさ。あたしに払う気がないと思って、先生は往診をしてくれなくなったよ。アニエーレに払う家賃も二週間分、溜まっているしね。あの人は飢え死にしそうになっていて、ここを追い出されるのじゃないかと気が気でないんだよ。生きていくために、あたしたちはお金を借りたり、無心したりしているのさ。もう手の打ちようがないね――」

「それで、子どもたちは？」とユルギスは大声で聞いた。

「子どもたちは三日も家に帰っていないのさ。ひどい天気だったからね。ここで起こっていることなんか、知るはずもないよ。何せ急だったからね。予定日より二カ月も早いんだから」

ユルギスはテーブルの横に立っていた。それに両手でつかまって、やっと体を支えていた。首はうなだれ、両手はふるえた。卒倒しそうだった。突然、アニエーレが立ち上がって、スカートのポケットをまさぐりながら、ユルギスのほうへよたよたと近づいてきた。そして薄汚いぼろ切れを引っ張り出した。その片隅に何かを結わえてあった。

「ほら、ユルギス！」と老婆は言った。「お金なら少しはあるよ。お待ち《パラウク》！　ほらね！」

老婆はぼろ切れの結びを解いて、中身を勘定した。三十四セントあった。

「さあ、おいき。医者でも何でも自分で見つけてみな。ほかの人たちだって、助けてくれるかもしれないよ。少し出しておやりよ、あんたたちも。そのうち返してくれるさ。この男も、考えることがあれば、気が紛れるだろうよ、うまくいかなくたってさ。もどってくるころには、片づいているだろうよ」

そこで、ほかの女たちも財布をはたいた。ほとんどは一セント硬貨や五セント硬貨しか持っていなかったが、有り金を全部、彼のために差し出してくれた。腕利きの屠夫で大酒飲みの亭主がいる隣家のオルシェウスキー夫人が、五十セント近くも奮発してくれたので、合計で一ドル二十五セントになった。ユルギスはそれをポケットに突っこみ、しっかり握りしめたまま、一目散に駆け出した。

第十九章

「助産婦マダム・ハウプト」という看板が、アッシュランド・アベニューにある酒場の二階の窓からぶら下がっていた。横の通用口にも別の看板があって、薄汚い階段の上のほうを指す手の絵が描いてあった。ユルギスは階段を、一度に三段ずつ駆け上がった。

マダム・ハウプトは豚肉と玉葱を炒めていたので、煙を逃がすためにドアを半分開けてあった。ノックしようとすると、ドアが急に全部開いて、黒い瓶をじかに口につけて、ラッパ飲みしている姿が、ちらりと彼の目に入った。彼は激しくノックをした。マダムは慌てて瓶をしまいこんだ。マダムはドイツ女性で、恐ろしく太っていた。歩くときは、大海の小舟のように左右に揺れ、食器棚の皿が触れ合ってかちゃかちゃと音を立てた。汚れた青い部屋着を着て、歯は真っ黒だった。

ユルギスの姿を見ると、「何の用だね?」とマダムはドイツ語なまりで聞いた。

彼は気でも狂ったように走りどおしに走ってきたので、息が切れていて、口がきけなかった。髪はばさばさで、目は血走っていた。墓場からよみがえってきた男のようだった。

「女房のやつが!」と彼はあえぎながら言った。「すぐおいでを!」

マダム・ハウプトはフライパンを脇に置き、両手を部屋着に拭きつけていた。

「お産にきてくれと言うんだね？」

「そうだ」とユルギスはあえいでいた。

「あたしゃ、お産からもどったところだよ。食事の時間もなかったのさ。それでも──ひどい難産なら──」

「そうだ──難産だ！」と彼は叫んだ。

「それじゃ、いってやってもいいがね──いくら払うね？」

「えーと、えーと──いくらです？」とユルギスは口ごもりながら聞いた。

「二十五ドルだよ」

彼はうなだれた。「そんなには払えない」

マダムは彼をしげしげとながめた。「いくらなら払えるね？」

「今、払わなくていいかんかね──この場で？」

「そうさね。うちの妊婦はみんなそうするよ」

「えーと──あんまり持ち合わせがなくて」ユルギスは言いよどんだ。激しい不安に襲われていた。

「実は──事件に巻きこまれて、すっからかんなんだ。でも、かならず払う──一セント残らず──できるだけ早く。おれは──」

「仕事は何だね？」

「今は無職だ。きっと見つける。しかし──」

「そこにいくら持っているのだね？」

彼はどうしても答える気になれなかった。「一ドルと二十五セント」と彼が言うと、マダムはせせら笑った。

「一ドルと二十五セントじゃ、帽子をかぶる気にもなれないねえ」

「これっきりなんだ」と彼は懇願したが、涙声になっていた。「誰かを連れていかなくては——女房は死ぬ。おれにはどうしようもない——おれには——」

マダム・ハウプトは豚肉と玉葱のフライパンをレンジに戻した。そして、彼のほうを向くと、湯気と炒める音のむこうから、マダムは答えた。「現金で十ドル払うなら、残りは来月でいいよ」

「駄目だ——おれには持ち合わせがない！」とユルギスはねばった。「一ドル二十五セントきりだ」

マダムは料理に取りかかった。「信じられないねえ。そうやって、誰もがあたしを騙すのさ。あんたみたいな大男が、たったの一ドル二十五セントしか持っていないなんて。理由は何だね？」

「おれは刑務所を出たばかりなんだ」とユルギスは大声を上げた。土下座してもいいと思っていた。「入る前にも金はなかった。家の者は飢え死にしかけているんだ」

「助けてくれる友達はいないのかね？」

「みんな貧乏なんだ」と彼は答えた。「友達がこれをくれたんだ。おれはできるだけのことをやった——」

「売るものは何かないのかね？」

「おれには何もない——本当なんだ」と彼は必死になって叫んだ。

「それじゃ、借金はできないのかね？　工場の人には信用されていないのかね？」

ユルギスが首を振ると、マダムは言葉をつづけた。「よくお聞き――あたしを連れていったら、いいことだらけだよ。あんたの女房と赤ちゃんを助けてやれるしさ。結局、高くつかなかった、と思うことになるよ。ふたりに死なれでもしたら、どんな気持ちになるとお考えだね？　あんたの目の前にいるのは、腕のいい助産婦さんなんだから。この近所の人たちに聞きにいってごらんよ。あんたにいろいろと――」

マダム・ハウプトは料理用のフォークを突きつけながら、ユルギスを説得しようとしていた。だが、その言葉に彼は耐え切れなかった。絶望のしぐさで両手を上げると、マダムに背を向けて、立ち去ろうとした。「どうしようもねえな」と彼は叫んだ。

突然、背後からマダムの声が聞こえた。

「あんたのことだ、五ドルにしとくよ」

マダムは後ろからついてきて、彼を言いくるめようとした。

「こんないい話に乗らないなんて、あんたは間抜けだよ。今日みたいな雨の日に、それより安い礼金でいってもらえる助産婦なんて、見つからないよ。あたしだって、こんなに安く取り上げたことは、一度もないのさ。これじゃ、部屋代も払えないよ――」

かっとなったユルギスは、激しく毒づいて、相手の言葉をさえぎった。「持ってもいねえのに、どうして払えるんだ？　畜生め！　払えるものなら、払ってやるさ。持ってねえ、と言ってるだろ。持ってねえんだって！　聞いてるのか――持ってねえんだよ！」

彼はまたもやマダムに背を向けて、立ち去ろうとした。階段を途中まで降りたところで、マダム・ハウプトが大声で言った。「お待ちよ！　いっしょにいったげるからさ！　もどっといで！」

彼はまた部屋へ引き返した。

「誰かが困っていると思うと、いい気持ちはしないからね」とマダムは暗い声で言った。「あんたの出せる金額じゃ、ただでいくのも同然だけどさ、人助けだと思っていってやるよ。家はどこだい？」

「三、四ブロックむこうです」

「三、四ブロックだって！　ずぶ濡れになるねえ！　何てこった《ゴット・イン・ヒンメル》！　もっともらわなくちゃ！　こんな日に、一ドルと二十五セントとはねえ！　しかし、いいね——二十五ドルの残りはすぐに払ってくれるね？」

「できるだけ早く」

「今月中だね？」

「ええ、一カ月以内に」とあわれなユルギスは言った。「何でもいいから！　急いでくれよ！」

「その一ドルと二十五セントはどこだね？」とがめついマダム・ハウプトはしつこく聞いた。

ユルギスは一ドル二十五セントをテーブルの上に置いた。マダムはそれを数えてから、しまいこんだ。それから、もう一度、油だらけの両手を拭き、外出の準備に取りかかったが、その間にも文句の言いどおしだった。動くのが大儀なほど太っていたので、マダムは一足ごとにふうふう言っていた。ユルギスに背を向けるようなまねさえもせず、部屋着を脱ぎ捨て、コルセットとドレスを身につけた。それに、念入りにかぶらなければならない黒いボンネットやら、どこかに置き忘れた雨傘やら、あちらこちらからかき集めた商売道具を詰めこんだ往診用の鞄やら。その間中ずっと、ユルギスは気が狂いそうなまでにやきもきしていた。通りに出ると、彼は四歩ばかり先に立って歩きつづけ、おれの強い熱意でマダムの足を速めてみせるとでもいうように、ときどき後ろを振り返った。だが、マダム・ハウプトの歩幅は狭かっただけでなく、一歩進むために必要な呼吸を整えるのに、全神経を集中しなければならなかった。

やっとふたりは家にたどり着いた。女たちは落ち着かない様子で、台所にたむろしていた。まだ産まれていないことが、ユルギスにはわかった。オーナが悲鳴を上げているのが聞こえたからだった。マダム・ハウプトのほうは、ボンネットを脱いで、炉棚の上に置いた。つぎに、例の鞄から、まず古ぼけたドレス、それから潤滑油として使うガチョウ脂の入った容器を引っ張り出して、両手にガチョウ脂を塗りはじめた。このガチョウ脂を使ったお産の回数が多ければ多いだけ、それを手がけた助産婦の運が開けるというので、何カ月も、ときには何年も、台所の炉棚の上に置いたり、汚れた衣類といっしょに戸棚にしまいこんだりしている。

それから女たちはマダム・ハウプトをはしごのところへ連れていった。困惑しきったマダムが上げる叫び声が、ユルギスの耳に聞こえてきた。「何てこった！《ゴット・イン・ヒンメル》　何であたしをこんな家に連れてきたんだね？　そんなはしごなんか、上がれるもんか。落とし戸なんぞ、くぐれるもんか！　試してみるのも嫌だね。あたしゃ、死んじまうよ。何という場所で、女にお産をさせるのかね？――はしごでしか上がっていけない屋根裏部屋だなんて。恥を知ることだよ！」

ユルギスは戸口に立って、耳を澄ましていた。息も絶え絶えのオーナのうめき声や悲鳴は、がみがみ文句を言っているマダムの声でかき消されていた。

やっと、アニエーレになだめられて、マダムははしごを上がりはじめた。だが、その足が途中で止まったのは、屋根裏部屋の床に注意するように、老婆に言われたからだった。それは本当の床ではなかった。一家が住めるように、屋根裏の一部に古い板を張っただけだった。その箇所は無事安全だったが、ほかの箇所は床の梁と、その下の天井の木舞《こまい》と漆喰だけだったので、そこに足を踏み入れたら最後、大騒動になりかねなかった。それに薄暗いので、女たちの誰かが先にロウソクを持って上がるのが一番だ、と老婆は言っていた。怒鳴ったり、嚇したりするマダムの声がひとしきり聞こえ、やっとゾウのような脚が二本、落とし戸のむこうに消える様子を、ユルギスは頭に思い描くことができた。マダム・ハウプトが足を踏み出したとき、家全体が揺れるのを感じた。突然、アニエーレが近づいてきて、彼の腕をつかんだ。

「さあ、どこかへおいき。あたしの言うとおりにしておくれ。精一杯やってくれたんだけど、今は邪魔になるだけだから。どこかへいって、帰ってこないことだね」

「どこへいけばいい?」といく当てのないユルギスは聞いた。

「知るもんかね」と老婆は言った。「いくところがなかったら、通りでも歩くことだね。とにかく、おいき! 朝まで帰るんじゃないよ!」

とうとうアニエーレとマリヤは、ふたりがかりで彼を家の外に押し出して、ドアを閉めた。日暮れ時で、寒くなりかけていた。雨は雪に変わり、雪解け水が凍りはじめていた。薄着のままのユルギスは身震いしながら、両手をポケットに突っこんで、とぼとぼ歩きはじめた。朝から何も食べていなかった。

ふらふらして、気分が悪かった。昼飯を食いによくいった酒場が、ほんの二、三ブロックしか離れていないことを思い出した。急に希望が湧いてきて、どきどきした。あそこならかわいそうに思ってくれるかもしれない。誰か友達に会えるかもしれない。その酒場を目指して、彼は足早に歩きはじめた。

酒場に入ると、主人が「やあ、ジャック」と声をかけた。パッキングタウンでは外国人や非熟練工は「ジャック」と呼ぶことになっている。「どこへいってたんだね？」

ユルギスはまっすぐにバーへ向かった。

「ムショに入っていて、出てきたばかりでしてね。家まで歩きどおしで、一セントもなくて、朝から何も食っていない。帰ってみたら、家はなくなっているわ、女房は病気で寝こんでいるわで、くたくたですよ」

酒場の主人は、やつれた蒼白い顔と、ふるえている紫色の唇をじっと見た。それからウイスキーの大きな瓶を一本、ユルギスのほうに押しやった。「たっぷり飲みな！」

ユルギスは両手がぶるぶるふるえて、瓶を持つことができなかった。

「心配はいらないよ！」と主人は言った。「たっぷり飲みな！」

そこでユルギスは大きなグラスに一杯、ウイスキーを飲み、主人に勧められるままに、ランチカウンターへ席を移した。手当たり次第に食って、片っ端から腹に詰めこんだ。それから、感謝の言葉を何とか口にしてから、酒場の真ん中で赤々と燃えている大きなストーブのそばへいって、腰を下ろした。

だが、こんないいことが長続きするはずはなかった——このつらい憂き世のすべてがそうであるように。ユルギスの濡れた服が湯気を立てはじめると、例の肥料の悪臭が酒場に充満した。一時間かそこらで、食肉加工会社は終業となり、仕事を終えた作業員たちが酒場にやってくる。だが、ユルギスのにおいのするような店には誰も入ってこない。それに今日は土曜日だった。二、三時間もすれば、バイオリンとコルネットが登場して、近所に住む家族連れが、奥の部屋でウィンナーソーセージとビールをやりながら、朝の二時か三時まで踊ったり歌ったりすることになる。酒場の主人は一度か二度、咳払いをしてから、「なあ、ジャック、帰ってもらわなきゃな」と言った。

この酒場の主人には、人生の敗残者など珍しくもなかった。目の前にいる男と同じようにやつれ果て、寒さに凍え、絶望しきっている連中を、毎晩、何十人も店から追い出していた。だが、その連中がいずれも戦意を喪失し、カウントアウトになっていたのに、ユルギスはファイト満々だったし、良識もいくらか残っているようだった。ユルギスがおとなしく立ち上がったとき、前から店の常連だった彼のことだから、すぐにまたいい常客になってくれるにちがいない、と主人は考えた。

「えらくお困りのようだね」と主人は言った。「こっちへきな」

酒場の奥には、地下室への階段があった。その上と下にはドアがひとつずつあって、両方とも南京錠がしっかりかかるので、これから金を稼ぐチャンスのありそうな客や、店から叩き出さないのが得策と思われる政治ボスなどを放りこんでおくのには、絶好の場所だった。

そこでユルギスは一夜を過ごした。体が温まるほどウイスキーを飲んでいなかったので、疲れきっていたのに、眠れなかった。うとうとしていても、すぐに寒さでふるえながら目が覚め、あれこれ思い出すのだった。何時間かが過ぎたが、酒場から聞こえてくる音楽や笑い声や歌声などで、まだ朝になっていないことがわかった。やがて何も聞こえなくなったので、路上につまみ出されることを覚悟した。だが、そんなことにもならなかったので、てっきり主人に忘れられたにちがいない、と思いはじめた。

とうとう沈黙と不安に耐えられなくなった彼は、立ち上がってドアを力一杯叩いた。酒場の主人が目をこすったり、あくびをしたりしながらやってきた。終夜営業の店だったので、主人は客の合間に居眠りをしていたのだった。

「家に帰りたいです」とユルギスは言った。「女房のことが心配で——これ以上は待てません」

「そうならそうと早く言ってよ」と主人は言った。「帰る家がないとばかり思っていたからね」

ユルギスは外に出た。朝の四時だったが、真夜中のように暗かった。地面には新雪が三、四インチ積もって、雪片が激しく降りしきっていた。彼はアニエーレの家に向かって、勢いよく駆け出した。


台所の窓には、まだ明かりがともり、ブラインドは閉まっていた。ドアの鍵がかかっていなかったので、ユルギスはなかに飛びこんだ。

アニエーレとマリヤとほかの女たちは、先刻とまったく同じように、ストーブの周りに集まっていた。何人か、新来の客が混じっていることにユルギスは気づいた。家のなかが静まり返っていることにも、彼は気づいていた。

「どうなった?」と彼は言った。

誰も答えなかった。蒼ざめた顔をして、彼を見つめていた。彼はまた「どうなった?」と大声で繰り返した。

すぐ隣に座っているマリヤが首をゆっくり振っているのが、すすけたランプの明かりで見えた。「まだだよ」と彼女は言った。

ユルギスはうろたえて、「まだだって？」と叫んだ。

マリヤはまた首を振った。あわれな男は呆然として立ちすくんでいた。「声が聞こえないな」と彼はあえぐように言った。

「だいぶ前から静かになっているよ」と相手は言った。

また沈黙が流れた。その沈黙は突然、屋根裏部屋から聞こえてきた声で破られた。「誰かいるかい！」女たちの何人かが隣室に駆けこんだ。マリヤはユルギスにすばやく近づくと、「ここで待つんだよ！」と叫んだ。ふたりは蒼い顔をして、ふるえながら耳を澄ました。しばらくして、マダム・ハウプトがはしごを降りようとしていることが明らかになった。相変わらず叱りつけたり、説教したりしていた。はしごはマダムの重みに耐えかねて、ぎしぎし鳴っていた。やがて怒ったり、息を切らしたりしながら、階下に降りてきて、台所に入ってくる足音が聞こえた。ユルギスはマダムを一目見るなり、顔色を失い、よろけそうになった。マダムは、屠畜場の作業員のように上着を脱ぎ捨てていた。両手は二の腕にかけて血まみれだった。血は着衣や顔にも飛び散っていた。

マダムは息を切らせて、ふうふう言いながら、あたりを見回した。誰も何も言わなかった。

「できることはやったからね」とマダムは突然、口を開いた。「もう打つ手はないよ。何をしても無駄だね」

またしても沈黙が流れた。

「あたしのせいじゃないからね」とマダムは言った。「ぐずぐずしていないで、医者を呼ぶべきだったよ。あたしがきたときには、もう手遅れだったんだから」

またもや死のような沈黙が支配した。マリヤはけがをしていないほうの腕で、ユルギスを力一杯つかまえていた。

突然、マダム・ハウプトはアニエーレのほうを向き直った。「何か飲むものはないのかい、ええ？ブランディか何かさ？」

アニエーレは首を振った。

「神様《ヘル・ゴット》！」とマダム・ハウプトは叫んだ。「何という人たちなんだ！　何か食べるものくらいはあるだろうにさ。あたしゃ、昨日の朝から何も食べていないのだよ。その上、ここでは死ぬほど働いたんだから。こんな目に遭うとちょっとでもわかっていたら、あんなはした金でくるようなことはしなかったのにさ」

その瞬間、マダムはあたりを見回して、ユルギスに目がとまった。マダムは彼の顔をめがけて指を振り回した。

「わかってるね、あんた。それでも約束の金は払っておくれよ！　あたしのせいじゃないよ、手遅れになってから呼ばれたあたしに、奥さんを助けることができなくたって。あたしのせいじゃないよ、腕から先に産まれてきた赤ん坊を、あたしがどうすることもできなくたって。あたしゃ、一晩中がんばったのだからね。イヌだってお産をしたくないようなあんな場所でさ。食い物だって、あたしのポケットに入れてきたものきりだったんだから」

マダム・ハウプトはここで一息入れた。ユルギスの額に大粒の汗が浮かんでいるのが見え、全身がわなわなふるえているのを感じたので、マリヤは低い声で「オーナはどんな具合です?」と聞いた。

「どんな具合?」とマダム・ハウプトは鸚鵡返しに言った。「自分で命を絶つような状態にしておいて、どんな具合もないもんだよ。神父さんを呼びにいった人たちにも言ったことなんだけどさ。まだ若いんだから、ちゃんと処置していれば、何とか切り抜けて、丈夫で元気になることだってできたのに。必死でがんばったよ、あの娘は。まだ死んじゃいないがね」

ユルギスは狂ったように叫んだ。「死ぬだって!」

「死ぬに決まってるよ」と相手は怒ったように言った。「赤ん坊はとっくに死んでるよ」


屋根裏部屋の明かりは、板に突き立てた一本のロウソクだけだった。それもほとんど燃えつきていて、ユルギスがはしごを駆け上がったときには、ぱちぱち音を立てながら煙を出していた。床板の上にぼろ切れと古毛布を広げた、にわか作りのベッドが片隅にぼんやり見えた。足元には十字架が置かれ、その近くで神父がお祈りをしていた。むこうの片隅にはエルズビエタがうずくまって、泣いたり、うめいたりしていた。ベッドにオーナが横たわっていた。

オーナには毛布が掛かっていたが、両肩と片方の腕が見えていた。誰だかわからないほど、体が小さくなっていた。骨と皮だけになり、チョークのように白かった。瞼は閉じ、死んだように動かなかった。ユルギスはよろめくようにして近づき、両膝をつくと、苦悩に満ちた声で「オーナ! オーナ!」と叫んだ。

オーナは身動きひとつしなかった。その手を取って、狂ったように握りしめた。「おれを見てくれ!

返事をしてくれ！　ユルギスが帰ってきたぞ！　聞こえないのか？」

瞼がかすかにふるえた。彼はまた狂ったように呼びかけた。「オーナ！　オーナ！」

そのとき突然、オーナは両方の目を開けた。一瞬だった。その一瞬、オーナは彼を見た。彼が誰だかわかったような表情が、その目に光って消えた。ユルギスには、遠く離れて寂しげに立っている彼女の姿が見えた。おぼろな記憶をたどっているかのようだった。彼女のほうに両腕を差し伸べ、その名を絶望の果ての声で呼んだ。強烈な思慕の情が湧き起こってきた。彼女を求める苦痛にも似た渇望、新しく生まれ出た情熱。それが心の糸を引きちぎり、彼を責めさいなんだ。だが、すべては終わった。彼女は遠ざかった。指の間をすり抜けるようにして、姿がかき消えた。苦しげな嗚咽が彼の口から漏れた。激しい慟哭が全身を揺さぶった。熱い涙が頬を伝って、彼女の顔にしたたり落ちた。彼女の両手をつかみ、体を揺すった。両腕に抱きかかえて、胸に押しつけた。だが、彼女は冷たく、動かなかった。死んだのだ。死んでしまったのだ！

この言葉は弔鐘のように鳴りひびき、彼の心の深奥にこだました。それは忘れていた琴線に触れて、遠い過去の影深い恐怖をかき立てた。暗闇に対する恐怖、空虚に対する恐怖、寂滅に対する恐怖。彼女は死んだ！　死んでしまった！　二度と顔を見ることもなければ、声を聞くこともない！　孤独に対する氷のような恐怖が彼を捉えて離さなかった。ひとり離れて立ち、全世界が遠のいていくのをながめている自分の姿が見えてきた。濃い影の世界、気まぐれな夢の世界。恐怖と悲嘆に沈む彼は、頑是ない子どものようだった。呼べども叫べども、答えはなかった。彼の絶叫が家中にひびき渡った。階下の女たちはおののきながら肩を寄せ合った。彼はあきらめきれなかった。気が狂いそうだった。神父が近寄って、肩に手をかけ、耳元でささやいた。だが、彼には何も聞こえなかった。彼自身がどこかにいってしまっていた。無明の闇のなかをよろめき歩きながら、飛び立ち去った魂を追い求めていたのだった。

そのまま彼は横たわっていた。灰色の夜明けとなり、屋根裏部屋に光が射しこんだ。神父は去り、女たちも去って、彼は物言わぬ、蒼白い亡骸とふたりきりだった。前よりも落ち着いてはいたが、それでもまだ、うめいたり、わなないたりしながら、ものすごい形相の悪鬼と格闘していた。ときおり、がばと身を起こして、蒼白い仮面のような顔を見つめたが、正視するに忍びなくなって、目を覆った。死んだ！　死んでしまった！　十八歳にもならない、うら若い娘だったのに！　これからという人生だったのに！　切りさいなまれ、なぶり殺されて、無残な死にざまを見せている！

彼が起き上がって、台所に降りてきたときには、朝になっていた。やつれ果てた顔は土気色だった。足はふらつき、頭はぼんやりしていた。近所の人たちがもっとたくさんやってきていた。彼がテーブルの横のいすに倒れこむように座って、顔を両腕に埋めるのを、黙って見守っていた。

二、三分して、玄関のドアが開いた。冷たい風と雪がさっと吹きこみ、その後ろからコトリーナが駆けこんできた。走ったので息が切れ、寒さで紫色になっていた。「ただいま！」と彼女は叫んだ。「とてもじゃないけど――」

そう言いかけて、ユルギスの姿が目にとまり、あっと声を上げて立ちすくんだ。その場の人たちの顔を見比べて、何かが起こったことに気づいた。そして、声をひそめて、「何があったの？」と聞いた。

誰かが返事をする前にユルギスは立ち上がって、頼りない足取りでコトリーナのほうへ歩いていった。

「今までどこにいたんだ?」

「兄ちゃんたちと新聞を売ってたの。雪が――」

「金はあるか?」と彼は聞いた。

「ええ」

「いくらある?」

「三ドル足らずよ、ユルギス」

「それをよこせ」

彼の剣幕に怯えて、コトリーナはみんなのほうを見た。「よこせと言ってるだろ!」と彼はもう一度、怒鳴った。コトリーナはポケットに手を突っこんで、ぼろ切れに包んだ硬貨を引っ張り出した。ユルギスはそれを黙って受け取ると、表に出て、通りを歩いていった。

三軒先に酒場があった。なかに入るなり、彼は「ウイスキー」と言った。主人がウイスキーの入ったグラスを彼のほうに押しやると、ユルギスは硬貨を包んだぼろ切れを歯で引きちぎり、五十セント取り出した。「ボトルでいくらだ?」と彼は言った。「おれは酔っ払いたいんだ」

第二十章

　だが、ユルギスのような大男が三ドル程度の酒でいつまでも酔っていられるはずがない。飲みはじめたのは日曜の朝だったが、月曜の夜にはもう酔いも覚め、重い頭を抱えて家に帰ってきた。家中の金を一セント残らず使い果たしていながら、一瞬の忘却さえも購えなかったことを実感していた。

　オーナはまだ葬られていなかった。だが、警察には知らせてあったので、翌日には遺骸を松材の棺に入れて、無縁墓地へ運ぶ段取りになっていた。近所の人たちから数セントずつ恵んでもらうために、エルズビエタは出歩いていた。ミサの費用だった。子どもたちは屋根裏部屋で飢え死にしかけていた。それなのに、役立たずで、ろくでなしの彼は、一家の金で酒を飲んでいた。アニエーレはそう言って、彼に毒づいた。さらに彼が台所の火のそばに近づこうとすると、おまえさんの肥料のいやなにおいで台所を一杯にするのはもうやめておくれ、と付け加えた。オーナのためを思って下宿人全員を一部屋に押しこめてあったが、これからはおまえさんの居場所の屋根裏部屋へ上がっておくれ――それに、家賃をいくらか払わないようなら、いつまでもというわけにはいかないよ、とも言った。

　ユルギスはぷいと台所を出ると、隣室で寝ている五、六人の下宿人をまたいで乗り越え、はしごを登った。上は暗かった。明かりをつける余裕がなかった。それに、戸外と同じくらい寒かった。屋根裏の片隅で、オーナの亡骸からできるだけ離れて、マリヤが座っていた。けがをしていない腕に抱いたアンタナスをあやしながら、寝つかせようとしていた。別の片隅にうずくまっているユオザパス少年は、かわいそうに一日中何も食べていなかったので、しくしく泣いていた。マリヤはユルギスに何も言わなかった。彼は鞭で打たれた野良イヌのようにすごすごと歩いていって、亡骸のそばに腰を下ろした。

彼は腹を空かせた子どもたちのことを考え、彼自身の下劣さを反省すべきであったかもしれない。だが、彼にはオーナのことしか考えられなかった。またしても甘美な悲嘆に暮れていた。泣き声を出すのは恥ずかしかったので、涙こそ流さなかったが、じっと座ったまま、激しい悲しみに身をふるわせていた。オーナに死なれてしまった今まで、こんなにも愛していたとは、夢にも思わなかった。明日は彼女が運び去られ、二度と再び——死ぬまで、二度と再び彼女の姿を見ることがない、と考えながら、ここに座っている今まで。彼女に抱いたかつての愛情は、飢えて死に絶え、打たれて死に絶えていたが、それが今また彼のなかによみがえった。記憶の水門が開かれた。いっしょに暮らした生活のすべてが目の前に現われた。リトアニアでの馬市の最初の日に出会ったときの、花のように美しく、小鳥のように歌っていた彼女の姿も。結婚したときの、慈愛に満ちあふれた、すばらしい心根の彼女の姿も。彼女が口にした言葉が彼の耳に鳴りひびき、彼女が流した涙が彼の頬を濡らしているように思われた。貧困と飢餓との長く残酷な戦いは、彼を冷酷無情な男に変えてしまったが、彼女はいささかも変わらなかった。最期まで昔とまったく同じ飢えた魂だった。彼に両腕を差し伸べて哀願し、愛情といたわりを求めていた。それなのに、彼女は苦しみ抜いた——何とむごい苦しみだったことか。何という苦悩、何という屈辱。ああ、神よ、その記憶には耐えることができない。何と残酷で、薄情な怪物のような人間であったことか、このおれは！　彼が吐いた罵詈雑言のひとつひとつがよみがえって、彼をナイフのように切りさいなんだ。彼が犯した利己的な行為のひとつひとつも――何という呵責で今それを償っていることか！　彼の魂のうちに湧き上がる、何という強い愛情と畏怖の念――今ではもうそれを口にすることができないというのに、あまりにも遅きに失したというのに！　彼の胸は詰まり、張り裂けそうだった。暗闇のなかで、彼女の傍らにうずくまって、彼は両腕を彼女のほうに差し伸べた。彼女は永久に逝ってしまった。死んでしまったのだ！　恐怖と絶望で大声を上げそうになった。額から苦悶の汗が玉のように吹き出した。だが、彼は声を出そうとしなかった。自己恥辱感と自己嫌悪感のゆえに、息をすることさえもためらっていた。

夜遅くになって、エルズビエタが帰宅した。ミサの費用は都合できたが、家に持って帰ると、ほかのことに流用したい気持ちが強くなりすぎるので、前払いにしてきたのだった。誰かにもらったかちかちのライ麦パンを持って帰ったので、子どもたちはそれを食べて、おとなしく眠りについた。それから彼女はユルギスのそばへきて、腰を下ろした。

彼女は非難めいた言葉を一言も口にしなかった。それは彼女とマリヤが以前にも選択したことのあるやり方だった。彼の亡妻の遺骸の傍らで、彼の手を取って嘆願するだけだった。エルズビエタはすでに涙を押し殺してしまっていた。恐怖が悲嘆を彼女の魂から追い出していた。彼女は子どものひとりを葬らなければならなかったが、これまでに三回も同じ経験を重ね、そのたびに立ち上がって、後に残った子どもたちのための戦いに挑んだのだった。エルズビエタは原始的な生き物のような女性だった。半分に切られても生きつづけるミミズか、雛鳥をつぎつぎに取り上げられても、最後まで残った雛鳥をせっせと育てる雌鶏に似ていた。そうするのは、それが彼女の本性だからだった。その当否を問うこともなかったし、破壊と死の横行する人生が生きるに値するかどうかを問うこともなかった。

この古めかしく、常識的な人生観をユルギスの心に刻みつけようと、彼女は目に涙を浮かべて説き聞かせた。オーナは死んだが、ほかの者たちは残っている。その者たちを救わなければならない。彼女の子どもたちのことを言っているのではない。この子どもたちは彼女とマリヤで何とか面倒を見ることができる。だが、彼の子どものアンタナスがいるではないか。オーナがアンタナスを彼に遺してくれた。この小さな者は彼女の唯一の忘れ形見ではないか。この子を彼が慈しみ、守り、育ててやらなければならない。彼がりっぱな男であることを証明しなければならない。この瞬間、オーナに口がきけるとしたら、何を彼にしてもらいたがっているか、何を彼に要求しているか、彼にはわかっているはずだ。オーナがあのような死に方をしたのは、むごたらしいことにちがいない。だが、オーナの人生はあまりにも残酷で、死ぬ以外になかったのだ。オーナを手厚く葬ることができず、その死を一日しか悼むことができないというのも、むごたらしいことにはちがいない。だが、それはそれで仕方がなかった。焦眉の問題は彼らの運命だ。家には一セントもない。子どもたちは死に瀕している。いくらかの金を稼がなければならない。オーナのためにも男になって、踏ん張ってもらえないだろうか？　時を経ずして、危機を脱することができる。あの家をあきらめたのだから、かえって安上がりの生活をすることができる。子どもたちも働いていることだし、彼がしっかりしてくれさえすれば、何とかやっていける。こうエルズビエタは熱意をこめて、懇々とユルギスを諭した。彼女にとっては死活の問題だった。ユルギスが飲んだくれるということは心配していなかった。そんな金はなかったのだ。だが、彼がヨナスと同じように蒸発して、放浪の旅に出るのではないかと考えると、心配で気が狂いそうになるのだった。

だが、オーナの亡骸を目の前にしていては、ユルギスとしても、愛児に対する裏切り行為を考えることはできなかった。よし、アンタナスのためにもがんばってみよう、と彼は言った。あの小さい者に生きるチャンスを与えてやろう。早速にも、そうだ、明日からでも、オーナの埋葬さえ待たずに働きに出よう。頼りにして欲しい。どんなことがあっても、約束は守るから、と彼は言ってのけた。

こうして彼は翌朝、頭痛やら心痛やらを抱えたまま、夜明け前に出かけた。グレアム社の肥料工場に直行して、復職できないか聞いてみた。だが、彼の姿を見かけると、監督は首を振った。駄目だな。とっくの昔に後釜が見つかっている。彼が入りこむ余地はない、と言うのだった。

「これからの見込みはどうです？」とユルギスは聞いた。「待たねばいかんでしょうがね」

「駄目だ」と相手は言った。「待っても無駄だ。ここで働ける見込みはないね」

ユルギスはきょとんとした顔で相手を見つめた。「どうしたんです？」と彼は聞いた。「おれはちゃんと仕事をこなしたでしょう？」

彼を見返した相手の表情は、冷たい無関心のそれだった。「ここで働ける見込みはない、と言ってるだろ」

例の殴打事件の持っている恐るべき意味に気づかないでもなかったので、その場を離れたユルギスは、すっかり落ちこんでいた。それからタイム・ステーションの前の雪のなかで立ちん坊をしている、腹を空かしたみじめな連中の群れに加わった。ここで彼は朝飯抜きで二時間もねばったが、この失業者の群れは警備員の警棒によって追い払われてしまった。この日は仕事が見つからなかった。

ユルギスはストックヤードで長年働くうちに、かなりの数の知り合いができていた。一杯のウイスキーとサンドイッチをツケにしてくれる酒場の主人。急場しのぎに十セント玉を貸してくれる組合の元同僚。したがって、それは彼にとって死活問題ではなかった。一日中職探しをして、翌日またやってくるといった、ほかの何千、何百もの失業者と同じ調子で、何週間かは生き延びることができた。他方、テータ・エルズビエタはハイドパーク地区へ物乞いに出かけ、子どもたちはアニエーレの機嫌を取り、かつ一家が糊口をしのぐに足るだけの金を、家に持ち帰ってくるのだった。

こうして寒風のなかを歩き回ったり、酒場でぶらぶらしたりしながら、仕事を待つといった生活が一週間つづいた。その終わりころ、ユルギスはジョーンズ社の大規模な缶詰工場の地下室で、絶好の機会に出くわした。職長がひとり、開けっ放しの戸口を通り抜けるのを見かけたので、仕事はありませんか、と声をかけてみた。

「トロッコを押すかい?」と男は聞いた。その言葉が相手の口から出てしまわないうちに、ユルギスは「押しますとも」と答えていた。

「名前は?」と相手が聞いた。

「ユルギス・ルドクスです」

「ストックヤードで働いたことは?」

「あります」

「どこでだ?」

「二カ所です――ブラウンの屠畜場とダラムの肥料工場です」

「なぜ辞めた?」

「前のときは事故で、後のときは一カ月間、刑務所送りになっていました」

「わかった。じゃ、試しに使ってやるとするか。明日、朝早くきて、トマス君を呼び出してもらえ」

ユルギスは家へ飛んで帰った。仕事が見つかった――悲惨な失業状態も終わった、というわくわくするような吉報をたずさえて。その夜は、家族一同で盛大なお祝いをした。翌朝、ユルギスは始業の半時間前に工場に着いていた。ほどなくして職長も出勤してきたが、ユルギスの顔を見た途端、しかめ面をした。

「おお」と男は言った。「仕事を約束したんだったな?」

「はい、そうです」

「それなんだが、すまん、おれのまちがいだった。あんたは使えないんだ」

ユルギスは呆気にとられて、目を見張った。「どうしたんですか?」と彼はあえぐように言った。

「どうもしないが」と男は言った。「とにかく、あんたは使えないんだ」

肥料工場の監督が見せたと同じ冷たい、敵意に満ちた視線だった。何を言っても無駄だとわかったので、彼はきびすを返すことにした。

この一件の意味を説明してくれたのは、酒場の連中だった。彼をあわれむような目でながめながら、教えてくれた。かわいそうに、おまえさんはブラックリストに載せられたのさ! 何をやらかしたんだ、一体? 監督を殴り倒したんだって? 驚きだねえ! だったら、わかっていてもよさそうなものなのに！　いいかい、おまえさんがパッキングタウンで仕事にありつけることは、こんりんざいないね。シカゴの市長に選挙されるよりもむずかしいくらいだぜ。なぜ職探しなんかして、時間を無駄にしているのさ？　この土地じゃ、大小どの事務所でも、おまえさんは秘密のリストに載っているのさ。おまえさんの名前は、とっくの昔に、セントルイスにニューヨーク、オマハにボストン、カンザスシティにセントジョゼフまで伝わっているよ。裁判もなしに有罪の判決を受け、控訴だってできないような状態さ。食肉業界では二度と働けないね。連中の息のかかっている会社では、ウシの係留所の掃除だって、トロッコ押しだってできない。何なら試してご覧よ。何百人という人間が実際に試してみて、思い知らされているのだから。一切説明してもらえない。今回と同じように、納得できる答えが返ってくることもない。だが、いよいよとなると、きまって不採用を言い渡される。偽名を使っても無駄。「スポッター」と呼ばれる、それ専門の私立探偵を会社が雇っているから、パッキングタウンでは三日と働けない。従業員への見せしめとしてであれ、組合の扇動や政治的不満を押さえつける手段としてであれ、ブラックリストにものを言わせることは、会社側にとっては大きな財産になるのだ。

　この新しい情報をユルギスは家に持ち帰って、家族会議にかけた。これはゆゆしい事態だった。この地区には、いかに貧弱とはいえ、彼の家があった。彼が住み慣れた場所があった。親しい友人がいた。そこで職を得る可能性が、すべて閉ざされてしまったのだ。パッキングタウンにあるのは、食肉加工関係の会社だけだったから、この事態は家からの立ち退きを彼に迫っているのも同然だった。

　ユルギスとふたりの女たちは、その日の昼間から夜中にかけて、この問題を検討した。子どもたちの稼ぎ場であるダウンタウンにいけば、便利かもしれなかった。だが、マリヤは回復に向かっていたし、ストックヤードで職に就く見込みがないでもなかった。それに、現在のみじめな状態では、長年の恋人と月に一度の逢瀬を楽しむこともできなかったとはいえ、この土地を離れて、恋人と永久に別れる決心もつかなかった。エルズビエタもダラム社の事務所での床掃除の話を聞いていて、連絡があるのを毎日待っていた。結局、ユルギスが単身でダウンタウンへ移って、職探しに努め、仕事が見つかった段階で結論を下すことに相談がまとまった。ダウンタウンでは借金のできる相手がいなかったし、物乞いをすれば検挙される心配もあった。そこでユルギスが毎日、子どもたちの誰かと連絡を取って、その稼ぎのなかから生活費として十五セント受け取る、という手はずが整った。彼は朝から晩まで、何百、何千というみじめなホームレスの連中といっしょに街中をほっつき歩いて、商店や倉庫や工場で仕事口を探した。夜になると、そこらの家の玄関やトロッコの下に潜りこんで、真夜中まで隠れていてから、どこかの警察署の建物に入りこみ、床に新聞紙を敷いて寝転がった。アルコールや煙草のにおいをまき散らす、ノミやシラミや病気だらけの浮浪者や物乞いの群れの真っ只中だった。

このようにして、ユルギスは二週間以上、絶望という名の悪魔と戦いつづけた。半日だけトロッコに積荷をする仕事にありついたこともあれば、老婆の手提げ鞄を運んでやって、二十五セント玉を一個もらったこともあった。そのお陰で、凍え死にしたかもしれない幾夜かを、簡易宿泊所で過ごすことができた。ときには、新聞が読み捨てられるのを待ち構えている競争相手を尻目に、自分の金で朝刊を買って、職探しにいそしむチャンスにも恵まれた。だが、これは一見思われるほどの利点ではなかった。新聞の求人広告は貴重な時間を無駄に費やし、何回となく足を棒にして歩き回る原因となったからだ。その広告の大半は、失業者の度し難い無知を食い物にしている、無数の種々雑多な企業が掲載したインチキ広告だった。ユルギスが時間の浪費だけですんだのは、時間以外に失うものが何もなかったからだった。言葉巧みな斡旋業者に、素敵な働き口をご用意できますよ、と言われても、彼としては、悲しげに首を振って、手付け金の一ドルを持ち合わせていない、と答えるしかなかった。写真に着色する仕事なら、家族の皆様で「大金」を稼げますよ、と説明されても、その装置に投資する二ドルの準備ができた時点で、もう一度お伺いすることにします、と約束するしかなかった。

結局、ユルギスが仕事口を見つけたのは、組合員時代の古い友人にばったり出会ったのがきっかけだった。その友人とは、ハーヴェスター・トラスト[15]の巨大な工場群への出勤途中に出会ったが、いっしょについてくれれば、知り合いの監督に口をきいてやろう、と言ってくれた。そこでユルギスは四マイルか五マイルの道のりを歩いていって、正門で待っている求職者たちの群れを、友人に付き添われた格好で通り抜けた。彼のことを調べて、いろいろ質問をした職長が、ポストの空きがある、と言ってくれたときには、膝からくずおれてしまいそうだった。

この偶然の出会いがユルギスに対して持っている意味は、少しずつしか理解することができなかった。彼が職を得た刈り取り機製造工場は、博愛主義者たちや改革論者たちが誇らしげに口にする類いの工場だった。そこでは従業員に対する配慮がなされていた。工場は広く、スペースがたっぷりあった。おいしい食事を実費で工員に提供する食堂、それに読書室、女工のためのりっぱな休憩室まであった。そこでの仕事もまた、ストックヤードを支配するむさ苦しい汚濁の要素とは無縁だった。日が経つにつれて、これらの事柄を——期待することも夢に見ることもなかったこれらの事柄を、ユルギスは発見した。その結果、この新しい職場は、彼には天国にも似た世界に思われるようになった。

それは面積百六十エーカー、従業員五千の大企業で、年間三十万台以上の機械を製造し、それにはアメリカ国内で使用される刈り取り機と芝刈り機の大部分が含まれていた。もちろん、ユルギスは、そのごく一部をかいま見たに過ぎなかった。ストックヤードと同じで、そこではすべてが分業化されていた。芝刈り機の何百という部品のひとつひとつが別個に作られ、ときには何百人もの工員の手を経ていた。ユルギスが働いている作業場では、鋼鉄を押し型で二平方インチ程度の小片に打ち抜く機械があった。小片は受け皿に落下したが、落下した小片を規則正しく並べ、一定の間隔を置いて受け皿を取り替える作業だけを、人間の手で処理すればよかった。それを少年工がひとりでこなしていたが、目と神経を集中させ、指を飛ぶように速く動かしながら働いていたので、鋼鉄の小片がぶつかって立てる音は、夜の寝台車で耳にする急行列車の音楽に似ていた。もちろん、これは出来高払いの仕事だったが、少年工がサボることがないように、人間の手に可能な最高の速度に機械を設定してあった。この小片を少年工は一日に三万個、一年に九百万から一千万個扱っていたが、生涯に何個扱うことになるかは、神々のみぞ知るだった。この少年工のそばでは、回転する研磨機に向かって身をかがめた工員たちが、刈り取り部分の鋼鉄の刃に仕上げをしていた。鋼鉄の刃をバスケットから右手で取り出し、裏と表を研磨機の砥石に押しつけてから、左手で別のバスケットに投げ入れるのだった。この工員のひとりがユルギスに語ったところでは、十三年間、毎日三千本の鋼鉄片を研磨してきたとのことだった。隣の作業場には驚くべき機械があって、少しずつ送りこまれた細長い鋼鉄の棒を、まず短く裁断してから、断片をつかみ、頭部を打ちつけ、研いで、磨いて、ネジ山をつけて、バスケットに落とし入れると、刈り取り機を組み立てるためのボルトが完成している。別の機械からは、そのボルトに合致する鋼鉄製の座金が何万個も吐き出される。ほかの作業場では、こうしたさまざまな部品を塗料槽に浸けてから、乾燥させるために吊り下げる。その部品がトロッコで運ばれていった作業場では、取り入れ時の畑で派手に目立って見えるように、工員たちが赤や黄色の塗料で縞模様をつけている。

ユルギスの友人は二階の鋳型工場で働いていたが、ある部品の鋳型を作るのが仕事だった。鉄製の容器に黒い砂をシャベルですくい入れ、強く叩いて固め、硬くなるまで放置しておく。それから、それを取り出して、溶けた鉄を流しこむ。この男も鋳型の出来高で支払われていたが、支払いを受けられるのは完全な鋳型だけで、半分近くは無駄働きになった。ほかの数十人といっしょに働いているところを見ると、まるで悪魔の大群に取り憑かれた人間のようだった。蒸気機関車のピストンのように動く両腕。天を衝くようなぼさぼさの黒い長髪。飛び出さんばかりの両眼。顔を滝のように流れ落ちる汗。シャベルで砂を容器に詰め終わると、それを固めるためのパウンダーと呼ばれる道具に手を伸ばす。そのときの様子は、急流下りをしているカヌー選手が水中に隠れた岩を見つけて、ポールを引っつかむのに似通っていた。朝から晩まで、この男は働きに働いていたが、時給二十二セント半を二十三セントにするという目的にだけ精魂を傾けていた。その製品はやがて調査員によって高く評価され、ご満悦の実業家たちは、それを宴会の席上で褒めそやし、アメリカの労働者の能率はどこの国の労働者よりも二倍近く高い、などと一席ぶつことになる。我がアメリカが世界に冠たる超大国であるとすれば、賃金生活者を発狂寸前までこき使う能力を持っていたことが最大の理由であったように思われる。因みに、アメリカが自慢できることは、ほかにもいくつかあるが、年間十二億五千万ドルに達し、十年ごとに倍増しているアルコール飲料の請求書を、そのひとつに数え上げることができる。

型に合わせて鉄板を裁断する機械もあれば、その鉄板を大きなガチャッという音とともに押し曲げて、アメリカの農夫が腰を下ろす座席の部品を作り出す機械もあった。その部品をトロッコに積みこんで、刈り取り機の「組み立て《アセンブル》」をする作業場へ押していくのが、ユルギスの仕事だった。これは彼にとっては児戯に等しかったが、日給一ドル七十五セントにもなった。土曜日には、屋根裏部屋の一週間分の家賃として七十五セントをアニエーレに払い、服役中にエルズビエタが質に入れてあった外套を請け出した。

この外套の質請けはとてもありがたかった。真冬のシカゴを外套も着ずに歩き回ったりして、ただで済むはずがない。ユルギスは工場への往復のために、五マイルか六マイルの道を歩くか乗るかしなければならなかった。しかも、道の中程あたりで、電車の進行方向が違ったので、乗り換えをする必要があった。すべての交差点で乗り換え切符を発行することが、法律で定められていたが、その法律の裏をくぐるために、電鉄会社はそれぞれの路線に対する別個の所有権を主張していた。そのため、ユルギスが電車に乗ろうと思えば、路線ごとに十セント、つまり彼の収入の一割以上を支払う羽目になった。だが、その支払う相手の権力機構は、ずっと以前に、暴動にまで発展しそうな市民の抗議の叫びにもかかわらず、市議会の買収という手段によって占有権《フランチャイズ》を手に入れたのだった。夜は疲れ果て、朝は暗くて刺すように寒かったが、ユルギスはたいてい歩くことにしていた。労働者が電車で通勤する時間帯には、できるだけわずかな台数の電車を運行するのが適切である、などといった身勝手な見解を、独占的な電鉄会社は抱いていた。その結果、電車の後部は乗客が鈴なりになり、雪の積もった屋根にうずくまっていることもしばしばだった。もちろん、電車のドアは閉まらず、車内は外気と変わらない寒さだった。ほかの多くの労働者と同じように、ユルギスは電車賃を酒と、酒といっしょに出される無料の昼食《フリー・ランチ》に使って、歩くための体力をつけたほうが賢明だ、と考えていた。

だが、こうしたすべては、ダラム社の肥料工場を逃れてきた者には、取るに足らない些事だった。ユルギスはまた気を取り直して、将来の計画を立てはじめた。たしかに、マイホームは失ったが、家賃と利子という恐るべき重荷が肩から下ろされた。マリヤが元気になれば、再スタートを切って、貯金をすることもできる。ユルギスが働いている工場に、彼と同じリトアニア出身の男がいたが、驚くべき離れ業を演じていたので、すっかり感心した仲間たちのうわさの種になっていた。この男は一日中、ボルトを回す機械で作業をして、英語の読み書きを勉強するために夕方から公立学校へ通っていた。その上、八人の子どもを養わなければならず、給料だけでは足りなかったので、土曜と日曜には警備員として働いていた。建物の両端にあるふたつのボタンを五分ごとに押すのが、この男の仕事だったが、端から端まで歩いて二分しかかからなかったので、残りの三分間を勉強に当てることができた。この男がユルギスはうらやましかった。それは二、三年前に彼が夢見ていた生活だった。公平な機会さえ与えられれば、これからだって不可能ではない。周囲の注目を集めて、熟練工とか監督とかになることもできる。この会社には、そういう連中が何人かいた。バインダー用の麻ひもを製造している大工場で、マリヤが仕事を見つけられれば、この界隈に引っ越すことだってできる。そうなれば、彼にもチャンスが巡ってくるかもしれない。そんな希望が湧いてくると、生き甲斐が生まれないでもなかった。人間らしく扱われる職場を見つけることができさえすれば——ああ、神よ！　もしそうなりさえすれば、深い感謝の念を会社に捧げるだろうに！　その仕事に一生しがみついて離さないぞ、と思ったりすると、ひとりで笑えてしまうのだった。

ある日の午後、この工場で働きはじめてから九日目のことだったが、外套を取りにいくと、ドアの掲示の前に人だかりができていた。そばまでいって、何の掲示かと聞いてみると、刈り取り機製造工場の彼の所属する部門は、明日から追って通知があるまで操業を休止するとのことだった！

第二十一章

これが会社のいつものやり口だ！　三十分の予告もない。いきなり工場閉鎖とくる！　以前にも同じことが起こったし、これからも永遠に起こりつづけるだろうぜ、と男たちは話していた。会社は世界が必要とする刈り取り機を提供しつくした。だから製品のいくらかが消耗するまで、会社としては待つ必要がある、というのだ！　誰が悪いのでもない。そういう仕組みなのだ。何千人という男や女が冬の最中に路頭に迷う。蓄えがあれば、それで食いつなぎ、なければ餓死するしかない。シカゴではすでに何千、何万という失業者が、帰る家もなく、仕事を求めている。そこに数千人の失業者が新しく加わることになるのだ！

ユルギスはわずかな賃金をポケットに、家へ歩いて帰った。ひどく落ちこみ、途方に暮れていた。またひとつ、目隠しが取りはずされた！　またひとつ、落とし穴があらわになった！　会社側がいくら親切で厚意的であったとしても、彼のための職場を確保することができず、世界が購入しきれないほどの刈り取り機を製造したりするのだったら、それは一体何の役に立つというのか！　アメリカのために身を粉にして働いて、刈り取り機を生産したとしても、りっぱに任務を遂行したという理由で、路頭に迷い、飢え死にする結果になるというのは、何ともやり切れない茶番劇ではあるまいか！

この胸くそが悪い失望から立ち直るのに二日かかった。彼は一滴も酒を飲まなかった。エルズビエタは彼の金を保管していたが、その性格をよく知っていたので、いくら彼が金をよこせと怒鳴っても、ちっとも怖がらなかった。だが、彼は屋根裏部屋に閉じこもって、鬱々としていた。仕事を覚えないうちに失業してしまうなら、職探しをしたところで、何の意味もないではないか？　とはいえ、一家の金はまたなくなりかけていた。息子のアンタナスは腹を空かし、屋根裏部屋が刺すように寒いので、泣いてばかりいた。それに、助産婦のマダム・ハウプトは金を払えとしつこかった。そこで彼はまた出歩くことになった。

それからの十日間、重い頭と空き腹を抱えた彼は、仕事を求めて、大都会シカゴの表通りや裏通りをさまよい歩いた。商店や事務所、レストランやホテル、波止場や操車場、倉庫や製造所、それに世界の隅々までいき渡る製品を生産する大工場。働き口のひとつやふたつはたまに見つかった。だが、ひとつの働き口にいつも希望者が百人もいて、彼の順番は回ってこなかった。夜になると、車庫や地下室や玄関先にもぐりこんだ。やがて季節はずれの冬景色が何日かつづいて、北風が吹き荒れ、日没時に零下二十度だった寒暖計の目盛りは、明け方にかけて下がる一方だった。ユルギスはほかの浮浪者たちと野獣のように争った挙句に、やっとハリソン通りの警察署に入りこみ、ひとつの階段に三人で詰めて座ったまま、署内の廊下で眠ったりした。

この時期の彼は、他人との争いが絶えなかった。工場の正門付近での陣取りで争い、ときには路上でやくざな連中とけんかをしたりもした。たとえば、列車の乗客の鞄を運ぶという商売には、縄張りがあった。彼がそれをやろうとすると、八人か十人の大人や子どもが彼に襲いかかり、命からがら逃げ出す羽目になった。警官は連中から「袖の下」をもらっていたので、助けを求めても無駄だった。

ユルギスが飢え死にしなかったのは、何よりも子どもたちがくれる小銭のお陰だった。だが、これさえもけっして確実ではなかった。ひとつには、寒気が子どもたちには耐えられないほど厳しかった。それに、新聞売りの競争相手に売り上げを引ったくられたり、殴られたりする危険に常にさらされていた。法律もまた子どもたちの敵だった。ヴィリマスは実際は十一歳だったが、八歳にも見えなかったので、眼鏡をかけた、おっかない顔の老婦人に路上で呼び止められた。その老婦人の話では、彼は働いてはいけない年齢だから、新聞を売るのをやめないなら、補導員に連絡するとのことだった。ある晩、コトリーナは知らない男に腕をつかまれ、暗い地下室の入り口へ連れこまれそうになった。それは彼女にとって、新聞売りの仕事をつづけるのが嫌になるほど恐ろしい経験だった。

ある日曜日、仕事探しもはかばかしくないので、ユルギスは電車にただ乗りして、やっと家に帰り着いた。家では三日前から、みんなが彼の帰りを待っていた。彼の働き口が見つかったというのだ。

それには意外な経緯があった。ユオザパス少年はこのところずっと、空腹で気が狂いそうだった。そこで物乞いをするために、ひとりで路上に出た。ユオザパスは片脚しかない。幼いころ、馬車にはねられたのだ。しかし、箒の柄を見つけてきて、松葉杖代わりにしていた。少年はほかの子どもたちと合流して、三ブロックか四ブロック離れたあたりにあるマイク・スカリーのゴミ捨て場へ向かった。このゴミ捨て場には毎日、数百台の荷馬車に積んだ生ゴミや粗大ゴミが、金持ち連中の住んでいる湖畔から運ばれてくる。そのゴミの山で、子どもたちは食べ物を漁った。厚切りのパン、ジャガイモの皮、リンゴの芯、肉のついた骨。どれも冷凍状態に近く、腐敗などしていなかった。ユオザパス少年はたらふく食べ、新聞紙に一杯包んで持って帰って、アンタナスにも食べさせていた。そこへ母親のエルズビエタが帰宅した。母親は仰天した。ゴミ捨て場で漁った食べ物が食べられるとは思ってもいなかったからだ。だが、翌日、腹痛にもならなかったし、ユオザパスがひもじいと言って泣きはじめたので、エルズビエタも折れてしまい、また出かけてもいいことになった。その日の午後、家に帰ってきた少年は、棒切れで掘り返していたときに、通りがかりの女の人から声をかけられた、という話をした。少年の説明では、とてもりっぱな身なりのきれいな女性だったが、彼のことを根掘り葉掘り聞きたがったというのだ。その生ゴミはニワトリの餌なのか、箒の柄を脇に抱えて歩いているのはなぜか、オーナが死んだのはなぜか、どうしてユルギスは刑務所に入れられたのか、マリヤはどこが悪いのか、などなど。別れ際に、女性は彼の住所を聞き出して、近いうちにお訪ねするが、その折に新しい松葉杖を持っていってあげる、と言っていたとか。小鳥のついた帽子をかぶって、首には長いヘビのような毛皮を巻いていたよ、とユオザパス少年は付け加えた。

　女性は本当にやってきた。しかも、その翌朝に。屋根裏部屋へのはしごを登って、周りをしげしげと見回し、オーナが息を引き取った床の上の血痕に気づいて、顔色を変えた。エルズビエタに説明したところでは、この女性は「社会福祉事業員《セツルメントワーカー》」で、アッシュランド・アベニューのどこかに住んでいた。飼料店の二階にあるその場所を、エルズビエタは知っていた。そこへ相談にいったら、と誰かに勧められたことがあったが、気が進まなかった。宗教と関係がありそうだったし、変な宗教と関わりを持つことを神父さんが嫌がると思ったからだ。社会福祉事業の人たちはお金持ちで、貧乏人のことを知りたがっているが、それを知ったところで、何の役に立つことやら、などといったことをエルズビエタはあけすけにしゃべり、若い女性は笑ってはいたが、返事に窮した様子だった。彼女はあたりを見回しながら、誰かに浴びせられた皮肉な言葉を思い浮かべていた。おまえさんのやっていることなんか、地獄の落とし穴の入り口に立ったまま、業火の温度を下げようと、雪の塊を投げこんでいるようなものさ、という言葉を。

エルズビエタは話し相手ができたのがうれしくて、一家の苦労を洗いざらいしゃべった。オーナの災難、刑務所、失われたマイホーム、マリヤの事故、オーナの死にざま、ユルギスが就職できない事情など。聞き手の若くて美しい女性の目に涙があふれた。話を聞き終わらないうちに、わっと泣き崩れて、エルズビエタの肩に顔を埋めた。エルズビエタが薄汚れた古い部屋着を身につけ、屋根裏部屋はノミだらけという事実さえも眼中になかった。あわれなエルズビエタのほうは、あまりにもみじめな身の上話をしてしまって、すっかり恥じ入っていたが、相手はもっといろいろ話してくれ、としつこく頼むのだった。結局、若い女性は食料品の詰まったバスケットを一家の者たちに届け、ユルギスには一通の手紙を残して立ち去った。それを持って、南シカゴにある巨大製鉄工場のひとつで工場長をしている男性に会いにいくようにとのことだった。「きっと仕事を見つけてくれますわよ」と若い女性は言い、泣き笑いしながら、こう付け加えた。「見つけてくれないようなら、結婚してやらないから」

その製鉄工場は十五マイルも離れた場所にあった。例によって例のごとく、そこへいくのには電車賃を二回払わなければならない仕組みになっていた。何本ものそびえ立つ煙突が吐き出す赤い炎で、空一面が遠くまで燃え上がっていた。ユルギスが着いたときは、あたりはまだ夜の闇に包まれていたからだった。巨大な工場は、それだけで一大都市のようだったが、四方に塀をめぐらしていた。新しい工員を雇い入れる正門には、すでに百人を越す失業者がたむろしていた。夜が明けるとすぐにサイレンが鳴りはじめた。突然、何千もの工員が姿を見せた。通りの反対側の酒場や下宿屋から流れるように出てくる者たち。通りがかりの市電から飛び降りてくる者たち。薄暗い灰色の光のなかを、地底から湧き出てくるようだった。工員たちが川の流れのように正門をくぐり抜け、潮が引くように遠ざかった。あとは二、三人の遅刻者が駆けこみ、守衛が歩き回り、飢えた部外者たちがふるえながら足を踏み鳴らしているだけだった。

ユルギスは大切な手紙を差し出した。門衛は無愛想な男で、ユルギスを質問攻めにしたが、彼は何も知らないと言い張った。大事を取って、手紙を密封してあったので、門衛としては、それを宛名の人物に届けざるを得なかった。使い走りの少年がやってきて、ユルギスに待つようにと伝えたので、彼は正門をくぐった。彼ほどに幸運でない連中が、物欲しげな視線を投げかけていたが、彼はそれほど気にしているようには見えなかった。

巨大工場は動きはじめていた。大きなどよめきが聞こえてきた。ゴロゴロいう音、ガラガラいう音、ハンマーで打つ音。少しずつ周りの光景が見えてきた。ここかしこに高くそびえる黒い建物、作業場や倉庫の長い列、縦横に走っている小型鉄道、足元に散らばる灰色の石炭殻、頭上に波打つ真っ黒な煙の海。構内の片側には十本以上も線路のある鉄道が走り、反対側には汽船が荷揚げする湖が横たわっていた。

ユルギスはゆっくりながめ、ゆっくり考えることができた。呼び出しを受けるまでに、二時間もあったからだ。やがて管理棟に入っていって、作業時間担当の男の面接を受けた。工場長は多忙なので、この男が仕事を見つけてくれるとのことだった。これまでに製鉄工場で働いたことがあるかね？ どんな仕事でもやる気があるかね？ それじゃ、当たってみるとしよう。

こうしてふたりは工場巡りに取りかかった。ユルギスは周りの光景に目を見張るばかりだった。こんな工場で働くことに慣れられるだろうか、と考えた。耳を聾するばかりの轟音で空気が打ちふるえ、四方八方から警笛がいっせいに鳴りひびく。小型の蒸気機関車が突進してくる。しゅうしゅうと音を立てるほどに白熱した金属の塊が、すぐそばを左右に揺れながら通り過ぎる。炸裂する火炎と燃え上がる火花に目がくらみ、顔が焦げる。この工場で働く作業員はみんな煤煙で真っ黒で、目は窪み、やつれている。右や左に走り回り、仕事から目を離すことなく、一心不乱に働いている。ユルギスは怯えた子どもが乳母にすがりつくようにして、案内の男にしがみついていた。男が職長をつぎつぎに呼び止めて、非熟練工をひとり使ってもらえないか、と聞いてくれている一方で、ユルギスは周囲を驚異の眼でながめていた。

つぎに連れて行かれたのは、鋼片をつくるベッセマー転炉だった。それは大劇場ほどもあるドーム型の建物にあった。劇場の桟敷席に相当する場所に立ってながめると、正面の舞台とおぼしきあたりに、三基の大釜が見えた。地獄の悪鬼たちが総出で秘薬を煮出すことができるほど大きかった。何か白い、目のくらみそうなものが充満していて、泡立ち、はねかかり、火山が噴火するときのような轟音をひびかせている。ここでは大声を上げないと、聞き取れない。この大釜から炎の溶液が飛び散り、下方で爆弾のように砕け散る。そこで平気な顔で働いている作業員たち。ユルギスはぞっとなって息を殺した。やがて警笛が鳴った。劇場のカーテンを横切るような形で、大釜のひとつに投げこむ何かを満載した小型の機関車が走ってくる。また舞台とおぼしいあたりで警笛が鳴る。すると別の機関車が後ろ向きにやってくる。突然、何の前触れもなく、大釜のひとつがぐらりと傾きはじめて、炎の噴流が煮え返るような音を立てながら、どっと流れ落ちる。ユルギスは思わず後ずさりした。事故が起こったと思ったからだった。白い炎の柱が落下する。太陽のようにまぶしく、森の巨木が倒れるときの風を切るような音が聞こえてくる。火花の奔流が建物を右から左へ横切って走る。何もかもが呑みこまれ、視野からかき消される。ユルギスが指の間からのぞくと、生きた、跳ね踊る炎の滝が大釜から流れ落ちるのが見えた。この世のものとも思われないほど白く、眼球を焦がすような炎。その上方で輝くまばゆいばかりの虹。青と赤と金色の光がゆらめくが、流れ落ちる炎の滝はあくまでも白く、筆舌に尽くし難い。それは不思議の世界から生命の川そのものとなって流れ出る。それを見れば、魂は躍りあがる。その流れに乗って、すばやく、何の抵抗も受けずに、魂は美と戦慄の棲む遠い、遠い国へと帰っていくのだ。やがて、傾いていた大釜が空になってもとに戻る。誰もけがをしなかったことを知って、ユルギスは安堵の胸をなで下ろし、案内の男の後ろについて、陽光のなかに出ていった。

ふたりは溶鉱炉や圧延機の間を通り抜けた。圧延機では鋼鉄の棒が転がされて、チーズのように切断されていた。周りや頭上を巨人のような機械のアームが飛び交い、巨人のようなホイールが回転し、巨人のようなハンマーがすさまじい音を立てていた。走行クレーンが頭上でうなり、うめく。鉄の手を下に伸ばして、鉄の生贄をつかむ——時間の機械が回転している、地球の中心部に立っているかのようだった。

間もなくふたりは鉄道レールの製造工場へ向かった。後ろから警笛が聞こえたので、ユルギスが慌てて飛びのくと、人体ほどの大きさの白熱した鋼塊を積んだトロッコが通り過ぎた。突然、大音響とともにトロッコは停まって、鋼塊はベルト式の作業台の上に転がり落ちた。それを鋼鉄の指と腕がぎゅっとつかむと、叩いたり、突いたりして、形を整えてから、巨大な圧延機のグリップに押しこむ。鋼塊は圧延機の反対側からさっと出てくる。それがまた叩いたり、突いたりされる。鉄板の上のパンケーキみたいにひっくり返される。またぎゅっとつかまれ、別の圧延機を勢いよく通り抜けて、こちら側に出てくる。こうして、耳をつんざく轟音のなかで、鋼塊はガタガタ音を立てて往復するが、そのたびに薄くて、平らで、長くなっている。鋼塊はまるで生き物だ。こんな狂気のような運動はご免を被りたいのだが、運命の手に握られているために、いやいやの身振りで泣いたり、わめいたり、ふるえたりしながら、転がされてしまう。やがて、それは煉獄から逃げ出した赤い大蛇のように、長く、細くなる。それが圧延機の間をすり抜けるのを見ると、やはり生き物だ、と断言したくなる。それはのたうち、もがく。身震いと身悶えは尻尾から抜けて消えるが、そのあまりの激しさに、尻尾がちぎれそうになる。それは冷めて、黒くなるまで、休むことを知らない。最後に、それを切って、まっすぐに伸ばしさえすれば、鉄道線路の完成ということになる。

このレール製造の最終工程で、ユルギスの仕事口が見つかった。レールは工員が金梃子で運ばなければならない。ここの監督が新しい工員を必要としていた。そこでユルギスは上着を脱ぎ、即戦力として働きはじめた。

この工場に彼が通うのに毎日二時間かかり、週に一ドル二十セントの出費になった。これではどうしようもなかったので、ひとまとめにした寝具を運んでいって、同僚の工員のひとりにポーランド人のための宿泊所を紹介してもらった。ここなら一泊十セントで床の上に寝る特権を手に入れることができた。食事は例の無料の昼食《フリー・ランチ》を酒場で取り、土曜日ごとに、寝具やら何やらを担いで家へ帰って、稼ぎの大半を家族に渡した。こんな生活をエルズビエタは喜ばなかった。彼が家族のいない生活に慣れてしまうのではないか、と心配だったし、幼い息子と顔を合わせるのが週に一回だけというのは、少なすぎるからだった。だが、ほかの方法は思いつかなかった。製鉄工場には女性の働き口はなかった。マリヤはやっと仕事にもどれる体調になり、ストックヤードで仕事を見つけることを期待して、毎日、そこに引き寄せられていた。

一週間もすると、ユルギスはレール製造工場での無力感と違和感を克服していた。どこへどういけばいいかがわかるようになり、奇跡や脅威を奇跡や脅威と思わなくなった。周囲のガラガラガタガタいう音を気にせずに働けるようにもなった。極度の恐怖から、その対極に走った彼は、大胆で無頓着になった。ほかの工員たちも残らず大胆で無頓着で、仕事に熱中しているときは、自分のことなど考えたりしなかった。この連中が仕事に興味を抱いているというのは、考えてみると、奇妙なことだった。仕事の分け前にあずかるわけでもない。時間給だから、仕事に興味を抱いたからといって、賃金を余計にもらうわけでもない。それに、けがでもしようものなら、たちまちお払い箱になって、忘れ去られてしまうことも知っている。それなのに連中は、仕事の現場へは危険な近道を通ってでも駆けつけ、リスクが大きいだけに速くて効果的な手段に訴える。就職してから四日目、工員のひとりがトロッコの前を走っていたときに転び、片脚を押しつぶされるのを、ユルギスは目の当たりにした。働き出してから三週間も経たないうちに、さらに恐ろしい事故を目撃することになった。工場には、煉瓦でできた溶鉱炉が並んでいて、なかの溶けた鋼鉄が隙間から白く輝いていた。そのいくつかはふくらんでいて、危険な感じだったが、工員たちは、炉口を開け閉めする際に青い色の眼鏡をかけるなどして、その前で働いていた。ある朝、ユルギスが通りかかったとき、その溶鉱炉のひとつが爆発して、ふたりの工員が炎の溶液を全身に浴びてしまった。激痛のあまり絶叫しながら、ふたりは床の上をのたうち回っていた。ユルギスは大急ぎで駆けつけて、ふたりを助けたが、お陰で片方の手の平の皮膚がべろっと取れてしまった。会社の嘱託医が包帯を巻いてくれたが、感謝の言葉は誰からも聞かれず、おまけに仕事日の八日間、無給で寝こんでしまうこととなった。

この時期、まことに好都合なことに、エルズビエタが待ちに待った仕事にありついた。ある食肉加工会社の事務所の床を、朝の五時から拭き掃除をする仕事だった。ユルギスは家に帰ると、寒さをしのぐために毛布を引っかぶって眠ったり、息子のアンタナスの遊び相手をしたりして、時を過ごした。ユオザパスは日がな一日、ゴミ捨て場へ漁りにいっていた。エルズビエタとマリヤはもっと仕事を探すために出歩いていた。

アンタナスは一歳半を過ぎて、おしゃべり人形にそっくりだった。物覚えがとてもよかったので、ユルギスは毎週、帰宅するたびに、違う子どもに会っているような気がした。彼は息子の言葉に聞き入っては、じっと顔を見つめ、感極まったように叫ぶのだった。「待てよ《バラウク》！　母ちゃん！

可愛いやつだな《トゥ・マノ・シルデーレ》！」ユルギスにとって、この幼い息子はまさに地上の唯一の喜びだった。彼の唯一の希望、彼の唯一の勝利だった。彼は神に感謝していた、アンタナスが男の子であったことを！　松の木の瘤のように頑丈で、オオカミのような食欲の息子。何物にも傷つくことはなかったし、何物にも傷つくことはあるまい。どんな苦しみも、どんな不自由も、無傷でやり過ごしてきた。いや、そのためにかえって声が鋭くなり、生への執着が強烈になっていた。このアンタナスは何とも御し難い子どもだったが、父親は意に介さなかった。目を細めてながめ、ひとりでにやにや笑うだけだった。腕白小僧で結構。勝ち抜くには腕力がいるからな。

ユルギスは金があるときはいつでも、日曜版の新聞を買うことにしていた。一抱えもあるのに、たったの五セントで買えるすばらしい新聞で、世界中のニュースが大見出しで載っている。むずかしい単語は子どもたちに助けてもらいながら、一字ずつゆっくり拾い読みすることができた。戦争、殺人、突然死。こんなにも面白く、こんなにもスリルに富んだ出来事の話が聞けるのは、すばらしいとしか言いようがない。記事はすべて本当にちがいない。こんな話をでっち上げることなど、誰にだってできっこないし、それに本物そっくりの写真もちゃんと出ている。この日曜版の新聞のひとつは、サーカスと同じくらい楽しく、酒を飲むのと変わらないくらい楽しかった。それは、労働者にとって、この上なくすばらしい娯楽にちがいなかった。労働者はぼんやりするほど疲れている。教育など受けたことがない。仕事といえば、くる日もくる日も、くる年もくる年も、まったく同じ退屈で、単調で、汚い仕事だ。緑の野原をながめる機会もなければ、ひとときの娯楽の機会もなく、想像力を刺激するものとしては酒しかないのだ。とりわけ、日曜版の新聞には漫画を満載した頁があったが、それはアンタナスにとって人生の大いなる喜びだった。この漫画を宝物にしているアンタナスは、それを引っ張り出してきては、説明してくれと父親にせがんだ。漫画にはいろいろな動物が登場していたが、アンタナスは何時間も床に寝転がったまま、丸々とした小さな指で指さしながら、動物の名前を全部言うことができた。ユルギスにも理解できる程度に単純な物語のときは、アンタナスは繰り返し聞きたがった。それをやがて暗記すると、おかしな文章を回らない舌でしゃべったり、ほかの物語とごっちゃにしたりしていたが、それがまた何とも愛くるしかった。それに、変な発音の仕方の、何と滑稽だったことか！　何かの拍子に覚えて身につけた表現ときたら、奇妙奇天烈この上ない代物だった！　この腕白小僧が生まれて初めて「こん畜生！」と口走ったとき、父親はいすから転げ落ちそうになるほど大笑いをした。だが、結局、それを後悔する羽目になった。アンタナスはすぐに誰でも彼でも何もかも「こん畜生」呼ばわりするようになったからだ。

やがて火傷がなおって、両手が使えるようになると、ユルギスは寝具を担いでレールを運ぶ仕事に戻っていった。四月になっていた。雪は氷雨に変わり、アニエーレの家の前あたりの舗装をしてない街路は、運河のようになっていた。そこをざぶざぶ歩いて渡ってから、ユルギスは家のなかに入った。夜、遅くなると、腰まで簡単に泥水に浸かってしまった。だが、彼はあまり気にしなかった。それは夏が近づいていることを約束していたからだった。マリヤは前よりも小さな食肉工場で「ビーフトリマー」の仕事を見つけていた。ユルギスも今回のけがに懲りて、二度と事故には遭わないようにしよう、と自分に言って聞かせた。これでやっと一家の長かった苦しみにも、終止符が打たれることになりそうだった。

また貯金もできるし、つぎの冬が巡ってくるころには、住み心地のいい家に移っている。子どもたちも、路上での新聞売りをやめて復学する。そうなれば、礼儀とか親切とかいった、彼らが失ってしまった習慣をまた身につけさせることだってできるかもしれない。こうしてユルギスはもう一度、いろいろな計画を立てたり、さまざまな夢を見たりしはじめた。

ある土曜日の夕刻、ユルギスは電車を飛び降りて家路を急いだ。雲の峰のずっと下のほうで、太陽が輝いていた。洪水のような雨水を降らせて、街路を泥だらけにした雲だった。空には虹が出ていた。彼の胸にも虹がかかっていた。一日半の休みが取れ、家族と会う機会が目前にあったからだ。突然、家が見えるところまできたとき、玄関前に人だかりができているのに気がついた。彼は階段を駆け上がり、人を押し分けてなかに入った。アニエーレの台所は興奮した女たちでごった返していた。刑務所から帰ってみると、オーナが死にかけていたときのことが、まざまざと思い出された。心臓が止まりそうになった。

「どうしたんだ?」と彼は大声で聞いた。

台所は静まり返った。みんなの目が彼に注がれていた。

「どうしたんだ?」ともう一度大声を上げた。

そのとき、屋根裏部屋から泣き声が聞こえてきた。マリヤの声だった。彼ははしごに向かいかけた。アニエーレに腕をつかまれた。

「駄目、駄目!」と彼女は叫んだ。「上がっていっては駄目!」

「何なんだ、一体?」と彼は怒鳴った。

老婆は力のない声で答えた。「アンタナスだよ。死んじまった。前の通りで溺れたんだよ！」

第二十二章

この知らせを耳にしたユルギスの態度は奇妙だった。顔は真っ青になったが、ぐっと踏みこたえて、三十秒ばかり、台所の真ん中に突っ立っていた。両手を固く握りしめ、歯を食いしばっていた。それからアニエーレを押しのけて、隣の部屋に大股で入っていくと、はしごを登った。

屋根裏部屋の隅に毛布が敷いてあった。その下から小さな体が半分見えていた。そのそばでエルズビエタが横になっていたが、泣いているのか、気を失っているのか、ユルギスにはわからなかった。マリヤは部屋をうろうろ歩き回っていたが、手を絞るようにして、大声で泣いていた。彼は両手を一層固く握りしめ、厳しい声で聞いた。

「どうして死んだんだ?」

泣き悲しむマリヤには聞こえていなかった。彼はもっと大きな、もっと厳しい声で、もう一度聞いた。

「歩道から落ちたのだよ!」と彼女は泣きながら答えた。

家の前は腐りかけの板を張った一段と高い歩道で、谷間のようになった車道とは五フィートばかりの落差があった。

「どうして歩道なんぞへ？」

「出ていったの。遊びに出ていった」マリヤは声を詰まらせながら泣きじゃくった。「家に閉じこめておけなかった。泥に足を取られたんだ、きっと」

「本当に死んだんだな？」

彼女はおいおい泣き叫んだ。「本当だよ。医者にきてもらったんだから」

ユルギスは数秒間、よろめきながら立っていた。一滴の涙も流さなかった。小さな体がのぞいている毛布を、もう一度ちらりと見ただけだった。突然、はしごのほうを向くと、一気に駆け下りた。彼が入っていくと、台所はまた静まり返った。玄関までまっすぐにいき、外に出て、通りを歩きはじめた。


妻が死んだとき、ユルギスは手近な酒場に飛びこんだ。だが、ポケットに一週間分の給料が入っていたのに、今の彼はそうはしなかった。泥水を蹴散らしながら、何も見ないで、ひたすら歩きに歩いた。やがて、とある石段に腰を下ろし、顔を両手で隠したまま、半時間ばかり身動きひとつしなかった。ときおり小声でつぶやいた。「死んだ！　死んでしまった！」

やっと彼は立ち上がって、また歩きはじめた。日没近くだった。暗くなるまで歩きつづけ、鉄道の踏切で、やっと足が止まった。遮断機が下りていた。長い貨物列車がゴトンゴトンと通り過ぎていた。彼はそれをじっと見ていた。突然、激しい衝動に捉えられた。心の奥底に潜んでいたある考えがいきなり目を覚ました。口にもせず、気づきさえもしなかった考えだった。彼は線路沿いに駆け出した。踏切番小屋を過ぎたあたりで、思い切って前にジャンプして、貨車にしがみついた。

やがて貨物列車は停まった。ユルギスは飛び降りて、貨車の下に潜りこみ、台車に身を隠し、そこに座っていた。列車がまた動き出したとき、彼は彼の魂を相手に戦った。両手を握りしめ、歯を食いしばった。これまでも泣かなかったし、これからも泣くまい。一滴の涙だってこぼすまい！　もう終わったことだ。済んでしまったことだ。今夜限りで、一切を肩から振り落とし、自由になってやる。すべては暗黒のおぞましい悪夢のように霧消し、明日の朝には新しい人間に生まれ変わるのだ。その考えに――優しい記憶や涙の気配に襲われるたびに、彼は激しい罵声とともに身を起こし、それを打ち砕くのだった。

彼は今、自分の人生のために戦っていた。必死になって歯がみしていた。何というバカだったことか、このおれは！　この呪うべき弱気のゆえに、人生を無駄に生き、身の破滅を招いてしまった。だが、もうこれが最後だ。弱気など、根も枝もひとつ残さず引きちぎってやるのだ！　涙とも、優しさとも、おさらばだ。もうたくさんだ。こいつらのお陰で奴隷に身を落とすことになったのだから！　自由になってやる。足かせを断ち切ってやる。堂々と立ち向かって、戦ってやるのだ。終わりが訪れたことを彼は喜んでいた。いつかは訪れる終わりだったのだから、今こうして訪れたとしてもおかしくない。これは女子どものための世界ではない。女子どもはさっさと消えてしまえばいいのだ。今いる場所でのアンタナスの苦しみが、この世で味わったかもしれない苦しみ以上につらいはずがない。父親としてアンタナスのことを考えるのは、これを最後にするつもりだった。これからは自分のことを考えるのだ。自分のために戦うのだ。彼を苦しめ、痛めつけてきた世間を相手に一戦を交えるのだ！

こうして彼は、魂の楽園からすべての花をむしり取り、それをかかとで踏みにじった。貨物列車は耳を聾する轟音を上げて走りつづけた。砂塵の嵐が顔に吹きつけた。ときおり夜の闇のなかで列車は停まったが、彼はそのまましがみついていた。追い立てられるまで、しがみついているつもりだった。パッキングタウンから一マイル、また一マイルと遠ざかるにつれて、心の重荷がひとつ、またひとつと軽くなっていった。

　列車が停まるたびに、暖かいそよ風が吹いてきた。さわやかな野原の芳香、スイカズラやクローバーの芳香を運ぶそよ風だった。その芳香を吸いこむと、心臓の鼓動が激しくなった。田舎にもどったのだ！　田舎で暮らすことになるのだ！　夜が明けると、飢えたような目で周囲をうかがっていた。牧場や森や川が見えては消えた。ついに我慢しきれなくなって、列車が停まったとき、外にはい出した。貨車の屋根に制動手がいて、拳骨を振りかざしながら毒づいた。ユルギスはざまを見ろというふうに手を振って、田舎の大地に足を踏み出した。

　生まれてからずっと田舎暮らしだった彼が、三年もの間、田舎の景色を見たり、田舎の物音を聞いたりしたことが、ただの一度もなかったとは！　刑務所から出てきたときに、田舎道を歩いたことがあったが、不安に駆られていたので、何も目にとまらなかった。失業中に冬の最中の公園で休憩したことが二、三回あったが、それを別にすると、文字どおり樹木の一本も見ることがなかったのだ！　今の彼は強い風に乗って運ばれている小鳥のような気分だった。立ち止まっては、素敵な風景のひとつひとつに目をやった。ウシの群れ、デイジーの咲き乱れる牧場、六月のバラがぎっしり植わった生垣、枝で鳴いている小鳥たち。

やがて彼は一軒の農家に出くわした。手に護身用の棒切れを持って近づいた。農家の主人が納屋の前で荷馬車に油を差していた。ユルギスはそばまでいった。

「朝飯を食べさせて欲しいのですが」

「働く気はあるのかね？」と主人は聞いた。

「いいえ、その気はないです」とユルギスは言った。

「じゃ、あんたに食べさせるものは、ここには何もないな」と相手はそっけなかった。

「代金は払うつもりでしたがね」とユルギス。

「おお」と主人は言ってから、皮肉たっぷりに付け加えた。「当店では午前七時以降は朝食をお出しいたしません」

「腹ぺこでしてね」とユルギスは真顔で言った。「何か食い物を買いたいのですよ」

「女房のやつに聞いてみな」と主人は言って、肩越しに顎をしゃくった。「女房のやつ」は旦那よりも扱いやすかった。十セントで分厚いサンドイッチ二個、パイ一切れ、リンゴ二個を手に入れることができた。持ち歩くのが一番不便なパイを食べながら、彼はその場を立ち去った。二、三分すると、小川に出た。垣を乗り越え、土手沿いの森の小道を川下へ歩いていった。ほどなく座り心地のよさそうな場所を見つけ、そこで朝食をむさぼり食い、のどの渇きは小川の水で癒した。それから何時間も寝転がって、あたりをぼんやりながめながら、心ゆくまで楽しんだ。そのうちに眠気を催したので、茂みの陰で横になった。

目が覚めると、顔に照りつける太陽が熱かった。上半身を起こして、両腕を伸ばし、そばを流れる小川をながめた。足元のあたりに、人目につかない、静かな深みがあった。突然、いい考えがひらめいた。水浴びができるぞ！　水は金が要らない。勝手に入れる。それも体ごとだ！　体ごと水に入るのは、リトアニアを後にしてから初めてのことだった。

ストックヤードに着いた当時のユルギスは、どの労働者にも負けないくらい清潔だった。だが、そうこうするうちに、病気や寒さや飢えや失望、それに不潔な仕事、さらには家のなかのノミやシラミなどのせいで、冬場には体を洗うことは一切やめ、夏場でも洗面器で洗い落とせるだけに留めていた。刑務所ではシャワーを浴びたが、出所後は全然、体を洗っていなかった。それなのに今、水浴びができるとは！

小川の水は温かかった。彼は少年のようにはしゃぎ回った。やがて土手の近くの水際に座って、体をこすりはじめた。ごしごしと真剣に、全身を隈なく砂でこすった。こすっているうちに、どうせなら徹底的にやって、清潔な気分というやつを味わってやろう、と思った。頭まで砂でこすって、仕事仲間が「パン屑」と呼んでいるシラミを、長く黒い髪から梳き取った。ついでに、頭を息のつづく限り水に潜らせて、そいつらを皆殺しにできるかどうかも試してみた。それから、まだ日差しが強かったので、土手に脱ぎ捨てた衣類を持ってきて、一枚ずつ洗濯することにした。垢や脂が川下に流れていくのを見て、満足そうに鼻を鳴らし、また衣類をざぶざぶ洗った。あの肥料をきれいさっぱり洗い流すことさえ、彼は大胆にも夢見ていたのだった。

その衣類を木に吊るし、それを乾かしている間ずっと、日向に横になって、また眠りこけた。目を覚ましたとき、衣類の表側は熱くて、板のようにごわごわしていたが、裏側はまだ湿っていた。だが、腹が空いていたので、それを身につけて、また歩きはじめた。ナイフがなかったので手間取ったが、木の枝をへし折って、頑丈な棍棒に仕立てた。それを片手に、また道を歩いていった。

しばらくいくと、大きな農家が見えてきたので、そこへの小道を登っていった。ちょうど夕食時だった。農家の主人は勝手口で手を洗っていた。

「すみませんが、何か食い物はありますか? お礼はしますが」

ユルギスが言い終わるか終わらないうちに、主人は「浮浪者に食わせるものなんかないぞ。とっとと失せろ!」と答えた。

ユルギスは黙って立ち去った。納屋を曲がったところに、鋤で耕して、馬鍬でならした畑があった。そこには農家の主人が植えたばかりの桃の苗木が並んでいた。ユルギスは畑のはずれまで歩いていきながら、全部で百本以上はある苗木の列を根こそぎにしてやった。これはさっきのお返しだった。そこに彼の気概が現われていた。これからのおれは戦う人間だ。おれを殴った野郎には、きっちり落とし前をつけてもらうからな。

果樹園を過ぎると、ユルギスは森と秋蒔き小麦の畑をつぎつぎに突っ切って、やっと違う道路に出た。しばらくいくと、別の農家が見えてきた。天気が曇り加減だったので、彼は食べ物だけでなく、一夜の宿も所望してみた。主人がうさん臭そうにじろじろ見ていたので、「納屋で結構です」と付け加えた。

「そうだな」と相手は言った。「煙草をやるかね?」

「ときどき吸いますがね」とユルギスは言った。「家の外だけですよ」

主人が承知してくれたので、彼は「いくら払えばいいのかな? 持ち合わせがあまりないもので」と聞いた。

「晩飯に二十セントというところかな」と主人は答えた。「納屋はただでいいよ」

そこでユルギスは家のなかに入って、主人の妻と半ダースばかりの子どもたちといっしょに食卓に着いた。食事はたっぷりだった。ベイクトビーンズ、マッシュポテト、刻んで煮こんだアスパラガス、皿に盛ったイチゴ、厚切りの大きなパン、水差しに入った牛乳。ユルギスには婚礼の日以来のご馳走だった。二十セント分を腹に詰め込もうと、彼は懸命になっていた。

みんな空腹だったので、口もきかなかった。だが、食事が終わると、玄関の階段に座って、煙草を吸った。農家の主人は客の男にいろいろ質問した。シカゴで働いている者だが、行方の定まらない旅をしている、とユルギスが説明すると、相手は「ここに落ち着いて、働いてみないかね？」と言った。

「今のところは、職探しをしていないのでして」とユルギスは答えた。

「いい手当てを出すよ」と相手の大きな図体を見やりながら主人は言った。「日給一ドルに、賄い付きだぜ。ここらはなかなかの人手不足だからな」

「それって、夏も冬もかね？」とユルギスはすかさず聞いた。

「いや」と主人は口ごもりながら言った。「十一月を過ぎてからは雇っておけないな。ここはそれほど大きな農家じゃないからね」

「なるほど」とユルギスは言った。「そうだろうと思ったよ。この秋に馬をさんざんこき使っておいて、冬になったら雪のなかに追い出すのじゃないかね？」（このころのユルギスは自分なりの主張ができるようになっていた。）

「それは少し違うな」と主人は答えたが、相手の言いたいことはよくわかっていた。「おまえさんみたいに頑丈な人は、冬になったら、都会でもどこでも仕事が見つかるはずだよ」

「そうだな」とユルギスは言った。「みんな、そう考えるんだな。だから都会に押しかける。それでいて、生きるために物乞いをしたり、盗みをしたりしなければならなくなると、なぜ田舎へいかないか、田舎は人手が足りないだろ、と言い出すのさ」

農家の主人はしばらく考えていた。

「所持金を使い果たしたときは、どうかね?」やがて主人は聞いた。「そのときは働かなきゃならんだろ?」

「使い果たすまで待ってみるよ」とユルギスは言った。「それから考えるとするさ」

彼は納屋でぐっすり眠った。それから、コーヒー、パン、オートミール、シチュー状に煮込んだサクランボといった、たっぷりの朝食。主人がこれを十五セントで食べさせてくれたのは、前夜のユルギスの議論に影響されたせいかもしれなかった。朝食のあと、ユルギスは別れを告げて、足の向くままに歩き出した。

こうしてユルギスの浮浪者生活が始まった。この最後の農家の主人から受けたようなまともな扱いには、めったにお目にかかれなかった。時が経つにつれて、彼は人家を避けて、野原で寝るようになった。雨の日には、空き家を見つけるように努めたが、見つからないときは、暗くなるまで待ってから、棍棒片手に納屋へ忍び足で近づいた。たいていの場合、飼いイヌに嗅ぎつけられる前に、すんなりと入りこむことができた。そして乾草のなかに隠れていれば、朝まで安全だった。だが、それがうまくいかなくて、飼いイヌに襲われたときには、さっさと起き上がって、戦闘態勢のままで退却した。ユルギスはかつてほどは屈強でなかったが、それでも腕力には自信があった。農家の飼いイヌで、彼が一撃で倒せないようなイヌはめったにいなかった。

やがてキイチゴの実が、そしてクロイチゴの実が熟する季節になって、所持金の節約に役立った。果樹園にはリンゴが、畑にはジャガイモがあった。昼間に目星をつけておいて、日が暮れてからポケットを一杯にした。ニワトリをまんまと捕まえて、宴を張ったことも二回あった。一回目は荒れ果てた納屋で、二回目は小川沿いの淋しい場所だった。こうした食い物が手に入らなくなると、彼は所持金を慎重に使ったが、不安は覚えていなかった。その気になれば、いつでも稼げることを知っていたからだ。彼らしい豪快なやり方で半時間も薪割りをすれば、一回分の食事にありつけた。仕事ぶりを見た農家の主人が彼を引き止めようとして、金品をくれたこともあった。

だが、ユルギスは引き止められるような男ではなかった。今では自由な人間だった。海賊並みの人間だった。遠い昔の放浪癖《ヴァンダールスト》が血を沸かしていた。束縛されない生活の喜び、何でも見る喜び、限りなく夢見る喜び。失敗や不安はあった。だが、常に新しい何かがあった。何年も同じ場所に閉じこめられ、バラックや工場だけの陰鬱な場面しか目にしたことがない者にとって、突然、広い大空の下に投げ出され、新しい風景、新しい土地、新しい人間に一時間ごとに接することが何を意味しているか、考えてみるがいい！　朝から晩まで同じ仕事をして疲れ果て、翌日まで眠りこけるだけが、人生のすべてであった男。その男が誰の干渉も受けることなく、好きなときに好きなように働き、一時間ごとに新しい冒険に挑んでいるのだ！

それに健康も回復していた。失われていた若々しい活力や、失われたことを嘆きつつも、忘れ果てていた幸福と体力のすべて！　それが突然、奔流のように押し寄せて、彼は戸惑い、驚いた。死んだはずの少年時代がよみがえって、笑いかけ、語りかけているようだった！　たっぷり食らい、新鮮な空気を吸い、好きなときに運動をするユルギス。眠りから覚めて、体を動かしはじめても、両腕を伸ばしたり、大笑いをしたり、ふと頭に浮かんだ故郷の古い歌を笑ったりするだけで、エネルギーを持て余していた。もちろん、ときどきアンタナス坊やのことを思い出さずにはいられなかった。二度と会うこともなければ、愛らしい声を聞くこともない息子のことを。そのときには彼は自分自身を相手に戦わなければならなかった。夜、オーナの夢を見て、目を覚まし、彼女に両腕を差し伸べたまま、涙で草枕を濡らすこともあった。だが、朝になると、勇を鼓して立ち上がり、世間を相手に戦うために、大きな一歩を踏み出すのだった。

おれはどこにいて、どこにいこうとしているか、などと自問することはけっしてなかった。この国が大きいことも、その地の果てにいき着く危険のないことも、彼は知っていた。もちろん、その気になりさえすれば、いつでも仲間を見つけることができた。どこへいっても、彼と同じような生活をしている連中、彼を歓迎してくれる連中がいた。この稼業では彼は新米だったが、連中には縄張り意識はなく、商売のコツをすべて教えてくれた。どの町や村には近づかないのが賢明だとか、垣根に残されている暗号の読み方とか、どんなときに無心をして、どんなときに失敬するかとか、その両方をどうやればいいか、とかいったことを。何かを手に入れるためには金銭か労力のいずれかを費やさなくては、と考えている彼を、連中はあざ笑った。そのいずれも費やさないで、欲しいものを何でも手に入れていたからだった。ときどきユルギスは浮浪者の一団と森のなかの溜まり場で野宿して、夜中に近所へ食料の徴発に出かけたりした。そうした連中のなかに、彼に「惚れこんだ」男がひとりがいて、一週間ばかり、昔話に花を咲かせながら、いっしょに旅をしたこともあった。

こうしたプロの浮浪者の多くは、生来、怠惰で性悪な連中だった。だが、その大多数はもともとは労働者で、ユルギスと同じように長年、悪戦苦闘してきたのだが、結局は勝ち目がないと悟って、戦意を喪失したのだった。やがてユルギスは別のタイプの男たち、その仲間の誰かがやがて浮浪者に転じることになる男たちの集団に出会った。ホームレスで、放浪の旅をつづけてはいたが、それでもまだ仕事を、たとえば収穫期の畑での仕事を探している男たちだった。この連中はひとつの軍隊を、つまり社会の巨大な産業予備軍を構成していた。それは世界の不安定な労働、一時的で不規則だが、放置することのできない仕事に対処するために、自然の冷酷な秩序の下で形成されたのだった。もちろん、連中はそのことを知らなかった。仕事を探しているということと、仕事が束の間に消えてしまうということしか知らなかった。初夏にはテキサスにいたのが、刈り入れ時が始まると、季節とともに北へ北へと移動して、カナダはマニトバで秋の終わりを迎える。それから、冬場の仕事がある大規模な材木伐採地の飯場を見つけ出そうとする。だが、それが見つからないと、都会に流れていって、なけなしの貯金で暮らしながら、汽船や荷馬車の荷積みや荷揚げの作業、溝掘り工事、除雪作業といった臨時雇いの賃仕事をすることになる。もし働きたい人間の数が必要以上に多ければ、これまた自然の冷酷な秩序に従って、弱者が寒さと飢えで死んでしまうのだ。

ユルギスが刈り入れの仕事に出くわしたのは、ミズーリにいた七月下旬のことだった。ここには農民が三カ月も四カ月もかけて育てた作物があった。だが、一週間か二週間、刈り入れを手伝ってくれる男たちが見つからなかったら、その作物のほとんどは全滅してしまうかもしれない。そのため、求人広告は、アメリカのどこへいっても目についた。斡旋業者は店を開いた。どの都市からも男という男がいなくなった。大学生までが貨車に何台分も送りこまれた。必死になった農民たちは、列車を勝手に停めて、荷馬車に何台分もの男たちを力ずくで連れ去る始末だった。賃金にしても、悪くはなかった。誰にでも賄い付きで日給二ドルが支払われ、稼ぎ頭は二ドル五十セントから三ドルになった。

「収穫熱」とでも呼ぶべき熱病が蔓延していて、この地方に住んでいる気骨のある人間で、その病気にかからない者はいなかった。ユルギスも男たちの群れに混じって、夜明けから日没まで、一日十八時間、二週間ぶっつづけに働いた。こうして、かつての悲惨な時期には、ひと財産と思われたような額の金を、彼は手に入れた。だが、それを今さらどうしろと言うのか？　もちろん、銀行に預けておいて、運さえよければ、必要なときに引き出すこともできる。だが、今のユルギスはホームレスの浮浪者で、広い大陸をさまよい歩いている。その彼に銀行業や、手形や、信用状について、何がわかるというのか？　といって、その金を身につけて持ち回っていたりしたら、結局は誰かに盗まれてしまうのが落ちだ。楽しく使えるうちに使ってしまう以外に、打つ手はないではないか？　土曜日の夜ともなると、彼は仲間といっしょに町に繰り出した。雨は降っていたし、ほかにいく当てもなかったので、酒場へいった。奢る相手もいたし、奢られる相手もいた。笑い声、歌声、おいしい料理。やがて酒場の奥から、頬に紅を塗った、派手な女がユルギスに微笑みかけてきた。心臓が急にのどのあたりで高鳴った。合図を送ると、その女はそばにきて座った。ふたりはさらに杯を重ね、手を取り合って二階の部屋へ上がった。彼の内なる野獣が、頭をもたげて吠え立てた。太古の昔からジャングルで野獣が吠え立てたと同じように。やがて、ほかの男や女が合流してくれたとき、彼はほっとした。追憶と恥辱にさいなまれていたからだった。それからまた、みんなで飲みはじめて、一晩中、乱痴気騒ぎで大いに盛り上がった。産業予備軍の先陣を承る形で、別の軍隊、つまり女たちの軍隊が行動していたが、女たちもまた自然の冷酷な秩序の下で、生存のために戦っていたのだった。快楽を求める金持ちの男たちがいたので、若くて美しい女たちには安楽で豊かな生活があった。やがて、この女たちは、もっと若くて美しい女たちに追いやられると、働く男たちにつき従うことになった。そうした女たちは、自分で勝手に酒場にやってきて、儲けを主人と折半する場合もあったし、予備軍の男性と同じように、斡旋業者の口利きによる場合もあった。この女たちは収穫期には町にいた。冬季には材木伐採地の飯場の近くにいた。男たちが都会に集まるときには都会にいた。軍隊が陣営を張ったり、鉄道や運河を通したり、大博覧会の準備をしたりするときは、女たちが群がってきて、掘っ立て小屋や酒場や共同住宅などに、ときには八人か十人が同居していた。

翌朝、ユルギスはすっからかんになって、また放浪の旅に出た。彼はひどい自己嫌悪に陥っていたが、彼の新しい生活設計に基づいて、さまざまな感情を押し殺した。バカなまねをしてしまったが、今さらどうすることもできない。せいぜいで、同じへまを二度と繰り返さないようにすることくらいしかできない。彼はひたすら歩きつづけた。やがて、運動と新鮮な空気が頭痛を追い払い、元気と喜びがよみがえってきた。これはいつも彼に起こることだった。それはユルギスがまだまだ衝動的な人間であって、快楽がビジネスになっていないことを物語っていた。路上生活者の大半は、酒と女に対する渇望に抗し切れなくなると放浪をやめ、目的達成のためにせっせと働くが、目的の遊興費が貯まると、働くことをやめてしまう。そうした人間に彼がなるまでには、随分と時間がかかることだろう。

それどころか、ユルギスは良心の呵責から、どうしても逃れることができなかった。良心は絶対に退散しようとしない幽霊だった。それは思いもかけない場所で出没した。ときには、それは彼を酒へと追い立てることもあった。

ある晩、彼は雷雨につかまって、町はずれの小さな家で雨宿りをさせてもらった。それは労働者の家だった。主人はユルギスと同じスラヴ系の男で、白ロシアからの新移民だった。男はユルギスを故国の言葉で歓待し、濡れた衣服を台所の火で乾かすように言ってくれた。余分のベッドはないが、屋根裏部屋にわらを敷いてあるので、それで間に合うだろうとも言ってくれた。男の妻は夕食の支度をしていて、子どもたちは床の上で遊んでいた。ユルギスはそこに座って、捨てた故国、訪れた土地、これまでにしてきた仕事などについて男と意見を交わした。それから食事になり、その後また座って、煙草を吸いながら、アメリカやアメリカの印象を語り合った。だが、ユルギスは話の途中で思わず絶句した。男の妻が大きなたらいを持ち出してきて、一番下の赤ん坊を裸にしはじめたからだった。ほかの子どもたちは押入れにもぐりこんで、もう寝てしまっているが、赤ん坊には湯浴みをさせるのでね、と男は説明した。夜が冷たくなり出したので、アメリカの気候のことを知らない母親が、赤ん坊に冬向きの厚着をさせた。ところが、またぞろ暖かくなったために、赤ん坊の肌に発疹のようなものが出てしまった。医者に診せると、毎晩、入浴させろ、と言われたので、そのとおりにやっているのですよ、バカな女だから、と男は話していた。

その説明をユルギスはほとんど聞いていなかった。赤ん坊をじっと見つめていた。一歳前後の、元気そうな男の子だった。柔らかい、太った脚、ボールのように真ん丸い腹、石炭のように黒い瞳。吹き出物など気にしていない様子だった。湯浴みが楽しくて仕方がないのか、足をばたつかせたり、体をくねらしたり、きゃっきゃっと笑ったり、母親の顔や自分の足の指を引っ張ったりしていた。母親がたらいに入れると、赤ん坊は真ん中に座って、にこにこ笑いながら、湯を体にぴちゃぴちゃかけたり、子ブタのようにきいきい言ったりしていた。赤ん坊は、ユルギスが少しは知っていたロシア語をしゃべった。赤ちゃん独特の、いかにもへんてこなアクセントでしゃべっていたが、その片言のひとつひとつが死んだ息子の言葉をユルギスに思い出させ、ナイフのように突き刺さった。彼は黙って、両手を固く握りしめたまま、身じろぎもせず座っていたが、胸のなかでは嵐が募りはじめ、目の奥で洪水が起ころうとしていた。ついに彼は耐え切れなくなった。両手に顔を埋め、わっと泣き出した。家の主人と妻はあっけに取られていた。恥ずかしくて、悲しくて、居たたまれなくなったユルギスは、雨のなかへ一気に駆け出した。

彼は道をどんどん歩いて、黒い森にいき当たると、そこに身を隠して、胸が張り裂けんばかりに号泣した。ああ、何という苦悶、何という絶望だろうか、記憶の墓が暴かれ、立ち現れた過去の生活の亡霊に鞭打たれるということは！　何という恐怖だろうか、かつてのおれ、二度と帰ることのできないおれの姿を目の当たりにするということは！　オーナと、息子と、死んでしまったおれ自身が、底なしの深淵のかなたから、このおれに腕を差し伸べ、口々に呼びかけている姿を目の当たりにするということは！　オーナにも息子にも永久に去られてしまったのに、おれだけがおれ自身の生み出した醜悪な泥沼のなかで、七転八倒しながら、息も絶え絶えになっているのを思い知らされるということは！

第二十三章

秋口になって、ユルギスはまたシカゴを目指して旅立った。乾草の上で暖かくしていられなくなった途端に、放浪の喜びは消え失せてしまった。ほかの何千人もの浮浪者と同じように、シカゴへ早くいけば、職探しの混乱を避けることができる、などという期待に惑わされていた。所持金は十五ドル、片方の靴に隠してあった。酒場の主人たちから守り通した金だったが、例の良心の呵責とやらのせいではなかった。冬の都会で失業していることを考えたときに感じた恐怖に支配されていたためだった。

ほかの数人の仲間との汽車の旅だった。夜間に貨物列車に隠れての無賃乗車だったが、もし見つかってしまえば、いつなんどきでも、列車の速度とは関係なしに、外に放り出される危険があった。シカゴに着くと、仲間と別れた。彼には金があったが、連中にはなかったし、これからの戦いでは、まず自分自身を守るぞ、と決心していたからだった。これまでの経験で身につけた手腕を、存分に発揮するぞ。誰が倒れようと、おれだけは倒れないぞ。天気のいい夜は、公園やトロッコや空き樽や空き箱のなかで野宿した。雨の日や寒い日には、簡易宿泊所の棚状に重なったベッドに十セント払って身を横たえたり、安アパートの玄関ホールで「無断居住者」となる特典を三セントで手に入れたりした。食事は酒場へいって、五セントのウイスキーを注文すればついてくる無料の昼食《フリー・ランチ》で済ませ、それ以上は一セントも使わなかった。この調子でいけば、二カ月以上は食いつなぐことができる。その間に仕事も見つかるにちがいない。もちろん、あの夏の清潔な生活とは、おさらばしなければならない。最初に泊まった宿泊所から出てくると、着衣はノミやシラミや南京虫だらけになっていたからだ。このシカゴには、顔を洗う場所さえなかった。湖畔までいけば、話は別だったが、湖もやがて一面の氷になってしまう。

真っ先に彼は、製鉄工場と刈り取り機工場へ顔を出した。だが、彼の抜けた穴はとっくの昔に埋まっていた。ストックヤードには意識的に近づかなかった。現在は独身だし、これからも独身を通して、就職して得られた給料は誰にも渡さないぞ、と自分に言い聞かせていた。またぞろ長く、しんどい工場巡りや倉庫巡りが始まった。彼は一日中、シカゴを端から端までてくてく歩いたが、どこへいっても十人から百人の先着者がいた。新聞広告も読んだが、もう口達者な斡旋業者たちに騙されることはなかった。「路上生活」をしている間に、連中のあの手この手について教わっていたからだった。

だが、ほぼ一カ月の職探しの末に、彼は結局、新聞広告で仕事を見つけることになった。それは百名採用という広告だった。どうせインチキだろうと思ったが、場所が近かったので、のぞいて見た。長い行列が一ブロックほどもできていたが、たまたま荷馬車が路地から出てきて、行列を横切ったので、彼はしめたとばかりに、さっと割りこんだ。並んでいた連中は彼を脅して、行列からつまみ出そうとした。彼も怒鳴り返して、騒ぎ立てたために、警官がきそうになって、その場は無事に収まった。警官が介入するようなことがあると、全員が解散させられることがわかっていたからだった。

一時間か二時間後、とある部屋に入った彼は、大柄なアイルランド人が座っている机の前に立っていた。

「シカゴで働いたことはあるかね？」と男は聞いた。ユルギスにそれを思いつかせたのが守り神の仕業だったにしろ、それとも鋭い機知のひらめきだったにしろ、とにかく彼は「ありません」と答えていた。

「出身は？」

「カンザスシティです」

「紹介状は？」

「ありません。手に職がない人間ですから。腕力はあります」

「重労働のできる人間が欲しい。地下の仕事ばかりだ。電話のトンネルを掘るのでね。きみには向いてないかもしれんな」

「やります――何でもやらしていただきます。給料はいくらでしょうか？」

「時給十五セントだ」

「やらしていただきます」

「よし、わかった。むこうへいって、名前を言いたまえ」

半時間もしないうちに、彼はシカゴの街路のはるか下方で働いていた。電話線用にしては奇妙なトンネルだった。高さはおよそ八フィート、平坦な床もやはり八フィートほどの幅だった。このトンネルには無数の枝道があった。シカゴの地下に張り巡らされたクモの巣そのものだった。ユルギスは仲間といっしょに半マイルばかり歩いて、工事現場に向かった。さらに奇妙なことに、トンネルには電灯がついていて、複線の狭軌鉄道まで敷かれていたのだ！

だが、ユルギスの仕事はあれこれ質問することではなかったし、この問題で頭を悩ますこともなかった。彼がやっと事件の全貌を把握したのは、それから一年ばかりが経ってからのことだった。シカゴ市議会は、市街地の地下に電話用のケーブルを埋設することを、ある会社に認可する一見何の変哲もない、ありふれた法案を可決していた。ところが、その法案に便乗して、ある有力企業がシカゴ全市をつなぐ貨物運搬用の地下鉄道網の敷設を画策しはじめた。シカゴには数億ドルもの資本を擁する経営者の団体が、労働組合をつぶす目的で組織されていた。この団体を悩ます最大の組合は、貨物運搬業者のそれだったが、この貨物用地下トンネルが完成して、大小すべての工場と鉄道駅とが連結することになれば、貨物運搬業者の組合はのどを締め上げられることになる。ときおり、市議会にもさまざまなうわさが流れ、調査委員会まで作られたことがあったが、そのたびにかなりの金が動いて、うわさは立ち消えになった。そして、ある朝、目を覚ましたシカゴ市民は、工事がすでに完成していることを知って愕然となった。大がかりな疑獄事件に発展したことは言うまでもない。市の記録の改竄《かいざん》といった犯罪がいくつも発覚し、シカゴの大物資本家の何人かは刑務所行きとなった――単なる言葉のあやに過ぎなかったとしても。市会議員たちは、工事現場への主要な入り口が、議員のひとりの経営する酒場の裏手にあったという事実にもかかわらず、まったく寝耳に水だった、と口を揃えて言い張った。

ユルギスが働くのは、新しい切り通しだったので、この冬一杯はつづく仕事であることがわかった。彼はすっかり上機嫌になって、その晩、ひとりで祝杯をあげた。残りの金で、安アパートの一室をほかの四人の作業員と共同で借り、手製の大きなわらのマットレスで寝ることになった。この費用が週一ドルだったが、さらに四ドル出して、工事現場の近くにある下宿屋で食事の面倒を見てもらった。それでも毎週四ドルが手元に残った。彼には信じられないような大金だった。仕事を始める前に、シャベルその他の掘削用の道具、それに靴がぼろぼろになっていたので、ドタ靴を一足、それに夏の間ずっと着ていたのがよれよれになっていたので、フラノのシャツを一枚、買わねばならなかった。外套を買うか買うまいか、一週間かけて思案した。その外套は、隣の部屋で死んだユダヤ人のカラーボタン売りの持ち物だったが、滞った部屋代のかたに家主に取られていたのだった。だが、結局、日中は地下にいて、夜は寝るだけだから、という理由で、ユルギスは外套なしで暮らすことに決めた。

だが、これは不幸な決断だった。これまで以上に足しげく酒場へ通う結果になったからだ。これからのユルギスは、三十分の昼食時間をはさんで、朝の七時から夕方の五時半まで働いた。ということは、週日はお天道様を拝まないということを意味していた。夜になっても、酒場以外にいくところがなかった。明るくて暖かい場所も、音楽を聞いたり、友人としゃべったりする場所もなかった。帰る我が家もなかった。彼の生活には愛情のかけらも残っていなかった。あるのはただ悪友たちとの腐れ縁といった、けちなまがい物だけだった。日曜日には教会にいくこともできた。だが、南京虫が首筋をはい回っている、いやなにおいの労働者が座席に座っても、周りの会衆が不愉快そうに腰を浮かせるのを見なくてもすむような教会が、一体どこにあるというのだろうか？　もちろん、風通しは悪く、暖房はなく、窓を開けると二フィート先にのっぺらぼうの壁が見えるアパートの片隅に、彼の居場所はあった。空っ風の吹き抜ける、がらんとした街路だってあった。だが、それ以外には酒場しかなかった。もちろん、酒場に居つづけるためには、酒を飲まねばならなかった。ときたま酒を注文しさえすれば、いくらでもくつろぐことができた。さいころや脂で汚れたトランプでばくちをしようが、賭け玉突きを薄汚い玉台でやろうが、殺人犯や半裸の女性の写真が出ている、ビールのしみがついたピンク色の「スポーツ新聞」を手に取ろうが、お構いなしだった。彼が金を使ったのは、そのような娯楽のためだった。シカゴの実業家たちが貨物運搬業者組合の弱体化を実現できるように、ユルギスがあくせく働いたのは六週間半だけだったが、その間に彼が送っていたのは、そのような生活だった。

このようにして行なわれたトンネル工事では、作業員の安全への配慮はほとんどなされていなかった。平均して一日一名が死亡し、数名が重傷を負った。だが、そうした事故のひとつでも耳にする作業員の数は、ぜいぜいで一ダースか二ダースに過ぎなかった。工事はすべて新型のボーリングマシーンによって行なわれ、発破は最小限に抑えられていた。それでも落石、支柱の破砕、ダイナマイトの早発などの事故が発生した。その上、鉄道事故の危険がいくらもあった。ある晩、ユルギスが仲間たちと引き上げようとしていたとき、満載の貨車一両を連結した機関車が、直角に交わった無数の支線のひとつから猛スピードでカーブを切ってきて、彼の肩に激突し、コンクリートの壁に叩きつけられた彼は、人事不省に陥った。

彼が目を開けると、救急車の警笛が鳴りひびいていた。毛布を掛けられ、寝転がっていた。クリスマスの買い物客の雑踏を縫うようにして、救急車はゆっくり走っていた。彼は郡立病院へ運ばれ、若い外科医が折れた腕を接骨してくれた。それから体を洗われ、ベッドに寝かされた。それは手足を切断したりした重傷者が二十名から四十名も収容されている病棟だった。

この病院でユルギスはクリスマスを過ごした。アメリカで迎えた最高に楽しいクリスマスだった。毎年、この病院では不祥事があって、調査が行なわれていた。ここの医者は考えられないような実験を患者にすることを許されている、と新聞は告発していた。だが、そういったことは、ユルギスは何も知らなかった。彼の唯一の不満は、パッキングタウンで働いたことがある者なら、イヌにも食わさないような缶詰牛肉を、この病院で食べさせられているということだった。一体誰がストックヤードで製造された缶詰のコーンビーフやローストビーフを食うのだろうか、とユルギスはかねてから不思議に思っていたが、今やっと明らかになってきた。問題の缶詰牛肉は、役人や仲介業者に売りさばかれ、やがて陸海軍の兵士、囚人、諸施設の入居者、樵夫《きこり》、鉄道作業員などの口に入ることになる「不正牛肉」と呼ばれる代物だったのだ。

ユルギスは二週間後に退院できるようになった。といっても、彼の腕が完治して、仕事に復帰できるようになったというのではない。もう介護が要らなくなったので、もっと重症の患者にベッドを譲らなければならなくなった、というだけのことだった。彼が寄る辺もなければ、露命をつなぐすべもない人間であるということなど、病院の当局者であれ、シカゴの人間の誰であれ、まったくあずかり知らないところだった。

彼がけがをしたのは、たまたま月曜日だったので、先週分の食費と部屋代を払ったりして、土曜日にもらった給料のほぼ全額を使い果たしていた。ポケットには七十五セント足らずしかなく、けがをした日の労賃一ドル五十セントは、まだ受け取っていなかった。会社を訴えて、損害賠償を請求することもできたが、彼にはその知識がなかったし、それを教える義務は会社にはなかった。彼は給料と道具類を受け取りにいき、道具類は五十セントで質に入れた。それからアパートの家主のところへいったが、彼の部屋はほかの者に貸してあって、代わりの部屋はなかった。つぎに下宿屋へいくと、女主人は彼をじろじろながめ、あれこれ質問した。これから二、三カ月はまちがいなく失業しているだろうし、食事もこれまでたったの六週間しかしていないので、この男に信用貸しなどすればろくなことはあるまい、と女主人は即座に判断してしまった。

そこでユルギスは路頭に迷うことになった。お先真っ暗だった。身を切るように寒く、降りしきる雪が顔に打ちつけた。外套もなければ行き場所もなかった。ポケットには二ドル六十五セントだけ。これからの数カ月、一セントも稼げないことは確実だった。この雪も、今の彼には幸いしなかった。とことこ歩いていくと、ほかの男たちは猛烈な勢いで雪かきをしている。このおれときたら、左腕を脇腹に固定したままではないか！　トロッコの荷積みのような半端な仕事で、急場をしのぐことも無理だった。新聞を売ることだって、鞄を運ぶ仕事だってできなかった。競争相手に蹴落とされることは、目に見えていたからだった。それを実感したときに彼を襲った恐怖は、とても言葉で表現することができなかった。彼は森の手負いの野獣さながら、不利な条件で敵と戦わねばならなかった。こちらが弱っているからといって、誰も容赦してくれるはずはなかった。どん底のおれに力を貸してくれ、戦いに手加減を加えてくれ、と頼んだところで、知ったことかとうそぶかれるにちがいなかった。物乞いにまで身を落とすにしても、やがて気づかされるいくつかの理由で、彼は不利な立場に置かれていた。

最初は、ひどい寒さから逃れること以外、ユルギスには何も考えられなかった。いきつけの酒場の一軒に顔を出した。ウイスキーを一杯注文してから、暖炉のそばでふるえながら、追い立てを食うのを待っていた。酒を一杯注文すると、一杯分だけねばる権利が得られるが、二杯目を注文しないなら、店を出ていく、というのが不文律になっていた。ユルギスは常連だったから、もう少し長居をする権利があった。だが、二週間もご無沙汰していたし、「食いっぱぐれ」であることは一目瞭然だった。お涙ちょうだいの「身の上話」で泣きつく手もあったが、効き目はなさそうだった。その手に引っかかるような酒場の主人だったら、こんな日には、店は戸口まで「ホームレス」で押し合いへし合いの盛況になったことだろう。

そこでユルギスは別の店へ出かけて、また五セント支払った。ひどい空腹だったため、我慢しきれなくなって、熱いビーフシチューを注文したが、この贅沢のせいで、店でねばることのできる時間がかなり短くなってしまった。ここからも追い立てを食った彼は、「堤防《レヴィ》」の赤線地帯にある「柄の悪い」店へ足を伸ばした。そこへはネズミのような目をした知り合いのボヘミア人の労働者といっしょに女を漁りに何回かいったことがあった。店の主人が「座り屋《シッター》」をやらせてくれればゆっくりできるのに、というのがユルギスのはかない望みだった。三流の酒場では、真冬に、雪をかぶったり、雨でびしょ濡れになったりして店に入ってくる、しょぼくれた感じの浮浪者をひとりかふたり、ストーブのそばに座らせておいて、そのあわれっぽい姿を客寄せに使うということがよくあった。一日の仕事を終えた労働者が、上機嫌で店に入ってくる。だが、そんな格好の人間を目と鼻の先にして、一杯傾けるというのは、どうしても気が引ける。そこで「なあ、そこのあんちゃん。どうした？　えらく不景気な顔をしてるじゃねえか？」と声をかける。すると相手はあわれな苦労話をおっぱじめる。客の男は「まあ、一杯やれよ。元気がつくぜ」と言い出す。こうしてふたりは並んで一杯やることになる。浮浪者がよほど落ちぶれた格好だったり、「しゃべり」がうまかったりすると、一杯が二杯になるかもしれない。同じ国の人間だって、同じ町に住んだことがあるって、同じ仕事をしたことがあるって、ということになると、ふたりはテーブル席に移って、一時間も二時間も話しこむことにもなる。ふたりが話し終わるまでに、酒場の主人はちゃっかり一ドルをせしめている。これはあこぎなやり方かもしれないが、一概に主人を責めることはできない。製品に混ぜ物をして、偽のラベルを貼りつける食肉加工業者と同工異曲なのだから。この主人がやらなくても、ほかの誰かがやっている。それに、この酒場の主人は、市会議員を兼ねている場合は別として、大手の醸造会社に借金があり、身売り寸前の状態というのも、大いにあり得る話なのだ。

だが、その日の午後の「座り屋」市場は供給過剰だったので、ユルギスが売りこむ余地はなかった。結局、このうっとうしい一日からの逃げ場を確保するために、彼は五セント硬貨を六枚も投げ出す羽目になった。それでも日は暮れかけたばかりだった。真夜中になるまで、警察の建物は開放されないのだ！ だが、最後に寄った店で、好意を持ってくれている知り合いのバーテンが、主人が帰ってくるまでの間、テーブルで居眠りをさせてくれた。その上、店を出ようとする彼に、いいことを教えてくれた。隣の街区で、説教やら賛美歌やらの伝道集会か何かが予定されていて、屋根のあるところで暖を取るために、何百人もの浮浪者が押しかけるとのことだった。

ユルギスは会場に直行した。七時三十分開場という張り紙が出ていた。そこで彼は一ブロックばかり小走りに歩いてから、しばらく軒下に身をひそめ、それからまた走り出す、といったことを開場時刻まで繰り返した。最後には凍え死にしそうになっていたが、群れをなしている連中と押し合いへし合いの末に（腕がまた折れるかもしれないという危険を冒して）、会場にやっと入りこみ、大きなストーブのそばに陣取った。

八時までには会場は満員の盛況だったので、説教師たちは気をよくしていたにちがいない。通路の半分近くまで立てこんでいた。入り口付近は男たちがぎっしり詰まっていて、その上を歩いていけそうなくらいだった。演壇には黒い服を着た初老の紳士が三人。その前にピアノを弾く若い女性がひとり。まず賛美歌を歌った。それから、三人のうちのひとりが説教を始めた。背の高い、髭をきれいに剃った、痩身の男で、黒眼鏡をかけていた。その説教をユルギスがとぎれとぎれに耳にすることになったのは、怖くて眠ってなどいられないからだった。ひどいいびきをかいたりして、会場からつまみ出されでもしたら、死刑の宣告を受けたに等しい結果になる。それが怖かったのだ。

その福音伝道師は「罪と贖い」、神の無限の慈悲、人間の弱さに対する神の許しについて説教していた。とても熱心な、善意のこもった説教だったが、それを聞きながら、ユルギスは魂に憎悪が満ちてくるのを感じた。こんな野郎が罪や苦悩の何を知っているというのか？　手触りのいい黒の上着、糊のきいたカラー、温められた体、満ち足りた胃袋、金の詰まったポケット。こんな甘っちょろい野郎が、生きるために懸命になって戦っている男たち、飢えと寒さという悪魔の軍勢と死闘を演じている男たちを相手に説教をするとは！　もちろん、これは一方的な言いがかりだった。だが、この連中は連中が論じている生活から完全に浮き上がっている。その生活の問題を解決するにふさわしい人間とは言えない、とユルギスは感じていた。いや、この連中こそが解決すべき問題の一部なのだ！　男たちを押しつぶし、打ちのめしている体制側の一員なのだ！　得意顔をした、尊大極まりない持てる者たちなのだ！　会場を持ち、ストーブを持ち、食べ物を持ち、衣服を持ち、金を持っている。それだからこそ、連中は飢えた男たちに説教を垂れ、飢えた男たちはおとなしく耳を傾けるのだ！　連中は男たちの魂を救おうとしている。だが、男たちの魂に問題があるとすれば、それは男たちの肉体のためのまっとうな生活が見つからなかったというだけのことだ。よほどの愚か者以外の誰が、それに気づかないというのか？

十一時に集会は終わった。白けきった聴衆は雪のなかへぞろぞろと出ていった。悔い改めて、のこのこ演壇に上がった数人の裏切り者を小声で罵りながら。警察の建物が開放されるまでには、まだ一時間もあった。ユルギスは外套を着ていなかったし、長い間の病気で体力も落ちていた。その一時間のうちに、死んでしまうのではないか、と思った。彼は血液の循環をよくするために、懸命に駆け回らなければならなかった。だが、警察署に舞いもどってみると、玄関前の道路は人の波で埋まっているではないか！　一九〇四年一月のことだった。アメリカは不景気に突入しようとしていた。新聞は連日、工場閉鎖を報じていた。春までに百五十万人が失業すると予想されていた。そういうわけで、シカゴの避難所と名のつく避難所には浮浪者があふれ、問題の警察署の玄関前では、浮浪者たちが野獣みたいに取っ組み合いのけんかをしていた。やっと建物が満員になって、ドアが閉まったが、半分ばかりが締め出されていた。その締め出された連中のなかに、腕を自由に使えないユルギスの姿があった。どこかの簡易宿泊所に転がりこんで、またぞろ十セントを吐き出す以外に打つ手はなかった。夜になってからずっと集会に出たり、路上を歩き回ったりした後で、夜中の十二時半になってから、こんな目に遭おうとは、と胸が張り裂けるような思いだった。朝の七時になると、宿泊所から即刻、追い出される。宿泊所の棚式のベッドは落下する仕掛けになっていて、起きろと言われてもすぐに起きられない者は、床に転がり落ちることになった。

これが一日の出来事だった。寒波は二週間つづいた。六日目が終わったところで、ユルギスの財布は底を突いた。そこで、彼は生きていくために、路上で物乞いをすることにした。

朝、市内が活気づくと同時に、彼は商売に取りかかった。根城にしている酒場から繰り出す。あたりに警官がいないのを確かめてから、金になりそうな通行人に片っ端から近づく。あわれな身の上話をして、五セントか十セントをねだる。硬貨を一枚せしめると、一気に角を回って、根城の酒場に駆けもどり、一杯引っかけて暖まる。ユルギスの犠牲になった通行人は、それを見て、物乞いなんかに二度と恵んでやるものか、と誓いながら立ち去る。ほかにいく場所があの男にあるのだろうか、と考えてみようともしない。いや、自分があの男の立場だったら、一体どこへいくだろうか、とも。酒場でのユルギスは、どのレストランよりもたっぷりで、おいしい食事に、同じ値段でありつくことができただけではない。おまけに一杯のウイスキーで温まることもできた。それに、ストーブのそばにくつろいで、トーストパンみたいに体がほてり出すまで、仲間とだべることもできた。酒場にいると、彼はのんびりした気分になった。酒場の主人の仕事は、物乞いの上がりと引き換えに、家庭の雰囲気と食べ物を提供することでもあった。シカゴじゅうを探しても、そんなことをしてくれる人間がほかにいるとは思えなかった。ユルギスに小銭をねだられた犠牲者の男だって、そんなことをしてくれただろうか？

ユルギスはみじめだった。彼は物乞いとして成功してもおかしくなかった。退院したばかりだった。顔色は死人みたいに真っ青だった。腕は自由に使えなかった。それに、外套は着ていないし、がたがたふるえてもいた。だが、悲しいかな、これまた自社の無添加の純正食品が、巧妙極まりないインチキ食品によって駆逐されたことに気づいた、良心的な実業家のケースとまったく同じだった。物乞いとしてのユルギスは、組織化され、科学的でさえあるプロフェッショナルと張り合っているどじなアマチュアにすぎなかった。退院したばかり、などという泣き言は、手垢に汚れすぎている。どうやって証明するのさ？　腕を包帯で吊っていたって、そんな吊り包帯みたいな仕掛けは、本物の物乞いの子どもなら一笑に付してしまう。顔色が真っ青で、がたがたふるえていても、そんなのは化粧でどうとでもなる。歯をがたがた言わせる技術など、いくらでも勉強できる。外套を着ていない点にしたって、ぼろぼろのリンネルのダスターコートと木綿のズボン以外には、何も絶対に身につけていない、と誓ってもいいようなプロの物乞いの男にお目にかかることがある。だが、この連中でさえも、実に巧妙に純毛の下着を何枚も着こんでいるのだ。こうしたプロの物乞いの多くは、快適な家を持ち、家族にも恵まれ、銀行には数千ドルも預金している。その預金を当てにして引退し、同業者に商売道具を手配する、しかるべき変装をさせる、子どもたちに物乞い稼業をやらせる、などといった仕事に転業する者もいる。両腕を両脇にしっかり縛りつけ、腕を切断した跡に似せて綿で作ったまがい物を袖からちらつかせながら、病弱そうな子どもを雇って、施しを受けるための鉢を持たせている者。脚がないために、台車で移動している者。生まれながらに目が不自由なため、可愛い小イヌに誘導させている者。もっと不運に生まれついた者は、わざと手足を切り落としたり、火傷をこしらえたり、ぞっとするような爛れを薬品でつけたりする。街を歩いていて、突然、壊疽で腐って変色した指を差し出す男や、汚い包帯から赤黒い傷がのぞいている男にいき当たるかもしれない。このおどろおどろしい連中は、都会の汚水溜めの残滓だった。夜は壊れかけたアパートの雨水がしみこんだ地下室や、怪しげなビールを飲ませる場末の居酒屋や、阿片窟などに身を潜めている無頼の徒だった。売春婦としての人生の果ての果てにたどり着いたあばずれ女どもと暮らしていた。中国人たちに囲われた末に捨てられて、あとは死を待つばかりの女たちだった。こうした連中を警察は毎日、何百人となく網にかけて、街の溝さらえをしていた。隔離病院に追いこまれた男と女。忌まわしい、野獣みたいな顔。病気でむくみ、崩れた顔。さまざまな狂乱状態で笑い、怒鳴り、絶叫する者。イヌのように吠え、サルのようにわめく者。譫妄状態でうわごとを言い、我と我が身をかきむしる者。まさに地獄絵図だった。

第二十四章

　こうして不利な条件はいろいろあったが、宿泊費と、一時間か二時間ごとにやる酒代を稼がなければ、ユルギスは凍え死にするしかなかった。くる日もくる日も、極寒のなかをさまよい歩いた。悲憤と絶望が魂に満ちあふれていた。これまでになく明確に文明世界が見えてきた。それは獣的な力しか意味を持たない世界、その力を持つ者がそれを持たない者を支配するために作り上げた秩序だった。彼は持たない者のひとりだった。外界のすべてが、人生のすべてが、彼にとってはひとつの巨大な牢獄だった。閉じ込められたトラのように、いらいらと歩き回りながら、鉄格子を食いちぎろうとしたが、彼の力ではどうしようもなかった。貪欲との熾烈な戦いに敗れ、抹殺される運命にある彼だった。その死刑宣告から彼が逃げおおせることがないように、世間の誰もが躍起になっていた。どちらを向いても、牢獄の鉄格子があった。敵意に満ちた目が彼を見張っていた。彼が目を伏せて逃げ回っている、栄養たっぷりの太った警官は、彼の姿を見かけると、警棒を持つ手に力をこめるようだった。酒場の主人たちは、彼が店に入ってくると、絶対に目を離さず、酒代を払ってからぐずぐずしている彼を、一瞬の抜かりもなく警戒していた。街を急ぐ群集は、お恵みを、という彼の言葉に耳を貸さなかった。彼の存在に目もくれなかった。前に立ちふさがったりすると、すごい剣幕で罵倒された。みんな自分の仕事にかまけていた。彼が入りこむ余地はどこにもなかった。どこに目を向けても、その事実がのしかかってきた。その事実を彼に思い知らせるために、すべては作られていた。豪邸の分厚い壁と、錠を下ろした門扉と、鉄格子のついた地下室の窓。世界各国の製品がぎっしり詰まった倉庫を守る、鉄製のシャッターと重い門扉。無慮数十億ドルの富が埋められている、銀行の鋼鉄製の金庫と地下保管室。

こうしたある日、人生でたった一度の冒険がユルギスの身に降りかかった。それは夜遅くのことだった。彼は宿泊費も稼げていなかった。雪が降りしきっていた。ずっと道端に立っていたので、雪まみれになり、骨の髄まで冷え切っていた。芝居の引け時の人ごみをうろちょろしながら、物乞いをしていた。警察に対して大胆に構えていたのは、いっそこのまま逮捕してもらいたい、という捨て鉢な気分が働いていたからだった。それでも、紺の制服の警官が近づいてくると、急に弱気になって、横町に飛びこみ、二、三ブロック走って逃げた。走りやめたとき、男がひとり、やってくるのが見えたので、その前に立ちはだかった。

「お願いです、旦那」といつもの決まり文句で声をかけた。「宿代を恵んでやってくださいませんか？腕が折れて、働くこともできず、ポケットには一セントもございません。まっとうな労働者でして、物乞いなど初めてです。こちらのせいではありませんで、旦那――」

たいていの場合、途中でさえぎられるのだが、この男はさえぎらなかった。そのため、息切れがしたユルギスは口をつぐんだ。相手は立ち止まったままだったが、足元がふらふらしているのに、ユルギスは初めて気がついた。

「何て言った?」男は突然、濁った声で聞いた。

ユルギスは前よりもゆっくり、はっきりした声で繰り返した。半分も言い終わらないうちに、相手は手を伸ばして、ユルギスの肩に置いた。

「お気の毒に! 苦労を、ういっ、していますね?」

そう言って、男はユルギスによろけかかった。肩に置かれた手が伸びて、首に腕が巻きついてきた。

「ぼくも苦労していますよ、大将。とっても厳しい浮世ですからね」

ふたりは街灯のそばに立っていた。ユルギスは相手の顔を盗み見た。若い男だった。十八歳そこそこで、童顔の好青年だった。シルクハットをかぶり、毛皮の襟のついた、高価で柔らかい外套を着ていた。同情しているよ、というふうに、ユルギスに人懐っこく笑いかけてきた。

「ぼくも、金欠なんだ、きみっ。ひどい両親じゃなければ、助けてやれるんだがね。きみは何だったんだって?」

「病院に入っていました」

「病院だって!」若い男は叫んだが、まだにこにこ笑っていた。「そりゃ、大変だったなあ! ぼくとこのポリー伯母さんもご同様で、ういっ、ポリー伯母さんも、病院に入っておりましてね。双子をご出産になったんですよ、この伯母さんは! きみは何だったんだって?」

「腕を骨折して——」とユルギスは説明しかけた。

「そりゃ」と相手は同情したように言った。「そりゃ、そうひどくはないよね。よくなりますよ。誰かこのぼくの腕をへし折ってくれるやつはいないかなあ、大将――いて欲しいんだよな。そうなりゃあ、少しは扱いもよくなるでしょうがね、ういっ。肩を貸してくれたまえ、きみっ！　ぼくにどうしろって？」

「腹が空いております」とユルギスは言った。

「腹が空いてるって！　飯を食えばいいじゃないか？」

「文無しでして」

「文無しだって！　わっはっはっ。仲良くやろうぜ、きみっ！　ぼくと同じじゃないですか！　文無しでございますよ、このぼくも。破産寸前ですからね！　家へ帰ればいいじゃないか、ぼくと同じようにさ？」

「家無しでして」とユルギスは言った。

「家無しだって！　大都会の家なき子というんだな？　そりゃ、大変、お気の毒！　じゃ、ぼくんちへおいでよ。そうだ、これは名案だ。ぼくんちへおいでよ。飯を食おうぜ、ういっ、いっしょに！　おっそろしく淋しいのさ。家には誰もいないんだから！　親父のやつは外国だろ。バビーのやつは新婚旅行だろ。ポリーは双子を産んでるだろ。ひとり残らず、出払ってやがるのさ！　こうなりゃあ、ういっ、こうなりゃあ、酒を飲まずにいられますかってんだ、なあ！　ハムの野郎がそばに突っ立ってて、料理の皿を渡すだけなんだぜ。そんなんで、飯が食えるはずがねえだろ！　それで、ぼくは毎回、クラブでということになるのさ、きみっ。ところが、クラブじゃ、ぼくを泊めてくれないのさ。雷親父のご命令とくらあな！　毎晩、家へ帰れって！　こんなの、聞いたことあるかい？『毎朝でいいだろ？』と聞いてやったよ。『駄目だ。毎晩だ。さもなきゃ、小遣いをやらんぞ』だってさ。これが親父のやつの言い草さ、ういっ、こちこちの石頭なんだから、まったく。ぼくを見張れって、ハムの野郎に言いつけてやがんの。召使いどももスパイさ。どうお思いです、我が友は？　ぼくみたいな、虫も殺さぬ、おとなしい、ういっ、心優しい青年なのにさ。親父のやつ、自分はヨーロッパへいきながら、おえっ、息子をのんびりさせてくれないんだから！　ひどいじゃないですか？　ぼくは毎晩、帰宅させられて、いい思いが全然できないんだから、まったく！　そういうわけなんですよ。そういうわけで、ぼくはここにいるのですよ！　キティと別れて、おさらばしてさ、ういっ、別れてきたとき、キティは泣いていましたよ。どうお思いです、我が友は？『帰らせてくれよ、キティちゃん』とぼくは言ったねえ。『すぐに、しょっちゅう、会いにくるからさ。ぼくはいくぜ、ういっ、親孝行をするために。さらば、おさらば、愛しの人よ。さらさらさらば、いと愛しい人よ！』ってね」

最後のあたりは歌う調子になっていた。若い紳士はユルギスの首にすがりついたまま、悲しそうに泣き声を張り上げた。ユルギスは誰かきはしないかと、はらはらしながら周りを見回した。だが、今のところふたりきりだった。

「それでも、ぼくはだいじょうぶ、だいじょうぶさ」と青年は元気な声で言った。「ぼくは、ういっ、ぼくは我が道をいくのさ、その気になればだけどさ、まったく。フレディ・ジョーンズ様がいったん思い立ったら、もう手がつけられないですぜ！『とんでもない』とおいらは言ったねえ。『べらぼうめ。送ってもらわなくたって、ひとりで帰れるさ。ぼくを何と思っている？　酔っ払っていると思ってるだろ？　わかってるよ！　言っとくけど、おまえさんと同じくらいしらふだからな、キティちゃん』とね。

すると、彼女、何と言ったと思う、『そのとおりよ、フレディ坊や（頭がいいんだから、キティのやつは）。でもね、あたしはアパート、あなたは寒い、寒い夜のなか！』だってさ。ぼくは言ってやったよ、『そいつを詩にお書きよ、愛するキティちゃん』とね。そしたら彼女が言うのさ、『冗談はよしてよ、フレディ坊や。馬車を呼ばせてね、いい子だから』ってね。しかしさ、ぼくは馬車ぐらい、いくらだって呼べるんだから。バカ言っちゃいけないよ。自分が何をしているかくらい、百も承知なんだから！　なあ、我が友よ、どうだい？　ぼくを家まで送ってくれて、飯をいっしょに食うってのは、どうだい？　おいでよ、いっしょに、いい子だからさ。お高くとまるんじゃないの！　困ってるんだろ、ぼくと同じで。同病相憐れむというやつさ。おまえさんこそは、我が党の士だよ、まったく！　いっしょに行こうぜ、大将。家中に明かりをつけて、シャンパンを開けて、ぱっといこうぜ、ぱっと。無礼講だね！　家に居さえすれば、何だって好きなことができるのさ。雷親父のご命令どおりにね！　万歳！　万歳！」

ふたりは腕を組んで通りを歩きはじめた。わけがわからないままのユルギスを、青年はぐんぐん押していった。一体どうしたものか、とユルギスは思案していた。この新しく知り合った男といっしょに、賑やかな場所を通れば、人目を引いて、呼び止められるにきまっていた。通りがかりの人が変に思わなかったのは、雪が降りしきっているからに過ぎなかった。

そこでユルギスは突然、立ち止まった。

「うんと遠いんですか、お宅は？」と彼は聞いた。

「そんなに遠くはないさ」と相手は答えた。「しかし、疲れていたんだよな、おまえさんは？　そうだ、馬車に乗ろう。いいだろ？　よっしゃ！　馬車を呼べ！」

それから、青年はユルギスを片手でぎゅっとつかんだまま、もう一方の手でポケットをまさぐりはじめた。

「呼んでくれよ、我が友よ。金はぼくが払うからさ。これで、どうだい?」

青年はどこかから分厚い札束を引っ張り出した。これほどの大金を目にしたのは、ユルギスは生まれて初めてだった。目を丸くして、それを見つめた。

「大金に見えるだろ、ええ?」とフレディ坊ちゃまは札束をもてあそびながら言った。「そう見えるだけだよ、大将。小銭ばっかりさ! 一週間もすりゃあ、空っけつさ、本当だって。嘘は申しません。一日までは一セントも駄目で、ういっ、ございます。ご尊父様のご命令で、ういっ、一セントも駄目だって、まったく! 頭にきたっておかしくないだろ、頭に。今日の午後さ、親父のやつに電報を打ってやったさ。そんなこともあって、家へ帰るんだけどさ。打ってやったよ、『ガシスンゼン』とね。『イッカノメイヨノタメニ(ういっ)パンオクレ』キガノタメチチウエニゴウリュウスルヤモシレズ』フレディ』。これが電文さ、まったく。ぼくは本気なんだから。学校なんか、おさらばしちゃいますよ、少し送ってくれないとね、本当だよ」

こんな調子で、若い紳士はしゃべりつづけた。そのそばでユルギスはどきどきしていた。相手の隙を盗んで、あの札束を引っつかみ、暗闇のなかへとんずらしたい。やってみるか? これ以上待っても、これ以上の何が期待できる? だが、生まれてから今まで、悪事に手を染めたことはなかった。半秒だけ、躊躇しすぎた。フレディは紙幣を一枚だけ抜き取ると、残りはまたズボンのポケットに押しこんだ。

「さあ、大将。これを取っときな」

男はそう言って、紙幣をひらひらさせた。ふたりは酒場の前にいた。窓の明かりで、ユルギスにはそれが百ドル紙幣とわかった！

「取っときな」と相手は繰り返した。「御者に払ったら、お釣りは取っときな。ぼくには、ういっ、ビジネスの頭がないんだ！　親父もそう言っているけど、親父にはよくわかっているのさ。親父はビジネスの頭があるのだな、絶対に！『いいよ、親父』と言ってやったよ。『親父が興行を打てよ。ぼくは切符のもぎりをやるからな！』って。すると親父のやつ、ポリー伯母さんをぼくの監視役にしやがったのさ、ういっ、そのポリー伯母さんが入院して、双子を産んだりしている隙に、ぼくはどんちゃん騒ぎをしているのさ！　おーい、そこの馬車屋！　ほら！　あいつを呼びなよ！」

馬車が一台、通りかかった。ユルギスは飛び出して、呼び止めた。馬車はぐるっと向きを変えて、歩道の縁石のところまでやってきた。フレディ坊ちゃまはやっとの思いで乗りこんだ。ユルギスがつづいて乗りこもうとすると、御者が叫んだ。「おい、そこの！　降りろ。おまえだよ！」

ユルギスは躊躇して、言われたとおりにしそうになった。だが、連れの青年紳士が怒鳴り返した。

「何だって？　どうしたんだって、ええ？」

御者は黙った。ユルギスは馬車によじ登った。すると、フレディはレイクショア・ドライブの番地を教えた。馬車は走り出した。青年は後ろにもたれて、ユルギスにすり寄ってきた。何やら満足したようにつぶやいていた。それから、三十秒もしないうちに、ぐっすり寝こんでしまった。ユルギスはふるえながら座っていた。あの札束を手に入れることはできないか、とまだ思案していた。だが、隣で寝ている男のポケットを探る勇気はなかった。それに、御者が監視しているかもしれなかった。手にしっかり握っている百ドル紙幣。それで満足しなければならなかった。

半時間かそこらで馬車は停まった。湖畔に着いていた。東から凍てつくような烈風が氷に閉ざされた湖面を吹き渡っていた。「着きやした」と御者が言った。ユルギスは連れの青年を起こした。

フレディ坊ちゃまはがばと起き直った。

「やあ!」と彼は言った。「ここはどこだ? どうなってんだ? 誰だ、ええ? おお、そうだ、そうだったな! 忘れかけていたよ、ういっ、大将のことを! 家だな? さあてと! ぶるぶるっ、こりゃ寒いや! いっしょにきなよ。我が宿だぜ——玉の装《よそ》い、ういっ、うらやまじってさ!」

ふたりの前に豪壮な花崗岩造りの屋敷がそびえていた。街路から奥まったところにあって、そっくり一区画の土地を占めていた。中世の城郭のように、いくつもの塔と大きな破風がついているのが、屋敷内の車道の明かりで見て取れた。青年が間違えたにちがいない、とユルギスは思った。ホテルや市役所のような家を所有している個人がいるなどということは、彼には想像もつかなかった。だが、彼は黙ってついていった。ふたりは腕を組んだままで、長い階段を上がった。

「ここらにボタンがあるはずだぜ、大将」とフレディ坊ちゃまは言った。「見つけるから、腕をつかんでいてくれよな! ほら、じっとしてな。おお、これこれ、ここにあったぜ! 助かったなあ!」

呼び鈴が鳴った。数秒後に玄関のドアが開いた。紺色のお仕着せを着た男がドアを開けたままで立っていた。彫像のように黙って、前方をじっと見つめていた。

ふたりは一瞬、強い光のなかで、目をしばたたきながら立ちすくんでいた。ユルギスは青年が引っ張っているのに気づいて、屋敷のなかへ足を踏み入れた。紺色のお仕着せのロボットみたいな男は、ドアを閉めた。ユルギスの心臓は激しく鼓動していた。彼は大胆な行動を取っていた。一体どんな非現実的な不思議の世界に闖入しようとしているのか、見当もつかなかった。『アラビアン・ナイト』のアラジンでさえも、洞窟に入っていったとき、これほどは興奮していなかったにちがいない。

彼が立っている場所は、ほの暗かった。だが、大広間、その上方の闇まで伸びて見えなくなっている高い柱、そのずっと奥に上がり口のある大きな階段は目に入った。床は鏡のように滑らかなモザイク模様の大理石だった。影深い森の夕映えのような紫と赤と金の薄明のなかで、奇妙なものの姿が壁からぼんやりと浮かんでいた。豊かな、調和の取れた色彩の、巨大な帷《とばり》に織りこまれた姿もあれば、何枚もの見事な、神秘的な絵画からきらめいている姿もあった。

お仕着せの男は足音を忍ばせて、ふたりに近づいてきた。フレディ坊ちゃまは帽子を脱いで男に渡した。それから、ユルギスの腕を放して、外套を脱ごうとした。二、三回もたもたしたが、下僕に助けてもらって、やっと脱ぐことができた。そのとき、もうひとりの男が近づいてきた。背の高い、でっぷりした人物で、死刑執行人のような怖い顔をしていた。この男がずかずかと自分のほうに向かってきたので、ユルギスはどぎまぎして身をすくめた。男は無言のまま彼の腕をつかむと、玄関のドアのほうに引っ立てようとした。突然、フレディ坊ちゃまの声が聞こえた。

「ハミルトン！　ぼくの友達はずっとぼくといっしょだぜ」

男は立ち止まって、ユルギスをつかんだ手をゆるめた。

「こっちだよ、大将」

ユルギスは声の主のほうへ歩きはじめた。

「若旦那様！」と男は叫んだ。

「御者に、ういっ、金を払っとけよ」と言いつけると、若旦那はユルギスと腕を組んだ。ユルギスは「御者に払う金ならここに」と言いかけたが、ぐっと我慢した。執事の服装をした、太った男が、もうひとりの男に合図をすると、その男は馬車のところへいった。太った男はユルギスと若旦那の後ろについてきた。

三人は大広間の奥へ歩いていって、向きを変えた。目の前に大きなドアがふたつあった。

「ハミルトン」とフレディ坊ちゃまは言った。

「御用で？」

「この食堂のドアはどうなってんだ？」

「どうもなっておりませんが」

「じゃ、なぜ開けねえんだ？」

男はドアを左右に開けた。新しい光景は闇のなかに沈んでいた。「明かりを」とフレディ坊ちゃまが命令した。執事がボタンを押すと、天井からまばゆいばかりの白熱灯の光が洪水のように流れこんできた。ユルギスは目がくらみそうだった。彼はあたりを見回した。少しずつ大食堂の様子がわかってきた。光が降り注いでくるドーム型の天井。一枚の巨大な壁画が描かれた四面の壁。花の咲き乱れる森の空き地で舞い踊る、数多くの水の精と木の精。イヌとウマを引き連れて、山あいの小川を駆け抜ける女神ディアナ。林間の沢で水浴をしている乙女たち。いずれも等身大で、あまりにも写実的だったので、ユルギスは魔法にかけられて、夢の宮殿へ連れてこられたような気分だった。やがて彼の目は食堂の中央にある長い食卓に移った。それは黒檀のように黒く、銀と金の細工品で光っていた。食卓の中央には、彫刻を施した大きな花瓶が置いてあった。かすかに光るシダと赤と紫の珍種のランが、その中心部のどこかに隠されている照明を受けて、燃えるように鮮やかだった。

「これが食堂だ」とフレディ坊ちゃまは言った。「気に入ったかい、ええ、大将?」

フレディは何か発言すると、ユルギスの顔をのぞきこむようにして笑いながら、それに対する返事を聞かせろ、ときまって求めてきた。ユルギスは気に入ったと答えた。

「でもさ、たったひとりで飯を食うには、けったいな場所なんですぜ」というのが、フレディのコメントだった。「けったいもいいところさ! どう思うね、ええ?」そこで別の考えが浮かんだらしく、ユルギスの返事を待たずに話しつづけた。「こんなの、見るの、ういっ、初めてじゃないすか? ええ、大将?」

「そうです」とユルギスは言った。

「田舎からきたのかな、もしかして、ええ?」

「そうです」

「やっぱり! 思ったとおりだったな! 田舎者は、こんな家は見たことがないだろうなあ。親父のやつ、田舎者を連れてくるんだぜ。無料拝観というやつさ。ういっ。サーカスも顔負けよ! 田舎に帰って、うわさ話をするんだよな、そいつら。ジョーンズ旦那のお屋敷。食肉加工会社社長ジョーンズ。ビーフトラストの男。ブタでも身代を築いたんだな、あん畜生めは。これで、おれたちの銭がどこへ消えるかわかるだろ。リベートやら会社専用路線やらなのさ。ういっ。まったくの話がさ！　すげえ屋敷だろう、しかし。一見の価値ありさ！　食肉会社社長ジョーンズの名前、聞いたことがあるかな、大将？」

ユルギスは思わずぎくりとなった。相手は何ひとつ見逃さない鋭い目の持ち主だった。「どうしたんだ、ええ？　聞いたことがあるのかい？」

そこでユルギスは口ごもりながら答えた。「ストックヤードの会社で働かせてもらったことがあります」

「何だって！」とフレディ坊ちゃまは大声を上げた。「大、大将が！　ストックヤードで？　わっはっはっ！　何と、愉快じゃないかい！　握手をしようぜ、大将。参ったなあ！　雷親父のやつ、ここにいないなんて。大将に会えて大喜びしただろうに。従業員たちと大の仲良しなんだからな、雷親父は。労働と資本がどうの、共通の利害がどうのってね！　ういっ。世の中、面白いことがいくらでも起こるんだな、大将？　ハミルトン、ご紹介させてくださいよ。こちら、我が家の友人、雷親父の古くからの友人。ストックヤードで働いているのさ。ぼくと一夜を過ごすためにお見えなんだ、ハミルトン。大いに盛り上がるのさ。我が友、えーと、名前は何だっけ、大将？　名前を教えてくれたまえ」

「ルドクス。ユルギス・ルドクスです」

「こちら、親友のルドノーズ君だ。ハミルトン、握手しろよ」

貫禄たっぷりの執事は頭を下げたが、一言も発しなかった。突然、フレディ坊ちゃまは執事に指を激しく突きつけた。「おまえさんが不機嫌な理由、お見通しだぞ、ハミルトン。一ドル賭けたっていいぜ！　おまえさんは思っているのさ、ういっ、ぼくが酔っ払っていると思っているのさ！　どうだい、ええ？」

執事はまた頭を下げた。「そのとおりでございます」

それを聞いて、フレディ坊ちゃまは、ユルギスの首に思い切りぶら下がって、笑いこけた。「ハミルトン、おまえっていうやつは何て悪党なんだ」と怒鳴りながら、「首にしてやるからな。理由はご主人様に対する無礼な態度さ。今に見てろ！　わっはっはっ！　ぼくが酔っ払ってるって！　わっはっはっ！」

ふたりは笑いの発作がおさまるのを待ちながら、今度はどんな気まぐれを起こすことやら、と見守っていた。「何をして遊びたい？」とフレディ坊ちゃまは突然、聞いてきた。「屋敷のなかを見たいかい？　雷親父のまねをして、案内して回れとでも？　まずは貴賓室。ルイ十五世時代風。ルイ十六世時代風。いすは一脚三千ドル。こちらは喫茶室。マリー・アントワネット風。ヒツジ飼いが踊っている絵。ロイスダール。二万三千ドル！　つぎは舞踏室。バルコニーの柱。ういっ。輸入品。特別仕立ての船。六万八千ドル！　ローマで描かせた天井絵。画家の名前は何だっけな、ハミルトン？　マタトニ？　それともマカロニ？　つぎはこの部屋。銀製の杯。ベンベヌート・チェリーニ。けったいなイタリア野郎さ！　あのオルガン。三万ドルでございます。動かしてみな、ハミルトン。レッドノーズ君にお聞かせしろ。いい、いい。もういい。すっかり忘れてた。こちら、腹が空いてるんだって、ハミルトン。飯にしよう。ただし、ういっ、ここでは食わないよ。ぼくの部屋へ行こうぜ、大将。とってもこぢんまりした部屋だよ。こっちだ。足元にご用心。床が滑るからな。ハミルトン、コールドスプレッドを頼むぜ。それにシャンペンもな。シャンペンを忘れるなよ、絶対。一八三〇年もののマデイラをやるからな。聞いてるよな？」

「聞いております」と執事は答えた。「しかし、若旦那様、お父上が残していかれたご命令では――」

それを聞いて、フレデリックの若旦那は背筋を伸ばして、ぐっと胸を張った。「親父はぼくに命令を残していったんだから、ういっ、おまえさんにではないんだから」

それから、ユルギスの首をしっかりつかむと、食堂からふらつきながら出ていった。だが、途中でまた何かを思い出して、「誰かから、ういっ、電報は届いていないのか、ハミルトン？」と聞いた。

「届いておりません」と執事は答えた。

「雷親父のやつ、旅行中のようだな。双子はどうだい、ハミルトン？」

「おふたりともお元気でございます」

「結構だねえ！」とフレディ坊ちゃまは言って、大真面目な口調で付け加えた。「子ヒツジたちに祝福あれ！」

ふたりは大きな階段を一段ずつ、上がっていった。階段を上り詰めたところで、泉水のそばにうずくまるニンフの姿が、夜の闇のなかにほのかに浮かび上がった。うっとりするほど美しい姿で、生けるがごとき色合いの肌は、温もりのある輝きを放っていた。そのむこうは丸天井の大きな広間になっていて、さまざまな部屋へ通じていた。執事は命令を伝えるために、階段の上がり口でほんの数分間立ち止まっただけで、すぐにふたりについてきた。執事がボタンを押すと、広間が煌々たる照明に照らし出された。執事が目の前のドアを開け、別のボタンを押した。ふたりは部屋によろけながら入った。

それは書斎風にしつらえられた部屋だった。真ん中にマホガニー材のテーブルがあった。書物や喫煙用具の山だった。周りの壁は大学のトロフィーやペナント、校旗、ポスター、写真、その他の装飾品、テニスのラケット、カヌーのパドル、ゴルフのクラブ、ポロのマレットなどが飾られていた。さしわたし六フィートありそうな角をした巨大なヘラジカの頭が、反対側の壁のバッファローの頭と向かい合い、床にはクマとトラの皮が敷き詰めてあった。ファンタスティックなデザインの柔らかいクッションに覆われた寝いす、ソファ、窓際の腰掛け。部屋の一隅はペルシャ風のしつらえで、上には大きな天蓋、下には宝石を施したランプがあった。奥のドアのむこうは寝室で、そのむこうには、ほぼ四万ドルを投じた最高級の大理石製のプールがあった。

フレディ坊ちゃまはちょっとの間、立ち止まって周りを見回した。そのとき、隣の部屋から、イヌが一頭、姿を現わした。怪物のようなブルドッグだった。これほど恐ろしい動物をユルギスは見たことがなかった。ブルドッグはドラゴンのような口を開けて大あくびをすると、尻尾を振りながら青年に近づいた。「やあ、デューイ！」と主人は声をかけた。「居眠りをしてたんだな、こいつめ？　さあ、さあ。ほら、どうした？」（ブルドッグはユルギスに歯をむいてうなっていた。）「おや、デューイ。そちらはぼくの友人レッドノーズ君。雷親父の親友でもあるんだぞ！　レッドノーズ君、デューイ提督。[16]握手をどうぞ。ういっ。それにしても、こいつは最高じゃないかい？　ニューヨークの品評会でブルーリボン賞さ。その一回だけで八千五百ドルだぜ！　どうだい、ええ？」

声の主が大型のひじかけいすのひとつに身を沈めると、デューイ提督は足元にうずくまった。うなるのはやめていたが、ユルギスから目をそらさなかった。まったくのしらふだった、この提督閣下は。

執事はドアを閉め、そのそばに立ったまま、ユルギスを油断なく見張っていた。やがてドアの外で足音がした。執事がドアを開けると、お仕着せの男がひとり、折りたたみ式のテーブルを抱えて入ってきた。その後ろにもうふたりいて、カバーをかけたトレーを捧げ持っていた。最初の男がテーブルを広げ、トレーの料理を並べている間、ふたりは彫像のように立っていた。冷たいパテ、スライスした牛肉、小さなパンと耳を切り落としたバターサンドイッチ、スライスしたピーチとクリームを盛りつけた大皿(季節は一月だというのに)、ピンクと緑と黄と白の飾りのついたケーキ、氷のように冷たいワイン五、六本。

フレディ坊ちゃまは料理をながめながら、「お宅にぴったりの品々だな!」と満面に笑みを浮かべた。「さあ、こちらへ、大将。もっと近くへ寄った、寄った」

そう言って、坊ちゃまはテーブルに着いた。給仕がワインのコルクを抜くと、坊ちゃまは瓶を引っつかんで、グラスに三杯、矢継ぎ早にのどへ流しこんだ。それから長い溜め息をつくと、ユルギスに向かって、腰を下ろせ、ともう一度大声で言った。

執事はテーブルの反対側でいすをつかんでいた。おれを座らせないつもりだな、とユルギスは思った。だが、彼のために引いてくれていることが、やっと呑みこめたので、慎重に、警戒しながら、腰を下ろした。彼が落ち着かないのは給仕たちのせいだ、と気づいたフレディ坊ちゃまは、「下がっていいぞ」と顎で合図した。

みんな引き下がったが、執事は残っていた。

「おまえも下がっていいぞ」

「若旦那様――」と執事は言いかけた。

「下がれと言ってるだろ！」と若旦那は怒鳴った。「くそっ、聞こえねえのか？」

執事は出ていって、ドアを閉めた。ユルギスは執事に劣らず警戒していたので、執事がドアから鍵を抜き取ったのを見逃さなかった。鍵穴から部屋のなかをのぞくつもりだった。

フレデリックの若旦那はテーブルに向き直った。「さあ、やってくれ」

ユルギスは不安そうに相手を見つめた。相手は「食えよ！　遠慮なしにやってくれ、大将！」と言った。

「若旦那様は何も？」とユルギスは聞いた。

「腹が空いてないのさ」という返事だった。「のどが渇いているだけだよ。キティとふたりでキャンディを食ったんだよ。お宅はやってくれたまえ」

そこでユルギスは、とやかく言わずに食べた。食べはじめた。片手にフォーク、片手にナイフの彼は、二本のシャベルを使っているようにして食べた。食べはじめたが最後、オオカミのような飢えに支配されて、一皿残さず食べ終わるまで、息も継がなかった。彼の食べっぷりを、あっけに取られて見ていた相手は、「すげえな！」とうなった。

それからシャンペンの瓶をユルギスに差し出した。「今度は飲みっぷりを見せてくれたまえ」

ユルギスは瓶を受け取ると、ラッパ飲みをしはじめた。この世のものとも思われない、恍惚境を思わせる無上の歓喜が、液体となってのどから流れこんだ。神経のすべてがくすぐられ、全身が喜びに打ちふるえた。最後の一滴まで飲み干すと、長い、長い吐息をついた。「ああ！」

「上物だろう、ええ？」とフレディは我が意を得たというように言った。大きないすにそっくり返り、頭の後ろに片腕を回して、ユルギスを見つめていた。

ユルギスも見つめ返した。フレディはしみひとつない燕尾服に身を包んでいた。ハンサムだった。淡い金髪の美青年で、ローマ皇帝ハドリアヌスの寵愛を受けたアンティノウスの面影があった。信頼しきった様子でユルギスに笑いかけると、また例の浮世離れしたような無頓着な口調でしゃべりはじめた。今度は十分間も一気にまくし立てたが、こうして一席ぶっている間に、一族の歴史をそっくりユルギスに語って聞かせた。兄のチャーリーは、『カムチャツカの首長《カリフ》』という芝居で「目元涼しげな姫君」という娘の役を演じている可憐な女性と恋仲だった。一度は結婚直前までいったのだが、「雷親父」が勘当するぞ、と兄に脅しをかけ、想像しただけでよろけてしまいそうな高額の手切れ金を用意したので、それには「目元涼しげな姫君」の美徳もよろけてしまった。結局、チャーリーは大学を休学し、新婚旅行に代わる次善の策として、自動車旅行に出かけていた。「雷親父」はもうひとりの子ども、姉のグェンドレンも勘当してやる、と脅していた。ふたりは侯爵のシャトーに住んでいた。グェンドレンはいくつもの肩書きと決闘の前歴のあるイタリア人の侯爵と結婚していた。ふたりは侯爵のシャトーに住んでいた。いや、住んでいたのは、侯爵が朝食の皿を侯爵夫人に投げつけるようになるまでのことだった。やがて娘から助けを求める電報が届いたので、父親たる老紳士は、侯爵夫人の離婚条件を明らかにするために、イタリアに渡っているのだった。こうしてフレディはたったひとりで取り残され、ポケットには二千ドル足らずの金しかない。フレディとしては、雷親父と一戦交える覚悟はできていて、嘘や冗談ではないことは、いずれ明らかになるさ。どうしても折り合いがつかない場合には、これから坊ちゃんと結婚します、という電報を「キティちゃん」に打たせて、むこうの出方を見てやるつもりだよ。

こんな調子で、上機嫌の青年はしゃべりつづけた。やがて疲れ果てると、この上なく優しい微笑をユルギスに投げかけてから、眠そうに目を閉じた。それから、もう一度、その目を開け、もう一度、微笑みかけてから、目を閉じてしまうと、今度は開けることを忘れてしまった。

数分間、ユルギスは身じろぎひとつせずに座っていた。青年を見やったまま、シャンペンの不思議な後味を楽しんでいた。一度だけ身を動かすと、ブルドッグがうなり声を上げたので、その後はずっと息を詰めて座っていた。やがて部屋のドアがそっと開いて、執事が入ってきた。

執事はユルギスをにらみつけながら、忍び足で近づいてきた。ユルギスは立ち上がって、にらみ返しながら、後ずさりした。やがて壁に突き当たった。執事はすぐそばまでやってきて、ドアを指さしながら、小声で言った。「お屋敷から出ていけ！」

ユルギスはためらった。軽くいびきをかいているフレディをちらりと見た。「そんなまねをしやがったら、こん畜生め」と執事は押し殺した声で言った。「お屋敷を一歩も出ねえうちに、顔をぶっつぶしてやるからな！」

つぎの一瞬、ユルギスはもう一度ためらった。執事の後ろからデューイ提督が向かってくるのが見えた。執事の脅し文句の後押しをするかのように、低いうなり声を上げていた。そこで彼はあきらめて、ドアに向かって歩きはじめた。

ふたりは足音を忍ばせて部屋の外に出た。こだまが返ってくるような大きな階段を下りて、暗い大広間を通り抜けた。玄関のドアのところで、ユルギスは立ち止まった。執事は大股で近づいてきた。

「両手を挙げろ」と執事はかみつくように言った。

ユルギスはけがをしていないほうの手を握りしめて、一歩後ろに下がった。

「何のためだ?」とわめいたが、相手が身体検査をしようとしていることに気づくと、「地獄へ落ちてもお断りだね」と答えた。

「ムショへ入りたいのか?」と執事は脅した。「警察を呼んで――」

「呼ぶなら呼べよ!」とユルギスはかっとなって怒鳴った。「指一本だって触れさせるもんか! このくそったれな屋敷のものには何ひとつ触っていない! だから、おれにも触らせないぞ!」

執事は、若主人が目を覚ますことを極度に恐れていたので、突然、玄関に歩み寄って、ドアを開けた。

「出ていけ!」

ユルギスは開いたドアをすり抜けようとした。そのとき、執事に思いっきり蹴り飛ばされ、大きな石造りの階段を一気に転がり落ち、階段下の雪に叩きつけられて、四つんばいになってしまった。

第二十五章

ユルギスは怒り狂って立ち上がった。だが、玄関のドアはすでに閉まっていた。巨大な城郭は暗く、近寄り難かった。それに吹きすさぶ寒風の歯が体に食いこんだ。彼は身を翻して、その場を走り去った。

やがて彼は走るのをやめた。賑やかな通りに近づいていて、人目を引くのが嫌だったからだ。ついさっき屈辱的な仕打ちを受けたばかりだったが、彼の胸は勝ち誇ったように高鳴っていた。うまくやってのけたぞ！ ときどき彼はズボンのポケットに手を突っこんだ。百ドル紙幣がまだそこにあるのを確かめるためだった。

だが、彼は苦しい立場に置かれていた。考えてみると、それは何とも奇妙な、恐ろしくさえもある立場だった。その百ドル札以外に、小銭は一セントも持ち合わせていないのだ！ 今夜もどこかで夜露をしのがねばならない。そのためには百ドル札を崩さねばならないのだ！

この問題を半時間もかけて考えながら、ユルギスは歩きつづけた。相談相手は誰もいなかった。たったひとりで解決しなければならなかった。簡易宿舎で両替してもらうのは、自殺するようなものだった。

夜が明けるまでに、身ぐるみはがれるに決まっていた。殺されるかもしれなかった。ホテルか駅へいって、両替してもらう手もあったが、彼のような「ホームレス」が百ドル紙幣を持っているのを見たら、連中はどう思うだろうか？　おそらく警官に引き渡される。引き渡されたら、どんな言い訳をすればいい？　朝になったら、フレディ・ジョーンズは、金がなくなっていることに気づく。犯人探しが始まり、彼は百ドルを失うことになりかねない。ほかに打つ手としては、酒場にいってみることしか思い浮かばなかった。場合によっては、手数料を払うことになっても仕方があるまい、と彼は思った。

彼は酒場をのぞきこみながら歩いていった。何軒かの酒場はこみ合っていたので通り過ぎた。やがてバーテンがひとりだけの酒場にいき当たった。突然、彼は覚悟を決めると、両手を固く握りしめて、その酒場に足を踏み入れた。

「百ドル札を崩してもらえますか？」と彼は聞いた。

バーテンは体格のがっしりした大男だった。プロボクサーのような顎には、三週間も前から剃っていない不精髭が伸びていた。バーテンはユルギスをにらみつけた。「何て言った？」

「百ドル札を崩してもらえますか、と言ったんですがね」

「どこで手に入れたんだ？」信じられないといった口調だった。

「どこだっていいだろ」とユルギス。「ここに持っているんだから。崩して欲しいんですよ。崩してくれるなら、お礼をしますよ」

相手の男は彼をじっと見つめていた。「見せてみな」

「崩してくれるんですか？」とユルギスは聞きながら、紙幣をポケットのなかで握りしめていた。

え?」

「本物かどうかわからねえだろ?」とバーテンは言い返した。「おれを何だと思ってやがるんだ、え

そこでユルギスはゆっくりと、用心しながらバーテンに近づいた。百ドル札を取り出して、一瞬、それをいじくった。バーテンはカウンターのむこう側から敵意に満ちた目で見据えていた。彼はやっと紙幣を差し出した。

バーテンはそれを受け取ると、ためつすがめつ調べはじめた。指で平らに伸ばして、明かりにかざした。裏返しにしたり、逆さまにしたり、横にしたりした。新しい、ぴんとした新札だったので、不審を抱いたのだった。ユルギスは猫のように相手を見守っていた。

バーテンはやがて「ふふん」と言った。一見の客のユルギスを、値踏みするかのように、じろじろとながめていた。ぼろをまとった、悪臭を放っている浮浪者風の男。外套も着ず、片腕を吊り包帯で吊っている男。それが百ドル紙幣とは!

「何か飲むかね?」

「ああ」とユルギスは言った。「ビールを一杯、もらおうか」

「いいよ。崩してやるよ」

バーテンはそう言って、百ドル札をポケットに入れると、ビールをグラスに注いで、カウンターに置いた。それから、レジスターのところへいって、五セントと打ちこみ、引き出しから釣り銭を取り出した。それからまた、ユルギスと向かい合って、釣り銭を数えた。十セント銀貨二枚、二十五セント銀貨一枚、それに一セント銅貨が五十枚。

「ほらよ」とバーテンは言った。

一瞬、ユルギスは待った。相手がもう一度、レジスターのところへいくと思っていた。

「おれの九十九ドルを」

「どの九十九ドルだと?」とバーテンは聞き返した。「おれの百ドルの残りさ!」

「おれの釣り銭さ!」とユルギスは叫んだ。

「何だと。貴様、頭が変じゃねえのか!」とバーテンは言った。

ユルギスは狂ったような目で相手を見つめた。一瞬、恐怖に襲われた。どす黒い、痺れるような、すさまじい恐怖が胸をつかんでいた。つぎの瞬間、怒りが奔流のようにこみ上げてきて、目がくらんだ。彼は大声で叫ぶと、ビールのグラスをつかんで、バーテンの頭をめがけて投げつけた。バーテンはひょいとかがみ、グラスはほんの半インチだけはずれた。バーテンは起き直って、ユルギスと向かい合った。ユルギスは利くほうの腕を使ってカウンターを乗り越えようとしていた。その顔にバーテンは強烈な一撃を加えた。ユルギスは床の上へ後ろ向きにぶっ飛ばされた。彼はやっと立ち上がって、カウンターの端を回ってバーテンを追いかけようとした。バーテンは声を張り上げて、「誰か! 誰かきてくれ!」と叫んだ。

ユルギスは走りながら、カウンターから酒瓶を引っつかんだ。バーテンが飛びかかってきたので、酒瓶を力一杯投げつけた。酒瓶はバーテンの頭をかすめ、ドアの側柱に当たって粉々に砕けた。ユルギスはもとに駆け戻ると、部屋の真ん中にいるバーテンに向かって突進した。だが、逆上していたために、今度は酒瓶を手にしていなかった。これはバーテンの望むところだった。ユルギスを迎え撃ったバーテンは、眉間に大ハンマーのような一撃を加えて、床に打ち倒した。つぎの瞬間、網戸がぱっと開いて、ふたりの男が飛びこんできた。立ち上がりかけたユルギスは、怒り狂って口から泡を吹き、折れている腕を吊り包帯から振りほどこうとしていた。

「気をつけろ！」とバーテンは叫んだ。「ナイフを持ってるぞ！」

ふたりの男たちが助太刀してくれるとわかったので、バーテンはまたもやユルギスに向かってラッシュすると、力のないディフェンスをはねのけて、殴りつけ、もう一度床にはわせた。その上に三人は折り重なるように飛びかかった。ユルギスはそこらを転がりながら暴れ狂っていた。

その直後に警官が駆けつけた。バーテンはまた「ナイフに気をつけろ！」と怒鳴った。ユルギスは膝をついて、何とか起き上がろうとしていた。警官が飛びついてきて、顔を警棒で殴りつけた。この一撃で彼はよろめいたが、野獣のような狂暴性がまだ燃え残っていた。彼は立ち上がって、殴りかかった。だが、それは空振りに終わった。またもや警棒が振り下ろされ、それが脳天を直撃した。彼は朽木のように床に倒れた。

警官は警棒を握って、彼の上にかがみこみ、起き上がろうとするのを待ち構えていた。バーテンは立ち上がって、手を頭に当てた。「くそったれめが！」とバーテンは言った。「あのときはやられたと思ったぜ。どこか切られてますかね？」

「何も見えないよ、ジェイク」と警官。「どうしたのかね、この男は？」

「ただのアル中でさあ」とバーテン。「それに落ちこぼれですわ――カウンターの下で危うく殺されるところだったなあ。護送車を呼んだほうがいいですよ、ビリー」

「いや」と警官。「抵抗する気力はないようだ。それに一ブロック歩くだけだからな」

警官はユルギスの襟首に手をこじ入れて、ぐいと引っ張った。「立ちやがれ、この野郎！」

だが、ユルギスは動かなかった。バーテンはカウンターの後ろへいって、百ドル紙幣を安全な場所に隠してから、水の入ったコップを持って出てくると、ユルギスにぶっかけた。ユルギスが力なくうめきはじめると、警官は彼を立たせ、酒場から引きずり出した。警察署は角を曲がったところにあった。ユルギスは二、三分もしないうちに、留置場のなかにいた。

その夜の彼は、前半は失神状態で横たわり、後半は割れるような頭痛と焼けつくようなのどの渇きのために、うめき苦しんでいた。ときおり水をくれと怒鳴ったが、誰の耳にも届かなかった。この警察署には、頭を割られ、熱を出している人間が彼のほかにも何人かいた。この大都市シカゴには、そのような人間が何百人もいた。この大国アメリカには、そのような人間が何万人もいた。だが、彼らの叫びに耳を貸す者は、誰ひとりとしていなかった。

朝になると、ユルギスはコップ一杯の水と一切れのパンを支給された。それから護送車に押しこまれて、最寄りの警察裁判所に搬送された。二十名ばかりの連中といっしょに、檻のような部屋で座っているうちに、彼の順番になった。

バーテンが証人台に立った。バーテンは名の売れたボクサーと判明したが、宣誓をしてから、前夜の一部始終を語った。被告は夜中過ぎに酒場にやってきた。すっかり酔っ払っていて、けんかっ早くなっていた。ビールを一杯注文してから、一ドル札で支払った。九十五セントの釣り銭を受け取ってから、さらに九十九ドルを要求した。原告に答える暇も与えず、被告はいきなりグラスを投げつけ、ビターズの瓶で襲いかかり、店をめちゃくちゃにしてしまったというのだ。

つぎに被告が宣誓をした。痩せこけて、髪はぼうぼうの、みじめな姿だった。しかも片腕は汚れた包帯で吊り、頬と頭は切り傷で血まみれで、紫がかった黒あざができた片目は完全につぶれていた。

「おまえの言い分はどうだ？」と判事が聞いた。

「閣下」とユルギスは答えた。「あの男の店へいって、百ドル札を崩してくれるか、と聞きました。すると一杯飲んだら、崩してやるという返事でした。それでお札を渡しましたが、釣り銭をくれなかったのです」

判事は信じられないといった表情で、彼を見つめていた。「百ドル札を渡したと言うのだな！」と判事は大声で言った。

「そうです、閣下」とユルギスは答えた。

「どこで手に入れたのかね？」

「ある人にもらいました、閣下」

「ある人？　それは誰だね？　何のためにくれたのかね？」

「通りで会った若い男の人です、閣下。おれは物乞いをしていたのです」

廷内にくすくす笑う声が聞こえた。ユルギスを押さえている警官は、片手を上げて笑い顔を隠した。判事は笑い顔を隠そうともしなかった。

「本当です、閣下！」とユルギスは必死になって叫んだ。

「昨夜は物乞いをしていただけでなく、酒を飲んでもいたのじゃないのか？」と判事は聞いた。

「違います、閣下」とユルギスは抗弁した。「おれは——」

「何も飲まなかったのかね？」

「はい、閣下、実は飲んでいました」

「何を飲んだのかね？」

「何かの酒を一瓶、空けました。名前は知りません。焼けるような酒でして——」

廷内にまた笑い声が聞こえたが、判事が顔を上げて、眉をひそめたので、すぐにおさまった。

「逮捕歴はあるのかね？」と判事は唐突に聞いた。

この質問にユルギスはどぎまぎしてしまった。「おれは、おれは」としどろもどろになった。

「今度は本当のことを言うのだぞ！」と判事は厳しい口調で命じた。

「あります、閣下」とユルギスは答えた。

「何回だね？」

「一回だけです、閣下」

「理由は？」

「監督を殴り倒したためです、閣下。ストックヤードで働いていたときに、その男が——」

「もういい」と判事は言った。「それで十分だ。酒に飲まれるようなら、飲むのをやめることだな。懲役十日と訴訟費用。つぎっ」

動転したユルギスは大声を上げたが、襟首をつかんだ警官にさえぎられてしまった。彼は法廷からつまみ出されて、既決囚たちのいる部屋にぶちこまれた。そこに腰を下ろすと、憤懣やるかたない彼は、子どものようにさめざめと泣いた。警官や判事がバーテンの言葉に耳を傾けて、彼の言葉を無視するのは、奇怪この上ないことに思われた。あわれなユルギスは知る由もなかった、酒場の主人が日曜日に店を開ける特権や、その他もろもろの恩典のためだけに、毎週五ドルの金を昨夜の警官に支払っているということを。例のボクサー兼バーテンの男が、この地区の民主党の指導者が最も信頼している部下のひとりであるということも。また、ほんの数カ月前、判事がキッド革の手袋をはめた紳士みたいに慇懃無礼な社会改革者たちの標的になっていたとき、この男が記録破りの票集めに一肌脱ぐという形で、判事に対する忠誠を誓っていたということも。

またしてもユルギスはブライドウェル刑務所に送りこまれた。前夜の立ち回りで、骨折していた腕をまた痛めたので、労役に就くことができなかったばかりか、医者の手当てを受けねばならなかった。その上、頭にも目にも包帯を巻かねばならなかった。そのため入所の二日後に、運動場に姿を見せた彼は、とても見られたざまではなかったが、そこで彼が出会ったのは、何とジャック・ドウェインだったのだ！

この青年はユルギスの姿を見つけて、抱きつかんばかりに喜んでくれた。「これは、これは、スカンク君じゃないか！」とドウェインは叫んだ。「その格好は――ソーセージの機械でも潜り抜けてきたのかい？」

「そうじゃない」とユルギスは答えた。「鉄道事故やらけんかやらに巻きこまれましてね」

それから、集まってきた受刑者たちの何人かを相手に、彼は例の途方もない経験談を聞かせてやった。

たいていの連中は信じられないという顔をしていた。だが、ドウェインはユルギスがそんな作り話のできるような人間でないことを知っていた。

「ついてなかったんだな、きみは」ドウェインはふたりきりになったときに言った。「でも、いい勉強になったんじゃないかな」

「お別れしてから、いろいろ勉強しましたよ」とユルギスはしんみりした口調で言った。それから、去年の夏、いわゆる放浪生活を送ったときの話をした。その後で、「それで、お宅さんは?」と聞いた。「ずっとムショ暮らしですか?」

「とんでもない!」と相手は答えた。「一昨日、きたばかりさ。でっち上げの容疑でぶちこまれたのは、これで二度目さ。ツキに見放されていて、罰金が払えないんだよ。どうだい、ぼくといっしょにシカゴにおさらばしないか、ユルギス?」

「おれにはいく先がありませんよ」とユルギスは悲しそうな声で答えた。

「ぼくだってないさ」と相手は明るく笑いながら言った。「だけど、その話はシャバへ出てからのことにしようぜ」

ブライドウェル刑務所でユルギスが出会った受刑者のうち、前回のときにいた者はごく少数だったが、まったく同じ種類の連中が老若合わせて数十名はいた。それは渚に砕ける白波のようだった。水は新しくなっているが、波の形は全然変わっていない。彼は運動場を歩き回って、受刑者たちと話してみた。図体のでかいやつが力自慢をしていると、それほど強くない者や若くて経験の浅い者が集まってきて、感に堪えない様子で黙って聞き入っている。この前に入所していたときは、ユルギスは家族のことしか頭になかった。だが、今回は進んで連中の話に耳を傾けて、自分も同類であることを実感した。連中のものの見方は、そのまま彼のものの見方であり、連中の生きざまは、これからの彼の生きざまにほかならなかったのだ。

こうして、またもや空っけつで出所した彼は、ジャック・ドウェインのところへ直行した。彼の心は卑下する気持ちと感謝する気持ちで一杯だった。ドウェインは紳士、しかも専門教育を受けた紳士だったからだ。そんなお方が、しがない労働者風情のユルギス、物乞いや浮浪者にまで身を落としたユルギスのような人間と運命をともにしてくださるというのは、驚くべきことだった。どんなお役に立てるのか、ユルギスには皆目わからなかった。彼のような人間、親切を施してくれた者に対する恩義を絶対に忘れない彼のような人間は、犯罪者の間でも、ほかの階層の人びとの間でも、きわめて稀な存在であることを、ユルギスは理解していなかったのだ。

ユルギスがもらっていた所番地は、ユダヤ人街にある屋根裏部屋で、可愛いフランス娘が住んでいた。このフランス娘はドウェインの情婦だったが、一日中針仕事に精出し、足りない生活費を売春で補っていた。その娘の話では、ドウェインはほかの場所に引っ越してしまっていた。警察に追われていて、ここに長居するのは危険だと察したからだった。新しい住所は、地下室にある居酒屋だったが、そこの主人はドウェインの名前など聞いたこともない、と言い張った。だが、ユルギスに根掘り葉掘り問いただした結果、やっと裏手にある階段を教えてくれた。それは質屋の奥にある故買屋の店へ、そこからさらに男女の出会いのための部屋へと通じる階段で、その部屋のひとつにドウェインは潜伏していた。

ユルギスの顔を見て、ドウェインは喜んだ。彼も文無し状態だったので、金儲けの手助けをしてもらおうと思って、ユルギスを待っていた、と言った。その計画をドウェインは説明してくれた。それどころか、ユルギスのために一日がかりでシカゴの暗黒街の実態を説き明かし、そこで生き延びる方法を教えてくれたのだった。けがをした腕のせいや、警察のいつにない活発な動きのために、今年の冬はユルギスにとって苦しい季節になるだろうが、警察に面が割れていない限りは、だいじょうぶだろうとのことだった。パパ・ハンソンの店では（居酒屋の主人は皆からそう呼ばれていた）、ゆっくりくつろぐことができる。パパ・ハンソンは「固い」男で、金さえ払っておけば裏切ることはないし、警察の手入れがあるときは、一時間も前に教えてくれる。それに、質屋の主人のロゼンステッグは、どんな品物でも三分の一の値段で買い取ってくれるだけでなく、それを一年間は隠しておくことも保障してくれている。

クロゼットほどの狭い部屋に石油コンロがあったので、ふたりは夕食の用意をした。それから夜の十一時ごろ、裏口からいっしょに繰り出した。ドウェインは皮ひもの先に分銅のついたスラングショットで身を固めていた。住宅街にやってくると、ドウェインは身軽に街灯柱に登って、ランプを吹き消した。ふたりは地下室への階段の物陰にもぐりこみ、黙ったまま身を隠していた。

間もなく、男がひとり、通りかかった。労働者風の男だった。これはやり過ごした。かなり経ってから、警官の重い足音が聞こえてきたので、通り過ぎるまで息を殺していた。それからたっぷり十五分間、凍えそうになりながら、じっと待ちつづけた。やがて、すたすた歩く足音が聞こえてきた。ドウェインはユルギスの脇腹をひじで突っついた。その男が通り過ぎた瞬間、ふたりは立ち上がった。ドウェインが影のようにそっと忍び出た。つぎの瞬間、どさっという音と押し殺したような悲鳴が聞こえてきた。

ユルギスは二、三フィートしか離れていなかった。ぱっと飛び出すと、ドウェインが両腕を羽交い締めにしている男の口をふさいだ。これは前もって打ち合わせたとおりだった。だが、男はぐったりしていて、今にも倒れそうだったので、ユルギスは襟首をつかんでいるだけですんだ。その間に、相棒のドウェインは、すばやい手つきで、男のポケットをまさぐっていた。外套、上着、チョッキの順にはぎ取り、内側も外側も隈なく探して、中身を自分のポケットに移していた。最後に、男の指とネクタイに手をやってから、ドウェインは小声で「これまで！」と言った。ふたりは男を地下室の出入り口まで引きずっていって、そこへ落としこんだ。それからユルギスと相棒は、それぞれ違う方角へ足早に立ち去った。

先に帰り着いたのはドウェインで、ユルギスが帰ってみると、盗品《ぶつ》を調べていた。金鎖とロケットのついた金時計、銀製の鉛筆、マッチ箱、一握りの小銭、それにカードケース。このカードケースをドウェインはもどかしそうに開けた。手紙や領収書の類い、芝居の切符二枚、最後に裏側から札束が出てきた。彼は札束を数えた。二十ドル札が一枚、十ドル札が五枚、五ドル札が四枚、一ドル札が三枚だった。ドウェインは溜め息をつきながら、「これで助かったな！」と言った。

もっと詳しく調べてから、ふたりはカードケースと、紙幣以外の中身を焼き捨てた。それにロケットの少女の写真も。それから、ドウェインは金時計と飾り物の類いを階下へ持っていったが、もどってきたときは十六ドルを手にしていた。

「あの狸親父め、時計の側は金メッキだとぬかすんだ。嘘八百なんだけど、ぼくが金欠病のことを知っているのさ」

ふたりは稼ぎを山分けにした。ユルギスの取り分は、五十五ドルといくらかの小銭だった。これではもらい過ぎです、と言ってみたが、均等に分ける約束だぜ、と相棒は譲らなかった。今回はかなりの稼ぎで、平均を上回っている、という話だった。

翌朝、目が覚めると、ユルギスは新聞を買いにいかされた。悪事を働く楽しみのひとつは、それに関する新聞記事を後で読むことだった。「いつもそうしていた仲間がいたけどさ」とドウェインは笑いながら言った。「ところが、ある日、新聞で読んだんだなあ、そいつがカモにした男のチョッキの下側の内ポケットに、三千ドルもの大金が残されていたということを!」

新聞には、ふたりの犯行について、半段ほどの記事が出ていた。今週になってから起こった三回目の事件だから、この界隈に強盗団が出没していることは明白であるにもかかわらず、警察は何の手も打っていないらしい、という内容だった。被害者は保険の外交員で、盗まれた百十ドルは本人の金ではなかった。ワイシャツに名前を記入してあったので、身元が判明したが、さもなければまだ不明のままだったにちがいない。男は加害者に強打されたために、脳震盪を起こしていた。また、発見されたときは凍死寸前で、右手の指が三本は失われてしまう。敏腕の新聞記者は、こうした情報を被害者の家族にもたらして、それを家族の者がどう受け止めたかも報じていた。

ユルギスにとっては初体験だったので、このように細かく書き立てられると、当然のことながら、一抹の不安を覚えた。だが、相棒は冷ややかに笑った。これも浮世の常だよ。どうしようもないね。そのうちに、きみだって、ストックヤードでウシを一頭、ぶっ殺したぐらいにしか思わないようになるさ、ユルギス。「問題は、やるか、やられるかだよ。いつだって、むこうにやられて欲しいよな」とドウェインは言ってのけた。

「それでも」とユルギスは考えながら言った。「あの男はおれたちに何も悪いことをしていませんよ」
「あいつだって、誰かに思いっきり悪いことをしていたさ。絶対だって」と相棒は言った。

すでにドウェインがユルギスに説明してあったことだが、ふたりのような商売をしている人間は、警察に知られてしまうと、大目に見てやるから金をよこせ、という警察の要求を満足させるために、明けても暮れても働かなければならなくなる。そのため、ユルギスは地下に潜伏したままでいて、相棒といっしょの姿を人目にさらさないほうが賢明じゃないか、ということになった。だが、やがてユルギスは潜伏生活に退屈しはじめた。二、三週間もして体力が回復し、けがをした腕も使えるようになると、そのような生活に耐え切れなくなった。ドウェインはちょっとした仕事に単独で手を出す一方で、警察当局とはなれ合いの協定を結んでいたが、例のフランス娘のマリーを連れてきて、ユルギスと共同生活をさせることにした。だが、これすらも長続きはしなかった。結局、議論することをあきらめた彼は、ユルギスを人前に連れ出し、悪名高い詐欺師や拳銃強盗《ホールドアップマン》などが出入りしている酒場や売春クラブを紹介しなければならなくなった。

こうして、ユルギスはシカゴの高級な犯罪組織をかいま見ることになった。このシカゴは実業家が支配する寡頭独裁都市だったが、表向きは人民によって統治されていることになっていたので、実権が実業家に譲渡されるためには、利権屋たちの大軍が必要だった。毎年二回、春と秋の選挙には、数百万ドルの資金が実業家たちによって用意され、この大軍がそれを使い果たす。会合が催される。有能な弁士が雇われる。楽隊が演奏する。花火が打ち上げられる。何トンもの文書が配られる。酒池肉林が用意される。何万もの投票が現金で買収される。もちろん、この利権屋たちの大軍は年がら年中、養っておかねばならない。指導者や組織者などの上層部は、実業家たちによって直接に養われているが、市議会や州議会の議員は賄賂によって、党役員は選挙資金によって、院外活動家や顧問弁護士は俸給によって、請負業者は仕事によって、労働組合の指導者は助成金によって、新聞社の社長や編集長は広告によって、それぞれ養われている。だが、下っ端の連中となると、市当局に押しつけられるか、市民に直接食いかかるかしている。つまり、警察署、消防署、水道局などの市職員給与予算書に記載されている全部局の、一番身分の低い給仕から部局長に至る連中だ。だが、そこにも割りこめないその他大勢のためには、悪徳と犯罪の世界があって、そこでは誘拐、詐欺、略奪、強奪をほしいままにすることができる。法律が日曜日の飲酒を禁じているため、酒場の経営者たちは警察の掌中に収められ、両者の連合が必要不可欠となる。法律が売春を禁じているため、その連合体に売春宿のマダムたちが加盟する。同じことは賭博場の経営者やノミ屋の胴元にも言える。利権に絡む手段を持っていて、利益の一部を上納する気のある人間なら、男女を問わず当てはまる。ニセ札使い、強盗、スリ、こそ泥、故買屋、混ぜ物をした牛乳や腐った野菜や汚染した牛肉などの販売者、非衛生的なアパートの家主、もぐりの医者、違法金融業者、物乞い、手押し車で売り歩く行商人、プロボクサー、プロ野球選手、競馬の予想屋、売春斡旋業者、白人売春婦売買業者、婦女暴行常習犯など。こうした腐敗の手先どもは一致団結し、政治家や警察とは血を分けた兄弟のように一心同体だ。その上、この連中はしばしばひとりで二役を兼ねている――ガサ入れをすることになっている売春宿の経営者を兼ねる所轄の警察署長、経営する酒場に事務所を開設する政治家といった具合に。「ヒンキーディンク」や「風呂屋《バスハウス》のジョン」や同類の手合いは、シカゴの最も悪名高い酒場のオーナーであると同時に、市議会に君臨する「灰色のオオカミ」でもあって、シカゴの街路を実業家たちに奉っている。この連中の酒場の上得意は、法律など歯牙にもかけぬ賭博師やプロボクサー、さらにはシカゴ全市を恐怖に陥れている金庫破りや拳銃強盗《ホールドアップマン》などだ。選挙日がやってくると、こうした悪徳と犯罪の全勢力は大同団結して一大勢力となり、各選挙区の得票数を百分の一の誤差で予測することも、その得票数をたったの一時間で一変させることさえもできる。

一カ月前のユルギスは、路傍で餓死寸前の状態だったが、今では突然、魔法の鍵でも手にしたかのように、人生を豊かにする金品のすべてを自由にできる世界に足を踏み入れていた。彼は相棒のドウェインに《元気者《バック》》・ハロランというアイルランド人を紹介されたが、この男は政党運動員で、諸般の内幕に通じていた。しばらくユルギスと話をしてから、男はやおら、労働者風の人間がぼろい儲けのできる方法を知っている、と言い出し、これはここだけの話だから、他言は無用だぜ、と付け加えた。ユルギスが乗り気とわかると、その日の午後（土曜日だった）、男は彼を市の労働者たちが週給を受け取る場所へ連れていった。会計係が封筒の山を前にして、小さなブースに座り、警官がふたり、そばに立っていた。ユルギスは指図されたとおりに、そこへいって、マイケル・オフラハティと名乗り、給料袋を受け取ると、角を回ったところにある酒場で待機しているハロランにそれを渡した。それからまた出直して、今度はヨハン・シュミットと名乗り、三度目はセルゲイ・レミニツキーという名前を口にした。ハロランは架空の労働者の長いリストを用意していて、そのひとりひとりの給料袋をユルギスは受け取った。この仕事で彼は五ドルの報酬をもらい、黙ってさえいれば、毎週この仕事を世話してやると言われた。ユルギスは口が堅いことには定評があったので、すぐに《バック》・ハロランの信頼を勝ち取り、信用できる人物として、ほかの連中にも紹介されることになった。

こうして広がるつき合いの輪は、彼にとって、別の形でも有益だった。ほどなくしてユルギスは「コネ」の意味を発見した。例の監督のコナーやボクサー兼バーテンの男が彼を刑務所に送りこむことができた理由も。ある晩、「片目のラリー」のための慈善ダンスパーティが開催された。片目のラリーは、クラーク通りの高級売春クラブのひとつでバイオリン弾きをしている足の不自由な男で、サウスサイドの「堤防《レヴィ》」ではひょうきん者として人気が高かった。このパーティは大きなダンスホールで催され、酒色を好むシカゴの諸人士に乱痴気騒ぎにふける機会を提供した。ユルギスもこれに出席して、正気を失うほど酒をあおり、女のことでけんかをおっぱじめた。腕力はかなり回復していたので、当たるを幸い片っ端からなぎ倒し、挙句の果ては留置場入りとなってしまった。警察署は玄関まで満員の盛況で、浮浪者たちの悪臭が鼻を突いた。こんな所に酔いが覚めるまでぶちこまれるのは、ご免被りたいと思ったユルギスは、ハロランと連絡を取った。するとハロランは地区のボスに電話をかけ、午前四時に電話でユルギスの保釈手続きが取られた。その日の朝、彼が出廷して罪状の認否を問われたときには、地区のボスがすでに裁判所の書記と面会して、ユルギス・ルドクスはいつもはまともな人間だが、昨夜は軽率なまねをしてしまった、と説明してくれてあった。その結果、ユルギスは十ドルの罰金を科せられたが、その罰金刑は「執行猶予」となった。つまり、彼は罰金を払わなくてもよかったし、今後、その件で誰かが彼を告発しない限り、ずっと払わなくてもよかったのだ。

ユルギスがつき合うようになった仲間内では、パッキングタウンの連中とはまったく異なった基準で、金銭が評価されていた。だが、奇妙に思われるかもしれないが、労働者だったときに比べると、彼の酒量は激減していた。過労や絶望といった飲酒の原因がなくなり、やり甲斐のある仕事、努力するための目標が見つかったからだった。抜かりなく立ち回れば、いくらでも新しい機会に恵まれる。そのことに、彼はすぐに気づいた。生来、前向きの人間だったので、自分から進んで節酒しただけでなく、彼よりもはるかに酒好き、女好きの相棒ドウェインが羽目をはずさないように気を配っていた。

あるひとつの出来事をきっかけにして、新しい出来事がつぎつぎに引き起こされることになった。ある晩、《バック》・ハロランに出会った酒場で、ユルギスがドウェインといっしょにとぐろを巻いていると、「おのぼりさんの上得意」（地方の業者のための買い付け係だった）が、かなり「聞こし召して」入ってきた。酒場にはバーテン以外に誰もいなかった。その客の男が店を出ていくと、ユルギスとドウェインはひそかに尾行した。男が角を曲がって、高架鉄道と空きビルが重なり合って暗くなった場所に差しかかったとき、ユルギスは躍り出て、男の鼻先にピストルを突きつけ、帽子を目深にかぶったドウェインが電光石火の早業で、そのポケットをまさぐった。ふたりは時計と分厚い札束を奪い取り、男がドロボーと一声叫んだときには、すでに角を曲がって酒場に逆もどりしていた。出がけにウインクで合図をしてあったバーテンが、地下室のドアを開けてくれてあったので、ふたりはそこから姿を消し、秘密の入り口を抜けて、隣りの娼家へ向かった。この娼家の屋根は、そのむこうにある三軒の同じような家につながっていた。警察といざこざを起こして、手入れを受けたときなどには、こうした抜け道を通って、三軒の家のどれかの顧客をずらからせることができた。それに、まさかのときには、女を安全な場所に逃がす手立ても必要だった。「メードさん入用」とか「女工募集」とかいった広告に釣られて、女の子がシカゴにわんさと出てくるが、悪徳斡旋業者の罠にかかって、気がついたときには、淫売屋に閉じ込められている。たいていの場合、身ぐるみはがしておくだけで問題はないのだが、ときにはヤクを飲ませて、数週間監禁しておく必要が生じることもある。親のほうでも、警察に電報を打ったり、らちが明かない理由を調べに、わざわざ出向いてきたりする。ときたま、娘の居場所を突き止めていて、そこの家探しをさせてやらないことには満足しない親もいたりするのだ。

先ほどのささやかな仕事に手を貸した報酬として、バーテンは、二人組が稼いだ百三十数ドルのうちから二十ドルを受け取った。当然の結果として、ふたりはバーテンと親しくなった。数日後、バーテンはふたりをゴールドバーガーという小柄なユダヤ人に紹介してくれたが、この男はふたりが潜伏していた売春クラブのポン引きのひとりだった。二、三杯やると、ゴールドバーガーは彼の恋人のことで、いかさまトランプ師と立ち回りを演じ、顎をしたたか殴られる羽目になったという話を、ためらい気味に話しはじめた。このいかさまトランプ師はシカゴに流れてきた男で、いつかの晩に、頭を割られているのが見つかったとしても、誰も大して気にしないだろうとのことだった。ユルギスは、このころまでにはシカゴの賭博師全員の頭だって、にっこり笑ってかち割ってやるぞ、という気分になっていたので、その仕事はいくらになるのかね、と尋ねてみた。それを聞いたユダヤ人の男は、ますます打ち解けてきて、ニューオーリーンズの競馬に関する穴馬情報を持っている、などと言い出した。それは以前に窮地を救ってやったことのある地元の警察の警部から直接仕入れた情報だったが、その警部ときたら、馬主仲間が作っている大シンジケートに「顔がきく」とのことだった。この話はドウェインにはすぐに呑みこめたが、ユルギスのほうは競馬業界の裏表を説明してもらわなければ、そのような機会の重要性を理解できないような始末だった。

この業界には競馬《レーシング》トラストと呼ばれる巨大組織が存在する。それは競馬を主催するすべての州の議会を手中に納めている。大新聞の一部さえも手中にしていて、世論を作ってさえもいる。これに対抗できる全米組織は、おそらく賭博場《プールルーム》トラストを措いてはあるまい。その競馬トラストは全米各地に広大な競馬場を建設し、高額の払戻金に釣られて大衆が集まってくると、大規模な八百長レースを仕組んで、毎年数億ドルの金を巻き上げる。競馬はかつてはスポーツだったが、昨今ではビジネスになっている。薬物で細工された馬。調教不足の馬や調教過剰の馬。いつでも好きなときに転倒させることができる馬。鞭を入れると歩態が乱れる馬もいるが、先頭に立とうとして必死の努力をしている、と見物人はひとり残らず思いこんでしまう。この種のいかさまは数限りある。馬主がやって、大金を稼ぐ場合もあれば、騎手と調教師がやる場合も、外部の人間が騎手と調教師を買収する場合もある。だが、たいていの場合、それをやるのは競馬トラストの上層部の連中だ。たとえば、現在ニューオーリーンズでは冬季競馬が開催中だが、この場合、あるシンジケートが毎日のプログラムを事前に作成し、そのエージェントたちが北部の全都市にある場外馬券売り場で、勝ち目のない馬に賭けて、それが本命であるかのような操作をする。暗号化された情報は、各レースの直前に長距離電話で届くが、それを解読できた者はぼろ儲けをすることができる。ユルギスにはとても信じられなかったが、試しにやってみたらどうです、と小柄なユダヤ人は言った。明日、どこかで落ち合って、実験してみようということになった。ユルギスはやる気満々、ドウェインも同様だった。そこでふたりはブローカーや商店主がギャンブルに手を出す高級馬券売り場《プールルーム》のひとつ（特別室には上流社会のご婦人方もいた）に出かけ、ブラックベルダムという馬に、六対一のオッズで十ドルずつ賭けて、勝った。こんな秘密の情報が手に入るなら、何人でも何十人でも叩きのめしてやるぞ、とふたりはいきり立ったが、翌日会ったゴールドバーガーの話では、例のしゃらくさい賭博師は身に降りかかる危険を察知して、シカゴからとんずらしたとのことだった。

この稼業には浮き沈みがあった。だが、刑務所の外にいるときはともかく、なかにいるときは、食いっぱぐれることはなかった。四月早々に市会議員の選挙が予定されていたが、これは利権屋どもにとっては書き入れ時だった。酒場や賭博場や淫売屋に出入りしているうちに、ユルギスは共和党と民主党の両方の運動員たちと知り合いになり、この連中との会話から、政治ゲームの裏表が呑みこめるようになった。それに、選挙時期に自分を売りこむ方法も、いくつか小耳にはさむことができた。《バック》・ハロランが民主党員だったので、ユルギスも民主党員になった。だが、ハロランはあくどい民主党員ではなかった――共和党員にもいい連中がいたが、今回の選挙では大金の山をばらまくことになっていた。前回の選挙では、民主党が一票三ドルだったのに対して、共和党は一票四ドル出していた。ある晩、《バック》・ハロランはユルギスともうひとりの男とトランプをやっていたが、この男の話では、前回の選挙で、ハロランは新しく到着したばかりのイタリア移民三十七名の票を取りまとめる仕事を担当していた。ところが、この話し手の男が出会った共和党の運動員もまた、まったく同じイタリア移民たちを追いかけていた。そこで三人が集まって談合し、その結果、ビールを一杯ずつ振る舞われたイタリア移民たちは、半分は共和党に、残りの半分は民主党に投票することになり、買収資金の残金は三人の共謀者で山分けしたというのだ！

それからほどなく、種々雑多な犯罪に手を出す生活の危険と転変に嫌気がさしたユルギスは、この稼業から足を洗って、政治屋に転向したくなった。折しも、犯罪者と警察の癒着をめぐって世論が沸き立っていた。犯罪行為となる汚職には、実業家は直接関係していなかったからだ――それは警察が手がける「副業」だった。野放しの賭博や売春は市の財政を潤したが、住居侵入や拳銃強盗はそうではなかった。ある晩、衣料店で金庫破りをしていたジャック・ドウェインは、夜警に現行犯でつかまり、警官に引き渡された。この警官はたまたまドウェインの知り合いだったので、自分の責任で彼を逃がしてくれた。だが、この一件の後で、新聞が盛んに書き立てたために、ドウェインは犠牲に供せられそうになったが、危機一髪でシカゴを抜け出すことができた。

ちょうどこのころ、ユルギスはハーパーという男に紹介されたが、ストックヤードに着いた最初の年に、アメリカ市民権を取る手助けをしてくれたブラウン社の夜警であったことがわかった。男は偶然の出会いを面白がっていたが、ユルギスのことを覚えてはいなかった。当時、相手にした「新米」の数が多すぎて、いちいち覚えていられない、とのことだった。ハーパーはユルギスやハロランといっしょに、朝の一時か二時ごろまでダンスホールに座りこんで、昔話に花を咲かせた。そして、所属していた部署の工場長とけんかをしたことや、現在は一介の労働者で、善良な組合員でもあることなどを長々と話して聞かせた。その工場長とのけんかが実は仕組まれたけんかであったことや、ハーパーは組合の秘密事項に関する内部情報を会社側に流して、その見返りに週二十ドルの報酬を受け取っている人間であることなどを、ユルギスが知ったのは、それから数カ月後のことだった。この男は、ストックヤードでは現在、騒然とした状態になっている、と組合員の立場から語っていた。パッキングタウンの連中は我慢に我慢を重ねてきているので、今週にでもストライキが起こりそうな気配だというのだ。

こんな雑談の後で、男はユルギスの身辺をいろいろと調べ、二、三日してから、耳寄りな話を持ってやってきた。絶対に確実とは言えないが、と男は前置きをしてから、ユルギスがパッキングタウンにやってきて、命じられた仕事をこなし、一切口外しなければ、定期的に給料をもらえるように取り計らってやれるかもしれない、と語った。ハーパーは《ブッシュ》・ハーパーと呼ばれ、ストックヤード地区の民主党ボスであるマイク・スカリーの右腕だったが、次回の選挙では、異例の事態が生じていた。ある富豪の醸造業者を民主党候補に立てようという提案が、スカリーのところに持ちこまれたのだ。この醸造業者はストックヤード沿いの大通りに居を構えていたが、市会議員のご大層なバッジと「先生」という肩書きが欲しいだけだった。それに、ユダヤ人で、頭は空っぽだったが、人畜無害であった上に、莫大な選挙資金を提供するとのことだった。この提案をスカリーは受け入れると同時に、共和党側に出向いて、ある申し入れをした。スカリーとしては、「ユダヤ野郎」を当選させる自信はないし、自分の選挙区で大ばくちを打つようなまねをしたくもない。そこで、スカリーの友人で、まったく無名ながら、気のいい男を、共和党候補に指名してくれないか。この男は、アッシュランド・アベニューの酒場の地下室で、ボウリング場を経営しているが、スカリーが例の「ユダヤ野郎」の提供する資金を使って、そいつを当選させてやる。そうなれば、思いもよらぬ勝利の栄冠が共和党に転がりこんでくる。それと引き換えに、来年の市会議員の選挙で、再選を狙うスカリー自身が出馬したときは、共和党は候補者を立てないことを約束して欲しい、という申し入れだった。この申し入れに共和党は即座に飛びついた。だが、困ったことがあって、それはハーパーの説明によると、共和党員が揃いも揃ってバカばかりということだった。スカリーが王様然と君臨しているストックヤードでは、バカでなければ共和党員になるようなやつはいない。このバカどもは、その選挙でどう立ち回っていいのか、皆目わかっていない。かといって、かのウォーフープ連盟の高貴な野蛮人たる民主党員が、公然と共和党員を支持したりするのがヤバイことは言うまでもない。だが、この難問も、それほど深刻ではなかったかもしれない、もうひとつ別の事実——つまり、過去一、二年の間に、ストックヤードの政治に奇妙な展開が見られたという事実さえなかったならば。それは新しい政党が突然、誕生したという事実だった。それは社会主義者たちだった。《ブッシュ》・ハーパーに言わせると、これがまた何ともひでえ連中だった。「社会主義者」という言葉がユルギスに呼び起こす唯一のイメージは、例のあわれなタモシュウス・クシュレイカのそれだった。タモシュウスは社会主義者を自称し、土曜日の夜になると、二、三人の仲間と石鹸箱を持って出かけ、街角で声がかれるまで絶叫していた。彼は社会主義の何たるかをユルギスに説明しようとしたが、想像力に乏しいユルギスは、きちんと理解することがどうしてもできなかった。現在の彼は、社会主義者はアメリカのもろもろの制度の敵だ、という相手の説明に満足していた。連中ときたら、買収することはできない。手を組むこともしなければ、いかなる「取引」にも応じようとしない、という話だった。マイク・スカリーは、このたびの彼の申し入れが社会主義者たちに有利に働いたことを、ひどく気に病んでいた——ストックヤードの民主党員たちは、大金持ちの資本家を我が党の候補に立てるなどもっての外だ、と激怒していたので、気持ちが揺れ動いているうちに、社会党のアジテーターが共和党のフーテン野郎よりも好ましい、という結論に達するかもしれなかったからだ。というわけで、ユルギスが一旗揚げるチャンスが到来したのさ、と《ブッシュ》・ハーパーと説明した。ユルギスはかつて組合員だったし、ストックヤードでは労働者として知られている。知り合いも何百人といるにちがいない。

その連中と政治を論じたことがないのだから、共和党員だと名乗り出ても、いささかの疑惑を抱かれることもあるまい。期待どおりに働いてくれる者には、醸造業者の酒樽に詰まった資金が腐るほど用意されている。それに、マイク・スカリーはユルギスが信用できる人間だ。これまで仲間を裏切ったことは、ただの一度もないのだから。それで、このおれにどうしろと言うのですか、とユルギスが当惑顔で聞くと、相手は詳しく説明してくれた。取りあえず、ストックヤードへいって働いてもらう必要がある。働くのはぞっとしないだろうが、稼いだ分は自分のものになるし、ほかの資金だって転がりこんでくる。組合活動を再開して、彼ハーパーがそうであったみたいに、何かのポストに就くようにがんばってもいい。知り合いには誰彼の区別なく、共和党候補ドイルのよい点と例のユダヤ野郎の悪い点を話して聞かせる。やがてスカリーが会場を提供して、「共和党青年部会」だか何だかを発足させ、大金持ちの醸造業者の最高級のビールを樽ごと持ちこみ、ウォーフープ連盟とそっくり同じように、花火と演説をぶち上げる。ユルギスだって、この手のお遊びの好きな連中を何百人と知っているにちがいない。それに、共和党の本物の指導者や運動員が彼に手を貸してくれる。選挙日には、大差をつけて勝つことになるのさ。

この説明を最後まで聞いてから、ユルギスは質問した。「しかし、どうやってパッキングタウンで仕事にありつけるのかね？　おれはブラックリストに載っている人間ですぜ」

それを聞いて《ブッシュ》・ハーパーは笑った。「おれがちゃんと面倒を見てやるよ」

そこでユルギスは答えた。「じゃ、決まりです。言うとおりにいたします」

こうして、ユルギスはまたもやストックヤードの人間となって、この地区の政治的指導者で、シカゴ市長に対しても親分風を吹かすことができるスカリーに紹介された。ユルギスは知らなかったが、煉瓦工場とゴミ捨て場と貯氷池を所有しているのはスカリーだった。ユルギスの子どもが溺死した未舗装の道路の責任者もスカリーだった。ユルギスを最初に投獄した判事をその職に就かせたのもスカリーだった。ユルギスにひどい欠陥住宅を売りつけた挙句に、それを彼から奪った会社の大株主もスカリーだった。だが、そういったことを、ユルギスは何ひとつ知らなかった。ましてや、そのスカリーが食肉加工会社の道具、その操り人形にすぎないことを知る由もなかった。彼にとって、スカリーは強大な権力の持ち主、これまでに出会った「最大級の」人物だった。

スカリーは小柄な、しわくちゃのアイルランド人で、手がふるえていた。来訪したユルギスと簡単な面談をしながら、ネズミのような目で相手を観察して、決断を下すと、ダラム社の取締役のひとりであるハーモン氏に宛てた紹介状を書いて渡した。それには「この書状の持参人ユルギス・ルドクスは小生の特別の友人でありますが、若干の重要な理由があって、然るべき仕事をお与えくだされば幸甚に存じます。本人は以前、不始末をしでかした由ですが、ご海容のほど伏してお願い申し上げます」と書いてあった。

この紹介状を読んだハーモン氏は不審そうに目を上げて、「この『不始末』というのは何のことかね？」と聞いた。

「ブラックリストに載せられたのでございます」

相手は眉をひそめた。「ブラックリスト？　どういう意味だね？」

ユルギスは真っ赤になって狼狽した。ブラックリストなど存在しないことを忘れていたのだった。

「おれは――ええと――おれは問題があって、職に就けなかったのです」と彼はつかえながら言った。

「どんな問題かね？」

「職長とけんかしまして――おれの監督じゃなかったですが――殴ってしまったのでございます」

「なるほど」と相手は言って、しばらく考えていた。「どんな仕事をしたいのかね？」

「どんな仕事でも結構でございます」とユルギスは答えた。「ただ、この冬、腕を骨折しましたので、用心しなくてはなりません」

「夜警の仕事はどうかね？」

「それは駄目でございます。夜は仲間といっしょにいる必要がありますので」

「なるほど――政治活動だね。ブタをトリムするのはどうかね？」

「結構でございます」

するると、ハーモン氏は作業時間担当者を呼び、「この男をパット・マーフィーのところへ連れていって、なんとか割りこませるように頼んでくれたまえ」と言った。

こうして、ユルギスはブタの屠畜場へ足を運んだが、そこは昔、仕事欲しさに頭をぺこぺこ下げた場所だった。今の彼は軽やかな足取りで歩いていき、作業時間担当者が「この男に仕事をさせてやれ、というハーモンさんの命令です」と言うのを耳にした監督の顔に渋面が浮かぶのを見て、思わずほくそ笑んだ。それは自分の部署が人員過剰になって、せっかく達成しようとしている生産記録が台無しになることを意味していたが、監督は「オーライ」としか言わなかった。

こうして、ユルギスはまたぞろ労働者となると、すぐさま昔の仲間を見つけ出し、組合に加入して、共和党候補《スコッティ》・ドイルの「提灯持ち」に取りかかった。ドイルさんには昔、世話をしてもらったことがあるが、本当にいい方だよ。ドイルさん自身も労働者で、労働者の代表なのさ。なぜ百万長者の「ユダヤ野郎」なんかに投票したいんだい？　きみたちはいつもマイク・スカリーが推す候補者たちを支援しているけれど、やっこさんは一体何をきみたちにしてくれたと言うんだい？　といった調子だった。その一方で、ユルギスは選挙区の共和党指導者に宛てた紹介状をスカリーからもらって、本部へ出かけ、いっしょに働く運動員たちに会っていた。本部ではすでに、例の醸造業者の資金の一部を使って、大ホールを借り切っていた。ユルギスは毎晩、「ドイル共和党協会」への新しい加入者を十数名も連れていった。やがてほどなく、盛大なオープニング・ナイトがやってきた。街を練り歩くブラスバンド。会場前の花火と爆竹と紅灯。会場には聴衆があふれ、入りきれなかった人たちのための集会が、ふたつの別会場で開催された。そのため、蒼い顔でふるえている立候補者は、短い演説を三回も繰り返さなければならなかったが、それはスカリーの部下のひとりによって用意され、暗記するのに一カ月もかかった演説だった。大会の圧巻は、雄弁で知られる大統領候補スペアシャンクス上院議員が自動車で乗りつけて行なった、アメリカ市民の聖なる特権と、アメリカ労働者の保護と繁栄について論じる演説だった。この感動的な演説は、朝刊各紙に半段ほども引用されていたが、その朝刊にはまた、共和党市会議員候補ドイルの意外な人気が民主党シカゴ委員会委員長スカリー氏に動揺を与えている、という確かな筋からの情報も載っていた。

スカリー委員長の動揺は、盛大なたいまつ行列が挙行され、赤いケープと帽子姿のドイル共和党協会の会員が参加し、選挙区の有権者全員にビールが振る舞われるに及んで、一段と激しくなった。そのビールは選挙運動で提供された最高のビールだったと選挙区民全員が証言していた。たいまつ行列はもちろん、選挙用の馬車の後尾で行なわれる数しれない演説会でも、ユルギスは精力的に働いた。彼は演説こそしなかったが――それは弁護士その他の専門家の仕事だった――ビラ配りにポスター貼り、それに人集めなど、万事を取り仕切った。催しがあるときには、花火係やビール係を引き受けた。こうして、選挙運動期間中ずっと、例のユダヤ人醸造家の資金を何百ドルも扱っていた彼は、感動的なまでにバカ正直なやり方で、せっせと現ナマをばらまいていた。だが、期間の終盤近くなって、彼はほかの運動員仲間から憎悪の目で見られていることに気づいた。彼の働きのせいで、自分たちの影が薄くなったり、パイの分け前にあずかれなくなったりしたからだった。それ以後、ユルギスが全力で取り組んだのは、仲間たちの機嫌を取り結ぶことと、遅れた分の時間を取り返して、甘い汁を吸うための新しい注ぎ口のいくつかを、選挙資金の詰まった酒樽に見つけることだった。

彼の仕事ぶりはまたマイク・スカリーを満足させた。選挙当日の朝、四時に起き出した彼は、「票集め」に取りかかった。二頭立ての馬車を駆って、友人の家をつぎつぎに訪れ、意気揚々と投票所に連れていった。彼自身も六回は投票し、友人の何人かにも同じ回数だけ投票させた。彼はまたリトアニア人、ポーランド人、ボヘミア人、スロヴァキア人といった新来の移民グループを続々と連れてきて、仕事を機械的に終わらせると、別の運動員に引き渡して、別の投票所へ連れていかせた。最初に顔を出したとき、地区の選挙対策部長は彼に資金を百ドル渡し、その日のうちに三回、彼は百ドルを新しく受け取りにきたが、そのたびに彼のポケットに納まったのは、せいぜいで二十五ドル程度だった。残りの金はすべて票の買収に当てられた。そして、元ボウリング場経営者《スコッティ》・ドイルが一千票近い票差で当選して、民主党が地すべり的な敗北を喫した日には、午後五時から始まって、翌朝の三時に終わるまで、ユルギスは罰当たりなまでにすさまじい「飲み会」をたったひとりで楽しんでいた。しかし、パッキングタウンの人間は、ほとんど例外なしに、同じことをやっていた。この民主政治の勝利、この一般大衆による傲慢な金権政治家の惨敗を、誰も彼もが狂喜していたからだった。

第二十六章

選挙が終わった後も、ユルギスはパッキングタウンに残り、仕事も辞めなかった。警察による犯罪者保護の廃止を求める運動は依然としてつづいていたので、当面は「鳴りを潜めている」のが最善の策に思われた。銀行に三百ドル近い預金もあったので、ここらで一休みしてもよかった。だが、やっている仕事は楽だったし、惰性でいつまでも働いていた。それに、マイク・スカリーに相談したとき、近いうちに何かが「持ち上がる」かもしれんぞ、と教えてもらったこともあった。

ユルギスは気の合う仲間数名と下宿屋で暮らしていた。彼はすでにアニエーレと連絡を取り、エルズビエタ一家がダウンタウンに引っ越したことを知っていたので、もう一家のことを思いわずらう必要はなかった。彼は現在、新しい仲間と行動をともにしていた。遊び好きの若い独身者たちだった。ユルギスは肥料工場で着ていた服はとっくの昔に脱ぎ捨て、政治に関わるようになってからは、リンネルのカラーと脂じみた赤いネクタイを愛用していた。身だしなみのことを考える理由は十分にあった。週に十一ドルばかり稼いでいたので、貯金に手をつけることもなく、稼ぎの三分の二を遊興費に使うことができた。

彼はときたま、仲間の連中といっしょに電車でダウンタウンへ出かけた。お目当ては安い劇場やミュージックホール、それに連中のいきつけの場所などだった。パッキングタウンの酒場の多くには玉突き台があり、何軒かはボウリング場を備えていたので、小銭を賭けた勝負で夜を過ごすこともできた。それに、トランプやさいころもあった。いつだったか、土曜日の夜に、ゲームを始めたユルギスは、やたらと勝ち運に恵まれたが、気っ風のいい男だったので、勝ち逃げはしなかった。ゲームは日曜の午後遅くまでつづいて、そのころまでに彼は二十ドル以上もすっていた。土曜日の夜にはまた、パッキングタウンではダンス・パーティがいくつか催されることになっていた。どの男も女連れでやってきて、おひとり様五十セントの入場料を払ったが、お祭り騒ぎをするうちに、ドリンク代として数ドルを追加することになった。この大騒ぎは、けんか沙汰で幕にならない限り、朝の三時、四時までつづいた。その間ずっと、同伴の男と女は、セックスとアルコールでふらふらになりながらも、ダンスをやめようとはしなかった。

ほどなくして、ユルギスは何かが「持ち上がる」と言っていたスカリーの真意が理解できた。五月に会社側と組合側の協定の期限が切れ、新しい協定に調印しなければならなかった。交渉は進んでいたが、パッキングタウンはストライキの話で持ち切りだった。旧賃金表は熟練工の賃金だけを対象としていたが、食肉労働者組合に所属する組合員のほぼ三分の二は非熟練工だった。シカゴでは非熟練工はほとんどが時給十八・五セントだったので、組合側はこれを次年度の基本賃金とすることを希望していた。これは一見思われるほど高額ではなかった。交渉の過程で、組合幹部が総額一万ドルに上る時間給支払伝票を調べた結果、最高賃金は週給十四ドル、最低賃金は週給二ドル五セント、平均賃金は六ドル六十五セントであったことが判明した。この週給六ドル六十五セントは従業員が一家を支えるのに十分とは言えなかった。過去五年間、精肉はほぼ五十パーセント値上がりする一方で、未処理牛は同じくらい値下がりしているという事実を考慮すると、会社側は組合の要求額を支払うことができて然るべきであるように思われた。だが、会社側はそれを出し渋り、組合の要求を拒絶した。そして、会社側はその目的が何であるかを示すために、協定の期限が切れてから一、二週間後に、約千名の従業員の時給を十六・五セントに引き下げただけでなく、最終的には十五セントにまで引き下げてやる、とジョーンズ社長が息巻いたという話が伝わってきた。失業者の数は全国で百五十万人。シカゴだけでも十万人はいる。それなのに、労働組合の役員連中に押しかけられたからといって、一日数千ドルもの欠損の出るような契約に、一年間も縛りつけられるようなまねを会社がしでかすとでも思っているのかね？　とんでもない話だよ！

それはすべて六月のことだった。ほどなくして、問題は組合の一般投票にかけられ、ストライキが決議された。同様の事態が食肉加工会社を抱えるすべての都市で起こった。突然、新聞も一般大衆も一夜目覚めると、食肉飢饉というおぞましい事態に直面することになった。再考を促すために、あらゆる種類の嘆願がなされたが、会社側は強硬だった。その間にも、賃金の切り下げを続行し、ウシの出荷を阻止し、馬車に何台分ものマットレスや簡易ベッドを続々と運び入れていた。そのため組合員たちは激昂し、ある晩、組合本部から食肉産業の中心地へ電報が打たれた――セントルイス、サウスオマハ、スーシティ、セントジョゼフ、カンザスシティ、イーストセントルイス、それにニューヨーク。翌日の正午を期して、五万から六万の従業員が作業服を脱ぎ捨て、工場から粛々と引き上げた。大規模な「牛肉ストライキ」の幕開きだった。

ユルギスは夕食に出かけ、その足でマイク・スカリーに会いにいった。スカリーは豪邸に住んでいた。通りは彼だけのためにきちんと舗装され、街灯もともっていた。彼は隠居に近い生活をしていた。神経質で、不安を抱えているような様子だった。ユルギスの顔を見ると、「何の用かね？」と言った。

「ストの間、何か仕事を見つけていただこうと思いまして」

スカリーは眉をひそめて、彼をじろっと見た。その日の朝刊で、スカリーが会社側を激しく論難している記事をユルギスは読んでいた。従業員を優遇しないようなら、市当局が食肉工場を叩きつぶして、事態を収束することになる、と彼は強い口調で語っていた。そのため、当の相手に突然、「いいか、ルドクス、今の仕事をつづけりゃいいじゃないか？」と言われて、ユルギスはいささか驚いてしまった。

ユルギスは動揺していた。「スト破りをやれとおっしゃるのですか？」と彼は叫んだ。

「いいじゃないか」とスカリーは問い返した。「それがどうだというのかね？」

「しかし――しかし――」彼は口ごもった。組合と行動をともにするべきだ、となんとなく勝手に思いこんでいたのだった。

「会社側は腕の立つ人間が必要なんだ。とても必要なんだな」とスカリーは言葉をつづけた。「会社側につく人間は待遇がいいぞ。思い切って、そのまま居つづけたらどうだね？」

「でも、そうなると、お役に立つことができないじゃありませんか――政治の世界で？」

「いずれにしても、きみは役に立たないのさ」とスカリーはいきなり言った。

「どうしてです？」とユルギス。

「いいかね、きみ」とスカリー。「きみは共和党員だということを忘れたのかね？　それに、わしがいつまでも共和党員を当選させるとでも思っているのかね？　例の醸造屋はわれわれの仕打ちにとっくの昔に気づいていて、大騒動になっているのだよ」

ユルギスは仰天した。そのような事態は思ってもみなかった。「民主党員に鞍替えできますよ」

「しかし、今すぐは駄目だな」と相手は答えた。「人間というものは、政見を毎日変えることはできないのだよ。それにだな、わしはきみを必要としていない――きみにできることは何もないのさ。いずれにせよ、つぎの選挙はずっと先のことだからな。それまで何をするつもりかね？」

「力になっていただけると思っていました」とユルギスは話しはじめた。

「そうともさ」とスカリーは答えた。「力になってやるよ――わしは今までに友達を見捨てたことは一度もない男だからな。しかしだよ、わしが見つけてやった仕事を辞めて、別の新しい仕事を見つけてくれなどと言うのは、虫がよすぎはしないかね？　今日も百人ばかり押しかけてきたのだが、わしに一体何ができる？　この一週間に、道路掃除の仕事で十七人も市役所に雇わせたのだぞ。こんなことをいつまでもつづけられると思うかね？　きみに今話していることを、ほかの連中に話すのはまずいのだが、きみは内部事情を知っている人間だ。自分で判断できるだけの分別を持ってくれなくちゃ、困るよ。大体、きみにとって、ストはどんな利益があるのかね？」

「考えてもみませんでした」とユルギス。

「そうだろうな」とスカリー。「しかし、考えたほうがいいぞ。断言してもいいが、ストは二、三日で終わって、組合側は惨敗する。それまでにきみがいただいたものは、全部きみのものになる。わかっているな？」

ユルギスにもよくわかる話だった。彼はストックヤードに引き返して、仕事場に顔を出した。ブタの長い列がさまざまな準備段階で放置されたままになっていた。職長は二、三十人ばかりの非力な事務員や速記者や給仕などを指図して、処理作業を完了させ、ブタを冷蔵室に運びこませていた。ユルギスは職長のところまで歩み寄ると、大声で言った。「マーフィーさん、仕事にもどってまいりました」

職長の顔がぱっと明るくなった。「いいぞ！　早速、取りかかってくれ！」

「その前にちょっと」とユルギスは勢いこむ相手の言葉をさえぎった。「給料を少し上げていただいてもいいと思いますが」

「いいとも」と職長は答えた。「もちろんだ。いくら欲しい？」

ユルギスは工場へもどる道すがら、じっくり考えてはいた。それでも、いざとなると、勇気が挫けそうになったが、ぎゅっと両手を握りしめて言った。「日給三ドルはいただいてもいいのでは」

「わかった」と相手はためらうことなく答えた。だが、その日が暮れないうちに、われわれの主人公は、事務員や速記者や給仕が日給五ドルを受けていたことを知って、我と我が身を蹴飛ばしてやりたい思いだった！

こうしてユルギスは新しい「アメリカン・ヒーロー」のひとりとなった。独立戦争のときにレキシントンやヴァレーフォージで苦難に耐えた勇士たちのそれに比肩できる美徳を備えた男。もちろん、この比較は完全ではなかった。ユルギスの場合は、給料をたっぷりもらい、着心地のいい服を身につけていた。スプリングのきいた簡易ベッドとマットレスをあてがわれ、一日三度たらふく食べることができた。それに、この上なく気楽で、生命や手足を危険にさらすときがあるとすれば、ビールが飲みたくなって、ストックヤードのゲートの外に足を踏み出すときだった。この特権を行使するときでさえも、無防備の状態というわけではなかった。人手の足りないシカゴの警官隊の大半が突然、犯罪者を捜査する任務を解かれて、彼の警護に駆けつけたからだった。

警察も、スト中の労働者たちも、暴力に訴えない方針を決めていた。だが、それとは逆の意向の関係者たちがいた――それはマスコミだった。スト破りとしての人生の最初の日、ユルギスは早めに仕事を終えると、知り合いの三人の男たちに外へ飲みにいこうぜ、と虚勢を張った格好で持ちかけた。すると、全員賛成ということになって、ハルステッド通りのメインゲートをくぐって外に出た。そこでは数人の警官が警護に当たり、組合のピケ隊も出入りする人間を抜かりなく見張っていた。ユルギスと仲間の三人はハルステッド通りを南へ下り、ホテルの前を通り過ぎたあたりで、突然、五、六人の連中が通りの反対側から向かってきて、おまえらのやり方はまちがっている、と議論を吹っかけはじめた。その議論をいい加減にあしらっていると、連中は今度は脅しにかかった。突然、そのひとりがユルギスの仲間のひとりの帽子をひったくって、塀のむこう側へ放り投げた。帽子の主はそれを探すために走り去った。そのとき、「スト破りだぞ！」という叫び声が上がって、十数人の男たちが酒場や民家から走り出てくると、仲間のもうひとりは肝をつぶして、帽子の男に右へならえした。ユルギスと残りのひとりはその場に留まって、拳骨を何発かすばやくお見舞いし、その快感を十分に味わうと、すたこらと逃げ出して、ホテルの裏側からストックヤードへと一目散に駆けていった。もちろん、警察は現場に急行したが、人だかりができると、ほかの警官たちが慌てふためいて、緊急出動を要請した。そんなこととは露知らず、ユルギスは、パッカーズ・アベニューまで戻ってきた。会社の中央タイム・ステーションの前では、興奮しきった先ほどの仲間のひとりが、怒声を上げる暴漢に四人が襲われて包囲され、八つ裂きにされそうになったときの様子を、ふくらむ一方の人だかりを相手に、息をはずませて話しているのが見えた。皮肉な笑いを浮かべながら耳を傾けている彼のそばに、しゃれた服装の青年が数名、手帳を片手に立っていた。それから二時間も経たないうちに、新聞売りの少年たちが走り回っているのが見えたが、小脇に抱えた新聞には六インチもありそうな赤と黒の大きな活字が躍っていた。

ストックヤードで暴力沙汰！
スト破りたち、激昂した暴徒に包囲される！

もしユルギスが翌朝、合衆国の新聞全紙を残らず買うことができたとしたら、ビール漁りに出かけた彼の冒険が、四千万ばかりの読者の目に触れ、全国の謹厳実直なビジネスマンのための新聞の半数の社説に話題を提供していることを発見していただろう。

時間の経過とともに、この種の記事をユルギスはいくらも目にすることになった。その日は、仕事が片づいていたので、ストックヤードから直通の鉄道で市中に出かけようと、簡易ベッドが並んでいる部屋で夜を過ごそうと、彼の勝手だった。そこで彼は後者を選んだが、後悔する羽目になってしまった。一晩中、スト破りたちの集団がひっきりなしに到着したからだった。スト破りのような仕事には、優良な労働者はごくわずかしか確保できなかったので、この新しいアメリカン・ヒーローの見本市には、都市の犯罪者やごろつきが各種取り揃えられていた。そのほかは黒人や、ギリシャ人、ルーマニア人、シチリア人、スロヴァキア人など最低の移民たちだった。この連中は高給よりも騒動が起こる可能性に引かれてやってきていたので、一晩中、飲んだり歌ったりの大騒ぎをしてから、仕事に起き出す時間になって、やっと眠りにつくのだった。

翌朝、朝食もすまないうちに、《パット》・マーフィーに命令されて、工場長のひとりに会いにいったユルギスは、屠畜場の仕事を経験したことがあるかどうか質問された。興奮した彼の心臓は高鳴った。チャンスが到来したことを、即座に悟ったからだった。いよいよ監督になれるぞ!

職長たちの何人かは組合員だった。そうでない職長たちも、その多くが組合員といっしょに職場を離れていた。会社側が一番痛手を被っていたのは、屠畜部門だった。これは絶対に放置できない部門だった。牛肉の燻製や缶詰や塩漬けの作業は先送りできる。副生物はすべて廃棄してもかまわない。だが、精肉だけは確保しなければならない。さもなければ、レストランやホテルや上流家庭が悲鳴を上げてしまう。そうなると、「世論」は意外な方向に動くかもしれないのだ。

こんな機会がひとりの男に訪れることは二度とあるまい。それをユルギスはつかみ取った。はい、その仕事のことなら、何でも知っています。ほかの連中に教えることだってできます。しかし、この仕事を引き受けて、満足していただけた場合、ずっとやらせてもらえるでしょうか？　ストが終わった途端に、首ということはないでしょうな？　その点に関しては、我が社を信用してもらってだいじょうぶだ、と工場長は答えた――組合の連中や、裏切り者の職長たちに思い知らせてやるつもりでいるのだから。ユルギスはストの期間中は、日給五ドル、ストが解決したら、週給二十五ドルを支給されることになった。

こうして、われわれの主人公は屠畜場用の長靴とジーンズの作業服を手に入れると、勇躍して新しい仕事に取りかかった。何とも異様な光景だった、屠畜場のあたりは――間抜けな黒人たち、何を言われてもちんぷんかんぷんの外国人たち、それに蒼白い顔をした、胸板の薄い簿記係や事務員の混じった一群が、熱帯地方のような熱気と流れ出る血のむかつくような悪臭のなかで、息も絶え絶えになりながら、十頭か二十頭ばかりのウシを解体しようと悪戦苦闘していた。その同じ場所で、ほんの二十四時間前には、ベテランの屠夫たちが驚嘆すべき正確さで腕を振るって、毎時四百頭の屠畜を送り出していたというのに！

黒人たちや、堤防《レヴィ》から連れてこられた与太者たちは、働く意欲を持ち合わせていなかった。二、三分もすると、何人かが元気が出るまで休ませてくれるとありがたい、などと言い出す始末だった。数日後、ダラム社は仕事場を快適にするための扇風機や、休息用の長いすまで準備した。他方、この連中は屋外へ出て、どこかに木陰を見つけ、「うたた寝」をすることも許された。特定の居場所もなければ、何のシステムもなかったので、監督が連中を見つけるまでには何時間もかかった。あわれな事務職員の場合は、戦々恐々の態で懸命に働いていた。最初の日の朝、現場での仕事を拒否したために、三十名がまとめて解雇されていたからだった。それに、ウエートレスの仕事を断った女性事務員やタイピストも何人か首を切られていた。

　こういう手合いをユルギスは統率しなければならなかった。彼は全力を尽くした。ここと思えば、またあちらと飛び回って、部下たちを整列させ、仕事の手順を教えてやった。生まれてこの方、命令を下したことなど一度もなかったが、さんざん命令されてきたので、要領はわかっていた。やがて、彼はやる気満々になって、古参の職長よろしく怒鳴ったり叱りつけたりした。だが、彼が教えこもうとしている相手は、最高に御しやすい連中ではなかった。「なあ、親方。おいらの仕事ぶりが気に入らねえんだったらよ、ほかの誰かにやらせたってかまわねえんだぜ」と図体の大きな黒人の男がしゃべり出す。すると、仲間がたかってきて、聞き耳を立てながら、脅し文句をぶつくさ並べ立てる。最初の食事が終わった時点で、スチール製のナイフのほとんどが行方不明になっていたが、それが今では鋭く研ぎ澄まされて、それぞれの黒人の長靴に一本ずつ隠されていた。

　こうした混沌状態から秩序を生み出すことなど、とてもできない相談だ、とユルギスはすぐに気づき、周囲のムードに溶けこんでいった――くたくたになるまで大声を上げる理由はどこにもなかった。牛皮や内臓を傷つけて使えなくしたとしても、責任者を特定する方法はなかった。仕事をサボって、職場にもどることを忘れた誰かを連れもどしにいったところで、何の得にもならなかった。その隙に、ほかの連中がずらかってしまうからだった。スト期間中は何をしても許され、費用は会社持ちだった。やがてユルギスは、休憩を取る習慣がヒントになって、複数の職場に登録しておけば、五ドルの日給を何回も受け取ることが可能になる、と考えた抜け目のない連中が何人かいることを発見した。そのひとりを彼は現行犯でつかまえて、首にしようとした。だが、それがたまたま人目につかない場所だったので、相手の男はウインクをしながら、十ドル紙幣を彼に手渡し、彼もそれを受け取っていた。もちろん、この慣習はあっという間に広まって、やがてユルギスはそれを元手にかなりの副収入を手に入れるようになっていた。

こうした悪条件にもかかわらず、輸送中に脚を傷つけたウシや、病気にかかったブタを処置できたことを、会社側は不幸中の幸いと見ていた。炎天下、給水もせずに、二、三日かけて搬送していると、ブタは頻繁にコレラを発症して死ぬ。すると、まだ脚をばたつかせているうちに、ほかのブタが襲いかかり、貨車を開けたときには、死んだブタの骨しか残っていない。この貨車のブタは、すべてを即時に処置してしまわないと、やがて恐るべきコレラでバタバタ倒れ、ラードにする以外に手の打ちようがなくなってしまう。角で突き刺されて死にかけているウシや、折れた骨が肉に刺さったためによたよた歩いているウシも同様で、即刻屠畜しなければならなかった。ブローカーやバイヤーや工場長までが上着を脱ぎ捨てて、そうしたウシを追いかけたり、解体したり、皮をはいだりするのを手伝う羽目になったとしても。他方、会社側の出張員たちは、はるばる南部の農村地帯へ足を運び、スト中という事実は慎重に隠しながら、日給五ドル、食事つきの約束で、黒人の集団を駆り集めていた。その黒人たちを満載した列車がすでにシカゴに向かっていた。特別割引の鉄道料金で、ほかの列車はすべて運転を停止していた。市町村の多くは、この機会を利用して、刑務所や感化院から収容者を一掃しようとしていた——デトロイトでは、二十四時間以内に市から立ち退くことに同意した者全員を微罪担当判事が釈放し、この連中を無事にシカゴに送り届けるために、会社側の出張員たちが法廷で待機していた。さらに、この連中の収容に備えて、列車数両分の必需品が会社に運びこまれていたが、ビールやウイスキーが含まれていたのは、外出したいという気持ちを起こさせないためだった。シンシナティでは、「果物の包装出荷のため」と称して三十名の若い娘を雇い入れたが、工場に到着すると、コーンビーフの缶詰作業をやらせていた。この娘たちの寝る簡易ベッドが並べられていたのは、男性も通り抜ける共用の玄関ホールだった。スト破りの援軍が夜となく昼となく、警官隊に護衛されて続々と到着すると、使っていない仕事場や倉庫や車庫に押しこんだが、そこはベッドとベッドの隙間がないほどごみ合っていた。場所によっては、同じ部屋が食堂と寝室を兼ねていたので、夜になると、ネズミの大群から逃げるために、簡易ベッドを食卓の上に置く始末だった。

だが、最善の努力を尽くしたにもかかわらず、会社側の労働意欲は低下したままだった。従業員の九十パーセントが職場を離れていたため、労働力の抜本的な再編という課題に会社は直面していた。しかも、食肉の価格は三十パーセント高騰し、ストの解決を求める声もかしましかった。会社側は紛争を調停に持ちこむことを提案し、突入から十日後に組合側がそれを受諾したので、ストは撤回された。従業員は全員四十五日以内に再雇用されることや、「組合員に対する差別待遇は行なわない」ことなどが両者間で同意された。

こうしてユルギスは不安の日々を送ることになった。従業員が「差別待遇」なしで復職すれば、彼は現在の仕事を失うことになる。そこで工場長の意見を求めると、工場長は不気味な笑みを浮かべて、「様子を見ていたまえ」と言った。ダラム社のスト破りたちで、現場を離れる者はほとんどいなかった。

この「解決」が会社側の時間稼ぎのための策略に過ぎなかったのか、それとも、この計画によって、ストを破り、組合を弱体化させることを会社側が本当に意図していたのか、いずれとも言い難い。だが、その夜、ダラム社の本部から食肉産業の中心地へ一通の電報が発信された。「組合幹部は雇うべからず」という内容だった。翌朝、二万人の従業員が弁当箱と作業服を手にしてストックヤードに押しかけた。ストの前まで働いていた豚肉処理場の入り口近くにユルギスが立っていると、真剣な表情の男たちの一団が目に入った。二、三十名の警官隊に見張られていた。やがて工場長のひとりが出てきて、その男たちの列のそばを歩いていきながら、気に入った男をひとり、またひとりと選び出すのが見えた。選ばれた男たちはつぎつぎと進み出たが、列の先頭近くにいる何人かは全然選ばれなかった。この連中は組合の事務長や代議員たちで、会合で演説をしているのをユルギスは聞いたことがあった。もちろん、誰かが選び出されるたびに、不満の声は高まり、表情は険しくなった。むこうの、屠夫たちが待機しているあたりで叫び声が聞こえ、人だかりができるのが見えたので、ユルギスはそこへ駆けつけた。屠畜業組合連合会の会長である大柄な屠夫が五回も選ばれなかったために、仲間の屠夫たちが怒り狂っていた。三名からなる委員会を任命して、工場長との交渉に当たらせ、委員会は面会を三回求めたが、その都度、警官隊に警棒で正門から押し返されてしまったのだった。そこで罵声と怒号が湧き上がり、工場長が玄関に姿を現わすまで、それはつづいた。「全員復帰でなけりゃあ、誰も復帰しないぞ」と百人ばかりの人間が声を上げた。工場長は拳を振りかざして叫んだ。「おまえたちはウシみたいに出ていったんだ。ウシみたいにもどってくればいい！」

　すると突然、大柄な屠夫の会長が石材の山に跳び上がって、「決裂だぞ、みんな。全員でまた職場放棄だ！」と怒鳴った。こうして、屠夫たちは、その場で新しいストを宣言した。そして、同じ卑劣な手段が使われたほかの工場の組合員たちも結集して、パッカーズ・アベニューを行進していった。通りには労働者たちが黒山のように押しかけていて、わあわあと歓声を上げていた。すでに屠畜場で作業を始めていた連中も、仕事道具を投げ捨てて合流した。馬にまたがって、あちらこちらを駆け回り、大声でストの知らせをする者もいた。半時間も経たないうちに、パッキングタウン全域が再びストに突入し、怒りで荒れ狂っていた。

それ以後、パッキングタウンの空気は一変した。そこは煮えたぎる激怒のるつぼと化し、スト破りの連中が足を踏み入れたりしようものなら、ひどい仕打ちを受けることになった。この種の事件は毎日、一件や二件は起こったが、新聞はそれを詳しく報道して、いつも組合を非難していた。だが、まだパッキングタウンに組合がなかった十年前は、ストライキが発生すると[17]、州兵の出動が要請され、夜間には炎上する貨物列車の明かりに照らされて、市街戦が展開したのだった。パッキングタウンは常に暴動の中心地だった。百軒もの酒場と、一軒のニカワ工場が立ち並ぶ「ウイスキー・ポイント」では、けんか騒ぎが絶えず、その大半はきまって暑い季節に発生していた。もし労を惜しまずに警察の事件簿を調べた人がいたとしたら、その年の夏はいつもの夏と比べて、暴力沙汰が少なかったことに気づいたにちがいない。二万人の労働者が失業していて、会社側のひどい仕打ちを思い悩む以外に何もすることがない時期にもかかわらず、そうだったのだ。だが、組合幹部たちの戦いを語り伝える人は誰もいなかった——二万の大軍を統率し、落伍や略奪行為を防止し、十指に余る異なった言葉を話す十万もの人びとに元気と勇気を与え、空腹と失望と絶望の長い六週間を切り抜けさせるための戦いだったというのに。

他方、会社側は新しい労働力の獲得という課題に本格的に取り組んでいた。毎晩、千人とも二千人とも言われるスト破りたちが送りこまれ、さまざまな工場に配属された。そのなかには熟練労働者も混じっていた——会社の支社から派遣された屠夫やセールスマンやマネージャー、それにほかの都市の組合を脱退してきた労働者たちだった。しかし、大多数は遠い南部の綿花地帯からきた「無経験《グリーン》」の黒人たちで、ヒツジの群れのように工場へと追い立てられていった。使用目的が認可され、適正な窓と階段と非常階段が用意されている場合を除いて、建造物を宿舎として使用することを禁止する法律があったが、ここでは、「ペンキ置き場」と呼ばれる部屋で、百人もの男たちが床に敷いたマットレスの上で雑魚寝をしていた。それは囲いのある狭い「通路《シュート》」でしかいけない部屋で、窓は皆無、ドアもたったひとつしかなかった。ジョーンズ社の「豚用畜舎《ホグハウス》」の三階には、窓のない物置部屋があって、そこに押しこまれた七百人の男たちはマットレスのない、スプリングがむき出しの簡易ベッドで寝て、昼間は同じベッドを交替組の連中が使っていた。世論がやかましく騒ぎ立てて、こうした就労条件の調査が行なわれ、シカゴ市長が法の執行を命じることを余儀なくされると、会社側はそれを禁止する差止命令を裁判所に出させたのだった。

ちょうどそのころ、市長はシカゴでの賭博や懸賞目当てのボクシング試合に終止符を打った、と豪語していたが、ここにどっと流れこんできたプロの賭博師たちが警察と結託して、スト破りの連中から有り金を巻き上げていた。夜になると、ブラウン社前の広い空き地で、筋肉逞しい半裸の黒人たちが賞金目当てに殴り合っているのが見られた。喚声を上げながらひしめいている三千人から四千人の群集。男と女。長靴に短剣を忍ばせた大男の黒人と袖を触れ合わせている、ぽっと出の若い白人女。周囲の工場の窓という窓から、何列にもなって見下ろしている縮れた髪の黒人たち。この黒人たちの先祖はアフリカの原住民だった。それ以来ずっと、人間性を奪われた奴隷となるか、奴隷制度の伝統に支配された社会によって抑圧されるかしてきた。それが今、初めて自由になっていた――欲望のすべてを満たすのも自由だったし、破滅の道を歩むのも自由だった。彼らはスト破りのために必要とされ、ストが解決すると送り返されて、現在の主人たちは二度と彼らの顔を見ることはない。そこで酒と女が貨車で何台分も送りこまれて、黒人たちに売りつけられ、ストックヤードは地獄さながらの状態だった。毎晩のように刺殺事件や発砲事件が発生した。会社には未記入の許可書が発行されていて、当局をわずらわすことなく死体を市外へ搬出できる、といううわさが立っていた。男女の労働者が同じフロアで寝泊まりしていたので、夜な夜なやりたい放題の乱痴気騒ぎとなった――それはアメリカでは前代未聞の光景だった。女たちはシカゴの売春宿のあばずれ、男たちはほとんどが無知な田舎生まれの黒人だったので、言うもはばかる業病があっという間に蔓延した――しかも、それは文明世界の隅々まで送られる食料品が扱われる場所での出来事だったのだ。

ユニオン・ストックヤードはただでさえ快適な場所ではなかった。それが今では、屠畜場の集合体というだけでなく、一万五千から二万の人面をした野獣たちのキャンプ地になっていた。一日中、燃えるような真夏の太陽が、その忌まわしい一平方マイルの土地に照りつけていた。木造の床が悪臭を放ち、病原体をばらまく囲いのなかに押しこめられた何千頭ものウシや、むき出しの、焼けつくような、石炭殻をまき散らした鉄道線路や、迷路のような通路に新鮮な空気を絶対に入れようとしない、数棟の薄汚れた食肉工場の巨大な建物にも、太陽は照りつけていた。そこでは熱い血の川、濡れた肉を満載した貨車、脂肪精製用の桶や石鹸製造用の大鍋、ニカワ工場や肥料タンクなどが地獄の噴火口のように悪臭を放っているだけではなかった。何トンもの廃棄物が陽の当たる場所で腐乱し、作業員たちの油だらけの洗濯物が外で干されていた。食い物が散らかる食堂はハエが真っ黒にたかり、便所は覆いも何もない、ただの下水溝だった。

やがて夜になると、何百人もの男たちが街へ遊びに繰り出す。けんかに賭博。酒を飲んでのばか騒ぎ。悪態に罵声。笑って、歌って、バンジョーを弾きながら踊る！　週に七日間、ストックヤードで酷使されていたが、それでも日曜の夜には、懸賞目当てのボクシングやさいころ賭博に興じていた。だが、街角を曲がったすぐむこうでは、かがり火が赤々と燃え、痩せこけた、魔女のような黒人女が、白髪を振り乱し、目をらんらんと輝かせながら、地獄の業火や「神の子ヒツジ」の血のことを叫び歌っているのが見え、その傍らでは、男女が地面に横になって、恐怖と悔恨に身をふるわせながら、うめいたり、わめいたりしていた。

これがスト決行中のストックヤードの状態だった。その様子を組合側は暗澹たる思いでながめ、民衆は貪欲な子どものように食肉をよこせとわめいていたが、会社側は方針を情け容赦なく貫いた。毎日、新しい労働者を増やし、その分、古くからの労働者に厳しく当たることができた。出来高払いの仕事をやらせ、ペースを維持できないと、解雇することができたのだった。今では、ユルギスは、そうした展開のなかで、会社の手先のひとりになっていた。その変化を彼は日ごとに感じることができた、まるで巨大な機械のゆるやかな始動のように。彼は親方であることに慣れていたが、息が詰まりそうな熱気と悪臭、それに自分がスト破りの人間で、そのことを知り、自己嫌悪に陥っているという事実などのせいで、酒を飲み、凶暴性を発揮し、部下を怒鳴ったり、罵ったり、叱り飛ばしたりしたばかりか、疲労困憊して倒れそうになるまで酷使するのだった。

八月も終わり近くのある日、工場長のひとりが仕事場に駆けこんできて、ユルギスと部下たちに仕事をやめて、ついて来い、と叫んだ。全員が工場長の後を追って外に出ると、数台の二頭立て運搬車と、三台の護送車に分乗した警官隊が、どっと押し寄せた群集に囲まれたままで、待機しているのが見えた。ユルギスと部下は運搬車の一台に飛び乗った。御者は群集に怒声を浴びせかけ、全速力で駆け抜けた。数頭の雄ウシがストックヤードから逃げ出し、それをスト中の連中がつかまえたというのだ。殴り合いになる気配が濃厚だった！

ユルギスたちの乗った運搬車は、アッシュランド・アベニュー側のゲートを抜けて、ゴミ捨て場の方向に駆けていった。彼らの姿が見えると、叫び声が上がって、運搬車の駆け抜ける民家や酒場から男や女が飛び出してきた。しかし、運搬車には八名から十名の警官が同乗していたので、密集した人垣で道路が封鎖されている地点にくるまで、何の混乱もなかった。疾走する運搬車に乗った連中が危ないぞ、と叫ぶと、群集はクモの子を散らすように退散し、血まみれになって転がっている一頭の雄ウシの姿が現れた。この界隈には、かなりの数の屠夫たちが住んでいたが、仕事にあぶれ、家には腹を空かせた子どもたちがいた。というわけで、誰かが雄ウシを殴り殺したのだった。腕のいい屠夫なら、ウシを殺して、さばくまでに、数分もかからないので、ステーキやローストに使う部位の肉がすでに相当量なくなっていた。もちろん、これは懲罰に値する行為だった。早速、その懲罰を加えるために、警官隊は運搬車から跳び下りると、目につく人間の頭を片っ端から警棒で殴りはじめた。激怒と苦痛の叫び声が上がった。顔を引きつらせて民家や商店に逃げこむ者。通りを一目散に逃げていく者。この騒動にユルギスと部下たちも面白半分に加わって、それぞれが狙いをつけた相手を追い詰め、パンチを食らわせた。家に逃げこんでも、追跡の手をゆるめず、薄っぺらなドアを蹴破って、二階まで追いかけ、近くにきた者は誰彼の区別なくぶん殴り、ついにはベッドの下や、クロゼットの古着の山のなかから、悲鳴を上げている獲物を引きずり出した。

ユルギスとふたりの警官は、何人かの男を酒場のなかまで追いかけた。男のひとりはカウンターの後ろに隠れたが、追い詰められて逃げ場を失った男の背中や肩を、警官のひとりが打ちすえた。やがて男は床にぶっ倒れ、警官に頭を殴られる羽目になった。残りの男たちは裏手のフェンスを乗り越えてずらかり、もうひとりの警官は肥満体だったので、うまくまかれてしまった。その警官がいまいましそうに毒づきながら引き上げてきたとき、酒場のオーナーの大柄なポーランド人の女がわめき声を上げて駆けこんできたが、警官に腹部を一発強打され、体をふたつに折り曲げて、床の上に転がった。ユルギスはというと、実利を重んじるタイプの男だったので、カウンターで勝手にぐいぐい飲んでいた。やがて相手を片づけた最初の警官が合流して、彼に酒瓶をもう四、五本手渡すと、自分でも何本かポケットに詰めこみ、出がけに警棒を大きく振り回して、残りの酒瓶を全部なぎ倒した。酒瓶が床に落ちて割れる音で、太ったポーランド女はよろよろと立ち上がったが、三人目の警官が背後から忍び寄って、女の背中に膝を押し当て、両手で目隠しをしてから、仲間の警官に声をかけた。声をかけられた警官は後もどりをして、レジスターの引き出しをこじ開け、中身をポケットにねじこんだ。それから、ユルギスとふたりの警官は外に出た。女を押さえつけていた警官は、女を突き倒してから、三人の後を追った。ウシの屍体はすでに仲間が運搬車に載せていたので、ユルギスたちは早々に退散した。彼らの後ろからは、怒声と罵声、それに見えない敵が投げる雨あられのような煉瓦と小石が追いかけてきた。この煉瓦と小石のことは、一、二時間も経たないうちに、数千の新聞に送られた「暴動」の記事のなかで、大々的に報じられた。だが、レジスターの引き出しのエピソードは、パッキングタウンのいくつかの哀切きわまる伝説のなかで語られるだけで、それ以外では二度と口にされることがなかった。

ユルギスたちは午後も遅くなってから会社にもどり、先刻のウシの残部と、やはり殺されていた別の二、三頭を解体して、この日は仕事じまいにした。別の運搬車に乗っていた仲間三人といっしょに、ユルギスは夕食を食べにダウンタウンへいき、その日の出来事を話し合った。食後、四人はルーレット賭博の店へ立ち寄った。賭博でツキに恵まれたためしのないユルギスは、十五ドルばかりすってしまった。その腹いせに酒をしこたま飲まざるを得なくなり、パッキングタウンに帰り着いたときは、夜中の二時前後になっていた。遊びに出かけて、かえって落ちこむ羽目になった彼だったが、その彼を待ち受けていた災難もまた当然の報いであった、と認めざるを得ない。

彼が寝起きしている場所にいく途中、脂じみた着物風の化粧着をまとって、頬紅を塗りたくった女に出会った。女は千鳥足の彼を支えるために腕を腰に回した。ふたりは通りかかった暗い部屋にもつれこんだ。だが、二歩も歩まないうちに、突然、ドアが開いて、ランタンを手にした男が入ってきた。「誰だ、そこにいるのは?」と男は鋭く叫んだ。ユルギスが何やら小声で答えようとした瞬間、男はランタンを高くかざし、その明かりで男の顔が照らされ出したので、それが誰だか判明した。ユルギスは棒立ちになった。心臓は狂ったように脈打っていた。男はコナーだった。

積荷係の監督コナー！　彼の妻を犯し、彼を刑務所に送りこみ、彼の家庭を破壊し、彼の人生を破滅させた男！　その男がそこに立っている。目を大きく見開き、ランタンの明かりを顔にもろに浴びたまま。

パッキングタウンにもどってきてからも、ユルギスはしばしばコナーのことを思い出していた。だが、それは遠い過去の何か、彼とは関わりのない何かのようだった。だが、目の前でぴんぴんしている本人の姿を目の当たりにしたとき、かつて彼に起こったと同じことがもう一度起こった——怒りの洪水が体内に満ちあふれた。盲目的な狂気に捉えられた。いきなり彼は男に体当たりを食らわし、眉間を殴りつけた。男が倒れると、のどをつかんで、頭を石畳に打ちつけはじめた。

女は悲鳴を上げ、何人かが駆けこんできた。ランタンはひっくり返って消えていた。あたりは真っ暗で、何も見えなかった。ユルギスのあえぎ声と、相手の頭蓋骨が打ちつけられる音だけが聞こえていた。駆けつけた連中は音の聞こえるあたりに突進して、彼を引き離そうとした。前回とまったく同じように、彼は仇敵の肉の一部を食いちぎっていた。そして、前回と同じように、彼は邪魔に入った連中に殴りかかることをやめなかった。結局、彼はやってきた警官に警棒で殴られて、人事不省に陥ったのだった。

こうして、その夜は朝まで、ストックヤードの警察署で過ごすことになった。だが、今回の彼はポケットに金があったので、意識を取りもどしたとき、飲み物を買うことができたし、使いの者を雇って《ブッシュ》・ハーパーに窮状を訴えることもできた。だが、ハーパーが姿を現したのは、被告人ユルギスが体調をすっかり崩したまま、法廷に引き出され、保釈金五百ドルを言い渡されたうえ、被害者のけがの経過を見るために、再勾留となってしまってからのことだった。ユルギスは怒り狂っていた。たまたま判事席に座っていた前回とは別の裁判官に、彼は過去に逮捕歴のないことや、むこうから先に襲ってきたことなどを申し立てていたので、もし誰かが彼に有利な証言をしてくれさえすれば、ただちに釈放されたかもしれなかったからだった。

だが、ハーパーはダウンタウンへ出かけていて、伝言を受け取らなかった、と弁明した。「一体何があったのだい?」とハーパーは聞いた。

「ある男を叩きのめしてやったのさ」とユルギスは答えた。「五百ドルの保釈金を払わなきゃならないんだ」

「それは何とかしてやるよ」と相手は言った。「もちろん、何ドルか負担してもらうことになるがね。それにしても、原因は何だね?」

「昔、汚い手を使いやがった野郎でね」とユルギスは答えた。

「誰だい、そいつは?」

「ブラウン社の職長ですよ――とにかく、そのころはそうだったな。名前はコナー」

相手はギクッとなった。「コナーだって! まさかフィル・コナーじゃないだろうな!」

「そうですよ」とユルギスは答えた。「そいつですよ。どうかしました?」

「何てこった!」と相手は叫んだ。「それじゃ、あんたも万事休すだな! こ、こ、こちとらには打つ手がないな!」

「打つ手がない？　なぜです？」

「なぜって、そいつはスカリーの子分でも最有力のひとりなのさ。ウォーフープ連盟のメンバーでもあり、議会に送りこもうという話さえ出ている男なんだぜ！　フィル・コナーとはねえ！　ぶったまげたなあ！」

ユルギスは驚きのあまり、口もきけなかった。

「だって、その気になれば、ジョリエットの刑務所にあんたをぶちこむことだってできるんだぜ、この男なら！」と相手は言い放った。

「スカリーさんに頼んで、刑を軽くしてもらえないものですかね、このことを知られる前に？」

「しかし、スカリーはシカゴにいないからな」と相手は答えた。「どこへいったかも知らないんだ。ストから逃げるために雲隠れしたのさ」

泣きっ面に蜂とは、まさにこのことだった。あわれ、ユルギスは呆然となって、その場にへたりこんでいた。「それにしても、どうしたものですかねえ？」と彼は力なく聞いてみた。

「こちとらにわかるはずがないだろ？」と相手は答えた。「あんたの保釈を手伝ってやることさえ、ヤバイんだよ――だってさ、こちとらの人生を棒に振ることになりかねないんだぜ！」

またしても沈黙が流れた。「お願いできませんか？　殴った相手が誰だったか、おれが知らなかったことにして？」とユルギスは頼んでみた。

「いざ裁判が始まったら、そんなこと、何の役にも立たないじゃないかい？」とハーパーは聞いた。それから、一、二分、頭を抱えて、考えこんでいた。「打つ手は何もないな――あるとすれば、これだけだ」と彼はつづけた。「保釈金の引き下げぐらいは手伝ってやれるかもしれんな。現金を持っていたら、それを払って、ずらかればいいのさ」

それをもっと詳しく説明してもらってから、ユルギスは「いくらぐらいかかるでしょうかね?」と聞いた。

「さあな」と相手は言った。「いくら持ってる?」

「三百ドルばかり持っています」

「それじゃ」とハーパーは答えた。「自信はないが、それで何とか出られるように努力してみるよ。危ない橋を渡るのも、友情のためさ——あんたが一年も二年も州刑務所送りになるのは、とても見るに忍びないからな」

そこでとうとうユルギスは、ズボンをばりっと破って、縫いこんであった銀行通帳を引っ張り出し、《ブッシュ》・ハーパーが書いてくれた、預金全額を払い出すための指図書に署名をした。ハーパーはそれを持って銀行にいき、現金を引き出すと、裁判所へ駆けつけ、ユルギスはまっとうな男で、スカリーの友人でもあり、スト破りたちに襲われたのだ、と判事に説明した。その結果、保釈金は三百ドルに引き下げられ、ハーパー自身が保釈保証人となった。だが、彼はそのことをユルギスには黙っていた。それに、裁判が始まったとき、保釈金の没収をうまく回避したり、マイク・スカリーの逆鱗に触れる危険を冒した代償として、その三百ドルをまんまと着服したりすることなど、彼にとってはお茶の子さいさいだ、ということも黙っていた! 彼がユルギスに告げたのは、自由の身になったということと、できるだけ早く姿をくらますのが一番だ、ということだけだった。そこでユルギスは、感謝と安堵の気持ちを抑えきれないまま、銀行通帳の残額一ドル十四セントを受け取ると、それに昨夜の祝宴の残金二ドル二十五セントを加えた金額を手にして、市街電車に乗りこみ、シカゴの反対側の端までいって電車を降りた。

第二十七章

あわれなユルギス。またしても彼は落ちこぼれの浮浪者になってしまった。彼は手足の自由を奪われていた——かぎ爪を失ったり、甲羅をはぎ取られたりした野生動物とまったく同じように、完全に自由を奪われていた。後は野となれ山となれの気楽な生活を可能にしてくれていた、あの不思議な魔力を備えた武器のすべてが、一瞬のうちに奪い取られていた。仕事が欲しくても、思いどおりの仕事を手に入れることは、もうできなくなった。何のおとがめもなしに盗みを働くことも、もうできなくなった。そこらに群がっている、その他大勢の失業者たちと同じように、運を天にまかせるしかなかった。いや、もっと厄介なことに、その群がっている連中の仲間になることも、彼には許されていなかった。たったひとりで身を潜めていなければならなかった。彼は破滅の運命が刻印された人間だった。羽振りをきかせるために、昔の仲間が彼を裏切るかもしれなかった。彼が犯した罪だけでなく、身に覚えのない罪のせいで、罰せられるかもしれなかった。ドウェインとふたりでオヤジ狩りをやったとき、誰か不運な男が濡れ衣を着せられたのと同じように。

それに、彼はもうひとつ不利な条件のために苦しんでいた。それは新しい生活水準を身につけてしまったことだった。それは簡単に変えることができた。以前に失業したときは、軒先や貨車の下で雨宿りができたり、日に十五セント稼いで酒場の昼食にありつくことができたりすれば、それで大満足だった。だが、現在の彼は、ほかにいろいろ欲しいものがあって、それが手に入らないのが悩みの種だった。ときおり酒が飲みたくて飲みたくてたまらなくなった。酒といっしょに出される料理には目もくれず、酒だけをただひたすら飲みたかった。アルコールに対する渇望は強烈で、それがほかのすべてに優先した。手持ちが五セント硬貨しかなく、飲んでしまえば、その日はずっと空腹でいることになるとわかっていても、飲まずにはいられなかった。

またしてもユルギスは、各社の工場のゲートを包囲する失業者のひとりになった。だが、彼がシカゴで暮らしはじめてから、これほどひどい就職難を経験したことはなかった。ひとつには経済危機があった。春から夏にかけて百万から二百万の労働者が失業し、どうしても復職できない者がまだ残っていた。それに、ストライキがあった。全国で七万もの男女が何カ月か仕事がなかった。シカゴには二万人もの失業者がいて、その大半が市内の至るところで職探しをしていた。数日後にストが中止になって、ストをしていた労働者の半分近くが職場に復帰したが、それだけでは事態は改善されなかった。労働者がひとり復職すれば、スト破りがひとり失職して、姿をくらました。一万から一万五千の「無経験《グリーン》」の黒人や外国人や犯罪者がお払い箱になり、自活の道を見つけねばならなかった。ユルギスがどこへいっても、この連中に出くわした。誰かが彼を「お尋ね者」と知っているのではないかと、激しい不安に襲われた。シカゴを離れてしまいたかった。だが、身に迫る危険を感じたころには、すでに無一文に近かった。冬場の田舎で立ち往生する羽目になるよりは、ムショ暮らしのほうがましだった。

十日もすると、ユルギスの手元には数セントしか残っていなかった。それでもまだ、仕事が見つかっていなかった。日雇いの仕事さえなかった。誰かの鞄を運んで礼金をもらうチャンスにも恵まれなかった。病院から退院したときと同じように、またもや彼は両手両足を縛られたまま、薄気味悪い飢餓の幻影に直面していた。身の毛もよだつ不気味な恐怖に彼は取り憑かれていた。それは追えども去らず、現実の空腹状態よりももっと急速に体力を消耗させる、狂おしいまでの感情だった。餓死してしまう！悪鬼が彼をつかまえようとして、うろこだらけの腕を伸ばしてくる――その腕が体に触れる。その息が顔にかかる。あまりの恐ろしさに、悲鳴を上げる。汗びっしょりになって、全身をふるわせながら、夜中に目を覚ます。ぱっと跳ね起きて、一目散に逃げ出すのだ。仕事を求めて、彼は足が棒になるまで歩き回った。じっとしていられなかった。げっそりやつれた姿で、あたりをきょろきょろ見回しながら、さまよい歩いた。大都市シカゴの端から端まで、どこへいっても、彼と同じような人間が何百人といた。至るところに豊かな生活の光景があったが、無情な官憲の手で追い払われて、誰も近づけなかった。人間が鉄格子の内側にいて、欲しいものがすべて外側にある監獄がある一方で、それとは別に、欲しいものは鉄格子の内側にあって、人間が外側にいる監獄もあるのだ。

最後の二十五セント硬貨にまで落ちぶれたとき、夜の閉店前のパン屋では、売れ残ったパンが半額で処分されることを知った。それからというもの、ユルギスは干からびたパンを二斤、五セントで買い求めると、それをちぎってポケットに詰めこみ、ときどき少しずつぱくついた。このパン以外には一セントも使わなかった。二、三日が経って、パンさえも節約するようになると、街路を歩いている間にも、ふと立ち止まって、ゴミ箱をのぞきこみ、ときどき何かを引っ張り出して、ちりを払い落としながら、これで何分間かは死期を遅らせることができる、と考えるのだった。

こうして彼は数日間、激しい空腹感を抱いて歩き回った。衰弱は募る一方だった。ある朝、彼は胸が張り裂けるばかりの残酷な経験をした。倉庫が立ち並んだ通りを歩いていると、ひとりの監督が彼に仕事をくれた。だが、仕事を始めた直後に、彼は首になってしまった。体力が不足しているというのが、その理由だった。ぼんやり突っ立っていると、別の男が彼の後釜に座るのが目に入った。彼はジャケットを拾い上げて、すごすごと立ち去った。その場に倒れ伏して、赤ん坊のように泣きわめかないようにするだけで、精一杯だった。もうおしまいだ！　おれの運命も定まった！　夢も希望も消えてしまった！　だが、突然、恐怖は激怒に取って代わられた。彼は口汚くののしりはじめた。日が暮れたら、ここに舞いもどってきて、おれが本当に役立たずかどうか、あん畜生に思い知らせてやるぞ！

そうつぶやいている最中に、突然、彼は街角にある青物屋にいき当たった。キャベツを山盛りにした箱が店頭に置いてあった。ユルギスはあたりをすばやく見回してから、体をかがめると、一番大きなキャベツを引っつかんで、勢いよく角を曲がって駆け出した。ドロボーという声がした。大人や子どもが二十人ばかり、追いかけてきた。だが、彼は路地に逃げこみ、そこから枝分かれした別の路地を抜けて、別の大通りに出た。彼は走るのをやめ、キャベツをジャケットの下に隠して、人ごみに紛れこんだ。誰にも怪しまれなかった。もう安心と思われるあたりで、彼は腰を下ろして、キャベツを半分、生のままでむさぼり食った。残りの半分は、翌日のためにポケットにしまっておいた。

ちょうどそのころ、庶民性を強調するシカゴの某新聞社が、失業者のための無料スープ接待所を開設した。新聞社が宣伝効果を狙ってやっている、という声が聞かれる一方で、読者全員が餓死するかもしれないという不安が動機になっている、という意見もあった。その理由が何であったにせよ、スープは濃くて、熱くて、一晩中、誰にでもボウル一杯ずつ支給された。この話を仲間の浮浪者から聞いたユルギスは、夜明けまでに五、六杯はゴチになってやる、と息巻いたが、運がよくても一杯しかありつけないことが判明した。接待所の前には、男たちの長い行列が二ブロックむこうまでつづき、店じまいをするときになっても、同じ長さの行列が並んでいる有り様だった。

この接待所はユルギスにとっては危険区域、つまり、彼の面が割れている「堤防《レヴィ》」地区にあった。だが、それでも彼はそこへ出かけていった。自暴自棄になり、ブライドウェル刑務所を避難所とさえ思いはじめていたからだった。これまでは好天がつづき、彼は毎晩、空き地で野宿していた。だが、突然、冬将軍の影が忍び寄ってきた。冷たい北風が吹き、激しい雨が降りしきった。その日、ユルギスは雨宿りをするために、酒を二杯買った。夜は、最後の二セントを「古ビール店」で使った。これは黒人の男がやっている店で、酒場の店先に放置してある空き樽から、わずかに残ったビールを抜き取り、それに薬品を混ぜて作った「フィズ」を、一缶二セントで売っていたが、それを一缶買うと、落ちぶれた男女の落伍者の群れに混じって、朝まで床の上で寝る特権を手に入れることができた。

こうしたおぞましい状態がユルギスを必要以上に苦しめたのは、その状態を彼が失った過去の数々の機会と対比させていたからだった。たとえば、今はまた選挙の時期になっていた。五、六週間もすれば、全国の有権者は大統領を選出する。仲間の落ちぶれた連中が話し合っているのを耳にしていたし、シカゴの街頭を飾っているプラカードや垂れ幕も目についていた。彼の全身を駆け抜けた悲哀と絶望のうずきは、一体どんな言葉で言い表わすことができただろうか？

　この寒気がつづく時期の、ある晩のことだった。その日は朝からずっと、必死になって物乞いをしたが、彼の話を聞いてくれる者は誰もいなかった。夕暮れ近くなって、ひとりの老婦人が電車を降りるのを見かけた彼は、傘と荷物を運ぶのを手伝ってやった。それから彼の不幸な身の上を話して聞かせ、疑り深い老婦人の質問のすべてに何とかうまく答えると、レストランへ連れていかれた。食事代二十五セントが目の前で支払われた。彼はスープとパン、ジャガイモとビーンズ添えの煮こみ肉、それにパイとコーヒーをご馳走になり、腹をフットボールのようにふくらませて、レストランを出た。そのとき、通りのずっとむこうで、赤い光がきらめいているのが、雨と宵闇を透かして見えた。大太鼓の音も聞こえてきた。彼の心が躍った。光と音に向かって駆け出した。それが政治集会であることは、人に尋ねなくてもわかっていた。

　これまでのところ、この選挙キャンペーンの特徴は、新聞に言わせると「無関心」の一語に尽きた。どういう理由からか、人びとは選挙戦に熱意を示そうとしなかった。演説会場に駆り出すことは、不可能に近かったし、かりに引っ張り出すことができたとしても、気勢を上げさせることはほとんどできなかった。これまでにシカゴで開かれた演説会は、惨憺たる失敗に終わっていた。今夜は、ほかならぬアメリカ副大統領候補の演説が予定されていたので、選挙対策本部の連中はそわそわやきもきしていた。だが、慈しみ深い神のご加護で、冷たい雨風が吹き起こった。こうなると、後は花火を何発か打ち上げ、太鼓をしばらくの間、叩きさえすればよかった。一マイル四方にいるホームレスの浮浪者たちが押しかけて、会場は満員になる。翌朝の新聞は熱烈な歓迎の様子を伝えてくれる。しかも、聴衆が「絹靴下」

の富裕層でなかったことは、この有名候補の関税引き上げを支持する政見が、アメリカ全土の賃金労働者に歓迎されていることを物語っている、と付け加えてくれることになる。

こうしてユルギスは、いつの間にか、国旗や幔幕《まんまく》が見事に飾られた大ホールに紛れこんでいた。議長の簡単な演説が終わると、ブラスバンドの華やかな吹奏に迎えられて、その夜の演説者が立ち上がった。この人物こそ誰あろう、ストックヤードで「ドイル共和党協会」の協会員たちに演説し、マイク・スカリーが担ぎ出したボウリング屋をシカゴ市議会に送りこむのに尽力した、かの雄弁で知られる上院議員スペアシャンクスその人だった。そのことを発見したときのユルギスの感激は、想像に余るにちがいない！

事実、上院議員の姿を見たとき、ユルギスの目には涙があふれそうになった。あの黄金の日々を振り返ることは、彼にとって、何という苦悩であったことか！　あのときは、彼もまた役得のある大樹の陰に居場所を見つけていた！　彼もまたアメリカの政治を動かす選ばれた人間のひとりになっていた！　彼もまた選挙という酒樽に自分専用の注ぎ口を開けて、美酒を味わっていた！　そして、この選挙もまた、共和党が潤沢な資金に恵まれている選挙だった。あの忌まわしい事件さえなかったら、彼もまたその分け前にあずかることができたのに！　現在のような境遇にいることはなかったのに！

雄弁な上院議員は保護政策の仕組みを説明していた。労働者が製造業者に製品の値上げを認めれば、その結果として、労働者はより高い賃金を受けることが可能になる、という巧妙な仕組みだった。つまり、労働者は片方の手でポケットから金を取り出し、その金の一部をもう片方の手で取り戻す、というのだった。上院議員に言わせると、このユニークな制度は、何らかの形で宇宙の高次の真理に合致している。アメリカ国民の愛唱歌でコロンビア（合衆国）が「海洋の宝石」と呼ばれるのは、この制度があるからだ。合衆国の未来の勝利のすべては、世界の列強における権勢と名声は、この制度を維持する努力を重ねている政治家たちを支持する、個々の市民の熱意と誠意に懸かっている。この英雄的な政治家集団の名前――それが「共和党《グランド・オールド・パーティ》」なのだ。

ここでバンドの演奏が始まった。ユルギスはびっくり仰天して座り直した。奇妙に思われるかもしれないが、ユルギスは上院議員の話を理解しようと懸命の努力をしていた。アメリカの繁栄の規模、アメリカの貿易の果てしない拡大、そして太平洋と、南アメリカと、虐げられた人びとがうめき声を上げているその他の国々におけるアメリカ共和国の未来などなどを理解しようとしていた。その理由は、目を覚ましていたい、ということだった。居眠りをしようものなら、大いびきをかきはじめるにちがいない、とわかっていたからだった。だから、話を聞いていなくてはならない！　興味を持ちつづけなければならない！　だが、あまりにもたっぷりの夕飯を食い、あまりにも疲れ果て、あまりにもホールは暖かく、あまりにも座席は快適だった！　いつの間にか、上院議員の痩身がぼんやりともやに包まれたようになって、輸出入を示す数字といっしょに、目の前に立ちはだかったり、踊り回ったりしはじめた。隣の席の男に一度、横腹を思い切り突っつかれて、はっと目を覚まし、素知らぬ顔でいようとした。だが、またもや彼はいびきをかきはじめ、周囲の者たちは迷惑そうな顔で彼をにらみつけ、うるさいぞと文句も聞こえ出した。誰かがたまりかねて警官を呼んだ。警官はユルギスの襟首を引っつかむと、寝ぼけてきょとんとしている彼を力まかせに立ち上がらせた。この騒ぎを見ようとして、聴衆の何人かが振り向いたので、熱弁を振るっていたスペアシャンクス上院議員の言葉が途切れた。だが、「浮浪者をつまみ出しているだけですよ！　話をつづけてください、先生！」と叫ぶ明るい声が聞こえ、聴衆がどっと笑い、上院議員もにこやかに笑って、演説をつづけた。数秒後、ユルギスは蹴飛ばされ、罵声をさんざ浴びせかけられて、雨のなかで見事に尻餅をついていた。

彼はどこかの家の玄関先で雨宿りをしながら、体のあちこちを調べてみた。どこもけがはしていなかった。それに、逮捕もされていなかった。これ以上を期待する権利は彼にはなかった。ほんの少しだけ、自分自身と自分の幸運を荒っぽい言葉で祝福してから、彼は現実の問題に頭を切り替えた。金もなければ、ねぐらもなかった。また物乞いをしなければならなかった。

彼は肩を丸め、冷たい雨に身をすくめながら、足を踏み出した。身なりのいい、傘をさした女性がひとり、通りを彼のほうに向かってやってきた。彼は回れ右をして、女性のそばを歩きはじめた。「お願いでございます、奥さん」と彼は口を開いた。「今晩の宿代を貸してくださいませんか？　貧乏な労働者でございます――」

そう言いかけて、突然、彼は立ち止まった。街灯の明かりで、その女性の顔が見えたのだ。知っている女性だった。

それはアレナ・ヤサイティーテだった！　ユルギスの結婚披露宴で一番の美女だった女性。あんなにも美しく、御者のユオザス・ラシュウスと女王様気取りで踊っていたアレナ・ヤサイティーテ！　その後、ユルギスは一度か二度しか見かけていなかった。ほかの女のもとに走ったユオザスに棄てられて、パッキングタウンを立ち去ったアレナは、行方知れずになっていたのだった。その彼女に今、こうして再会したのだ！

彼女もユルギスに劣らず驚いていた。「ユルギス・ルドクスじゃないの！」と彼女は声を詰まらせた。「一体全体どうしたっていうの？」

「おれは――おれは不運つづきなんだ」と彼は口ごもりながら答えた。「失業して、家もなければ、金もないのさ。あんたはさ、アレナ――結婚してるのかい？」

「いいえ。結婚なんか、してないわ。でも、いい仕事をしてるのよ」

ふたりはしばらくの間、黙って見つめ合っていた。やがてアレナが口を開いた。「ユルギス、力になってあげたいわ。なってあげたいのは山々だけど、お財布を持たずに出てきてしまって、一セントも持ち合わせがないの。本当よ。でも、お金よりもっと素敵なことをしてあげられるわ。助け舟の見つけ方を教えてあげる。マリヤの居場所を知っているのよ」

ユルギスはどきりとした。「マリヤだって？」

「そうよ」とアレナは言った。「マリヤなら助けてくれるわ。仕事を見つけて、うまくやっているのよ。喜んで会ってくれるわ」

ユルギスが脱獄囚のような思いを抱いて、パッキングタウンを後にしてから、一年ちょっとの月日が流れていた。彼が逃げていたのは、マリヤとエルズビエタからだった。だが、その名前を耳にしただけで、彼の全身は歓声を上げていた。ふたりに会いたかった！　家へ帰りたかった！　力を貸してくれるにちがいない。優しくいたわってくれるにちがいない。一瞬のうちに、彼はこれまでの状況を振り返っていた。ふたりから逃げたことについては、りっぱな口実があった――それは息子に死なれた悲しみだった。ふたりのところに帰らなかったことについても、りっぱな口実があった――それはふたりがパッキングタウンを離れていたという事実だった。

「わかった。会いにいってみるよ」

そこでアレナはクラーク通りの所番地を教えてくれた。「あたしの住所は教えなくてもいいわよね。マリヤが知ってるから」と彼女は付け加えた。

ユルギスは後ろも見ずに歩きはじめた。正面に褐色砂岩《ブラウンストーン》を使った、貴族的な構えの豪邸が見つかった。地階の呼び鈴を鳴らした。若い黒人娘がやってきて、ドアを一インチばかり開け、うさん臭そうに彼をじろじろと見た。

「何の用?」と娘は聞いた。

「ここにマリヤ・ベルチンスカスは住んでるかね?」と彼は聞いた。

「知らない。その人に何の用?」

「会いたいのだよ。親類でね」

娘は一瞬、ためらった。それから、ドアを開けて、「どうぞ」と言った。ユルギスはなかに入って、玄関のホールで立ち止まった。娘は「奥で聞いてくる。あんたの名前は?」と言った。

「ユルギスと言ってくれ」

娘は階段を上がっていったが、一、二分も経たないうちに戻ってきて、「そんな人、ここにいないよ」と言った。

ユルギスは愕然とした。心臓が長靴の底まで落ちていくようだった。「ここに住んでいると聞いたんだぞ!」と彼は大声を上げた。

だが、娘は首を横に振るだけだった。「そんな人はいないって、マダムが言ってる」

ユルギスは落胆のあまり、一瞬、立ちすくんでいた。それから、ドアのほうに向かって歩きかけた。だが、それと同時に、ドアを叩く音が聞こえ、娘はドアを開けにいった。どさどさという足音、それにつづいて娘の悲鳴が聞こえた。つぎの瞬間、娘は駆けもどってくると、恐怖で目を真っ白に光らせながら、彼の横をすり抜け、階段を一気に駆け上がった。あらん限りの声で、「サツだよ! サツだよ! 手入れだよ!」と叫びながら。


ユルギスは一瞬、呆然と立ちすくんでいた。それから、紺の制服の男たちが突進してくるのを見て、身を翻すと、黒人娘の後を追った。娘の悲鳴が合図となって、階上では大騒動が起こっていた。この家には人がたくさんいた。彼が廊下にたどり着くと、泣いたりわめいたりしながら、慌てふためいている姿が目に入った。男も女もいた。女たちはほとんどがガウンをまとっていた。男たちのみっともない格好はさまざまだった。廊下の片側にある大きな部屋が目についた。ビロード張りのいすと、トレーとグラスが一杯並んだテーブルが数脚。床一面に散らばったトランプのカード。テーブルのひとつがひっくり返って、ワインの瓶が何本も転がり、中身が絨毯の上に流れ出していた。若い女が気絶していて、男がふたり、抱き起こしていた。そのほかにも正面玄関に殺到する男女が十数人いた。

だが、突然、玄関のドアを乱暴に何回も叩く音が聞こえた。駆けつけた男女の群れは後ずさりをした。そのとき、頬紅を赤く塗り、ダイヤモンドのイアリングをつけた太った女が階段を駆け下りてきて、息を弾ませながら、「裏へ！　早く、早く！」と叫んだ。

太った女は先頭に立って裏手の階段へ急ぎ、ユルギスも後を追った。台所までくると、女はバネを押した。すると食器棚が横にずれ、暗い通路が現れた。「なかへ入って！」と女は叫んだ。男女の群れは、今では二十人か三十人にふくらんでいたが、その通路をくぐり抜けはじめた。だが、最後のひとりが入りきらないうちに、先頭から叫び声が上がり、全員が慌てふためいて退却してきた。「むこうにもいる！　袋のネズミだぞ！」と口々に叫んでいた。

「上の階へ！」と女は叫んだ。男女の群れがまた走り出した。ののしったり、わめいたりしながら、先を争っていた。二階、三階、四階。すると屋上へ出るはしごがあった。はしごの下には人だかりができていて、はしごの上では、ひとりの男が上げ蓋を押し開けようと必死になっていた。だが、蓋はびくとも動かなかった。例の女が下から「フックをはずすのよ」と叫んだ。男は「とっくにはずれてますよ。誰かが上に座ってるんです！」と答えた。

つぎの瞬間、階下から声が聞こえた。「さあ、みんな、おとなしくするのが身のためだぞ。今度は、お遊びじゃないんだ！」

それを聞いて、全員がじたばたするのをやめた。間もなく、左右に目を配りながら、数名の警官が上がってきて、検挙された連中をじろりと見回した。男たちは、ほとんどがおどおどしていて、ヒツジのようにおとなしかった。女たちは冗談気分で、すっかり慣れっこになっている風だった——かりに顔が蒼ざめていたとしても、頬の厚化粧のせいで誰にもわからなかったにちがいない。階段の手すりに腰をかけていた、黒い瞳の若い女が、スリッパをはいた足で警官たちのヘルメットを蹴りはじめたが、やがて警官のひとりがくるぶしをつかんで引きずり下ろした。廊下では、四、五人の若い女たちが、床に置いたトランクに座って、通りかかった警官たちをからかっていた。女たちは陽気に騒いでいた。酒を飲んでいたらしい。そのうちのひとりは、派手な赤い着物風の化粧着を着て、廊下の物音が聞こえなくなるほど大きな声でわめき立てていた。この女に目をやったユルギスは、はっと驚いて叫んだ。「マリヤ！」

その声を聞いて、女は振り向いた。それから、驚き慌てて身をすくめ、飛び上がりそうになった。「ユルギス！」と女は声をつまらせた。

一秒か、二秒間、ふたりは互いを見つめ合っていた。「どうしてここへきたのよ？」とマリヤは叫んだ。

「会いにきたのさ」

「いつなのさ？」

「たった今だよ」

「でも、どうしてわかったのさ――ここにいると、誰から聞いたのさ？」

「アレナ・ヤサイティーテだ。通りで会ったんだ」

またもや沈黙が流れた。ふたりはじっと見つめ合ったままだった。周りの者たちはふたりをながめていた。マリヤは立ち上がって、彼に近づいてきた。

「それで、おまえは？　ここで暮らしているのか？」

「そうよ。ここで暮らしているのさ」

このとき、突然、階下から声がした。「さあ、服を着て、降りてくるんだ、お嬢さんがた。さっさとしないと、後悔することになるぞ――外は雨だぜ」

ぶるぶるっと誰かが身震いをした。女たちは立ち上がって、廊下に面したそれぞれの部屋に姿を消した。

「おいでよ」とマリヤは言って、ユルギスを自分の部屋へ連れていった。奥行き八フィート、幅六フィートくらいの小さな部屋だった。粗末なベッド、いす、化粧台、ドアの裏側に掛かった何着かのドレス。床には衣類が散らばり、どこもかしこも手のつけようがないほどに散らかっていた――化粧台には、ルージュの箱やら香水の瓶やらが帽子と汚れた皿などといっしょに置かれ、いすにはスリッパ一足と置時計とウイスキーの瓶が載っていた。

マリヤは着物風の化粧着と長靴下のほかは何も身につけていなかったが、ユルギスの前で平気で着替えをした。ドアを閉めにいこうとさえしなかった。それまでには、ユルギスもこの家がどんな場所なのか、気がついていた。家を出て以来、ずいぶんと世間を見てきたので、めったなことではショックを受けなかった。それでも、このマリヤの振る舞いを目の当たりにして、思わず胸が痛んだ。彼の家族の者は、家にいるときでも、いつもちゃんと身なりを整えていた。その遠い昔を思い出して、彼女が慎み深くしてくれればいいのに、と彼は思った。だが、つぎの瞬間、バカだな、おまえも、と自嘲した。礼儀正しくしろ、と要求するなんて、一体おまえは何様なんだ！

「ここで暮らしはじめてからどのくらいになる？」

「一年足らずね」

「なぜこんな所へきたんだい?」

「生きていくためよ。子どもたちがお腹を空かしているのを見ていられなかったの」

彼は一瞬、口をつぐんで、マリヤをじっと見つめた。それからやっと「失業したんだったな?」と聞いた。

「病気をしたのよ。病気の後、お金がなくなった。それから、スタニスロヴァスが死んで——」

「スタニスロヴァスが死んだって!」

「そうよ。忘れてたわ。あんたは知らなかったのね」

「どうしてまた?」

「ネズミに食い殺されたのよ」

ユルギスは息を詰まらせた。「ネズミに食い殺されたって!」

「そうよ」と相手は言った。話しながら、前かがみになって、靴のひもを結んでいた。「あの子、製油工場で働いていたのね。というか、そこの工員たちにビールを運ぶのが仕事だったの。長い棒でビールの缶をいくつも運んでいたけど、その缶からビールをちょっとずつくすねて、飲んでいたのね。ある日、飲みすぎて、工場の片隅で眠ってしまって、一晩中、閉じこめられたの。見つかったときは、ネズミに殺されて、跡形もないくらい食い荒らされていたわ」

ユルギスはぞっとなって、凍りついたように座っていた。マリヤは靴のひもを結ぶ手を休めなかった。長い沈黙がつづいた。

突然、大柄な警官がドアから顔をのぞかせた。「急げよ、そこの」

「精一杯急いでるよ」とマリヤは答えて、立ち上がると、大慌てでコルセットをつけはじめた。

「ほかの者はみんな生きてるのかい？」とユルギスはやっと口をきいた。

「ええ」

「どこにいる？」

「ここから遠くない所に住んでるわ。今はみんな元気にしてる」

「働いているんだね？」

「エルズビエタはね」とマリヤ。「働けるときだけだけど。あたしがみんなの面倒を見ているわ——今はたくさんお金を稼いでいるから」

ユルギスは一瞬、口ごもった。「ここで暮らしていることを、みんな知っているのか？　どんな暮らしをしているかを？」

「エルズビエタは知ってるわ」とマリヤは答えた。「あの人には嘘はつけないからね。ひょっとしたら、子どもたちも気づいているかもしれない。ちっとも恥ずかしいことじゃないわ。仕方がないことだから」

「タモシュウスはどうだい？　あいつも知っているのか？」

マリヤは肩をすくめた。「どうしてあたしにわかるのさ？　一年以上も会ってないんだから。あの人、敗血症にかかって、指を一本なくして、バイオリンが弾けなくなって、どこかへいってしまったわ」

マリヤは鏡の前に立って、ドレスのボタンをかけていた。その彼女を見つめながら、ユルギスは座っていた。これが昔知っていた彼女と同じ女性だとは、とても信じられなかった。いやに冷静で——いやに無情だった！　彼女を見ていると、胸に不安がこみ上げてきた。

突然、マリヤは彼に目をやった。「あんたもずいぶんと苦労した様子だねえ」

「そうさ。ポケットには一セントもないし、仕事もないんだ」

「どこにいたのさ？」

「至るところさ。浮浪者暮らしをした。それからストックヤードに逆もどりした――ストの直前のことさ」彼は一瞬、ためらって、口をつぐんだ。「みんなを探したんだ」と彼は付け加えた。「いなくなっていて、行き場所を誰も知らなかった。あんな風に逃げ出したりして、何てひどいやつだと思っているだろうな、マリヤ――」

「そんなことはないわ。あんたを責めてなんかいないわ。あたしたちは――誰だって。あんたは精一杯がんばったさ――あたしたちの仕事が厳しすぎただけのことよ」彼女は一瞬、口をつぐんでから、付け加えた。「あたしたちはものを知らなさ過ぎたのね。それが苦労のもとだったのよ。あたしたちには勝ち目はなかったの。あたしが今知っていることを、あのころに知っていたら、あたしたちも勝ち組になっていたのよね」

「ここへくることになっていた、という意味かい？」

「そう。でも、あたしはそんなことを言いたいんじゃない。あたしが言いたいのは、あんたが――あんたが別のやり方をしただろうってことよ――オーナの件でね」

ユルギスは黙って聞いていた。あの件をそんな風に考えてみたことはなかった。

「誰かが飢え死にしかけているときにはだよ」と相手は言葉をつづけた。「何か売るものがあったら、それを売るのが当たり前なのよ。そんなことに今ごろ気づいても、手遅れだけどさ。オーナはああすることで、最初のうちは少なくとも、あたしたちみんなの面倒を見ることができたのさ」

マリヤは何の感情も交えずに話した。すべてを商売という観点からながめるようになった人間みたいだった。

「おれは――おれもそう思うよ」とユルギスは口ごもりながら答えた。だが、《フィル》・コナーをもう一度殴り倒すという快感を手に入れるために、三百ドルと職長のポストを犠牲にしたことは付け加えなかった。

ちょうどそのとき、さっきと同じ警官がドアまでやってきた。「さあ、くるんだ。ぐずぐずするな!」

「わかったわよ」とマリヤは答えて、帽子に手を伸ばした。軍楽隊の指揮者の帽子のように大きく、ダチョウの羽毛が一杯ついていた。彼女は廊下に出た。ユルギスも後ろにつづいた。警官は部屋に残って、ベッドの下やドアの裏側を調べていた。

階段を下りていきながら、「これからどうなる?」とユルギスは聞いた。

「この手入れのこと? ああ、これなら心配いらないよ。ときどきあることなんだから。マダムが警察と揉めていてね。何だか知らないけどさ。でも、朝までには折り合いがつくでしょうよ。いずれにしても、警察はあんたには何もしないさ。男たちはいつも無罪放免されるんだから」

「そうだろうな。しかし、おれは駄目だ――困ったことになりそうだぞ」

「どういう意味なのさ?」

「おれは警察のお尋ね者になっているんだ」ふたりのやり取りはもちろんリトアニア語だったが、彼は声を落とした。「一年か、二年、食らいこむことになるかもしれんな」

「畜生め！」とマリヤは言った。「ヤバイね、それは。お構いなしにしてもらえるかどうか、聞いてあげる」

階下では、検挙された連中のほとんどが集まっていた。マリヤはダイヤモンドのイアリングの太ったマダムを見つけ出して、二言三言、小声で何やら話していた。それからマダムは手入れの指揮を取っている巡査部長に近づいていった。「ビリー」とマダムはユルギスを指さしながら言った。「あそこに妹に会いにきた男がいるのよ。ここに着いた途端に警察が踏みこんだというわけ。浮浪者は逮捕しないでしょ？」

巡査部長はユルギスを見ながら笑った。「申し訳ないがね、召使い以外は全員という命令なんだ」

こうしてユルギスは男たちのグループにすごすごと潜りこんだ。男たちはオオカミのにおいを嗅いだヒツジのように、互いの後ろに隠れようとしていた。年配の男もいれば、若い男もいた。大学生もいれば、そのお祖父さんくらい年を取った白髪の老人もいた。何人かは夜会服を着用していた。貧乏臭い格好をしている者は、ユルギス以外に誰もいなかった。

駆り集めが終わると、玄関のドアが開いて、全員がぞろぞろ出ていった。護送車が三台、道路脇に停まっていた。近所の人たちは総出で、この騒ぎをながめていた。盛んに野次を飛ばし、誰も彼もツルのように首を伸ばしていた。連行される女たちは、反抗的な目つきであたりをにらみつけたり、笑いながら冗談を言ったりしていたが、男たちは首をうなだれ、帽子を目深にかぶっていた。全員が電車か何かのように押しこまれると、護送車は大きな歓声のなかを走り去った。警察署では、ユルギスはポーランド人を名乗り、ほかの数人といっしょの監房に入れられた。その連中が小声で話しながら座っている傍らで、彼は片隅で横になり、物思いにふけっていた。

ユルギスは社会という奈落の底の底までのぞきこみ、そこでのさまざまな光景は見慣れていた。だが、人間はすべて劣等で醜悪であると考えていたときでさえも、彼の愛する家族だけは、なぜかいつも例外視してきた。だが、この突然の恐るべき発見——マリヤが苦界に身を沈め、その醜業で稼いだ金でエルズビエタと子どもたちが生き延びていたという事実！　おまえはもっとひどいことをやってきたんだ、気にするなんて愚の骨頂だ、といくら自分に言って聞かせても、このいきなり突きつけられた事実の衝撃から立ち直ることはできなかった。そのために悲嘆に暮れる自分をどうすることもできなかった。彼は心底から苦しみ、動揺していた。長い間眠りつづけていたために、もう死んでしまったと思っていたさまざまな記憶がよみがえってきた。遠い昔の生活の記憶——遠い昔の希望と憧憬、人並みの自立した生活を願っていた遠い昔の夢！　オーナがまた目の前に現われ、嘆願する彼女の優しい声が聞こえた。一人前の男に育てようと思っていた幼いアンタナスの顔も見えた。オーナの受けた恥辱に気づいたあの忌まわしい日を、彼はもう一度経験した。ああ、神様、どんなに苦しんだことか！　何という狂気に駆り立てられたことか！　すべてが何とおぞましく思われたことか！　その彼が今日、おまえさんはバカだったよ、というマリヤの言葉をおとなしく聞いて、それに同意しそうにさえなったのだ！　そうだ、妻の貞操を売り飛ばし、その金で生活すべきだった、とマリヤは言っていた！　それから、スタニスロヴァスの悲惨な運命——マリヤがあんなにも無頓着な態度で淡々と語った、あの短い物語！　霜焼けだらけの指をして、雪を異常に怖がっていたあわれな少年――その泣き声が暗闇で横になっているユルギスの耳にひびきつづけ、やがて冷や汗が額ににじんできた。ひと気のない建物に閉じ込められて、ネズミと必死に戦っているスタニスロヴァス少年。その姿をときどき思い描いた彼は、突然の恐怖の発作に襲われて、身震いをするのだった！

この種の感情はすべて、ユルギスの魂にはまったく無縁のものとなっていた。こんな感情に苦しめられたのは、ずっと以前のことだったので、いつかまた苦しめられることになる、などとは考えないようになっていた。罠にかかって、なすすべのない彼に、こんな感情が一体何の役に立つというのか？　こんな感情に黙って苦しめられているのはなぜなのか？　こんな感情を打ち負かし、叩きつぶすのが、最近の彼の生活の課題だった。不意打ちを食わされて、自分を自分で守ることができないうちに圧倒された場合は別として、こんな感情に苦しめられることなど、彼の人生で二度とあるまいと思っていた。魂の昔の声が聞こえた！　魂の昔の亡霊たちが両腕を伸ばして、彼を差し招いているのが見えた！　だが、どれもこれも遠くにあって、影のようにおぼろげだった。彼との間には暗い、底なしの深淵が横たわっていた。何もかもがまた過去の霧のなかに姿を没してしまう。その声はやがて死に絶え、二度と彼の耳に聞こえることはあるまい。こうして、最後のかすかな人間性の輝きは、彼の魂のなかから一瞬のうちにかき消えてしまうのだ。

第二十八章

朝食後、ユルギスは裁判所に移送された。裁判所は昨夜検挙された者たち、単なる好奇心から傍聴にきた者たち、それに逮捕された男たちのなかに知り合いがいたら、恐喝のネタにしてやろう考えている者たちなどでこみ合っていた。男たちがまず呼び出され、一括して戒告を与えられてから釈放された。だが、ユルギスは疑わしい人物と見られて別個に呼び出されたために、怯えきっていた。まさにこの裁判所で、彼が執行猶予を言い渡されたときの裁判が行なわれたのだった。判事も同じ判事なら、書記も同じ書記だった。しかも、書記は彼を見知っていると言わんばかりに、顔をじろじろ見ていた。だが、判事は何の疑念も抱いていなかった。所轄の警察署長の友人からかかってくるはずの電話のことで頭が一杯だった。その電話は例の娼家のマダムとして知られている《ポリー》・シンプソンの件をどう処理すべきか、に関する連絡だった。それがかかってくるまでの間に、判事は妹を捜していたというユルギスの陳述に耳を貸し、もっとましな場所で妹を働かせるように、と淡々とした口調で諭してから、彼を無罪放免にした。それから、女たちにはそれぞれ五ドルの罰金を科した。マダム・ポリーは長靴下に隠し持っていた札束を引っ張り出して、その罰金をまとめて支払った。

ユルギスは裁判所の外でマリヤと待ち合わせ、いっしょに帰った。警察は娼家から引き上げていて、すでに客が何人か姿を見せていた。夕方までには、何事もなかったかのように、また営業を開始することになるのだ。マリヤはユルギスを自分の部屋へ連れていった。ふたりは腰を下ろして話し合った。昼間の光で見ると、彼女の頬がかつての自然な、健康にあふれた血色でないことがはっきりわかった。というよりも、彼女の肌の色は羊皮紙のような黄色だった。目の下には黒い隈取りができていた。

「病気だったのかい？」とユルギスは聞いた。

「病気ですって？　畜生め！」（マリヤはやたらと畜生呼ばわりするようになっていて、荷揚げ人足かラバ追いみたいだった）「こんな生活をしていたら、病気にかからないのが不思議じゃないの？」

彼女は一瞬、口を閉ざして、陰鬱な表情で前をじっと見つめていた。やがて「モルヒネのせいよ」と彼女は言った。「毎日、量が増えているみたいなのさ」

「何のためだい？」

「自然にそうなるのさ。理由なんか、わからないよ。モルヒネでなきゃ、酒だね。大酒を食らわなきゃ、ここの女たちは、ほんのちょっとの間でも、やっていけないのさ。それに、女たちがここにきたときに、最初にきまってマダムがヤクを渡すので、それでみんな中毒になってしまうんだよ。それ以外にも、頭痛か何かがすると、ヤクをやってしまうので、それが原因で病みつきになるのさ。中毒になっていることは、あたしにもわかっている。やめようとするんだけど、ここにいる間は、絶対に無理だね」

「いつまでここにいるつもりだい？」

「わからないよ。たぶん、死ぬまでだね。ほかに何があたしにできるのさ？」

「貯金してないのかい?」

「貯金だって!」とマリヤは言った。「とんでもない! 結構稼いでいると思うけど、全部出ていってしまうのさ。客ひとりにつき半金、つまり二ドル五十セントの取り分で、一晩に二十五ドルか三十ドルの稼ぎのときもある。だから、いくらか貯金ができてもおかしくない、と思うだろうがね。ところが、部屋代と食事代が差っ引かれる——あんたが聞いたこともないような金額だよ。それに、雑費やら酒代やら——あたしが飲む分はもちろん、飲まない分もいくらか払うのさ。洗濯物だけでも週に二十ドル近くになるからね。考えてもご覧よ! といって、あたしに何ができるのさ? じっと我慢するか、出ていくかだけど、どこへいったって、同じことさ。子どもたちを学校へ行かせるために、毎週十五ドルをエルズビエタに渡すのが関の山なんだから」

マリヤはしばらくの間、むっつりと押し黙ったままだったが、ユルギスがもっと聞きたそうにしているのに気づくと、また話しはじめた。「そうやって、女たちをここに足止めさせる——逃げられないように、借金をかさませるのさ。若い娘が外国からやってくる。英語は一言も話せない。それがこんな所へ働きにくる。出て行こうとすると、マダムが数百ドルの借用書を見せて、着ているものを全部はぎ取り、言うとおりにしないと警察に訴える、と脅すのさ。仕方なしに、ここにいることになるけれど、長くいればいるほど、借金が増えることになる。こんな所で働くことになるとは、夢にも思わなかった娘はいくらもいるのさ。家事手伝いに雇われたとばかり思いこんでいてね。裁判所であたしの隣に立っていた、あの黄色い髪の小柄なフランス娘に気がついていたかい?」

ユルギスは気がついていた、と答えた。

「そう。あの娘は、一年ばかり前にアメリカにきたのさ。店員をしていたんだけど、ある男に雇われて、工場で働くために、この国へ送りこまれたんだよ。総勢六人いて、この通りの先にある家に連れていかれ、ひとりきりの部屋に閉じ込められたあの娘は、ヤクの入った食事を食べさせられて、気がついたときには、ぼろぼろの体になっていたのさ。泣いたり、わめいたり、髪の毛をかきむしったりしたけれど、化粧着一枚だけという姿では、逃げ出すこともできはしない。それに、四六時中、ヤク漬けにされて、意識が朦朧となっていたので、結局は言いなりになってしまったのさ。十カ月間というもの、一歩も外に出してもらえず、やがて商売に向いていないという理由で、お払い箱さ。この家からも追い出されることになると思うよ――アブサンを飲んだりして、気が狂ったような発作を起こすからね。いっしょにアメリカへきた六人の娘のうち、ひとりだけが逃げ出したけどね。その子もある晩、二階の窓から身投げしてしまったのさ。それが大騒ぎになってね――聞いたことがあるかもしれないけれど」

「あるよ」とユルギスは答えた。「後になってから聞いたことだがな」(それは「おのぼりさんの上得意」を襲った彼とドウェインが身を隠していた私娼窟で起こった事件だった。警察にとって幸いなことに、その娘は気が触れていた)

「がっぽり稼げるのさ」とマリヤは言った。「娘ひとりで四十ドルにもなるから、世界中から連れてくるのさ。この店では十七人働いていて、出身地は九つの国にまたがっているよ。もっといろいろな国の店もあるだろうね。ここにはフランス生まれの女が六人いるけどさ――それはマダムがフランス語を話すからじゃないかな。それに、フランス女は性悪だね。日本からきた女を別にすれば、最低だよ。隣の店には、日本生まれの女がわんさといるけどさ、そのひとりとだって同じ屋根の下で暮らすのは、ご免被りたいよ」

マリヤは一息入れてから、こう付け加えた。「ここで働いている女たちは、たいていがまともだよ――信じられないだろうけどさ。あたしも昔は、ここの連中はこの商売が好きでやっている、と思っていたけどね。でもさ、老人だろうが若者だろうが、黒人だろうが白人だろうが、くる客みんなに誰彼の区別なく体を売るんだよ。好きでやっている女がいると思えるかい！」

「好きでやっていると言う女もいることはいるぜ」とユルギスは言った。

「知ってるよ。何とでも言うのさ、そいつらは。いったん、この世界に身を沈めたら、一生抜けられないことがわかってるからね。それでも、好きでこの商売を始めたわけじゃないんだ――あんたにだってわかってくるさ――つらくてみじめな毎日なんだから！　この店にいるユダヤ人の小娘は、以前は婦人用の帽子店で走り使いをしてたんだけど、病気をしたために首になって、四日間というもの、飲まず食わずで路頭をさまよった挙句に、その角を曲がった所にある店へ転がりこんで、雇ってくれるように頼んだのさ。するとさ、店の連中ときたら、身につけているものを全部はぎ取ってからでなけりゃ、食い物にありつかせなかったんだよ！」

マリヤは一分間かそこら、暗い表情で物思いに沈んでいた。それから、突然、「あんたの話を聞かせておくれよ、ユルギス。どこへいっていたのさ？」と言った。

そこで彼は家を飛び出してからの冒険を長々と話して聞かせた。浮浪者の生活、貨物トンネルでの仕事と事故、ジャック・ドウェイン、ストックヤードでの政治活動、転落とその後のさまざまな失敗など。マリヤは親身になって聞いていた。このところ彼が飢餓寸前であったという話は容易に信じることができた。それは彼の顔にはっきり現れていた。

「ちょうどいいときにあたしを見つけたというわけだね――力になってあげるよ。仕事が見つかるまで面倒を見てあげるよ」

「そんなことはさせられないよ――」と彼は言いかけた。

「なぜだい？　こんな所で働いているからかい？」

「いや、そうじゃないんだ。しかし、おれはみんなを見捨てるようなまねをした人間で――」

「何を言ってるのさ！」とマリヤはさえぎった。「そんなこと、考えないで。あんたを責めてなんかいないよ」

「お腹が空いてるんでしょ」と彼女は一、二分してから言った。「ここでお昼を食べていきなよ――この部屋に何か取り寄せるからさ」

彼女はボタンを押した。黒人女がドアまでやってきて、注文を聞いた。

「誰かにかしずかれるのも満更ではないのさ」と彼女は笑いながら言って、ベッドに身を横たえた。

留置場の朝食はたっぷりとは言えなかったので、ユルギスの食欲は旺盛だった。ふたりはささやかなご馳走を頬ばりながら、エルズビエタや子どもたちや昔のことを語り合った。やがて、食事が終わらないうちに、別の黒人娘が顔を出して、マダムがマリヤに用があると言っている、と告げた。「リトアニア生まれのメアリー」というのが、ここでの彼女の源氏名だった。

「帰らなきゃならないということだね」と彼女はユルギスに言った。

そこで彼は立ち上がった。マリヤは一家の新しい住所を教えてくれた。ユダヤ人地区にあるアパートだった。

「そこへいくのよ。あんたの顔を見たら、みんな大喜びするから」

しかし、ユルギスはぐずついていた。

「おれは――おれはいきたくないな。悪いけど、マリヤ、金を少し恵んでくれないか？　いく前に、仕事探しをさせてくれないか？」

「どうしてお金が要るのさ？　あんたに必要なのは、食べ物と寝る場所じゃないか」

「そうだけどさ。みんなを置き去りにしたおれだぜ、いきたくなんかないよ。それに、仕事はしていないし、おまえは――おまえで――」

「さっさとおいきよ」とマリヤは言って、彼を押しやった。「何を言ってるのさ？　お金なんか、あげないよ」そう言いながら、彼女はドアのところまで彼を見送った。「どうせ飲んでしまって、体を悪くするだけだからさ。さあ、この二十五セントを持って、みんなに会いにいくんだよ。あんたが帰ってくれば、みんな大喜びさ。あんたが気まずく思う暇なんか、ありゃしないよ。じゃあね！」


こうして、外に出たユルギスは、どうしたものかと思い迷いながら、通りを歩いていった。そして仕事探しが第一と考えた彼は、工場や倉庫のあるあたりを一日中ほっつき歩いたが、くたびれ儲けだった。やがて暗くなりかけたので、みんなのいる家に帰ろうと思って、足をそちらに向けたが、一軒のレストランの前を通りかかった彼は、なかに入って食事を取り、二十五セントを使ってしまった。レストランを出ると、彼は気が変わった――さわやかな夜だった。どこかで野宿をして、翌朝、職探しをすればいい。仕事にありつくチャンスもあるだろう。そう考えて、彼はまた向きを変えて歩きはじめた。ふと周りを見回すと、前の晩に政治演説を聞いたのと同じ通りの、同じホールの前を歩いていることに気づいた。今夜は赤い火もなければ楽隊もいなかったが、何かの会合が開かれることを示す立て看板が出ていて、玄関には入場者の行列ができていた。その瞬間、ユルギスはもう一度、思い切ってなかに入り、これからの行動の決心がつくまで、腰を下ろして休憩することにした。入場券の受付係は誰もいなかった。今夜もまた入場無料にちがいなかった。

彼は会場に入った。今回はホールの飾り付けは何もなかった。演壇には人だかりができていて、フロアも満席に近い状態だった。彼はずっと後ろのほうの、わずかに残った座席のひとつに腰を下ろし、それと同時に周囲のことは一切忘れてしまった。金を巻き上げるために彼が舞いもどってきた、とエルズビエタは思うのではあるまいか？　彼がまた仕事を見つけて、生活費の一部を負担するつもりであることを理解してもらえるだろうか？　温かく迎えてくれるだろうか？　それとも、がみがみ文句を言われるだろうか？　もどっていく前に、何か仕事にありつければいいのに！――この間の監督さんが試しに使ってくれればいいのに！

そこまで考えてきたユルギスは、突然、顔を上げた。すさまじいまでの喚声が、会場の入り口までふくれ上がった聴衆ののどから沸き起こったのだ。男も女も総立ちになって、ハンカチを打ち振り、大声を張り上げて、エールを送っていた。弁士が到着したらしいな、とユルギスは思った。この連中は何とばかなまねをしていることか！　一体何を期待しているのだろうか？　選挙や国政にどんな形で関わっているというのだろうか？　おれは政治の舞台裏をのぞいたことがあるんだぞ。

ユルギスはまた物思いにふけりはじめた。だが、ひとつだけ、無視できない事実があった――身動きができなくなっていたのだ。いまや会場は入り口まで満員の盛況だった。演説会が終わってからでは、時間が遅くなり過ぎて、みんなの所へ帰ることができない。野宿か何かしなければなるまい。いずれにせよ、朝になってから、顔を出すほうがいいかもしれない。子どもたちは学校だし、エルズビエタとふたりだけで静かに話し合うことができる。エルズビエタは昔から聞き分けのいい人だった。おれだって本気で正道に就くつもりだ。何とか彼女を説得してみせよう――それに、マリヤだって、生活費を出してくれているマリヤだって、随分と好意的だった。エルズビエタがごたくを並べるようだったら、そのことをはっきり言ってやろうじゃないか。

このようにユルギスは思案しつづけていた。だが、会場に一時間も二時間も座りつづけていると、前夜の惨憺たる失敗の二の舞を演じかねなかった。その間にも延々とつづいている演説、興奮に身をふるわせながら拍手を送ったり、叫び声を上げたりしている聴衆。ユルギスの耳に入る周囲の音が少しずつ遠のきはじめた。考えも混線しはじめ、首も前後左右に揺れはじめた。いつものように、居眠りしている自分に何回となく気づき、眠るまいと必死に努力した。だが、会場は暑く、空気が濁っていた。歩き回った疲労と満腹は、どうすることもできなかった――ついに彼の首は深々とうなだれ、またしても眠りこけてしまった。

すると誰かがまた彼の脇腹をひじで突っついた。例によって驚き慌てた彼は、はっと起き直った！　またいびきをかいていたにちがいない！　今夜はどうなるのだろうか？　彼は痛いほど緊張して、目を前方に釘づけにしたまま、演壇をにらみつけていた。これ以外に興味を引くものは、生まれてこの方、何ひとつとしてなかったし、これからもないだろう、と言わんばかりに。彼は罵声を、敵意に満ちた視線を予想した。警官がずかずかとやってきて、彼の首筋をつかもうと腕を伸ばしている姿を予想した。それとも、もう一度だけチャンスをもらえるのだろうか？　今回は見逃してくれるのだろうか？　彼は身をふるわせながら座ったまま、待っていた。

するとと突然、耳元でささやく声が聞こえた――女性の優しく甘い声だった。「演説を聞く努力をなさいませ、同志。興味が生まれますわよ」

ユルギスは警官に触られた以上に驚いた。彼は目を前方に釘づけにしたまま、身動きひとつしなかった。だが、心臓は激しく高鳴っていた。同志だって！　おれを「同志」と呼ぶなんて、一体どこの誰なんだ？

彼は長い間、じっと待ちつづけた。やがて、誰からも注目されていないことを確かめると、隣の席に座っている女性を横目でちらりと盗み見た。若くて美しい女性だった。りっぱな服装をした、いわゆる「淑女」だった。この女性が彼を「同志」と呼んでくれたのだ！

その女性がもっとよく見えるように、彼は用心深く体の向きを少しばかり変えた。それから、うっとりとした様子で相手を観察しはじめた。彼のことなど忘れてしまったらしく、女性は演壇に目をやっていた。壇上ではひとりの男が演説をしていた――その声はユルギスにはぼんやりと聞こえていたが、彼の全神経は女性の顔に集中していた。女性に見とれている彼の全身は、畏怖の念に襲われた。鳥肌が立ってきた。こんなに他人を感動させるなんて、一体、この女性はどうなっているのだろうか？　何が起こっているのだろうか？　女性は石に化したように座っていた。両手を膝でしっかり握りしめていたので、手首に青筋が立っているのが見えた。顔には興奮しきった表情が浮かんでいた。張り詰めた緊張の表情は、激しく争っている人か、激しい争いを目撃している人のそれだった。鼻孔がかすかにふるえていた。ときどき熱に浮かされたように、すばやく唇を濡らしていた。息をするたびに胸が上下に揺れていた。女性の興奮はぐいぐい高まるかと思うと、つぎの瞬間には冷め切っていた。まるで大波に翻弄される小舟のようだった。これは何だろう？ どうしたというのだろう？ むこうの演壇で男が弁舌を振るっている話題のせいにちがいない。一体何者だろうか、あの男は？ そもそもこれは一体いかなる種類の会合なのだろうか？ ユルギスは、俄然、弁士に目をやってみようという気になった。

それはいきなり自然の荒涼たる風景に出会ったかのようだった——大嵐が激しく打ちつける山の森、荒れ狂う海原にもてあそばれている船。ユルギスは不快感に襲われた。混乱と無秩序、荒々しく、無意味な騒乱という印象だった。演壇の男は背が高く、やせこけていて、聞き手のユルギス自身と同じくらいに憔悴していた。顔の下半分はまばらな黒い髭に覆われ、両眼のあるべき所には黒い窪みがふたつあるだけだった。男はひどく興奮していて、早口でしゃべっていた。身振り手振りはさまざまだった——しゃべりながら、壇上を動き回り、長い両腕をさし伸ばして、聴衆のひとりひとりにつかみかかろうとしているようだった。声はオルガンのように太く低かった。だが、その声にユルギスが気づいたのは、しばらくしてからのことだった——男の両眼に注意を奪われていたので、話の内容にまで頭が回らなかったのだ。だが、突然、弁士は彼に指を突きつけているように思われた。演説の聞き手として、彼ひとりを特別に指名したかのようだった。ユルギスはにわかに、男の打ちふるえる声を意識するようになった。情感、苦痛、憧憬、それに言葉にもならず、言葉で理解することもできない事柄の重荷に耐えて響き渡る声だった。それはあっという間に、耳にした者の注意を引きつけ、心を奪い、その場に立ちすくませる類いの声だった。

男は語りかけていた。

「こうした議論を聞かされた諸君は『そうだ、そのとおりだ。だが、昔からずっとそうだったんだ』と言います。あるいはまた『それは実現するだろうが、おれたちの時代には無理だな——おれたちの役には立たないさ』と言います。そして、諸君はそのまま毎日の決まりきった労働に戻っていきます！　世界経済という強力な碾《ひ》き臼《うす》で粉々にされ、搾取されるために帰っていきます！　他人の利益のために長時間の労働をするためです。むさ苦しく、薄汚い家で住むためです。危険で不健康な場所で働くためです。飢餓と窮乏の亡霊と闘うためです。事故と病気と死に挑戦するためです。そして、その闘いは日増しに熾烈になり、その速度は日増しに苛酷になるのです。日を追うごとに、諸君の労働は厳しくなり、鉄のごとく冷酷な境遇の手が諸君を締めつけるのを感じるようになるのです。数カ月後、あるいは数年後、諸君はまたここへやってきます。私もまた諸君に訴えるためにここにいます。欠乏と悲惨が諸君に変化をもたらしたかどうか、不正と圧迫が諸君の目を開かせたかどうかを知るためです！　私はひたすら待っています。私にできることは、それしかないのです。私が隠れることのできる荒野はありません。私が逃れることのできる港もありません。地の果てまで旅するとしても、私がそこに見出すのはまったく同じ呪われた制度です——私がそこに見出すのは、人類のすべての美しく高貴な衝動が、詩人の夢想と殉教者の苦悩が、略奪を目的として組織化された『貪欲』に奉仕するために、手かせ足かせをかけられている姿なのです！　それ故に私は休息することも、沈黙することもできません。それ故に私は快楽と幸福、健康と名声を投げ捨て、人前に姿をさらして、私の魂の苦悩を声高に叫ぶのです！　それ故に貧困も病気も、憎悪も悪口も、脅迫も嘲笑も、私を沈黙させることはできません。かりに投獄され、迫害されることがあっても、私は沈黙しません。過去、現在、未来にかけて、天上天下で創られるいかなる力によっても、私が沈黙させられることはないのです。今夜失敗しても、明日またがんばるだけです。失敗は私が至らないためであることを知っているからです。私の魂のヴィジョンが地上で語られさえすれば、その敗北の苦悩が人間の言葉で表現されさえすれば、それはこの上なく強固な偏見の壁さえも打ち砕くことができるし、この上なく鈍重な人間の魂をも揺さぶって、行動に駆り立てることができるということを知っているからです！　それはこの上なく冷笑的な人間をも赤面させ、この上なく利己的な人間をも戦慄させるのです。嘲弄の声は沈黙させられ、欺瞞と虚偽は穴倉にこそこそと逃げ帰り、真実だけが勇姿を現わすのです！　それは私が何百万という声なき民の声で話しているからです！　圧迫を加えられても慰めてくれる人のいない者たちの声！　人権を奪われたまま、救済も解放もなく、世界が牢獄か、拷問のための地下牢か、墓場と化してしまった者たちの声！　疲労でよろめき、苦痛で感覚を失い、墓地よりほかに何の希望もないまま、南部の紡績工場で今夜もまだ働いている小さな子どもの声！　腹を空かせた瀕死の赤ん坊たちのことで胸を痛めながら、安アパートの屋根裏で、ロウソクの明かりを頼りに、涙ながらに針仕事をしている疲れきった母親の声！　不治の病と闘いながら、ぼろ切れのベッドに横たわり、愛する者たちが餓死するのを座視するしかない男の声！　今この瞬間に、この恐るべき都会の街路のどこかで、打ちひしがれ、空腹を抱えて、さまよい歩きながら、苦界と湖底のいずれに身を沈めようかと思案している若い娘の声！　誰であれ、どこであれ、『貪欲』という名の巨大《ジャガ》山車《ノート》の車輪の下敷きになっている者たちの声！　解放を求める全人類の声！　土から立ち上がり、牢獄を破って抜け出し、圧迫と無知の鉄輪《かなわ》を断ち切り、手探りで光を求めている人間の永遠の魂の声！」

ここで弁士は言葉を切った。一瞬、沈黙が流れ、聴衆は息を殺した。つぎの瞬間、千名もの聴衆の嘆声が、異口同音に吐き出された。それまでずっと、ユルギスは目を弁士に釘づけにしたまま、身動きもせず、硬直したようになって、じっと座っていた。畏怖の念に打たれ、全身がふるえていた。

突然、壇上の男は両手を上げた。沈黙が支配した。男は再び口を開いた。

「諸君が誰であれ、真実に関心を抱いているならば、その諸君に私は訴えたい。だが、誰よりも私が訴えたいのは労働者諸君です。労働者諸君にとって、私が説明している諸悪は、玩具のようにもてあそび、その後で捨てられ、忘れられる類いの単なる感情問題ではないのです。労働者諸君にとって、それは日常の苛酷な仕事の残忍無情な現実、手足を縛る鎖、背中を打つ鞭、魂を苛む苦悩なのです。労働者諸君！　この国を建設したにもかかわらず、国政に対して発言する権利のない勤労者諸君！　他人が刈り取るために種をまき、働いてはじっと服従し、役畜同然の賃金と、その日その日を生き延びるための食と住だけを要求する運命にある労働者諸君！　諸君に対して私は救済のメッセージを伝えるのです。諸君に対して私は訴えるのです。それがいかに大きな犠牲を諸君に強いることであるか、私は知っています。私が知っているのは、私が諸君と同じ立場に置かれ、諸君と同じ生活をしてきたからです。今夜、ここで私の前にお集まりの諸君のなかで、私以上にそれを知っている者はいますまい。堅いパンの耳を食べ、地下室の階段や空の荷馬車の下で寝る街の浮浪児や靴磨きがどんな生活をしているか、私は知っています。思い切って大望を抱くことの意味を、思い描いた壮大な夢が崩れ去るのを見ることの意味を、私の精神の美しい花が一本残らず、人の世の野獣的な権力によって泥まみれになることの意味を、私は知っています。知識を手に入れるために、労働者がいかなる犠牲を払うかも、私は知っています——私自身、食事と睡眠、肉体と精神の苦痛、健康、いや、生命そのものと引き換えに、知識を手に入れてきたのです。それ故、希望と自由の物語、創造されるべき新しい大地と挑戦されるべき新しい労働のヴィジョンを引っさげて、諸君の前にやってきたとき、諸君が貪欲で物質的、怠惰で懐疑的であることに私が気づいたとしても、私は驚いたりはしないのです。私が絶望したりしないのは、諸君を背後から駆り立てているさまざまの力をも、私が知っているからです——猛々しい貧困の鞭、軽蔑と支配の牙、ハムレットのいわゆる『役人どもの横柄さと拒絶』[18]を知っているからです。今夜、この会場に集まった諸君のなかに、無神経で無理解な者がどんなに多くいても、野次馬根性や冷やかし半分の者がどんなに多くいても、苦痛と苦悩のために絶望的になった誰かが、偶然かいま見た不正と恐怖の光景に衝撃を受けて注意深くなった誰かがひとりはいることを、確信しているからです。その誰かにとって、私の言葉は、闇夜を旅する人にとっての突然の稲妻のように、行く手をさえぎる危険や障害を照らし出したり、問題のすべてを解決したり、困難のすべてを排除したりするのです。その誰かの目からうろこが落ち、四肢の自由を奪う手かせ足かせが引きちぎられます——その誰かは感謝の声とともに躍り上がり、ついに自由な人間となって大きな一歩を踏み出すのです！ 自分で作り出していた隷属状態から解放された人間！ 二度と再び罠に落ちることのない人間！ 甘言に騙されることも、脅迫に怯えることもない人間！ 今夜からは前進あるのみで、後退することのない人間！ 勉強して理解する人間！ 身に剣を帯びて、同志たちと兄弟たちの軍隊の一員となる人間！ 私がそうしてきたように、福音を他者にもたらす人間――私のものでも誰のものでもない、人間の魂の財産である自由と光明という貴重な贈り物を他者にもたらす人間！　労働者諸君！　労働者諸君！　同志諸君！　目を見開いて、身辺をながめてみたまえ！　諸君は長い間、酷暑のなかで働きつづけてきたために、感覚が鈍っています。魂も痺れています。しかし、諸君の人生において、たった一度でいい、諸君の生きている世界を直視するのです！　慣習と因習の襤褸《らんる》をはぎ取って、あるがままの世界、醜い裸のままの世界を見るのです！　見るのです！　直視するのです！　今夜も、満州の原野[19]では、交戦状態にあるふたつの軍隊が対峙していることを――私たちがここに座している今も、百万の人間が互いに相手ののどもとに飛びかかり、猛々しい狂犬さながら互いに相手を八つ裂きにしているかもしれないという事実を直視したまえ！　しかも、これは「平和の君《キリスト》」が地上に生まれてから一九〇〇年を経た二〇世紀の出来事なのです！　一九〇〇年もの間、キリストの言葉は、聖なる言葉として説かれてきたにもかかわらず、地上では人間がふたつの対立する軍隊に分かれて、森の野獣のように相手を完膚なきまでに傷つけ合っているのです！　哲学者は思惟し、預言者は告発し、詩人は泣いて訴えてきました。にもかかわらず、この獰猛な『怪物』は地上を闊歩しているのです！　私たちには小学校から大学まであり、新聞や書物もあります。私たちは天と地を隈なく探索し、計量や調査や推論を行なってきました――だが、それはすべて互いを殺し合う道具を人間に提供するためだったのです！　私たちはそれを『戦争』と呼ぶだけで、何もしないでやり過ごしています。しかし、陳腐な言葉や月並みなせりふで私をはぐらかさないでください。くるのです。私といっしょにくるのです。それを直視するのです！　銃弾で撃ち抜かれ、炸裂する砲弾でずたずたに引き裂かれた肉体を見るのです！　人体にぐさりと突き刺さった銃剣の音を聞くのです。苦悶のうめきと悲鳴を聞き、苦痛のために狂い、憤怒と憎悪のために悪鬼と化した人間の顔を見るのです！　その肉片に手を置くのです。熱く、ヒクヒクと動いている肉片です。たった今まで、人間の一部だった肉片なのです！　その血はまだ流れ出ています。たった今まで人間の心臓が送り出していた血なのです！　全知全能の神よ！　このような事態が未だにつづいています。それは制度化され、組織化され、計画化されているのです！　私たちはそれについて知り、それについて読みながら、それを当然のこととして受け流しているのです！　私たちの新聞はそれについて語りながら、印刷機械を止めることはしないのです！　私たちの教会はそれについて知りながら、扉を閉ざすことはしないのです！　大衆はそれを目の当たりにしても、恐怖に駆られて立ち上がったり、革命を起こしたりはしないのです！」

「あるいは、諸君にとって満州は遠すぎて、実感が湧かないのかもしれません。もしそうなら、私といっしょにアメリカへ、このシカゴへ戻ることにしましょう。今夜、この大都会では、汚い檻のような部屋に閉じ込められた一万人もの女たちが、飢えに追い立てられるようにして、春をひさいでいるのです。私たちはそれを知りながら、笑いの種にしているのです！　だが、この女たちを神は諸君の母上と同じ姿に創造されているのです。この女たちは諸君の姉君や妹君、諸君の愛娘かもしれません。それは諸君が今夜、家に残してきた幼女、明朝、笑みをたたえた目で諸君を迎えてくれる幼女に降りかかる運命かもしれません！　今夜、シカゴでは、一万人ものみじめなホームレスの男たちが、働く意欲に燃え、働く機会を求めてさえいるのに、空腹を抱えたまま、すさまじい冬の寒さに恐れおののきながら直面しているのです！　今夜、シカゴでは、パンを稼ごうとしている十万人もの子どもたちが、体力を使い果たして、霜枯れた人生を送っているのです！　貧しくみじめな窮乏生活を送っている十万人もの母親たちが、小さき者たちに食べさせるだけの賃金を稼ごうとして必死に働いているのです！　見捨てられて寄る辺のない十万人もの老人たちが、苦しみから解き放ってくれる死の訪れを待ちわびているのです！　百万人もの男や女や子どもたちが、賃金奴隷の呪いを分かち合っているのです！　辛うじて生き延びるための賃金を稼ぐために、立つことができる限り、見ることができる限り、何時間でもあくせく働いているのです！　単調と疲労、空腹と悲惨、暑気と寒気、不潔と病気、無知と泥酔と悪習から生涯逃れられない運命にあるのです！」

「では、私といっしょに新しい頁をめくって、それとは反対の光景をながめてみようではありませんか。この賃金奴隷たちの主人として、その労働を独占している者たちが千人――あるいは一万人はいるのです。この連中は一手に収めているものを稼ぐための努力を何ひとつしないのです。それを要求することさえしなくてもいいのです。むこうから勝手に転がりこんでくるのです。連中の仕事はそれを自由に使うことなのです。連中は宮殿のような屋敷で暮らし、贅沢三昧にふけっているのです――それは言葉で説明できないほどに豪奢な生活、想像しただけで目がくらみ、足元がよろけ、魂が吐き気を催して、ぶっ倒れてしまうような生活なのです。連中は一足の靴、一枚のハンカチ、一本のガーターに数百ドルを費やし、乗馬や自動車やヨット、宮殿や饗宴、身につけて飾るためのきらきら光る石ころに数百万ドルを費やすのです。連中の生活は、虚飾と無分別、有用かつ必要な物品の破壊、同じ人間仲間の労働と生命の濫費、国家の努力と苦悩の濫費、人類の血と汗と涙の濫費において覇権を争い合う生活なのです！　連中はすべてを所有し、すべては連中の下に集まるのです。すべての泉が小川に流れこみ、すべての小川が大河に流れこみ、すべての大河が大洋に流れこむように、社会のすべての富が自動的かつ必然的に連中の下に集まるのです。農民は田畑を耕し、鉱夫は炭鉱を掘り、織工は機《はた》を織り、石工は石を刻み、才気ある者は発明し、利発な者は指揮し、賢明な者は研究し、霊感を受けた者は歌います――だが、その成果のすべては、頭脳と筋肉の働きの産物のすべては集められて、ひとつの長大な流れとなり、連中の膝の上に注ぎこむのです！　連中は社会全体を掌握し、世界の労働のすべてを意のままにできるのです！　連中は獰猛なオオカミのように食いちぎって息の根を止め、貪欲なハゲワシのようにむさぼり食って引き裂くのです！　人類の権力のすべてが永遠に、取り返しようもなく、連中の所有に帰しているのです！　できる限りのことをやり遂げても、いかに懸命に努力をしても、人類は連中のために生き、連中のために死ぬのです！　連中は社会の労働力を所有しているだけでなく、政府までも買収しているのです！　その特権を塹壕で固めて難攻不落とするために、また利潤の大河が流れ着く水路をより広く、より深く掘り進めるために、連中はあらゆる場所で、暴力的に強奪した権力を行使しているのです！諸君！　労働者諸君！　そのような制度に諸君は飼い慣らされ、その日その日の苦痛だけを思いわずらいながら、役畜のようにトボトボと歩いているのです――しかし、そのような制度が永遠に存続すると信じることができる者が、諸君のなかに誰かいるでしょうか？　今夜、ここにご参集の諸君のなかに、私の前に立ち上がって、それが永遠に存続することを信じている、と断言するほどに無神経で堕落した者が、誰かいるでしょうか？　社会の労働の所産や人類の生存の手段は、常に無為徒食の寄生虫的人間に属していて、虚栄と劣情の満足のために費やすことができるようになる――いかなる目的のためにも費やすことができるし、いかなる個人の意思でもほしいままにすることができるようになる、と断言する者が、誰かいるでしょうか？　いつか、どうかして、人類の労働が人類に属さず、人類の目的に使用されず、人類の意思によって規制されないようになる、と断言する者が、誰かいるでしょうか？　そのような事態が起こるとすれば、それはどのようにして起こるのでしょうか？　どのような力がそれを引き起こすのでしょうか？　それは諸君の主人たちの仕事であるとお思いでしょうか？　連中は諸君のための自由憲章を書いてくれるでしょうか？　諸君の解放のための剣を鍛えてくれるでしょうか？　諸君のために軍隊を組織して、解放の戦いに参加させてくれるでしょうか？　その目的のために連中は連中の富を使ってくれるでしょうか？　諸君の教育のために大学や教会を建ててくれるでしょうか？　諸君の進歩を公告するための新聞を印刷し、諸君の闘争を指導し、完遂するための政党を組織してくれるでしょうか？　諸君にはわかっているでしょうか？　その仕事は諸君の仕事なのです——諸君が夢見るべき仕事、諸君が決意すべき仕事、諸君が実践すべき仕事なのです！　それを実現しようとすれば、財力と権力が用意するすべての障害に——嘲笑と中傷、憎悪と迫害、警棒と投獄に挑戦することになるのです！　それを実現させるのは、圧制者の激昂に対抗する諸君のむき出しの胸の力なのです！　盲目的で無慈悲な苦悩から得られるつらく厳しい教訓なのです！　無学な精神の痛ましい模索なのです！　無教養な声のか細い吃音なのです！　精神の悲しく孤独な飢えなのです！　探求と努力と憧憬、心痛と絶望、苦悩と血の汗なのです！　それを実現させるのは、飢えと引き換えに手に入れた資金、睡眠を犠牲にして得られた知識、絞首台の影の下で伝えられた思想なのです！　それは遠い過去に端を発した運動、漠としていて名誉にもならない代物、嘲笑することも侮辱することも容易な代物、復讐と憎悪の形相をした不快な代物なのです。しかし、労働者である諸君、賃金奴隷である諸君には、それは執拗で、差し迫った声で——諸君が地球上のどこにいても聞き逃すことのない声で呼びかけているのです。それは諸君が甘受するすべての不正の声、諸君が抱く願望のすべての声、諸君の義務と諸君の希望の声、諸君にとって価値のある地上のすべてのものの声です！　貧困の絶滅を要求する貧しき者たちの声です！　圧制の終焉を宣告する圧制された者たちの声です！　苦しみから打ち出された力の声、弱さから搾り出された決断の声、苦悩と絶望の無間地獄で生まれた歓喜と勇気の声！　さげすまれ、踏みにじられてきた『労働』の声！　山のように巨大でありながら、目をふさがれ、手足を縛られ、おのれの力量を知らないままにひれ伏してきた怪力無双の巨人の声！　その巨人がいまや、反逆の夢に取り憑かれ、希望が恐怖と戦っている。やがて突然、巨人がぴくりと動くと、足かせの一本が切れる。その巨体の隅々まで戦慄が走り、一瞬のうちに、夢が行動に転じる！　巨人ははっとなって身を動かす。いましめの鎖は打ち砕かれ、背負わされていた重荷は転がり落ちる。巨人はむっくりと起き上がる――雲を突くような大男だ。巨人はすっくと立ち上がり、新しく生まれた歓喜の雄叫びを上げる――」

突然、弁士の声は途切れた。感情を激しく高ぶらせていた。弁士は両腕を頭の上に高く伸ばして、立ちつくしていた。その力強いヴィジョンによって、体ごと床から持ち上げられているかのようだった。聴衆は歓声とともに総立ちになった。興奮のあまり大声で笑いながら、腕を振っていた。ユルギスもそのひとりだった。彼はのども破れんばかりに叫んでいた。叫んでいたのは、叫ばざるを得なかったからだった。抑えきれないほどに強烈な感激だったからだった。それは演壇の男の言葉、よどみなく流れる雄弁だけではなかった。それは男の態度、男の声だった。鳴り響く鐘のように、魂の隅から隅まで響き渡る不思議な抑揚の声だった。その声が体を抱き寄せる力強い手のように、彼の心を捉えて離さなかった！　その声が彼を揺さぶり、驚かせたのは、それが突然の不安感をかき立て、地上のものとは思われない何かを、これまで口にされたことのない神秘を、畏怖と恐怖の存在を、彼に感じさせたからだった！　彼の前にはさまざまな展望が開けていた。足下の地面が割れ、持ち上がり、揺れ動き、打ちふるえていた。突然、彼自身がただの人間でなくなったのを感じた。夢にも思わなかった力が全身にみなぎっていた。悪魔の軍勢がせめぎ合っていた。遠い昔からの驚異が生まれ出ようともがいていた。彼は苦痛と歓喜の板ばさみになって座っていた。うずくような感覚が指先にまで広がり、息が荒く速くなった。ユルギスにとって、この弁士の男の言葉は、魂に響き渡る雷鳴だった。感動の洪水が沸き上がってきた。かつての日の希望と願望、悲嘆と激怒と絶望のすべての洪水だった。これまでの人生で味わったすべてが一気によみがえってきたが、名状し難いひとつの新しい感情を伴っているようだった。あのような圧迫やあのような恐怖を彼が経験したということは、たしかにひどいことだった。だが、その圧迫や恐怖に押しつぶされ、打ちのめされた彼が、服従と忘却の果てに、平穏無事に暮らしてきたということは――ああ、それこそが言葉で表現できないことだった！　人間として耐えられないことだった！　恐ろしくも狂おしいことだった！　「魂を殺す者どもの殺人に比べれば、体を殺す者どもの殺人など、何ほどのことがあろうか？」と預言者キリスト[20]は喝破している。ユルギスこそは魂を殺された人間だった。希望することも闘うこともやめた人間だった。堕落や絶望と妥協した人間だった。だが、いまや突然、すさまじいまでに衝撃的な一瞬のうちに、そのどす黒く、おぞましい事実が彼の前に明らかにされた！　彼の魂を支える柱のすべてが崩れ落ちた。空は彼の頭上でふたつに裂けるようだった。彼は両手の握り拳を突き上げたまま、そこに立っていた。目は血走り、顔の血管は紫色に浮き出ていた。野獣のような声で怒鳴っている彼は、がむしゃらで、めちゃくちゃで、半狂乱の体だった。やがて叫ぶことができなくなっても、彼はその場にうめきながら立ちつくし、自分自身に向かって「畜生！　畜生！　畜生！」とかすれた声で呟いていた。

第二十九章

弁士の男は壇上のいすにもどっていた。ユルギスは演説が終わったことを知った。拍手喝采は数分間つづいた。やがて誰かが歌を歌いはじめると、聴衆がそれに声を合わせ、会場は歌声で揺れ動いた。ユルギスが耳にしたことのない歌だった。歌詞はわからなかったが、その荒々しく、すさまじい迫力が彼の心をぐっとつかんだ。それは「ラマルセイエーズ」だった！　その歌が一節また一節と雷鳴のように轟き渡るのを聞きながら、彼は両手を固く組み合わせて座っていた。全身の神経が打ちふるえていた。生まれてからこの方、これほど心を揺さぶられたことはなかった。彼の内奥で起こった奇跡だった。何も考えることができなかった。頭がぼんやりしていた。にもかかわらず、彼の魂に起こった大いなる変革の結果、ひとりの新しい人間が誕生したことには気づいていた。彼は破滅の虎口から間一髪のところで救い出されたのだった。絶望の隷属状態から解放されたのだった。世界全体が一変していた。彼は自由だった！　自由になったのだった！　これまでと同じような苦しみを味わうことになろうとも、物乞いをして飢えることになろうとも、何ひとつとして同じではあるまい。それを理解し、それに耐えることが彼にはできる。彼はもはや境遇に翻弄される人間ではなかった。意思と目的を持った、一個の人間だった。戦い取るための何か、必要とあれば死ぬことさえもいとわない何かが彼にはあった！　ここには彼に導きと救いの手を差し伸べてくれる人たちがいる。友人と同志がいてくれる。正義が見える場所で毎日を送り、力強く腕を組んで行進するのだ。

聴衆の興奮は鎮まり、ユルギスはいすの背にもたれかかった。演説会の司会者が前に進み出て、話しはじめた。その声は、あの弁士の後では弱々しく迫力がなかった。それはユルギスには冒瀆に思われた。あの奇跡の人の後で、ほかの誰かがなぜしゃべらなければならないのか？　なぜ黙って座っていないのか？　演説会の費用と党の運動費に当てるための献金をお願いしたい、と司会者は話していた。それは彼にも聞こえたが、寄付する金など一セントもなかった。そこで、彼の思いはあらぬ方へいくことになった。

彼は目を弁士に釘づけにしていた。ひじかけいすの弁士は、顔を手に乗せて、疲れきった様子だった。だが、弁士は突然、立ち上がった。聴衆の皆さんがお聞きしたいと思う質問に弁士がお答えします、という司会者の言葉がユルギスの耳に入った。弁士の男は前に進み出た。誰かが――女性だったが――立ち上がって、弁士がトルストイについて述べた意見に関する質問をした。ユルギスはトルストイの名前など聞いたこともなかったし、何の興味もなかった。あんな演説の後で、なぜこんな質問をしなければならないのだろうか？　今ここですべきことは、話すことではない。行動することだ！　ほかの連中をつかまえて、立ち上がらせることだ！　みんなを組織して、闘いの準備をさせることだ！

だが、討論は、普通の会話の口調で、まだつづいていた。そのため、ユルギスは日常世界に引き戻されてしまった。ほんの数分前には、隣に座っている美しい女性の手を取って、それにキスをしたいような気持ちだった。反対側に座っている男性の首に両腕を投げかけたいような気持ちだった。だが、今の彼は自分が浮浪者であることを実感しはじめていた。ぼろ着をまとった、汚くて、臭くて、今夜のねぐらさえない浮浪者であることを！

そのため、やっと演説会がお開きとなり、聴衆が家路につきはじめたとき、あわれなユルギスは決心がつかないまま、不安な状態に置かれていた。帰ることなど考えてもいなかった。彼が考えていたのは、あのヴィジョンは永遠につづかねばならないということだった。彼が同志と兄弟を見つけたということだった。だが、今ここから帰ってしまえば、あのヴィジョンは消え去ってしまう。二度と見つけることはあるまい！　困り果てた彼は、とつおいつ思案しながら、座席に座ったままでいた。だが、同じ列の人たちが出ていく必要があったので、彼も立ち上がって、歩き出さねばならなかった。通路を押されていきながら、彼はひとりひとりの顔を物足りなさそうにながめた。誰も彼も興奮した口調で演説のことを話し合っていた――だが、彼と話し合おうとする者はひとりもいなかった。ドアの近くまできて、外気を感じた瞬間、彼は絶望的な気分に襲われた。聞いたばかりの演説のことを何ひとつ理解していない。弁士の名前さえ知らない。それなのに帰っていかねばならない。駄目だ、駄目だ、とんでもないことだ。誰かに話しかけなければならない。あの弁士本人を見つけ出して、話さなければならない。浮浪者だからといって、軽蔑するようなことはなさるまい！

そこで彼は誰もいなくなった座席の列のところへいって、ころ合いを見計らった。そして聴衆がまばらになったとき、演壇に向かって歩いていった。弁士の姿はなかった。だが、楽屋口が開いていて、人の出入りがあり、ガードマンもいなかった。ユルギスは勇気を奮い起こして、足を踏み入れた。廊下を通り抜けて、人だかりができている部屋のドアまでやってきた。誰も彼に注意を払っていなかったので、なかに潜りこんだ。部屋の片隅に、目指す男の姿が見えた。弁士は両肩を落とし、目を半ば閉じて、いすに座っていた。顔は蒼白で、緑色に近く、片方の腕はだらりと脇に垂れていた。眼鏡をかけた大柄な男がそばに立っていて、詰めかけた連中を押しもどしていた。「少し下がってください。同志が疲れているのがわからないのですか？」

ユルギスは様子を見ながら立っていた。五分か十分が過ぎた。ときどき男は目を上げて、近くにいる人たちに一言、二言話しかけていた。そして、何度目かにやっと、ユルギスの姿が男の目にとまった。その目にはものを問いたげな表情がかすかに浮かんでいるように思われた。ユルギスは不意の衝動に駆られて、前に一歩進み出た。

「お礼を言いたかったのです、先生！」と彼は息を弾ませながら早口で言った。「先生のお話を聞いて、どんなに――どんなに感激しているか、先生にお伝えせずには帰れなかったのです。おれは――おれはそのことを何も知らなかったのです――」

そのとき、座をはずしていた大柄な眼鏡の男が引き返してきた。「同志はお疲れだから、誰ともお話には――」と男が言いかけた。だが、弁士は手を挙げて、それをさえぎった。

「待ちたまえ。何かぼくに話したいことがあるようだ」弁士はユルギスの顔をのぞきこんだ。「社会主義のことをもっと知りたいのかね？」

ユルギスはどぎまぎした。「おれは――おれは――」と彼は口ごもりながら言った。「あれが社会主義ですか？　知らなかったです。先生が話されたことをもっと知りたいです――お力にならせていただきたいです。いろんなことを経験してきましたから」

「住まいはどこですか?」

「ホームレスです」とユルギスは答えた。「失業中です」

「きみは外国人だね?」

「リトアニア生まれです、先生」

弁士の男はしばらく考えていた。それから、そばの友人のほうに向き直った。

「誰かいないかな、ウォルターズ? オストリンスキー君がいるね――しかし、彼はポーランド人だな――」

「オストリンスキーはリトアニア語が話せますよ」

「それはよかった。彼がもう帰ってしまったかどうか、悪いけど、見てきてくれないか?」

相手の男は出ていった。弁士の男はユルギスに視線をもどした。男は深く、黒い目をしていた。優しさと苦しさにあふれる顔だった。

「失礼させてもらうよ、同志」と男は言った。「疲労困憊なのでね――この一カ月、毎日講演をしているのだから。ぼくと同じようにお世話ができる者を紹介してあげるよ――」

用事を頼まれた男はドアのところまでいけばよかった。「同志オストリンスキー」と呼ぶ男と連れ立ってもどってきて、ユルギスに紹介してくれた。同志オストリンスキーは小柄で、背がユルギスの肩ぐらいしかなかった。しなびて、しわくちゃで、ひどい醜男で、足が少し不自由だった。黒い燕尾服を着ていたが、縫い目とボタン穴がすり切れて緑色になっていた。視力も弱いようで、緑色の眼鏡をかけていたために、グロテスクな感じがした。しかし、彼の握手は力強く、リトアニア語を話したので、ユルギスは親近感を抱くことができた。

「社会主義のことが知りたいのですね？　いいですとも。外に出て、どこか静かに話せるあたりを散歩しましょう」

そこでユルギスは大魔術師とでも呼ぶべき弁士の男に別れを告げて、会場を後にした。オストリンスキーは彼にどこに住んでいるか、と聞き、そちらの方向に歩きましょう、と言ってくれた。そこで彼はもう一度、ホームレスであることを説明しなければならなかった。そして、相手に問われるままに、身の上話をすることになった。どうしてアメリカへ渡ってきたか、ストックヤードで何が起こったか、どのようにして一家が離散し、どのようにして彼が浮浪者になったか、などなど。話をそこまで聞くと、その小柄な男はユルギスの腕をぎゅっとつかんだ。「苦労を重ねてきたのですね、同志！　同志を闘士に仕立ててあげますよ！」

今度はオストリンスキーが家庭の事情を説明する番だった。ユルギスを自宅に連れていきたいのは山々だけれど、彼の家には二部屋しかなく、来客用のベッドもない。彼自身のベッドを提供してもいいが、妻が体調を崩している。だが、しばらくして、ユルギスがどこかの建物の廊下で寝ることになりかねない、とわかると、彼は自宅の台所の床を使ってくれ、と言った。その申し出をユルギスは喜んで受け入れさせてもらった。「明日になれば、もっとましなもてなしができるでしょうよ」とオストリンスキーは言った。「同志を飢え死にさせるようなまねはしませんよ」

オストリンスキーの家はユダヤ人地区にあった。安アパートの地下にある二部屋がそれだった。ふたりがなかに入ると、赤ん坊が泣いていた。彼は寝室につづくドアを閉めた。彼には幼い子どもが三人いて、赤ん坊が生まれたばかりだ、と説明した。それから、台所のストーブのそばにいすを二脚引き寄せながら、時期が時期だけに、家事の手順が狂ってしまっているので、家のなかが乱雑になっているのをお許し願いたい、と付け加えた。台所の半分は仕事台で占領されていて、衣類が山と積まれていた。オストリンスキーはズボンの仕上げ職人だとのことだった。ズボンを大量に持ち帰ってきて、妻とふたりで内職をしていた。それで生計を立てていたが、視力が悪化したために、生活は苦しくなる一方だった。完全に失明したとき、一体どんなことになるか、彼にはわからなかった。蓄えなどあるはずもなかった。一日に十二時間から十四時間働いても、生きていくのがやっとだった。ズボンの仕上げは大した技術も要らず、誰でも習得することができるので、収入は減少するばかりだった。これが競争賃金制度というものだ。ユルギスが社会主義の何たるかを知りたかったら、そこから勉強を始めるのが一番手っ取り早い方法だ。労働者は仕事にありつけないと、その日その日の暮らしもままならない。その結果、仕事を手に入れるために、労働者同士が競い合うことになるが、人間として働くことに同意できる最低賃金以上の賃金は、誰も手にすることができない。したがって、一般大衆は常に貧困を相手に死闘を演じることになる。賃金労働者、つまり労働力以外に売るものがない人間に関しては、これが「競争」となる。トップにいる者たち、つまり搾取者の場合、様相が一変することは言うまでもない。連中は数も少なく、連合して支配することもできるので、その権力を打破することは容易ではない。こうして、全世界にふたつの階級が形成され、両者の間には埋めることのできない深淵が横たわっている——巨万の富を有する資本家階級と、目に見えない鎖で隷属状態につなぎとめられているプロレタリア階級のふたつだ。後者は数の上では千対一の割合で優位に立っているが、無知で無力なために、組織化されるまでは、つまり「階級意識」に目覚めるまでは、搾取者たちの言いなりになっている。この組織化はゆるやかで、じれったいプロセスだが、歯止めがかかることはない。それは氷河の流れにも似て、いったん動きはじめると、それを止めることは不可能だ。すべての社会主義者はそれぞれの本分を尽くし、「来るべきよき時代」のヴィジョンを生き甲斐としている——その時代がくれば、労働者階級は投票所へいって、政権を手中に収め、生産手段における私有財産に終止符を打つ。どんなに貧しくても、どんなに苦しくても、この未来を知っている限りは、本当の意味で不幸になることは絶対にない。生きている間に、その未来を自分の目で見ることができないとしても、子どもたちは見ることができる。社会主義者にとって、彼の階級の勝利は彼自身の勝利なのだ。それに、社会主義運動の進歩が社会主義者をたえず勇気づけている。たとえば、ここシカゴでも、この運動は飛躍的に進展している。シカゴはアメリカ産業の中心地であって、ここの労働組合ほどに強力な組合はどこにもない。だが、その組織はほとんど労働者の役に立っていない。雇用者側もまた組織化されているからだ。そのためにストライキはたいていの場合、失敗に終わってしまう。そして、組合がつぶされるそばから、組合員たちは社会主義者の旗印のもとに馳せ参じてくるのだ。

オストリンスキーは社会党の組織を、プロレタリア階級がみずからを教育する仕組みを説明してくれた。大きな市や町なら、どこでも支部があり、この支部は小さな町村でも、急速に組織されている。各支部の構成員は六名から千名に及び、総数千四百の支部に所属する二万五千名ばかりの構成員が組織の維持費を納めている。「クック郡支部」と呼ばれるシカゴの組織は八十の地方支部を擁し、この郡支部だけで数千ドルを活動費に当てている。さらに、英語の週刊誌をひとつと、ボヘミア語とドイツ語の週刊誌をそれぞれひとつずつ出版し、さらにシカゴでは月刊誌も出している。協同組合方式の出版社もあって、毎年、社会主義関係の単行本やパンフレットを百五十万部も発行している。これはすべて過去数年間における急成長の結果だ。オストリンスキーが最初にシカゴにきたときは、それは影も形もなかったのだった。

オストリンスキーは五十がらみのポーランド人だった。シレジアに住んでいた彼は、侮蔑と迫害に苦しむユダヤ民族のひとりで、一八七〇年代の初期にプロレタリア運動に参加していたが、この時期、フランスに勝利した宰相ビスマルクが鉄血政策の矛先を「インターナショナル」に向けていた。[21] オストリンスキー自身、二回も投獄されたが、まだ若かった彼は意に介さなかった。だが、彼は社会主義のための闘いを人並み以上に経験することになった。社会主義があらゆる障壁を打破して、ドイツ帝国の一大政治勢力となったころ、彼はアメリカに渡って、一からやり直さなければならなかったからだ。当時のアメリカでは、誰もが社会主義の概念そのものを嘲笑していた――アメリカでは万人が自由じゃないか。「政治的自由があるからこそ、賃金奴隷制度は耐えやすいものになっている、と言わんばかりだったよ！」とオストリンスキーは語った。

その小柄な仕立て職人は、台所の固いいすにのけぞるように座って、両脚を火の気のないストーブの上に伸ばし、隣室の家族の者たちが目を覚まさないように、小声で話していた。彼はあの演説会の弁士に勝るとも劣らないほどにすばらしい人間のように、ユルギスには思われた。彼は貧しかった。飢餓に苦しむ、悲惨な下層社会でも最下層の人間だった。にもかかわらず、何と多くの知識を持っていることか！　何と多くのことを成し遂げてきたことか！　何というヒーローであることか！　彼と同じようにすばらしい人間はほかにいくらもいた――何千となくいたのだが、ひとり残らず労働者だった！　このすばらしい進歩のための組織が彼の仲間たちによって創建されたということが、ユルギスには信じられなかった。信じられないほどすばらしい、と彼には思われた。

いつもそうなんですよ、とオストリンスキーは言った。社会主義に転向した当初の人間は、狂人によく似ている。ほかの者たちに社会主義が見えない理由が理解できない。全世界を最初の一週間で転向させてしまおうと意気込む。やがてほどなく、それがいかに至難の業であるかがわかってくると、今度は逆に、すっかりマンネリ化してしまう。だが、新しい転向者が続々とやってきて、それを防いでくれることになれば幸運だ。現時点では、ユルギスは興奮のはけ口に事欠かなかった。大統領選挙のキャンペーン[22]の最中だったし、誰もが政治を話題にしていた。地方支部の次回の会合にいっしょにいって、紹介してやろう。入党できるかもしれない、とオストリンスキーは言ってくれた。維持費は週五セントだが、余裕のない者は免除される。社会党は真に民主主義的な政治団体だ――党員自身によって完全に運営され、ボスなどはいない。こうした事情だけでなく、党の綱領についてもオストリンスキーは説明してくれた。社会党の綱領といっても、現実にはたったひとつ、「妥協せず」という綱領しか存在していない、と言ってもよいが、それこそが全世界のプロレタリア運動の真髄なのだ。社会党員が議員に選出された場合、労働者階級の利益になりそうな政策に対しては、従来の政党の議員とともに賛成票を投じるが、この譲歩がいかなるものであれ、革命のための労働者の組織化という党の大目的に比べれば、取るに足らない譲歩であることを忘れてはいない。これまでのところ、社会党員は二年ごとに倍増するというのが、アメリカでの原則だったが、この割合で党員が増えつづけると、社会党は一九一二年には全米的な勝利を占める計算になる――だが、それほど急速に成功を収めることを、党員のすべてが期待しているわけではない。

社会党はすべての文明国において組織されている、国際的な政党だ、とオストリンスキーは言った。これまで世界に例のなかった最大の政党だ、とも。社会党は三千万の支持者を擁し、八百万票を獲得している。日本では党の最初の新聞が創刊され[23]、アルゼンチンでは党の最初の議員が選出された。フランスでは党が複数の閣僚を指名した。イタリアとオーストラリアでは党が勢力均衡を保ち、複数の閣僚を送りこんだ。ドイツでは、帝国の投票総数の三分の一以上を党が獲得した結果、ほかのすべての政党や勢力が手を組んで党に対抗してきた。オストリンスキーの説明によると、一国のプロレタリアートが勝利を占めるだけでは十分とは言えない。その国が他国の軍隊に制圧されるかもしれないからだ。だからこそ、社会主義運動は世界規模の運動、自由と友愛を確立するための全人類の組織なのだ。それは人類の新しい宗教だ――古い宗教の実現だと言ってもよい。ほかならぬキリストのすべての教えの忠実な実践を、それは意味しているからだ。

夜半をずっと過ぎるまで、ユルギスは新しい友人との会話に我を忘れていた。それは彼にとってかけがえのない経験、超自然的と言ってもよい経験だった。それは四次元の世界の住人、すべての限界から解き放たれた存在との出会いにも似ていた。これまでの四年間、ユルギスは荒野の深奥部をけつまずきながら、当てもなくさまよい歩いていた。ところが、今ここで、突然、差し伸べられた手が彼をつかんで、荒野から引き上げ、すべてを見渡すことができる山頂に運んでくれた。そこからは、彼が足を踏みはずした小道、足を取られて転がりこんだ沼地、襲いかかってきた猛獣どもの隠れ家などが一望できた。たとえば彼のパッキングタウンでの経験。パッキングタウンのことでオストリンスキーに説明できない何があっただろうか！　食肉加工会社はユルギスにとっては運命と同義語的だった。それが食肉トラストであることをオストリンスキーは教えてくれた。それは巨大な資本の蓄積で、あらゆる反対勢力を押しつぶし、国法を蹂躙し、国民を餌食にしているのだった。初めてパッキングタウンにやってきたとき、ブタが殺されるのを見て、何と残酷で野蛮なことか、と思い、ブタに生まれなかったことを祝福しながら立ち去ったことを、ユルギスは思い出した。ところが今、彼の新しい友人は、彼こそがそのブタであったことを――食肉加工会社のブタの一頭に過ぎなかったことを教えてくれた。会社がブタに求めているのは、ブタから搾り取ることができる利潤だった。それは会社が労働者に求めているものであり、一般大衆から求めているものでもあった。ブタの考え、ブタの苦しみが考慮されることはない。それは労働についても、食肉の消費者についても言える。それは世界のどこででも言えることだが、パッキングタウンではそれがとりわけ著しい。屠畜という作業には、冷酷無情を思わせる何かがあるように思われる。その何かとは、食肉加工会社の理論では、百の人命よりも一セントの利潤のほうが重い、という事実以外の何物でもない。ユルギスが社会主義関係の文献に通暁すれば（そうなるのは時間の問題だろうが）、食肉トラストをあらゆる角度から考察して、それがどこでも同じであることに気づくだろう。食肉トラストは盲目的で残忍な「貪欲」の権化なのだ。それは千の口でむさぼり食い、千の蹄で踏みにじる怪物なのだ。それは「大いなる殺戮者《グレート・ブッチャー》」、肉体を付与された「資本主義」の精神なのだ。それは営利の海を海賊船さながらに航行している。黒地に頭蓋骨と交差した二本の大腿骨を染め抜いた海賊旗を掲げて、文明世界に宣戦布告しているのだ。贈賄と汚職は、それの日常茶飯の常套手段だ。シカゴでは市役所は食肉トラストの支店のひとつに過ぎない。それは数十億ガロンもの市の用水を公然と盗み、ストライキに参加して治安を乱した者に対する判決を裁判所に指示し、市長がそれに対して建築条例を執行することを禁止している。首都ワシントンでは、食肉トラストはその製品の検査を妨害したり、政府報告をでっち上げたりする権力を持っている。それはリベート禁止法に違反し、司直の調査が近いと聞くと、関連帳簿を焼き捨て、犯行に関わった者たちを海外に逃亡させる。ビジネスの世界では、それは残忍無比な巨大山車《ジャガノート》だ。毎年、数千の企業を破滅させ、数多くの人間を狂気や自殺に追いやる。それはウシの価格を強引に押し下げて、いくつもの州全体が生活の基盤としている畜産業を壊滅させたこともあれば、その製品を扱うことを拒否した数千もの肉屋を廃業させたこともある。それはアメリカ全土をいくつかの地区に分け、そのすべての食肉の価格を定めている。それは生鮮食料品を運搬するための冷蔵貨車を独占し、食用の家禽、鶏卵、果物、野菜類に対して莫大な貢税を課している。毎週転がりこんでくる数百万ドルを資金にして、鉄道や市電、ガスや電灯の独占経営といったほかの事業の支配に魔手を伸ばしている。現にそれはすでに全国の皮革業界と穀物業界を所有している。その多方面への蚕食ぶりに対して、国中が怒りに沸き返っているが、対抗策を提案する者は誰ひとりとしていない。国民を教育し、国民を組織化すること——牛肉トラストという名の巨大な組織を奪取し、その組織を一握りの海賊たちの蓄財のためではなく、全人類の食料生産のために役立てることができる日に向けて、国民を準備させること。それが社会主義者の任務なのだ。

ユルギスがオストリンスキー家の台所の床に横になったときには、夜中をかなり過ぎていた。だが、それから一時間が経っても、彼は寝つくことができなかった。行進してきたパッキングタウンの労働者たちが、ユニオン・ストックヤードを占拠している、あの栄光に満ちた歓喜のヴィジョンのせいだったのだ！

第三十章

　ユルギスはオストリンスキー一家と朝食を取り、それからエルズビエタの家へ向かった。もう気後れはしていなかった——家に足を踏み入れると、積もる話はそっちのけで、エルズビエタを相手に、いきなり革命談義をやりはじめたのだ！　最初、彼女はユルギスの頭がおかしくなった、と思いこみ、何時間もかかってやっと、彼がいつもの彼であるということに得心がいった。だが、政治の話題以外では、彼が完全に正気であることに満足すると、それ以上は何も思いわずらうことはなかった。ユルギスはユルギスで、エルズビエタが社会主義などのつけ入る隙のない鎧兜《よろいかぶと》に身を固めていることに、否応なく気づかされた。彼女の魂は逆境の火に焼き固められ、それを今さら変えることはできなかった。彼女にとっての人生とは、日々の糧を探し求めることだった。それに関わりのある理屈しか彼女には通用しなかった。彼女の娘婿に取りついているこの新しい熱病にしても、彼に禁酒をさせ、働く気を起こさせる効果があるかどうかということにしか、彼女は興味がなかった。ユルギスが仕事を見つけて、家計の一部を負担するつもりでいることが確認できると、何を吹きこまれようと、ユルギスの勝手にさせておいた。エルズビエタは驚くほどに賢明な女性だった。猟犬に追いつめられたウサギのように、瞬時に判断をすることができた。社会主義運動に対しても、生涯変わることのない態度をたったの三十分で選び取っていた。党に維持費を払う必要があるという点は別として、彼女は何もかもユルギスの言いなりだった。ときには彼といっしょに演説会に出かけ、騒然とした空気のなかで、翌日の献立を考えながら座っていることもあった。

社会主義に転向してからの一週間、ユルギスは職を求めて朝から晩まで歩き回り、やっとのことで奇妙な幸運に出くわした。シカゴに無数にある小さなホテルのひとつの前を通りかかったとき、彼は少しためらってから、意を決してなかに入っていった。経営者らしい男がロビーに立っていた。彼はつかつかと歩み寄って、仕事はないか、と単刀直入に聞いてみた。

「何ができるのかね？」と男は言った。

「何でもできます」とユルギスは答えて、大急ぎで付け加えた。「ずっと前から失業しているのです。真面目に働きます。体は丈夫で、やる気満々で――」

相手は彼をじっと観察していた。「酒はやるかね？」

「やりません」とユルギスは答えた。

「実は、男をひとり、ポーターとして雇っているがね、これが酒飲みなんだな。これまでに七回首にして、もういい加減愛想を尽かしているのだよ。きみ、ポーターをやるかね？」

「やります」

「つらい仕事だよ。床を掃除したり、痰壺《たんつぼ》を洗ったり、ランプに油をさしたり、トランクを運んだり――」

「喜んでやります」

「いいだろう。食事つきで月三十ドル出そう。よかったら、これから働いてもらいたい。さっきの男の作業服を着ればいい」

こうしてユルギスは早速仕事に取りかかり、勤勉で知られるトロイ人さながら、夜まで懸命に働いた。それから家に帰って、エルズビエタに報告をすませると、夜も遅くなっていたが、吉報を手土産にして、オストリンスキーに会いに出かけた。ここで彼は意外な事実を知ることとなった。彼が就職先のホテルの場所を説明していると、オストリンスキーが突然、口をはさんだ。「ハインズ・ホテルじゃないだろうね？」

「そうです」とユルギスは言った。「そういう名前です」

それを聞いて、相手はこう答えた。「じゃあ、きみはシカゴで一番のボスを見つけたのさ——ハインズは党の州担当オルグで、超有名な弁士のひとりなんだぜ」

そこで翌朝、ユルギスは社長のところへいって、その話をした。社長は彼の手を取って、握手を求めた。「何てこった！」と社長は大声で言った。「それで肩の荷が下りたよ。りっぱな社会主義者をひとり解雇したので、昨夜は一睡もできなかったからね」

こうして、それからはずっと、ユルギスは「ボス」に「同志ユルギス」と声をかけられ、彼もまた「同志ハインズ」と呼びかけて欲しいと言われた。仲間内では「トミー」で通っているハインズは、ずんぐりした小柄な男で、肩幅が広く、血色のいい顔に灰色の頬髯を蓄えていた。無類のお人よしで、底抜けに明るかった——衰えを知らない情熱の持ち主で、夜となく昼となく社会主義を語って倦まなかった。聴衆を操縦するのに長けた人物でもあり、演説会を終始盛り上がらせることができた。彼が本腰を入れて話しはじめると、その奔流のような弁舌は、ナイヤガラ瀑布以外の何物にもたとえることができなかった。

トミー・ハインズは鍛冶屋の弟子として人生のスタートを切ったが、南北戦争が始まると、出奔して北軍に加わり、そこで初めて「不正利得」というものを知った。それは欠陥マスケット銃と再生羊毛製の毛布という形を取っていた。いつも彼はたったひとりの弟の死を、決定的瞬間に壊れたマスケット銃のせいにしていたし、彼自身の老後のいろいろな病苦の原因も、役立たずの毛布にあると考えていた。彼は雨が降るたびに、関節がリウマチで痛くなったが、そのときには顔をゆがめながら、「資本主義だよ、きみ、資本主義のせいなんだよ。この忌まわしき物を押しつぶせ《エクラゼ・ランファーム》！」とヴォルテールの言葉[24]を引用しながらつぶやくのだった。この世の諸悪のすべてに特効のある唯一の治療法を彼は心得ていて、それを誰にでも喧伝していた。相手の悩みが事業の失敗だろうと、消化不良だろうと、がみがみ屋の姑だろうと、目をいたずらっぽく光らせながら、彼は言うのだった、「いいことを教えてやろう――社会党候補に投票することだよ！」と。

南北戦争が終わると同時に、トミー・ハインズは多方面に触手を伸ばす巨大組織《オクトパス》の追跡に取りかかった。彼はビジネスの世界に身を投じていたが、彼が戦場で戦っている間に銃後で不正取引をしていた連中の財力と競い合う羽目になった。市政は連中の手に握られ、鉄道も連中と手を組んでいたため、まっとうな業者は壁際に追いつめられた。そこでハインズは資金のすべてをシカゴの不動産につぎこみ、不正利得の河川をたったひとりで堰き止めようとした。彼は市議会の改革派議員になり、グリーンバック党員、統一労働党員、人民党員、大統領候補ウィリアム・ジェニングズ・ブライアンの支持者にもなった——こうした三十年に及ぶ闘争の果てに、ブライアンが敗北した一八九六年は、集中した経済力をコントロールすることは絶対に不可能で、絶滅させる以外に打つ手はない、ということを彼に確信させる年となった。この問題に関するパンフレットを彼は発行して、自分自身の政党を旗揚げしようとした矢先、偶然手にした社会党のリーフレットによって、ほかの人たちに先を越されてしまったことを知らされた。それから現在までの八年間、彼はところかまわず、ありとあらゆる場所で、党のために戦ってきた——南北戦争従軍者で作る共和党系の在郷軍人会の年次大会であれ、ホテル経営者の総会であれ、アフリカ系アメリカ人実業家の晩餐会であれ、バイブル協会のピクニックであれ、トミー・ハインズは出席させてくれるようにかけ合って、当面の問題と社会主義との関係を解説してのける。そうかと思うと、今度は地方遊説に出発して、ニューヨークとオレゴンの間のどこかで打ち上げる。遊説から引き上げてくると、州委員会の新しい支部作りに奔走する。やっと、我が家に帰り着いて一休みすると、今度はシカゴで社会主義を論じている、といった具合だった。ハインズのホテルはプロパガンダの温床そのものだった。従業員はすべて党員で、採用時には党員でなかったとしても、退職するときにはまちがいなく党員になっていた。ホテルの主人がロビーにいる誰かと議論を始める。それが熱気を帯びてくると、ほかの者たちも集まってきて耳を傾ける。やがてホテルにいる全員が一団となって、本格的な討論会が始まることになった。このような状態が毎晩つづいた——トミー・ハインズが留守のときには、フロント係が代役を務め、フロント係が党のキャンペーンでいないときには、その補佐が世話役になった。その間ずっと、ハインズ夫人はフロントに陣取って、ホテルの業務をこなしていた。フロント係は主人の古くからの友人だった。垢抜けのしない、骨ばった大男で、痩せこけた、黄ばんだ顔、大きな口、顎に生やした鬚とくると、大平原の農民の典型的な体つきだった。事実、彼は生まれてこの方、ずっと農民だった。そして、農民共済組合や農民同盟のメンバー、さらには中道派人民党員として、カンザスの鉄道を相手に五十年間も戦ってきた。結局、トラストを打破するのではなく、それを巧みに利用するというすばらしい方法を、トミー・ハインズに教示された彼は、農場を売り払ってシカゴにやってきたのだった。

それがエイモス・ストルーヴァーだった。それから、フロント係補佐のハリー・アダムズがいた。マサチューセッツ州出身で、ピルグリム・ファーザーズの血を引く、蒼白い、学者肌の男だった。アダムズはフォールリヴァーの紡績工場で働いていたが、この業界の慢性的な不況のために彼も家族も疲れ果て、サウスカロライナ州に移住したのだった。マサチューセッツ州では白人の非識字率は〇・八パーセントだが、サウスカロライナ州のそれは十三・六パーセントだ。それに、サウスカロライナ州では財産条件を満たさない者は、選挙権を行使できない。それやこれやの理由で、児童労働は日常化している。こうして、この州の紡績工場はマサチューセッツ州のそれを倒産させていたのだった。そうしたことをアダムズは知らなかった。彼が知っていたのは、南部の工場が操業しつづけているということだけだった。だが、現地にやってきた彼は、生きていくためには、家族全員が夕方の六時から朝の六時まで働かねばならないということを発見した。そこで彼はマサチューセッツ州のやり方で紡績工たちを組織しようとしたが、解雇されてしまった。だが、彼はほかの仕事を見つけ、我慢しながら働いているうちに、労働時間の短縮を求めるストライキが起こり、街頭の集会で演説しようとしたのが、ハリー・アダムズの運の尽きになってしまった。遠くの南部諸州では、受刑者の労働が請負師に賃貸しされることになっていて、受刑者の数が足りないときは、何とかしてそれを増やさなければならない。そのため、ハリー・アダムズは刑務所送りとなってしまったが、担当判事は彼が以前に妨害行為をした紡績工場の経営者の従兄だった。この刑務所暮らしで、彼は半死半生の目に遭ったが、賢明にも何ひとつ不平不満を口にしなかった。彼の刑期が満了すると、一家はサウスカロライナ州、彼のいわゆる「地獄の裏庭」を後にした。汽車賃がなかったが、収穫期だったので、一家は一日歩いては、翌日働くというようにして、やっとシカゴにたどり着き、アダムズは社会党に入党した。彼は控え目な、勉強好きの男で、とても雄弁家とは言えなかった。だが、いつも本をホテルのデスクの下に山積みにしていて、彼の筆になる論文は党の機関誌で注目を集めはじめていた。

大方の予想に反して、このラディカルな雰囲気のために、ホテルの評判が落ちるということはなかった。過激派の連中に愛用されたし、セールスマンたちも面白がっていた。それに、最近では、このホテルは西部の牧畜業者たちのお気に入りの定宿になっていた。大量の肉牛の積み出しを促進するために、その価格を吊り上げておきながら、今度は値段を引き下げて、必要な分だけかき集める、などといった策略を食肉トラストが巡らしたため、シカゴに滞在する牧畜業者は、運賃を払う金にも事欠く状態になりかねなかった。そこで安いホテルに泊まる必要に迫られた業者にとって、ロビーでアジ演説をやっている者がいても、ちっとも苦にならなかった。こうした西部の連中はトミー・ハインズには「お得意様」だった。彼は連中を十人かそこらを呼び集めて、「体制《システム》」の実態をあれこれと具体的に説明してやった。もちろん、一週間も経たないうちに、ユルギスから身の上話を聞いていたので、それからの彼は、この新しく雇い入れたポーターを絶対に手放そうとはしなかった。「いいですか」と彼は議論の最中に言い出すのだった。「現場で働いていて、隅から隅まで見てきた男が、この私どものホテルにいるのですよ！」そこで呼ばれたユルギスが、やりかけの仕事が何であれ、それを放り出してやってくると、彼は「同志ユルギス、屠畜場できみが見たことを皆さんに話してやってくれたまえ」と言うのだった。最初のうち、この言葉はユルギスを嫌というほど苦しめた。彼から話を引き出すのは、歯を引き抜くようなものだった。だが、しだいに彼は、何を要求されているかがわかるようになり、しまいには堂々と立ち上がって、熱っぽく自説を述べることができるようになった。そばに陣取ったホテルの主人は、彼を元気づけるかのように、合いの手を入れたり、首を横に振ったりしていた。ユルギスが「缶詰ハム」の製法を説明したり、廃棄処分になったはずのブタが「焼却装置」の上方から投げこまれた途端に、下方から取り出されて、別の州に運ばれ、ラードに化けてしまう様子を語ったりすると、トミー・ハインズは勢いこんで膝を叩きながら、「こんな話を頭ででっち上げられると思うのかね？」と叫ぶのだった。

それから、ホテルの主人は、そうした諸悪に対する唯一の本格的な解決策を用意しているのは社会党であり、社会党だけが牛肉トラストと「真剣に取り組んでいる」ことを明らかにするのだった。そして、彼の弁舌の犠牲になった相手から、その問題でアメリカ中が沸き返っていて、新聞にも批判する記事が満載されているし、政府も対策を講じているではないか、と反論されると、それに対するノックアウトパンチをトミー・ハインズは用意していた。「そう、そのとおりだよ。しかし、その理由は何だと思うのかね？　それが大衆のためだと思いこむほど、きみはバカではないだろうね？　この国には牛肉トラストと同じように不法で法外なトラストがいくらもあるのだぜ。冬場になると貧乏人を凍え上がらせる石炭トラスト、きみの靴の鋲の一本一本の値段を二倍に吊り上げる鋼鉄トラスト、夜の読書をできなくさせる石油トラストなどなどだ。それなのに、なぜ新聞や政府の怒りは牛肉トラストだけに向けられているると思うのかね?」これに対して相手の男が「石油トラストに対しても、非難の声が結構上がっていますよ」と答えると、主人はこう反論するのだった。「十年前に、ヘンリー・D・ロイドは『富と国家の対立』のなかで、スタンダード石油会社の真相を暴露していましたがね。[25] この本はいつの間にか忘れられて、現在では、書名を耳にすることもないでしょうなあ。最近になってやっと、ふたつの雑誌が勇敢にもスタンダード石油に挑戦していますが、その結果、どうなっているのでしょうか? 新聞は記事の筆者たちをからかい、教会は犯罪者を庇い、政府は――政府は何もしていないのですぞ。さあ、牛肉トラストはどうして特別扱いされるのでしょうかね?」

こうなると、たいていの場合、相手は「降参」してしまう。そこでトミー・ハインズは説明に取りかかり、相手が目を丸くして聞いているのを見るのは、実に痛快だった。「もしきみが社会主義者だったら」とホテルの主人は言うのだった。「今日の合衆国を本当の意味で支配している権力は、鉄道トラストだということがおわかりでしょうがね。きみがどこに住んでいるか知らないが、州の政治を動かし、連邦議会の上院を動かしているのは、鉄道トラストです。先ほど並べ立てたトラストは全部、鉄道トラストでしてね。唯一の例外が牛肉トラストです! その牛肉トラストが鉄道に戦いを挑んでいる――会社専用車両によって毎日、鉄道を略奪しているのです。そこで公衆は怒りに駆り立てられ、新聞は声高に行動を要求し、政府は取り締まりに乗り出す! そして、きみたちあわれな一般大衆は、その仕事ぶりをながめて喝采を送り、すべてが自分たちのためになされていると思いこんでいる。だが、それが実は百年にわたる経済戦争の一大クライマックスであるとは夢にも思っていない――アメリカ合衆国の支配権と所有権という大目的を巡ってしのぎを削る、食肉トラストの巨頭と『スタンダード石油』の巨頭の最後の死闘であるなどとは！」

これがユルギスの生活と仕事の新しい拠点であり、この拠点で彼の教育は完成された。そこでの彼の仕事は高が知れていただろう、と思う向きもあるかもしれないが、それは大きな誤解だ。トミー・ハインズのためなら片手を切り落としてもいい、と彼は思っていたし、ハインズのホテルをいつまでも美しくしておくことが、彼の人生の喜びでもあった。頭のなかを社会主義論争が十も二十も駆け巡っていたが、それは仕事の邪魔にはならなかった。それどころか、仮想の頑固な論客とひそかに渡り合いながら仕事をしていると、痰壷をこすったり、手すりを磨いたりする手に一層力がこもるのだった。彼が直ちに禁酒を誓い、飲酒といっしょにほかの悪癖もすべて捨ててしまった、と記録することができれば愉快だろうが、それではとても正確とは言えない。この革命家たちは天使ではなかった。この連中は男たち、それも社会のどん底から全身泥まみれではい上がってきた男たちだった。酒を飲む者もいた。口汚くののしる者もいた。パイをナイフで食べる者もいた。この連中が一般大衆と異なる点はひとつしかなかった。それは連中が希望を持った男たち、大目的のために戦い、苦しんでいる男たちであるという点だった。ときどきユルギスにも、理想の影が遠く色あせて見え、それに比べると、一杯のビールが大きく間近に迫ってくる瞬間が訪れた。だが、一杯が二杯になり、数しれないジョッキを傾けることになってしまうと、翌朝の彼を何かが悔恨と決意に駆り立てた。労働者階級が暗闇をさまよい歩き、解放を待ちわびているときに、何セントかの金をビールに費やすことは、どう見ても罪悪だった。一杯のビールの代金で、リーフレットが五十部は買える。それをまだ目覚めていない人間に配布し、それがもたらす効果を思い描くことで、酔いしれてしまえばいいのだ。そのような形で社会主義の運動は始められ、そのような形でしか前進させることはできない。それを知っているだけでは何の役にも立たない。そのために戦わねばならないのだ。それは万人のためのものであって、少数者のためのものではないのだ！　このような政治的命題の当然の帰結として、新しい福音を受け入れようとしない者は、ユルギスの熱願の達成を阻んでいるのだから、それに対して個人的責任を負わねばならない、ということになる。その結果、悲しいことに、彼はつき合いにくい人間になってしまった。彼はエルズビエタが親しくしている近所の人たちに会いにいって、誰彼の区別なく社会主義に転向させようとしたために、けんか騒ぎになりかけたことも一度や二度ではなかった。

　ユルギスには何もかもが痛いほどはっきり見えていた！　何も見えていない人間がいるということが、彼にはどうしても理解できなかった！　この国の機会のすべてが、土地、その土地の上の建物、鉄道、炭鉱、工場、商店のすべてが、資本家と呼ばれる一握りの人間によって所有され、その資本家たちのために人びとは賃金労働を余儀なくされている。人びとが生産するものの大半は、この資本家たちの財産をこれでもか、これでもかと増やしつづけるのに役立っている――資本家や、その周辺の者たちがひとり残らず、想像できないほどに贅沢な暮らしをしているにもかかわらずだ！　ただ単に「所有している」だけの人間の分け前をなくしてしまえば、働いている人間の分け前がずっと増えるというのは、明々白々な事実ではないだろうか？　それは二と二を足すと四になるくらい明白だ。それしかない。絶対にそれしかない。だが、そのことが見えていない連中がいる。この問題以外なら、地上のありとあらゆる問題に関して議論を戦わせる連中だというのに。政府には個人と同等の経済的管理能力が欠けている、と連中は指摘し、それをひとつ覚えのように繰り返して、何かを言ってのけたような気分になっているのだ！　だが、雇用者による「経済的」管理は、労働者がさらに激しく働かされ、さらに厳しく搾取され、さらに低く支払われる、ということを意味しているが、連中にはそれが理解できないのだ！　連中だって賃金労働者であり、使われている人間であって、しぼれるだけしぼることしか考えていない搾取者たちに、その運命を握られている。それなのに、その搾取の過程に興味を抱き、それが十分に徹底的に行なわれていないのではないか、と心配しているのだ！　こんな連中の議論に耳を傾けるのは、正直言って苦痛そのものではないだろうか？

しかし、もっと悪いことがほかにもいろいろとある。この三十年間ずっとひとつの工場で働いて、一セントも貯金ができなかったあわれな男、機械の番をするために、毎朝六時に家を出て、夜帰宅したときは、着替えもできないほどに疲れ果てている男、生まれてこの方、一週間の休暇を取ったことも、どこかへ旅行したことも、アバンチュールを楽しんだことも、何かを学んだことも、何か希望を抱いたこともないような男を相手にしていると仮定してくれたまえ。その男に社会主義の説明をしはじめると、男はせせら笑って、「興味ないね──個人主義者なんだから！」と言う。さらに、社会主義は「温情主義」だ、社会主義が支配的になったら、世界は進歩しなくなってしまう、などと言いはじめる。こんな議論を聞けば、ラバだって大笑いをするだろうが、すでにお気づきのように、これはけっして笑いごとではない。このような心得違いをしたあわれな輩が世の中には何百万といるが、連中は資本主義のために生活が矮小化してしまって、自由とは何かさえも忘れ果てているのだ！　何千何百万もの労働者が群れをなして集まり、鋼鉄王か誰かの命令どおりに動いて、何十億ドルもの富を献上し、その見返りに図書館を寄付してもらうことが「個人主義」だ、と本気で思いこんでいる。労働者自身が企業を支配し、それを労働者自身が満足する形で経営し、労働者自身の図書館を建てること――これを連中は「温情主義」と呼ぶことになるにちがいない！

この種の状況がもたらす苦痛に、ユルギスが耐え切れなくなるときがあった。だが、それから逃れるすべはなかった。この無知と偏見の山を根底から切り崩していく以外になかった。あわれな労働者に食らいつき、かんしゃくを抑えつつ議論を重ね、新しい発想のひとつでもふたつでも、その石頭に叩きこむチャンスをうかがわなければならない。しかも、残りの時間は、おのれ自身の武器を磨くことに当てなければならない――相手の反論に対する新しい答えを考え出し、相手の無知蒙昧を証明するための新しい事実を用意しなければならないのだ。

こうして、ユルギスは読書の習慣を身につけるようなった。誰かが貸してくれた論文やパンフレットをポケットに入れて持ち歩き、昼間、ちょっとでも暇があると、その一節をこつこつ読み通し、それについて考えながら仕事に精出すのだった。彼はまた新聞を読み、内容についてあれこれ質問をした。ハインズ・ホテルのもうひとりのポーターは頭の切れる、小柄なアイルランド人だったが、ユルギスが知りたいことは何でも知っていた。ふたりで忙しく立ち働きながら、この男は彼にアメリカの地理、歴史、憲法、法律を説明してくれただけでなく、この国のビジネスの組織、大鉄道会社や大企業とその所有者、労働組合、大規模ストライキとその指導者などについても教えてくれた。夜になって、仕事から解放されると、ユルギスは社会主義者の演説会に出かけた。選挙の時期には、天候も弁士の質もともに怪しい街頭での集会は頼りにならなかったが、毎晩、ホールでは演説会が開かれ、全国的に知名度が高い弁士たちの演説を聞くことができた。弁士たちは政局をあらゆる角度から議論した。ユルギスの唯一の悩みは、そこで彼に差し出された宝物を、その一端さえも持ち帰ることができないということだった。

そうした弁士たちのなかに、党内で「小さな巨人」と呼ばれている人物がいた。この人物の頭の部分を作るのに、神は手持ちの材料を使い果たして、両脚を完成させる分が足りなくなってしまったのだ。だが、彼が壇上をいきつ戻りつしながら、漆黒の頬髯をふるわせると、資本主義を支える柱が揺れるのだった。彼には社会主義に関する百科全書的な著作があったが、それは彼自身とあまり変わらない大きさの本だった。それから、カリフォルニアからやってきた若い作家もいた。[26]この人物はサケ漁師、カキ泥棒、港湾労働者、水夫などを経験し、アメリカ大陸を無銭旅行して留置場にぶちこまれたこともあれば、ロンドンはホワイトチャペルの貧民街に住んだことも、金鉱を探してクロンダイク地方まで足を伸ばしたこともあった。こうした事柄はすべて、その著作に生き生きと描かれているが、世間に耳を傾けさせることができたのは、彼が天才だったからだ。いまや彼は有名人になっていたが、どこへいっても、依然として貧者の福音を説きつづけていた。さらにまた、「百万長者の社会主義者」と呼ばれている人物[27]もいた。彼は実業界で身代を築き、その大半を雑誌の創刊に注ぎこんだが、その雑誌を発売禁止処分にしようとした郵政省によって、カナダに放逐されてしまった。彼は落ち着いた物腰の紳士だったので、まさか社会主義のアジテーターであるとは誰も思わなかったにちがいない。彼の演説は朴訥で、堅苦しくなかった——この程度のことでなぜ人が騒ぎ立てるのか、彼には理解できなかった。彼はすべて経済の進化の過程に過ぎない、と述べ、その法則と方法を開陳した。人生は生存競争であって、強者が弱者を征服するが、強者も最強の者に征服されてしまう。生存競争に負けた者はたいていの場合、姿を消してしまうが、ときとして、団結という新しく、高度な力によって、敗者が生き延びてきたことが知られている。その力によって群居性の動物は捕食性の動物を打ち倒すことができた。人類の歴史においても、その力によって人民は国王を打ち負かすことができた。労働者は勤勉な市民に過ぎず、社会主義運動は生き延びたいという労働者の意志の表明だ。革命の不可避性は、この事実、つまり労働者には団結するか絶滅するかという選択肢しかない、という事実に根差している。この冷酷非情な事実は、人間の意志に根差しているのではない。それは単に経済的過程の法則に過ぎないということを、この雑誌編集者でもある人物は驚嘆すべき正確さで縷々説明するのだった。

　しばらく経って、大統領選挙のための大演説会の夜になった。ユルギスは党の旗手と目されるふたりの弁士の演説を聞いた。十年前にシカゴで十五万人の鉄道従業員によるストライキがあった。鉄道会社は無頼の徒を雇い入れて暴力をふるわせた。合衆国大統領はストライキを破るために軍隊を送りこみ、組合の指導者たちを裁判にもかけずに投獄した。出獄したときの組合委員長は[28]、見る影もなかったが、社会主義者になっていた。それから現在に至るまでの十年間、彼は全国を隈なく行脚し、民衆に面と向き合って、社会正義を訴えてきた。彼は背が高く、やつれていたが、強烈な存在感があった。顔は苦闘と苦悩で痩せ細っていた。その顔は屈辱を受けた男の義憤がぎらぎらと輝き、その声は泣き叫ぶ子どもの涙が熱っぽく訴えていた。演説するときの彼は、演壇をヒョウのようにしなやかに、せわしなく歩き回った。身を乗り出すようにして聴衆に両手を差し伸ばすと、執拗に問いかける指を聴衆の魂に突きつけた。しゃべり過ぎたために、彼の声はしわがれていたが、大ホールは死んだように静まり返り、ひとり残らず聞き入っていた。

その演説会から帰りかけたユルギスは、誰かに新聞を一部、手渡された。それを彼は家に持って帰って読んでみた。こうして彼は『理性への訴え《アピール・ツー・リーズン》』[29]を知ることとなった。十二年ばかり前、コロラド州に住む土地ブローカーの男[30]が、人類の生活必需品で投機をするのは罪悪であると確信した。そして、商売を辞めて引退した彼は、社会主義の週刊新聞を発行しはじめた。一時期は自分自身で植字をしなければならなかったが、最後まで投げ出さず、やっと成功を収めることができた。その新聞は今では名物的存在となっていた。そして、毎週、貨車一両分の用紙を新聞の印刷に使い、その新聞をカンザスの田舎町の停車場で郵便列車に積みこむのに、優に数時間はかかった。それは四頁大の週刊新聞で、一部の価格は半セントもしなかった。定期購読者数は二十五万に達し、アメリカ全土の四つ辻にある、どんな小さな郵便局にも配送されていた。

『理性への訴え』はいわゆる「プロパガンダ」新聞だった。それにはそれ独自の持ち味があった——活力《ジンジャー》と刺激《スパイス》、西部の俗語と喧騒が満ちあふれていた。「金権家《プルート》たち」の言動に関するニュースを集めて、「アメリカの働くラバたち」の後学のために提供する。完全に対立する内容の記事を並べて掲載する——百万ドル相当のダイヤモンドや、社交界令夫人のペットのプードル用に金に飽かして作った施設に関する記事の隣に、サンフランシスコの路上で餓死したマーフィー夫人や、仕事が見つからないため、退院直後にニューヨークで首吊り自殺をしたジョン・ロビンソンの運命を扱った記事が並ぶといった具合に。不正利得や生活困窮のニュースを日刊紙から拾い集めて、辛辣な短評を書き上げる。「サウスダコタ州バングタウンで三つの銀行が破産。労働者の預金、またもや霧消！」とか、「オクラホマ州サンディクリークの市長、十万ドルを持ち逃げ。既成政党が押しつける首長の典型！」とか、「フロリダ航空機会社社長、重婚罪で逮捕。家庭を破壊するという理由で、社会主義に強硬に反対していた人物！」とか。『理性への訴え』は同紙のいわゆる「軍隊」を抱えていた。それは何かと協力してくれる、三万人ばかりの忠実な支持者の群れだったが、怒りの炎を燃やしつづけることを、この「軍隊」に絶えず説き勧めていただけでなく、ときには士気を高めるために、コンテストを催したりもした。その賞品は金時計から自家用ヨットや八十エーカーの農地まで、何でもありだった。編集スタッフは全員、奇妙な呼び名で「軍隊」の連中に知られていた——たとえば「インキまみれのアイク」とか、「はげ頭の親父」とか、「赤毛の姉ちゃん」とか、「ブルドッグ」とか、「編集局のヤギ」とか、「一頭立ての男」とか。

だが、ときにはまた、『理性への訴え』はすさまじいまでの硬派ぶりを発揮した。特派員をコロラド州へ派遣し、同州におけるアメリカ的諸制度の崩壊を語る記事を数頁にわたって掲載した。ある都市では、電信トラストの本部に「軍隊」のメンバーが四十名以上もいたので、社会主義者にとって重要な電信文はすべて、その写しが『理性への訴え』へ送られてきた。選挙キャンペーンの期間中、この新聞は片面刷りの大判紙《ブロードサイド》を発行した。ユルギスが手にしたのは、スト中の労働者に宛てたマニフェスト[31]で、雇用者連盟が「オープンショップ」計画を導入している工業中心地では、百万部近くが配布された。マニフェストの見出しは「諸君はストに失敗した！　後始末をどうする？」となっていた。それは「扇情的」アピールと呼ばれる一文で、その書き手は鋼鉄の魂を持った男だった。この特集号が出たとき、二万部がパッキングタウン地区に送られ、小さな葉巻売り場の奥に収納されていた新聞を、毎晩、そして毎日曜日に、パッキングタウン支部のメンバーが腕に一杯抱えて運び出して、街頭や戸口で配布した。パッキングタウンの連中は、ストライキに失敗したことは否定すべくもなかったので、この新聞を楽しげに読みふけり、二万部ではとても足りない有り様だった。ユルギスは古巣には二度と近づかない決心をしていたが、その話を耳にすると、居ても立ってもいられなくなり、それからの一週間というもの、毎晩、電車に乗ってストックヤードに出かけ、昨年、マイク・スカリーの息のかかったボウリング場経営者を市議会に送りこんだときの罪滅ぼしをしたのだった。

　一年という月日がパッキングタウンにもたらした変化を見た印象は、まさに驚きの一言に尽きた——そこに住む連中が目を開きはじめていたのだ！　今回の選挙で社会党は地すべり的な勝利を収めようとしていた。そのためスカリーとクック郡の幹部たちは、形勢を逆転させるための「火種」探しに頭を痛めていた。そして、選挙キャンペーンが終わる直前になって、ストライキ破りをしたのが黒人だった、という事実に思い至って、熱烈な人種差別主義者《ファイア・イーター》をひとり、サウスカロライナから呼び寄せた。「熊手を手にした上院議員《ピッチフォーク・セネター》」[32]と渾名されるこの男は、労働者大衆に演説をするときは上着を脱ぎ捨て、傭兵か何かのように悪口雑言を並べ立てた。その演説会を民主党は大々的に宣伝し、社会党も負けずに宣伝したので、その結果、当夜は千人ばかりの社会党員が会場に押しかけた。「熊手を手にした上院議員」は、社会党員からの矢継ぎ早の質問攻めを、一時間ばかりは何とか持ちこたえたが、しまいには腹立ちまぎれに席を蹴って退場したので、その後の演説会は社会党のためだけの会合になった。演説会に出席すると言ってきかなかったユルギスは、その夜、生涯で最高の経験をすることができた。彼は興奮のあまり、そこらを踊り狂い、腕を振り回した。挙句の果てには、友人たちの制止を振り切って、通路に飛び出し、勝手に演説をおっぱじめてしまったのだ！　件の上院議員が民主党は腐敗していない、票の売り買いをするのはいつも共和党員だ、と言い切ると、それに激昂したユルギスは「嘘だ！　それは大嘘だ！」と叫んだ。さらに彼は、それが嘘であることをどうして知っているか、それを知っているのは、彼自身が票を買ったことがあるからだ、と口走りはじめたのだ！　ハリー・アダムズともうひとりの友人が彼の首筋をつかんで、座席に押しもどさなかったら、彼の経験したすべてを「熊手を手にした上院議員」に向かってぶちまける羽目になっていたにちがいない。

第三十一章

仕事が見つかってからユルギスが最初にしたことのひとつは、マリヤに会いにいくことだった。彼に会うために、マリヤは娼家の地下室まで降りてきた。彼は帽子を手にしてドアのそばに立ったまま、「やっと仕事が見つかったから、ここから抜け出せるよ」と言った。

だが、マリヤは首を横に振るだけだった。ほかにできることは何もないし、雇ってくれる人もいない、と彼女は言った。過去は隠しきれない。隠そうとした女たちもいたが、いつも秘密を暴かれてしまう。この家には何千という男たちがやってくるので、遅かれ早かれ、その誰かと顔を合わせてしまう。「それにさ」とマリヤは付け加えた。「あたしは何もできない。駄目な女さ――ヤクをやってるんだよ。どうしようと言うんだい、そんなあたしを?」

「やめられないのか?」とユルギスは声を荒らげた。

「やめられないね」と彼女は答えた。「やめる気もないね。こんな話をして、何の役に立つのさ? あたしゃ、死ぬまでここにいると思うよ。あたしに一番向いてるからね」

こう言わせるだけで、精一杯だった。いくらがんばっても無駄だった。彼女の稼ぎをエルズビエタに受け取らせるわけにはいかない、と言ってみても、彼女は「じゃ、ここで使ってしまうことになるね――それだけのことさ」と他人事のように答えた。彼女は瞼が重そうだった。顔は赤く、むくんでいた。うるさいわねえ、早く帰っておくれでないか、と思っている様子が見え見えだった。そこで彼は立ち去った。肩を落とし、がっくりしていた。

あわれなユルギス！　彼の家庭生活はそれほど幸福ではなかった。エルズビエタは、このところずっと病気がちだった。子どもたちは乱暴で、手に負えなかった。路上での生活がそれに拍車をかけていた。だが、それでもユルギスは家族を見捨てなかった。家族はかつての日々の幸福を思い出させてくれたからだった。何もかもがうまくいかないときは、社会主義運動に没頭することで憂さ晴らしをした。この運動の大きな流れのなかに彼の生活は投げこまれていたので、かつては彼の人生のすべてであったものが、今ではそれほど重要に思われなくなっていた。彼の関心は別のところにあった。それは思考の世界だった。彼の人生は外見的には平凡で退屈そうだった。ホテルのしがないポーターに過ぎず、死ぬまでポーターでいるつもりだった。だが、思惟の領域では、彼の人生は絶えざる冒険の連続だった。知るべき事柄の何と多かったことか！　発見すべき驚異の何と多かったことか！　大統領選挙日の前日、ハリー・アダムズの友人からアダムズに電話があって、その夜、ユルギスを連れて家にくるように、という言付けがあったときのことを、彼は終生忘れることがなかった。ユルギスはアダムズのお供をしていって、社会主義運動の偉大な指導者のひとりに会うことができたのだった。

声をかけてくれたのはフィッシャーという男だった。シカゴの大富豪で、社会福祉事業《セツルメント》に生涯を捧げ、市のスラム地区の中心部に居を構えていた。彼は党員ではなかったが、党のシンパだった。その晩の客は東部の某有名雑誌の編集者だったが、この男は社会主義を批判する筆をとりながら、社会主義の何たるかを知らないとのことだった。大富豪の男としては、アダムズにユルギスを連れてこさせ、編集者が興味を抱いている「純正食品」を話題にすることを考えていたのだった。

フィッシャー青年の家は小さな煉瓦造りの二階建てで、風雨にさらされた、薄汚い外観だったが、その内部は魅力的だった。ユルギスが目にした部屋は、その半分が書棚で埋まり、壁にかかった何枚もの絵が、柔らかい黄色の光のなかでぼんやりと浮かび上がっていた。雨の降る寒い夜で、暖炉では丸太の薪がパチパチ音を立てて燃えていた。アダムズとその連れが着いたときには、七名か八名の先客が暖炉を囲んで座っていた。そのうちの三名が女性であることに気づいて、ユルギスは戸惑っていた。これまで、こうした人たちと口をきいたことがなかったために、彼の困惑はその極に達していた。帽子を両手でしっかり握って、部屋の入り口に立ったまま、紹介された相手のひとりひとりに最敬礼をした。それから、席に着くように言われた彼は、暗い片隅にあったいすを選んで、その端に浅く腰をかけ、額の汗を上着の袖で拭った。何か話すように言われはしないか、と胸をどきどきさせていた。

この家の主人は背の高い、スポーツマンタイプの青年で、夜会服を着ていた。客の編集者は消化不良のような顔をした、メイナードという名前の紳士で、同じ服装をしていた。主人の若くて華奢な夫人、セツルメントの幼稚園で保育士をしている中年の女性、それに若い女子大生もいた。この真面目で熱心そうな顔つきの美少女は、ユルギスが同席している間は、一回か二回しか発言しなかった——それ以外はずっと、部屋の中央にあるテーブルのそばに腰を掛け、顎を両手に載せたまま、議論に聞き入っていた。残りの男性ふたりはルーカス氏とシュリーマン氏で、フィッシャー青年がユルギスに紹介してくれた。ふたりがアダムズに「同志」と呼びかけるのが聞こえたので、どちらも社会主義者であることがわかった。

ルーカスと呼ばれる男性は温厚で穏和な感じの小柄な紳士で、いかにも牧師然としていた。巡回説教師だったことが後で判明したが、彼は内なる光に目覚め、新しい神の摂理の預言者となったのだった。その昔の使徒たちのように、人びとの厚意に甘えながらアメリカ全土を隈なく歩き、会場がないときは街頭に立って説教をしていた。もうひとりの男性は、アダムズとユルギスが部屋に入ったとき、編集者を相手に議論をしている最中だった。主人に促されて、ふたりはいったん中断していた議論を再開した。やがてユルギスは魔法にでもかかったように、じっと座っていた。これほどに不可思議な人間が、この世に生をうけたためしはないにちがいない、と思いながら。

ニコラス・シュリーマンはスウェーデン人で、背が高く、痩せこけていた。手は毛むくじゃらで、黄色い剛毛の顎鬚を生やしていた。彼は大学出のインテリで、大学で哲学を講じていた――それは、彼の言によれば、時間だけでなく、人格までも切り売りしていることに気づくまでのことだったが。そのような生活をやめて、アメリカに渡ってきた彼は、このスラム地区の屋根裏部屋に住みつき、活火山のようなエネルギーを暖炉代わりにしていた。彼は食物の成分を研究して、体が必要としている蛋白質と炭水化物の量を正確に把握していた。彼はまた、科学的咀嚼法によって、摂取する食物の価値を三倍に高めているので、一日十一セントの生活費でやっていけるとのことだった。彼は七月一日前後にシカゴを後にして、夏休みの徒歩旅行に出かけるのが常だった。そして、収穫期の農場に出くわすと、日当二ドル五十セントで働き、翌年分の生活費として百二十五ドルが貯まると、シカゴに舞いもどってきた。彼の説明するところでは、辛うじて個人の独立と呼ぶことができるものは、「資本主義体制下では」それしかなかった。彼は絶対に結婚しない。正気の人間なら、革命が達成される前に恋に落ちるようなまねはしないからだ。

彼は脚を組んで、大きなひじかけいすに座っていた。顔は影にすっかり隠れていたので、暖炉の火を受けてきらきら光るふたつの目しか見えなかった。彼は易しい言葉で、感情を一切交えずに話した。幾何の公理を学生のグループに説明する教師のような態度で、普通の人間なら髪を逆立ててしまうほどショッキングな命題を、体系的に解説するのだった。聞き手が理解できない旨を告げると、彼はさらにショッキングな新しい命題を説明しはじめた。ユルギスの目には、シュリーマン博士は雷雨か地震のようにスケールの大きな人間に映っていた。それでいて、奇妙に思われるかもしれないが、ふたりの間には微妙な絆が存在していた。ユルギスは議論に最初から最後までついていくことができた。自分でも知らないうちに、難解な箇所を乗り切っていた。前へ前へとまっしぐらに突進しつづけていた――「思索」という奔馬にまたがって天空をゆく姿はマゼッパ[33]さながらだった。

ニコラス・シュリーマンは全宇宙と、その小さな一部分としての人間の両方に通暁していた。人間の作ったさまざまな制度を理解し、それをシャボン玉のように吹き飛ばしてみせた。これほどまでの破壊力が一個の人間の頭脳に収まっているのを見るのは驚異だった。政府だって? 政府の目的とは財産権の保護と、古代の暴力と現代の搾取の保全だ。結婚だって? 結婚と売春は、強奪的な男性による性的快楽の搾取という同じひとつの楯の表と裏にほかならぬ。両者の相違は階級の相違だ。女性に財産がある場合、彼女は平等、終生契約、子どもたちの嫡出性、つまり財産権などといった彼女自身の条件を決定することができる。女性に財産がない場合、彼女はプロレタリアであり、生活のために身を売ることになる。つぎに話題は変わって、この悪魔的人物の必殺の武器である「宗教」となった。政府は賃金奴隷の肉体を虐げるが、「宗教」はその精神を虐げ、進歩の流れの源泉に毒を注ぎこむ。現世で財布を掏り取られる労働者は、来世に希望をつながざるを得ない。労働者は質素、謙遜、服従──要するに、資本主義の似非美徳のすべてを身につけるように教育される。文明の運命は赤色インターナショナルと黒色インターナショナル、つまり社会主義とローマ・カトリック教会の最後の死闘によって決せられる。しかるに、ここアメリカでは、「アメリカ福音主義の地獄を思わせる暗黒が──」。

ここで元説教師の出番となり、激しい舌戦の火蓋が切られた。「同志」ルーカスはいわゆる教育を受けた男ではなかった。彼は聖書しか知らなかったが、それは実体験に基づいて解釈された聖書だった。「宗教」を人間が歪曲した宗教と混同して何の意味があるか、と彼は問いかけた。現在、「教会」が実業家たちの掌中にあることは明白だが、それに抵抗する兆候がすでに見えはじめている。もし同志シュリーマンが数年後にここにもどってくれば──。

「ああ、もちろん、そうですよ」と相手は言った。「百年後には、教皇庁《バチカン》は社会主義に反対したという事実を否定しているでしょうな。現在、ガリレオを迫害したという事実を否定しているのと同じようにね」

「ぼくが擁護しているのは教皇庁じゃない」とルーカスは激越な口調で叫んだ。「神の言葉を擁護しているのだ。この神の言葉は、圧制の支配からの解放を求める人間精神のひとつの長い叫び声なのだ。『牛肉トラストに関する聖書の言葉』として、ぼくが説教でいつも引用しているヨブ記第二十四章を例にとってみたまえ。イザヤの言葉でも――主みずからの言葉でもいい！　堕落した、邪悪な芸術の優雅な君《プリンス》としてのイエスでもなければ、上流人士の教会の宝石をちりばめた偶像としてのイエスでもない。おぞましい現実のイエス、悲嘆と苦悩の人としてのイエス、世間からさげすまれ、寄る辺すらない追放者としてのイエスなのだ」

「イエスのことは認めるよ」と相手は口をはさんだ。

「それじゃ」とルーカスは叫んだ。「イエスが『教会』と何の関わりもないのはなぜだ？　イエスをあがめ奉ると称する連中の間で、イエスの言葉と生涯が何の権威もないのはなぜだ？　イエスこそは世界で最初の革命家、社会主義運動の真の創設者だった。その全存在が富と富の象徴するすべて――富の驕慢、富の豪奢、富の専制に対する憎悪の炎となられたイエス。みずからが物乞い、浮浪者、下層民、さらには飲み屋の主人や街の女の仲間であられたイエス。富と富の所有を明白この上ない言葉で繰り返し非難されたイエス。[34]『自分のために、地上に、宝をたくわえてはならない！』『自分の持ち物を売って、施しなさい！』『こころの貧しい人たちはさいわいである。天国は彼らのものである！』『あなたがた富んでいる人たちは、わざわいだ。慰めを受けてしまっているからである！』『よく聞きなさい。富んでいる者が天国にはいるのは、むずかしいものである！』などと述べられたイエス。また、イエスが生きた時代の搾取者たちを激しい語調で非難されたイエス。『あなたがたパリサイ人は、わざわいである！』『あなたがた律法学者も、わざわいである！』『へびよ、まむしの子らよ、どうして地獄の刑罰をのがれることができようか！』などと述べられたイエス。商人や仲買人を鞭で神殿から追い出されたイエス！　そのイエスが――考えてもみたまえ――扇動者、社会秩序の紊乱者であるという理由で、はりつけの刑に処せられたのだ！　このイエスが今では私有財産と取り澄ました世間体の司祭長、現代商業文明のあらゆる惨事と醜行の聖なる認可者に仕立て上げられている！　宝石をちりばめたイエスの偶像が作られている。肉欲にふける聖職者たちがイエスのために香を供えている。現代産業の海賊どもは、無力な女子や子どもの労働から略取したドルを手にして、イエスのための神殿を建て、クッションのついたいすにぬくぬくと座って、世俗にまみれた神学博士たちの説く教えに耳を傾けている――」

「ブラボー！」とシュリーマンは笑いながら叫んだ。だが、相手は脇目も振らずに突っ走っていた。この五年間、くる日もくる日も、同じ問題を語りつづけ、途中でさえぎられたことは、これまでただの一度もなかったのだ。

「このナザレのイエス！」とルーカスは叫んだ。「この階級意識の強い労働者！　この組合員でもあった大工！　この扇動者で、違法者で、教唆者で、無政府主義者でもあったイエス！　人間の体と魂をすりつぶして、ドルに変えている世界の最高の権力者にして支配者とされているイエス――このイエスが現代世界に姿を見せて、人間どもがイエスの名において作り上げた数々を目にされたとしたら、その魂は驚きのあまりになえ果ててしまうのではないだろうか？　イエスは、この『あわれみと愛の君《プリンス》』は、その光景を見て発狂するのではないだろうか？　イエスがゲッセマネの庭[35]で横になり、汗を血のように滴らせながら苦しみに身悶えした、あの夜でさえも――今夜、満州の原野で見るよりももっとひどい光景を目にしたのだろうか？　かの地では、宝石をちりばめたイエスの偶像を奉じて行進する者どもが、好色非道の悪辣な怪物たちの利益のために大量殺人を行なっている。イエスが今、革命発祥の地サンクトペテルブルグにおられたとしたら、金貸しどもを神殿から追い払われたときの鞭を使って――」

熱弁をふるうルーカスは、ここで言葉を切って一息ついた。「そうじゃないな、同志」と論争の相手はさりげなく言い放った。「イエスは現実的なお方だったからね。現在、ロシアに送りこまれているような小さな手榴弾《イミテーション・レモン》をお使いになるのじゃないかな。ポケットに入れて簡単に持ち運びができ、神殿全体を跡形もなく吹っ飛ばせるほど強力なやつをさ」

この冗談に一同が爆笑し、その笑いが静まるのを待って、ルーカスはまた口を開いた。「しかし、現実政治の観点から見てみたまえ、同志。ここにおられるのは、万人に敬愛され、一部の者からは神と見られ、われわれの仲間でもあった——われわれと同じ生活をし、われわれの教義を説いた歴史上の人物なのだ。この人物を敵の手中に置き去りにしていいのか？　この模範的人物が敵の手で息の根を止められ、笑いものにされるのを座視していていいのか？　われわれにはイエスの言葉がある。これは誰にも否定できない。イエスの言葉を引用して大衆に聞かせ、イエスが何者であられ、何を教えられ、何をなさったかを大衆に説明すべきではないのか？　駄目だ、駄目だ——一千回でも駄目だと言いたい！　われわれはイエスの権威を示すことによって、イエスの牧界から悪徳者や怠惰者を追放し、民衆を行動に駆り立てるのだ！——」

ルーカスはまた口をつぐんだ。相手はテーブルの上の新聞に手を伸ばした。「同志」と彼は笑いながら言った。「これを手始めにするといいよ。某司教閣下の妻が五万ドル相当のダイヤモンドを盗まれたってさ！　お世辞上手で弁舌さわやかな司教閣下！　学者肌の高名な司教閣下！　博愛主義者で労働者の友人でもある司教閣下——その正体は、賃金労働者を誘い寄せてクロロフォルムを嗅がせるために、実業家たちが組織する市民連合によって用意されたおとりのカモだったのさ！」

このふたりの舌戦を一座の者たちは、ずっと黙って聞いていた。だが、ここで編集者のメイナード氏が口を開いて、これまで社会主義者たちは文明の未来について型にはまった青写真しか持っていないと思いこんでいたが、ここにいるふたりの現役の党員は、察するところ、何事についても意見の一致を見ていないようですな、といささかナイーブな発言をした。一体、ふたりの共通点は何なのか、同じ党に属しているのはなぜなのか、後学のために教えてもらえまいか？　この発言を受けて、あれこれ議論した結果、慎重に言葉を選んだ、ふたつの命題が作成された。第一は、社会主義者は生活必需品の生産手段に対する共同所有と民主的管理を信奉するという命題であり、第二は、社会主義者はそれを実現するための手段として、階級闘争を意識した、賃金労働者の政治的組織化を信奉するという命題だった。ここまでは、ふたりの論者の見解は一致していたが、それから先は意見が食い違った。熱烈な宗教家のルーカスにとって、協同共和連合体《コオペラティヴ・コモンウェルス》[36]は「汝の内なる」新しいエルサレム、神の王国だった。だが、彼の論争相手にとっては、社会主義ははるかかなたのゴールのために必要な一歩、苛立つ気持ちを抑えて踏み出すべき一歩に過ぎなかった。シュリーマンはみずから「哲学的無政府主義者」と称していた。彼の説明によると、個々の人格がそれ自体の掟以外のいかなる掟にも拘束されることなく、自由な成長を遂げることが人間存在の最終目的であると信じる者、それが無政府主義者だ。同じ種類のマッチが個々の人間の火をともし、同じ形のパンが個々の人間の胃袋を満たすのだから、多数決の原則に企業を従わせることは、完全に実現可能だ。地球はひとつであり、物質的なものの量には限りがある。それに反して、知的なものや精神的なものには限りがない。誰かの持ち分が多いからといって、ほかの誰かの持ち分が少なくなるわけではない。したがって、「物的生産においては共産主義、知的生産においては無政府主義」が現代プロレタリア思想の公式となっている。生みの苦しみが終わり、社会の傷が癒えると同時に、労働した分が個々人の貸方に記入され、購入した分が借方に記入される、といった単純な制度が確立される。それが確立されると、生産、交換、消費のプロセスは自動的に進行し、そのプロセスをわれわれが意識することはない。人が心臓の鼓動を意識しないのと、まったく同じように。そうなると、社会は気心の合った者同士からなる、独立した自治的集団に細分化される、とシュリーマンは説明し、現代における実例としてクラブ、教会、政党などを挙げた。革命後は、人間の知的、芸術的、精神的活動のすべては、そのような「自由連合」の庇護を受けることになる。ロマンチックな小説家はロマンチックな小説を読むのが好きな人たちによって、印象派の画家は印象派の絵画を見るのが好きな人たちによって、それぞれ保護される。同様なことは説教者、科学者、編集者、俳優、音楽家などにも当てはまる。もし働いたり、絵を描いたり、祈ったりしたくても、生活の面倒を見てくれる人がいないと、時間の一部を労働に割くことによって自活することになる。これは現在でも同じことだが、競争的な賃金制度の下では、人は生活のために四六時中働くことを余儀なくされている点が、決定的に異なっている。だが、特権と搾取が撤廃されると、誰でも一日一時間の労働で自活の道を見つけることができるようになる。それに、現状では、芸術家の支持者は少数派であるだけでなく、営利競争を勝ち抜くために必要な努力によって完全に堕落し、俗化している。全人類が競争の悪夢から解放されたときに将来する知的、芸術的活動については、現段階では想像することさえもできない。

では、ひとつの社会がその成員各自の一時間労働で存続可能になる、と主張する根拠は何か、と編集者がシュリーマン博士に質問した。それに対して、博士はこう答えた。「現在の科学技術が総動員された場合、社会が一体どの程度の生産能力を発揮するかを確かめる手段はないね。しかし、それが資本主義の残忍な野蛮行為に慣らされた人間に妥当と思われる程度をはるかに上回るということだけは、自信をもって言えるよ。全世界の労働者階級が勝利すれば、当然のことながら、戦争など思いもよらなくなってくる。戦争が人類に払わせる犠牲など、誰が計算できるだろうか――戦争が破壊する人命や資源だけでなく、数百万の人間を無為に徒食させ、戦闘や閲兵のための武器や装備を支給する費用だけでもなく、戦時下の体制や戦争に対する恐怖、戦争がもたらす残忍、無知、泥酔、売春、犯罪、さらには産業的無能力と精神的無気力などによって社会のエネルギーが被っている損失を、誰が計算できるだろうか？　ひとつの社会の有能な成員各自の労働時間のうちの二時間は、戦争という赤く血塗られた悪鬼を養うために費やされている、と言うのは言い過ぎだと思われるだろうかな？」

さらにシュリーマンは言葉をつづけて、競争のもたらす浪費のいくつかを略述した。企業戦争による損失。絶え間ない不安と軋轢。経済闘争の結果、この二十年間でほぼ倍増した飲酒を代表例とするさまざまな悪癖。社会の怠惰で非生産的な構成員、つまり軽佻浮薄な富者と極度に困窮した貧者。法律および圧制のあらゆる手段。婦人帽子店、仕立屋、美容師、ダンス教師、シェフ、従者など社交的な虚飾のための浪費。「ご承知のように」と博士は言った。「営利競争という現実が支配している社会では、金銭が必然的に実力の試金石、浪費が力量の唯一の判断基準となる。したがって、現在の社会では、人口の三十パーセント程度が無用な商品の生産に従事し、一パーセントがそれの破壊に従事している計算になる。それだけではない。社会の寄生虫たちの召使いや迎合者もまた寄生虫であって、婦人帽子店や宝石店や従者もまた社会の有用な構成員たちが養わなければならない。それに、この怪物のような病弊は、怠惰な連中やその召使いたちをむしばんでいるだけでなく、その病毒は社会の本体の隅々までいき渡っていることを忘れないでくれたまえ。十万人の上流階級《エリート》の女性がいて、その下には、上流階級でないことを嘆きつつ、人前では上流ぶろうとしている百万人の中流階級の女性がいる。さらにその下には、ファッション関係の新聞を読んで、帽子に新しい飾りをつけている農家の奥さん連中や、安っぽい宝石や模造のシールスキンの外套を手に入れるために売春をしている店員やメードなどが五百万人もいる。それに、この虚飾の競争に加えて、販売競争のための一大組織があって、火に油を注いでいることを考えてみたまえ！　製造業者は何千何万といううきわもの的な商品をあの手この手で作り出し、商店はそれを陳列し、新聞雑誌はその広告で埋まっているのさ！」

「偽装工作という浪費も忘れないでください」とフィッシャー青年が口をはさんだ。

「話題が広告という超モダンな職業、つまり欲しくもないものを買わせる説得の科学になると」とシュリーマンが応じた。「資本主義的破壊性のおどろおどろしい納骨堂のど真ん中にいる思いがして、仰天するものばかりのなかから何を最初に挙げていいのか、判断に苦しむね。しかし、わずか一種類で間に合うのに、見栄や気取りのために、それを一万種類も作るのに要する時間と労力の浪費は見落とせない！　質の悪い商品、無知な者を騙して売りつけるための商品の製造に伴う浪費もだね！　混ぜ物をした粗悪品の浪費――たとえば、再生羊毛の衣類、綿製の毛布、手抜き工事の共同住宅《テネメント》、粒状コルクを使った欠陥救命具、添加物を含む牛乳、アニリン入りのソーダ水、粉末ジャガイモのソーセージ――」

「そうした浪費の道義的側面もお忘れなく」と元説教師が口をはさんだ。

「そのとおりだ」とシュリーマンは言った。「そういった浪費に伴う低俗な不正行為と非道な残虐行為、悪計と虚偽と贈賄、大言と壮語、けたたましい利己主義、騒動と不安。もちろん、偽造と偽装は競争のエッセンスだ――それは『最低値の市場で買って、最高値の市場で売る』という文句の言い換えに過ぎない。ある政府の高官は、不正食品のためにアメリカ全体で年間十二億五千万ドルの損害を被っている、と語っている。これはもちろん、人間の胃袋に入らなければ役に立ったかもしれない素材の浪費だけでなく、その不正食品を食べなければ健康であったかもしれない患者のための医師や看護師、さらには死期が十年も二十年も早まった全人類のための葬儀屋の浪費をも意味している。さらにまた、こうした商品を売るためには、商店が一軒あればいいのに、それを十数軒で売るために要する時間と労力の浪費も見落とせない。この国には百万から二百万の会社があり、その五倍から十倍の社員がいる。その会社での処理と再処理、計算と再計算、計画と不安、些細な利益と損失の問題も考えなくてはならない！そうした過程で必要とされる民事法の組織全体、万巻の分厚い法令集、それを解釈する裁判所と陪審員、その裏をかくために研究する弁護士、詭弁と強弁、憎悪と虚言を考えなくてはならない！でたらめで、無計画な商品生産に伴う浪費――工場の閉鎖、遊んでいる労働者、倉庫で腐っている製品！株価を操作するための相場師の活動、企業全体の麻痺状態と過剰反応、財産譲渡と銀行破産、危機と恐慌、過疎の町村と飢餓に瀕する人口！市場の開発、そのためのセールス外交員、注文取り、ビラ貼り、広告業者などの無益な職業に浪費される労力！競争と独占的鉄道運賃のために必要な都市への人口集中に伴う浪費、スラム地区、汚染した空気、病気と生活エネルギーの浪費、オフィスビル、地上に何階も積み上げたり、地下を深く掘り下げたりする時間と資材の浪費などなどのことを考えなくてはならない！それから、保険業界、それが経営と実務で必要としている莫大な量の労働を例に取れば、このまったくの浪費は――」

「そこが私にはわかりかねますね」と編集者が言った。

「協同共和連合体は、その構成員全員が例外なく自動的に加入する保険会社兼貯蓄銀行だ。全員の資産が資本だから、その損失は全員で負担し、全員で補償する。銀行は共通政府クレジット口座で、その帳簿では各構成員の貸借が一致している。それから、一般政府白書も発行され、そこには協同共和連合体の販売する物品すべてが記載され、正確に説明されている。その販売で利益を得る者は誰もいないから、もはや濫費への刺激もなければ、身分の詐称もない。詐欺もなければ、偽装も偽造もなく、贈賄もなければ、『不正利得』もないことになるね」

「物価はどのようにして決まるのですか?」

「物価とは生産と配達に要する労働の価値であって、それは算数の第一原理で決定される。アメリカの小麦畑で百万人の労働者がそれぞれ百日間働き、その労働の総生産量が十億ブッシェルであるとすれば、小麦一ブッシェルの価値は、農場での一日の労働の十分の一に当たる。これは仮の数字だが、もし一日五ドルを農場での労働に対して支払うとすれば、一ブッシェルの小麦のコストは五十セントになる計算だ」

「『農場での労働に対して』と言われましたね」とメイナード氏。「ということは、すべての労働に対して均一に支払われないということですか?」

「当然ですよ。楽な労働もあれば、苦しい労働もあるのだから。均一に支払われるとしたら、地方の郵便配達人は何百万人もいて、炭鉱労働者はひとりもいなくなる。もちろん、賃金を同じ額にしておいて、労働時間を変えることも考えられる。特定の産業部門で必要とされる労働者の数が多いか少ないかに応じて、賃金か労働時間のいずれかを絶えず変動させる必要が生じるだろう。これとまったく同じことは、現在でも行なわれてはいるが、労働者の移動が一般政府白書によって、遅滞なく完全に実行されるのではなく、風評や宣伝によって、盲目的かつ不完全に実行されている点が違っている」

「労働時間の計算がむずかしい職種ではどうなりますか？　書物の労働コストはどうです？」

「それは明らかに用紙、印刷、製本の労働コストだから――現行のコストの五分の一程度だな」

「それじゃ著者はどうです？」

「すでに述べたように、国家は知的生産を規制できない。その本なら一年で書けたはずだ、と国家が言っても、三十年がかりで書いた、と著者は主張するかもしれない。かのゲーテも、彼の名文句《ボン・モ》のひとつひとつに千金を費やした、と語っている。ここで私が略述しているのは、人間の物的要求を充たすための国家的な、いや、国際的なシステムだ。人間は知的要求も抱いているので、働く時間を増やして、それだけ多く稼ぐようにすれば、自分なりのやり方で、自分の好みに合わせて、その要求を充たすことができる。私は大多数の人間と同じ地球で暮らし、同じような靴をはき、同じようなベッドで寝ているが、同じような思想は抱いていないし、大多数の人間が選ぶような思想家の書物に金を払ったりはしたくない。その種の事柄は現在と同じように、自由裁量にまかせておいて欲しい。誰か特定の牧師の説教が聞きたければ、聞きたいと思う人たちが集まって、好きなだけの寄付をし、その金で教会を建て、その牧師に給料を払い、その牧師の説教を聞いている。その説教を聞きたくない私は、教会へ足を向けることもないし、一セントだって醵出することもない。同様にして、エジプトのコインだの、カトリックの聖徒だの、空飛ぶ機械だの、スポーツの記録だのに関する専門雑誌がいろいろ出回っているが、それについて私は何ひとつ知らない。他方、賃金奴隷制度が撤廃され、搾取する資本家に供物を捧げる必要がなくなって、私の財布に余裕ができるようなことがあれば、そのときは進化の預言者フリードリッヒ・ニーチェの福音や、世評の高い健全食事法の発明者ホラス・フレッチャーの福音[37]などの解説・普及に努める雑誌を出版するかもしれない。ついでながら、ロングスカートの撤廃、男女両性の優生学的改良、相互の同意に基づく離婚の成立に関する雑誌などを考えてもいい」

シュリーマン博士は一息ついた。「長談義になりましたな」と彼は笑いながら言った。「しかし、まだほんの序の口ですよ」

「ほかに何かあるのですか?」とメイナードが聞いた。

「これまで私は役に立たない競争の浪費のいくつかを指摘してきたが」と博士は答えた。「協同方式の利点である節約のことには、ほとんど触れてこなかった。五人家族を想定するとして、この国には千五百万の家族があり、そのうちの少なくとも一千万家族は別々に暮らしていて、家事労働に従事しているのは主婦か賃金奴隷のいずれかだ。さて、真空装置を利用したハウスクリーニングの現代的システムや、共同クッキングによる節約などはひとまずおいて、ここでは皿洗いという問題だけを取り上げてみたい。五人家族の場合、皿洗いに一日三十分はかかる、と見積もるのが妥当にちがいない。したがって、一日に十時間働くとして、この国全体の皿洗いをするのに五十万人の健常な人間が必要となる——そのほとんどが女性だ。しかも、この皿洗いは実に不潔で、人間の気力を奪い、動物のレベルに引き下げるような作業であることに注目されたい。それは貧血、神経不調、憂鬱、不機嫌、それに売春、自殺、発狂、さらには父親の飲酒や子どもたちの不良化の原因になっていることにも。そういったすべてに対して、当然のことながら、社会は代償を払わなければならない。それに反して、私の主張する小さくても自由な協同体のそれぞれには、皿を洗って乾かす機械があって、その仕事ぶりは、見た感じや触った感じがいいだけでなく、科学的でもある——つまり、皿を滅菌消毒してくれる。その上、厄介な作業のすべてを片づけ、所要時間の九十パーセントを節約してくれるのだ！ こういったことはすべてギルマン夫人の書物[38]に述べられている。それからクロポトキンの『田園、工場、仕事場』[39]を手に取って、最近の十年間に構築された新しい農業科学について読んでみたまえ。その方式によると、人工的に作った土壌を集中的に耕作した場合、農家は年に十から十二の作物をつくり、わずか一エーカーの土地に二百トンの野菜を栽培することができるし、現在合衆国で耕作されている土地だけで、全世界の人口を養うことができるというのだ！ 点在する農村人口の無知と貧困のために、この方式を現時点で採用することはできないが、我が国の食糧供給の問題が科学者の手によって組織的かつ合理的に解決される日のことを想像してみたまえ！ 痩せた岩だらけの土地をすべて国有の森林地に当て、そこが子どもたちの遊び場、若者たちの狩場、詩人たちの生活の場となる日のことを！ それぞれの作物に最も適した気候と土地の選択、協同体の正確な需要の確認と、それに応じた耕地面積の算定、熟練した農業化学者の指導の下で使用される最先端の機械類！ 農家育ちの私は、農作業が死ぬほどつらいことを知っているので、革命後の農家の様子を思い描くのが楽しくてたまらない。そこでは、四頭の馬か電気モーターに引かれた大型ジャガイモ植え付け機が、畝を立てる、ジャガイモを切る、畝に落とす、それに土をかける、という作業を、一日二十エーカーもやってのけている！ おそらくは電動の大型ジャガイモ掘り機が、千エーカーの畑を縦横に走って、土とジャガイモをすくい取り、ジャガイモだけを袋に入れている！　同じような方法で、そのほかのすべての野菜や果物が処理されている！　機械でリンゴやオレンジの実をもいだり、電気で搾乳したりするのは、ご存じのように、すでに実現している。未来の収穫期には、何百万という幸せ一杯の男や女が夏休みの期間に、それぞれの場所に正確に必要な数だけ、特別列車で運ばれてくる！　こうした状況のすべてを、独立した小規模農家を痛めつけている現在のシステムと比較してみたまえ！　寸足らずの、痩せこけた、無知な男が、顔色が悪く、やつれ果て、悲しそうな目つきであくせくと働く女房といっしょに、朝の四時から夜の九時まで汗を流し、子どもたちが歩けるようになれば、すぐさま仕事に追い立て、原始的な農具で土をほじくり、知識と希望のすべて、科学と発明の恩恵のすべて、精神の悦楽のすべてから完全に閉め出されている——労働力の競争でやっと露命をつないでいるというのに、鎖に縛られた我が身が見えていないので、おれは自由だなどとうそぶいているのだ！」

ここでシュリーマン博士は一息ついた。「それからまた」と博士は言葉をつづけた。「この無限の食糧供給という事実を、生理学者たちの最新の発見とあわせて考えてみたまえ。それは人体の疾患の大半は過食によるという発見だ！　さらに、牛肉は食品としては不必要ということはすでに証明されている。植物性食品と比べて牛肉は生産がむずかしく、準備や処理をするのが不快で、不衛生になる可能性が高い、ということは明らかだ。だが、牛肉が味覚をもっと強く満足させる以上、だからどうしたという態度がつづいてしまう」

「そうした態度を社会主義はどのようにして変えるのですか？」と女子学生が勢いこんで質問した。彼女が口をきいたのは、これが最初だった。

「賃金奴隷制度がつづいている限りは」とシュリーマンは答えた。「どんなに忌まわしく、胸が悪くなるような仕事であっても、それは全然問題にならない。その仕事を引き受ける人間を簡単に見つけることができるからだ。しかし、労働が解放されて自由になると、そのような仕事の代価は高くなりはじめる。その結果、古くて、薄汚れていて、非衛生的な工場はつぎつぎに取り壊される。新しい工場を建てたほうが安くつくからだ。同じようにして、汽船には自動給炭機が取りつけられ、危険な職場は安全にされるか、その職場の製品に代わる製品が見つけられる。まったく同じようにして、私たちの『産業共和国』の市民が洗練されてくると、食肉加工会社の製品の価格は年を追って高くなり、最後には、牛肉を食べたい人は自分で屠畜しなければならなくなる。そうなったとき、この牛肉を食べる習慣は、いつまでつづくと思うかね？　もうひとつ別の問題を取り上げてみよう。民主主義国における資本主義に必然的な随伴物のひとつは、政治の腐敗だ。無知な悪徳政治屋による行政がもたらす結果のひとつは、予防可能な病気のために人口が半減するという事実だ。そして、科学が実力を発揮することを許されても、その効果は皆無に近い。なぜなら人類の大多数はまだ人類などではなくて、他者のための富を生み出す機械に過ぎないからだ。この連中は檻のような汚い家に閉じ込められ、悲惨な状態に置かれたまま、肉体は朽ち果て、体力は消耗しきっている。その生活条件が連中を病気に追いやる速さは、世界中の医者による治療が追いつかないほどだ。当然、この連中は感染の中心的な存在であって、私たちみんなの生活の汚染源となり、最も利己的な人間の幸福さえも不可能にしている。こうした理由で、地球上の権利を奪われた人びとが人間らしい生活をする権利をやっと確立したときには、未来の科学によってなされる内科や外科のいかなる発見よりも、私たちがすでに手に入れている知識を活用することがずっと重要になってくる、と私は信じて疑わない」

ここでまた博士は口をつぐんだ。中央のテーブルのそばに座っている美貌の女子学生が、社会主義を初めて発見したときのユルギスと同じような表情を浮かべて、話に聞き入っていたことに、彼は気づいていた。ユルギスは彼女に話しかけたかった。彼のことを理解してくれるだろうと確信していた。その夜も更けてから、一同が解散したとき、フィッシャー夫人が「これまでと同じ記事をメイナードさんは社会主義について書くのかしらね」と小声で女子学生に話しかけているのが聞こえた。女子学生は「どうかしらね――でも、もしそうでしたら、あの人はよっぽどの恥知らずだということがわかりますわ」と答えていた。

＊　＊　＊

それから数時間後には、投票日となった。長かった選挙キャンペーンも終わり、国中が息を呑んで立ちつくしたまま、選挙結果を待っているように思われた。ユルギスとハインズ・ホテルのスタッフは夕食もそこそこに、その夜のために党が借り切った大会場へと駆けつけた。

だが、そこにはすでに結果を待つ人びとが集まり、壇上に置かれた電信機はすでに得票数をカチカチと伝えていた。最終の集計がなされたとき、社会党の得票数は四十万票を超えていることが判明したが、それは四年前に比してほぼ三百五十パーセントの増加だった。なかなかの健闘ぶりだったとはいえ、この早い段階の開票結果は党支部からの報告に基づくものだった。当然のことながら、成績のいい支部ほど積極的に報告してきたので、その晩、会場に集まった人びとは、得票が六十万、七十万、いや、八十万まで伸びるにちがいない、とひとり残らず思っていた。そのような信じられない票の伸びが、実際にシカゴ市とイリノイ州で実現したのだった。一九〇〇年にはシカゴ市での得票は六千七百票だったのが、現在では四万七千票になり、イリノイ州でのそれは九千六百票だったのが、現在では六万九千票になっているのだ！　その結果、夜が更けて、押しかけた群集が増えるにつれ、集会は異様な盛り上がりを見せた。得票速報が読み上げられると、群集は声がかれるまで歓声を上げた。誰かが演説をすると、また歓声が沸き起こった。それから短い沈黙が流れ、またもや速報が読み上げられた。近隣の州の支部長から成果を連絡する報告が届いた。インディアナ州の得票は二千三百票から一万二千票に、ウィスコンシン州のそれは七千票から二万八千票に、オハイオ州のそれは四千八百票から三万六千票に、それぞれ増加している！　わずか一年間で前代未聞の飛躍的な増加を記録した小さな町の熱心な個人から、本部事務局に電報が舞いこむ。カンザス州ベネディクトでは二十六票から二百六十票に、ケンタッキー州ヘンダーソンでは十九票から百十一票に、ミシガン州ホーランドでは十四票から二百八票に、オクラホマ州クリーオではゼロ票から百四票に、オハイオ州マーティンズフェリーでもゼロ票から二百九十六票に。ほかの多くの町でも、同種の現象が見られた。こうした町の数は文字どおり数百に上り、同じ電報の束のなかに、半ダースほどの町からの同じような報告が混じっていた。その電文を群集に向かって読み上げる男たちは、それぞれの土地を訪れて、票稼ぎに尽力したベテランの運動員だったので、適切なコメントを加えることができた。百八十九票から八百三十一票に得票数を増やしたイリノイ州クインシー――これは市長が社会党の弁士を逮捕した町だ！　二百八十五票から千九百七十五票に増やしたカンザス州クロフォード郡――これは『理性への訴え』の本拠地だ！　四千二百六十一票から一万百八十四票に増やしたミシガン州バトルクリーク――これは反動的な市民同盟運動に対する労働者側からの回答だ！

　やがてシカゴ市それ自体のさまざまな選挙区や行政区から、正式の開票結果が届きはじめた！　工場地区だろうと、「絹靴下《シルク・ストッキング》」と呼ばれる富裕層の住む選挙区のひとつだろうと、社会党の得票数の増加には格段の差異はなかった。だが、党の首脳陣を何よりも驚かせた事態のひとつは、ストックヤードから転がりこんでくるとてつもない得票数だった。パッキングタウンはシカゴの三つの行政区にまたがっていたが、一九〇三年春の選挙での得票数は五百票、同年秋は千六百票だった。それが一年後の現在、六千三百票を超えているのだ――しかも、民主党の得票はわずか八千八百票ではないか！　民主党を上回る票数を実際に獲得した選挙区さえもいくつかあった。ふたつの選挙区では、社会党候補がイリノイ州議会に当選していた。こうしてシカゴはいまやアメリカ全土の最先端に立っていた。シカゴは社会党の新しい目標を掲げ、労働者の進むべき道を示したのだ！

　そのように語ったのは、壇上のひとりの弁士だった。四千の瞳が彼に注がれ、二千の声が彼の一言一句を応援していた。この弁士[40]はストックヤードにある市の福祉事務所の所長だったが、悲惨と腐敗の光景を見ているうちに嫌気がさして、辞職したのだった。彼は若く、何かに飢えたような表情で、熱意にあふれていた。長い腕を振り回して、聴衆をあおっている彼の姿は、ユルギスには革命精神そのものに思われた。「組織せよ！　組織せよ！　組織せよ！」――これが彼の叫びだった。彼がとてつもない得票数を恐れていたのは、それが党の期待した票でもなく、党が勝ち取った票でもなかったからだ。「社会党に投票した人たちは社会主義者ではない！」と彼は叫んでいた。「今回の選挙が過ぎ去り、興奮が収まると、人びとは忘れてしまう。諸君までもが忘れてしまい、全身の力を抜いて、オールを漕ぐ手を休めるようなことがあれば、今日われわれが獲得した投票を失い、われわれの敵の嘲笑を買うことになってしまう！　決意をするのは諸君自身だ——勝利の絶頂にある今こそ、われわれに一票を投じてくれた人たちを捜し出し、その人たちをわれわれの会合に連れてきて組織化し、われわれに結びつけるという決意だ！　これからの選挙運動のすべてが今回のような楽勝でないことに、やがてわれわれは気づく。今夜は、この国の至るところで、既成政党の政治屋どもが今回の選挙結果を検討し、それによって新しい舵取りをしようとしている。そのどこよりも迅速かつ老獪に政治屋どもが暗躍するのが、このわれわれのシカゴなのだ。シカゴで社会党が獲得した五万票は、公益事業を市営化する民主主義体制が来春から実現することを意味している！　そうなると、政治屋どもはまたぞろ選挙民を欺き、横領と腐敗の勢力のすべてが公職に返り咲くことになる！　だが、返り咲きを遂げた連中が何をするにしても、絶対にしないことがひとつだけある！　選挙に当選したときの公約の実行、それだけは、絶対にしないのだ！連中は公益事業の市営化をシカゴ市民に与えたりはしない。与える気もなければ、与える努力もしない。連中にできることといえばただひとつ、アメリカの社会主義に初めて訪れた最大の機会を、シカゴの我が党に与えることだけなのだ！　われわれは似て非なる改革者たちにみずからの無能と有罪を認めさせるのだ！　われわれは「ラディカルな民主党」の赤裸々な実態を見えなくしている嘘をひとつ残らず暴くのだ！[41]　その暁には、止めることのできない奔流が始まる。それは満潮になるまで変わることのない潮流だ。誰にも逆らうことのできない、すべてを押し流す潮流だ。虐げられたシカゴの労働者たちを、われわれの旗印の下に結集させる潮流なのだ！　その労働者たちをわれわれは勝利に向けて組織し、教練し、配備する！　われわれはわれわれに敵対する勢力を壊滅し、われわれの前から一掃する！　そのときシカゴはわれわれの手に落ちる！　**シカゴはわれわれの手に落ちる！　シカゴはわれわれの手に落ちるのだ！**」

注（＊印が頭に付いている原注以外はすべて訳注）

注1　**組合本部**　第七章でも説明されているように、酒場の奥の部屋は、組合の会合や地域の行事に利用されたので、「組合本部」と呼ばれていた。なお、「ストックヤードの裏手」はシカゴのサウスサイドにあった移民労働者の居住地区のことで、南北は三十九番通りと五十五番通り、東西はハルステッド通りとウェスターン・アベニューに囲まれた地域を指している。「パッキングタウン」は通常はストックヤードと食肉加工会社のいくつかが建ち並ぶ地域を意味するが、『ジャングル』では労働者の居住地区も含めた地域の総称となっている。

注2　**「時間よ、止まれ、汝は美しい」**　ゲーテの劇詩『ファウスト』(Goethe, *Faust*, 1808) 第一部の第一幕第一場でファウストが口にする言葉。

注3　**「昔懐かしい夏の日に」**　原題は"In the Good Old Summertime"。作詞レン・シールズ (Ren Shields, 1863-1913)、作曲ジョージ・エヴァンズ (George Evans, 1870-1915)。『ジャングル』が刊行された四年前の一九〇二年に発表された、軽快なメロディの流行歌。なお、十三頁の「リトアニア語のフォークソング」は詩人アンタナス・ヴィエナジンディスの作品。

注4　**ダラム社なり、ブラウン社なり、ジョーンズ社なり**　それぞれ実在していた大手の食肉加工会社スウィフト社、アーマー社、モリス社の変名と考えられている。

注5　**下宿**　こうした四部屋のアパートからなる下宿屋で暮らすのが、パッキングタウンでの一般的傾向で、一九〇八年には、この地域のほぼ三分の一の住民が下宿人だったという記録が残っている。また、どの家でも下宿人を置いていて、平均すると一戸当たり下宿人の数は二ないし三人だったと言われている。

注6　**「ホーム・スイート・ホーム」の歌**　原題は"Home, Sweet Home"。作詞ジョン・ペイン (John Howard Payne, 1791-1852)、作曲ヘンリー・ビショップ (Henry Bishop, 1786-1855)。題名は "Be it ever so humble, there's no place like home. / Home! *home,! sweet sweet home!* / There's no place like home, there's no place like home!" という詩句に由来。我が国では「埴生の宿」の題名で知られている。三百五十九頁に言及がある。

注7　**ウォーフープ連盟**　第二十九区選出の市会議員トム・ケアリー（注10参照）が牛耳っていた政治的利益集団《ポリティカル・マシーン》を指している。この集団の屈強な構成員たちは"Carey's Indians"と呼ばれていたので、「ウォーフープ」つまりアメリカ先住民の「鬨の声」という発想が生まれたと考えられる。

注8　**つぎのように歌った詩人がいる**　イギリスの詩人・批評家・教育家のマシュー・アーノルド (Matthew Arnold, 1822-1888) を指す。引用は彼の第一詩集 (*The Strayed Reveller, and Other Poems*, 1849) に収められた「現代のサッフォー」("A Modern Sappho") から。ただし、原詩では「心」が「声」となっている。

注9　**例の一頭立ての馬車**　アメリカの随筆家・詩人・ハーヴァード大医学部教授であったオリヴァー・ウェンデル・ホームズ (Oliver Wendell Holmes, 1809-1894) の滑稽詩『執事の傑作またはすばらしき一頭立ての馬車』(*The Deacon's Masterpiece, Or the Wonderful "One-Hoss-Shay": A Logical Story*, 1858) への言及。執事が入念に組み立てた「一頭立ての馬車」が地震であっけなく壊れてしまうという「論理的な物語」。

注10　**小柄なアイルランド人**　マイク・スカリーのモデルは、一八九三年から一九〇六年まで第二十九区選出の市会議員を務めたトム・ケアリー（生没年不明）とされている。ケアリーは民主党の強力な指導者だっただけでなく、スカリーと同じように煉瓦製造工場とゴミ捨て場の所有者でもあった。

＊　**「家畜類および畜産品の検査に関する諸規定」合衆国農務省畜産局法令第百二十五号**

第一条　その屠体あるいは製品が各州相互間取引または外国貿易の対象となるウシ、ヒツジ、ブタの解体あるいはその製品のいずれかの包装に従事する屠畜場、缶詰工場、塩漬け工場、包装工場、脂肪精製工場の所有者は、当該動物および製品の検査を農務長官に申請しなければならない。

第十五条　上記の廃棄または没収された家畜は、検査の結果、病気に冒されず、かつ食用に適すると判断された家畜を取り込む係留所から所有者によって直ちに他所に移され、廃棄あるいは没収された家畜が所在する州および市町村の条例にしたがって処分されなければならない。

第二十五条　旋毛虫の有無に関する顕微鏡検査を必要とする国へ輸出するブタは、すべて同検査を受けるものとする。各州相互間取引のために解体されたブタは、顕微鏡検査を必要とせず、同検査は輸出貿易を意図するブタについてのみ行なうものとする。

注11　**ダンテやゾラ**　地獄的なシカゴの都市風景を描くに際して、『神曲』(*La Divina Commedia* 1307-21) のダンテ (Dante Alighieri, 1265-1321) や自然主義作家エミール・ゾラ (Emile Zola, 1840-1902) の名前をシンクレアが呼びこんでいるとしても不思議はない。なお、ダンテへの言及は『ジャングル』第十三章にもなされている。また、シンクレアが「アメリカのゾラ」と呼ばれていることや、『ジャングル』がゾラの『ジェルミナール』(*Germinal*, 1885) を下敷きにしているという意見があることを指摘しておこう。

注12　**「防腐剤入り牛肉」**　米西戦争（一八九八年）のときに糧食として支給された牛肉の缶詰が不良品であったことに、「ラフ・ライダーズ」と呼ばれる義勇騎兵隊を率いて活躍したセオドア・ローズヴェルトを含め、多くの従軍兵士は気づいていたらしい。戦後、この防腐剤入り牛肉スキャンダルが問題になったが、政府による調査は不十分なままで終わってしまった。一九〇六年の『ジャングル』出版以前から、食肉加工会社の経営方針には疑惑の目が向けられていたことになる。

注13　**「ヒンキーディンク」の有名な酒場**　「小柄なやつ」を意味する「ヒンキーディンク」(Hinky Dink) は、シカゴ第一区選出の市会議員を長年務めたマイケル・ケナ (Michael Kenna, 1858-1946) のニックネームで、マイケル・《ヒンキーディンク》・ケナの名前は悪徳政治家の代名詞だった。ケナは副業として「ワーキングマンズ・エクスチェンジ」という有名な酒場を経営し、貧困者に票と引き換えに食事を提供したと言われる。風呂屋の下働きから身を起こしたので、《バスハウス》・ジョン・コフリン (John Coughlin, 1860-1938) と呼ばれた同じ第一区選出の市会

議員とともに「堤防《レヴィ》の帝王」として権力をほしいままにした。なお、シカゴのサウスサイドにある「堤防」(Levee)は、売春婦、賭博師、犯罪者などが市の悪名高い政治家たちと共存していた猥雑な地域。

注14　**世間の裁きを受けた詩人**　イギリス詩人オスカー・ワイルド(Oscar Wilde, 1854-1900)を指している。一八九五年から二年間、同性愛の罪でレディング監獄に収監される。引用は出獄後に匿名で出版された『レディング牢獄の唄』(*The Ballad of Reading Gaol*, 1898)から。訳文は西村孝次訳によっている。

注15　**ハーヴェスター・トラスト**　一九〇二年にアメリカ大手の農業機械製作会社のいくつかが統合してできたインターナショナル刈り取り機《ハーヴェスター》コーポレーションを指している。早くから特別学級、安全プログラムなどに取り組み、厚生資本主義の分野で先駆的企業だった。

注16　**デューイ提督**　米西戦争でマニラ湾のスペイン艦隊を撃破したアメリカ海軍の司令官ジョージ・デューイ(George Dewey, 1837-1917)にちなんだ名前。

注17　**ストライキが発生**　一八九四年に発生したプルマン・ストライキを指している。一八九三年にプルマン鉄道会社が従業員の給料をほぼ二十五パーセント引き下げたため、四千人前後の従業員がストライキを行った。これが全国的な鉄道ストライキに発展したため、クリーヴランド大統領は七月四日に軍隊を派遣して鎮圧に当たった。この大規模ストライキの指導者がユージーン・デブズだった。注28を参照。

注18　**「役人どもの横柄さと拒絶」**　ウィリアム・シェイクスピア『ハムレット』(William Shakespeare, *Hamlet*)第三幕第一場の独白に出てくる言葉。

注19　**満州の原野**　日露戦争(一九〇四-〇五)への言及。第二十三章の終わり近くに「一九〇四年一月のことだった」という物語の時代的設定があったことを付記しておく。日露戦争の開戦は同年二月。

注20　**預言者キリスト**　マタイによる福音書第十章第二十八節への言及。

注21　**宰相ビスマルク**　一八七一年、ドイツの統一を完成して初代宰相となったビスマルク(Otto von Bismarck, 1815-1898)は、国際労働者協会(のちに第一インターナショナルと呼ばれる)における最大の政党であったドイツ社会

民主党（SPD）の抑圧を目指した社会主義者鎮圧法を一八七八年に制定した。

注22 **大統領選挙のキャンペーン**　一九〇四年の大統領選挙で社会党はユージーン・V・デブズ（Eugene V. Debs, 1855-1926）を大統領候補、ベンジャミン・ハンフォード（Benjamin Hanford, 1861-1910）を副大統領にそれぞれ指名していた。デブズについては注28を参照。

注23 **日本では党の最初の新聞が創刊**　日露戦争に反対して平民社を結社した幸徳秋水と堺利彦によって一九〇三年十一月十五日に創刊された週刊『平民新聞』を指しているのだろう。

注24 **ヴォルテールの言葉**　フランスの作家・哲学者ヴォルテール（Voltaire, 1694-1778）の言葉にある「この忌まわしき物」はカトリック教会の絶対主義を指しているが、アメリカでは資本主義者の絶対主義を意味している、とシンクレアは『マモンアート』（*Mammonart*, 1925）で説明している。

注25 **ヘンリー・D・ロイド**　（Henry D. Lloyd, 1847-1903）アメリカの弁護士・ジャーナリスト・社会思想家。代表作『富と国家の対立』（*Wealth Against Commonwealth*, 1894）は市場独占の典型としての実業家ジョン・D・ロックフェラーとスタンダード石油会社を激しく攻撃している。なお、スタンダード石油会社については、ジャーナリストのアイダ・ターベル（Ida Tarbell, 1857-1944）もまた、一九〇二年十一月から一九〇四年十月にかけて『マクルーアズ・マガジン』（*McClure's Magazine*）に連載した「スタンダード石油会社の歴史」（"The History of the Standard Oil Company"）を一九〇四年に単行本として出版している。

注26 **カリフォルニアからやってきた若い作家**　『野生の呼び声』（*The Call of the Wild*, 1903）、『奈落の人びと』（*The People of the Abyss*, 1903）、『鉄の踵』（*The Iron Heel*, 1908）などで知られるアメリカ作家ジャック・ロンドン（Jack London, 1876-1916）を指している。ロンドンの経歴は本文に書かれているとおりだが、一九〇五年、大学社会主義協会を発足させようとしていたシンクレアをロンドンは援助し、その初代会長に就任している。

注27 **「百万長者の社会主義者」と呼ばれている人物**　アメリカの実業家でジャーナリストのゲイロード・ウィルシア（Gaylord Wilshire, 1861-1927）を指している。ウィルシアはエドワード・ベラミー（Edward Bellamy, 1850-1898）

のユートピア小説『かえりみれば』(*Looking Backward, 2000-1887*, 1888)に影響されて社会主義者となり、カリフォルニアでの不動産投機で巨万の富を築いたあとで『ウィルシアズ・マガジン』(*Wilshire's Magazine*)を一九〇一年から一五年まで発行する。この雑誌によって社会主義に目を開かされたシンクレアは、ウィルシアと終生の友人だった。

注28 **出獄したときの組合委員長** アメリカの労働運動指導者で社会主義者だったユージーン・デブズ(Eugene Victor Debs, 1855-1926)を指している。一八九四年の鉄道ストライキの指導者だったデブズは、シャーマン反トラスト法違反の罪で投獄され、産業化がもたらしたアメリカ社会の変化とアメリカの民主主義の伝統を結びつける道を模索するために、獄中で読書にふけった結果、ウッドストック刑務所を出所した彼は熱烈な社会主義者になっていた。その後、社会党の大統領選挙候補として何回か出馬するなど、労働運動の発展に尽力した。

注29 **『理性への訴え』** 一八九七年にジュリアス・ウェイランド(次注を参照)が創刊した社会主義系のジャーナルで、最初は論文とマルクス、エンゲルズ、ラスキン、エドワード・ベラミーなどの書物からの抜粋を載せていたが、一九〇〇年、フレッド・ウォレンが編集者になってから、アプトン・シンクレア、ジャック・ロンドン、ユージーン・デブズなどの革新主義者たちが寄稿するようになった。ウォレンにシカゴの移民労働者の小説を書くように依頼されたシンクレアは、ウェイランドから五百ドルの前払い金を受けて現地に赴き、六週間の調査研究の末に書き上げた『ジャングル』を一九〇五年、『理性への訴え』に連載、同紙の発行部数は十五万部から十七万五千部に伸びたと言われる。

注30 **土地ブローカーの男** 前項の『理性への訴え』を創刊したジュリアス・ウェイランド(Julius A. Wayland, 1854-1912)は、一八八〇年代にコロラドに移住して、不動産投機によって財産を築く。ジョン・ラスキンやエドワード・ベラミー(既出)などの書物によって社会主義の洗礼を受け、一八九五年、カンザスに移ってから、『理性への訴え』を発行することになった。

注31 **マニフェスト** 一九〇四年の食肉加工会社のストライキ直後にシンクレア自身が書き、『理性への訴え』九月十七

日号に発表した文章。このマニフェストがきっかけになって、シンクレアは労働者の生活を調査するためにシカゴへ派遣されることになる。

注32 **「熊手を手にした上院議員」** サウスカロライナ州知事（一八九〇－一八九四）で上院議員（一八九五－一九一八）だったベンジャミン・ティルマン（Benjamin Tillman, 1847-1918）を指している。「熊手のベン」（Pitchfork Ben）というニックネームは農民の利益を守ろうとしたことや、一八九六年の演説で、クリーヴランド大統領を熊手で突っついて行動に駆り立ててやる、と発言したことに由来する。ラディカルなポピュリストから超保守的な人種差別主義者に転じ、一九〇四年の食肉加工会社のストが失敗に終わったあと、パッキングタウンの労働者たちに「黒人が君たちの脳味噌を叩き割った棍棒だった」などと語って、人種的憎悪を植えつけようとしたと伝えられる。

注33 **マゼッパ** イギリス詩人ジョージ・ゴードン・バイロン（George Gordon Byron, 1788-1824）の物語詩『マゼッパ』（*Mazeppa*, 1819）に登場するポーランド貴族の名前。幼少のころ、人妻との恋愛に破れた彼が狂奔する荒馬の背に縛りつけられたときの経験を物語る。この奔馬の描写が作中の圧巻とされている。

注34 **富と富の所有を……非難されたイエス**

・「［あなたがたは］自分のために、［虫が食い、さびがつき、また、盗人らが押し入って盗み出すような］地上に、宝をたくわえてはならない」マタイによる福音書第六章第十九節

・「自分の持ち物を売って、施しなさい」ルカによる福音書第十二章第三十三節

・「こころの貧しい人たちは、さいわいである。天国は彼らのものである」マタイによる福音書第五章第三節

・「あなたがた富んでいる人たちは、わざわいだ。慰めを受けてしまっているからである」ルカによる福音書第六章第二十四節

・「よく聞きなさい。富んでいる者が天国にはいるのは、むずかしいものである」マタイによる福音書第十九章第二十三節

・「あなたがたパリサイ人は、わざわいである」ルカによる福音書第十一章第四十三節

・「あなたがた律法学者も、わざわいである」ルカによる福音書第十一章第四十六節
・「へびよ、まむしの子らよ、どうして地獄の刑罰をのがれることができようか」マタイによる福音書第二十三章第三十三節

注35 **ゲッセマネの庭** 最後の晩餐のあと、ゲッセマネに退いたイエスは、運命のときが近づいたのを予感して、「どうか、この杯をわたしから取りのけてください」と血を吐くような祈りを捧げたと伝えられている(マルコによる福音書第十四章第三十六節ほか)。

注36 **協同共和連合体** デンマーク生まれのアメリカ社会主義者ロレンス・グロンランド(Laurence Gronlund, 1846-1899)の著作(*Cooperative Commonwealth*, 1884)によって知られるようになった概念。

注37 **ホラス・フレッチャー** (Horace Fletcher, 1849-1919)アメリカの栄養食料研究家。フレッチャー式健康食事法(空腹時にだけ食事をして、食物を十分にかみこなす)を提唱。「大いなる咀嚼家」(The Great Masticator)と呼ばれた。

注38 **ギルマン夫人** アメリカのフェミニズム運動の先駆者で、社会思想家のシャーロット・パーキンズ・ギルマン(Charlotte Perkins Gilman, 1860-1935)を指している。主著『女性と経済』(*Women and Economics*, 1898)のほかに自伝的小説『黄色の壁紙』(*The Yellow Wallpaper*, 1892)やユートピア小説『フェミニジア』(*Herland*, 1915)など。シンクレアは妻メタに教えられて、『女性と経済』を読んだと言われている。

注39 **クロポトキンの『田園、工場、仕事場』** ピョートル・アレクセーヴィチ・クロポトキン(Peter Alekseevich Kropotkin, 1842-1921)はロシアの元貴族・無政府主義者・地理学者・植物学者。Prince Kropotkinとも呼ばれる。科学的農業法を説いた『田園、工場、仕事場』(*Fields, Factories, and Workshops*)は一八九九年の出版。

注40 **この弁士** 『ジャングル』の取材中にシンクレアが知り合ったアルジー・M・サイモンズ(Algie M. Simons, 1870-1950)がモデル。一八九七年に社会労働党、一九〇一年には社会党に入党し、党の『インターナショナル・ソーシャリスト・レヴュー』(*International Socialist Review*)の編集陣に加わり、『ジャングル』出版時には『シカゴ・デイ

リー・ソーシャリスト』(*Chicago Daily Socialist*) の編集に携わっていた。サイモンズのパンフレット『パッキングタウン』(*Packingtown*, 1899) はシンクレアに大きな影響を与えたと言われる。

注41 **嘘をひとつ残らず暴くのだ！** 『理性への訴え』に連載されたときには「民主党は長い間、急進主義《ラディカリズム》の政党だったが、トラストに身売りしてからずっと、政治屋たちは選挙民への対応に苦慮していた」という記述があったが、単行本では省略されている。さらに、この箇所のオリジナル版では「われわれは有権者に公約することができる政党が存在しない状態を作り出すのだ」とつづく。

解説

大井浩二

1　『われらの国』から『ジャングル』へ

一八八五年に出版されたベストセラー本『われらの国』で、一九世紀末アメリカの現状を考察した宣教師ジョサイア・ストロング（一八四七–一九一六）は、「アメリカ合衆国、とりわけ西部を脅かす危険」としてカトリシズム、モルモン教、飲酒、社会主義、富、移民、都市の七つを挙げ、モルモン教を除くほかの五つの危険が集中しているという理由で、都市を最大の危険と規定していた。大量の新移民がヨーロッパから流入して、賃金労働者となった結果、カトリシズムが勢力を拡大し、至るところに酒場が建ち並ぶようになった都市には、「深い不満が火山の煙のようにくすぶりつづけている」というのが、世紀転換期アメリカにストロングが下した診断だった。

それから二十年後の一九〇五年に社会主義新聞『理性への訴え』に連載され、翌年単行本として刊行されたアプトン・シンクレア（一八七八–一九六八）のベストセラー小説『ジャングル』には、『われらの国』の著者が論じた、モルモン教を除くすべての「危険」がそっくりそのまま再利用されている。主人公ユルギス・ルドクスとその一家は、カトリシズムを信仰するリトアニアからの移民という設定で、アメリカ第二の巨大都市シカゴのパッキングタウンで働くユルギスは、屠畜場で過酷な労働を強いられ、極貧生活を送るうちに飲酒に救いを求めたこともあったが、やがて社会主義に目覚めて、アメリカの未来に希望をつなぐところで物語は終わっている。『われらの国』の著者の場合、アングロサクソン系プロテスタントの白人、いわゆるワスプを主流とするアメリカ社会が大量の新移民の流入によって崩壊寸前の状態にある、という危機意識につき動かされていたのだが、移民、社会主義、都市といった問題に正面から取り組んだ『ジャングル』で一躍ベストセラー作家となったアプトン・シンクレアは、二〇世紀初頭のアメリカを一体どのように眺めていたのだろうか。

シンクレアはコロンビア大学の学生時代から作家を志し、すでに一九〇一年には小説『春と収穫』を発表していたが、二十四歳のときに社会主義の洗礼を受けていた彼は、一九〇四年九月、愛読していた社会主義新聞『理性への訴え』に「諸君はストに失敗した。後始末はどうする?」と題して、シカゴの食肉加工会社のストライキに関する一文を投稿する(このエピソードは『ジャングル』第三十章にさり気なく挿入されている)。その年に出版されていた彼の南北戦争小説『マナッサス』に注目していたこともあって、『理性への訴え』の編集長フレッド・ウォレンは弱冠二十七歳のシンクレアをシカゴに送りこみ、パッキングタウンで働く移民労働者の実態を調査させることになる。彼はストックヤードの安宿に七週間ばかり滞在して積極的な取材活動をつづけ、貧困にあえぐ労働者たちにインタビューをするだけでなく、彼自身古ぼけた作業服をまとって従業員になりすまし、食肉加工会社の内部に潜入して情報を集めたこともあったらしい。

一九〇四年のクリスマスに『ジャングル』の執筆に取り掛かったシンクレアは、一九〇五年二月二十五日から十一月四日まで『理性への訴え』に連載する。翌年、その原稿に大幅な訂正を加えた単行本がダブルデイ・ペイジ社から刊行されるまでには、五つもの出版社から拒絶されるなど、幾多の紆余曲折を経なければならなかった。だが、その詳細をここでたどるよりも、執筆当時を振り返った彼が、「わたしもまた貧しかった。わたしもまた妻や赤ん坊と一緒に悲惨な状況で生活していた。冬に寒く、夏に暑いとはどういうことか知っていた」と告白し、『ジャングル』は「表面的にはストックヤードの労働者一家の物語だったが、内面的にはわたし自身の家族の物語だった」と語っているという事実を紹介したほうが読者の参考になるだろう。フロベール流に「ユルギス・ルドクスはわたしだ」と言ってもいいほどに、シンクレアは彼の主人公に対して強い共感を抱いていたのだ。

このようにして書かれた『ジャングル』はさまざまな角度から読むことができる。この小説はまず、当時流行していたマックレーキング運動と連動した暴露小説の典型と考えられる（政界や実業界の不正や醜聞を暴露したシンクレアのような文学者やジャーナリストを、ジョン・バニヤンの『天路歴程』に出てくる表現にちなんで「マックレーカー」と名づけたのは、当時の大統領セオドア・ローズヴェルトだった）。アメリカン・ドリームの崩壊を経験する移民たちの生活と意見を描出しているという意味で、『ジャングル』を移民小説と呼ぶこともできるにちがいない。強靭な肉体を備えた巨人のような主人公があっけなく破滅していく過程に注目すれば、やはり巨人と形容される主人公が登場する、先輩作家フランク・ノリスの『マクティーグ』（一八九九）と同種の自然主義小説と規定することも許されるだろう

（シンクレアを「アメリカのゾラ」と命名したのは、シャーロック・ホームズの生みの親、アーサー・コナン・ドイルだった）。もちろん、大都市シカゴの実態をつぶさに観察した都市小説として、たとえばセオドア・ドライサー『シスター・キャリー』（一九〇〇）の延長線上に位置づけることもできる。だが、いずれの読み方をするにしても、『ジャングル』が扱う三つの主要なトピック、つまり移民と都市と社会主義についての議論は避けることができないだろう。

2 『ジャングル』と移民問題

カトリシズムや飲酒といった非アメリカ的な宗教や習慣をアメリカに持ち込むという理由で、ストロングは移民を「危険」とみなしていたが、『ジャングル』に登場するリトアニアからの移民一家は、旧世界ヨーロッパを捨てて、新世界アメリカに安住の地を見出すことを夢見ている。アメリカへの移住を決意した主人公ユルギス・ルドクスは「うわさに聞くと、この国では、金持ちでも貧乏人でも、自由だ。軍隊に入らなくてもいい。悪党みたいな役人に金を払わなくてもいい。自分の好きなことができて、誰とでも対等に接することができる。だからアメリカという国は恋人や若者たちが夢見る土地なのだ。渡航費を何とか工面することができさえすれば、苦労はいっさい消え失せることになる」（第二章）と考えている。

シカゴにやっとたどり着いたユルギスが、夕日に照らし出されたパッキングタウンを婚約者と一緒に眺めたとき、「黄昏の薄明のなかにあるのは力のヴィジョンだった。暗闇がそれをのみこんでいく様子を見守っているふたりには、それは驚異に満ちた夢のように思われた。人間のエネルギー、生産されているモノ、何千何万という人間のための仕事、機会と自由、生命と愛情と歓喜を語りつづける夢のように。腕を組んで、その場を立ち去りながら、ユルギスは言った。『明日になったら、あそこへいって、仕事を見つけるぞ！』」（第二章）と説明されている。移民ユルギスにとって、シカゴは、そしてアメリカは「機会と自由、生命と愛情と歓喜」の世界、まさに彼が捨ててきたヨーロッパとは正反対の世界にほかならなかったのだ。『ジャングル』という小説に、約束の土地としてのアメリカという移民たちに共通の夢と希望が導入されていることは否定できないのだ。

だが、この小説の移民はなぜリトアニアからの移民でなければならないのか。本書の第六章で語られているように、パッキングタウンでは最初はドイツ系、つづいてアイルランド系の移民が主流を占め、その後登場したボヘミア系やポーランド系の移民はリトアニア系移民に取って代わられる。一九〇〇年の男性世帯主の割合を示す統計では、ドイツ系とアイルランド系がそれぞれ三十四・五パーセントと十八・五パーセントだったのに対して、ポーランド系は十七・五パーセント、リトアニア系はわずかに〇・五パーセントだったが、一九一〇年にはドイツ系とアイルランド系がそれぞれ十六・五パーセントと九・五パーセントに減少し、ポーランド系は二十九パーセント、リトアニア系は十一パーセントと大幅に増加している。パッキングタウンにおける最大のエスニックグループのひとつだったリトアニア移民が、シンクレアの注目を引くことになったとしても不思議はない。

さらに、ある日曜日の午後、取材のためにパッキングタウンを歩き回っていたシンクレアはリトアニア移民の結婚式に出くわし、ヴェセリアと呼ばれる披露宴に飛び入りで参加することを許される。その様子を彼は『ジャングル』第一章に紹介しているだけでなく（「その場で『ジャングル』巻頭の一章が形を取りはじめた」と彼は回想している)、この作品の主要人物のほとんどをその祝宴の場に登場させている。批評家のなかには、物語の時間の流れを狂わせているとか、ほかのどの章よりも長いとかいった理由で、第一章を批判する向きもあるようだが、異文化のなかに置かれた新旧世代の移民に見られる風俗や習慣の微妙な変化を考察している点を見逃すことはできない。この幕開けの印象的な第一章について、「移民に共通の経験を描いた、アメリカ文学におけるもっとも鮮烈なスケッチのひとつ」という評言があることを指摘しておこう。

だが、このリトアニア移民に関して見逃せないのは、作家でジャーナリストのアーネスト・プール(一八八〇―一九五〇)からシンクレアが受けた影響だろう。小説『港』(一九一五)で知られるプールは、「リトアニアからシカゴのストックヤードへ――アンタナス・カズタウスキスの自伝」と題する小品を週刊雑誌『インディペンデント』一九〇四年八月四日号に発表しているが、これは一九〇四年にストックヤードのストライキを取材したときの経験に基づいて書かれた文章だった。その「自伝」をプールから献呈されたシンクレアは『ジャングル』の主人公ユルギスの性格設定に役立てたのではないか、という意見も聞かれるが、そこに登場するカズタウスキスという仮名の人物について、「彼はひとりの男ではない。四万人の男だ。ストックヤードのどこにでもいる男だ」とプールが説明しているように、彼の主人公は典型的な移民労働者として、すでに食肉加工会社の屠畜場で働いている。四年前の十二月のある日、リトアニアの実家にやってきた旅回りの靴直しから聞いた話がきっかけで、彼はアメリカへの移住を決意したのだった。その靴直しはシカゴに住んでいる息子がひそかに送ってきた「リトアニア語で印刷された、古いアメリカの新聞」を持ち歩いていて、彼が声を震わせながら読み聞かせてくれた言葉は、ほかならぬアメリカ独立宣言の一部だった、と主人公は回想している。その言葉はリトアニア語から英語に重訳されたために、「これらの権利は生命と自由と幸福の獲得である」となっていたが、プールの主人公もまた、『ジャングル』のユルギスと同じように、「幸福の追求」というアメリカの夢を求めて大西洋を渡ったリトアニア人だったのだ。

『ジャングル』の執筆から十年後の一九一五年五月に、アメリカ女性作家ウィラ・キャザーが発表した「パッキングタウンの街路」と題する短い詩は、「舗装していない街路の側溝のそばで」ネコをいじめながら座っているボロ着の少年の姿を描写しているが、その最後に「おそらくは憎しみをこめて、もしかしたら脅すかのように／リトアニアが私を見つめる」という二行が置かれているのは、パッキングタウンとリトアニアの強い結びつきを暗示している。同時にまた、この貧しい少年は『ジャングル』の読者の心のなかで、冠水した「パッキングタウンの街路」で溺死したユルギスの息子アンタナスと二重写しになるのではあるまいか。

3 『ジャングル』と都市問題

一八九三年夏、コロンブスのアメリカ到達四百年を記念する万国博覧会がシカゴで開催されている。この博覧会は白一色のパビリオンが建ち並び、「ホワイト・シティ」の別名で知られているが、建国の理念が再生することになる都市空間の可能性を、栄誉の中庭の一角を飾るダニエル・フレンチ制作の彫像「共和国」が表象していた。地理的フロンティアの消滅という一八九〇年の危機を経験したアメリカ大衆は、新しく出現したアメリカ的風景としての都市的・産業的フロンティアにおいて、古典的共和主義の美徳の伝統が生きつづけることができる、と信じていた(この点に関しては、拙著『ホワイト・シティの幻影──シカゴ万国博覧会とアメリカ的想像力』[研究社出版、一九九三]を参照されたい)。

だが、その博覧会から十数年後に発表された『ジャングル』で、ユルギス一家を待ち受けていたシカゴは「ホワイト・シティ」が約束していた世界とはまったく異なる、まるで中世のヨーロッパに逆戻りしたような閉鎖的空間だった。資本主義体制が支配するシカゴでは、混乱と無秩序が見られるばかりだった。自由を求めてアメリカに渡ったユルギスは、パッキングタウンの屠畜場での過酷な労働を強いられ、明けても暮れても地獄の苦しみを味わうことを余儀なくされた結果、どうしようもない無力感と敗北感を忘れるためにアルコールに救いを求めるようになる。いや、これは『ジャングル』の主人公だけがたどった道ではない。工場労働者たちは例外なしに人間性を奪い去られ、動物のレベルにまで引き下げられてしまう。ブタの屠畜場を見学したとき、ブタに生まれなかったわが身を祝福したユルギスだったが、結局は食肉加工会社のブタの一頭にすぎないことを発見する。シンクレアにとって、都市的フロンティアとしてのシカゴは奴隷と化した人間が動物的本能だけで生きている「ジャングル」、弱肉強食の鉄則が君臨する「ジャングル」そのものだった。「同志シンクレア」の書いた『ジャングル』を「賃金奴隷制度を描く『アンクル・トムの小屋』」と呼んで激賞したのは、シンクレアのよき理解者で、作品の終わり近くでも登場している先輩作家ジャック・ロンドンだったことを付け加えておこう。

もちろん、『ジャングル』が執拗に追求しているのは、ユルギスに代表される賃金労働者たちの悲惨な就労条件だけではない。そこには食肉加工会社あるいは食肉トラストの不正と偽装と腐敗がきわめて具体的に、いささかの容赦もなく暴き出されている。その実例は枚挙にいとまがないほどなので、つぎの一節だけを引用しておこう――「廃棄された古いソーセージがはるばるヨーロッパから返品されてくると、そのカビが生えて白くなったソーセージは、ホウ砂とグリセリンを添加されて、ホッパーに投げ込まれ、国内消費のために再製品化される。作業員が歩き回って、無数の結核菌を吐き散らした、泥とおが屑まみれの床の上に肉が転がり落ちる。いくつもの部屋に山積み状態で貯蔵されている肉の上に、雨漏りのする天井から水滴がしたたり落ちる。何千匹というネズミが駈けずり回っている。こうした貯蔵室は暗くて見通しが利かないが、積み上げられた肉の上に手をやると、ネズミの乾いた糞を一握りも二握りも払い落とすことができる。このネズミの存在に手を焼いて、食肉加工会社は毒入りのパンを仕掛ける。その結果、ネズミは退治されるが、ネズミもパンも肉といっしょにホッパーに入ってしまう」(第十四章)。

小説『ジャングル』を新刊見本で読んだセオドア・ローズヴェルト大統領は、食肉加工会社の不正と悪徳に対するシンクレアの告発を裏づけるために、ふたりの連邦調査官を急遽シカゴに派遣する。大統領はかつて「ラフ・ライダーズ」と呼ばれる部隊を率いてキューバで戦ったことがあったので、「米西戦争のときに、スペイン軍の銃弾すべての数倍もの合衆国兵士を死に至らしめたのは、そのようなウシを材料にした『防腐剤入り牛肉』だった。しかも、軍隊用の牛肉は新しい缶詰でさえなかった。それは地下室に長年放置されていた古い缶詰だったのだ」(第九章)という『ジャングル』の記述には、とりわけ敏感に反応したにちがいない。やがて調査官たちの報告書によって、食肉加工会社の衛生状態がシンクレアの告発以上に劣悪かつ危険であることが明らかになり、その結果、『ジャングル』の出版から半年も経たない一九〇六年六月に食肉検査法と純正食品医薬品法が議会を通過する。だが、『ジャングル』

に描かれた食肉加工会社の衛生状態が話題になるばかりで、シンクレアが綿密に調査した賃金労働者の就労状態が当時の読者の関心を引くことはなかった。「ぼくは大衆の心臓を狙っていたのに、その胃袋を撃ち抜く結果になってしまった」というシンクレアの言葉は、そうした事態の展開に彼が強い不満を抱いていたことを物語っている。

だが、彼の作品は大衆の「胃袋」を撃ち抜いただけではなかった。後年イギリス首相となるウィンストン・チャーチルが『ジャングル』は「どんなに鈍い頭でも、どんなに固い心でも刺しとおす」と評しているのは、「心臓」を撃ち抜かれた読者が外国に少なくともひとりはいたことを示している。『ジャングル』最終章でも言及されている女性運動家シャーロット・パーキンズ・ギルマンもまた、『インディペンデント』一九〇六年六月十四日号に発表した「私は天寿を全うしたい」と題する詩のなかで、「問題は私たちが殺されるということではない／私たちは殺されることには慣れている／だが私たちが空腹を満たすための金を払うとき／何が私たちの空腹を満たしているかを知りたいのだ」と語り、「それはハムなのか旋毛虫症なのか?／レッテルは信頼できるのか?／私たちが買ったのはポークなのか毒物《ポイズン》なのか?／それは結核なのかビーフなのか?」と問いかけている。この詩人の想像力を『ジャングル』がかきたてたということは、それが彼女の「胃袋」だけでなく、その「心臓」をも見事に撃ち抜いていたことを証明している、と言い切ってよいだろう。

4　『ジャングル』と社会主義思想

長く苦しい旅路の果てに『ジャングル』の主人公ユルギスは社会主義にたどり着き、社会主義者として生まれ変わる。『ジャングル』の最後の三章は社会主義の何たるかをユルギスに教え、さらには、この小説を手に取った読者たちに説明するために用意されていると言っても過言ではない。偶然飛び込んだ演説会場で耳にした社会主義者の演説がユルギスを感動させるが、そのときの彼の様子は「彼の前にさまざまな展望が開けていた。足下の地面が割れ、持ち上がり、揺れ動き、打ちふるえていた。突然、彼自身がただの人間でなくなったのを感じた。夢にも思わなかった力が全身にみなぎっていた」（第二十八章）と説明され、さらに「彼の魂に起こった大いなる変革の結果、ひとりの新しい人間が誕生したことには気づいていた。彼は破滅の虎口から間一髪のところで救い出されたのだった。絶望の隷属状態から解放されたのだった。世界全体が一変していた。彼は自由だった！」（第二十九章）とも書かれている。

その後のユルギスの生活は一変する。同志オストリンスキーに社会主義の基礎に関する知識を叩き込まれた彼は、社会主義者トミー・ハインズの経営するホテルで職を見つけ、そこが彼の生活と仕事の「新しい拠点」となって、ユルギスの「教育は完成された」ことが明らかにされる（第三十章）。『ジャングル』最終章には福音伝道師ルーカスと元哲学教授シュリーマンによる討論まで用意されていて、著者シンクレアが身を乗り出すようにして、資本主義の「競争」に取って代わる社会主義の「協同」などといった問題をながながと解説するのは、彼自身が社会主義を信奉するようになってから日が浅いという個人的な事情が働いていたかも知れない。いや、この作品が一九〇五年に連載されたのが、社会主義新聞『理性への訴え』であったという事実も見落とすことができない。

だが、この社会主義を解説する三つの章が、小説『ジャングル』に突然導入された異質な部分、主人公ユルギスを置き去りにして、少なくとも彼を単なる聞き手にして、一方的になされる講義あるいは説教という印象を与えることもまた否定できない。あの強烈な個性を持った人物ユルギスは、一体どこへ姿を消してしまったのか。彼が作者の「操り人形」になってしまって、「読者は瞬く間に興味を失ってしまう」という理由で、ある批評家は「第二十一章におけるアンタナス坊やの死というクライマックスで、シンクレアが『ジャングル』を終わらせていたら、この小説は、不当な扱いを受けた人間のアレゴリーとしてのテーマと効果の統一性を持つことができただろうし、すでに劇化されているテーマをくどくど説明したり、社会主義を普遍的かつ奇跡的な解決策として提示したりして、読者を遠ざけることにもならなかっただろう」と主張している。いささか極端な意見であるとしても、『ジャングル』の結末に対する読者一般の不平と不満を代弁していると言ってよい。

たしかに、ユルギスが直面する問題のすべてが社会主義に目覚めることで一挙に解決する、という物語の展開に、現代の読者の大方は鼻白む思いがするにちがいない。世紀転換期のアメリカ大衆に新しいフロンティアの可能性を約束しているかに見えながら、諸悪の根源としての資本主義の魔手に捉えられた都市の醜悪な現実を描くだけで、シンクレアの仕事は十二分に達成されているのではないか。シカゴという都市の迷宮をさまようユルギスやその一家の運命を跡づけただけでも、『ジャングル』は、たとえばシカゴとニューヨークの現実を描いたドライサーの二都物語『シスター・キャリー』に勝るとも劣らない都市小説に仕上がっているではないか。一体なぜシンクレアは『ジャングル』全体のバランスを崩してまでも、社会主義によって資本主義の弊害をいっさい排除することができる、などといった「普遍的かつ奇跡的な解決策」を持ち込まねばならなかったのか。

ここで読者は『ジャングル』の構造がサクヴァン・バーコヴィッチのいわゆる「アメリカの嘆き」のそれであることに気づかなければならない。ニューイングランドのピューリタンたちの思考パターンを分析したバーコヴィッチによると、それは旧世界ヨーロッパの対極にある新世界アメリカの「約束」を謳いあげる第一段階、その「約束」から逸脱したアメリカの「堕落」をエレミア的人物が嘆く第二段階、原点に立ち返ったアメリカ社会に「約束」の実現を「予言」する第三段階から成っている。この約束・堕落・予言という儀式的レトリックが、歴史家フレデリック・ジャクソン・ターナーやチャールズ・ビアードなどの著作に繰り返されていることを、もうひとりの歴史家デイヴィッド・ノーブルは『アメリカ史の終焉』(邦題『アメリカ史像の探求』、一九八五)で明らかにしていたが、ターナーやビアードと同じように一八九〇年から一九一七年にかけての革新主義時代に活躍したシンクレアの『ジャングル』もまた、「アメリカの嘆き」というプリズムを通して読むことができると考えたい。

5 「アメリカの嘆き」としての『ジャングル』

すでに見たように、『ジャングル』の移民たちが圧政と腐敗の支配するヨーロッパを脱出して、新世界アメリカにやってきたのは、「生命と自由と幸福の追求」という独立宣言の言葉を信じていたからだった。この移民たちにとって、アメリカは共和主義の精神の生きつづけている世界、まさに「約束」の地でなければならなかった。だが、現実のアメリカでは、その「約束」が完全に形骸化していることを移民たちは発見する。資本主義体制が支配するシカゴに見出されるのは、建国の理念からはるかに遠ざかったアメリカ、移民たちが捨ててきたはずのヨーロッパといささかも変わらない「堕落」したアメリカだった。そのアメリカに幻滅した予言者エレミアとしてのシンクレアが、二〇世紀初頭のアメリカをアメリカ本来の姿に返すための解決策として『ジャングル』に持ちこんだのが社会主義だった。社会主義によって美徳にあふれた理念の共和国という「約束」を再生させることができる、というシンクレアの「予言」をそこに聞きつけなければならない。

とはいえ、社会主義によって共和主義を再生させるというのは、一見奇妙なパラドックスに思われるかもしれない。社会主義という言葉には非アメリカ的で、全体主義的な何かというニュアンスがべっとりとまつわりついている。ストロングが社会主義を世紀末アメリカの「危険」のひとつに数え上げていたことが改めて思い出されるのだが、その危険な社会主義を手段として、もうひとつの「危険」であった都市の問題を解決するというのは、ほとんど不可能な力技に思われるかもしれない。だが、しばしば指摘されているように、シンクレアの社会主義はアメリカン・ドリームと切り離すことができなかった。「彼が読者に説いていたのは、伝統的なアメリカ的価値を否定することではなかった。アメリカを同胞愛の実現を目指す人類の最も高貴な企てたらしめていたと彼が考えるヴィジョンに回帰することだった」と論じるジョン・ヨダーの言葉が示しているように、熱烈な社会主義者シンクレアは、一七七六年の精神を信奉する熱烈な共和主義者でもあったのだ。

こうした共和主義者シンクレアの信念は、たとえば『ジャングル』の三年前に出版された小説『アーサー・スターリングの日記』（一九〇三）に聞きつけることができる。この自伝的な作品の主人公アーサーは「何よりもまず、ぼくはぼくの国のことを考えるのだ！情熱的に、言葉で表現できないほどに、ぼくはこのぼくの国を愛している。ぼくがぼくの心臓を血が流れるまでかきむしり、ぼくの精神の涙を滂沱として流すのは、この国の浄化、この国の希望のためなのだ――このワシントンとリンカンの国のためなのだ。この国のような国はこれまでに存在しなかった――これからも存在することは二度とあるまい。『自由の女神』は身を震わせながら山上から見守っている」と書きつけている。さらに、その三カ月後に『インディペンデント』一九〇三年五月十四日号に発表された「わたしの主義」と題する一文においても、「この共和国の神聖さを、この共和国の礎石を据えた血と涙と苦悩を、同時代の人びとに知らせるために、ひとりの人間にできる限りのことをしたい、とわたしは願っている。世界の未来は、この共和国が握っている。そして、それは今日、さまざまな危険に直面している」（強調原文）とシンクレアは語っている。そこにはワシントンやリンカンの共和主義への絶対的な信頼と、その共和主義の最大の敵としての資本主義に対する断固たる拒絶を読み取ることができるのだ。

　このアメリカ建国の精神へのこだわりは、シンクレアと同じマックレーカーとして活躍したリンカン・ステフェンズ（一八六六―一九三六）にも見受けられる。ステフェンズは『都市の恥辱』（一九〇四）や『ジャングル』と同じ一九〇六年に出版された『自治のための闘争』などで知られているが、一九三一年に発表された自伝のなかで、彼のような改革者たちは「腐敗という主流」に逆らって、「過去へ――ジェファソン的民主主義へ泳いでいこうとする」と語っている（ステフェンズの自伝については、拙著『フロンティアのゆくえ――世紀末アメリカの危機と想像』［開文社出版、一九八五］を参照）。ここでもまた建国の父祖ジェファソンの名前が呼びこまれているが、この発言はステフェンズが現実の不正や腐敗を暴露することによって、一八世紀に誕生した美徳の共和国アメリカに回帰することができる、と信じていたことを示している。デイヴィッド・ノーブルはステフェンズを「建国の父祖たちの原理が反革命によって侵されていることを、仲間の市民たちに警告しているエレミア」と呼んでいるが、敬愛するワシントンやリンカンの不変の真理のために「精神の涙を滂沱として流す」シンクレアもまた「仲間の市民たちに警告しているエレミア」だったのだ。

小説『ジャングル』においてシンクレアが自らに課した使命は、資本主義体制によって支配された大都市シカゴの醜悪な現実を暴露し、建国の父祖たちの不変の真理に立ち返ることの重要性を読者大衆に訴えることだった。だが、アメリカ大衆は予言者としてのシンクレアの嘆きの声に耳を貸そうとせず、『ジャングル』に描かれた食肉加工会社の不正や偽装という現象的な問題に目を奪われるばかりだった。アメリカン・ドリームを夢見て移民してきたユルギスたちが置かれている悲惨な状況は、アメリカ合衆国における共和国の精神の喪失という本質的な問題を浮き彫りにしていたにもかかわらず、その重大な事実に誰も注目しようとしなかった。先の「ぼくは大衆の心臓を狙っていたのに、その胃袋を撃ち抜く結果になってしまった」という彼の発言は、小説『ジャングル』がアメリカの「約束」を重視し、アメリカの「堕落」を憂慮する予言者シンクレアのエレミアの嘆きそのものだったことを裏づけている。

『ジャングル』の出版直後、シンクレアをホワイトハウスに招いたローズヴェルト大統領は、社会主義をアメリカの抱える問題の解決策と考える二十八歳の青年の姿勢に不満を漏らしたと伝えられる。だが、米西戦争（一八九八）を経験したアメリカ合衆国の指導者としての大統領は、米比戦争（一八九九―一九〇二）を推進する熱狂的な帝国主義者だった。フィリピンの獲得によってアメリカの帝国化に弾みをつけようとする彼の基本的姿勢は、建国以来のアメリカ精神の否定以外の何物でもなかった。一八九八年に組織された反帝国主義者連盟の綱領宣言には、「すべての人間は人種や肌の色に関係なく、生命と自由と幸福の追求という権利を与えられているという事実を、ワシントンとリンカンの国において再確認する必要が生じたことをわれわれは残念に思う」（強調引用者）と書かれている。反帝国主義者たちと同じように、「ワシントンとリンカンの国」を愛してやまない社会主義者シンクレアが、社会主義者であるというだけの理由で、建国の父祖たちの不変の真理を踏みにじっている帝国主義者ローズヴェルトに批判されるというアイロニー。ここでもまたローズヴェルト大統領の「胃袋」を撃ち抜くばかりで、「心臓」にかすり傷ひとつ負わせることができなかったシンクレアの嘆き、荒野でひとり空しく叫ぶ予言者シンクレアの嘆きを『ジャングル』の読者は聞きつけなければならないのだ。

6　おわりに

ベストセラー『ジャングル』がアメリカ大衆の「胃袋」を撃ち抜いたことをシンクレアは認めていたが、彼は果たして本当にアメリカ大衆の「胃袋」を完全に撃ち抜いていたのだろうか。『ジャングル』の出版からほぼ一世紀を経た二〇〇一年に、エリック・シュローサーの『ファストフード・ネイション』（邦題『ファストフードが世界を食いつくす』）がベストセラーになり、さらにそれが映画化（二〇〇六）されているという事実は、一体何を物語っているのだろうか。二一世紀初頭のアメリカにおける食肉業界の衛生問題と食肉工場労働者の職場環境は、シンクレアによって描かれていた二〇世紀初頭のアメリカのそれらとまったく変わっていないことを、何回か『ジャングル』に言及しながら語るシュローサーの記述は明らかにしている。ふたつの世紀転換期に起こったマックレーキング運動を論じた著書『暴露と過剰』（二〇〇四）の第一章「『ジャングル』から『ファストフード・ネイション』へ」に「アメリカン・デジヤビュ」という副題を掲げたセシリア・ティッチは、「要するに、『ファストフード・ネイション』はわれわれが過去に向かって進んでいっていたことを証明していた」と語っている。たしかに、何とも奇妙な既視感を覚えることも、「私たちが買ったのはポークなのか毒物《ポイズン》なのか？」というギルマンの詩行が思い出されることも否定できない。だが、同時にまた、「世界の未来は、この共和国が握っている」と語っていたシンクレアの目に、巨大帝国の道をまっしぐらに突き進んでいる二一世紀のアメリカは一体どのように映るだろうか、という思いも禁じ得ない。アメリカ大衆の「心臓」はもちろん、「胃袋」さえも撃ち抜くことに失敗した予言者シンクレアとしては、「ワシントンとリンカンの国」のために「精神の涙を滂沱として流す」ことしかできないのではあるまいか。

本書の底本にはUpton Sinclair, *The Jungle*, ed. James R. Barrett (University of Illinois Press, 1988)を用い、英潮社ペンギンブックスの原書と速川浩氏による注釈、それに*The Lost First Edition of Upton Sinclair's The Jungle*, ed. Gene DeGruson (Peachtree Publishers, 1988)を随時参照した。Norton Critical Edition (2003)は、翻訳に取り掛かってから出版されたため、校正段階でしか参照できなかった。前田河廣一郎訳『ジャングル』(叢文閣、一九二八、普及版)と木村生死訳『ジャングル』(三笠書房、一九五一、再版)からも多くを教えられた。屠畜業界関係の書物としては、桜井厚・岸衛編『屠場文化——語られなかった世界』(創土社、二〇〇一)と内澤旬子『世界屠畜紀行』(解放出版社、二〇〇七)が有益だった。この解説では触れなかったシンクレアの伝記的事実やわが国での受容などについては、東京都立大学大学院で同期だった中田幸子さんの労作『父祖たちの神々——ジャック・ロンドン、アプトン・シンクレアと日本人』(国書刊行会、一九九二)と『アプトン・シンクレア――旗印は社会正義』(国書刊行会、一九九六)の二冊を参照されたい。なお、シンクレア『石油!』(高津正道訳、平凡社、一九三〇)が映画化に合わせて二〇〇八年に翻刻されていることを付け加えておこう。

最後に、この本の最初の読者として、原稿を細部に至るまで綿密に検討し、適切なコメントをしてくださった松柏社編集部の森有紀子さんに心からお礼申し上げたい。

二〇〇八年八月

●———訳者紹介

大井浩二 おおい・こうじ

1933年生れ。東京都立大学大学院修士課程修了。関西学院大学名誉教授。著書に『ホワイト・シティの幻影——シカゴ万国博覧会とアメリカ的想像力』(研究社出版)、『センチメンタル・アメリカ——共和国のヴィジョンと歴史の現実』(関西学院大学出版会)、『旅人たちのアメリカ——コベット、クーパー、ディケンズ』(英宝社)、『南北戦争を語る現代作家たち——アメリカの終わりなき＜戦後＞』(英宝社ブックレット)、『エロティック・アメリカ——ヴィクトリアニズムの神話と現実』(英宝社)、訳書にアラン・トラクテンバーグ『ブルックリン橋——事実と象徴』(研究社出版)、ソール・ベロー『フンボルトの贈り物』上下(講談社)など多数。

亀井俊介／巽 孝之 監修
アメリカ古典大衆小説コレクション 5

ジャングル

Title: The Jungle © 1906
Author: Upton Sinclair

2009年6月 5日 初版第1刷発行
2021 年3月10日 初版第3刷発行

アプトン・シンクレア 著

大井浩二 訳・解説

発行者 森 信久
発行所 株式会社 松柏社
〒102-0072 東京都千代田区飯田橋1-6-1
TEL. 03-3230-4813 (代表) FAX. 03-3230-4857
郵便振替 00100-3-79095

装 画 うえむらのぶこ
装 幀 小島トシノブ (Non Design)

印刷・製本 株式会社 平河工業社

ISBN978-4-7754-0034-0